O PAÍS DE SÚRIA

Obra reunida de Paulino Dias

Duarte Drumond Braga
Edição, estudo e notas

O PAÍS DE SÚRIA

Obra reunida de Paulino Dias

Volume I

Obras publicadas em vida e Póstumas

Fundação Calouste Gulbenkian

Alameda

Grafia atualizada segundo o Acordo Ortográfico da Língua Portuguesa de 1990, que entrou em vigor no Brasil em 2009.

Edição: Haroldo Ceravolo Sereza
Editora assistente: Danielly de Jesus Teles
Projeto gráfico e diagramação: Danielly de Jesus Teles
Assistente acadêmica: Bruna Marques
Revisão: Alexandra Colontini
Imagem da capa: Corte do Oiteiro (Pangim, Goa), vendo-se do lado direito a casa que pertenceu a Paulino Dias. Do espólio de João Fontes, a quem agradecemos.
Imagem do box: Pormenor do esgrafito na parede do corpo da Capela de Nossa Senhora do Monte (Goa). Foto de Monica Esteves Reis.

CIP-BRASIL. CATALOGAÇÃO NA PUBLICAÇÃO
SINDICATO NACIONAL DOS EDITORES DE LIVROS, RJ

B793p

Braga, Duarte Drumond
O país de Súria : obra reunida de Paulino Dias : obras publicadas em vida e póstumas, volume 1 / edição, fixação do texto e notas de Duarte Drumond Braga. - 1. ed. - São Paulo : Alameda, 2019.
548 p. ; 23 cm. (O país de Súria : obra reunida de Paulino Dias ; 1)

Inclui bibliografia
ISBN 978-65-86081-01-5

1. Poesia portuguesa. I. Título. II. Série

19-56484 CDD: 869
CDU: 82-1(81)

ALAMEDA CASA EDITORIAL
Rua 13 de Maio, 353 – Bela Vista
CEP 01327-000 – São Paulo, SP
Tel. (11) 3012-2403
www.alamedaeditorial.com.br

Nota

Esta publicação é resultado do Projeto n. º 145516, intitulado "Relocalizar o Modernismo em língua portuguesa: edição e estudo da poesia de Paulino Dias (1874-1919)", coordenado por Duarte Drumond Braga e Hélder Garmes, no quadro do "Concurso de apoio a projetos de Investigação nos Domínios da Língua e Cultura Portuguesa" da Fundação Calouste Gulbenkian (2016), tendo-lhe sido destinado um financiamento. A edição é também um resultado dos seguintes projetos da Fundação de Amparo à Pesquisa do Estado de São Paulo: Pensando Goa – uma peculiar biblioteca de língua portuguesa (n.º 14/15657-8) e Literaturas em trânsito: deslocamentos entre Goa, Macau e Portugal em obras literárias de língua portuguesa (1951-1975) (n. 14/00829-8).

Sumário

APRESENTAÇÃO

Hélder Garmes
Universidade de São Paulo

Paulino Dias é um importante poeta de língua portuguesa de Goa no período da virada do século e um dos autores centrais de seu cânone, ainda em fase de identificação pela crítica, pois trata-se de uma literatura até há pouco ignorada, apesar de seu rico manancial de obras. Não existe melhor forma de divulgação dessa literatura do que esta: oferecer ao leitor de língua portuguesa uma edição da obra de um poeta significativo, recuperando-o do esquecimento.

Este projeto de edição das obras reunidas de Paulino teve a sua origem no Concurso de Apoio a Projetos de Investigação nos Domínios da Língua e da Cultura Portuguesas da Fundação Calouste Gulbenkian (Portugal), na sua edição de 2016, tendo sido o único projeto da área de Letras aprovado nesse ano por essa instituição. Desde logo foi sedeado no Projeto Temático da Fundação de Amparo à Pesquisa do Estado de São Paulo, que coordeno, alocado na Faculdade de Filosofia, Letras e Ciências Humanas da Universidade de São Paulo e intitulado *Pensando Goa - uma Peculiar Biblioteca em Língua Portuguesa* (processo 2014/15657-8), assumindo-se como um seu resultado de monta e respondendo a um dos seus objetivos fundamentais, o da divulgação e estudo de textos literários de Goa no Brasil.

Duarte Drumond Braga, pesquisador associado do projeto e Pós-doutor em Estudos Comparados de Literaturas de Língua Portuguesa pela mesma Universidade, concorreu e ganhou o referido apoio, tendo levado a bom porto a sua ideia, com supervisão minha na que tocou à elaboração e discussão dos critérios de edição. O trabalho foi demorado, dada a magnitude da obra, e teve o excelente resultado que está à vista. Na qualidade de coordenador do referido Projeto Temático e de estudioso desta literatura tenho o maior prazer em apresentar este cuidadoso trabalho, pois trata-se, até onde sabemos, da terceira vez que um investigador busca reunir a obra completa de um autor de Goa de língua portuguesa. Em 1979-1980 Manuel de Seabra reuniu a *Obra (quase) completa* de José da Silva Coelho, publicada na *Revista do Instituto Bragança de Menezes Goa*, e em 2017 Paul Melo e Castro reuniu a obra de Ananta Rau Sar Dessai, *A obra que escorregou pelas frestas do tempo*, publicação online realizada na Inglaterra.

O fato de esta terceira iniciativa ter por local de publicação o Brasil nos insere na importante tarefa de preservar a memória da língua portuguesa no mundo, mas também permite mostrar como, de uma literatura desconhecida, pode surgir um poeta e prosador tão prolífico, possibilitando o aumento da visibilidade da literatura de Goa no Brasil.

O ensaio que antecede os textos de Paulino Dias traz substancial informação crítica sobre a obra de Paulino Dias e retoma um dos expoentes de uma geração de poetas que promoveu um profícuo diálogo intertextual com as outras literaturas de língua portuguesa, em particular, assim como com a literatura mundo, especialmente aquela cunhada pela tradição indiana.

Trata-se certamente de um trabalho modelar para aqueles que procurem editar e estudar o corpus goês de língua portuguesa.

SOBRE A PRESENTE EDIÇÃO

A obra de Paulino Dias teve um destino incerto. Por boa fortuna uma parte da sua obra inédita ter sido objeto de avultada reunião póstuma, da responsabilidade de uma "Comissão Promotora de Homenagem à Memória do Poeta", que escolheu e transcreveu os textos para o volume *No País de Súria* (1935). Contudo, essa comissão considerou apenas poesia, então toda a prosa ficcional do autor que a presente edição revela é uma quase total novidade. Essa poesia foi recolhida e transcrita com base num espólio, hoje provavelmente desaparecido, mas os critérios editoriais desse edição, afinal uma antologia, são muito pouco claros. É possível que os editores tenham seguido algum plano que encontraram do autor, talvez semelhante ao plano geral da contracapa do último número (12) da *Revista da Índia*, com uma lista de obras a serem publicadas. Dizem eles a este respeito:

> Amadeu Prazeres da Costa (...) seleccionou os trabalhos a publicar (...) e, finalmente, (...) Propércia Corrêa Afonso Figueiredo (...) mui gentilmente, aceitou o encargo da revisão que não era fácil, como podem calcular todos os que conhecem a caligrafia do Autor que, para mais, deixou alguns originais escritos a lápis, o que, tudo, sem embargo de todos os cuidados, pode ser que tenha dado lugar a quaisquer erros.[1]

1 Os erros de fato existem, e seria necessário verificar o espólio, sobretudo quanto a *Nirvana*.

Seria necessário consultar tais materiais para rever os critérios que presidiram à escolha dos textos e corrigir os erros que aqui não puderam ser resolvidos. Esperemos que no futuro isso possa acontecer.

A edição dos 6 livros de poesia édita de Francisco Xavier Paulino Dias (1874-1919), junto com os dispersos, permite à posteridade a reapreciação da sua obra, hoje de difícil acesso, mediante levantamento em acervos bibliográficos em Portugal e na Índia.

Houve duas pesquisas na Índia (em janeiro de 2017 e em janeiro de 2018) e duas em Portugal (em vários períodos de 2017 e 2018).[2] Foram feitas digitalizações/fotografias das obras no local e, posteriormente, a sua transcrição.[3] Houve leitura atenta, anotação e comparação com as fontes. Procedeu-se em seguida à transcrição dos materiais compilados na Índia e em Portugal.

Alguns periódicos importantes do período mais ativo de produção do autor, ou seja o primeiro quartel do século XX, foram também consultados na Central Library de Goa, de modo não só a reconstituir o ambiente intelectual no qual o autor se inseria, mas também com vista à recolha de dispersos, o que permitiu ter acesso a uma grande quantidade de textos até agora desconhecidos. Foram descobertas resenhas críticas e confirmada a atividade pseudonímica do autor. Descobriu-se ainda a sua feição de tradutor, inteiramente desconhecida. Isto foi muito importante para compre-

2 Em Goa, a pesquisa de campo ocorreu sobretudo em Pangim (Goa), essencialmente na Krishnadas Shama Central Library, mas também no Xavier Center of Historical Research, em Porvorim. Em Lisboa, ocorreu na Biblioteca Nacional e na Sociedade de Geografia de Lisboa. Foram nestas instituições que se encontraram as obras monográficas. Destacamos que o único exemplar conhecido de *A Deusa de Bronze* encontra-se na Dinamarca, na Det Kongelige Bibliotek, em Copenhaga, que me remeteu uma digitalização da obra.

3 Agradeço às seguintes pessoas que colaboraram com as transcrições: Adelaide Machado, Marcello Assunção, Teresa Espallargas, Juliana Tutunji Cavalcante da Silva e Lôyde do Nascimento Gonçalves.

ender em profundidade a vida intelectual e literária do poeta, muito ligada a Goa em termos da sua circulação.

Uma vez que quase toda a consulta de materiais foi desenvolvida com base em impressos (à excepção da parca correspondência encontrada em arquivos portugueses), sem consulta ao espólio (talvez desparecido) não será inteiramente correto falar em edição crítica para o presente volume, embora tenha tido cuidados próximos de uma edição crítica, desde logo em ter dos diacríticos[4] usados, mas também pelo fato de termos mantido uma estrutura tanto quanto possível cronológica de organização dos materiais e de ter respeitado as indicações de vontade autoral quanto à organização da obra.

Pretendeu-se uma edição de divulgação, anotada, com fixação de texto. As notas, explicações muito breves de teor histórico, geográfico e cultural, destinaram-se a esclarecer passos obscuros, referências à cultura indiana e a correção de gralhas tipográficas. Certamente muito ficou ainda por ser anotado e esclarecido em autor tão prolífico em envios e alusões. Estas, contudo, não pretenderam ser exaustivas, mas apenas um apoio de leitura. Optei também por colocar nas notas as referências edições originais, de modo a não pesar ainda mais o presente livro.

O livro recebeu o título *O País de Súria. Obra reunida de Paulino Dias*, inspirado numa nota que encontrei na contracapa da *Revista da Índia*. Sob esse título (e não sob o título *No País de Súria*, de 1935) pretendia reunir toda a sua escrita de natureza criativa e ensaística. O principal a registrar é que a produção do autor revelou-se bastante extensa, sendo ela uma obra reunida e não uma obra completa, pois não tive a pretensão de cobrir toda a vastissima produção. Embora a pesquisa em jornais tenha sido extremamente exaustiva, decerto ficaram parte alguns textos.

A estrutura do livro é a seguinte: I. Obras publicadas em vida, II. Obras Póstumas e III. Dispersos. A estrutura respeita o referido plano,

4 Por exemplo, o que o leitor encontrará entre colchetes retos é uma hipótese de leitura a partir de documentos deteriorados ou então texto truncado, caso nada se encontre entre eles.

tripartido, da obra de Paulino, embora essas três partes não correspondam exatamente ao que foi dito nos jornais,[5] mas se aproximem mais da narrativa autoral da contracapa da *Revista da Índia*. Não havendo acesso aos manuscritos, que se terão perdido, não houve razões para reordenar os textos póstumos, pois não conseguimos obter dados que nos permitissem propor uma outra organização desses materiais. Vi-me assim forçados a confiar nessa edição de 1935, por não haver outro testemunho.

Para dar conta da integração em subgéneros na edição desta grande quantidade de textos optei por subdividir a terceira seção em *Tardes Pagãs: Poemas; Jangal: Crónica, Conto e Crítica Literária*; *Ensaios, Polêmicas e outros textos*; *Versões e Correspondência*, correspondendo *Tardes Pagãs* e *Jangal* a projetos de títulos que constam dessa lista consultada.

A pesquisa de periódicos goeses permitiu ainda, além de dar corpo a uma secção de dispersos, confrontar os poemas editados em livro com pré-publicações. Todavia não se encontraram versões com variantes ou alternativas, nem sequer no caso de Vicente Bragança Cunha, que publicou trechos do longuíssimo poema dramático *Nirvana* no jornal *A Índia Portuguesa*, em 25 Janeiro de 1920 e 11 Fevereiro de 1920.

A ortografia do autor foi atualizada no texto de Paulino, mas não nesta introdução, nem no estudo, optamos por seguir de maneira mais próxima a grafia portuguesa atual (demónio em vez de demônio, por exem-

5 Não sabemos como Paulino Dias pensava a sua obra, a sua publicação, a sua estrutura. Temos apenas indícios, quase todos de outros. O mesmo jornal de Goa que noticia a sua morte em 24 de dezembro de 1919, afirma: "Essa obra tem três partes, com os seguintes títulos: Nirvana (poema), Suria-Warta (poesias) e Jangal (Prosas). De sua obra publicada, que é uma pálida sombra do que ela é inteira, temos nota disto: A Lira da Ciência, Amor, Deusa de Bronze, Vishnulal". Há ainda uma referência noutro local, muito semelhante a esta: "A sua obra inédita, que abrange três partes: Nirvana (poema), Suria-warta (poema) e jangal (prosas), consta que vai ser editada por um grupo de seus amigos e admiradores" (L. A. Menezes, "Preito de mérito ao dr. Paulino Dias", *Revista Acadêmica*, dezembro de 1919, p.5).

plo), que nos pareceu mais adequada a expressar o texto do autor, mas, ao mesmo tempo, de fácil compreensão para o leitor brasileiro, especialmente após o acordo ortográfico de 1990.

Não alterei nenhuma solução proposta pelo autor por razões métricas, como o caso de "revol'ções" ou "p'ra" No caso de formas como "co' uma" ou "co' os", apesar de se lerem como duas sílabas (por razões métricas), foram padronizadas com o espaço após o apóstrofo, para evitar possíveis confusões. No caso das proparoxítonas contratas em duas sílabas (espir'tos) retirou-se o acento. Muitas vezes o autor optou também por formas eruditas que podem ler-se apenas como bissilábicas, como é o caso de "mármor" em vez de mármore, também por razões métricas. Paulino coloca as palavras não-portuguesas ora em itálico, ou em caixa alta, ora em romano. Escolhi uniformizar não usando o itálico, mas o romano em caixa baixa, pois ficaria muito ruído para o leitor, dada a abundância destas infiltrações.

Houve intervenções na pontuação, por exemplo para separar orações e para ficar mais claro o sentido, mas sem intervenções muito profundas. Por exemplo, retirei a existência de vírgulas antes da conjunção "e", por não me parecer necessário, nem para o sentido, nem para o ritmo da frase, tratando-se mais de um modismo gráfico da época. Incluí sempre vírgula a seguir a ponto de exclamação, quando o autor queria colocar uma exclamação no meio de uma frase ("ao fitar-vos, titãs!, a alma crispa de pasmo"). Nas formas contratas "d'um" ou "d'uma" retirei o apóstrofo, mas não em formas como "d'ouro".

Agora, em relação às palavras sânscritas, as quais Paulino grafa das formas mais diversas e inconsistentes, preferi, regra geral, usar o *i* e não o *y* em palavras como "iôga" ou "Vaiu"; entre *x*, *sh* e *ch* decidi-me, regra geral, pela sequência consonântica *sh:* "shastra" e não "Xastra", "shloca" e não "xloca", "cshatria" e não "cxatria", "Vishvadeva" e não "Vichvadeva", mas entre a opção *ch* e *x* "chereta" e "xereta" escolheu-se a primeira e entre a opção *ss* e ç, a primeira: "Assura" e não "Açura". Tive o cuidado de tentar optar pelas ocorrências mais frequentes da pena de Paulino, mas também tendo em atenção o fato de já existir uma norma no português contemporâneo quanto a grafar tais conceitos. Também simplifiquei grafias conflitantes, desde que não tivesse efeitos a nível de métrica ("margaxirá" e não "margacxirá)" e , no geral, optei por grafias mais normalizadas de referências a textos sagrados e a divindades hindus na língua portuguesa, como "Upanishad" não "Upanichad", "Purusha" não "Purucha", "Shiva" e não "Chiva", "Brama" e não "Bramá".

É um fato que o autor, nem os seus editores, tiveram qualquer preocupação em normalizar a sua grafia e as variantes de palavras indianas são inúmeras. Assim, um caso extremo é o objeto "cholli, tchol, chole, chol ou chól", portanto escrito das mais desvairadas maneiras. Para manter o sabor do estranho português de Paulino, e também tendo em conta razões métricas, não normalizei a grafia desta palavra que representa uma peça de vestuário feminino. O leitor tem assim acesso a uma proliferação de formas, tão característica da obra deste poeta. Para o esclarecimento de termos e conceitos do Hinduísmo usaram-se dicionários de mitologia hindu e consultas *on-line.*[6]

Para o esclarecimento de termos indo-portugueses fiz uso de glossários de outros autores goeses, sobretudo os dos livros de poesia dos contemporâneos Mariano Gracias e Nascimento Mendonça, mas sobretudo recorrendo ao famoso *Glossário Luso-Asiático* (1919) de Sebastião Dalgado, que também esclareceu muitas dúvidas sobre a versão goesa (ou indo-portuguesa) de termos e identidades hindus. Escolheu-se a grafia mais usada e manteve-se nos casos em que houve "empate", desempatou-se pelo glossário de Dalgado, como no caso de "bétel" versus "betel". No caso de "cum-cum" para "cucume" não mudei por razões métricas, então ficaram as duas formas, mas normalisamos "cocume" para "cucume". Quis o passarinho indiano *moruoni* no gênero masculino, até porque é essa a forma dicionarizada por Dalgado no seu glossário, precisamente a partir de um exemplo do próprio Paulino.

6 Sobretudo o *Historical Dictionary of Hinduism*. Plymouth: Scrarecrow Press, 1997, entre outros.

I

OBRAS PUBLICADAS EM VIDA

A LIRA DA CIÊNCIA. POEMETO[1]

Aos meus prezados colegas do Curso Médico-Cirúrgico ofereço esta singela recordação do convívio escolar

PRÓLOGO

É deste turbilhão de ciências colossais,
Dos livros, do vapor, das forjas, dos museus,
Desta aproximação imensa para Deus,
Que hão de surgir em breve, atléticas, radiantes,
Musas para inspirar tiorbas de gigantes.
Guerra Junqueiro

É de aço forjado a Lira da Ciência...
a lira que troveja ao sol das alvoradas
os cantos da Razão, cantos da inteligência,
em versos triunfais, brunidos como espadas.

É a lira do progresso, a tiorba formidável
que ruge como a leoa ao fogo do civismo;
que acompanha do séc'lo a vanguarda admirável,
que vai do eterno azul aos tremedais[2] do abismo.

1 Paulino Dias. Bastorá: Tip.ª Rangel, 1896, 24 pp..

2 Lamaçal, abismo de infâmia.

É esta a lira moderna, a que esparze em torrentes
seu flamígero ardor nos fortes corações!
a lira que despenha o turbilhão das gentes
a esse *struggle for life* que estorce as multidões.

O século é de luz, seu pálio deslumbrante
espanca a negridão da velha noite escura;
o Trabalho braceja em lutas de gigante,
a aurora do progresso esplêndida fulgura.

Que frémitos, que sons nas catedrais dos mundos,
que medonho arquejar das grandes expansões;
que avalanchas de luz nos pélagos profundos,
que faina a revolver os povos e as nações...

Aonde essa era de bronze em que esmolava Homero
e Socrátes libava a taça da cicuta;
em que erguia um Licurgo e campeava um Nero
com o fogo em pleno reino e o gládio em plena luta!

Aonde essa era de Treva e raiva e despotismo
em que pesava o cetro atroz do Trino e Uno:
e o trágico vulcão dum rude fanatismo
calava Galileu e incinerava Bruno.

Que é da era em que vagava o luminoso génio
à porta dos bordéis, podre como um farrapo,
e o sábio mendigava estátuas do proscénio,
e o mendigo era aos pés pisado como um sapo?

Hoje a rútila ideia ergueu-se imensa, enorme,
montada no corcel das revol'ções sonoras,
fazendo arrebentar nesse proscénio informe,
como dentro da treva, uma explosão de auroras.

Despenhou-se em wagon, expandiu-se em telégrafo,
fez o raio, o trovão, o dilúvio, a procela;
dissecou a Matéria, inventou o fonógrafo,
esfacelou a terra e desdobrou a estrela.

Caiu como um tufão por sobre a Humanidade,
fez germinar a escola, a forja, a oficina,
quebrou o cadafalso, aluiu a guilhotina
com o gládio do Direito e a voz da Liberdade.

Foi um rasgo de audácia, uma explosão de sanha...
foi uma luta hercúlea, a luta das procelas,
que dum átomo imbele ergueu uma montanha,
e dum pálio de treva um desfilar de estrelas.

É essa Ideia que exige a Musa furibunda
que estenda o seu dossel de rábidas[3] torrentes,
é essa Ideia que exige a tiorba que difunda
avalanchas de luz sobre o oceano das gentes.

Irrompa do presente essa grande fornalha
que rasgue à humanidade a senda do porvir;
seja a pena o canhão, a palavra a metralha
que a Bastilha de treva espedace ao ferir.

Seja a Lira da Ciência o grito da vitória,
um grito que traduza os feitos triunfantes
dum século que avança em turbilhões de glória,
dum séc'lo que produz coortes[4] de gigantes.

Temos, graças a Deus, poetas invencíveis
com cérebros de bronze e penas de diamante,

3 Raivosas.

4 Legiões

sentindo dentro em si os ímpetos terríveis
dos terríveis Briareus[5] que imaginou o Dante.

Temos os Coliseus do Amor e do Resgate
onde possa travar-se a portentosa liça;
temos a voz da imprensa, a arena do combate,
temos a Igualdade e temos a Justiça.

Eia, cantemos pois frementes epopeias
com o fogo do entusiasmo a estremecer o mundo.
cantemos à porfia o desbrochar de Ideias,
cantemos do Universo o fermentar profundo;

Nada se perderá, no infinito glorioso
um átomo que seja escurece a imensidade;
nossos cantos serão o orvalho luminoso
que a nova aurora aponte à nova humanidade.

E ao som dessas canções, e ao lume desse orvalho,
desfraldando os pendões frondosos da vitória,
iremos conquistar aos paços do trabalho
a palma que aí fulge, o velo d'oiro – a glória!

5 Gigante da mitologia grega, filho de Gaia e de Urano.

A LIRA DA CIÊNCIA

Mysterious Agency!
Ye spirits of the unbounded Universe,
Whom I have sought in darkness and in light!
Ye, who do compass earth about, and dwell
In subtler essence!
(...) Rise! appear![6]

Lord Byron

Era noite de abril imensa e luminosa.
Silêncio sepulcral na terra tumultuosa,
formidável mudez na aberta imensidade.
E que magoada paz na augusta soledade!
E que piedoso albor no espaço transparente!
O grande mar dormia um sono intransigente,
cismavam na penumbra as praias silenciosas;
fechavam-se tremendo as catedrais das rosas;
vagavam na floresta as luzes amarelas,
brilhava no infinito um turbilhão de estrelas!
e a lua, o lírio d'oiro aberto sobre os ares,
soltava sobre a flor dos trémulos palmares
seu dominó de luz nubloso como o incenso.
E eu era mudo e só na torre do silêncio,
em frente à imensidade a tremeluzir d'astros,
fitando longamente os brancos alabastros,
cúpulas, catedrais, fortes, torres enormes
que espraiavam-se ao largo em grupos multiformes.
E em frente deste oceano a transbordar d'assombros
sentia uma nevrose estremecer-me os ombros,
como um Etna, e irromper-se em versos fumegantes;
mas aguardava a Musa, a Musa dos gigantes,

6 Byron, *Manfred*, acto 1, cena 1, versos 30 a 34 e 38.

musa que me inflamasse ao seu fulgor divino,
como inflamara outrora ao poeta florentino...
Súbito uma explosão de auroras cobre o monte,
e dos blocos de luz que incendem o horizonte
sai e avança p'ra mim uma estranha donzela.
Que olímpica visão! miragem pura e bela!
Vinha toda de azul, as gazas[7] setinosas
esparsas sobre o corpo em ondas vaporosas;
soltas no colo ebúrneo as tranças deslumbrantes,
tremulas sobre o peito os seios flutuantes,
lírios na touca azul, lírios de etérea alvura,
e nuvens de jasmins na linha da cintura.
tinha nus até o meio os braços de alabastro,
e o rosto espiritual formoso como um astro
brilhava, como ao Leste a estrela da alvorada!
Andava... e o seu andar de Ofélia enamorada,
airoso sob o arfar da trémula mantilha,
tinha o salero audaz das *mozas* de Sevilha.
Como era bela assim aquela branca ondina,
lânguida como a luz que a estrela vespertina
orvalha sobre a flor das húmidas searas!
Ela veio p'ra mim unindo as mãos preclaras
sobre o seio, e ao meu lado inclinando-se arfante,
como um lírio que pende à beira dum mirante,
poisou sobre o meu seio a fronte cristalina
e disse co' uma voz metálica e argentina:

"– Vão lentas pelo azul as horas da saudade,
o mundo, o grande mar, cansado titã dorme;
brilha a lua no céu, lírio da imensidade,
e as estrelas, cristais duma explosão enorme.

---

7 O mesmo que gazes.

Como é grato sonhar, arquitetar quimeras
neste orvalho de paz que inunda o seio d'alma...
doirar poemas d'amor, idílios, primaveras
no íris do etéreo azul, no íris da etérea calma!

Não ouves o ecoar das trémulas baladas
que suspiram na sombra as ilusões desfeitas?
e os queixumes d'amor de Ofélias desgrenhadas,
e os murmúrios sensuais dos beijos das Julietas?

Não sentes o exalar das urnas das magnólias
e um arroubo sem fim pela amplidão suspenso?
É o Amor que transborda as cítaras eólias,[8]
é o Amor que se expande em vagalhões de incenso.

Filho da rica Aurora, ó cismador do Oriente,
ei-la! a catedral grandiosa da Poesia;
e o altar do meu amor, o Ideal intransigente
onde podes haurir cascatas de harmonia.

É esse o Ideal que te espera, ó coração de rosa;
é esse o genuíno ideal da flor da mocidade;
Sacode as plumas d'oiro, ó etérea mariposa;
e adeja para o azul daquela imensidade.

E então serás feliz, na dita intraduzível
que olvida as ilusões, a mágoa, o luto, a dor...
no seio espiritual do amor imperecível,
Que o Amor é a Eternidade, e a Eternidade – o Amor!"

"– Deusa de peito ebúrneo, ó Musa dos assombros,
que me inspiras paixões pendida nos meus ombros,

8 O mesmo que eólicas.

vai, parte, eu não te quero! o teu falar me irrita.
Não vejo como tu pela amplidão precita[9]
nem aromas sensuais das urnas das violetas,
nem trémulas canções, nem Paulos,[10] nem Julietas.
Eu vejo o crime, o mal, o cinismo, a impiedade,
vejo o antro da desgraça e da fatalidade,
sinto arquejar na treva a convulsão enorme
da luta pela Vida, e oiço o arfar desconforme
do Universo que avança a passos colossais!
Eu quero versos crus, versos como punhais,
que azorraguem do Vício as faces deslavadas,
quero versos triunfais, brunidos como espadas,
que entoem da Miséria as contorções horríveis,
que traduzam do Crime os gritos invencíveis.
Mas o Amor não existe, e se existiu morreu!
A Julieta, a Virgínia,[11] Hamlet, Paulo, Romeu...
são invenções geniais, fantásticas quimeras,
feitas para iludir uma raça de feras.
O amor é a Eternidade?... O homem não é eterno...
e inda um frívolo amor é punido com o inferno:
por um deus matador, terrível na vingança.
O amor que sonhas tu, ó pálida criança,
é a cicuta sensual, o orvalho venenoso,
que estende no silêncio o pálio tenebroso
de adultérios, traições, crimes, lutas eternas...
É o amor que atrofia as gerações modernas,
é um amor de estufa, um amor esmoler
que ergue no altar o oiro, e no trono a Mulher.
Mas a mulher é um ser na evolução turbado;

9 Maldita, condenada.

10 Referência a *Paul et Virginie*, romance de 1787, da autoria de Bernardin de Saint-Pierre.

11 Referência a *Paul et Virginie*.

degenerada inata, é o cérebro atrofiado
incapaz do equilíbrio alto do pensamento,
volúvel como a lua e fugaz como o vento.
A Mulher não é um Bem, é uma Necessidade
imperiosa e fatal que turba a humanidade
na busca do Ideal sublime que ela almeja.

Eis a verdade enfim, verdade que flameja
qual brunido punhal ao sol do meio dia!"
Ouviu-me a fala estranha, e um grito de agonia
a donzela soltou num soluçar desfeito;
rasgou co' ambas as mãos o mármor do seu peito,
ofegante se ergueu com o rosto angustioso,
volveu-me inda uma vez um triste olhar piedoso,
e sumiu-se por fim exausta, escalavrada,
na gloriosa amplidão de névoa e luz doirada.

Eu logo vi surgir de pé sobre um escombro,
com gestos varonis uma mulher assombro,
alta, rija, triunfal, como as visões de Dante.
Tinha no estranho olhar um brilho de diamante,
tinha no rosto altivo uma expressão estoica,
tinha na fronte austera essa tristeza heroica
dos grandes corações. Trazia o lábio mudo,
na face a maciez branda como o veludo,
e no peito o esplendor da pureza absoluta!
Era a beleza heroica, a beleza impoluta
cujo tipo ideal Deus vasa em moldes d'aço;
a beleza que adora a catedral do espaço
sobre o trono dos sóis. Lenta no andar terrível,
veio ela para mim, fleumática, inflexível,
poisou sobre o meu seio a branca mão formosa,
e disse co' uma voz profunda e majestosa:

"– Ó tu que estás perdido em frente à imensidade,
que remorso fatal, que trágica saudade
abisma o pensamento em turbilhões de ideias?
Esmaga ao teu silêncio as pérfidas cadeias,
veste o crânio de Luz, veste o peito de Vida,
e estende ao largo o olhar... que vês na sombra erguida?
O imenso, o infinito, o eterno, o imensurável,
o glorioso, o solene, o hercúleo, o formidável,
todo um mundo de assombro... é ele que te espera!
Ei-lo que além arqueja em contorções de fera,
o mundo que surgiu das ruínas d'outro mundo;
Universo que ergueu-se esplêndido, profundo
do proceloso caos de antigas catedrais.
É o mundo que assomou com rugidos triunfais
por entre revoluções, por entre cataclismos,
e as velhas tradições, velhos obscurantismos,
tudo, tudo esmagou sob a avalancha imensa.
Ei-lo que além trabalha e arqueja e obra e pensa.
Tudo aí tem seu templo, altar e sacerdote;
Ciência, arte, religião... todas, aceso o archote
da marcha universal, avançam pela estrada
prescrita pelas leis da evolução traçada.
Só a Poesia se estagna, a Poesia só cisma
no parnasiano azul dum carunchoso prisma;
renegada da luz, impassível na crença,
jaz, nevropata imbele, estagnada e suspensa
na estética senil de ideias pessimistas.
Os poetas atuais, monómanos puristas,
excêntricos, febris, velhos na flor da idade,
fogem do realismo, esquivam-se à verdade,
lançando sobre o azul duma fórmula fútil
as bombas colossais dum idealismo inútil.
Mas tu, filho da Aurora, ó espírito-poeta,
postergado troféu duma nação desfeita
que em seu seio inflamou tantos cérebros d'aço,

Telanga, Valmiki,[12] Valouver,[13] Kalidass,[14]
plêiades colossais de titãs tremebundos;
tu fita o referver dos pélagos e mundos,
a luta das nações, o fermentar das gentes,
as vagas, turbilhões, procelas e torrentes;
fita o Universo aberto, o Universo admirável,
e dá-lhe o digno Ideal, hercúleo e formidável!"

"– Deusa de peito d'aço, ó Musa da Ciência,
que estranhos ideais, que enormes impossíveis
põe o teu lábio austero ante a minha inocência,
teu silencioso olhar, teus gestos inflexíveis?

Abandonado e só no abismo da descrença,
pária na flor da vida, órfão da iníqua sorte,
posso eu assimilar essa alvorada imensa,
posso eu saudar a Vida, eu que saúdo a Morte!

Sem um clarão que me alveje a treva inacessível,
sem o estro que é só o apanágio do génio,
a que abismos irei buscar o impossível,
esse lema fatal que abre esse proscénio?

A terra do meu berço é um antro de geenas,
o céu da minha pátria é um pálio de rancores;
pode a ovelha soltar o grito das hienas,
pode a andorinha erguer o voo dos condores?

Esse mundo me espanta, esse Ideal me esmaga,
esse *struggle* me aterra, ó Musa da Ciência;

12 Valmiki, autor mítico do épico *Ramayana*.

13 Autor indiano de um poema filosófico, de data incerta.

14 Ou Kalidassa/Calidasa, poeta e dramaturgo sânscrito clássico, que viveu entre os séculos IV ou VI.

Não pode a mocidade erguer tão grande vaga,
não me abismes no pó a aurora da inocência."

– "A aurora da inocência é a aurora da esperança,
e tu, cuja inocência essa grandeza alcança,
não a abismes no pó das rútilas quimeras.
Levanta o teu olhar do sol das primaveras,
quem disse que era o estro a treva inacessível,
a Ciência um abismo, o génio um impossível?
Impossíveis não há, impossível só o nada.
Filho! empunha a tua pena, empunha a nobre espada,
veste o peito de audácia e vem, que eu te transporto
do moderno realismo ao formidável porto
onde podes haurir torrentes de harmonia.
A Deusa universal, a universal Poesia,
não é só para entoar bailadas e gorjeios,
e trémulas canções e sensuais enleios...
ela deve abranger horizontes mais grandes,
ela deve, condor, subir até aos Andes,
escalar as regiões formidáveis do esp'rito
e interrogar a Deus o enigma do Infinito!
Não irá a essa altura o vulgo, mas que importa?
o vulgo é a rotina, o vulgo é a letra morta,
não val' sacrificar-lhe a nobreza da Lira.
É um grande erro pensar que a poesia é a mentira;
a poesia é a verdade, a mentira a ignorância,
a mentira só ilude a loucura e a infância,
somos homens e não simulacros humanos.
Os poetas cismam inda em montes parnasianos;
eis a obsessão fatal que incinera o progresso!
é forçoso abismar sob um sendal espesso
a estética senil, e levantar do abismo
a ideia positiva em todo o brilhantismo.
A vida real abrange horizontes enormes,
a vida real desvenda assuntos multiformes,

o grandioso arquejar dos pélagos profundos,
o gravitar dos sóis, o fermentar dos mundos,
os mistérios sem fim de oceanos insondáveis,
de montes colossais e abismos formidáveis:
o infinito expandir das faunas e das floras,
as chuvas, turbilhões, crepúsculos, auroras...
os enigmas que abrange a origem do Universo,
da Vida a produção, da Humanidade o berço,
tudo quanto nos cerca e tudo quanto existe,
desde o paço luxuoso até o bordel mais triste,
desde a forja da indústria até à Igreja sagrada,
desde o mudo infinito até ao abismo do nada!
Não é só a criação que o pensamento ativa:
a ciência transcendente e a ciência positiva
pode inflamar também o espírito-poeta;
a ciência que dirige o gume da lanceta,
a ciência que forja as bombas e as metralhas,
a que inventa os balões, a que acende as batalhas,
a ciência do espaço, a Geometria, a Física,
a Mecânica imensa, a Álgebra, a Metafísica,
e tantas, tantas mais, abertos horizontes
donde pode surgir e iluminar as frontes
uma estética nova, imensa e incorruptível.

A forma é que é o abismo, o obstáculo terrível,
a nossa é a infância da Arte, a treva da rotina;
quando a forma ideal, robusta, masculina
romper como um vulcão do sol da inteligência,
é que pode triunfar a Lira da Ciência,
Só o trabalho, o trabalho, o ciclope gigante
é que pode forjar os moldes de diamante
dessa linguagem estranha, imensa, incorruptível.
Não há nada de audaz, nem nada de impossível.
O século é robusto, e o espírito moderno
terá entre os troféus mais um troféu eterno!

Mas que não seja, não! essa forma gloriosa
uma fórmula tosca, insípida, nublosa;
não seja o poeta o herói servil que empregue o verso
para cantar o fundo ascoso do universo;
seja ele um pintor e não seja um fotógrafo,
faça do peito um mundo e da lira um fonógrafo
que traduza na tela em versos formidáveis,
e em frases colossais, verídicas, palpáveis
todas as vibrações do pensamento humano.

Eis o Ideal do futuro, ó cismador indiano!
É um Ideal de ferro, um ciclope brunido,
cujo esforço fatal só pode ser vencido
por espíritos se unindo em vigoroso abraço.
Sê tu um dos heróis dessa coorte d'aço...
Levanta o teu pendão em prol daquela glória,
e terás sobre a arena a palma da vitória.
Vou deixar-te... mas inda escuta-me, poeta!
Sê reto, justo, bom, firme como a lanceta,
esmaga a hidra do Vício, ergue a luz da Virtude,
adora a alma da Infância, e ensina à Juventude
a vereda que leva ao templo da Ciência,
Venera o meu Ideal no altar da consciência,
e grava no pendão da tua mocidade
o lema universal - Deus, Pátria e Liberdade!"

Expandira no azul o pálio da alvorada.
Um grande vagalhão de luz albodoirada[15]
vinha incendiando ao longe os morros sertanejos:
soltava a branca Aurora os derradeiros beijos,
trajavam-se de gala os montes e as colinas,
subiam para o céu incensos de boninas,

15 De cor branca (alba) e dourada.

brilhava ao longe o mar como um gigante loiro...
Por fim, sobre um dossel de púrpuras e de oiro,
o Sol, carvão enorme aceso ao rubro ardente,
saltou, prenhe de luz, das forjas do Oriente!
Ao seu bafo surgiu a Terra adormecida,
pujante e calor e seiva e luxo e vida;
acenderam-se ao longe as forjas do trabalho,
ergueram-se as canções do arado e serra e malho.
golfaram-se em cachões torrentes de Matéria,
pulsou da Humanidade a colossal artéria,
todo o mundo se abriu, hercúleo formidável,
todo um mundo de assombro, um mundo incomparável!

EPÍLOGO

Lutteurs qui pour laver vos membres
Avant le jour êtes debout!
Rêveurs qui rêvez dans vos chambres,
L'œil perdu dans l'ombre de tout! (...)

Assez de nuit et de tempête
A passé sur vos fronts penchés.
Levez les yeux! Levez la tête!
La lumière est là-haut! marchez!

Victor Hugo

Ó heróis, ó heróis, ó titãs formidáveis
da geração moderna, espíritos-poetas!
que trovejais ao longe em versos admiráveis
as lutas dos leões e as mortes dos atletas.

Da sombra verde azul dos índicos palmares
eu vos envio a vós meu grito de vitória;
ouvi-me! é a alma que brada erguendo as mãos aos ares,
ouvi-me! é a alma que almeja o quente sol da glória!

Não soou, graças a Deus, a esfinge empedernida
que fita iniquamente o azul da imensidade:
trago no crânio a Luz, trago no seio a Vida,
a Vida que me abrasa a flor da mocidade,

Mas a agrura fatal dos Césares antigos
pôs-ma na mente um deus terrível de vingança:
deu-me a fatalidade a estância dos castigos
dum titã que bradou: – "Lasciate ogni speranza!"[16]

16 Referência à *Divina Comédia*, de Dante: "Ó vós que entrais, abandonai todas as esperanças!".

Mas que importa? Embora a Morte os negros braços
abra prenhe de horror ao mísero precito,
cantando arrojarei-me à cup'la dos espaços
bem como um rouxinol se arroja ao infinito.

Vamos de fronte erguida ao grande capitólio
das glórias imortais que o mundo diviniza;
aonde ao génio espera um luminoso sólio,
e onde o trabalho enterra a última baliza.

Vamos retemperar naquela forja enorme
nossas penas rebeis, nossas rijas espadas;
e à sombra dessa glória o nosso nome informe
brilhará como a luz ao sol das alvoradas.

Avante Breareus das pugnas do progresso,
modernos corifeus, colossos do futuro;
a porta é aberta, entrai! Mas só tereis ingresso
com a luz do trabalho iluminando o escuro.

O trabalho, o trabalho é a arma dos prodígios,
que abre de par em par o Panteão da História;
que apaga do ócio os pálidos vestígios,
e conquista os lauréis de imorredoura glória.

O rei, o grande, e o pária, o artista e o operário,
tudo trabalha e sua ao sol das carvalheiras;
até Jesus subiu o topo do Calvário,
até Jesus suou no monte de Oliveiras.

Hei aberto um caminho à vossa trajetória,
águias! É vosso o espaço, é vossa a imensidade:
segui na evolução das pugnas da memória
os trilhos da Ciência e os trilhos da Verdade.

A Lira da Ciência é apenas o prelúdio
dum canto que me abrasou o peito em contorções;
mas ai! se o estro me falta e a desventura ilude-o
com um golpe fatal nas minhas convicções;

compete a vós, heróis, erguer a tiorba atlética
e nela desferir os cantos tremebundos,
é a vós, é a vós que cabe, ó plêiade profética,
a lira universal dos pélagos e mundos.

Sede a vanguarda enorme, a vanguarda invencível
que vista o peito aos nus, e esmague aos pés os grandes;
sede turba que atinja o abismo do impossível,
Gloriosos como a Aurora e altivos como os Andes.

Gravai com letras d'aço em vossos corações
estas frases rebeis, meus gritos de consciência:
e relembrai no ardor das vossas expansões
que lira do futuro é – A Lira da Ciência!

Santa Cruz das Ilhas de Goa,
1 de janeiro de 1897.

VASCO DA GAMA. POEMETO[17]

Poemeto Oferecido por Ocasião da Sessão Solene Realizada nos Paços da Câmara Municipal da Ilha de Goa, no dia 18 de Maio de 1898, Comemorativa do 4º Centenário do Descobrimento do Caminho Marítimo da Índia

PRIMEIRA PARTE

Je voudrais, n'en déplaise a des Muses banales
Pareil comme on l'a dit, à ces monts nébuleux,
Suspendre ainsi dans l'air des glaces virginales,
Armé de l'avalanche et des fleuves comme eux.

Sur cet impur amas d'esclaves, de parjures,
Ma haine descendrait comme um déluge amer;
J'aurais vengé l'honneur de tant d'àpres injures
Et j'aurais balayé cette fange à la mer.

Victor de Laprade

Pairava sobre a Índia o horror das trevas mudas.
Nem um clarão rasgava as sombras carrancudas.

17 Paulino Dias. Nova Goa: Imp. Nacional, 1898, 14 pp..

Dura hediondez cobria o triste céu profundo.
– e silêncio glacial amortalhava o mundo! –
Cobria o véu da Treva as selvas e os palmares,
e a aza da idolatria aberta sobre os ares
lançava sobre a flor de espir'tos transcendentes
a funesta aridez dos sonhos incoerentes,
o fanático ardor das crenças desconformes.
Crispava a estagnação os palmeirais enormes.
Mordia a asa do Mal os peitos rijos d'aço;
e os heróis do Progresso, unidos braço a braço,
cismavam na mudez das selvas gigantescas.

Jaziam no abandono as grandes sombras frescas.
Estagnavam de inércia as várzeas e florestas.
Sumiam-se na bruma as palpitantes festas
da Natureza em luz e a estrepitar de assombros!
Surgiam passo a passo ermos, penhas, escombros,
marnéis,[18] blocos de pedra, hirtas rochas, abismos,
calcando, a face em terra, os vivos brilhantismos
da Vida a transbordar em férvidas cascatas!
Era a fermentação de ideias mais abstratas,
o embate colossal de estranhos elementos;
as grandes expansões e os grandes desalentos,
as fortes convicções e as crenças mais horríveis
n'um círculo de ferro a pairar impassíveis...
Era a orgia sem par de alvores e negruras,
de rudezas mais vis e verdade mais puras;
a Ciência alastrando imensas alvoradas,
e o Fanatismo urdindo ideias desvairadas!...

Mas ele, o grande herói, o semideus, o atleta,
o invicto Briareu da geração desfeita

18 Pântanos.

dos titãs de epopeia... Ele, o assombro de guerra,
o brônzeo Prometeu que decretara à terra
dos sultões e rajás um rei de espir'to d'aço;
na altiva nau, em frente à catedral do espaço,
de pé sobre o convés, batido das tormentas,
sentindo estrebuchar-se em contorções violentas
aquele estranho mar que, ousado, avassalava;
sentindo fermentar em torno a acesa lava
da Natureza em sanha a bracejar revolta;
ele, o titã de audácia, em cuja mente, envolta
em vasta concepções, fervia a grande Ideia,
sentia mais e mais expandir-lhe a alma cheia
o anelo de arrancar desse torpor profundo
a rainha do Oriente, a pérola do mundo!
Quantas vezes no horror das noites procelosas,
sobre a vagas em luta, as vagas espumosas,
não lhe acudia à flor dos plácidos cismares
aquela terra d'ouro, a pátria dos palmares,
trajada de panteões, pagodes e mesquitas,
a desfraldar, ovante, as glórias infinitas,
e a sumir-se e a abismar-se além, na imensidade!
Quantas, só no convés, em frente à soledade
do céu e mar imenso a se espraiar medonho,
não a via a fugir como o palor dum sonho
longe, longe, na bruma infinda do oriente...
Mas nem um véu turbava o coração do crente,
nem um palor sequer sua marmórea calma;
cada perigo erguia a força daquela alma,
o génio se aclarava à luz do próprio génio!
Só, concentrado em si, na arena do proscênio
da alta missão sentia o alcance incalculável,
previa do futuro o embate formidável
que voltaria a face ao prisma das ideias.
Prelia o estrepitar das grandes epopeias
de força, de valor, de constância e civismo;

previa o espedaçar a hidra do obscurantismo
sob o pálio de luz do lema da Verdade,
e o Amor, a Justiça, a Paz, a liberdade
a abrir nesse torrão sua alvorada imensa...
E o herói ao florir na sua alma suspensa
as vastas expansões de tão vastos pensares
sentia o pranto aguardar a luz dos seus olhares,
e aceso num fremir de arroubamento e pasmo
bradava dentro em si co' o fogo dos entusiasmos:
– Ó Índia dos rajás, ó sonho, ó ideal, ó glória!
ó imenso panteão cuja assombrosa história
atroa[19] o mundo inteiro até o pálio dos astros...
Tu que dormes no alvor de marmor's e alabastros,
guardada por viris, atléticas falanges,
desde os areais do Indo aos pântanos do Ganges,
desde as brumas do Oceano aos picos do Himalaia;
surge, ó perla do Oriente, a luz que em ti se espraia,
surge ao frondoso sol que no teu céu desponta...
Eu sou quem vem lavar a atroz, a enorme afronta
que séculos de bronze hão cuspido em teu peito;
quem vem dum vil labéu[20] calcar o preconceito,
riscar um arcaísmo, abrir uma epopeia!
Eu sou do teu destino a alva que bruxuleia,
eu sou do teu futuro a estrela matutina;
o meu braço de ferro é a candente oficina
que traz à tua arena os canhões do Progresso.
Eu venho espedaçar o teu sendal espesso
co' as metralhas da pena, e as bombas da palavra;
florir a estagnação que no teu seio lavra,
quebrar os teus grilhões de sonhos e quimeras,
e despenhar-se, ovante, à luz das grandes eras,
da civilização ao fúlgido regaço.

19 Fazer estremecer com estrondo.

20 Desonra, mácula na reputação de alguém.

Mil povos e nações unidos braço a braço
em marchas triunfais irão por teus escombros
co' as grandes invenções, co' as grandes tentativas!
As massas colossais das forças coletivas
erguerão do Trabalho as catedrais frondosas;
teu solo florir-se-á em ideais e rosas,
serás o palco azul de Justiça e Igualdade,
a arena universal de Paz e Liberdade! –

E devassando o oceano a estorcer-se a furores,
sotopondo[21] escarcéus, vencendo Adamastores,
procelas, turbilhões, sirtes,[22] trombas, voragens,
para as bandas do oriente avança mais e mais...
Da inveja e da perfídia as redes colossais
põem-lhe embalde, ante a marcha, estorvos insofríveis,
e a Natureza ardida em ímpetos terríveis,
abrindo passo a passo os báratros profundos,
assanha contra a Ideia os pélagos e mundos...
Mas, firme no seu posto, o herói, o crente, o sábio,
curvado no quadrante e bússola e astrolábio,
não oscila sequer da rota a ousada proa.
Avança em vigor no espaço que reboa,
por frios hibernais e calores letíferos,
avança sem temor os climas mais pestíferos,
avança, o peito em frente, as velas desfraldadas,
até que um dia, um dia!, ao sol das alvoradas
o marujo, da gávea, a perscrutar a bruma,
vendo um cômoro a erguer-se ao longe, à flor da espuma,
– Terra! Terra! – vozeia, exultando lá fremente...

Abrira-se p'rá sempre o mundo do Oriente!

21 Colocar por baixo.

22 Areias movediças.

SEGUNDA PARTE

Lo! the dawn
Sprang with Buddh's Victort; lo! in the East
Flamed the first fires of Beantious Day, poured forth
Trough fleeting folds of night's black drapery.

High in the widening blue the herald-star
Faded to paler silver as there shot
Brighter and brightest bars of rosy gleam
Across the Grey...

Edwin Arnold

Rasga a Aurora um proscénio hercúleo de esplendores.
Cantos, luzes no céu, flores, milhões de flores
numa orgia febril alastram-se em torrentes...
Fundem-se blocos de oiro em prismas reluzentes;
voam na tela azul avalanches de opalas;
pendem lustres ideais nas olímpicas salas!
E ao Longe o sol, que sol! Carbúnculo incendido,
preso a fitas de gás no Leste azul florido,
do rubro seio entorna incêndios, brilhantismos,
avalanches de luz profundas como abismos
sobre os templos de bronze e ricos alabastros,
sobre as cup'las geniais do céu despido d'astros,
sobre as curvas subtis de esplêndidas paisagens
frescas como lauréis, vivas como miragens!
Silêncio! para o céu trajado de safiras
sobem as espirais de cinquenta mil piras,
cinquenta mil vulcões que incineram, arfantes,
cadáveres aos mil de atletas e elefantes
mortos nos palmeirais fatídicos de Ellora![23]

---

23 Conjunto de cavernas rituais no Maharastra.

Surgiu o Rei, o Sol; sumiu-se a ondina, a Aurora,
as zagaias de luz que batem nas espaldas,
que entornam à flor da onda esteiras de esmeraldas,
e laureiam de espuma as selvas gigantescas,
rasgam agora, a flux,[24] grandes paisagens frescas,
grandes fendas de luz, grandes oásis brancos,
feitos de flutuações, feitos de risos francos
que fervem em golfões nas flutuantes comas,
nas auras sensuais, nos tépidos aromas,
na viva limpidez das miragens azuis,
nos trilos de pardais e cantos de bulbuis![25]
que cenário sem fim de mágicos proscênios...
que luz iluminando a luz dos grandes génios
sobre o seio viril da natureza vasta.
A arte que cinzelara os templos de Madrasta,
pagodes de Mujid e grutas de Elefanta,
expande agora ao sol assombros de Luz tanta,
tantas cup'las de bronze e sáxeos[26] minaretes,
tantos pilares d'aço e marmóreos floretes,
tantas cristas azuis, brunidas como espadas,
que ao rútilo chispar do sol das alvoradas,
dir-se-ia uma explosão feérica de estilhas
dos olimpos ideais prenhes de maravilhas!

Mas obumbram o céu trajado de safiras
as longas espirais de cinquenta mil piras,
cinquenta mil vulcões que incineram, arfantes,
cadáveres aos mil de atletas e elefantes
mortos nos palmeirais fatídicos de Ellora!

---

24 De forma abundante.

25 Pássaro típico da Ásia tropical, referido pela poesia persa.

26 Pétreo.

Fulgura intensa a luz que o mundo doura.
O mundo que surgiu, com arrancos triunfais,
calcando o inútil pó das rotas catedrais;
que acendeu no seu seio as forjas do Trabalho,
que derramou a Vida e fecundou orvalho
aos algosos marnéis e tórridas planuras.

Que rasgou de sua arena as cerrações escuras
com escolas, museus, fábricas e oficinas,
e esmagando c' o pé a algema das rotinas
ergueu-se par a par no convívio das gentes!
que cenários sem fim, que dramas surpreendentes
neste torrão outrora em pleno obscurantismo!
Aonde essa era de treva e rude fanatismo
em que beijava o solo o vil proscrito, o pária,
e uma atroz seleção absurda e arbitrária
prendia a alma à grilheta atra[27] do Preconceito;
em que era a Lei um caos, e quimera o Direito,
um abismo a Justiça, a Religião um nada?...
Aonde essa era de horror, em que a turba algemada
ao ensino obcecante e crenças compulsivas
arrojava aos tições vítimas semivivas?!
Aonde a inércia, a rotina, a incúria, o abandono,
passiva estagnação, inconsciente sono
das rotas tradições, gafados[28] misticismos?...
Um espírito feito a ultrapassar abismos
fez desse claustro obscuro a arena dos portentos,
deu-lhe a vida, o calor, a força, os elementos
p'ra as grandes expansões, p'ra as grandes trajetórias,
Foi ele que iniciou as frondosas vitórias,
da Civilização, do Progresso e da Crença;

27 Negra.

28 Leprosos.

que abriu sobre o seu solo uma alvorada imensa,
e inundou o seu céu co' uma explosão de auroras.
Foi ele que fundou suas catedrais sonoras,
que fez raiar o sol sobre o seu caos profundo
que fez na treva o sol, e fez no nada o mundo!

Glória a quem cinzelou um feito tão nitente,
glória a quem redimiu o mundo do Oriente,
e ergueu um reino inteiro a cintilar aos astros...
Glória a quem fez surgir Almeidas, Melos, Castros,
glória a Vasco da Gama, o grande português!

O seu vulto resume a forte intrepidez
que erige uma era d'oiro, e um século abaliza;
que do impossível calca a trágica baliza,
e expande num abismo o pálio das conquistas.
Homem, mais que homem, herói, sábio de amplas vistas,
vontade feita em plano, ideia feita em obra,
encarnação viril da audácia que desdobra
a simples concepção em fato positivo.
Cérebro feito d'aço, espírito inventivo,
mescla de pensador e artista aventureiro,
um romano, um fenício, um monge e um guerreiro
fundidos num crisol de cívicas virtudes.
Inflexo, austero, cru, afeito a ímpetos rudes,
tão rijo como o bronze e frio como a pedra,
absorto no alto Ideal que num génio só medra,
sombrio e refratário à hidra das paixões!
Tal era o grande herói que os povos e nações
veneram, posta a mão na ara de Justiça.
que sobre o altar da pátria altivo se ergue e viça
apontando o seu feito às gerações modernas.
Quem mais do que ele fez, que de ovações eternas
mais credor seja em face imparcial da História?

Hosana a quem refulge em um pálio de glória,
entre as glórias dum povo, entre as glórias do mundo.
Hosana a quem ostenta o seu génio profundo
na arena do Oriente a pairar sobranceiro.
Ressurja Portugal, a Índia, o mundo inteiro
e inunde de lauréis seu vulto imarcescível![29]
Quem lega à sua pátria um nome imperecível
tem jus ao seu amor profundo e imorredouro;
quem lega ao universo o ansiado velo d'ouro
tem jus à gratidão mais íntima e sagrada.
Seja uma alva de luz, pois, hoje desfraldada
na frondosa amplidão dos pélagos e mundos;
rompa um hino de glória os peitos tremebundos
do herói a fama alçando à cúpula dos astros...
Seja erguido o seu nome em pedras e alabastros...
Seja erguido o seu sólio, orlado de lauréis,
junto ao sólio de herói, junto ao sólio dos reis!

29 Que não murcha.

O AMOR (POEMA)[30]

Aos mestres Abílio Manoel de Guerra Junqueiro, Barão de Cumbarjua e Gomes Leal

À saudosa e inolvidável memória duma infeliz DUMA INFELIZ levanto este padrão orvalhado de lágrimas

Sobre as campas do meu pai Domingos José Dias e do meu tio Manoel Simão Anselmo Dias uma lágrima de saudade

PRÓLOGO

Ó almas virginais, brancas como alvoradas,
nostálgicas de amor, de glória, do infinito,
fechai, lírios de luz!, as pétalas doiradas.
Que não vos incinere as crenças perfumadas,
– orvalho venenoso! – o meu cantar precito.

Vós sois o aroma bom que exalam soltas tranças,
e que embacia o ar nas sombras transparentes
Vós sois a luz astral que estilam esperanças...

30 Paulino Dias. Vol. I, 1.º Fascículo. Nova Goa: Typographia da Casa Luso-Franceza, 1903.

Embalai-vos no berço, ó seios de crianças!
Abraçai-vos à cruz, espíritos de crentes!
Para vós abre o sol minas de pedrarias,
traça o luar no azul linhas brancas de halos;
paisagens pastoris agitam ramarias;
e apontam catedrais de largas frontarias
por entre o verde-anil dos arvoredos ralos...

Para vós rompe a aurora os muros dos nevoeiros,
e ninhos, na penumbra, irradiam canções;
murmuram canaviais, florescem cajueiros,
e bandas musicais soltam hinos guerreiros
por trás do resplendor das longas procissões.

Vedes por toda a parte incêndios, brilhantismos,
relvas brancas do orvalho e vapores de aromas,
plumas, rosais em flor no fundo dos abismos;
perpassa a brisa etérea... e desprende lirismos
pelas pontas subtis das extáticas comas.

Só vos toldam a mente as nuvens lutulentas[31]
da tentação, do mal, as trevas do pecado!
Anátemas hostis sopram como tormentas...
Despedaçais a vida em pelejas sangrentas
com as hostes infernais do antigo Rebelado.

E vós ides chorando ao longo das campinas,
magras as mãos ao céu, implorando piedade;
o estigma do Pavor nas frontes pequeninas...
Ajoelhais sobre o chão em meio das ruínas,
ansioso e triste o olhar fitando a eternidade.

---

31 Lamacento.

É este o vosso ideal. O mais, sombras, negrumes;
– orgulho do dragão – inúteis utopias.
Somente a Crença, a Fé são os sóis, são os lumes.
O Universo parou ao pé dos altos cumes
dessas lendas doutrora e as tradições sombrias.

A Ciência não abriu clareiras como astros;
o Progresso parou, a Ideia não existe!
A Arte não cinzelou Panteões e alabastros;
a História só cobriu os criminosos rastros
da Humanidade sempre atormentada e triste...

Não vedes – no torpor da rotina – inconscientes,
presas do Preconceito às lúgubres colunas,
ideias a morder-se em lutas veementes,
séculos a cair como a água das torrentes,
e nações a passar como a areia das dunas.

Ensombra o horizonte o luto de assassínios,
dramas rubros de sangue enchem de horror as eras.
Vão forçando nações as linhas dos domínios,
leva o Poder armado, à foice de extermínios,
hostes viris de heróis caçados como feras!

Crivam revoluções as bases dos impérios,
sacodem o universo os embates das raças;
vai-se forjando a Lei em leitos de adultérios;
surda a conspiração rumina hinos funéreos,
os *heróis do punhal* vão sublevando as massas.

Sente-se um mal-estar terrível pelo mundo;
dão as mãos, pela sombra, hordas dos descontentes.
O trabalho desata um choro gemebundo;
espuma a Rebelião tal como um mar sem fundo,
e a Anarquia aguça os acerados dentes.

Vão-se adestrando ao fogo, ao sangue das batalhas
nações que se armam como as hordas assassinas.
Pejam nos arsenais os canhões e as metralhas:
vai-se forjando a Morte à hulha das fornalhas;
ameaça a humanidade o sopro das ruínas.

Paira iminente como a nuvem dum flagício[32]
uma conflagração que ainda não viu a terra.
– *Lasciate ogni speranza!* – é o lema do suplício...
A paz armada e alerta... é apenas o armistício
que há de em breve explodir numa espantosa guerra.

E vão de braço dado os reinos coligados
a esmagar, retalhar os povos moribundos.
Pedem vingança, em vão, crimes ensanguentados.
Brota desolação sob os pés dos soldados;
rola a orgia, ébria! em alcouces imundos.

Quem poderá contar os prantos, os gemidos
que os impassíveis sóis escutam nos espaços?
Quem poderá contar os feitos dos bandidos?
Lares rotos do saque, os seios prostituídos,
filhas, vendo-as as mães defloradas nos braços!

Deuses das religiões arrasadas, extintas,
eis cospem sobre vós um labéu irrisório;
heróis dum mundo morto, as multidões famintas,
foram de vossa glória e vosso sangue tintas.
– E vós dormis no pó dum olvido marmóreo! –

Espeta no Progresso a ponta do Insulto;
a Civilização detém e volta os passos,

---

32 Ignomínia.

o instinto de dragão que no homem jaz oculto;
calca a Justiça e a Lei, zomba da Crença e o Culto,
e sai de noite, nu, com a tropa dos devassos...

É o direito da força, o direito infamante
é sempre esse direito, o direito da fera,
que empolga os ares como um cacto fumegante,
que vara lado a lado, à flecha de diamante,
o nobre ideal de Amor que o universo venera.

É o mal, o grande Mal antigo e inominado,
cuspido contra os sóis, anátema funesto!
Contorcendo o perfil do velho torturado,
expulso dos édenes, nas trevas exilado,
lançando embalde aos céus a luva do Protesto!

O mal que se diz – Crime – o mal que se diz – Vício!
a Inveja, a *demi-science*, a casta, a cor, as raças...
a Ambição mais atroz que o vírus dum flagício!
a estratégia calada entre os nós do cilício;
o Trabalho que faz embrutecer as massas.

Abriu o Capital *poças* de monopólio,
mandou ao lar do pobre a Peste, a Fome, a Guerra!
O poder bloqueou de aço forjado o sólio,
o universo é do Czar o infalível espólio,
é da Lei – despotismo – o cetro sobre a terra.

Estendeu a Luxúria a fronde às mancenilhas,[33]
cobriu o campo, o lar, o macadam[34] das ruas;
o operário vendeu a cobre vil as filhas,

33 Tipo de àrvore venenosa.

34 Asfalto.

e esposas dos heróis subiram maltrapilhas
ao leito do senhor, a pedir um pão, nuas!

Abriram, na calada, as bocas sequiosas
ao beijo do soldado, ao beijo do assassino,
damas de *haute gomme ardentes*[35] como rosas,
que ajoelham em coxins, nas cátedras, chorosas,
na mão rosário d'ouro e um manual latino.

Rolaram nos marnéis e a areia da devesa
uivando, como em cio, as feras nos caminhos,
às puas do espinheiro a longa trança presa.
Voltaram enxugando o pranto da pobreza,
voltaram para o lar... fitando os passarinhos!

Baixou, retrocedeu o espírito das raças;
empederniu o Ser, suicidou-se a Consciência:
a guerra pelo pão lança a vertigem às massas,
famintas multidões trovejam pelas praças,
fugiu espavorida a límpida inocência.

Olham, secas, ao céu as arvores frondosas
dos tempos patriarcais, desses tempos felizes,
em que o homem, irmão dos ninhos e das rosas
cismava em risos d'ouro e tranças luminosas...
Olham, secas, ao céu, crivadas nas raízes!

O Progresso fundiu as aspirações vastas,
o Progresso estendeu o horizonte à Matéria.
Torres do antigo Amor tombaram no chão gastas;
já não há quem sustenha as ideias nefastas
que plantam no universo o lúpus da Miséria!

---

35 O mundo da alta sociedade.

Tudo vai convergindo a uma luta sangrenta.
O descontente vela, o anarquista não dorme.
Cresce a revolução nos subterrâneos lenta...
Sobe no céu longínquo a nuvem da tormenta;
prepara-se no Etna uma explosão enorme.

E esta não será o bruxulear dum sonho
Vós heis de vê-la, quando, ao expirar do dia,
a plebe vil surgir – em matagal medonho! –
e em meio do festim, sob o luar risonho,
desfraldar o pendão da morte – a Anarquia–

Mas vós, almas de heróis, viris, como alavancas,
protótipos do ideal brônzeo da Liberdade,
abri da consciência as rijas urnas brancas,
abri do vosso lar, largas as portas francas,
e recebei meu canto altivo de Verdade.

Vós fostes o esquadrão robusto dos mineiros
que cimentou de aço a vacilante Ideia.
Águias do eterno azul! Fostes os pioneiros
que lutaram, na arena, as lutas dos guerreiros,
e cantaram, no estrado, os cantos da epopeia.

Dissecastes os sóis, as estrelas, os mundos...
– quem vos pôde suster a marcha triunfante? –
Fostes, Rumkorff[36] em punho, aos oceanos profundos,
a Terra, a vossos pés, abriu seios fecundos;
feristes da Poesia a tiorba gigante.

Fostes vós, fostes vós os campeões das eras.
– A História vos ergueu pedestais de granito –
Vencestes os dragões, dominastes as feras,

36 Bobina de indução, , tipo de gerador elétrico.

varastes lado a lado a poeira das esferas,
os transcendentes céus, a sombra do infinito!

Colombo, Napoleão, Rafael, Pasteur, Zola,
Hugo, Buda, Platão... ó poentes de glória,
vosso nome, imortal, por entre os séculos rola,
e deita aromas como a urna da corola;
almas gémeas do sol, vós não cabeis na História!

Não vos hão de faltar apoteoses ovantes,
rubras glorificações nos ciclos das idades;
mas também hão de vos cantar orbes distantes,
hão de vos venerar outros peitos gigantes,
outras raças, talvez, outras humanidades!

Oh! que imensa ovação nos mundos estrangeiros;
que orquestra singular de liras nunca ouvidas...
Que perfis de Camões, de Viassas e de Homeros,
soltando em vagalhões cantos, poemas inteiros,
em face dos heróis, nas catedrais brunidas!

Almas claras do azul, almas fundidas d'aço,
da substância dos sóis, das lavas, do granito;
ó vós que hoje pairais sobre as torres do espaço,
mas que sofreis também, abri vosso regaço,
ouvi, nos palmeirais, meu desolado grito.

Pária pelo universo, aos encontrões da sorte,
rugindo embalde aos céus como um tigre ferido,
sob o pé dum destino impassível e forte,
eis que ameaça-me o raio iminente da morte...
Oh! Não deixeis que tombe assim como um vencido!

Abandonou-me o lar a pomba da esperança;
chora o vento do sul, ai! Como o céu é frio...

O Ódio cravou-se como o ferro duma lança.
Não deixeis naufragar minha alma de criança...
Tão rico é o universo, e o meu peito... vazio!

É noite, e eu sei, não mais há de sorrir a aurora;
só apontam no meu céu cometas guedelhudos.[37]
Minha única ilusão, rotas as tranças, chora;
afoga-me o negrume... ó meus ideais doutrora,
também vós me fugis insensíveis e mudos!

A tristeza fatal dos Césares romanos
se deu-me, a mim, o Deus que dá relva às campinas,
a raiva que me escalda, a Raiva dos tiranos,
deu-ma o Ódio feroz dos rábulas[38] profanos,
a Inveja colossal das almas pequeninas.

Vede! a face espetral... são as feras soturnas
que espreitam de soslaio o viajor[39] nas escarpas.
Empedraram traições em pegajosas furnas,
Judas venderam Cristo! E nas trevas noturnas
agitaram pendões, e línguas como farpas!

Há muito que os fugi, e em terras estrangeiras
fui buscar um consolo e o pão dos exilados.
Vi largos arsenais e torres com bandeiras,
templos cheios de gente, armas, legiões inteiras;
vaguei sozinho, aos sóis, em reinos devastados.

Foi então que brotou em minha alma sombria
este canto sincero e rude de franqueza.

---

37 Que tem guedelhas, cabeludos.

38 Mau advogado.

39 Viajante.

– No meu seio o guardei, tal como a fera a cria!
E, ignorado, no olvido, eu vi-o dia a dia,
subir no meu pensar silente de tristeza...

Eu celebrei o amor, o Amor! Fecundo e forte;
moldei-o no crisol ardente do meu verso.
O Amor que estende e planta a Vida sobre a Morte,
trila no azul etéreo... astro polar do norte...
a grande asa vital que acalenta o Universo.

Eu celebrei o Amor que hoje não existe,
– e germinou outrora espíritos profundos! –
a alma da criação amargurada e triste,
que única através das destruições persiste.
O éter sideral dos átomos e os mundos.

O Amor, somente o Amor, a força transcendente
que impele o ser, e a alma para a alma;
a essência espiritual que vibra, trila e sente!
A poeira de luz fecunda e transparente
que faz brilhar o sol e faz florir a palma.

Esse Amor que é o lírio, esse Amor que é a aurora,
a virgem que ao luar soluça nos caminhos...
O Amor quente com que a fera em cio chora;
réstia branca do sol na paisagem sonora
que faz estremecer na fronde os passarinhos.

Ai! Esse Amor que é hoje um túmulo na História,
mas produziu um dia os campeões das eras;
que foi do homem inocente a irradiação de glória
astro d'ouro que foi seguindo a trajetória
ao seio angelical de mais louras esferas.

Esse Amor que eu senti na aresta dum momento
– raio verde por sobre um mar de azul e espuma –
que incendiou de sóis o meu céu lutulento,
e deixou-me, ao partir, na vasa,[40] no tormento,
qual perdido viajor num deserto de bruma.

Também cantei, cantei com o pulso da verdade,
da Verdade que ri do Preconceito e o Insulto,
o amor que hoje gangrena e rói a sociedade,
que estende num lençol de Vício a humanidade;
vírus que nos marnéis fermenta e lavra oculto.

O amor que deita à luz os párias, os abortos...
envilece, de orgia, o nobre peito humano;
faz de frontes viris, perfis, à lua, absortos,
o amor que vai cuspir sobre as campas dos mortos
o amor que destrói mais que espada dum tirano.

Fraudes, em que eu pensei em noites assassinas,
vendo tragédias d'asco em meio das alcovas;
estupros infantis nas trevas clandestinas,
e rotos histriões com rotas messalinas,
que eu vi roucos grasnando indecifráveis trovas.

Tudo, em suma, cantei; para que veja o mundo
que vale o franco amor que enobrece e que alenta
e o pegajoso amor que é negro mar sem fundo.
Cantei o Amor que hesita em um beijo tremebundo,
e o amor que varre a alma assim como a tormenta!

É este o canto de mágoa; espíritos-poetas!
Memórias que eu guardei sob as arcadas da alma,

40 Caudal lodoso de rio.

do vergalho da Sorte, e empeçonhadas setas.
Lutei para cantá-lo as lutas dos atletas,
sempre a cismar, cismar na imarcescível palma!

Não o deixeis cair sob a poeira do olvido,
génios!, que abris rasgões de luz por sobre as eras.
Só vós sabeis que seja um coração ferido.
Sede a mãe que perdoa o seu filho querido;
oh! Não me arremesseis para os circos de feras!

O vosso é a avalanche audaz do pensamento,
o meu, a triste faúlha[41] entre cinzas oculta;
poeira que leva ao ir na asa da nuvem o vento!
Mas é viril, é nobre o Ideal que em mim alento;
da glória o quente amor também minha alma exulta.

A crítica, eu o sei, prende à polé[42] do suplício
o poeta da penumbra, a martelar o verso...
Porém nem tudo é o sol rubro do solstício.
Uma pedra também levanta o edifício;
um átomo entrelaça a teia do universo.

A crítica é arbitrária. A estética do Belo
não molda-a, não!, a lei no barro dos cadinhos.
A liberdade é igual à pena e ao camartelo.
Deixai à águia, alta a torre do castelo;
deixai solto no espaço o canto aos passarinhos.

Que a Arte, a Natureza, a Ficção, o Simbolismo
se fundam num crisol em um vasto cosmorama.
No quanto existe alteia a ponta do lirismo!

---

41 Faísca.

42 Instrumento de tortura em que se pendurava o punido pelas mãos com uma corda e se prendia pesos de ferro nos pés, fazendo o corpo cair com violência.

O génio da poesia abraça o céu e o abismo;
todo o universo vibra em uma infinita gama.

Ou a Poesia é tudo, ou a Poesia é nada;
ou vai cheia do azul, do transcendente e os astros,
cinto d'ouro engastando a imensidão criada,
ou se estira, a cismar, aos nimbos da alvorada,
em lirismos senis de extenuados rastros.

A Poesia é a impulsão fatal como as loucuras;
arrasta, como arrasta o Vício, o abismo, o Crime!
Deitaram-na ao escárnio as multidões impuras...
Deram-lhe o velo d'ouro, a palma de amarguras.
– É este o preço da Glória, é este o preço sublime –

Mas ai!, nunca esmoreça o pensador gigante.
Quem sofre é como Deus, é como Deus quem cria.
Sobre o poeta chora a imensidão distante.
Longe... longe... que vale uma fama brilhante?
– eco flébil[43] que leva, ao ir, a ventania –

Seja o poeta a estatua inflexível do Belo;
– no mais a escória bolha em bafo nauseabundo!–
Seja do vício e o crime o chumbo do flagelo;
protótipo do Bem, às gerações modelo,
seja o farol que rompa o nevoeiro do mundo.

O poeta tem de ser a esfinge de basalto,
livre das seduções do mundo pequenino,
– Albatroz a librar[44] à flor das nuvens, alto –
muralha de aço e pedra entre os fumos do assalto.
O poeta deve ser forte como o destino.

43 Choroso, lacrimoso.

44 Pairar.

Por isso eu deixo ao longe, ao largo, a Ideia, as crenças;
– o ceticismo frio a constranger-me o seio –
vejo a rotina abrir-se em solidões imensas,
na sociedade hostil crescerem diferenças,
mas, na isenção total, nada amo nem odeio.

Trovejam na tribuna escolas absolutas,
dobram a cerviz da alma ensinos exclusivos;
o meu é o ecletismo aberto a todas lutas,
sigo a marcha triunfal de ciências impolutas,
e me oriento à luz de fatos positivos.

Calco do Preconceito as tristes exigências,
a atonia que oprime as grandes frontes calmas;
rejeito o servilismo, as torpes conveniências,
as velhas tradições que se impõem às consciências,
as rotas catedrais que apavoram as almas.

Mas eu não te amordaço, ó fanatismo, ó fera,
que uivas no descampado em pavoroso cio.
Teu cetro desleal que ainda hoje impera,
será no largo abril duma próxima era
de séculos de pedra o mausoléu sombrio.

Quebrar-te-ão sem trégua os muros das bastilhas
os canhões do progresso, os canhões do futuro;
teus lemas mais hostis que as negras mancenilhas,
lançá-los-ão à rua as turbas maltrapilhas,
como andrajos se lança à beira dum monturo!

Há de pulsar no espaço ilimitado a artéria
da humanidade presa ao poste dos negrumes;
há de palpitar livre o átomo da Matéria...
e sumir-se no ocaso a infinita Miséria,
à luz espiritual de mais piedosos astros.

Irão de braço dado a antiga Liberdade,
a justiça, o direito, a Lei, a Fé, a Crença,
sob arcos de triunfo, em lúcida irmandade,
estreitando as nações num elo de igualdade,
abrindo sobre a terra uma alvorada imensa!

Livre das convenções duma esb'roada estética,
a Poesia que geme em cela de granito,
como o raio que solta uma lâmpada elétrica,
soltará com clangor de trombeta profética
cantos cheios de Amor soprados do Infinito!

A era presente e a arena adulta da Ciência,
dos grandes *tours de force* e o voo dos inventos.
O espírito se expande altivo de opulência;
fecunda a terra e o mar uma imprevista essência,
cravam-se pedestais de estranhos monumentos.

Que rugidos, que sons sob a luz do sol crua,
na forja onde resfolga o ciclope moderno!
Na prensa do Trabalho a carne verga e sua...
crepita a hulha em chama e, altas noites sem lua,
abala o seio à terra um fôlego de inferno.

Ó frémitos de amor e trilhos de entusiasmo
que rebentais dos *rails*, dos tornos, das caldeiras,
sois vós que hoje vingais séculos de marasmo;
ao fitar-vos, titãs!, a alma crispa de pasmo;
ide escalando o espaço, as celestiais ombreiras.

A Lira da Ciência, a lira feita d'aço,
aguarda no sigilo o vosso alvor de glória.
Olhai! que há de feri-la o triunfante braço
de génios que venera a grande alma do espaço;
poemas heis de ver que nunca viu a História.

Edison, Roentgen, Watt, Dumont, Giffard,[45] Marconi,
vós haveis de inspirar novos Tassos e Homeros;
– o vosso nome tem a força dum ciclone! –
A pilha, o espetro, o gás, a placa, o telefone
são mais que o semideus e a lança dos guerreiros.

Há de subir o azul, por traz das serranias,
como a estrela que o pranto à madrugada enxuga,
um astro largo d'ouro e estranho de ardências,
que há de varrer de face as cerrações sombrias,
há de apagar da treva a derradeira ruga.

A Poesia que vibra o espírito do vate,
livre, como no espaço a asa dos condores,
a mesma que feriu as rimas do combate,
há de cantar agora os cantos do resgate,
há de abalar o sólio aos reis e imperadores!

Há de ir-lhes exprobrar a trágica fereza
com que se ata a plebe ao pranto, aos pelourinhos,
mais o escândalo hostil que insulta a natureza.
Ninguém há de suster a sua raiva acesa
quando ela for rasgar o pano dos arminhos!

Cuspir-lhes-á na fronte o escarro da vergonha,
lançar-lhes-á no rosto o opróbrio da ignorância.
O Poder cego é mais cruento que a peçonha.
a intolerância sopra a saturnal medonha
que vai tripudiar sobre a viuvez e a infância.
Também há de lembrar-te, ó plebe esguedelhada,

45 Cientistas e inventores do século XX: Wilhelm Conrad Röntgen , físico alemão que descobriu os raios X; James Watt, engenheiro inglês que melhorou o motor a vapor; Alberto Santos Dumont, aeronauta brasileiro; Henri Giffard, engenheiro francês, inventor do dirigível e Guglielmo Marconi, inventor da telegrafia sem fios.

o direito da Lei, da Ordem, da Justiça.
Tu uivas nos motins como a fera assanhada,
despedaças na greve o asfalto da calçada.
o sopro de tua raiva a Assolação atiça!

É já demais o sangue e o fumo das ruínas;
a destruição confrange, o terror, a carnagem.
Eis reclamam trabalho os campos e as colinas;
para trás, para trás! ó turbas assassinas...
feri clarões de amor desse instinto selvagem.

Ninguém te deu, ó fera, o cínico direito
de lançar no Poder a corda do carrasco.
Se ele te esmagou sob um Ideal estreito,
não respondas cravando um punhal sobre o peito;
a vingança de sangue infunde horror e asco!

Tu hás de ulular sempre, ó plebe miserável,
como o oceano, na bruma, ao despontar da lua.
O mal que te aniquila é o Mal irreparável,
o anátema de pranto, e um Deus inexorável;
tu, eterno Fellah,[46] trabalha, ruge e sua...

Mas nunca te abandone, oh! nunca, o pensamento,
de que outros vão seguindo os mesmos negros trilhos
Passa de polo a polo um gélido lamento.
É para todos o céu calado e lutulento,
ai!, todos são da Terra os desgraçados filhos.

Vós nunca haveis de ver os pesadelos da alma
– vós só vedes a pompa e os auges da eminência! –
Escalda sobre a fronte o louro, a glória, a palma...

46 Trabalhador do campo.

Chorai, vós que sorris de imarcescível calma
os que a Sorte prendeu ao ouro da opulência.

Não ultrapassam, como as linhas dos redutos,
o estuque dos *boudoirs* e dos salões dourados,
os rugidos de crime e dramas dissolutos.
Os túmulos reais fecham prantos e lutos;
escondem mausoléus peitos ensanguentados!

É mesmo o Mal, e mesma a Sorte vingadora
que prende o rei e o pária à cauda dum cavalo.
Por toda a parte o homem erguendo os braços chora.
É de instantes o sol, é de instantes a aurora;
cobre a teia da bruma o mais brilhante halo.

Se encheram-se de luto os séculos antigos
na barbárie, na treva e a ira dos tiranos;
e a Assolação chegou às pedras dos jazigos!
Se acabaram de Ódio os povos inimigos,
e cuspiram na Terra os Césares romanos;

ainda hoje não virou-se a página sangrenta,
É mesmo o ódio hostil que sacode as nações.
Ainda a espada a terra e os mares ensanguenta;
sopra mais forte ainda o vento da tormenta.
cada século assanha a lava dos vulcões!

Mas, eis!, nem tudo passa à aluvião da Memória,
Cada século que fecha é um astro que desponta,
astro que o telescópio impassível da História
ou veste dos clarões de imorredoura glória,
ou despe-o e o expõe à imorredoura afronta.

Vós que a Sorte cingiu de mantos purpurinos,
tremei!, que ainda vela o olho da Justiça.

Vós sois os que abris a urna dos destinos.
São as vossas ações, os vossos desatinos
que acendem do Futuro a decisiva liça.[47]

Vós que plantais da História os marcos miliários,
eis que murcha o laurel das glórias passageiras;
mas o opróbrio que mancha o nome dos corsários,
esse enche o infinito e os vácuos planetários.
E é mais que a guilhotina o anátema das eras! –

Fazei reverdecer a palma do trabalho;
transformai em seara os bordéis, os monturos.
Olha sequioso o céu o emurchecido esgalho;
fazei chover sobre ele o fecundante orvalho;
– deixai que a paz inunde os séculos futuros –

Teve um berço de sangue o século das luzes;
– o seu vagido foi o estampido de guerra –
Abriu-o um cataclismo! Armas, cetros e cruzes
e ideias... a bater com fracasso de obuses.
– Fechou-o uma explosão que nunca viu a terra! –

Foi o século da luz e o século da treva;
das grandes cerrações e as grandes alvoradas;
teve a força vital do Ideal que alenta e eleva;
mas também estilou a mais imunda seiva.
Ergueu-se em expansões, caiu em derrocadas!

Quando apontou na bruma estrebuchava a França
no leito dum vulcão... Caía um mundo roto.
Levantava-se a Ideia aos silvos da matança;
ardia o povo, o escravo!, a sede de vingança;
abalava o universo um estranho terramoto!

---

47 Luta, combate.

Foi a era de Terror que não mais viu a História!
– na rua a revolução, na praça a guilhotina –
Brancas frontes reais, perfis quentes de glória,
caçados sobre o asfalto... aos gritos de vitória
duma nação a um tempo heróica e assassina.

Era a orgia da Ação! Poviléu nas ruas,
alucinado, a arder, como mulher histérica,
brandia para o sol folhas de espadas nuas,
Gritos feriam o ar, ameaças, frases cruas...
Um mundo vinha à luz com uma força colérica!

A revolução caiu, assim como a avalancha,
sobre as trevas doutrora, a vasa, o obscurantismo,
Apagou do passado a vergonhosa mancha,
vingou duros labéus. A pedra, a bala, a prancha,
esmagou a opressão, matou o despotismo.

Porém, havia a crença em um ideal futuro,
uma estoica altivez erguia aquelas frontes.
Uniam-se os heróis como as pedras dum muro!
Um grande incêndio abria o matagal escuro.
Um novo sol rasgava a bruma aos horizontes...

Rugiam sob o pé feroz da tirania;
afogava-os a ânsia imensa da igualdade.
Era um repto o Poder, insulto a Monarquia.
Demais a escravidão! O universo pedia
asas largas no espaço, o azul, a liberdade!

E a Liberdade abriu ao largo as asas brancas!
Respirou o universo. Ao longe, sobre a terra
germinavam nações fortes como alavancas.
O Progresso transpunha as barreiras já francas.
Alagava uma aurora o campo, o vale, a serra...

Hoje crispa a consciência o frio, o ceticismo,
não alenta a energia as massas sublevadas.
Descambou o vigor másculo do civismo;
o espírito civil fermenta o anarquismo;
o espírito moral planeia derrocadas!

Hoje é deus o indivíduo, e nada a sociedade.
O cálculo varou o olho da consciência.
Hoje é um mito o céu, um mito a eternidade,
a fraude rebaixou à vasa a humanidade,
fugiu da alma infantil, deflorada, a inocência.

E não há quem sustenha a avalancha medonha.
O progresso é gigante, o espírito é vazio...
A estátua do Poder no pedestal d'ouro sonha;
e vai roendo o mundo o vírus da peçonha,
e vai gelando a alma um invencível frio!

Somente o amor, o Amor!, redimirá o mundo.
Quando exaustas nações tombarem maltrapilhas
na orgia do Poder, como num mar sem fundo;
a Miséria soltar um uivo gemebundo,
e a Corrupção abrir a folha às mancenilhas.

Não haverá quem obste o vento das ruínas!
Só ele há de vingar a ingratidão enorme,
e há de suster o braço às hordas assassinas.
É ele que há de arrasar o leito às messalinas
e despertar do mundo a vergonha que dorme.

Há de então restaurar-se a infância primitiva;
– há de à alma enternecer a lástima, a piedade,
irmã de olhar azul pelas tranças cativa –
Quem há de então magoar a folha à sensitiva?
Será a terra um lar, família a humanidade.

Heróis de fronte vasta, intrépidos guerreiros,
hão de subir, cantando, as rampas dos calvários.
Nações hão de mandar turbas de pioneiros,
para salvar de ruína os povos estrangeiros.
– Hostes hão de surgir de invencíveis templários.

Essa será do amor a idade astral de glória,
do Amor de quem eu sou o pálido entusiasta.
Que o meu poema marque um ponto só na História.
Depois, depois que o atulhe a aluvião da Memória;
– o universo é imenso, a criação é vasta! –

Eu ouvirei na campa, ao pé das trepadeiras,
o longínquo surgir da humanidade nova;
– hão de contar-mo, à noite, o eco das cordilheiras!
E quando ela escalar as celestiais ombreiras
o seu clarão de glória há de banhar-me a cova.

E se acaso algum dia um poeta solitário,
junto de mim vier, cismar na soledade,
eu hei de ressurgir do sono funerário...
Há de pulsar meu pó no frio do sudário!,
ouvindo-o murmurar meu nome com saudade.

CAPÍTULO I

Lavra desolação sobre a face da terra.
E pela treva hostil, que ainda os fortes aterra,
quem passa? É o funeral que leva à sepultura
mais um a quem varou a espada da Amargura!

Noite negra, de inverno; as trevas carrancudas.
Frio... um frio de febre. As selvas guedelhudas
torce-as um vento rijo uivando como as hienas.
– E esse vento arrasta um bafo de gangrenas! –

Já não se vê o céu, mas um negro sem fundo;
– por vezes o céu é a lapide do mundo!
Troveja. E campo além, a trovoada rouca
semelha a gargalhada horrível duma louca...
O relâmpago brilha e rasga por instantes
das nuvens colossais os montes flutuantes.
Que noite essa, meu Deus!, excecional na História!
Mas quem a lembra? Quem guardou sua memória?
Quem guardou-a do pó destruidor do olvido?

Chovia muito, ao longe... e, assim como um gemido,
vinha um vago clamor descendo pelos ares.
Rugiam os mangais, silvavam os palmares...
Às vezes com o soprar duma fria rajada,
vinha subitamente uma carga pesada
de chuva que batia a terra como açoite.
Ninguém te há de olvidar, extraordinária noite!
Tinhas no seio a morte, a destruição, a guerra.
Tinhas varrido o céu e flagelado a terra.
Soltavas gritos e ais na treva lutulenta.
Mas outra maior luta, outra maior tormenta,
perpassava assolando os campos, as cidades,

os tugúrios[48] no ermo, as várzeas, as herdades,[49]
tudo quanto é nojento, horrível e animal;
a assolação que sopra o espírito do Mal!
O flagelo da Força, a Cobiça, a Anarquia,
mais os monstros que vão cear na mesma orgia,
aos cânticos de Nero, a carne das nações.
Subiam para o céu ais das desolações;
gemiam, como em pranto, as ravinas do monte,
– rugia ao longe o mar no escuro do horizonte!
Campeava o pavor nas almas doloridas,
o sangue borbulhava em lutas fratricidas,
crispava a asa do Medo os peitos rijos d'aço:
os povos, a tremer, unidos braço a braço,
fugiam à mudez das selvas gigantescas.
Jaziam no abandono as verdes sombras frescas,
adros de igreja à brisa, os pátios, os terraços,
balcões brancos no lar, abrindo os tristes braços...
Ia à escalada tudo! Os portões arrombados,
boudoirs postos a nu, os leitos desmanchados,
tudo ao saque, ao cruor[50] de legiões salteadoras.
– E lá fora, na estrada, o retinir de esporas...
– Em toda a parte o Crime, em toda a parte o Vício!
Crianças, virgens, mães, no fogo do suplício.
ululavam de dor, nuas, desengrenhadas,
rolando sobre a areia as carnes defloradas...
Brilhava ao sol cruento o aço da baioneta,
e sombrio o canhão, ao toque da corneta,
ia abrindo caminho através da gentalha.
Talhava o ar, silvando, a chuva da metralha!
Tremia a terra sob o peso das coortes;

48 Habitação rústica e pobre; choupana, abrigo; covil.

49 Fazendas.

50 Crueldade.

paravam de terror os corações mais fortes,
quando, à voz do comando, e o chicote aos estalos,
ouviam-se na estrada os passos dos cavalos
lançando para o ar seu relincho de guerra.
Estremecia o campo, a penedia, a serra,
no horizonte calado, ao troar das descargas,
e transpunham o espaço as maldições amargas
que soltavam na angústia os peitos moribundos.
Cadáveres de pasto aos abutres imundos:
braços, troncos ao ar, mordidos de gangrena;
e, alta noite, através da solidão serena,
subia para o céu em vermelhas espiras
o acre fumo letal de chamejantes piras!
Estalavam de dor as pedras das calçadas.
Torrentes, com pavor, carpiam nas quebradas,
e feras, na floresta, estacavam de assombro.
Sentia-se pairar no campo e monte e escombro
a velha assolação das idades malditas,
e julgava-se ouvir nas trevas infinitas,
pelo vácuo insondado, a voz dos desesperos
que lançavam outrora, em cima dos outeiros,
de cidades em ruína, a boca dos profetas...
Saíam dos quartéis linhas de baionetas,
soturnos batalhões com músicas guerreiras.
Subiam vagos sons por traz das cordilheiras,
de momento a momento era o terror mais forte.
A negra perspetiva iminente da morte
plantava na mudez das trevas carrancudas
fantasmas de pavor sinistros como Judas!
....
Ia por essa noite estranha ao cemitério,
em meio da tormenta, o préstito funéreo
vagaroso através de selvas assoladas...
Iam primeiro em frente, em fileiras dobradas,
sete ou oito brandões cingidos de lanternas,

incidindo um rasgão de luz pelas cavernas
da negra fronde basta e os toldos de verdura.
Abria a procissão, abria-a, a envergadura
longa duma cruz preta, erguendo nos espaços,
para o céu, como em prece, os compassivos braços,
cingida de damasco, em meio de duas tochas.
Seguiam os irmãos vestidos de opas roxas,
murças[51] brancas de renda e cuecas amarelas,
em alas, dois a dois, levando acesas velas,
e rezando em voz baixa as preces por finados.
E fechavam a marcha os tocheiros doirados,
os meninos de coro, os padres, os cantores,
anjos de branco e anil com bacias de flores,
o sineiro tocando a triste campainha,
sacrista co' a toalha, hissope e caldeirinha,
no centro o sacerdote alto como um atleta,
coberto até os pés de vestimenta preta,
tocha na mão, aos céus a encanecida fronte,
lançando lentamente às escarpas do monte
os gemebundos sons de trenos lamentáveis!
Seguiam logo atrás seis vultos veneráveis
levando à mão, suspenso, o féretro funéreo.

*

Como ia, todo branco e ouro, ao cemitério,
risonho, esse caixão sob o céu carrancudo!
Cobria-o d'alto a baixo um manto de veludo,
com franjas de galão, borlas de canotilho,
e, larga, sobre o dorso, a chamejar de brilho,
uma cruz recortada em tisso[52] alvo de prata,
de cujos pés caía uma densa cascata

---

51 Vestimento paramental de procissões.

52 Véu, tecido leve.

de rosas quase a abrir, lírios, crótons,[53] grinaldas,
folhas brunidas sobre o branco, esmeraldas,
beijo último de amor, de mágoa e de saudade
que leva o morto na alma, ao ir à eternidade!
Vultos, todos de preto, as frontes descobertas,
seguiam o caixão, pelas sombras desertas,
olhos postos em terra... outros vultos ainda,
em grupos, para trás, pela vereda infinda,
vinham, já na penumbra, indecisos, distantes...
E, ao fim, só se avistava uns perfis vacilantes,
dos longínquos brandões ao pálido lampejo!...
No extremo da vereda, a fechar o cortejo,
vinte passos atrás, no silêncio absoluto,
vestido até os pés de rigoroso luto
marchava um homem, só, sob o céu inimigo.
– Dir-se-ia, no arvoredo, um espartano antigo! –
Tão calmo perpassava entre as trevas raivosas.
Jovem, macia a face, as feições vaporosas,
infantis, como são as faces das crianças,
mas pisadas de dor e mortas esperanças,
tinham, contraste estranho!, a rigidez de pedra.
Do seu todo brotava uma luz que só medra
no perfil genial das frontes cismadoras.
Nos seus olhos sorria um halo das auroras;
na sua boca, aberta em meio, como em sonho,
a vaga placidez dum êxtase risonho...
Mas que fundo palor sobre a fronte sombria!
Que amargura, meu Deus! que espantosa agonia
baixava dessa fronte às profundas olheiras...
Que negro desabar de tragédias inteiras
esse homem recordava entre as trevas noturnas!
E seguia, e seguia as solidões soturnas

53 Gênero de planta.

absorto na mudez dum pensar tumultuário,
as mãos em cruz no peito, um ar extraordinário,
tal como outrora, a pé, pela linha da estrada.
seguira um justo rei a amante assassinada!

Ao pé duma montanha íngreme, enorme, vasta,
– soberba para o espaço, os picos pontiagudos –
cujos flancos viris duma opulência basta
cobre verdura negra, em tufos guedelhudos;
ao pé dessa montanha, azul nos horizontes,
se estende uma floresta em longas espirais.
Vastíssima amplidão de ricos vegetais,
cheia de vibrações e frémitos e lutas,
onde esguios bambus se lançam para os ares,
e cruzam arecais as copas impolutas,
a folhagem soluça, e murmuram as fontes;
onde a merenda se abre ao flúor dos luares
e o sol não atravessa a massa das mangueiras;
onde se enlaçam, no ar, as ricas trepadeiras
com suas voltas cingindo as árvores robustas,
e caem flores no espaço em cachos, em grinaldas,
pórticos de veludo a brilhar de esmeraldas,
sobre a púrpura astral das altas coraleiras;[54]
onde a verdura rola em turbilhões, em esteiras,
onde o musgo serpeia entre as rochas adustas,
e vão subindo o ar tufos pelas espaldas,
longínquos, a emergir de nevões flutuantes,
e a espiralar no azul, altas copas gigantes
casando em plena luz maciços de verdura!
Aí, na grande sombra, a viração murmura,
mansa ondina ao luar, indecisas baladas,
e quando o vento alaga as naves colossais,

54 Árvores cujas flores imitam corais.

acorda ao perpassar tão lânguidas toadas
que imita o orgão-voz das vastas catedrais.
Aí trilam em coro, ao despontar da aurora,
bulbuis de ventre azul, compridos amarelos;
lança o pardal no espaço a música sonora;
solta o bico-de-chumbo um canto tão suave
que dir-se-ia cantar na amplidão duma nave
uma donzela erguendo ao céu os olhos belos.
Perpassa o moruoni[55] trilando pelos ares.
o papagaio salta em cima dos palmares,
saem cânticos sem fim pelas bocas dos ninhos,
enquanto o nevoeiro, ao subir em volatas,
de pérolas orvalha as sebes dos caminhos.
Flores, íris talvez, lírios sorrindo às rosas
remiram-se no espelhar de límpidas cascatas,
e abrindo e desfolhando as urnas olorosas
despedem para o céu tão tépidas volatas
que inundam todo o ar de indefinida essência.
– Paira na sombra morna um ciciar de beijos;
espelha sobre a relva um sorrir de inocência...
e ecoam na espessura uns ignotos harpejos,
misto de sons e ais, de trilos, de rumores,
que parecem sair da sombra que palpita!
Ai!, como a natureza é exuberante e bela
sob a cúpula azul da amplidão infinita...
O seu regaço é sempre aberto de esplendores,
sempre virgem a vibrar de forças e de lutas,
em que a Vida triunfa, e onde sempre impolutas,
se abrem para a luz as madres da Matéria.
Aí a fera canta, a flor perfuma e trila,
a cobra no frescor dos lagoas sibila,

55 Pequeno pássaro indiano.

o pândano[56] não pica, o niôl[57] é sem espinhos,
a abelha zumbe alto em cima dos penedos,
o sol não fere o olhar por entre os arvoredos,
e a relva cobre e amansa as pedras dos caminhos...
Ai!, como é doce ouvir trilar os passarinhos,
e aspirar, na frescura, os gazes, os aromas,
fitar o verde-negro às entrançadas comas,
de inverno, quando a terra exuberante e rica
a cada passo expande em flores, em rebentos,
maciços de verdura a pender opulentos,
e cachos, nos mangais, de sazonados frutos...
Sente-se um emanar subtil que purifica;
ressuma a terra como os muros de aquedutos!
Cada folha que pende, e cada flor que oscila,
a fronde da arequeira, a alum,[58] o cogumelo,
é, mesmo em pleno sol, tão húmido que estila
gotas d'água por sobre o azulado da areia...
Solta o pesado aroma o champaca[59] amarelo,
um veio d'água, além, entre o musgo serpeia,
e ouve-se o sussurrar de incógnita torrente.
Ai!, como o verde enleva, em meio de pedaços,
recortados do azul, sobre o crivo das franças,
depois dum aguaceiro, às horas do poente,
quando a nuvem achumbada esvai-se no horizonte,
e empolga num abraço a garganta dum monte,
enquanto nos vergéis perpassam brisas mansas,
sacudindo de água as pontas da folhagem...
Glória da natureza! Ó graciosa paisagem

56 Gênero de planta tropical.

57 Cacto decorativo, aqui grafado originalmente como "nioll".

58 Planta comestível comum na Índia do Sul.

59 Ou champó, magnólia-amarela (do sânscrito *champak*). Segundo Dalgado, favorita dos poetas da Índia.

das florestas viris banhadas dos invernos,
sombras cheias de sons, tintas multicolores,
aromas sensuais pesados de vapores;
quem não subira, ovante, às torres de granito
sentindo dentro em si ciciar um infinito!
É aqui que se enxuga o pranto da Miséria...
Aqui o coração se dilata de assombro
sob a alegria fresca, espiritual, etérea
que flui em borbotões até da pedra e o escombro.
Fustiga o organismo um ar puro e fecundo,
aquecido do sol, dos aromas, dos gazes,
dessas vegetações sadias e vivazes,
negras de sombra como um vasto mar sem fundo.
Livre o espírito voa através de prodígios,
asas largas no espaço, aos sonhos, aos êxtases,
por veredas sem termo, alvas de claridade,
fustigado da força explosiva do génio,
sob a glória solar do mais vasto proscénio;
adeja sobre o azul astral da imensidade!

Nessa grande floresta, ao frescor de arvoredos,
na calada da bruma e da sombra tranquila,
longe das convulsões nevrálgicas do mundo,
sob a asa dum pavor religioso e profundo,
onde a aragem murmura as notas dos segredos,
de manso na verdura, e nem uma folha oscila...
Nessa floresta escura, alvo de claridade,
num círculo fechado a altos muros de pedra,
jazia o cemitério incógnito da aldeia,
aberto, sempre aberto a receber seus filhos.
Meu Deus!, que longa paz destes recintos medra,
e enleva a alma do crente a vaga soledade...
E, noute d'ouro, quando ao longe a lua cheia
emerge dum sendal de espuma, e astros de brilhos,
instantâneos vão rindo entre teias de prata,

que merencório[60] alvor dos túmulos desata!
Soluçam pela escarpa as lânguidas torrentes,
e desce o orvalho como um nevoeiro de pranto.
Destacam da verdura os sepulcros nitentes,
calados, num cismar religioso e santo.
Brilham nos roseirais as lousas de alabastros,
pirâmides de pedra engrinaldam-se de astros,
perfuram a verdura os pilares fundidos,
ciprestes, capitéis, cruzes de altas peanhas.
entre moitas de tília e de crótons brunidos,
se unem num abraço, ao pé de altas montanhas,
numa doce efusão de amor e de igualdade.
Ouve-se um vago som de prantos e gemidos,
e sente-se o pavor sombrio da eternidade!
....
Sacudia a floresta o temporal agudo;
açoitava o seu flanco a rija ventania.
Bramia pelo espaço o trovão carrancudo,
abalando no soclo[61] a massa à penedia;
porém no cemitério impassível, tranquilo,
sob a raiva dos sóis mudo como um sigilo.
pesava a majestade augusta dum sacrário.
No seu seio de mãe, aberto santuário,
de amor que não tem termo, amor que não tem fundo,
sobre um largo lençol de relva aveludada,
abrira-se uma cova, uma cova ignorada
para um mártir de amor que fugira do mundo...
Foi aí que parou o cortejo funéreo,
os padres, os irmãos, os anjos, os cantores,
pálidos ao clarão das velas, dos brandões,
em volta dessa cova, em um circulo imenso.

60 Melancólico.

61 Base, pedestal, peanha.

– Gelaram de amargura os fortes corações! –
Dir-se-ia que pesava o vago dum mistério
naquela solidão de lívidos pavores,
indeciso pesar sobre as trevas suspenso.
Pareciam fitar por crivos de arvoredos
olhos tristes de alguém, e por trás dos penedos
através dos tojais agitarem-se sombras...
Uivava ao longe, rouco, o vento formidável.
A chuva gotejava em cima das alfombras
como o pranto glacial de angústia irreparável.
E então, quando o coveiro abriu a urna funérea,
partiu da multidão um soluço de pena,
– que dou, como que a escuta, a imensidão etérea!
por que viram, meu Deus!, no fundo do ataúde,
nítidas sob a luz dos brandões cintilantes,
no macio frescor de viço e juventude,
duma donzela morta as brancas formas belas,
expostas sobre a terra aos ventos soluçantes!
expostas sobre a terra ao frio das procelas.

Morta... Mas, como em sonho, extática sorrindo,
no fundo do caixão, sobre rendas lavradas,
dir-se-ia uma visão das antigas baladas,
a escutar um amante... Assim ia dormindo.

Mas ai! como fanara[62] aquele rosto lindo!
Que nuvem de palor nas faces descoradas.
Ó adoráveis perfis das virgens desoladas,
é assim que terminais vosso cismar infindo...

Mas ia confiada a pobre pomba mansa,
mal cerrado o olhar, como se ainda a esperança
envolvesse o seu ser duma distante luz...

62 Murchara.

Doía a alma ao ver o seu sorrir tranquilo,
esse estranho sorrir com que traçou Murillo,
num êxtase divino, os lábios de Jesus!

*

Soltas no colo ebúrneo as tranças setinosas
em messes, em anéis pesados de opulência,
em volta a fronte, branca!, a coroa de inocência,
e sobre o peito, a um lado, um raminho de rosas.

Solto, ao longo do corpo, em ondas vaporosas,
o vestido de seda rescender essência...
e uma cruz de marfim contida em reverência
em enluvadas mãos no peito silenciosas.

Ia assim, ia assim ao tálamo gelado,
como teria ido em noite de noivado
ao leito nupcial com o noivo estremecido.

Ia a mártir do amor, a sorrir de esperança,
tal como vai à escola a tímida criança.
cismando em querubins no azul indefinido...

Abriu-se do caixão a tampa de veludo.
Súbito na mudez, por entre um ai agudo
ouviu-se uma voz forte... e um choro de amargura!
E parou o pesar na solidão escura...
Então o sacerdote ergueu solenemente
para o céu, a tremer, o cântico imponente,
o fatal miserere, o treno de agonia!
Este canto com que uma noite sombria
chorara o rei-poeta o asco de seu crime,
subia agora como um pedido sublime
de clemência e perdão, em coros gemebundos,
implorando ao Senhor dos astros e dos mundos

pela alma que subira à sua santa glória.
Morria o flébil som na sombra merencória!
O eco repercutia a fachada do monte.
A turba enternecida erguia ao céu a fronte
tremendo ao proferir de cada estrofe nova.
Baixaram-no por fim, o caixão, para a cova;
e os padres, os irmãos, em coro, todos juntos,
rezando em alta voz o terço dos defuntos,
desfolharam sobre ele as coroas, as grinaldas,
as flores dos vergéis, dos montes, das espaldas,
cobriram-no de terra... e sobre a campa rasa,
tal como um anjo abrindo a compassiva asa,
cravaram uma cruz!, esculpida em granito,
solitária, do chão, contemplando o infinito,
com um nome e uma data, a única memória
perdida para o mundo, invisível na História,
dum ente que vivera um dia sobre a terra.

Horas depois pesava a solidão que aterra!
Nem um raio de luz por entre as trevas bastas...
Galopavam pelo ar legiões de nuvens vastas.
Cingiam a clareira os dorsos dos penedos;
entrançavam-se em torno os braços de arvoredos,
pelos muros acima, em outro muro sombrio...
Ninguém pelo silêncio impassível e frio!
Só, quando em quando, ao fim, tal como vagalumes,
de raros lampiões os vacilantes lumes
via-se perpassar, brilhando por momentos...
Na montanha, indecisa, o sibilar dos ventos.
Na floresta silente o palor do mistério...

Não estava porém deserto o cemitério.
Ao pé da nova cruz uma sombra parada
contemplava em silêncio a cova já cerrada.
Era o mancebo, o poeta, o estranho visionário

– que seguira o caixão, de longe, solitário,
de joelhos ao pé da cruz, chumbado à terra,
na lívida mudez de quem no peito encerra
um tempestuoso mar de incógnita amargura!
Fitava, desolado, aquela campa obscura...
Afagava com as mãos a cova mal cerrada...
triste o olhar, assim como a lâmpada olvidada
que morre à meia noite em uma cripta vazia.
Súbito estremeceu. Uma rajada fria
sacudira na fronde as àrvores compridas;
voavam pelo espaço as folhas ressequidas,
vinham de muito longe uns cavos sons profundos.
Levantou-se. Cravou os olhos gemebundos,
mais uma vez por sobre aquela campa fria.
e sobre a cruz de pedra extática, sombria,
como anjo de perdão abrindo os longos braços.
Fitou cheio de assombro a cúpula dos espaços
coberta dum sendal de nuvens tumultuosas,
e o cerrado tropel das coisas silenciosas
hirtas, em volta, como um cortejo de espectros...
Encheram-no de horror aqueles perfis tetros![63]
Porém baixou de novo os olhos para o chão,
lânguidos de amor, de infinita paixão,
e, em lágrimas, chorou seu trágico fadário.
Chorou como Jesus no topo do Calvário,
chorou como se chora uma só vez na vida.
E firmando na mão a fronte esmorecida,
de pé, sombrio e só, na mudez formidável,
estas frases soltou de amargura inarrável!

"– Estás aí, querida? ouves-me ainda?
O meu pranto de dor chega à tua lousa?
Já não respondes, não!, visão formosa

63 Sombrio.

que ontem sorrias entre os braços meus
Ingrato fui... não me matou a mágoa;
eu deixei-te ir sozinha à campa fria...
Não ouças meus gemidos de agonia;
foge!, querida, vai subindo aos céus...

Primeiro amor! Virgem de negra trança
que eu pobre, eu órfão encontrei no mundo;
porque me deste o teu amor sem fundo?
por mim morreste, e eu vivo ainda sem ti.
Ai da inocência do teu seio branco...
Ai da bondade de tua alma santa!
E eu fui, ingrato... a venenosa planta,
fui eu, matei-te... e te enterrei aqui.

Antes não visse a tua face, nunca!
Tu irias, sorrindo, em teu caminho;
ainda hoje te cantava o passarinho,
a estrela d'alva te inundava em luz.
Fui eu que abri-te a vala na devesa...
– ai que remorso me tortura a alma! –
Tu já colheste do martírio a palma:
eu vivo... para ver a tua cruz.

Mas eu não te abandono, eu não te esqueço,
– mais forte amor hoje meu peito encerra –
Nada me prende já à vida, à terra,
a tudo fiz o meu adeus final.
Hoje sou teu... e tu és hoje minha!
Hoje nos une a mão fria da morte;
é este o tálamo... ai! que negra sorte
colheu em meio o nosso amor fatal...

Tu não hás de dormir pávida e triste
ouvindo o vento uivar pelo arvoredo;

tu não hás de tremer de frio e medo...
Meu amor! Nunca mais hás de estar só.
Hei de velar teu sono com meu pranto,
hei de carpir aqui minha amargura,
aqui morrer... e então a sepultura
há de juntar o meu para o teu pó.

Mas qual o crime, qual o negro crime
que tu fizeste, compassiva e mansa?
Ai! Quem feriu tua alma de criança?
Ai! Quem magoou teu coração de flor?
Talvez foi crime o amares-me, querida.
Foi este só... foi este o crime imundo;
e foi só dele que vingou o mundo,
e Deus puniu-o... o nosso puro amor.

Mas é pecado o amor? Amar é crime?
cismar, sorrir a alguém que nos adora,
pensar no seu pensar, ver nele a aurora,
palpitar ao ciciar dos lábios seus...
Se isto é crime... ó infernal miséria!
Que antes reverta à profundez do nada,
duma só vez a imensidão criada,
num cataclismo a terra, o mar, os céus...

Meu Deus, como este pensamento horrível
me tortura... meu Deus! Que vale a vida?
Ah! só gemer na sombra dolorida,
erguendo as mãos para o calado azul...
Ver ilusões cair a uma e uma,
sem um braço de arrimo, sem consolo,
e uma campa fechada, sobre o solo,
e ao longe, em pranto, a viração do sul.
Tu dormes já, querida, tu repousas;

já não sofres, não choras, não palpitas...
E assoberbam-me trevas infinitas,
gela-me o frio dum profundo mar.
Tu não me vês chorar na tua lousa,
não me abres os teus braços, o teu seio.
não me dás teu amor... único esteio
onde olvidava o meu atroz penar.

Mata-me antes raivosa tempestade...
Tem piedade de mim, noite sombria!
Já não há quem me alente na agonia,
de mim não resta uma saudade além.
Quem me busca nas sebes dos caminhos?
Meu Deus, quem cerra o meu olhar a morte?
ninguém... eu morro só, órfão; a sorte
para chorar-me não deixou ninguém.

Mas não importa... que eu perdoo, olvido;
outros vivam felizes sobre a terra.
Eu vou! eu fujo da cruenta guerra
que parte-me a alma já louca de dor.
Se o mundo inteiro me fechou a porta,
se à minha voz nem uma voz responde,
resta-me ainda esta campa onde
dorme sepulto o meu perdido amor!"

A DEUSA DE BRONZE[64]

Abre com estrondo a porta de marfim Bhavani, de sari branco, e entra no boudoir d'altas ogivas barradas d'esmeraldas. A luz coa furta-cores. Ardem aromas raros. Há pompa, delírio, grandeza... e um calafrio de morte. Sobre coxins d'oiro caem pregas de brocados gloriosos, panos vermelhos com cegonhas, bordado durante séculos. De palpar o tecido inestimável sorri de volúpia a mulher trigueira. E sarcástica:

Honra ao sangue do homem, ó linda seda rara.

E despe o sari branco e solta o imenso cabelo cortado d'ondas. Destaca da luz mística o seu perfil alto, o talhe que deslumbra e enlouquece; o cabelo rola tumultuoso até o chão. De pé, numa adoração do seu ser, fecham-se-lhe as pálpebras e a boca pára num sorriso mole...

Ó meu corpo, ó meu corpo, ó forma altiva e linda,
tu me refrescas como um banho d'água clara.

Que marajá, que deus em ti sonhou ainda?
Tu despertas em mim pensamentos augustos,
e tua beleza é como um campo que não finda.

---

64 Paulino Dias. Tipª. Minerva Indiana, 1909.

Ó meus seios a arder terríveis e robustos!
Sinto a ambição do mal, da ruína e as fumaradas,
a ânsia de pisar reis de triunfantes bustos

e soltar na sua pena as altas gargalhadas.
Ó meu capricho doido, infausto e peregrino;
ó puros corações pisados nas calçadas...

O meu sorriso é como espada d'aço fino.
Quantos povos, meu Deus, caíam de joelhos
de ver sobre meu seio o bico pequenino...

As feridas que abri com meus lábios vermelhos
Vejo todas a sangrar na febre e no infortúnio.

Levanta-lhe o lábio a ironia malévola. Beija o cabelo ambarado, e em grandes massas aperta-o contra o seio. Afaga-se lentamente e sorri.... Voluptuosa no pescoço inclinado e os olhos cerrados ao meio:

Ó meu corpo, ó meu corpo, ó guisas dos artelhos

batidos ao passar de noite ao plenilúnio![65]
Que vale um reino amado e o brilho dum tesoiro?
Todo um mundo de pompa e de ambição reúne-o

meu corpo intacto e nu na alta torre d'oiro.
Só tu me vês, ó sol feliz e solitário,
que passas pelo céu com o teu diadema loiro.

Sacode-a uma comoção rara de febre e lascívia. Vibra. A pele trigueira se aveluda. Agita a cabeça. O cabelo se espalha em um vasto manto negro.

65 Lua cheia.

Quem é que me dá na boca o beijo extraordinário?
Sinto subir meu sangue assim como a cicuta;
enche-me o coração dum sonho tumultuário.

O que é que quero eu? Que formidável luta
a se travar por mim nos campos das searas,
Reis trazendo à carnagem a gente ingrata e bruta?

Quero velhos rompendo as grandes barbas claras,
e seios de ranis[66] para sempre esquecidos?
Quantas vezes eu vi lindas belezas raras

a olharem para mim com os corações feridos...
Mas eu sou a rainha altiva e triunfante
que pisa sob os pés os bárbaros vencidos.

Levanta o cabelo com ambas as mãos e enrola-o em torre negra no alto da cabeça. Toma em suas joias um grande diamante cor de rosa e crava-o no meio da tranca, engastado d'oiro antiquíssimo. Unta d'óleo glorioso os seios. Por aquele óleo se fez um dia guerra crua, com cinza de cidades vastas. Põe um colar de pérolas grossas como punhos. Os braceletes são cravejados de carbúnculos e as manilhas são cobras talhadas em rubis enormes. Põe os guisos nos pés e enfia o noth[67] feito de pedra mística arrancada outrora a um capelo admirável por meio do sacrifício de cem crianças de leite. Então Bhavani:

Vou ao beijo de amor solitário e distante.
Como foi, como foi que acendeu-se a centelha
por aquele que é meu tenebroso amante?

66 Mulheres da casta Cshatria, esposas de guerreiros.

67 Brinco do nariz, adorno feminino.

Frola-me a pele como uma chama vermelha;
nua na torre d'oiro, a sonhá-lo, a lembrá-lo...
e a fantasia quente um pôr-do-sol semelha.

Dobra-se o coração como um fiel vassalo;
e a minha alma, dele, é como a lua cheia.
Por ele me prendia à cauda dum cavalo!

partia com os pés descalços pela areia
e passava mil reis ao fio duma espada.
Um pensamento em mim como as marés alteia!

Não sei que evocação ou ânsia desordenada,
que enche raivosamente o meu úbere alto,
e contudo não mata a sede inominada.

O que é que eu não senti? Que agudo sobressalto,
a fé, ou a compaixão que em noites d'alta lua
dobra o peito da fera e a rocha de basalto?

Que busca a minha forma inviolada e nua?
Na torre d'oiro amada e as frinchas d'esmeralda
uma doida visão, como as nuvens, flutua.

Beija-me bem, apaga a febre que me escalda,
meu tenebroso amor das noites de delírio...
Quero tudo esquecer, as palmas, a grinalda

e o íntimo prazer que é simples como um lírio.
Nunca mais, nunca mais ao límpido sol-posto,
quando uma estrela arde ao longe como um círio,

rica a brisa do mar há de afagar-me o rosto,
E há de sorrir, cantar minha alma de criança.
Nunca, no despertar ubérrimo de agosto,

hei de ouvir gritos e ais das conceições na frança,
e as aves a trilar, as mães e as criancinhas.
Em vão hei de buscar a incógnita esperança.

Cerra-lhe a pálpebra um íntimo queixume dorido. Dobra-se para o chão, e esconde o seio num tremor de castidade. Que horas se foram de soledade sem alívio... Ó mulher, ó mulher clássica nas formas de bronze, com um enternecimento desconhecido...

Mas de repente sacode-a um choque de cólera. Nua, sem o sari branco, alta e cheia de joias raras, bate o pé cingido de guisos e se apruma nas coxas ambaradas.

Que disse eu?... Bhavani! Doidas visões as minhas...
Onde me iam deitar os sonhos tempestuosos?

Põe sobre o ombro o largo manto vermelho bordado de cegonhas, e abre com ímpeto uma janela de torre d'oiro rendilhada de desenhos como teias. Põe-se o sol no vasto país de minaretes altos, templos de mármore e praias de ancoradoiros ricos...

Ei-lo o sol-posto a arder, o mar e as andorinhas.

Olha-me, ó terra vasta, altos azuis saudosos,
ó montanha, ó montanha, ó forte mãe imensa
dos leões d'alta juba e dos tigres queixosos...

Guardai o meu perfil na fantasia intensa,
seminua a tremer na alta torre d'oiro,
como dum olho amargo a lágrima suspensa.

Ó sol-posto no mar, ó céu ardente e loiro!
Quem vos dissera a vós, lindas formas suaves,
que a noite pode ser a hora dum mau agoiro...

Passai na asa leve, ó fluido voo d'aves,
ide a cantar, florir sem uma lembrança obscura
da desgraça que abala as suntuosas naves.

Eu sou a deusa de bronze impassível e dura!
Quando eu nasci, meu pai, forte como uma torre,
vencedor de nações, rei de vasta armadura,

deu-me um leite cruel com que a piedade morre;
exilou-me a um país de torturas estranhas;
é o sangue de leões que em minhas veias corre.

– Minha mãe, minha mãe é o ventre das montanhas! –
Eu tive o coração das rochas de basalto,
e não tremem no abril minhas duras entranhas.

Que me vale o delírio e o agudo sobressalto
dos heróis que me veem com a glória e os perfumes
por meu corpo sem mancha e o meu cabelo alto...

Quando o inverno obscuro acende vagalumes,
rompe das conceições o aroma nas florestas,
vêm-me da terra triste os magoados queixumes.

Longe, longe de mim as procissões e as festas,
com as formas de Kali, Ganesha e Mahadeva[68]...
eu amo o meu pensar, mais as visões funestas;

assalta-me e tortura o delírio da treva.

E se fica dulcíssima. Cerra com volúpia os olhos ao sol-posto, e junta as mãos cintilantes de pedrarias.

68 Shiva.

Cobriu-a o sol ao cair no mar! Mas ela, num delírio malfadado:

Quem é que está aí no fundo do meu sonho?
– Com um apelo agudo o meu afeto leva! –

Já vou, já vou, perfil nostálgico e medonho
de roscas e de anéis que ninguém viu ainda,
e a alma de carvão em que eu somente sonho.

Fecha a janela ao sol-posto, e abre a porta mística, encimada de troféus onde ardem opalas enormes. Estende-se daí um fundo escuro e pavoroso. Cortam-se brilhantes degraus de prata. Desce Bhavani cheia de joias, rescendendo a âmbar e os óleos seculares. Perde-se na sombra o seu perfil trigueiro, mas as joias ardem como círios, e dos guisos partem melodias d'oiro... É estranho aquilo na rampa negra. De repente:

Onde é que eu vou, meu Deus, imaculada e linda...
e sinto como a fúria e a sede da carnagem!

No fundo da terra é um palácio de colunata estranha. É de mármore negro tudo, e as elevadas cúpulas são talhadas de prata finíssima. Um século de trabalho vale aquela mansão de pompa e horror. No fundo é um tanque barrado de espelhos altos, onde a treva se avoluma e se dilata formidável. Aponta por entre a colunata o perfil de Bhavani trigueira, guisos batendo o chão.

Aqui foram os reis na história que não finda,

dum renome que gela e a tradição selvagem.
Quantos cativos, ai!, pelo terror das eras
Com a ânsia da claridade, o tam-tam e a paisagem,

morreram a ulular como em um covil de feras...
Sombras, sombras que vão como as nuvens passando,
Ó meus grandes avós de tradições guerreiras!

Triste lago que estás os mortos evocando,
olha-me bem, ó água... Impetuosa tu vais
as ricas searas d'oiro e as várzeas fecundando;

em ti o lótus nasceu e banham-se os pardais.
E tu és a sepultura, água do lago fundo,
só rompem do teu seio os solitários ais.

Que é que eu vim fazer na miragem do mundo?...
Ou devo ir para ti – água que me olhas fria,
ao repouso do nada imortal e profundo?

Mas não... o sangue ferve, e canta a cotovia!
Ó meu corpo rebelde, untado e consagrado,
por ti se acende ao longe a intensa nostalgia.

– Como estou a tremer das cinzas que hei cavado? -
Cala, meu coração, sem pensar no futuro,
fechai-vos, olhos meus, no lúgubre passado.

Meu amor, meu amor, ó ideal formoso e impuro,
alenta o meu pensar! No leito d'ametistas
tu estás a chorar pelo meu peito duro?

A minha pele untei de essências imprevistas;
para o beijo do amor oculto e veemente
deixei o reino imenso e a glória das conquistas...

e doida e linda eu vou para o conúbio ardente.

Lúgubre é o perfil de Bhavani entre as colunas de mármore negro. É como outrora nas cidades de morte, Lanka e Naraka.[69] *Defronte do lago é um salão onde ardem os círios com aromas profundos. São aí as armas dos reis vencidos, troféus e cabeças decepadas. Solitária no salão dos círios:*

Ó nostálgicos reis que em cima das muralhas
punheis a ver o sol nas nuvens de poente...

Ó desgraçados reis feridos nas batalhas...
quem vos diria a vós, untados d'óleos puros,
como os abutres maus e as descarnadas gralhas,

que viríeis a ser pendurados nos muros!
Ó ironia, ó ironia, acre loba inimiga,
como é que evocas tu os destinos obscuros...

Onde é que eu vou também... ingênua rapariga
de fantasia branca e os sonhos à alta lua,
com o Desejo feroz que o meu sangue fustiga?

Junto dos reis, tal como as prostitutas nua,
o que é que eu sinto? Ai!... o ventre insatisfeito,
e o delírio a crescer como a maré que estua.

Quem me cobre a vergonha eterna do meu peito?

Torce as mãos desgraçadas. Mas é de mármore o seu seio que não oscila na maciez e na piedade. De novo, ululando lúgubre:

69 Inferno.

Sinto uma nuvem negra o meu pensar frolando.
Como o fumo se vai o coração desfeito.

Sinto um clarão em mim sublime desmaiando.
O que é, o que é, deva![70] que estranha nostalgia
dum país que eu sonhei, e não me lembro quando...

Ó luz, ó luz, ó luz, ó límpida harmonia,
porque é que eu sinto-a em mim como um sol apagado,
e a minha alma é como os alabastros fria!

Sinto os agoiros maus e o grande céu chagado.
Não sobe a cordilheira o luar que enternece,
e não brota uma flor das cinzas do passado.

De desengano que não morre é a sua face torva... Um cofre d'âmbar, grande como as caixas que levam doze homens, está no meio do salão dos reis decepados. É cercado de candelabros perpétuos. Corre para ele Bhavani sinistra, levanta a tampa orlada de guisos, segura com ambas as mãos uma pequena urna de chumbo, e beija-a longa, suavemente. Quando abriu a boceta rara um perfume glorioso, atormentador, encheu o palácio de baixo da terra. Dir-se-ia todos os aromas do mundo, dos montes azuis e o fundo dos mares, apertados e diluídos. Ela unta de líquido os bicos dos seios e vaza-o na boca entreaberta. Então numa insânia cega entra por um túnel aberto pelo meio da terra. Ao fundo é uma porta d'aço brunido. Encosta-se Bhavani à porta cerrada, e trémula, a boca entreaberta, as mãos pálidas no peito, fica a escutar, enternecida e humilde... Então, baixinho:

70 Divindade.

Ó rica madrugada! Ai que bem que alvorece...
– Rosas brancas, meu Deus, quantos botões de lírios? -
Sobe, meu coração, numa invisível prece...

Meu amor, meu amor, na febre e nos delírios
eu venho para ti tão linda e perfumada...
– Que loucura me abala e a sede dos martírios!

Pudesse eu ser para ti morta e despedaçada,
meu coração perdido e a carne do meu seio
espalhassem-na no céu pela noite estrelada...

Acorda e vem beijar-me a boca aberta ao meio.
Do teu desejo louco e a insaciável lembrança
de leite quente fica o meu úbere cheio

–Vem com vastos anéis rolar na minha trança! –
Como é que fico eu, inviolada e altiva,
lembrando-me de ti, assim como a criança?

Senhora dos rajás, eis-me a teus pés cativa.
Meu amor, meu amor, no trono de esmeralda
levantas por acaso a fronte pensativa?

Cuidas ver-me chegar com joias e a grinalda,
guisos raros nos pés, brilhante e seminua?
Pressentes o calor da febre que me escalda?

Quando ululas com a fronte a se erguer como a lua
como é que eu me sinto exânime e vencida...
Não sai do coração soberba a imagem tua.

Dominas com uma força estranha a minha vida.

Ouve-se de repente no interior um largo sopro como de tempestade, e logo o eco dum corpo que cai vigoroso e mole. Então Bhavani abre desvairada a porta d'aço e entra no último salão desconhecido. No mesmo instante atira-se para ela um grande Naga[71] *de corpo brilhante como o sol, o capelo orlado de duas gemas e a cauda finíssima. Vencida e trémula é a rani dos vastos reinos sob o abraço do capelo formidável. Com os olhos langorosos de volúpia...*

Bebe na minha boca o vinho embriagante,
abraça a minha carne altiva e dolorida!

Meu senhor, meu senhor, meu solitário amante,
sinto-me a brasa, a chama, o meteoro loiro
que leva até ao céu o vento triunfante.

O meu seio levanta... e um grito imorredoiro
eu oiço no meu ventre aflito e abalado.
Meu amor, meu amor, aperta os laços d'oiro!

Que lindo é o teu olhar formoso e iluminado...
Tem a fascinação fraudulenta do abismo;
acorda em mim a ânsia obscura do pecado.

Segura o Naga num eretismo agudo em que se agita e vibra raivosa, e levantando o capelo:

Ai que pequenino o mundo, a pompa, o brilhantismo
junto do teu amor sinistro e memorável...
Desfaz-se como o pó meu feroz egoísmo.

71 Serpente.

Poisa na minha boca um beijo insaciável...
Para enchê-la por ti dum visco voluptuoso
fiz arder corações num fogo irreparável.

Bebe na minha carne a volúpia e o gozo,
e adormece depois sobre o meu seio casto

E a boca do Naga se une à sua num longo sorvo de sensualidade bruta. O aroma funesto adormece a víbora, a sua língua se agita finíssima, e os seus anéis se afrouxam sobre o corpo de Bhavani.

Tu és no meu destino o forte e fiel esposo!

Vamos ao leito amado... o meu cabelo basto
Há de ser para ti tão lindo travesseiro...
Que me importa um provir vergonhoso e nefasto?

Pequenino, fui eu que te beijei primeiro,
pequenina também, exilada nos montes,
e em meio dos leões foste meu companheiro,

nos ermos sem refúgio e as lágrimas das fontes.
Senti do teu amor o alívio e a pena.
Juntos éramos ao pé dos horizontes,

sem amparo e sem ninguém minha imagem morena.
– Aos poucos foi por ti um Desejo profundo –

Solta Bhavani o cabelo ambarado, despe o pano das cegonhas, e nua, no salão azul safira, se deita no tálamo de ametistas. Lânguido do seu aroma o Naga se enrola ao seu seio erguido e adormece no meio da trança. Num gozo sensual ela:

Cinge-me bem, sou mole assim como a açucena.

Sentes o meu tremor cansado e pudibundo?
Só a beijar meus pés, quantos reis afamados
vêm com o cavado olhar, nostálgicos no mundo!

Junto de ti estão meus sonhos desatados.
Palpa-me a coxa, palpa a minha carne pura;
Ó meu amor, descerra os meus olhos cerrados...

Ai como é que me assalta a febre e a loucura!
e insaciável sobre o lúbrico Desejo.

Estreita, enlaça, aperta o grande corpo do Naga no seio tumefeito e brilhante; une a boca à sua e numa sonolência em que o seu pensamento se apaga:

Em meio de volúpia a dúvida tortura.

Deixassem-me morrer num perigoso beijo,
Deixassem-me cair sinistra e inanimada!...
Que importa que o meu nome infame e malfazejo

seja nas eras como a maldição lançada?
Tudo perdi, o instinto, a força feminina
que conserva no lar a mulher consolada.

Que me vale a beleza altiva e peregrina?
Sem uma barreira, livre, aos ventos e os espaços
choro de sede como a mulher libertina.

Quem me levanta, quem? Nos marmóreos terraços
quem dá-me a compaixão? Ó meu amor terrível,
Deixa-me antes cingir-te ardente nos meus braços!

– Ai que pena, meu Deus, que encontrei o impossível! –

Sacudida de fúria aperta contra o seio o Naga rijo. Na lascívia desvairada abre então a boca de cobra com as mãos e crava lenta, raivosamente um dos seus dentes no bico do seio esquerdo. Uma gota de peçonha negra aflora. Então convulsa e extenuada:

Venha já sobre mim a noite e o esquecimento
Ó repouso, ó repouso abençoado e impassível,

cobre com a asa negra o meu feroz tormento.
Tu és da minha vida a última vitória...
apaga o meu delírio e o agudo sentimento!

Não quero o mundo, a pompa, a tentadora glória.
Uma lágrima só de pálpebra pendida
caia com compaixão sobre a minha memória.

E cerrando os olhos, lentamente.

Alguém há de chorar uma mulher perdida.

VISHNULAL. POEMA INDÚ/ VISHNOULAL. POÈME HINDOU[72]

En souvenir Moropante, le poète suprême du Maharastre

72 Priti Das. *Vishnulal.* Nova Goa: Rau & Irmãos Eds., 1919. O poema foi publicado de modo que à sua versão em português segue-se a versão em francês.

Não lembro quando foi, em que dia inclemente
foi a viagem de luto e de tristeza amarga
a um país estrangeiro, inopinadamente.

Mas eu sei porque fui à soledade larga
como um ladrão, bem sei... e esta lembrança dura
trago-a dentro de mim, que o meu pensar não larga.

Era tarde, e o país tinha imensa amargura.
Sozinho, com os pés a sangrar nos abrolhos,
eu trepava o granito e a cordilheira obscura,

no silêncio alongando os espantados olhos.
Tudo estava poeirento. Era um cair do dia
com nuvens a partir roxas, em grandes folhos.

Dir-se-ia de metal a terra, e se cobria
de tanta crueldade e estranho pesadelo
que toda tarde de veneno parecia.

E eu o vi de repente, horrível, que de vê-lo
lembrei do meu país benfeito no horizonte,
nu, enrolado com uma torre o cabelo.

Ele estava de pé, denegrido na fronte,
e mutilado, ai!, nas suas formas de homem,
serpentes ao redor e os escorpiões dos montes.

Emaciado era aí um século de fome?
– tinha os braços ao céu altos e macerados –
que poderoso iôgui[73] sem história e sem nome...

Vinha a lua subindo os montes desbotados,

73 Asceta praticante do iôga.

Je ne m'en souviens plus quel fut le jour brulant
D'un voyage de deuil et de tristesse amère
A un pays étranger, silencieusement.

– Pourquoi fus je parti à une aube solitaire
Comme un brigand? – hélas! Le souvenir est dur,
Il est assis dans moi et ma poitrine serre.

C'était le soir, un soir frissonnant dans l'azur.
E moi, je gravissais la pente misérable
D'un pays sans repos, jusqu'au lointain obscur.

– Et ces longs cris plaintifs sur la pierre et le sable! -
Tout sec, rongé. C'était un fin du jour affreux,
Gluant d'huile dans le couchant inexorable.

Il soufflait un vent lourd de l'horison fiérreux.
– Qu'avais-je fait, déva! pour qu'un jour l'épouvante
Sur un chemin d'exil se levât à mes yeux? –

Soudain je l'aperçus terrible sur la pente,
– Que je me rappelai malgré moi mon pays –
Nu, le xendi sauvage et la bouche béante.

Il était là, debout, rongé de taches, gris,
Et mutilé, hélas! dans sa nature d'homme,
Des couleuvres autour, scorpions et fourmis.

Quand avait-il mangé le riz... comme un fantôme
Immobile tenant les deux bras vers ciel?
– Quel ermite, Rama, que l'Histoire ne nomme! -

Montait la lune ainsi qu'un dome solennel;

morria o sol, de sangue, enorme, pela serra.
Eu, cheio de terror, gritei-lhe em altos brados:

– Quem és que estás de pé? Baixa os braços à terra!
És eremita tu! Tu fazes penitência? –
Ouvi a sua voz como um tambor de guerra:

– Foge, eu sou Vishnulal! – disse com impaciência,
e abateu sobre mim como um bafo de morte,
um cheiro de gangrena e a negra pestilência.

– Quem és tu, Vishnulal? Onde é o teu Deus? Que sorte
pôs-te com mãos ao céu no meio das florestas? –
E ele, sem me fitar, com o mesmo acento forte:

– Eu sou de longe, eu tenho as lembranças funestas.
Escuta ó *vatsurá!* Um dia, entre mangueiras
eu vi-a no sári e as manilhas de festas,

os braços lisos como o caule das figueiras.
Eh, Madana, Madana, em meu sangue danado!
ao vê-la no sol-posto, à orla das cordilheiras,

olhos no chão, esquiva, e o pescoço inclinado.
Tinha ela o mogarim[74] e o pat[75] sobre o cabelo!
E da aldeia ninguém, nem um pastor com gado;

atrás dela só eu, como a cobra capelo.
Devia-a arrastar para longe da rua,
o seu pescoço com grossos oiros torcê-lo?

74 Flor branca aromática, usada pelas mulheres hindus, enquanto o jasmim seria usado pelas católicas. Dalgado afirma chamar-se *bogarim* no Brasil.

75 Adorno, laço feminino.

Et le soleil lá bas s'étouffait solitaire.
Je m'addressais à lui en misérable appel:

– Qui es tu dans les monts? Mets les deux bras à terre.
Est tu viv out ou mort, sur un rocher, là haut? -
Et j'entendis sa voix comme un tambour de guerre.

– Va! Je suis Vishnoulal – Et tordue d'un vent chaud
Une odeur s'abattit sur moi, de pestilence,
Que je tournais deux pas, sur la pente, en sursaut.

– Mais qui toi, Vishnoulal? Où ton dieu? Quelle chance
Qui t'a planté debout, sale sur les rochers? –
Et lui, toujours tenant l'étrange contenance:

– Je suis des pays étrangers,
– Que te dire, o passant, du chagrin qui me bagne! –
Une femme je vis un soir dans les manguiers,

Avec deux bras luisants, drapée de longue pagne.
Eh, Madana, que j'eus le sang bouillant dans moi,
De la voir, sur la brune, au bord d'une montagne,

Le cou rouge, moulé, penché d'honte ou d'effroi
Lourde du mogarin la noire chevelure.
– Et personne alentour, mais personne, ma foi! –

Le désir me tordait comme une corde dure...
Devrais je l'entrainer, ou non, là-bas, là-haut?
Plier son cou aux ors et serrer sa ceinture?

Que pensamentos maus num crescente de lua!
Sentiu-me e inclinou a cabeça com tranças...
E eu tenho a língua seca até à garganta, sua

o meu costado. É mansa, é nova. Sobre as franças
já vai escurecendo... ao longe são as eiras
com begarins[76] cantando, as moças e as crianças.

Aqueles braços são o caule de figueiras!
Se eu desabasse-a aí, à beira do caminho,
e tapasse com força a sua boca? ... trigueiras

tem as orelhas com um buraco e um espinho;
– eu punha no buraco os grossos cravos de oiro! –
dava-lhe um pano e até duas mantas de linho.

Não sou brâmane eu? Não sou um deus, no coro
de outras gentes sem nome, o chandala[77] e o pária?
Ele era *cudvalin,*[78] com um mentido choro

havia de ceder na rampa solitária.
– O cheiro do seu pano é a pólvora e o rastilho! –
pôs na minha cabeça a faísca incendiária.

Não sei que foi depois, como em um escuro trilho
de repente eu deitei meu braço à sua cintura.

---

76 Trabalhadores rurais pagos à jornada de trabalho.

77 Casta das mais baixas socialmente. Dalgado refere autores que creem tratar-se de uma casta mista, procedente da mistura de brâmanes com castas inferiores.

78 Diz Ethel Pope: "Cudvalina tem quase o mesmo sentido que Curumbina, indicando casta e profissão. É um tipo de trabalhador rural goês. Cudvalim é uma palavra concani que foi aportuguesada por Paulino Dias. Curumbim é cristão enquanto Cudvalim é Hindu, mas de muito baixa casta" (POPE, 1937, p. 262).

Ah, mon désir au bord d'un mont tragique et haut!
Elle s'en rendit compte et se pencha encore.
Je me sens le gosier sec, et mon dos est chaud.

Ma chair bout. Elle est jeune. Et le soir incolore
Tourne sale. Lá bas, mais trop dans le lointain
Chantent les bégarins dans la moisson sonore.

Et ces jambes que j'ais à portée de la main!
Cà sent le mogarin, ça me brule ma tête...
Je puis la renverser sur le bord du chemin.

– Les oreilles qu'elle a la grande femme honnête! –
J'y mettrais sans mentir les boucles longues d'or,
– Et pourquoi ne donner une pagne de fête? –

J'ais des terres, parbleau! Je suis un brahme encor
Parmi les non castés, parias et chandales,
Elle était coudvaline, avec son air butor

Elle me baiserait le bout de mes sandales.
– Oh, cette odeur de femme, oh, la poudre à canon! –
Ça jeta dans mon sang le branle des rafales.

Je ne m'en souviens plus, comment dans un sillon

Não gritou – minha mãe! – como num garrotilho

segurei seu pescoço, Ó solidão impura!
Ela a agarrar-me as mãos, a bufar como louca,
suja na poeira a trança, o pano, a carne dura.

Se viesse alguém... deva![79] – eu aperto a sua boca –
se viesse um curumbim, estávamos perdidos.
Mas nem uma vaca vem. Ela rosna, sufoca,

faz grande olhos, faz, com sangue, doloridos,
diz qualquer coisa... o quê? Não sei, o horizonte
aperta-se, de cobre. Eu cuido ouvir rugidos,

onde? – onde é que há de ser! – Não há ninguém no monte,
– porque é que tremo eu de a apertar nos braços?
tenho medo de pôr olhos na sua fronte –

a lua abre-se mais, com aflição nos espaços,
– parece minha avó morrendo – sombras crescem
e olham para mim, sombras! Está em pedaços

o meu rabicho. Quando esfarrapei-me? Descem
mais sombras que ela e o seu sari vermelho,
seus braços para mim gralhas negras parecem.

Mas não se mexe, não! Eu sacudo-a, ajoelho,
– a *cudvalin* morreu? – tem a grande boca aberta,
Não apanha o seu pano, é fria até o joelho.

E do poente mau a ventania aperta.
Maldição, maldição ao brâmane assassino...

---

79 Interjeição. Deus, divindade.

Tout à coup je lançais mon bras à sa centure,
Elle ne cracha pont un cri ou un juron;

Je tins son cou dans un étau. O pente impure!
Elle, grognante, folle, à égratigner mes bras,
Renversée sur le sol, roulant suée et dure.

Maintenant s'il venait un couroumbi là bas,
Nous étions perdus... Mais pas même une vache.
Et elle hurle fort, se souille de crachats,

Écarquille les yeux sanglants, se tord et tache
De me dire tout bas... quelque chose sans nom.
– Et le ciel est tout noir, comme une grande tache! -

J'entends des cris, j'entends! Mais où! Dans l'horizon
Qui me viendra avec des cris effroyables!
Je tourne mon regard dégoûté de son front.

Voilà la luce avec des cheveux misérables,
Qui me regarde, à moi, à travers la forêt...
– Et tout autour de moi des têtes de diables! –

– A moi! – Mes deux genoux se plient. Il me parâit
Que tombent des vautours par toute la campagne,
E son long corps tombé est maintenaut si laid...

Elle ne bouge point au bord d'une montagne.
Je la secone. Ouais! Elle a déjà ouvert
Sa bouche toute grande, et un froid noir la bagne.

até a lua se apaga em uma grande coberta

de nuvens... e não desce um pastor pequenino
com o bambu comprido e vacas pelo monte;
Não deitam mogarins o cheiro feminino!

Apertou-se não sei bem por quê o horizonte.
Já não vejo o caminho em meio das florestas,
sinto frio... (e o suor corre por minha fronte).

Hão de prender-me a mim nas cadeias funestas,
não me hão de dar cucume[80] e o sândalo moído,
– meu país tem um pagode onde há imensas festas! –

Mas ela estará morta? Ou solta ainda gemido?
Pede água? Diz – deva! – não... não deita queixumes,
seu nome, não sei. Eu sou Vishnulal. Perdido

estou num monte. Cai a noite, há vaga-lumes,
fazem insetos cri cri, ventos torcem os matos,
e os adives[81] lá vem ululando em cardumes.

Ó Ramá! Toda a terra está a arder de cactos!
Como é que hão de passar curumbins de aldeia?
– sinto trepar meu ventre abalos insensatos –

Não vejo nada. Quem me dera a lua cheia!
Mas aí vem... enfim. É alguém com um facho de ola;[82]
Mas adives também vêm em grande alcateia.

80 Marca na testa que usa a comunidade hindu.

81 Ou adibe. Lobo, chacal.

82 Folha de palmeira.

Sur ce, le vent s'abbat du grand lointain désert.
– Oh, malédiction à l'assassin, le brahme! -
Même la lune dans un grand brouillard se perd.

Et déjá le remord se repand dons mon âme.
Qu'ais-je fait sur un mont, au milieu des bambous?
Pest soit ce parfum, méchante odeur de femme!

Ah, qu'il me vent un pâtre avec des huffles roux...
Je ne vois pas clair, moi! Suis je aveugle peut-être?
O mon pays avec les beaux temples híndous!

On me va m'arréter pour sûr, on va me mettre
Dans un cachot tout noir, sans un bain à midi.
Et je pleurerai aux grilles d'une fenêtre.

Mais elle est morte, est elle? Où jette encore un cri?
Me demande de l'eau, du tabac me demande?
Quel est son nom? Je suis Vishnoulal. Me voici.

Tout seul au milieu d'une nuit toute grande...
Les ventes tombent sur moi, les cris, les vers-luisants,
Et les adives bruts en dangereuse bande.

Les adives... Rama! Par les chemins hurlants
Comment passeront – ils les pâtres du village?
–Je sens dans moi la peur qui me branle les dents –

Je n'y vois goutte. Où est cette lune sauvage?
Mais voilà... C'est quelqu'un, un flambeau de palmiers,

– Adives! Estou morto. Acudam, por esmola,
aquele... vem a mim com um facho mais depressa! –
Não deixa-me ir? Alguém o meu pescoço enrola,

quer afogar-me, quem? Ai, a minha cabeça...
ninguém! O que é que eu fiz... sinto frio ao lembrá-lo,
e inda agora um espinho a gorja me atravessa.

Eis, Cama, Camadeva, eu sou o teu vassalo;
– mas eu assassinei em meio das montanhas,
atai-me a uma palmeira ou cauda dum cavalo –

A lua... não há lua. As nuvens são tamanhas...
são grandes porcos, são, com cabeças imundas,
e aqui perto, de quem são as formas estranhas?

– Adives, ló, ló, ló! De floresta profundas,
donde quer que ele seja, acuda-me quem passa! –
Ninguém... e vai chover nas trevas iracundas;

ouço gritos do mar. A tapada ameaça,
dá-me com pontapés... é, malditas mangueiras,
ninguém tem coração? Insultam a desgraça?

E as pernas dela aí funestas e trigueiras...
ainda é quente, vive – acorda, pecadora,
de que festa, de que casamento tu vieras! –

Desaba sobre o monte uma chuva sonora,
já molhou, apagou os fachos, tudo é escuro,
– quem há de ver-me aqui, sem claridade, agora?

Mais les renards aussi grognent de faim et rage.

Les adives! Secours! Je meurs! Par les sentiers
Venez, et ce flambeau qui s'agite et est rouge! -
Je n'en peux plus, je sens de gros doigts meurtriers

Qui m'étouffent. Quì c'est! Mais personne ne bouge,
– Ah, quet froid qui me prend, la bise du terral! -
J'éprouve sur la téte encore un coup de gouge...

Camadeva, voilà ton croyant royal!
Mais aurai – je peut – être assassiné la femme?
–Attachez – moi tout nu à la queue d'un cheval –

La lune... où est la lune? Elle est partie infâme...
Seul les nuages gros montent comme des porcs.
Des fauves sout là haut aux yeux rouges de flamme:

– Des adives! lo, lo, lo! De ces villages morts,
D'où que ce soit, à moi, ici, à l'aide, à l'aide! –
Mais accourent les vents plus durs que mes remords.

J'entends la mer gronder. La nuit est sale et laide,
Je sens des coups de pieds. Oh, les forêts sans coeur,
Tout ce qui est, alors, est toujours creux et raide?

Et ses jambes là-bas, ses cheveux de douleur!
Elle est vivante, elle est. – Lève-toi, pécheresse,
Mais d'où venais – tu grande et penchée de pudeur?

La pluie tombe ice, grosse de cris, épaisse,
Les flambeaux sont éteints et tout en bas est noir.
Qui m'entendra à moi ma peur et ma tristesse?

Dai-me uma coita,[83] um pau. Eu não sei que procuro,
eu corro... Ensanguentei com as unhas a cabeça...
– mas paro de repente e olho o silêncio duro –

Pareceu-me agitar-se a escuridão espessa,
logo depois ouvi por cima dos barrancos
um uivo grande como um sino que não cessa.

– É, adives, hou, hou! Mostram-me os dentes brancos,
deitam a língua fora, acre como fornalha,
e começam a uivar, encostados os flancos –

Tinha apontado a lua, envolta na mortalha
duma nuvem de ferro, apertada no oiteiro,
e o mangal avançava em inflexível muralha.

De repente um adive, em um pulo certeiro,
cai sobre a *cudvalin*, o pano pela areia,
pardo o seu ventre ao ar, como um morro trigueiro.

Como um monte caíu a medonha alcateia.
Não sei mais, eu não sei! Eu fugi pelas sarças,
Os cavoucos,[84] capim e as pedras pela aldeia.

Morderam-me, caí; gralhas, cobras e garças,
não sei o que encontrei, arrancaram-me a trança.
(As lembranças de aqui são escuras e esparsas)

Mas eu lembro que ouvi um grito de criança,
dela, a certa, que foi dos adives mordida,
– pobre mulher, colheu-a imprevista vingança –

---

83 Faca ou cutelo largo.

84 Buraco escavado na terra.

Donnez – moi une hache, un couteau, un mouchoir,
Quelque chose! J'y cours, je me griffe la tête,
Je m'arrêtte de frout, fêlé de désespoir.

Il me parut quelqu'un flairer. Sur une crête.
De suite, j'entendis un hurlement affreux
Et une gorge rouge, hallucinée de bête.

– Les adives! hou, hou! Voilà, s'approchent, eux,
La langue à tremblotter aínsi qu'une fornaise,
Ils me guettent, à moi, soufflent de ventres creux! -

La lune se montrait au haut d'une falaise
Envelopée de bras, de dents grinçants, de cous,
Et les manguiers autour, à la mine mauvaîse...

Un adive, soudain, bondit, quatre dents fous,
Tombe de tout son poids et mord la coudvaline,
Le ventre gris em air les ors et les bijoux.

– Le troupeau s'abattit de toute la colline! -
C'est fait. Je n'en sais plus. Je detalhe aussitôt,
Tire au large à travers le sable et la ravine,

Le xendi déchiré, mordu et idiot,
Dans les ronees les pieds et dans la boue épaisse.
(Mon pouvre souvenir ici me fait defaut)

Je me seul un grand cri de détresse.
D'elle, pour sûr, oui! Mordue sur les chardrons.
– Maus quelle mort qu'elle eut, la pauvre pécheresse! -

E o mesmo grilo além na noite denegrida,
– ainda oiço, sempre oiço e não me sai da alma –
no uivar, no trovejar a *cudvalin* perdida.

Eu pensava ao correr pela campina calma:
– Devoravam-na aí... ó brâmane maldito,
vai a casa dormir, levas famosa palma! –

Sentia atrás de mim aquele eterno grito...
fugia, aldeia fora e os charcos inundados,
quando oiço alguém chamar, sobre um valado, aflito.

– É Janqui! – Eu parei com olhos espantados:
um facho de ola vi à beira dum caminho
e um *cudvali* fitando os largos descampados.

Senti o remorso como a ponta dum espinho:
– Despedaçada foi tua mulher nos montes! –
Gritei alucinado. E fui depois sozinho

sem sandálias aos pés, por longos horizontes,
serras azuis, o sol e os planaltos calados,
os olhos a chorar como choram as fontes.

Fui. Num país sem nome e os vales ignorados.
vivia um santo antigo em rija penitência,
suspenso dum pimpal, os dois olhos vazados.

– Sei, tu és Vishnulal! – bradou com virulência,
sai do país sagrado e a benção de eremitas! –
Eu prostrei-me a seus pés com profunda obediência.

– Não lanceis xap,[85] eu vou para terras malditas,

85 Do sânscrito "śap", amaldiçoar ou condenar.

Et toujours le grand cri tombant de tous les monts,
–Voilà que je l'entends encor dans le, silence! –
Formidable parmi les hurlements et bonds.

Et pendant que j'y cours, pris de remords je pense:
– Elle est morte là-haut, o brahme, réjouis-toi,
Au milieu de tambours et les grelots de danse!

Mais ce cri, oui ce cri, acharné après moi,
Dans ma fuite a travers les eaux et les aldées...
Soudain, c'est un appel de détresse et d'effroi:

– Eh Janqui! – Je restai les épaules tombées.
J'aperçus à un tournant le flambeau inquiet
D'un coudvali tout seul dans les routes mouillées.

Je sentis le remords le remords comme un rouge soufflet.
–Ta femme est morte em haut tuée par les adives! -
Je lui criai. Et puis, je me partis d'un jet.

Nu-pieds, sans m' arrêter, par les champs et les rives,
Les pays bleus, les monts, les champs, les défilés,
Versant mes larmes sur les rivières plaintives.

Dans un pays sans nom et les vaux ignorés
Un saint vivait antique, en penitence fière.
Suspendu d'un pimpal, avec les yeux troués.

– Je sais, t'es Vishnoulal! – Il me dit en colère,
Va du pays sacré et la paix de ses dieux. –
Je tombai à ses pieds, huit membres sur la terre.

–Ne me jetez le *xap* avec des mots affreux,

maharaja[86]... – Vishnulal, expia o teu pecado,
corta as tuas formas de homem infames e precitas

e fica em pé, com as mãos, altas ao céu calado,
distante do caminho, em meio dos oiteiros –
Eu parti, vatsurá, com o pescoço inclinado.

– Cortei com uma pedra! – Estou anos inteiros,
não como, não dormi; chuvas e ventanias
caem sobre mim com raiva e gritos justiceiros.

Não vi ninguém, só vejo a ti nas penedias! –
– Foi grande o teu pecado, a penitência é imensa,
– eu disse-lhe ao partir – pelas noites sombrias

o vento que soprar da soledade intensa
há de pronunciar teu desgraçado nome.
Tua será no mundo a memória suspensa

como lâmpada negra! O olvido que consome
tudo, não há de nunca apagar tua memória –
E eu fui do seu perfil de remorso e de fome.

Levantava-se a lua imensa e merencória,
– silêncio no país e as serras calcinadas –
Era pelo espinheiro a esguia trajetória

do caminho ignorado... Ai! Nas sombras pesadas
eu cria ver chorando uma mulher aflita
no meio dum uivar de feras esfomeadas.

Cheiravam mogarins à tristeza infinita.

86 Grande rei.

Maharaje, je m'en vais! – Lui – Va, ton péché sale
Expie, sur les rochers des monts silencieux;

Demande le pardon, tranche ta forme male,
Et puis tient toi debout, les bras levés au haut -
Je partis, o passant, dans la nuit gutturale.

Je me coupai, hélas! Par le froid et le choud
Je ne mange ni dors, les cris et les ravages
Tombent sur moi, je suis seul, je ne souffle mot,

Et je n'ai vu que toi dans les sentiers sauvages.
–Ton péché est grand mais plus grand est ton remords,
Je lui dit em partant, dans les nuits de nuages.

Le vent qui soufflera par les manguiers du nord
Prononcera criant ton nom extraordinaire.
Ton histoire sera la lampe de la mort

Rouge sur un rocher. L'oubli ne saura guère
Ta memoire effacer, de douleur et de faim –
Et je partis pleurant de l'homme solitaire.

La lune se levait pâle sur mon chemin,
–Et le silence plat, em une couche épaisse! –
C'était par les buissons la route du chagrin.

O mon malheur! J'avais devant mes yeux sans cesse
Une femme criant, hurlant de désespoir,
Ataquée de renards fous de rage et d'ivresse.

Il sentait lentement des roses sur le soir.

II

OBRAS PÓSTUMAS

INDRA.[1] POEMA DRAMÁTICO[2]

Ardem sete sóis azuis sobre o topo do Meru[3] resplandecente de oiro, coroado de nuvens vermelhas, cercado de rochedos de cristal claro. Abaixo se estende Amarapura, de trinta portas e torres quadradas. Ao largo, o país dos Devas da Vitória.

A luz fulmina tudo, ricocheta, morde folhagens, ensanguenta lótus amarelos. Nas ondulações ricas andam elefantes brancos de quatro dentes com Airavati[4] ao meio. Vacas do Desejo, corças de pés de ametista e bandos de cisnes falantes, debaixo de árvores roxas, com frutos de mel sólido.

Indra é só, encostado a um pilar de granito donde pendem, pelos cabelos, cabeças de homens e de monstros, com grandes dentes e barbas esfarrapadas. Tem na mão o raio, e de ver as cabeças secas, balançando ao vento, lembra-se

1 Nos Vedas é tido como a dividade que reina sobre os céus, os raios e os trovões.

2 Este poema e os seguintes, de edição póstuma, foram retirados de: Paulino Dias. *No País de Súria. Poemas Inéditos Publicados pela Comissão Promotora da Homenagem à Memória do Poeta*. Editor Assis Fernandes, com o Curso de Ciências do Liceu. Tip. Bragança & Cia, Nova Goa, 1935.

3 Montanha sagrada da cosmologia hindu.

4 O elefante montada de Indra.

do Shusna, Pipra, Vritra, Ahi, Ruhina, Cuiava e Sambara,[5]
vencidos em choques guerreiros. Então lambendo os beiços,
rosna lentamente.

INDRA

Gosto de beber sangue.
Um peito de inimigo
aperta-se no chão, o joelho sobre o umbigo,
depois com o punhal curvo abre-se, ao meio, grosso.
– Salta o sangue a ferver! –

Ri com grande cara barbada e selvagem.

Ele torce o pescoço,
e rosna e quere falar. Mas aperta-se o exangue,
com o joelho finque, e bebe-se o seu sangue,
que escorre pela boca e pinga pelos braços.
Inimigos, de ver, vergam nos espinhaços,
põem as mãos sobre a boca e berram como cabras.
– Que gentes que eu venci pintadas e macabras! –
Dassas, Gauras, Bahars... todos com braços duros,
ventres como de bois, e os pescoços escuros.
São ricos. Têm no monte as torres e castelos.
Trazem guisos aos pés e os braceletes belos,
que brilham como sóis e tinem nas batalhas.
São grandes os Dassíus, cidades com muralhas
tem, até a beira mar, cheias de fortalezas.
– E as mulheres a andar, de lúbricas belezas,
com o cabelo enorme e os peitos levantados! –

5 Nomes de demônios e outros antagonistas do deus. Vritra é o demônio da seca, morto por Indra.

Chega Vaiu,[6] *esguia figura toda nervos, pele picotada de vergões, herói ária, azougado e instável*

VAIU

Vêm aí o cortejo e os chefes degolados.

INDRA

E à frente as legiões com setas e tambores?

VAIU

E mulheres também, carregadas de flores,
untadas na barriga e com a testa vermelha.

INDRA

Uma eu conheço. Tem na boca o mel da abelha,
magnífica na perna.

VAIU

Alta?

INDRA

Alta...

VAIU

E a sua cintura?

INDRA

Como a dos leões.

VAIU

Já sei. É a mulher dum Assura,[7]
Calacut. Tu bebeste o seu sangue nos montes.

---

6 Deus do vento.

7 Demônios antagonistas das divindades.

INDRA

Manda o cortejo andar.

Sopra Vaiu no búzio largo como sino, que o horizonte humilha de terror. E começa o desfile, guerreiros à frente com xingas,[8] aljavas[9] e tambores, e a seguir, atados a pernas de elefantes. Pendurados a pontas de lanças, os braços as pernas, as tripas dos chefes mortos, grandes corpos esfolados, olhos vasados, cabeças sem orelhas, línguas pendulando em tiras. Vem outros atrás, vivos, queimados com tições, picados com cobras, com escorpiões, com pontas de veados, uivando todos como o mar alto. São atrás as mulheres prisioneiras, trigueiras e de olhos chamejantes, cobertas de guisos, enfeitadas de pastas cheirosas, de cucume, de sândalo, de amuletos, de grossas peças de oiro. Estão empilhadas em carros com campainhas, carregadas sobre dorsos de camelos; outras andam descalças, cambaleando, chorando muito.

Fecha o cortejo um largo grupo de sacerdotes, todos untados de azeite, rapados no crânio e na cara, com insígnias estranhas, penas de pavão ao pescoço, folhas de papiro incenso, e contas de frutos secos, na mão. Seguem-nos os lavradores, os negociantes, os pastores, a grande massa de mulheres e crianças árias, cavalgando bois, jumentos.

OS GUERREIROS

Nós temos morto Vritra nas montanhas,
furioso como um turbilhão.
Era alto, com pernas tamanhas
que enchia quatro iajanas[10] do chão.

---

8 Em Goa, trombeta de guerra.

9 Bainha para setas.

10 Ou yojana, antiga medida do sistema métrico hindu.

Nós viemos rolando das ladeiras dos montes,
com vacas, elefantes e cavalos,
que Drávidas fugiram de fitá-los,
que os Gauras se esconderam nos horizontes.
Nós matamos os Bhars, os Paundras, Curumbas,
quebramos suas grutas, catacumbas,
cortámos seus narizes,
quebramos os seus templos nas florestas,
– grandes árvores com cobras nas raízes! –
Violamos suas mulheres honestas
ao pé dos maridos degolados,
trouxemo-las depois, de longos cabelos,
no dorso de camelos,
chorando como os rios transbordados.

INDRA

Com grande cara iluminada de alegria bárbara.

Enchem os horizontes,
os árias cor de trigo e os heróis infinitos.
– Mas pelo meio vêm cadáveres malditos,
pelas pontas de bois e as trombas de elefantes!
São os vencidos, são, com pernas de gigantes!

Olha, com pescoço estendido, levanta o braço.

Aquele é Oraon,[11] eu o matei no escuro,
uivava como o leão, tinha o costado duro,
– dir-se-ia de metal – custou-me atravessá-lo.
– Trinta vezes passei sobre ele o meu cavalo. –

11 Esta e as seguintes constituem referências a povos tribais da Índia.

VAIU

O outro matei-o eu com longa seta branca.
Agitava com as mãos poderosa alavanca,
batia-a sobre o chão, carregada de guisos.

INDRA

Sim, o Bila. Eu o vi. Pedras como granizos
atirava aos heróis com as mãos surpreendentes.
Mas olha aquele, aí, com formidáveis dentes,
seu nome sei-o eu, é o Gaura Locapala.

VAIU

Como uma nuvem, negro! A sua cabeça estala
como um côco no chão, das orelhas suspensa.

INDRA

Ao vê-lo ao pôr do sol numa floresta imensa,
um búfalo julguei, couraçado de coiro.

VAIU

Rindo largamente, patibularmente.

Trouxemos da sua terra onze carroças de oiro.

INDRA

Quantos mais que aí vem...

VAIU

Secos, olhos vasados,
têm ainda raivosas mão e os dedos apertados.

INDRA

Os mais hão de fugir, medrosos, para o sul?

VAIU

Quem te resiste...

Ficam os dois escutando os hinos selvagens dos guerreiros, crescem orgulhosos ao desfilar dos elefantes com torres amarelas, bois, camelos, tigres domesticados e ursos. De repente, como chicotado na carne íntima:

INDRA

Olha as mulheres!

VAIU

No azul

Parecem luar, bufé! redondas e morenas.

INDRA

Enfeitadas de oiro e cheirando açucenas,
elas hão de subir nossos leitos macios.

VAIU

– Que lindas vamos ter as noites de cicios! –

INDRA

Esta que anda alta, os peitos como os montes,
é Todda, não me engano. Olha as pastas das fontes
pesando como os sóis e feitas de oiro claro...

VAIU

Esta outra é do país dos Cundas. Ai que raro
o seu peito, com as mãos pousadas sobre as ancas!

INDRA

A que vem a chorar – entre toalhas brancas –
e entre nuvens parece uma lua bem feita...

VAIU

E... o que ela é, ó Indra?

INDRA

Uma admirável seta
que tirei do carcaz furou o seu marido.
– um Bhar, ao pé de mim, como um rochedo erguido! –
Ela prostrou-se então diante de mim, macia.
Ó Vaiu... eu violei-a, a ela, ao meio-dia!

VAIU

E o marido?

INDRA

Rugia, a flecha pelo flanco.
De então eu vejo-a sempre, a chorar, toda em branco.

VAIU

Esta que vem depois, com cintos à cintura,
conheço-a, é do país vermelho de Gopura,
é toda tatuada e cheia de manilhas.

INDRA

Mas ao lado, olha aí, coberta de mantilhas,
uma que treme como o lótus pelo vento.
– Tão esguia que vem no busto macilento! –
Tem por mim a paixão grossa e devoradora.
É do país azul e triste onde se adora
serpentes levantando as pás dos seus capelos.
– Chegam até ao chão, queixosos, seus cabelos.

Mais cativas desfilam, e carros carregados de crianças, pimpolhos reais, cabeças exóticas, penteados, joias, sombreiros e insígnias. Por fim os sacerdotes chegam ao pé de Indra, guisos na mão, tambores, conchas marítimas e liras exóticas. Inclinam-se levemente, depois desatam cantando um ritmo melancólico, Madhuchandas, à frente.

OS SACERDOTES
Vinde depressa, com pés ligeiros,
cantores lindos, vinde cantar
hinos queridos, hinos guerreiros,
ao que maneja como um tear
o grande Vajra[12]
sobre os oiteiros,
        Indra!
Dê-nos riquezas e dê-nos ganhos,
e dê-nos vacas e dê-nos bois;
traga-nos Dassas e seus rebanhos...
– o que derruba vastos heróis,
que tem pr'a morte braços tamanhos –
        Indra!
Ele é a caixa das coisas puras,
ele é o artista mais que ninguém,
que veste os coiros e as armaduras.
Ele é o amante de quanto é o bem,
ele é o guerreiro de carnes duras,
        Indra!
Vasai-lhe o Soma nas taças de oiro,
Cantai-lhe o Gata, que de o ouvir
que ele parta para o tesoiro
do Assura e o Dassa... faça-os fugir
às profundezas do poente loiro,
        Indra!

VAIU
É lindo ouvir ao longe o rufo dos tambores.

12 Arma com o poder do diamante e do relâmpago.

INDRA

Cerrando ao meio os olhos de orgulho tépido.

Canta Maduchandas no meio dos cantores,
que a sua voz parece a dos ventos no alto.

VAIU
Deitam os hinos seu agudo sobressalto!

Naquele instante voltam os olhos, os dois, para fitar grossas espirais de fumo melancólico, avolumando-se nos ares, até ao alto, depois vergando ao vento. É pelo meio duma floresta longínqua de álois[13] e tamarindos.

INDRA
Quem será por aí, às horas do sol posto,
pondo palhas no altar?

VAIU
Um íntimo desgosto
parece ir com o fumo admirável subindo.

INDRA
Mas quem é que não quis nosso cortejo lindo!
Quem há maior que Indra?... É, sim, sagrado o fumo,
vai direito até ao céu, vai procurando o rumo
de quem? – Qual deles é meu furioso inimigo? –
ó Vaiu, eu pressinto a ponta do perigo,
é forçoso matar, ó Vaiu, arrasar,
aquele que está lá, o deus daquele altar!

13 Provavelmente o plural de *alúm*.

Rosna como os cães magros. Segue com olhos sangrentos.

Tira-me tu dos pés as sandálias de coiro,
Vaiu, aperta mais o meu cinturão de oiro,
Vê se a espada me sai imensa da bainha.
Vamos. A palha arde ainda. Vamos. Caminha
sobre as pontas dos pés, aparta tu os ramos
devagar, com ambas mãos; cautelosos desçamos
até aos pés do altar, assim como a serpente.
– Guarda sempre o punhal, aguçado entre os dentes –
Quem sabe o que aí vai. Que sopro de revolta!

Partem os dois, cautelosos com pé descalço atravessam plantações, torrentes, arecais. Topam por fim com uma clareira onde está levantado um altar primitivo de pedras toscas, uma plataforma num topo onde ardem palhas perfumadas, sândalos, álois, mirra e almíscares. Em volta vasam, de celhas de barro negro, fios de leite, coalhos, manteiga derretida e azeite claríssimo. Cantam aí, com olhos serenos e a testa levantada às nuvens, os árias de busto antigo, grandes perfis barbados untados de pastas seculares, mulheres ao meio, severas na atitude majestosa, vestidas de amarelo, ministrando também e sacrificando.

OS ÁRIAS ANTIGOS

Jai, jai... Varuna, Mitra![14]
Vós sois nos elementos,
mais que o senhor dos Ventos
e o vencedor de Vritra.
Poderosos na guerra,
fortes, quem os iguala?

14 Deuses relacionados ambos com as águas, mencionados sempre em conjunto no *Rig Veda*.

Vitória sobre a terra,
no Svarga[15] e no Patala.

Do rico Meru de oiro
das quatro montanhas,
das sete ilhas estranhas
e o fundo imorredoiro,
sobem aos purohitas,[16]
na sagrada coluna,
as preces infinitas...
– Jai, jai, Mitra, Varuna! –

Nos mares de manteiga,
de açúcar, leite e vinho,
coalho que a virgem meiga
pisa com mãos de linho;
na água pura e salgada
que banha a praia e a duna,
a criação sagrada
só diz – Mitra, Varuna!

O Fogo é a centelha
que vibra e consolida,
a bandeira vermelha
no íntimo da vida.
Levanta os sacrifícios
na impassível coluna
aos deuses dos auspícios
santos – Mitra e Varuna –

Ó ventos, nuvens, mares,
partículas benditas,

15 Um dos céus ou planos celestiais.

16 Sacerdote encarregue de certas cerimônias.

Ó vida azul nos ares,
do iôga dos er'mitas;
como os pendões da guerra
na vitória os reúna,
deuses do céu e a terra,
ambos – Mitra e Varuna! –

Pelos cem mil iajanas,
o Buda, o Sol e a Lua,
as Formas sobre-humanas
e a Força que flutua;
pelas luzes e trevas
– numa imortal tribuna –
há só dois grandes devas,
só dois – Mitra e Varuna –

Dai-nos, deuses sublimes,
filhos, vacas e glória,
levai-nos à vitória,
lavai os nossos crimes.
De vossas mãos nos desce
a riqueza e a fortuna;
é a vós a nossa prece –
Jai, jai, Mitra e Varuna!

Indra arde louco, desabrido, com labareda. É o Agni[17] *das destruições finais. Depois põe-se amarelo ocre, somente os olhos sangrentos, como carvões, e rola para a esquerda, a mão buscando uma palha, um apoio.*

INDRA

Vaiu...

17 Deus do fogo, divino mensageiro que leva as preces às esferas superiores.

VAIU

É tempo. Mata, ó vencedor!

INDRA

Mas solta
o cinturão de oiro e as malhas da coiraça.
Eu sou vencedor. Hei de arrasar a raça
dos que ainda ao pé de mim têm palhas nos altares.

VAIU

Hão de cobrir a Terra os chefes que matares...

INDRA

Vamos longe, Vaiu.

VAIU

Mas não. Degola-os todos,
os que cantam aí, atira-os para os lodos,
e aos abutres do céu, noturnos e vorazes.

INDRA

Não avances, Vaiu. Tu não sabes que fazes.
Não vamos a eles, não, mas aos deuses antigos,
– são eles pelo escuro os vastos inimigos! –
Vamos a eles Vaiu.

Retrocedem cautelosos. Chegam ao Meru, à Amarapura, altos, carregados de cólera, como nuvens.

Sempre Varuna e Mitra...
– e eu que derrubei Vahi e que matei a Vritra!
Eram ambos tal como as nuvens tenebrosas.
Seus espectros me vêm pelas noites raivosas,
guincham ao pé do mim e levantam poeira.

É preciso que haja uma imortal sangueira.
– Bate, ó Vaiu nos gongs das doze portas de oiro! –

E Vaiu bateu com martelo de aço, que o clangor passou como o trovão pelos países de todos os horizontes, as montanhas azuis e praias do mar. Logo os Maruts[18] *se levantaram, os Ganas, os Árias, todas as legiões couraçadas e palpitantes; avançaram em fileiras compridas, e se acamparam em volta de Amarapura.*

SUBAHU

Vasto como um monte, carregado de guisos até aos pés.

Quarenta akshauhinis,[19] com bronze e ferro e coiro
levantaram-se já: Quem te vai vencer, ó Indra?

GAZA CANTA

Pescoço de elefante, olhos até às orelhas, grande boca negra, sem barba.

Todos os Árias vem atrás de mim, Upindra!

E vem mais chefes, Maruts esguios, todos nervos perfilando-se atrás de Vaiu, em legiões ruidosas como os ventos. Todos uivam, tangem cordas de arcos, atiram com setas, ao ar, pedras, sedas de bandeiras, Indra aparece, a pé, seguido de chefes escolhidos.

18 Divindades guerreiras, associadas às tempestades.

19 Vasta formação marcial composta por homens e animais.

INDRA

Árias, Ganas, Maruts, infinitos guerreiros,
formai-vos na planície e ao longo dos oiteiros,
vamos aos Himavata!

AS LEGIÕES

Haii, ao Himavata!

OS MARUTS

À frente, desbravando, nivelando, abrindo caminho.

Segui-nos como os leões. Halali! Mata, mata...
nós hemos de avistar as torres inimigas!

INDRA

Lindo! parece um campo amarelo de espigas.
Eis o meu carro branco a rolar com estrondo.

VAIU

Tem catorze corcéis. No seu topo redondo
é o sinal vencedor, – quatro pernas torcidas –
Monta-o, ó Purandara, e nas mãos aguerridas
empunha o raio longo e as tuas armas raras.
Tu és o toiro forte e a lua dos chacaras!

INDRA

É a loucura, Vaiu, irmão, o sangue e a guerra.
Quem há maior que Indra?

VAIU

És tu o deus na Terra.

INDRA
Sim, deus. E porque não?

Estremece e se retrai apreensivo. Depois se fica a meditar, longa, pesadamente, olhos cerrados ao meio e os ombros caídos. O pensamento resplandecente de ser um deus, o deus talvez, com palhas no altar, bois torrados ardendo, gentes tocando guisos com danças e abangas[20] *lhe vem como vinho perfumado. Então:*

Vou ser um deus na serra
grande, com os pés sobre a cabeça dos Árias,
– até aos Dassas talvez e às raças temerárias
o único deus com o raio, o senhor de elementos!
Os Maruts hão de ver os poderosos ventos.
Ganas, Gandarvas,[21] tudo, a minha corte dura.
– Hei de fazer o céu, da minha Amarapura!
Que ideia, ser um Deus...

Lambe os beiços, ri e passa a mão pela barriga.

VAIU
Apontam no horizonte
topos sensacionais e as geleiras do monte,
parece o Himavata. Olha-o tu, Indra, ao fundo.

INDRA
Aquilo que é aí, nos limites do mundo?

VAIU
Que se vai azulando e subindo muito alto.

20 Cânticos devocionais.

21 Espíritos da natureza, consortes das Apsaras.

INDRA

Mas a cidade onde é e o topo do planalto
onde da antiga História estão Mitra e Varuna?

VAIU

Olha, repara bem na soledade bruna,
topos de prata a arder assim como os crescentes.
Agora, mais e mais, parecem enormes dentes
espetados sobre o ar, de elefantes sombrios.
E abaixo vão rolando os admiráveis rios
Ganga,[22] Sarasvati, com os mil tributários.
– Eis já, o Himavata: –

INDRA

Ordena os regionários,
manda já fazer alto e tocar as trombetas.

OS CHEFES

Preparai, ó legiões, os carcazes e setas,
mailos[23] chuços de ferro e as máquinas de morte:

Corre o estrondo até o horizonte da tropa se rearmando.

INDRA

Escutai-me, ó heróis de largo peito forte,
antes do ataque e o assalto à cidade inimiga.
Eu sou à frente. Tudo em altos gritos me siga
com a espada pronta e os arcos levantados.
Espalhai-vos depois em grupos isolados,
carros de guerra ao meio e linhas de elefantes

22 Rio Ganges.

23 Contração de "mais" com "os".

metei escadas logo e as máquinas gigantes
se o inimigo ocupa as torres e as seteiras.
– Olhai-me sempre a mim, ó legiões guerreiras! –
os Maruts hão de ser a boca de batalha;
o que fizer primeiro a brecha na muralha,
há de ganhar mil bois com arados e vitelos.
Não poupeis nada – à ruína as torres e os castelos! –
Vazai pez a escaldar, metais incandescentes
pra responder com raiva aos jorros surpreendentes
que vos hão de lançar do alto dos grandes muros.
– Segui ao vosso posto, ó grandes chefes duros!

Depois roda ele no carro puxado de catorze cavalos, ordena, forma e distribui, com tática séria, armas empilhadas, reservas, alimentos e forragem. Passa além.

Guardem os Iacshas[24]
em roda as linhas dos caminhos,
não os deixem fugir, pesarosos nos linhos
os que forem saindo aflitos e em cabelo.

Avançam entram concentricamente, tambores calados, peitos respirando à pressa. A massa é enorme, consegue cercar a cidade antiga. Indra rosna satisfeito.

Sinto-me já um deus!

VAIU

Olha como isto é belo,
Indra! dir-se-ia, a ver, searas de aço marchando.

24 Tipo de espíritos da natureza.

INDRA

Sempre dentro de si, ruminando o pensamento lírico.

Mais belo inda há de ser com o deus Indra voltando.

Aproximam-se cautelosos, dos muros resplandecentes, escondendo-se nas ravinas, curvas de terrenos, até que veem-na inteira, a cidade das eras, a metrópole das divindades seculares, suaves e inesquecidas.

Mas no fundo chato sem nódoa e sem negrumes, muito acima e longe do Himavata e as coisas, uma coisa se agita inviolável e inconcebível, praia derradeira onde vão cair todos os sons, claridades, prodígios, triunfos e amarguras de criação inominada. Naquele fundo se concentram todas vozes do possível num coro de leveza sagrada, cujos ecos retinem imperceptíveis em todas as partículas da existência.

CORO DO INCOGNOSCÍVEL

Vitória a ti, Naraiana,[25]
vitória a ti Vishvambara.
Tua forma soberana
que homem, que ser sonhara.
Vitória a ti Bagavana,
grande essência antiga e clara.

Pelas eras, pelos Iugas[26]
só tu passas triunfante.

25 Neste sentido, deve referir-se ao Ser Supremo ou Homem Original, segundo o *Subala Upanishad.*

26 Longas eras da mitologia hindu. O autor ora grafa iúga ou iuga, sendo a segunda ocorrência mais numerosa

O que existe tu subjugas
com teu braço de diamante.
Pelas eras, pelos Iugas
és tu próximo e distante.

Vai Indra, mau, às vinganças.
O seu braço é longo e forte
entre heróis, búzios e lanças
guiando imensa coorte,
triste vai Indra às vinganças,
que delira só na morte.

Mas quem é deus robusto,
Naraiana, Naraiana,
para todo o Svarga augusto
e para tristeza humana?
Quem é o deus supremo e justo,
– Naraiana, Naraiana?

Prostram-se defronte da Substância todas as Formas, Cores, Sombras, Núcleos e Essências, como que dobrados dum vento severo. Então se escuta uma voz profunda como a dos mares longínquos.

NARAINA

Dians, Indra, Mitra, Ormuzd, Zeus e Tis Ouranos,[27]
mundos, glórias e sóis, pensamentos humanos,
o que sobe, o que desce, o que morre e palpita
é o pó que rola aos pés da Verdade Infinita.

---

27 Equivalentes à figura do rei dos deuses em várias tradições. Dhians é o radical indo-europeu para divindade.

Uma grande nuvem de oiro abale sobre o esplendor de Isvan, que o vela todo. Os Seres conseguem então fitá-lo. Sente se o terror e o amor. E enquanto Indra e Vaiu marcham à frente dos heróis, uma serenidade intangível envolve o fundo Infinito.

CAPÍTULO II

Tem quarenta portas Hiraniapura, todas de aço resplandescente vetado de oiro avermelhado, lembrando nuvens pardas do poente feridas de sangue na orla. Guardam-nas quarenta dvarapalas[28] *altos como torres, e de barba dura. Os muros são de pedra negra, cimentados de prata, severos no meio de picos de neve e o fundo sinistro do Himalaia.*

Ficam atónitos de ver a cidade os exércitos de Indra, as armas lhes caem das mãos apavoradas.

OS GANDARVAS

Que vitoriosa é ela a cidade ignorada!
– cem iajanas ao largo, entre os montes sagrada,
uma vaca parece, ruminar profunda.
– Que beleza! Tal como a catarata inunda,
de oiro líquido – sob o fumo dos pivetes
por toda a parte, no ar, no alto dos minaretes...
E guardam-na, de pé, quarenta dvarapalas.
Cavaram com a enxada as perigosas valas
onde devem quebrar o crânio os inimigos.
Que cidade de força e cheia de perigos...
– deve haver no país um famoso maharaja! –

BRIHASPATI[29]

Com lira de jade na mão, a boca estupefacta.

Nem mesmo Amarapura! O Himavata avantaja
todo branco na rocha e as longas pintas de oiro.

28 Guardiães.

29 Um sábio védico.

OS MARUTS

Olhando desconfiados o dvarapala da porta do sul.

Mete medo o herói imenso, como um toiro.

OS MAIORES

Construíu-a Aditi,[30] a alta Hiraniapura.
Quando? Como? Quem sabe! E dos basaltos dura,
ao vento, ao raio, ao sol, rindo com dentes brancos.
Fumega a terra sobre os curtos barrancos,
– que doidos capitéis, torres, jardins ao alto! –
Ó dor, ó dor, ó dor, bárbaro sobressalto,
quem é que há de assaltar com máquinas frementes
as muralhas barrando à beira das vertentes,
e a cidade de força insólita cavá-la?

INDRA

Ao pé da porta do oriente, pensativo, a Vaiu.

Tem a força do mar aquele dvarapala
Nem Dassas, Oraons ou Drávidas e Maras
eu vi assim jamais, com grandes barbas claras,
pele a resplandecer como as espadas frias.

VAIU

Não sei como há de ser...

INDRA

Com palavras macias
vai tu parlamentar, Ó Vaiu, com o guerreiro,
ele é bom, tem no alto um olhar justiceiro

30 Divindade abstrata, mãe dos deuses.

e só balança como a ponta duma folha.
– Viu-nos. Não teve medo, e até nos sorri. Olha –
Vai dizer-lhe, Vaiu, palavras como o leite.

VAIU

Avança cauteloso e prevenido, põe mãos em concha,
verga como as palmeiras humildes.

Ó dvarapala, tu és como os lumes de azeite,
tens o arco, a lança, o búzio e as joias admiráveis,
só tu sabes lutar as lutas implacáveis,
deitar armas com o mantra,[31] abrir os peitos de aço.
Brilha como o poente a curva do teu braço,
as tuas pernas são as trombas do elefante.

INDRA

Abre-nos dvarapala, as portas de diamante,
nós imos vêr os pés do poderoso Mitra.

Então abrem-se com estrondo de sete mares as portas amarelas que aparecem em massa sonora as transparências picotadas de oiro, de ônixs, os mármores veiados bruno quente, trémulos de arcadas, de galerias de claustros, tudo cimentado de bronze, com topetes de prata, rostros de esmeralda. Precipitam-se traiçoeiramente grossos Ganas e Maruts, em monte de força e cólera e medo sobre o dvarapala, que ele desaparece debaixo de lanças e escudos sem ter tempo de soltar um ai. Indra e Vaiu precipitam-se pelo interior, seguidos de chefes altos. No meio do claustro de marfim é um altar simples de pedra, no meio de candelabros, onde pombos vêm comer arroz e cisnes beber leite coalhado.

31 Fórmula ritual.

OS MARUTS

Entrou como um leão o inimigo de Vritra,
no meio dum curral de elefante...

OS DOIS ASHVINS[32]

É nossa
a antiga capital, como uma vaca grossa,
vão os Iacshas, Maruts, bater na retaguarda!

OS IACSHAS

Nas montanhas azuis nem um guerreiro a guarda!

OS DEVAS

Parados à entrada do claustro de candelabros, mulheres
lavadas à frente, homens de túnica simples.
Nas horas de silêncio é tão doce e sagrado...
Vão com o peito de azeite e de sândalo untado,
levando ao holocausto o leite de oferendas.
– Já está no altar Agni de oito formas tremendas –
– Já vasam a manteiga e o incenso dos ritos,
sopram na labareda os mantras infinitos,
– que lindo é que é além, ao pé dos candelabros! –

INDRA

Não sei que medo sinto! Os arvoredos glabros
levantam braços com as maldições selvagens?
Devo já me tirar ao fogo das carnagens,
antes que matem-me, ai!

Por trás, por trás somente,
cravando no costado um punhal inclemente
ensanguentando o altar.

32 Deuses gêmeos védicos.

VAIU

Os hinos pesarosos
tocam o coração com dedos silenciosos,
que deitados a um satara amoroso e imprevisto.
e batem no tambor. Que lindo é tudo isto!

E são de facto ao sacrifício dos Deuses Superiores, os heróis das idades amarelas, Mitra, Pushan, Vishnu, Savitri, Varuna, os filhos de Aditi, velhos e crianças, em volta de Agni cheio de fumos transparentes. Em volta do altar formam danças trémulas os deuses e as deusas suaves representações de mares, de rios de fontes e de crepúsculos, divinizações longas e transparentes, com Ushas à frente.

USHA

Tua alma soberana
Enche o mundo, Aditi,
– germe sagrado de oiro,
o que existe em ti? –
Tu és a consciência,
és a luz, Aditi.

CORO

Jai, jai, jai, Aditi.

USHA

Virgem imortal das eras,
onde foi que eu te vi
em que fluido celeste,
que templo de rubi...
Mãe suprema dos seres.
tu és alma, Aditi.

CORO

Jai, jai, jai, Aditi.

USHA

Na tua fecundidade
o universo sorri,
rainha dos elementos,
primitiva Nari,
Tu és a Mãe eterna
e és a Virgem, Aditi.

CORO

Jai, jai, jai, Aditi.

VISHNU

Moço e moreno como nuvem nova, sopra sobre a labareda do holocausto as palavras místicas da Jaiatri, mais tarde reveladas a Vichvamitra.

Que venha a glória em nós do deva Savitar,
que subam para ele as preces...

AGNI

Sobre o altar
vaca negra a Puchan, a vaca branca a Súria,
o toiro branco a Mitra.

USHA

Branca, com auréola das madrugadas em volta dos cabelos, pés nus sobre degraus untados de almíscares, bilha de azeite numa mão, noutra o leite, o arroz e carne e cucume. Estão defronte Vishnu, Mitra e Varuna, de busto solene e cabeleira negra, Usha sobe com ombros claros, sobre o altar e diz a Agni.

Em tua boca purpúrea
leva a Nara-Nari a nossa alma humilhada.
Sobe o último céu, Agni, forma sagrada!

MITRA
Leva a oração do ser, entrega-a Agni, o puro,
seja a nossa humildade o poderoso muro,
contra a queda do mal, mailos frios polares.
– Pede a luz para os sóis, para os ventos e os mares! –

VARUNA
Haja sempre a Justiça, a Lei, Verdade e Norma,
Seja em meio de nós a imperecível forma,
e nos guie, pela mão do primeiro Adideva.
– Quem sabe em que alta sombra o Imortal se eleva!
Onde é o princípio, o fim, o meio, o baixo, o alto,
quem sabe? Onde é o repouso, o leito de basalto
sobre a Acashagangá, e o Himavata e os mundos?
Olham em vão ao alto os peitos gemebundos,
não rompe a incerteza a madrugada clara.
O que é a essência do ser, o Vrij, o Narinará?

Mas de repente é um estrondo como no fim dos Kalpas[33] *e uma erupção de trinta legiões pelas brechas das muralhas, dos lados do Himavata. No mesmo instante atiram-se Indra, Vaiu e os chefes altos sobre os deuses antigos simples e desarmados. É uma tempestade grossa de raios e chuvas e ventos de envolta com pragas, fervor de gargantas cortadas, sons surdos de crânios partidos. Do Himavata caem rochedos e avalanchas. Avança a noite lenta.*

33 Eras ou éons.

OS MARUTS

Vão-se armando as legiões, e as clavas de diamante!

INDRA

Depressa. A Mitra, a Mitra...

VARUNA

Ó Indra delirante
vens toldado do Soma, o herói de Amarapura,
tens a boca a babar, e a tua mão impura.
Mas tu não sais daqui. E em noite solitária
hás-de morder o chão, ó Indra, ó chefe ária.

AGNI

Deixai-as vir a mim as legiões traidoras,
– Há elefantes? corcéis picados das esporas? –
deixai-os vir a mim, às três bocas que eu tenho!
deixai cair no fogo o miserável lenho...

Então aponta Mitra, carregado de armas, os olhos como cavernas de fogo, sozinho, sorrindo melancolicamente no meio de tudo, abanando a cabeça à destruição que se alastra. Legiões apontam ao largo, com escudos de diamante e capacetes como sóis. No fundo escuro mulheres nuas até a cintura fogem por arvoredos.

OS GANDARVAS

Correndo em tropel lassivo. Olhos com estrias de febre, nus, rasgando parjatas, cadambas, calpatarus.

Agarra, agarra aí... magníficas donzelas
vão pulando no escuro, assim como as gazelas,

com oiro e os golsoris,[34] dolentemente nuas.
- Não escondem com a trança os peitos como luas –.

OS DEVAS
São vermelhos os pés das admiráveis pombas.

OS IACSHAS
Elefantes reais com levantadas trombas
parecem ao andar.

OS GANDARVAS

Galopando no escuro, atirando-se a deboches supremos.

Ai trança, longa seda!
que fluida carne ao pé do choro da alameda,
o ventre de algodão, somente os seios duros...
Moças para estreitar nos silêncios escuros,
filhas de Pritivi, são tão lindas, tão lindas...

OS MARUTS
Zunem setas pelo ar veementes, infindas!

OS DEVAS
Abriu a boca Agni como um abismo ardente,
enfia as legiões com a ponta do tridente,
e engole-as como um Daitia, Assura carrancudo.
- O que é que aí vai e o morticínio agudo! -

OS NAGAS
Agora só nos resta a traição e a peçonha;

34 Colar de pedras preciosas.

OS MAIORES

Cai a noite do mal, sem estrelas, medonha;
vão engolir-nos, vão, os deuses primitivos.

OS SERES

Crescendo com coiraça de diamante, trovejando.

Hua!, aos árias sem dó, inúteis e lascivos.

INDRA

Não hemos de escapar da noite e o Himavata.
– Que cidade sem termo e os seus muros de prata –
Meu raio torce a ponta, e as máquinas supremas
caem com estrondo no chão, feridas dos diademas,
de ondas e ondas de heróis, cada um como um monte.

Volta-se a Vaiu trémulo e desenganado.

Dá-me o Soma, ó Vaiu em cascatas de fonte,
quero beber, beber, depois lanço-me ao largo
para um combate a braço extraordinário e amargo,
onde hei de vencer ou morrer, ó Vaiu.

Bebe taças vastas como pias, baba-se, espuma e cheira a sura[35] *doze iajanas ao largo.*

MITRA

Severo no meio da destruição, o corpo chapeado de placas impenetráveis, cabeça como copa de árvore.

35 Suco extraído da palmeira, com que se faz aguardante.

Vou despir a coiraça. Olha o meu peito nu,
deita sobre ele o raio, ó vencedor de Vala.

Arremessa o raio Indra que ricocheta do peito de Mitra.

O teu raio ajoelhou. Meu peito nem o abala.
Das Vitórias do Dassa, estupros e conquistas,
Indra, tu vens a mim em marchas imprevistas
no teu carro funesto e os corcéis amarelos.
Não tocas, Vasavá, o oiro dos meus cabelos!
Em vão teu raio fulvo, a chuva e os terremotos.
Atira sobre mim chuvas, montes remotos,
vem roçar sobre o meu, teu largo peito duro,
vai a noite cair, o Svarga fica escuro,
tu vais morrer, ó Vricha!

E louco Indra, tomado dum incêndio interior, deita um raio sobre Mitra e outro e outro, mas todos caem com a cabeça humilde ao chão. Então se põe à testa de legiões. Vaiu levanta tormentas, atira com pedras, colunas, monumentos e soclos de estátuas, tudo se faz pó e cinza sobre o corpo de Mitra grande e agora avermelhado como um poente de outubro.

OS DEVAS

É como as labaredas
aquele Mitra... É Agni, todos deuses dos Vedas,
do seio de Aditi, da História, do Himavata,
– levanta os braços como os crescentes de prata –
amolgam no seu peito os raios dos destroços,
não rola para o chão assim como os colossos,
como os sinos fatais tinem suas manilhas.
Olhai, agora olhai intensas maravilhas.
As flechas de Vaiu partem como serpentes,

mas o mantra as expulsa em feixes veementes,
fazem-se gralhas no ar, gritando espavoridas.
Já fez um rio imenso o sangue das feridas,
cai o poder de Indra.

OS MARUTS

Ó deva, ó deva, ó deva,
hão de nos amarrar nos cárceres de treva,
e nunca mais soltar.

INDRA

Espumando de medo e cólera, agora todo tomando do Soma

Os meus raios agudos,
topos de montes, chuva e os ventos carrancudos.
Venceste, ó inimigo. O teu peito é enorme,
mas meu braço é também um mar que nunca dorme,
hei de matar-te, Mitra!

Precipita-se Indra com braços cheios de ferro, chapas, garras, guantes, e aperta torce esmurra o grande corpo de Mitra. Ao primeiro choque parece que baqueia o herói primitivo, o olhar se entenebrece e a pele se põe pálida, mas logo é duro e trágico, põe braços em volta de Indra que o vergam como cera aquecida. A luta é fúnebre.

OS DEVAS

Ardem como as fornalhas,
seus bustos roçam como as pedras das muralhas,
desatam para o céu uma fumaça ardente.
– Que brasa, que ficou todo o universo quente! –
Agora... deitam mãos um a outro ao pescoço,

– mas o de Mitra é como o dos búfalos grosso
e tem joias pendendo! – Agora é aos cabelos
que se agarram e dão ferozes arrepelos,
e relâmpagos saem com sangue fumegante.
Mas ai... Mitra apertou com unhas de diamante
a garganta de Indra.

Indra está para cerrar os olhos debaixo do punho que lhe parte as cartilagens, com crac, sai-lhe baba sanguinolenta pela boca e as narinas.

Mas no mesmo instante se ouve uma voz alta, poderosa, sobre o fracasso universal, e a figura venerável de Diaus Pitara[36] *aponta com barbas flutuantes, túnica suavíssima, um vinco negro somente sulcando-lhe verticalmente a testa.*

DIAUS PITARA

Espera, Mitra, espera.

MITRA

Deixa matá-lo, pai.

DIAUS PITARA

Não.

MITRA

Não?

DIAUS PITARA

Não. É severa
a vontade que vem irrevogável do alto.
Passou por mim alguém, que encheu de sobressalto

36 Dyaus Pitar, em sânscrito, o deus védico original do céu, destronado por Indra.

minha velhice branca, e apagou minha História.
Não é para ninguém a infinita glória,
deuses, vamos partir, nosso destino o exige.

MITRA

E quem é, ó meu pai, que atrás de nós se erige?

DIAUS PITARA

Alguém... menor que nós.

Fica um momento recolhido o símbolo suave dos primeiros tempos e existências, depois meneia a cabeça, desenganado, e soluça a Indra.

A mim, Indra inimigo,
que sou de estranhos sóis, mailo bárbaro antigo
adorado de heróis simples e caçadores.
A mim, ó inimigo, o deva dos Maiores!

VARUNA

Deixai-mo estrangular, o ária libertino.

DIAUS PITARA

Tá. Não pode ninguém repelir o destino.
Vai cair a cidade, a longa Hiraniapura,
de ritos sem carnagem e a antiguidade obscura,
lembranças como de água e as líricas legendas.
Vão mais deuses subir com efígies tremendas!
Bem sei, Mitra, Varuna, ó puros deuses de oiro,
não vos vence a traição, armas de mau agoiro,
o Indra como um cão e as coortes imundas.
Há uma roda imensa e suas voltas profundas,
o tempo rasga tudo, o homem, o deus, o espaço.
É forçoso dobrar pra sempre o nosso braço,
inclina a fronte, Mitra, e transforma-te em Súria,

– serás o deus do dia e na tarde purpúrea
Varuna, sobe o céu claríssimo de estrelas.
Eu parto, adeus, adeus. Ai das paisagens belas
como a saudade enche os olhos doloridos!

Arranca das mãos de Indra a sua lança aguda de topete amarelo e crinas, finca-a no chão e atira-se sobre a ponta com o peito largo como muralha. Cai varado por terra o deus antigo, a lança sai-lhe pelo costado, enorme. A boca bate no chão, dentes se partem. Então no último arranco.

Indra, serás em breve a poeira dos vencidos.

Morre. Catadupas de seu sangue vasam como lavas fumegando, matam, queimam arrasam tudo.

OS DEVAS, MARUTS, GANAS, INDRA, VAIU...

Fogem espavoridos, ferem-se sem nexo partem ossos ao correr pelos caminhos, gritam como doidos, sem parar.

Hua, hua! Morreu o deus das barbas claras!

PRITIVI

Ajoelha ao lado do cadáver, cheira-o, esfrega-o com as tranças, com os joelhos, palpa a ferida, roça a testa na lama. Seu pranto é tal que faz um rio ao largo de águas salgadas e melancólicas. Soluça.

Pelas terras com neve e as soledades raras
eu andava a teu lado, e a minha longa trança.
Ficávamos a sós, diante da terra mansa,
a ver o sol e o luar, pelos primeiros dias.
Quantas vezes, de pé, nas longas noites frias

sem uma luz na laguna e o choro nas giestas,
tu mostravas com a mão o fundo das florestas,
povoadas de leões e dos tigres amigos!
O deus, ó irmão, ó pai dos guerreiros antigos,
enche com o corpo agora os iajanas da terra,
não dominas com o peito o marulho da guerra,
não vês torres caindo e os topos de muralhas.

USHA

No meio de donzelas, lírica dobrada em choro alto.

Não acordas, meu pai? Como os bandos de gralhas
teus inimigos vão fugindo pelos montes.
Nossos prantos não vês vasando como as fontes?
Acorda, vem meu pai, vamos guardar os mundos.
Descalço e sem bordão, nos silêncios profundos,
outrora andavas tu buscando a Suriavarta.
Encontraste-a meu pai nas searas loira e farta,
para enchê-la de sangue e os teus cabelos brancos.

OS ÁRIAS

Fugindo, galgando sempre os rochedos.

Salve-se quem puder nas pedras e os barrancos!

VISHNU

De pé, trágico, defronte da cidade destruída.

Fechou-se como tenda a linda história antiga,
nossa glória se fez em cinza...

MITRA

É inimiga
agora a terra acre, e os vales e as ladeiras.
Hão de vir amanhã idades agoireiras,
hão de-nos expulsar com o chicote e os cavalos.

VARUNA

Vamos à terra santa e piedosa entregá-los
aqueles que não são, frios sobre os lagedos.

VISHNU

Vamos bater na neve e em cima dos rochedos
sem túmulos com bronze e as pontas peregrinas,
e depois caia o olvido e a chuva das minas.

Formam cortejo grosso, inolvidável, sem um tambor, uma trombeta, as armas caídas. Vão féretros de todos os heróis mortos e no fim o de Diaus Pitara, com Pritivi à cabeceira, cheia de joias e enfeites, como lua parda.

VARUNA

Hai, hai, hai, Diaus Pitara.

OS SERES

Hai, hai, ancião do mundo.

SÚRIA

Forma antiga do Nara.

VISHNU

Espírito profundo.

AS FORMAS

Hai, hai, hai, peito altivo,

VARUNA

Linha dos elementos.

USHA

O germe primitivo.

OS SERES

A causa dos portentos.

AS FILHAS DE PRITIVI

Hai, hai, hai, pai supremo.

SAVITAR

A essência indefinida.

PUSHAN

O fundo, o meio, e o extremo.

OS SERES

A energia da vida.

Depositam em covas os cadáveres. O de Diaus Pitara é no meio. coberto de neve e poeira de oiro. Então os tambores batem e rugem trombetas, que nuvens negras param de susto, com cabeleiras sobre rochedos Pritivi fica à beira da cova, com mãos trémulas sobre o peito.

PRITIVI

Deixa que eu também vá contigo, onde tu foste.

Deita-se ao lado do cadáver, na cova e cerra os olhos lentamente. Então Varuna se adianta solene.

VARUNA

Levanta-te, mulher, e regressa. Tu foste
a sombra e o leite e o mel àquele que na vida

te amava mais que o sol e que a lua querida.
Levanta sobre os pés, banhada de tua Dor.

TODOS

Levanta-te, mulher, deixa ir o teu senhor.

E Varuna tira da cova a Pritivi. Logo se levantam mausoléus de pedra e bronze por todo o Himavata, que a noite fica resplandescente. Voltam depois calados pelos carreiros sinistros e calados.

Naquele dia despertou Brama dum sono magnânimo do Deva-luga, vasto, de quatro cabeças flamejantes, no leito de sete pedras preciosas acariciadas das pétalas de oiro do lótus saindo espumante do embigo de Vishnu, e gritou com quatro bocas no Bramalou.

BRAMA

Vi três vezes, foi sonho? o que foi... que escultura
de carne magistral e esguia na cintura!
– Nunca eu criei ninguém tão longa e tão macia –
levantava com as mãos o cabelo, e sorria,
e deitava um olhar das pálpebras tão doce.
Havia em seu perfil, eu não sei bem que fosse,
que era mais musical que os trémulos sataras,
– E húmida como ao sair dos banhos as Apsaras![37]

Olha por todos os lados, insaciado, avista o Sabá onde não se sente calor nem frio, e não se conhece a fome e a sede. Estavam aí esperando o seu despertar os filhos por ele criados, os Richis divinos, a Mente, o Espaço, o Saber, o Ar, o Calor, a Água, a Terra... Então sacudindo as cabeças com xendis sombrios.

37 Ninfa do reino de indra, bailarina celeste.

Sete mares criei azuis e sete ilhas,
– e a grinalda solar! – ermitas, maravilhas
pingando mel e luz, ao longe, a madrugada.
– Mas nunca criei como essa visão sonhada! –
que lindos seios como as taças amarelas...
e as dobras na virilha, em ângulo, que a vê-las
dois rios eu julguei como uma montanha no alto!
Em volta um agitar de febre e o sobressalto,
as formas a vergar, tintas e melodias,
súplicas do infinito e noites de agonias
só por ela escorrendo, eu não sei bem por onde.

Sacode-se como cheio de formigas, esfrega os oito olhos e pondo-se de pé, a grande barriga defronte do Espaço:

Acudi-me, ó luar, nuvens, mar, noite, fronde
vinde, que eu vou criar minha admirável filha!

Naquele momento põem o pé sobre o lótus de oiro os Vishvadevas,[38] *os Sidias, os Maiores, os Ashvins e se prostram com os oito membros untados de sândalo, otos*[39] *e almíscar.*

OS BRAMALOCAS[40]

Vimos a tua forma
de tão longe, Ancião!
tua sagrada forma
de pé sobre a Ilusão.
Vem com teus quatro braços

38 Os deuses védicos em seu conjunto.

39 Ou *attar*, óleo essencial de flores.

40 Brahmaloka é a morada de Brahma, o deus criador, e localiza-se no monte Meru.

os teus compridos passos
estender nos espaços
perpétua criação.

Banhamo-nos nos mares,
pondo os olhos em ti,
em todos sete mares,
– Senhor da Savitri –
Mandamos nossos votos
nas pétalas dos lótus
e os pivetes devotos
até aos teus pés, Vidi!

Sai, ó fonte das eras,
tal como água a vasar,
atira para as eras
novos céus, terra e ar.
Levanta outros mundos,
os mares gemebundos,
– Os patalas profundos
vem, ó Brama criar! –

VOZES INFINITAS
Vai levantar-se, olhai, intensa maravilha!

NARADA[41]
Glória ao que tem por trono um lindo lótus de oiro.

BRAMA
Trazei gentes, criações, todo o cortejo loiro,
varrei todo o universo, ide a Amarapura,
ao país de lama, Varuna, até à noite escura

41 Sábio védico.

onde gritam torcendo as pernas os Danavas,
que não falte ninguém, os filhos das escravas,
os pobres e os rajás que montam elefantes.

OS PITARAS

Glória a Paramesti!

OS VASSUS[42]

Vem com topos gigantes,
gentes do céu, do mar, agitando zimbórios,

OS VISHVADEVAS

Fala ainda Bramadeva...

VOZES INFINITAS

Ouvi!

BRAMA

A reinos marmóreo
ide, ao Caila de Shiva, e até ao Mar de Leite!

E enquanto caravanas chegam, rajás como para Durbars,[43] *elefantes com torres de madrepérola, pára-sóis, tranças e insígnias, emissários partem, revolvem o alto dos montes, o fundo dos mares o éter, o Patala até a beira do Dudsagara cheio de tempestades, no fundo do qual se levanta a forma de Murari. Brama soluça.*

Vou criá-la sem o noth e a curva dum enfeite,
toda a sua pele como um quente peito de ave,
seios com bico alto, e a pálpebra suave

42 Divindades auxiliares de Indra.

43 Cerimônias em honra de soberanos.

descendo sobre o olhar, cortada no veludo.
– E a sua boca é um sorrisso estranhamente mudo –
olhos de Criação hão de-se encher de água.

LACXIMI

No fundo infinito, abanando com leque de nuvens Vishnu.

Porque é que sinto hoje uma infinita mágoa...
Acordei mal. Eu vi, toda a noite, no céu
alguém mais delicada e mais linda do que eu.

Tem Bramadeva segurado em oito mãos um bloco admirável de argila, amassado de lótus diluídos, de oiro em pó, do poente, do azul celeste, da carne dos vinás, de sorrisos, de lágrimas.

AS APSARAS
É mulher que ele cria! E longa como as lianas.
– E os contornos que dá-lhe e as linhas soberanas!
Já nascem o peito, as mãos, as milagrosas coxas
– e que dedos que são, como as pontas de tochas! –

AS DEVIS[44]
E quando se enfeitar de nôt e os braceletes,
e quando, pela tarde, ao pé dos minaretes,
ficar sentada, um dedo apoiado na face...

SAVITRI
É espuma de oiro e rosa.

44 Deusa, em sânscrito.

INDRA

Ao longe, toldado do Soma, ardendo como lacre.

Ai que ele ma deixasse...
Nas noites dos vinás cantava melancólica,
havia de sentar, com a trança bucólica,
ao pé dos lagos, e junto aos cisnes muito brancos.
Havia de sentir a curva dos seus flancos
ao vergá-la com o braço ardente na cintura.
Deixasse-ma Brama levá-la a Amarapura!

OS RICHIS
Agora segurou a noite dos espaços
e faz o seu cabelo. Ao longo dos seus braços,
vai correr a manhã, e nos olhos suaves
põe a inocência amada e infinita das aves.
Agora... na sua boca está todo um solposto.
Guerra crepuscular que se trava em seu rosto,
lua cheia, com um sol a arder, de lacre, ao meio...
e duas pombas que tem, amarelas no seio!
Ah Devi, ah Devi... que nome terá ela?

LACXIMI
É a visão que eu sonhei. É mais do que eu, tão bela?

Está acabada, imóvel, com o universo em volta atónito. Sopra-lhe Brama então três vezes sobre a cabeça e logo a estátua, freme, verga-se. Sangue precipita-se pelas artérias colorando tudo, o sorriso se estende como água sangrenta sobre a boca, olhos se abrem de negro azul.

BRAMA

Seu nome é Ahileá.[45]

Imediatamente Indra se precipita aos pés de Bramadeva, roça a testa sobre os dedos, soluça doido.

INDRA

Ó Brama, se algum dia
eu passei com o trovão a cólera e a agonia
por toda a Suariavarta humilde e ajoelhada,
e estendi como o azeite a tua fé sagrada,
dá-me Ahileá...

IAMA[46]

A mim. Olha. Eu venho do fundo
onde se apaga como uma lanterna o mundo,
e é grossa como o bem a infinita pena,
– dá-me, ó Deva, Ahileá, húmida e morena –

CUVERA

Eu posso dar-lhe um mar de oiro e as ametistas.
Dá-me, ó Brama, o seio, as ancas imprevistas,
magnífica, beijando as pontas dos cabelos.

VARUNA

Eu dou-lhe o céu azul com trinta Sete-Estrelos.

E vêm mais deuses, richis, iacshas. Danavas e rajás como de granito, enquanto Ahileá, olhos em viés, sorri melancolicamente nua.

45 Ahalya, esposa do sábio Gautama seduzida por Indra. Creada por Brama como a mais bela das mulheres.

46 Deus da morte.

BRAMA

Aprontai-vos. heróis, começa o Svaiainvara!

AS DEVIS

Que torneio será, ou linda aposta rara...

BRAMA

Depois de refletir longa e silenciosamente:

Deuses, homens, richis, e os chefes dos Danavas,
montai vossos corcéis, elefantes, com aljavas,
e três vezes cingi com três voltas a terra.
O primeiro que vem com seu clarim de guerra
junto do Mar de Leite, esse leva Ahileá.

É como o tumulto de ondas em julho o que sucede. Heróis se precipitam sobre carros de guerra e os corcéis negros, montam ursos, leões, gazelas e elefantes. Ganesha monta rato, Cuvera o navio aéreo, Iama o toiro negro, Indra, espumando sangue, fura o Airavati, torce-lhe os quatro dentes, fazendo-o galopar monstruosamente sobre os mares e as montanhas.

A multidão escoa. Gautama é richi de cabelo em torre e espáduas quadradas; foi também pedir Ahileá mas volta desenganado vendo tantos heróis que se vão turbulentos. O poente cai picado de violetas.

GAUTAMA

E foram. Como os leões, e tantos... já não há
esperança de a ter à minha porta, linda.
– Mas sua lembrança vem ao pensamento ainda –
Ó tarde, ó sol, ó mar nos longínquos tenazes.
porque me vem o cheiro a tranças com lilazes
e o feminino ardor de dois seios macios!

Iríamos a sós, cantando ao pé dos rios,
eu havia de encher de lótus seus cabelos,
os seus olhos azuis eu ficaria a vê-los
de noite, ao pé de Agni.
Ah, que pena, que pena,
Que se chama Ahileá, e que é nua e morena...

Fica a olhar o horizonte onde se esfumam as siluetas de Indra, Vaiu, Niruta, Ishana, que vão ao mágico Pradacxiná do Svaiamvara. Ele soluça.

Nunca me há de encostar o lindo peito de ave?

De repente bate o pé raivoso, que sentelhas estalam

Tivesse eu só um cavalo!

Naquele momento depara-se-lhe a sua vaca preta no parto, dois pés de feto e a cabeça fora, e ela mugindo cançada. O rishi[47] *se aproxima da vaca, e afagando-a.*

Ah, companheira suave,
nem me lembrei de ti, sozinha e dolorida!
– Perdão, Bagavati – Pudesse em minha vida
suportar o teu mal, na ladeira da serra...

Subitamente solta um grito Gautama e se põe de pé.

Vaca, Bagavati, mas tu és agora... a Terra!
a Terra, a Terra, sim, pobre vaca parindo,
és o linga[48] de Shiva, o símbolo mais lindo
de toda a criação, és o altar dos mundos.

47 Poetas sábios a quem os Vedas teriam sido revelados.

48 Genitais masculinos, de poder criador e fertilizante.

Agora vou traçar três círculos profundos
em volta do teu corpo, ó Mãe, Bagavati,
e depois vou pedir Ahileá.

E logo, com pé rápido, faz o eremita três voltas do estilo apresentando à vaca primeiro o ombro esquerdo, e depois o direito. Depois parte, com grande bordão ao Bramaloca.

OS DEVAS, AS APSARAS. OS MAIORES

Vem a ti,
ó Bramadeva, alto e triunfante Grautama.

BRAMA

O herói da penitência! E o que é que me reclama
com sua voz que amedronta, e soa nos três mundos?

GAUTAMA

Prostra se aos pés do Ancião, e sem levantar os olhos.

Meu pai, ganhei-a eu.

BRAMA

Tu?

GAUTAMA

Ahileá.

BRAMA

Nos fundos
horizontes se vão ainda eles galopando.
Quem sabe quantos caem como um choro miserando
e outros que o vento mau despedaça os cabelos!
Tu ganhaste Ahileá?

GAUTAMA

Olhai, que heis de vê-los,
os círculos que fiz a uma vaca parindo.

BRAMA

Baixa as cabeças à Terra e vê com olhos infalíveis os três círculos de Gautama, resplandecentes no poente.

Mas como é que te foi o destino tão lindo...
não ta posso negar, tu bem mereces, ela!

E se faz o enlace de Gautama e Ahileá, diante do Mar de Leite. Naraiana oficiando, de pé sobre a Serpente de cem cabeças. Shiva acode, e Parvati,[49] *Gandarvas tocam sataras de âmbar e Apsaras dançam por todo o Bramaloca, o Caila e o Vaicunta.*[50]

Pôs o mala[51] *ao pescoço do esposo Ahileá, enfeitada de sóis líricos e grinaldas imarcessíveis.*

De repente aparece Indra, ferido nos ombros, roto, pingando suor, espuma e sangue. Fica um momento, trémulo no meio de festejos, e rompe.

INDRA

Venci, fui o primeiro. Agora, é que vou tê-la,
com o pescoço redondo, o peito e as grandes tranças.

Olha em volta, como cão ferido, treme, arregala olhos.

Porquê os lumes a arder e os tambores nas danças?
é um fio todo de oiro, um casamento lindo!

49 Um dos nomes da esposa de Shiva.

50 Planos celestiais, onde habitam os deuses.

51 Rosário.

BRAMA

Indra!, é a Terra também uma vaca parindo.

INDRA

É?

BRAMA

Ganhou Ahileá o eremita Gautama.

INDRA

E eu que fui atravez do mar, do éter e a chama
dos desertos com sol e as chuvas miseráveis!
Como o vento passei países memoráveis,
caí, mordi o chão, feri-me sobre os montes,
e ao voltar do destroço e o sangue de horizontes
eu não tenho Ahileá!

INDRA

Volta-se incontinente e deita a correr, hediondo. batido de urzes, e lama, sem turbante, sem o raio, sem Airavati. Duma curva de Monte amarelo volta-se e grita.

Há de ser minha, minha,
hei de tê-la com o busto altivo de rainha,
os olhos como o lago, e as pálpebras suaves.
Hei de ter a tremei seus seios como as aves,
e o seu ventre de seda e o algodão macio.

Fita o cortejo que torneia o Mar de Leite, e com um suspiro:

O meu desejo é largo e fundo como um rio!

Chega a Amarapura, louco, rosnando com dentes de ponta azulada. Dias de luto se encerra em torre de chumbo mau, e morde os travesseiros. Porém um dia, de repente, ordena uma orgia louca, com rios de Soma, bois fumegando sobre palanganas de oiro, ambrósia e abominações.

É no Svarga que se faz a orgia, e tudo está preparado o dia inteiro, por exércitos de Vishvacarmas. Tochas de candelabros de cânfora, de cera almiscarada, se estendem no meio de cristais, mesas chatas, leitos, águas e flores. Indra é num trono de esmeralda, abanado de trezentas devis, Indrani[52] *sobre a sua coxa esquerda. Ela soluça.*

SACHI

Ele é o toiro insaciável,
ele é o grande Naga duro.
Que quere o deus admirável,
que amor alto como o muro?

AS ASPARAS

Se ele é o toiro insaciável,
se ele é o grande Naga duro,
nossa carne é admirável,
nosso peito é um alto muro.

INDRA

Os olhos cerrados ao meio, rosna surdamente;
Como o fizeste tu, ó Brama, Bramadeva...
Só de lembrá-la alta o meu corpo se eleva
como uma flor nocturna. Ó Brama que fizeste,
que a um eremita magro e miserável deste
o monte de perfume e a carne feminina?

52 Deusa da ira e do ciúme. O mesmo que Sachi ou Shachi.

DANVANTARI[53]

Agitando a ânfora de ambrósia colhida na moagem do Mar de Leite e chamando gente que passa.

Bebam aos gorgolões desta ambrósia divina!

Deuses acodem, besuntados de sindura, de oiro, de unguentos acres bebem com gula, lambem beiços, arrotam sonoramente com mãos sobre a barriga.

NARADA

Ó sorte que foi ela... Eu vi, eu vi, eu vi,
pela fresta do Caila, a Shiva e Parvati
rolando pelo chão assim como os devassos.
– Como ela o apertava, e os poderosos braços! –
dentro da trança estava o deva sossobrado.

BRIHASPATI

Eu quero só o Soma, em um lago cavado
no alto do Pujavata.

INDRA

E nunca hei de apertá-la,
a cair do seu peito a ponta do valcala?[54]
De que me vai ser Indra? Ah, Gautama medonho,
é ele que a estreita em meio do seu sonho,
e eu estou a rugir a uivar na Amarapura.
Que fazer? Pôr na ruína e na matança dura
Drávidas e Dassiús, montes de prisioneiros?
– devo queimar com o raio universos inteiros? –
O corpo de Sachi, pálpebras com o curmã,

53 Forma do deus Vishnu.

54 Peça de vestuário.

deusas no banho a rir, Rambá, Tilotomã.[55]
com a cintura de leões e as torneadas coxas,
e as bocas a ferver, cheias de bétel,[56] roxas,
como tudo parece esguio e pequenino!

Engasga-se de gula lasciva, crispa os punhos.

Segura-me a garganta o sonho libertino
Ahileá, Ahileá... Ao peito de Gautama
te enroscas como a era? Em ondas se derrama
sobre o seu corpo e o ventre o teu cabelo enorme?
- não sabes que Indra, há um ano que não dorme? -

URVASHI

Meu seio é um fruto de oiro,
- ai que prazer a um deus-
quem bebe um vinho loiro
dentro dos braços meus?

No meu sari de cassa
tenho uma escondida flor;
levai como um Racshassa,[57]
levai o meu amor.

XUXU

Bate com força no pandeiro orlado de campainhas.

Parte em farrapos de oiro, ó pel' de talagoia,
ra, ra... a som se enrosca assim como a giboia
e morde o coração, tufa, mete o delírio.

55 Apsaras.

56 Folha que é mascada na Índia, com propriedades religiosas e medicinais.

57 Figuras demoníacas do *Ramayana*.

CHANDRA

Abraçando-se a Menacá, medroso e piegas.

Esconde-me em teu chol, minha apsara, meu lírio
ele me vem, Rahu, cabeça decepada...

INDRA
Meu desejo é uma taça imensa e abalada,
– encheu-a um mar de fogo! – Um dente de capelo
cravou-se-me na carne...

E alto, agitando braços, denegrido como das peçonhas.

Ó torres do cabelo,
ventres, Airavati, lumes e campainhas,
devas cambaleando e lúbricas rainhas
vinde com azeite e o Soma e os trémulos pandeiros,
untai-me de alto a baixo, ó meus Maruts guerreiros,
depois metei na boca as pontas das buzinas,
vamos em procissão por meio de colinas,
ao banho de água clara, untados de sindura.

OS MARUTS
Vai sair para o banho o leão de Amarapura.

OS MAIORES
Massaram-no com força e vasaram essências,
que ele parece o sol atrás das florescências,
em meio de devis com os cabelos moles.

OS NAGAS
Precipitam se já como as imensas moles,
já vão cair com estrondo em cima de águas claras.

OS MARUTS

Subiu o Airavati, içado por Apsaras,
rompem em volta dele as danças milagrosas,
desfolham sem cessar rosas, milhões de rosas,
ei-lo aí que vem cintilante e vermelho.

OS IACSHAS

Das flores do Parjat[58] atascado até ao joelho
ele parece um incêndio entre as espumas brancas.
Indrani, Suquexi, de deliciosas ancas
passam sobre ele as mãos, untadas de perfumes,
levantam-lhe ao nariz as lâmpadas com lumes,
os seios a tremer fora dos panos ralos.

OS NAGAS

Já chegam para o banho... E o tropel de cavalos!

NARADA

Numa dança doida, de fronte do elefante de quatro dentes, gingando e cabriolando estupidamente.

Gosto do Chacra mais que Shiva e Parvati,
jai, jai, jai, Magavana!

INDRA

À frente, Airavati,
derruba o Calparich, o Sândalo, o Mandara,
tomba no Svarnadi de linda água clara!

58 Flor com que se adorna Indra.

OS ASHVINS

São maçadores, são os templos e os abangas.
Isto é que é, a dança em meio das murdangas[59]
com devis a cair delirantes nos braços.

INDRA

Subitamente reflexivo, olhando ao largo, entre dentes.

Ai que volta a paixão com perigosos laços.
Onde eu hei de esquecê-la, em que fúria
passam sobre ele as mãos, untadas de perfumes,
levantam-lhe ao nariz as lâmpadas com lumes,
os seios a tremer fora dos panos ralos.

OS NAGAS

Já chegam para os banhos... E o tropel de cavalo!

NARADA

Numa dança doida, de fronte do elefante de quatro dentes, gingando e cabriolando estupidamente.

Gosto do Chacra mais que Shiva e Parvati,
jai, jai, jai, Magavana!

INDRA

À frente, Airavati,
derruba o Calparich, o Sândalo, o Mandara,
tomba no Svarnadi de linda água clara!

59 Tambor que acompanha dança de bailadeiras.

OS ASHVINS

São maçadores, são os templos e os abangas.
Isto é que é, a dança em meio das murdangas
com devis a cair delirantes nos braços.

INDRA

Subitamente reflexivo, olhando ao largo, entre dentes.

Ai que volta a paixão com perigosos laços.
Onde eu hei de esquecê-la, em que fúria de orgia?
– agora é sobre a ilharga a longa ponta fria,
enlouquece-me... – aqui, ó deusas opulentas,
vinde todas a mim, fortes como as tormentas,
vencei o herói.

INDRANI

É sempre agudo e insatisfeito...
– untamo-lo no Soma, em ondas até o peito? –

Clarins deitam ruídos que fazem cócegas. Há gritos libertinos, e o choro nas ribanceiras, na penumbra, nos longes apagados. Deuses se atiram a abominações lorpas. Deusas mergulham repetidas vezes a Indra no meio das águas, onde vasam longas ânforas de almíscar diluído e essências imprevistas.

AS APSARAS

Em volta do deva, com água até ao embigo.

Jai, jai Indra, jai, jai Chacra,
se o teu braço tem valor
quebra este cinto de rosas
desata o cinto de amor.

Tesouros hás de encontrá-los
ocultos no pitambor,
é procurá-los com jeito
e roubá-los sem temor.
– Quem o forte que não consegue
colher um botão de flor? –
Que vergonha, Magavana,
não seres vencedor,
que te vencem no combate
somente botões de flor.

TILOTOMÃ

Agitai os saris assim como as bandeiras
ao vento flutuando.

VARUTINI[60]

E das carnes trigueiras
todos os chols soltai, estreitos, com dois braços!

CHITRASSENA[61]

Nem me ouvem cantar, escória de devassos,
dão uivos sobre a areia, andam a quatro patas.

HAHA

Vão as vacas chegando e os montes de batatas;
tudo frito, cozido, o arroz, bananas, bolos...

OS DEUSES

Rica carne ao caril! E grandes postas, rolos...
– chegai-vos, eis que vem bandejas como os mares!

60 Divindade ou apsara.

61 Rei dos Gandarvas.

De repente é um abalo surdo, de baixo dos pés, do fundo.

BRIHASPATI
Um choque mau. Que foi? Tremeram os palmares.
NARADA
Isso é Shiva talvez que escorregou no Caila.

BRIHASPATI
Quebraram-se os cristais.

NARADA
Às vezes quando baila
com a grossa Parvati, nu e só com tamancos,
ele escorrega sobre os grandes montes brancos.

Apinham-se em volta do longo estrado carregado de Soma e as iguarias, abancam caem de bruços, caem de costas, grunhem, babam-se no meio de bois torrados, bolos de mel de flores, massa de corações de rolas, caris, pastas fumegantes, roxas, sangrentas.

INDRA
Senti mexer-se o chão... oh, mas lembrança aguda!
E fácil apanhá-la, olé, ali, não... caluda...
Ai que lindo pensar que uma hora macia
quando a tarde nem céu de veludo se esfria
e todo o ar parece arder amarelado,
que hei de tê-la, o cabelo enorme e desmanchado,
húmida a palpitar, a boca aberta ao meio...

OS MARUTS
Como parou o herói na ponta dum receio?
Chegai-lhe à boca o Soma e os licores vermelhos.

OS MAIORES

Apreensivos, pressentindo agoires negros no horizonte.

É um arrepio febril, faz vergar o joelho!

OS DEUSES
Quem é que vai por lá, imenso e a cavar...

BRIHASPATI
Vejo uma negra mão subindo do alto mar.

INDRA
Já tenho sono. Aqui! Ao tálamo macio
transportai-me, ó devis...

E, baixo, mordendo os beiços grossos, torcendo-se.

Um tenebroso cio
vai trepando o meu sangue, e sobe e estreita e aperta.

NARADA
Vou chamar o meu pai. Na madrugada aberta
há de fazer de carne as Ahileás famosas.
Tu hás-de tê-las aqui, e o seu cheiro de rosas,
pondo as mãos sobre o peito altas e sensitivas.
– Fá-las, ó Indra, então, pela trança cativas –
Vou chamar o meu pai.

Mais delirante fica Indra e foge da orgia, largando joias, sedas, sandálias, grupos deitam à corrida atrás dele enquanto outros rolam como cães, apinham-se em montes híbridos e aos poucos vão adormecendo.

BRIHASPASI

Está ainda de pé, apreensivo, olhando os horizontes.

Um sinal de desgraça,
está apontado no ar, e não passa, não passa.

AS APSARÁS

Tombando fatigadas com pétalas na água.

Ai que lindo enlanguece
um lírio ao desfolhar
se então sobre ele desce
o liquido luar...

Apertai entre os dedos
um doido coração...
– só em meio de segredos
se fecha uma paixão –

Se uma rosa rainha
quiserdes ver florir,
procurai-a sozinha...
– não vos há de fugir –

Aos poucos tudo tomba, esboroa-se como cinza, apagam-se os últimos delírios, pivetes deitam clarões fatigados no ar inerte e frio.

Então emerge de repente da floresta de Naudane, Indra duro, couraçado de aço, aljava a tiracolo e raio na mão. Ao longe é o seu cocheiro Matali com o carro dos combates, corcéis escarvando o chão. Com gesto abrupto, engasgando-se ao falar.

INDRA

Ahileá, ó rani, monte de rosa e pérola,
agora eu vou a ti. Tardes de madrepérola
nós seremos ao pé dos cisnes e dos lírios.
Um ano inteiro fiquei na torre dos delírios –
crendo ver-te passar como uma vela branca,
cria tocar com a boca a pele da tua anca,
e vergar sob a coxa o teu colo moreno...
– Porque me és, Ahileá, a gota de veneno? –
A esta hora onde estás tu? Dormes? Talvez sozinha?
a curva do teu seio apenas se adivinha
sob as crepitações das brazas da lareira?
ou te enroscas à carne esquálida e agoireira,
dum eremita pobre e de ventre cavado?
Olha-me, eu sou o Indra, o grande deus doirado!
tanto eu posso fazer por ti moça e sorrindo...
tu hás de palpitar os meus passos sentindo,
quando eu vier por ti melancolicamente,
teu peito há de oscilar com o golsori dolente.
Falo a verdade, eu sou Indra, o Adideva,
tenho a força do leão, que rompe, que se eleva,
que não desmaia nunca entre devis e apsaras.
Tu serás a rani do Svarga em noites claras!
Tu és mais do que o Soma e o sangue de inimigos,
que venham Bramadeva e agoiros e perigos
dos meus braços levar tua carne apertada.
Ahileá, Ahileá, minha rani doirada!

[CAPÍTULO III]

A madrugada feriu rosas, pôs alvoroço nos ninhos, nas espumas nas grandes massas viânicas de arvoredos de todo o Sidaxrama, floresta de caminhos suaves, à beira do Iamuná, onde é o eremitério de Gautama; e agora lambe topos senhoris, segura nevoeiros pelos cabelos, varre todo o maciço verde-bronze.

Ahileá é aí sozinha, vertida de peles, como a lua no Margaxirá.[62] *Acabou de torcer o cabelo em trancas, caindo nas espáduas, pôs o cucume, e rosas.*

AHILEÁ

Coitado! Foi a sós na roxa madrugada,
– que bem que iria eu atrás dele, calada! –
mas não me quis levar. E quem sabe se a esta hora,
chama por Naraiana, ou se grita, ou se chora...
Coitado! Quanta vez fica imóvel nos montes!
e em vão lhe caem em volta aves, choros de fontes,
e a chuva põe em pasta o seu cabelo enorme...
– e com os olhos ao céu nem respira nem dorme -
Ás vezes vejo-o no ar lentamente se erguendo.

Subitamente, vergada de sorrisos, suportando seios com as mãos.

Contudo ao pé de mim o seu busto tremendo
é como feito de água... E foi, ao vir do dia,
para banhar-se à hora estranha em que se esfria
Sol no eclipse negro...

62 Nono mês do calendário hindu, entre 18 de novembro e 18 de dezembro.

OS VISHVADEVATÁS

Glória ao Primeiro, o deus do Veda,
glória à sua Força e à sua Ilusão,
glória à Segunda, a labareda,
vida, verdade e escuridão.

Donde é que veio a sua essência
– são o Purusha e Pracriti[63] –
mas deles vem toda a existência,
e deles vem a Trimurti.

Escoam cinturas de cristal, pés de liras e dedos como cordas de guitarras. São seres de suavidade antiga, acompanhando Ahileá no pradacxina em volta da árvore Ravi.

AHILEÁ

Ó árvore, monte de oiro,
tu és como os rajás e o seu turbante loiro,
tu és como o meu pai. A tua fronte é vasta
como os topos da serra... altas nuvens devasta,
tens flores como Chandra e frutos como Súria.
– Treme o teu coração pela manhã purpúrea! –

Polvilha sobre a raiz da árvore coisas sagradas, sal, cucume, óleos perfumados. Pombas esvoaçam em volta.

Volve-me um dia bom, deus de cabeças altas!

Corças vêm com pernas esguias, grandes pavões dançando, aves em bandos, todos com bocas queixosas. A luz embrulha-a em sari de fogo, pinça-a, atormenta-a.

63 Purusha é a alma, ou o "homem primordial". Prakriti é aquilo que é criado ou a natureza.

Ó manhã, sombra, luz, porque me sobressaltas?
sou a flor do parjat tão frágil, tão sentida...
– dentro de mim é como uma lembrança a vida –
não me apertes o peito e os braços e a cintura.
Ai, mas que sinto eu? Que nódoa tão impura
que escoa pelo ar, assim como o pecado.
Já todo o mundo está de pé e acordado,
pudesse eu esconder-me e que ninguém me visse...

Esconde o busto nas pregas do valcala, faz da trança um vasto rolo sobre a nuca, tenta apanhar conchas.

Não sei que olhar eu sinto estranho e de meiguice,
fixo sobre o pescoço! O que é? Ai, ó maharaja,
por veredas azuis talvez ainda viaja
ou parou sobre um monte e contempla os três mundos?
ou deita o Upanishad, mailos mantras profundos,
untado do sindura, à beira das lagoas,
canta dos seus avós as perfumadas loas,
sorrindo e esperando a hora do grahana?

Curva-se de respeito e santidade, à lembrança do eremita, de trança em torre e o embigo cavado. Alastra sobre o seu seio humidade melancólica, longa macieza e desejo. Então perturbada mete-se pelo arvoredo, colhendo gomos, frutos, agitando ninhos, agarrando, afagando trepadeiras.

INDRA

Escondido dentro de nuvem parda, traidor e invisível, treme de desejo magnético, seus olhos estão em sangue.

Ó mulher, ó rani macia e soberana!
Que pena, que não tem os mantos de veludo,
os chols que torcem com oiro o moço peito agudo,

e anda com os pés nus em cima das raízes...
– Ó braços a vergar elásticos, felizes!
e a pele com humidade, e o bistre da cintura,
que delírio...
Ó rani, desata a trança escura
onde estremece um mar com ondulações sombrias.
– Um ano inteiro cozi supremas nostalgias
por tua trança enorme e as pontas dos teus seios! -
Vai banhar-te Ahileá pelos lânguidos veios,
onde adens[64] vão beber, em meio das searas,
– vai despir pouco a pouco as tuas formas raras –
vai-te espojar na relva assim como as serpentes!

Põe um dedo sobre a boca, malvado, apreensivo.

O que foi que a tomou com dedos surpreendentes,
foi com um sobressalto, ou desejo trepando...
Ter-me-á pressentido? Oh, mas tão linda quando
fica com o busto alto e olha trémula em volta...
Assim. Com o próprio peso a sua trança se solta
e cai de novo como uma cascata escura.
– Corta-se sobre o negro o claro da cintura! –
Não temas, Ahileá, eu sou o herói antigo,
forte como os leões. Eu vou dormir contigo
sobre a verdura, a sós, em meio dos parjatas;
vou em breve apertar tuas mãos timoratas
e cheirar tua cabeça.

Está perturbada Ahileá, mas nem sabe por quê, cheira carne em cio, bafo de homem, e torce madeixas, esconde seios, põe defronte de si tufos de trepadeiras, capins grossos.

És todas deusas juntas.
Lacxmi, Sachi, Umá, o fogo dos Vaicuntas,

64 Pato-real.

a coroa do Súria, ondas do Mar de Leite.
– E sem o cum-cum na testa e a argola dum enfeite!
E o perfume que vem... cheiro lótus de oiro,
um frescor natural, rosas, um imorredoiro
ferver de carne e febre. Eh, Madana, Madana...
que vertigem se fez uma figura humana! –
Fica aí pensar, um dedo na boca, olhos baixos.
Mas como começar? Onde apanhá-la nua?
– se fosse fatigada! – e a face com a lua
fosse poisar além, eu corria a pará-la.
– Tinha-a toda a vibrar nas dobras do valcala! –
Talvez melhor, por trás, colhê-la de surpresa?
Pela cintura amada e a grande trança presa
talvez que a palpitar ambos olhos cerrasse...
Então eu afagava aflito a sua face
e cheia de rubor, ela à certa, cedia.

Transforma-se Indra em um molho de lírios de oiro, balançando num alto, depois de capins selvagens e o espinheiro. É imortal aquilo. Um aroma estonteante rompe e se estende trinta iajanas. Volta a devi, os olhos pasmados, busca um caminho para os lótus de oiro, afasta urzes, trepa o morro.

A ALMA DAS PLANTAS

Ai que espanto nos parjatas!
– deusa, a sombra se avoluma –
e tuas mãos tão timoratas...
Só se o valcala desatas
colhes flores uma a uma.
Tua carne é altar de neve.
– o que é que pode ocultá-la? –
a traição te espera em breve,
devi, avança de leve,
puxa a ponta do valcala!

INDRA

Transformado em lírios, tremendo, fumegando, baixinho.

Colhe uma linda flor de linda fantasia.

AHILEÁ
Como é... flores do Svarga, aqui, à madrugada?
– que tenho na cabeça – ó Pritivi Sagrada
o que fizeste tu na sombra de repente...

INDRA
A alma da mulher palpita lindamente.

AHILEÁ
Não sei. Mas sinto medo.

INDRA
Ó suavidade rara,
não te vás de assustada.

AHILEÁ
A meu leito as levara
– Corações de veludo – apertando-as ardentes.
Mas sinto aí, atrás, um silvo de serpentes.
O que é, ó maharaja, onde está meu marido?

INDRA

Afasta-se do canteiro e torna, movida de desejo e cólera, uma febre que a queima na pele que a põe extremamente bela. Indra desapontado, soluça, se agita.

Agarra-me Ahileá, sou um morro florido,
– onde vais soluçando e a boca encantadora? –

AHILEÁ
Mas são flores somente...

INDRA
Ah, sim.

AHILEÁ
Voltam-me agora
como uns olhos azuis, melancólicos de aves.
Mas não. Não sei que sinto, uns gritos fundos, graves
meu ventre se abalou. Vou fugir?

INDRA
Mas, medrosa!
fugiu linda na coxa e toda cor de rosa...
agarrai-a trigais, veredas, trepadeiras!

Transforma-se Indra em um passarinho deslumbrante de rubi líquido orlado de azul safira de verde esmeralda, bico e pés de oiro. E saltita de arbusto em arbusto suavemente.

AHILEÁ
Com uma garganta de oiro, em meio das mangueiras,
que passarinho estranho...

INDRA
Apanha-o, olha tão lindo,
– que receio tu tens estática e sorrindo! –

AHILEÁ

Foram flores primeiro, e depois, no arvoredo,
uma ave imprevista... oh, mas eu sinto medo,
em que dia que foi-me o maharaja, em que dia...

E o passarinho pipila, dia segredos, coisas que fazem cerrar olhos, que fazem sorrir deliciosamente.

Pipi! Ardente flor que fez-se ave e cicia!
Donde virá?, do Indra e os pés de Naraiana?
Picaste a orelha tu a Lacximi? Que tirana
águia te quere matar, suave passarinho.
– Olha o meu seio, aqui, tépido como um ninho –
vem voando, Pipi, do meio dos parjatas.

INDRA

Até que me estendeste as duas mãos timoratas!
Rani...

AHILEÁ

Choras? Porquê? Morreu-te a tua mãe,
em noites de terror palpitas, sem ninguém?

Aproxima-se doida, e logo o passarinho do Svarga deita um voo curvo para ela, poisa no seu ombro, e se suspende pelo bico do lóbulo da orelha esquerda.

O que fazes, maroto...

INDRA

Esconde-me, princesa,
junto do coração.

AHILEA

Num sobressalto repentino, sacudindo-se, tremendo.

Ó mas esta tristeza...
– não sei donde me vem e ataca de repente –
Quem é que sinto eu cingir-me estreitamente?
O céu, Varuna bom, ó Súria santo e loiro,
deitai no meu pesar um silêncio de oiro!
Vai passarinho, vai, não te quero, que pena...
Sacode-o com mão rude, depois fica a chorar alto.

INDRA
Mas o que é que perturba a trémula e morena!

AHILEÁ
Vai longe, vai, Pipi! Eu sou malvada, voa,
vai dormir fatigado ao pé duma lagoa
um ninho perfumado.

Descamba pesarosa, como de chumbo, sobre relvas, mãos cerrando olhos, o busto levantando-se em sobressaltos frementes. O sol inunda leve tudo.

INDRA
Ah, devi, laranjeira!
que sabor da tua carne a cintura trigueira...
tive-a na boca só um momento e, ó mágoa,
pareceu-me um contacto infinito, de água.
– Que hei de agora fazer por ter-te toda e nua?

Transforma-se em uma corça de velo de oiro, um Súria no meio de arvoredos, pastando, cabriolando, pondo o cãm[65] *melancólico no meio de cisnes, garças e pavões.*

AHILEÁ

Estupefacta, levantando olhos negros cheios de pranto.

É sol, aquilo é sol, sobre a relva flutua;

INDRA

Levanta, vem ao pé dos longos tamarindos,
com o valcala a rolar do alto dos peitos lindos,
roxa, quente no colo, o cabelo tombando.

AHILEÁ

Quantas gralhas me vêm em perigoso bando!
Sinto vertigem, acuda... ó Harini, ó corça
espera, lindo sol! Mas quem é que me força,
e que me lambe a pele e me apanha o cabelo?

INDRA

E o valcala caiu! Ah, vasto peito belo...
– o que é que ai vem, soberbo nos parjatas! –
Vem à corça, Ahileá com as mãos timoratas,
e pendura-te como um sino ao seu pescoço.
Um pouco mais, ó relva aproxima-a, eu não posso,
sinto a febre a queimar, tenho seca a garganta –
– e a carne como um monte enorme se levanta –
Vem mais perto, ó rani, ó meu piedoso lírio,
– que magnífica estás, ardendo como um círio! –

65 Provável gralha tipográfica ou erro de transcrição.

AHILEÁ

Deita a correr atrás da corça que lhe foge entre arvoredos e se esforça, e seu cabelo ao vento, faces de lacre. Ao fim consegue apanhá-la, húmida, deitando espuma de oiro pela boca.

Não te vás, Harini, à seta dos guerreiros,
eu te hei de trazer madressilvas de oiteiros.
contigo hei de dormir no leito de merendas,
– hei de contar-te ao luar melancólicas lendas
de rajás com o turbante e rainhas delicadas –

INDRA

Num soluço, ao ouvido de Ahileá, malevolamente.

Vai deitar-te, Ahileá, com as tranças desatadas.

AHILEÁ
O que foi que eu ouvi, com um ruído de abelhas...

INDRA
Sentiste-me talvez, como as sedas vermelhas?
Olha, eu venho por ti, chorando à madrugada,
cerra os teus olhos como uma flor desmaiada,
e cai sobre o meu peito.

AHILEÁ

Solta de repente o pescoço da Harini de oiro, varrida na figura toda, a trança em voos negros, e larga a correr sem tino para o eremitério, sem olhar para trás.

O deva, ó deva, ó deva,
o que vem sobre mim...

INDRA

Torcendo braços, que sangue espirra pelos poros.

E foi ao longe, e leva
assim como um farrapo a minha alma vencida.
De que me vai ser Indra? Acabai-me com a vida
ruínas de todos sóis, agoiros e portentos,
caido sobre mim asas dos elementos –
de que me vale ser Indra...

Oh, mas não deixo-a, nunca!
hei de apanhá-la, a sós, com uma garra adunca,
dobrá-la sobre o chão, debaixo dos joelhos,
hei de morder com fúria os seus beiços vermelhos.
Sou Indra. Vou rasgar os mundos. Venha tudo.
até o Mahadeva até, e o seu tridente agudo,
eremitas deitando as maldições sombrias.
Acode, ó ar azul, tapadas, melodias,
depressa, que ela parte...

Transforma-se Indra em Gautama, e o seu vulto de espáduas memoráveis e a cabeça como torre negra, o báculo na mão e o vaso de oferendas. Desce a ladeira com passo grave enquanto Ahileá se humilha submissa, juntando as mãos sobre o peito. Indra, com a voz e o gesto soberano de Gautama diz:

Em meio dos marulhos
da água cheia de raiva e as espumas de julhos
eu me lembrei de ti, ó mulher soberana.
– E apanhou minha carne a fúria do Madana -
dá me aqui o teu gozo, aqui na relva mole.
à parte, mordendo os beiços lascarinamente.

Agora... vou fazer que a imensa trança role
desatada, por mim!

O dia começa a escurecer no eclipse do Sol total. A treva se avoluma, grossa palpável gralhas voam doloridas, topos de palmeiras se encinzam, tudo entristece.

AHILEÁ
Ó maharaja, ó grahana,
lembrai o abanga a Súria, a Chandra, a Naraina,
penitências da lei e as abluções do estilo.

INDRA
Que importa? Eu sinto em mim um íntimo sibilo,
vem, ou cai sobre mim o anátema funéreo.

AHILEÁ
Vinde, eu vos sigo... está tão perto o eremitério...

INDRA
Há de ser tarde, olha, ó Ahileá, eu sinto
a força que se esvai, no meu corpo faminto
e a sede de gerar um universo inteiro!

O eclipse aperta, de noite e cólera, aves caem sobre a relva, mochos piam lugubremente, há gritos agudos de corças nos montes. Trémula, Ahileá nem sabe que olha.

AHILEÁ
Como tudo ficou malvado e agoureiro,
maharaja!

INDRA
Vou deitar a maldição aguda,
ou cai já a meus pés.

Ahileá verga sobre os joelhos, estonteada. Indra cingiu-a estreitamente, derrubou-a. O eclipse é fatídico.

Ah, carne guedelhuda,
com perfumes rolando e montanhas ao meio...
– Ó bicos que eu os sinto agudos sobre o seio! –
que pena ser tão negro em meio dos parjatas...
Ó cintura com mel, lindas mãos timoratas!

VOZES MAGOADAS NO ESCURO

Que medonho Racshassa
caiu em ti devi;
quebrou boje a desgraça
o teu puro tali.[66]

Não é, não é o deva,
é o traidor e o ladrão,
atirou para a treva
teu pobre coração.

Coitada, estás vencida,
Indra, com seu poder,
em vez de dar-te a vida
deu-te a morte, mulher.

Vai o eclipse aclarando, a curva de Súria emerge berrante, amarela. Gritos se escutam ao longe de eremitas pondo mantras agudos no ar. Indra se apruma vasto, na sua forma natural, coiraçado, raio na mão, moço, vermelho, ao pé de Ahileá, desmanchada no chão, valcala rolando sobre carnes pisadas.

66 Uma das cerimônias do casamento hindu.

AHILEÁ

Indra, Indra... Meu pai, ó maharaja...

INDRA

Escuta,
vem no carro de heróis, sobe da terra bruta,
vem ao gozo do Svarga e os líricos tambores,
vem ver desabrochar flores, milhões de flores.
- Tu serás a rani e os devas teus escravos -
Hemos de ir nós dois a altos combates bravos,
do Dassa, o Daitia, o Mlencha, e os destroços profundos,
serás como Aditi, a senhora dos mundos.

AHILEÁ

Louca, boquiaberta, apanhando tranças a esmo.

Indra, Indra... Deva!

INDRA

Escuta ainda, vamos,
meu carro está por trás dos florescentes ramos
- é Matali que puxa as rédeas dos cavalos! -

AHILEÁ

Meu tali...

Fica a esgaravatar a terra, estonteada, buscando os pingos do colar de casada que se rompeu.

INDRA

Vem devi do mundo.

AHILEÁ

Onde apanhá-los,
meus pingos de tali...

Então aponta o perfil severo de Gautama, cercado de seis rishis, Iamadagui, Atri. Vacichta, Vichvamitra, Calhiapa e Baradvaja. Á frente de todos é o irascível Durvassa.[67] *Indra recua dobrado em dois, cai-lhe o raio da mão. Ahileá ajoelha.*

GAUTAMA

No meio de grahana
que fizeste mulher? Tua carne soberana
já cheira como a lama e a hedionda prostituta.

Fica trémulo, o cabelo eriçado. Volta a Indra, estende um braço como treva negra e profere terrível.

Deus miserável, toma a maldição, escuta!
Pela chaga que abriste em meu peito cavado
mil chagas se hão de abrir por teu corpo malvado.

Depois a Ahiléa, com grande voz cheia de soluços.

Tu fica transformada eternamente em pedra!

AHILEÁ

Perdão...

GAUTAMA

Sobre o granito infame onde não medra
e o arbusto, a relva, a flor, e não trilem os ninhos,
tu hás de-te estender, sombria nos caminhos.

67 Um rishi.

AHILEÁ

Não sabia, maharaja, olhai, eu não sabia...

E ele verga a cabeça pesada como chumbo, medita largamente e depois murmura com suavidade infinita.

GAUTAMA

Caíste na traição! Mas há de vir um dia
um deva para ti, da linhagem da Lua,
e tocar-te com os pés, então a imagem tua
há de voltar à vida, ó mulher inocente.

E logo, torcida da maldição selvagem a mulher lírica volve em pedra, denegrida, fúnebre, carregada de capins, veiada dum azul acre. Em volta se estende desolação irreparável.

INDRA

Sente abrirem-se mil chagas sobre o corpo malignas, pus escorrendo sanioso, e torcido de desespero, de remorso.

Eu vou apodrecer, irreparavelmente?

GAUTAMA

Não mereces o dó e nem um ai de piedade.
Tu a violaste, traidor! No aroma e a santidade,
minha pobre mulher. Olha-a horrorosa e fria...

INDRA

Não sei, enlouqueci de ciúme e agonia,
ó maharaja, perdão, perdão ao deus do Svarga!

DURVASSA

Um passo para a frente, cônscio do vasto saber desconhecido.

Tu eras o deus da chuva e a tempestade amarga,
– um nababo com o raio! – Ó Indra, figura oca,
que adorava a cantar toda a Ariavarta louca
pondo a carne de bois e a Sura nos altares!
– E não és tu que pões a chuva sobre os ares,
nem deita o trovão com ecos sobre os montes –
Não és tu o senhor nos longos horizontes,
tu não fizeste nunca o vento, o fogo, a aurora,
– é a Natureza, a Mãe, a única criadora! –
De joelhos, Ó Indra!

Escutai-me, eremitas,
é tempo de apagar as crenças infinitas,
sonhos e criações das pálidas idades,
– outras forças se impõem as severas verdades –
as que eu vejo a vibrar na existência altiva
são forças naturais, Brama, Vishnu e Shiva –

No mesmo instante apontam no horizonte veiado de oiro três perfis de novos deuses, as mãos levantadas sobre Indra tombado, todos três cercados de pivetes, de incensórios, símbolos sagrados, e inscrições milagrosas.

OS SETE EREMITA
Vitória à Trimurti e os deuses do futuro!

INDRA
E eu chagado para sempre?

DURVASSA

O seu destino é duro,
apaga a maldição àquele deus caído.

GAUTAMA

Levantando sobre Indra a formidável mão profética.

Mil anos vai viver com o corpo ferido,
e as mil chagas que tens serão depois mil olhos.

OS SETE EREMITAS

Vão partindo um atrás doutro, à formiga, báculos batendo o chão e tenazes produzindo ruídos secos. Cantam ao partir melancolicamente pelos arvoredos.

Pela fome, pela guerra,
pela ruína, pela Dor,
vai o céu e vai a terra
– ó poderoso senhor! –

Onde é o céu como o delírio,
onde a terra como flor,
onde a vida sem martírio
– ó poderoso senhor! –

Porquê é o homem e o deva,
porquê é o ódio e o amor,
porquê a luz e a treva,
– ó poderoso senhor? –

Indra também parte ao longe, roído até a medula dos ossos em cheiro mau do seu corpo escorrendo grosso pelo ar. Fica Gautama sozinho, na noite que desce pesada, como feita de asas de gralha, de vírus maligno. Ele é defronte de Ahileá de pedra, no silêncio ardente.

GAUTAMA

Rani! minha mulher, de pedra, nos abrolhos,
onde está teu pescoço e a glória dos teus braços!
Não mais hei de escutar o eco dos teus passos
sobre o umbral da porta, o togo azul ardendo?
nunca mais hei de ver-te a lâmpada acendendo! –
Porquê eu vivo. Brama... Que fiz eu? qual o crime
que eu fiz na criação? Quem é que me redime,
da vida que me queima e o lúgubre futuro...
Ó rani, Ahileá, imóvel como um muro! -
Quando eu cair por terra, as mãos na febre ardente,
quem é que me há de vir trazendo lentamente
o leite numa mão e noutra a lamparina...
Que saudade me rói de tua cintura fina! –
Mas eu não vou de ti, Ó Ahileá coitada,
ao sol, à noite, ao vento, à lua, à madrugada,
hei de velar por ti, longos anos inteiros,
a teu lado, de pé, no meio dos oiteiros!

A noite rola pegajosa, com cinza, com farrapos coléricos de nuvem, com enxúndia acre e gritos vagos no desconhecido. Dentes rangem não se sabe onde, enquanto sarças crepitam em síncope de sede e dos longes venenosos parecem subir labaredas.

LE ROI DES ÉLÉPHANTS[68]

Eu pus as mãos no peito e disse ao bramachária
"– Vitória a Shri Hari! Eu sou teu servo, ó Achária,[69]
quem foi no Suriavarta o rei dos elefantes?"
E ele:
"– Foi o rajá dos Drávidas distantes,
chamava se Indradiumna[70] e era alto como um monte.
Tinha o seu país cidades no horizonte,
carros do Jaganata, os templos com festejos,
as torres negras sobre os montes sertanejos
que avistavam gritando as longas caravanas.
– E palácios, deva, com cabeças humanas
dos vencidos sem dó, cravadas sobre as portas! –
Gentes vinham do Angá e de Lancá[71] absortas
a ver o antigo rei, levado dos vassalos;

68 Provavelmente teria versão em francês e em português, como *Vishnulal*. Narrativa retirada do *Bhagavata Purana*, Canto 8, narrando a história de Indradyumna, um rei amaldiçoado por um sábio por motivos errôneos, e que seria resgatado da maldição pelo toque de Vishnu.

69 Asharia e Bramasharia: Mestre ou Guru.

70 Um rei santo que governou sobre Pandya.

71 Nome dado *Ramayana* e no *Mahabharata* à capital-fortaleza da ilha do lendário rei Ravana.

vinham os palanquins e as patas de cavalos,
mulheres, a chorar, de chefes inimigos,
altas, cabelo negro, e nuas, sem abrigos,
escondendo co' as mãos os peitos admiráveis.
De ver seu busto como as nuvens memoráveis
Árias, Mleuchas, Dassius, recuavam de assombro;
e quando, o sabre a arder, o arco sobre o ombro,
ficava ele de pé, tão negro como a treva,
tremia Indra no Svarga, e o próprio Mahadeva
ficava a ver do Caila o Drávida sombrio.
– Glória a Indradiumna, o rei sagrado como um rio! –
Ninguém tinha como ele as peles dos tambores,
as bandeiras de seda e os carros vencedores
nas derrotas do Daitia e agudos morticínios.
E danças e arati de batalhões virgínios
co' as cânforas a arder nas noites de vitória...
– Mas era um santo o rei, coberto da sua glória? –
Quanta vez, ao tocar gongos na madrugada
ficava a ver o umbigo, a cabeça inclinada,
pano vermelho à cinta, ambos os pés cruzados...
Quanta vez (ó poente, e os longes desmaiados,
poeira solar, a febre, as nuvens cor de oiro),[72]
co' a cabeça rapada e os cilícios de coiro,
ficava a olhar somente a ponta do nariz...
– Ah, suave rajá do suave país! –
Untado de almíscar, o sândalo e os azeites,
com os côcos em volta e o fumo dos pivetes,
nos profundos salões batidos de pilastras,
ouvindo a descantar shlocas e Darmashastras,
unia as duas mãos, em meio de eremitas,
e punha-se a cismar nas formas infinitas
do senhor do Vaicunta,[73] o in'migo de Mura.

72 No original sem os parêntesis.

73 Vishnu.

Ou no monte amarelo, à beira d'água pura,
ou ao pé dum pagode, em meio de folhagens,
ficava-se sozinho ao fru-fru das aragens,
no intenso rajaiôga... à hora do sol posto,
o corpo inteiriçado, o olhar parado, e o rosto
a arder, a estremecer como um piedoso astro.

– Ah, consagrado rei, coração de alabastro! –
Ninguém como ele amava as multidões grosseiras,
como ele punha arroz em folhas de figueiras,
como ele dava ao sudra[74] as vacas e os arados.
Nunca veio a seus pés com gritos abalados
Dassíu, Gandarva ou deus, que a sua mão macia
não enxugasse o pranto, a aflição, a agonia,
que não desse o auxílio ou oiro ou o conselho.
Ora um dia ao poente...
Um longo céu vermelho
levantava-se curvo em cima dos pilares,
filamentos de carne ardiam pelos ares,
testas, dedos de lacre, orelhas com argola.
E que desabrochar do pat[75] e de corolas!
e Súria pelo meio, a dançar no poente...
Era a hora sensual em que o ar indolente,
tem o morno calor sensual das Apsaras,
e bicos de bulbuis pipilam nas searas,
e das praias do mar voltam gralhas imundas.
Era a hora em que os richis, com suas tranças profundas,
vão às preces da tarde e às abluções de estilo.
Nessa hora estava o rei estático e tranquilo
na margem do Puxcara...
Ao longe os alabastros,
torres à maciez sensitiva dos astros,

74 Uma das castas ou varnas ditas inferiores.

75 Essência.

as varandas de haréns, largas, com azulejos.
– E que rastros, deva, de fugitivos beijos,
sarangues a gemer nos pagodes da terra! –
Era ai o tumulto, estrépitos de guerra,
os jogos e o cri-cri na metrópole imensa.
Mas ao lado do rei a soledade intensa.
Que delírio! Sozinho, as pernas encruzadas,
meditava no Bram e nas mãos consagradas
do senhor do Vaicunta, o in'migo de Mura.
Suprema rigidez da sua fronte dura
e as pupilas a arder no bistre das olheiras!
Tremiam de o fitar em volta as cordilheiras,
cabeças do palmar vergavam, e dos montes
desciam com receio as solitárias fontes.
Ah! Macio país cheirando a flor da rosa,
a cucume, o almíscar duma festa saudosa
com brinquedos de lacre, açúcar, arroz quente...
Cerrava se num sonho o palmeiral dolente,
tintas do pôr do sol morriam uma a uma,
esmagadas na carne. E nos longes da bruma
subiam espirais com fumo dos altares.
Vinham rolas além cortando o ar aos pares,
e nas toalhas azuis os cisnes das lagoas
cantavam tristemente as morrentes loas,
sem uma palpitação, dobrados pelo meio.
As filhas dos richis, de pequenino seio
iam aos canaviais vestidas do valcala;
– soluçavam canções duma tristeza rala
as morenas de noth, regando pimenteiras –
As corças e os pisseis brincavam pelas eiras,
vinham beber leões à beira das torrentes.
– Mas nada via o rei com os olhos ardentes! –
parado o pensamento em sonho imorredoiro,
com Murari no meio, a roda e os lótus de oiro.

E sucedeu que veio o eremita irascível
Agasti, o terror da legenda impassível,
veio à ablução da tarde às águas do Puxcara.
– Que peso da sua trança e a grande barba clara! –
Era ele que incendiara as florestas sombrias
dos anárias de outrora, e em grandes noites frias
abatera com a lança as linhas dos Racshassas.
Fôra ele que arrasara as trincheiras devassas
de Atapi, Vatapi e Ilbala de outras eras.
Eram os três irmãos mais ruivos do que as feras
devorando richis e rindo nas florestas.
Um se fazia vinho, outro carne, e a festas
convidava Atapi os brâmanes sisudos.
A festa era real, em taças como escudos
bebiam bangue[76] e o Soma. A manteiga e o leite
eram de vaca preta; os bolos com azeite
punham em pratos de oiro apetites e aromas;
agitavam dassis melancólicas comas,
suspirava o tambor, dançavam bailadeiras.
– E aratis a Mahexa atrás das trepadeiras,
as oblatas de sangue a fumegar intenso! –
Mas no fim Atapi se levantava imenso
gritando – ó Vatapi, ó Ilbala! – e de repente
eles voltando a si vinham raivosamente
aos convivas rasgando as vísceras e entranhas.
E morriam assim brâmanes nas montanhas.

Tremia a terra doida, e no céu dolorido
deuses vinham chorar no satara sentido
os mortos sem a pira. Ao largo, no horizonte,
não subia agitando a avermelhada fronte

76 Droga produzida a partir do cânhamo.

a vingança do Rudra[77] e o seu tridente agudo,
e foram a Agasti, um dia carrancudo,
descalços co' o bordão, em compridas fileiras.
os brâmanes leais subindo altas ladeiras,
crânio a resplandecer ao sol de areias duras.
– Ele viu-os soltar sombrias amarguras
e ficou abalado o eremita antigo –
O santo é num deserto um palmeiral amigo,
a sua língua é punhal mas sua alma é manteiga,
sua consciência é como a perfumada veiga
onde há lótus azuis, onde humilham-se os vimes.
Foi sozinho Agasti ao país de agudos crimes.
– cheirava tudo a bangue e a carne e a peçonha–
Viu Atapi de longe a figura medonha
e correndo co' as mãos em concha sobre a testa
disse – Vinde, Suami a um teto na floresta,
mostrai co' as vossa mão o bem e a verdade –
Quanta vez é de oiro a língua da maldade...
Mudou-se Vatapi em um largo banquete,
hortaliças reais, taças de bronze, leite,
carnes de molho intenso, aves deliciosas,
os sândalos, cucume, otos macios de rosas...
Comeu tudo Agasti, bebeu de taças fundas,
pôs no bangue a arder espirais vagabundas,
mas ao fim levantou-se, e duro, e fulminante
pôs a mão sobre o ventre, e nesse mesmo instante
reduziu a um montão de cinzas o racshassa.
Gritam alto os irmãos com a boca devassa:
– Vem fora, Vatapi, rasga o seu ventre, fura! –
Mas ele não saiu.
Então na noite impura,
perfilaram-se os dois como os topos medonhos

77 Divindade rigvédica, associada ao vento ou à tempestade.

dos montes sem luar que só se vê em sonhos,
grandes goelas a arder, duas cavernas sangrentas.
E caíram por junto assim como as tormentas
sobre Agasti, de pé, e o seu arco de guerra.
Rugiam os leões pelas curvas da serra,
medrosa no poente escapava-se a lua.
Mas sereno o richi, com flecha em meia lua,
decepou a cabeça a Atapi num momento,
atirando-a num sopro aterrador do vento
trinta iajanas atrás no meio das lagunas.
Viu Ilbala os irmãos caídos quais colunas,
E outra flecha na aljava e o arco se curvando
e deitou a fugir, co' as pernas escalando
grandes montes ao sul, os vales e giestas.
Segiu-o Agasti pelas curvas funestas,
os tratos com leões, fumos e cataratas,
seguiu-o pelo horror de terras insensatas,
ao sol, à chuva e o frio agudo das geadas.
Quando sentia Ilbala o eco das passadas
do eremita gigante, num salto escuro
transpunha uma floresta ou lagoa ou monturo
escapando através da bruma e as penedias.
Muita vez pelo sol ou nas manhãs sombrias,
pôs Agasti em vão no arco a flecha aguda
que viu-se dissolver em nuvem carrancuda
a fatal silhueta do racshassa fugindo,
e chegaram por fim ao mar saudoso e lindo!
Que terror! onde iria? Atrás co' o vasto pulso
o medonho richi. Para a frente, convulso
o oceano dos caimães, tubarões, caravelas...
– Onde ir, no vento doido e a ironia de estrelas? –
Então num grande grito ao céu crepuscular
ele desfez-se em água e se estendeu no mar.
Porém no mesmo instante o trágico eremita
levantou-se até ao céu, que na curva infinita

sua cabeça subiu com tranças hediondas,
e sorveu todo o mar dos ventos e das ondas
lançando assolação sobre a face da terra.

Era aquele o Agasti, formidável na guerra
tão grande como Indra e o próprio Magavana.

Nessa tarde de Abril pálida e soberana,
pincelada do Súria, e nuvens e andorinhas
e lótus brancos como as amadas rainhas
do deus de Goculá. Nessa tarde ao Puxcara
vinha Agasti co' o vetra, a grande barba clara,
como neve a rolar sobre o Himavata escuro.
De repente ele viu sobre um penedo duro
Indradiumna, com mãos no peito, indiferente.
Mas não ouviu o rei, não na viu! E inconsciente
não compôs seu perfil e a linha do seu busto.
– Não levantou-se o Dassa ante o brâmane augusto!–
irado o eremita avança ao rei e brada
–Tu pecaste, Indradiumna! A criação sagrada
te condena e castiga, o céu, o mar, a terra...
Tu me viste a descer co' o bordão pela serra
e nem te ergueste... Toma a maldição funesta.
Elefante serás em meio da floresta
furioso a vaguear longos anos inteiros,
sem alívio e sem paz, em meio dos oiteiros!
Palavra de richi, crê tu, será cumprida –

Nem sabe o que, o rajá, na tarde enfurecida
que lhe traz o destino... e cai por terra e exclama:
– Eu fui amaldiçoado! Ó Rama, Rama, Rama,
que fiz eu, que me trouxe o malfadado dia...
– estava a meditar! – o meu olhar não via
A terra, nem o céu, Puxcara ou arvoredo,
com a cabeça ao chão, sentado no rochedo,

meditava no Bram! E te aprouve contudo
lançar sem compaixão um anátema agudo
em volta do meu ser, com roscas de serpente! –

– Elefante serás por mil anos somente
disse Agasti baixando a fronte soberana,
depois há de reunir-te o próprio Naraiana –

E desceu a ablução da tarde no Puxcara.
Ora, há tempos, no lago azul de água clara
habitava um gandarva, um esp'rito devasso.
Era doido e marau. Puxava pelo braço
os brâmanes leais levando Mahadevas,
punha a consternação pelos ritos das trevas,
assustava os fiéis arranhando murdangas.
Fugira do alto Svarga, o Indra e os abangas
e se escondera hostil pelas curvas do mato.
Quando no oriente o sol como vermelho cacto
vinha frechando luz nas pontas dos zimbórios,
e dos montes azuis, várzeas e eremitórios,
subiam para o céu fumos de sacrifícios
ia o Gandarva a rir das preces, dos suspícios,
chegando até a furtar a palha dos altares!
por vezes se escondia, aos céus crepusculares,
nos lagos de água, o fresco, os marulhos de fontes,
outras trepava ardente as ladeiras de montes
largando doido pó e pondo terramotos.
Na tarde em que Agasti com os mantras dos votos,
desceu até ao Puxcara, e a água de oferenda
ergueu ao céu, soprando a invocação tremenda
sentiu alguém puxar-lhe o pé dentro do lago.
Sem desfitar do azul o seu grande olhar vago,
murmurou em silêncio o eremita tranquilo:
– O que puxou meu pé que seja crocodilo: –
E a maldição chegou ao fundo do Puxcara.

Então grita o Gandarva – Eh, mara, mara, mara!
Levou-me o deva, Indra! E nunca o céu e a terra
hei de ver, mailo homa a fumegar na serra?
Suami, Suami, Suami, que te indignaste tanto...
mata-me antes na água, ó justo, ó grande, ó santo,
tem piedade de mim.

O eremita profundo:
– crocodilo serás por mil anos no mundo,
hás-de morder na água o Rei dos Elefantes,
e quando ele se fôr para os céus triunfantes
tú hás-de ir também.

Foi assim na floresta,
pelo Margaxirá, numa tarde funesta,
com Devas e Maruts em terror dolorido.
Caiu chorando o sol no poente espavorido
não se fez o luar, e por cima da serra
passou como um troar de trombeta de guerra,
ululou a floresta antiga de Badrica,
em volta de Bargava! E na paisagem rica
de cortejos partindo, os guisos e pandeiros
dobraram-se de frio os peitos de guerreiros.
– E depois foi a noite, altiva como um muro!
Transformou-se Indradiumna em elefante duro.
Vasto, sem o cornac e as torres co' arabescos;
o seu pefil enchia os grandes blocos frescos,
seu urro era feroz pelas noites serenas.
Fugiam de sua tromba as trémulas hienas
e paravam leões doirados a fitá-lo;
era a consternação e o tenebroso abalo
no país de Tricuta e as árvores robustas
Foi poderoso e mau nas montanhas adustas,
as rampas de urze grossa e o fogo dos rochedos.
Ao vê-lo a apontar, vergando os arvoredos,

gritavam no país :– Vem, fugi, o elefante! –
e punham-se a correr numa linha distante
os gauras e os dassíus, com filhos ao pescoço.
Se deitava Gajendra o luto do destroço
por todo o Suriavarta, os Augas mailos Bilas! -
Foram dias assim, foram noites tranquilas
foi assim até ao mar, na terra antigamente,
– tal foi a maldição dum eremita ardente –
Teve filhos o rei, esposas aos milhares,
escravos derrubando os mangais, os palmares,
dilatou-se de orgulho, abalou os três mundos,
matou sem compaixão os curumbins imundos.
Era um dia de Abril, de fogo e claridade;
um perigoso sol mordia a soledade,
não tinha uma só flor o xisto e a laterite.
Tudo vago, até ao mar, e o longínquo limite.
Com as ondulações sangrentas de montanhas.
Estalavam pelo ar trepidações estranhas,
rosnavam os leões nos fundos de cavernas.
Nem uma gota de água! Os charcos, as cisternas
olhavam para o céu com denegridas bocas.
Vergavam para o chão tecas, árvores loucas
com a folhagem a arder de poeiras vermelhas,
e dir-se-ia o granito a desatar centelhas
nos declives com sangue e curvas de caminhos.
Morriam os pardais no silêncio dos ninhos,
vinham Nagas morder raízes de arequeiras!
– secos sem compaixão os leitos de ribeiras,
o calor a rolar das rampas escalvadas!
Nem um perfil sequer nas paisagens caladas
tudo mirrado ao largo, assim como um deserto.
Gajendra no país, como passo errante, incerto,
e os filhos ululando, doidos, de frágua em frágua,
a farejar o azul, buscando um veio de água.
tão longe era, deva, a fronte de Gandica...

mas perto era Puxcara, a doce água rica
com lótus balançando e azulado moreno.
– Mas era ai o Nacra, o anátema e o veneno! –

E foi para o Puxcara o elefante tranquilo,
(não desfitava o olhar, no fundo, o crocodilo).
Deu de beber Gajendra aos filhos, às esposas,
escravos levantando as bocas sequiosas,
e meteu-se por fim pelo meio do lago.
Espojou-se, bebeu mais um trago, outro trago,
arremessou co' a tromba a água para os ares,
negro pelo esplendor branco dos nenufares,
soberbo de si próprio as turbas dominando.
Satisfeito subia a ribanceira quando
prendeu-lhe o crocodilo a pata com os dentes.

Como um leão que cai em covil de serpentes
soltou Gajendra um urro imenso, memorável,
– ouviu-o Axvatamá! – e no Caila admirável
ergueu sobressaltado o arco de guerra Shiva.
E foi pelo Puxcara a luta vingativa,
sangue, uivos, trovão, faíscas pelos montes,
a água espadanando até aos horizontes.
choques como de Indra e o dorso de montanhas,
abalos sob o chão, trepidações estranhas,
destroços pelo lago, o monte, o campo, o val.
A luta era funesta, a força em dois igual.
Quando um erguia a pata em esforço fremente
mais fundo o outro cravava o inexorável dente.
– Enchia sangue mau toda a água revolta.
Quem me acode? – gritava o infeliz, – quem me solta
do dente que me aperta a minha pata na água?
Acudiram soltando alaridos de mágoa
filhos de dorso alto, as esposas e escravos,
levantaram-lhe a cauda, as patas, dentes bravos,

puxando-o sem parar, com vigor infinito.
Mas Gajendra era como a torre de granito
– Ide, deixai-me aqui – disse então, soluçando.
E dos dias azuis lhe vieram coando
lindas recordações com merendas e lótus.
Viu a si próprio a andar pelos templos devotos,
com os gongs a Murari, os banhos de águas claras,
e nas ondulações saudosas das searas
a sua santa humildade, oito membros por terra.
Mordia o tropical calor e grande serra –
E era triste o rajá. Viu-se partindo, andando
mas não sabia onde e não sabia quando,
mas que era através de crores de existência;
viu-se no êxtase agudo e rijas penitências
suas meditações no fundo de florestas
a cismar em Vishnu, o búzio, a clava, as festas
nos pagodes com gente e rumorosas danças.
Depois, como o nevoeiro, as mortas esperanças,
a perda do seu reino, a perda do seu nome,
sua transformação em elefante enorme,
sob o anátema hostil dum eremita irado.
Tudo isto lhe acudiu rápido e desolado
com perfumes, deva, e com um tal carinho...
Ficou olhando, ao longe, os tratos do caminho
sem um viajor a vir por sua alma sofrendo,
e então ao céu feroz o olhar humilde erguendo,
estas frases soltou repassadas de mágoas:

Acode à minha dor, olha, caí na água,
Hari, Hari, Hari! – sinto alguém que me arrasta
ao fundo do Patala... Aperta a treva vasta,
acode ó Genardana, ó Quexava, ó Govinda...
Que maldição colheu-me ardente, que não finda! –
Salva-me, Shripati, não me deixes sozinho,
acode como a vaca ouvindo o bezerrinho

doida nos quatro pés, mugindo na floresta.
Vem livrar-me, Deva, da maldição funesta
que há sec'los não sei morde-me na terra.
Não quero o mundo, a pompa, estrépitos de guerra,
rainhas a despir numa torre marmória,
quero a libertação, a única vitória!
Quantas formas tomei quem sabe em quantos mundos,
mas vi somente a Dor com olhos gemebundos,
nunca vi tua sombra vi, nem mesmo num sonho.
Hoje apanhou-me na água um racshassa medonho
volta os olhos e vê como agarrou-me a pata,
e me arrasta não sei onde e me aperta e mata...
quebra o seu dente mau com tua roda de oiro.
Quanta vez, Murari, pelo silêncio loiro,
nos pagodes co' incenso, os brâmanes cantando,
eu ficava a cismar teu nome soluçando...
E ao pé de águas azuis com adens, com espumas,
quando o terral se vem com solitárias brumas,
eu me esquecia em ti!
Ó Criador, Naraina,
tu és o quanto é, toda a beleza humana.
Mrijas de ponta no ar, Druvas inabaláveis.
Quando outrora Maiá com seios admiráveis
chegou-te a ti sorrindo – Eu sou o Bram! – disseste,
e fez-se então a terra, o mar, o azul celeste,
toda a palpitação da matéria e a vontade.
Rompeu o Mahatalva; e daquela verdade
as três formas que são Brahma, Vishnu, Chambu[78]
O passado, o presente e o futuro és tu
o que cria e destrói, o que castiga e ama.

Ó tu que foste – o Peixe – à súplica de Brama,
quando os monstros azuis, os Danavas de outrora,

78 A Trimurti ou tríade central de deuses.

levantavam as mãos pelo poente e a aurora,
com armas, com anéis, e o seu rei Chancassura...
– e escondidos no mar e a antiga noite escura
chegaram a roubar da terra os quatro Vedas –
E tu foste através de águas em labaredas!
vem hoje ao crocodilo e ataca-o no Puxcara!

Tu mataste Rahu, Quetu e Chainasvara.
deixaste no costado um monte de granito,
Mandara... eh, Tartaruga! – Em meio do conflito
dos devas pela ambrósia e os Daitias fumegantes
tu foste a Mohini! Os Caustubas brilhantes,
Airavati, Lacximi, Surá, Danvantari,
levantas do Mar de Leite, ó Murari.
E tu deixas Gajendra esquecido no mundo?

Acode ó Javali, ó avatara profundo.
Ameaçava Hiraniacsha a Indra mailo Cala,
levava a rir a Terra aterrada ao Patala,
poisada sobre o ombro assim como um brinquedo,
mas saíste a grunhir do fundo do arvoredo
e esfarrapaste o ventre ao fúnebre inimigo.
Vem de novo por mim, ó avatara antigo,
vem libertar meu ser na água ensanguentada.

Deva, que ouviste a voz do teu servo Pralada,
e foste Homem-Leão! do teu rugido agudo
fica o Svarga a tremer, com os Gandarvas mudo,
quebrados os vinás e os sataras por terra.
Vem soltando por mim o teu grito de guerra,
zomba de ti alguém dentro de água profunda...

Ó Vamana avatara, ó brâmane corcunda,
grosso, anão, com a linha e os ombros pintalgados,
tu venceste Bali com três passos doirados,

co' os primeiros galgaste o céu inteiro e a terra,
e o terceiro poisaste enorme como a serra
sobre a testa do rei, cheia de campainhas.
E entre gritos de heróis e o choro de rainhas
derrubaste-o p'ra sempre ao fundo do Patala.
Mas tu és à sua porta ainda hoje o Davarpala...
– escuta, hoje, deva, minha voz que te chama! –
Ó filho de Briju, ó meu Parassurama,
tu vingaste a tua mãe no banho de água clara...
Cortam gritos a noite, ao longe do Candara,
cshatrias choram, com sangue a alagar as raízes,
bate Sahasrarjuna as mil mãos infelizes! –
que enorme que tu és co' o machado raivoso...
No país onde estás ainda hoje silencioso
tem medo de subir linda a lua de prata.

Éh Rama, eh Rama, ó deus, filho de Daxrata,
tu foste até Lancá, venceste Daxamuca...
– Tão moreno eras tu, a trança sobre a nuca
ameaçando o mar como grande arco de Shiva! –
ó senhor de Sitá dos teus olhos cativa...
Vou ao Patala, vem, Ramachandra,[79] co' a flecha
que matou a Ravana!

Olha-me, não me deixa
tua forma ó deus-criança, ó Gopala, ó Govinda...
Na tua flauta ao pé das pastorinhas linda
quantas coisas dizias, santas e amadas...
Tomavas o teu banho em águas azuladas,
matavas Calia, o antigo Naga duro.
Que fazes, Caunsari, no palmeiral escuro
que oiço o choro de amor por toda a Goculá!

79 Ou Rama, avatar de Vixnu.

Vem com a roda a mim, toda de oiro, deva,
é um novo Chixpala, um outro Narcassura
no meio do Puxcara... É grande a dentadura
que ameaça agarrar os três mundos, Mucunda!

A tua palavra como uma noite, profunda,
Buda, Sáquia Muni, ó Ixvara, ó Tatgata!
só tu giras a Lei na sua roda de prata,
tens rapada a cabeça e a túnica amarela.
Prostram-se hoje a teus pés os povos de Uruvela,
juntos e como irmãos, o brâmane e o sudra.
Tu aparas no peito o grande olho de Rudra,
tu estendes o amor até ao verme da terra.
– amansa, ó Buda, o Nacra e o seu dente de guerra! –
Tu hás-de vir um dia, ó Calanqui sublime,
quando a terra vergar no pecado e no crime
quando venham do mar os Mleuchas, os lavanas.
– Tu hás-de restaurar os Vedas e os Puranas–
Mas vem antes, acode à maldição funesta
que me aniquila há mil anos...
                                        Pela floresta
passou como o trovão, subiu com a fumaça
a prece de Indradiumna! E no éter sobre a cassa
das nuvens cor de lacre e as longas nebulosas
chegou até ao Vaicunta.
                                        Era a manhã de rosas
no Svarga de Vishnu, ao pé do Mar de Leite;
destilavam os sóis no céu azul ferrete,
e pivetes a arder, milhões de lamparinas,
– e lustres a pender de cúpulas divinas: –
Melodioso país em que sonham Apsaras,
que apenas entreveem richis de barbas claras,
por que choram rajás na cinza e a penitência,
Subiam sem cessar as espirais de essência
dos maciços de oiro, as relvas e as rainhas,

– flores a balançar de admiráveis matizes
dir-se-ia incendiar os fundos da folhagem –
E cheia de almíscar e de ambar a aragem.
Balavam lentamente as Vacas do Desejo,
pendiam até ao longe azul e benfazejo
os frutos de rubis, topázios, esmeraldas,
e vinham a rolar, pelas rampas e espaldas
as fontes carmezins, e amarelas e roxas;
ardiam, té ao céu com esplendor de tochas
grossas calpatarus vazando mel e coalhos.
E que longo escorrer de cheirosos orvalhos!
O Vacunta, ó mansão do Senhor dos três mundos.
Há aí palácios de oiro e há templos profundos
com joias a pender do teto e os santuários:
há imensos pavões, muruonts e canários,
elefantes reais, brancos, de quatro dentes,
e nas areeis de oiro admiráveis serpentes –
O mar, que rola sempre o leite nas ondas,
e que no fundo tem as coortes hediondas,
armadas, a ulular dos Daitias, dos Danavas.
Lá o Xêxa com mil cabeças como clavas,
estendendo os anéis até ao fundo horizonte,
e sobre ele deitado, imenso como um monte,
o senhor do universo, o santo Vixvambara.
E abaixo dele todo o estranho Dudsagara! –
e devas sobre a praia, os sataras, tambores,
as deusas a dançar com longos pitambores,
as tranças, pára-sóis, arcos, bandeiras largas.

Quando a prece chegou e as palavras amargas
tudo aquilo tremeu, Meru, o mar, os montes,
choraram sobre a espuma as cascatas e as pontes,
e um suspiro partiu longo e desconhecido.
Então se levantou co' o peito enternecido
sobre o dorso do Xêxa, enorme o Vixvambara,

e de ver a sua forma estranhamente rara
os devas e os rishis prostraram-se por terra.
Era ele o Naraiana, imenso como a serra,
fom mil olhos a olhar, os braços infinitos,
chapeado de rubis, letras de eternos ritos,
armas subindo ao ar, terríveis como as sombras.
Rolavam aos seus pés, sobre longas alfombras,
Svarga, Pritvi, Patala, os mundos em poeira,
e na coxa sentada, estática e trigueira,
estava Lacximi.
Oscilava ele co' os ventos,
saíam da sua pele estranhos elementos,
brotavam do seu ser, bocas, tranças, narizes,
e mãos, dedos c' o anéis, meneando felizes,
cintos de chapa larga, excecionais vestidos.
Banhavam-no de alto a baixo otos floridos,
ardiam a seu lado as armas surpreendentes,
o lótus, clava, o búzio, a roda, e as inclementes
flechas com que arrasou os Danavas antigos.
Era ele o terror dos fortes inimigos!
E sobre a sua coxa a devi tão morena...
– era a flor do parjat e a húmida açucena –
linda para os pavões, suave para as vacas.
Vinha para ela a rir, o guia dos cornacas
Airavati, e punha a seu colo grinaldas
dava-lho o Mar de Leite os fios de esmeraldas
– Que perfeição a Má, Ramá, filha dos lótus! –
Punham coplas por ela os brâmanes devotos,
e deuses ao luar, com trunfas e colares,
atiravam por ela a joia para os ares,
os esmaltes em pó, as sedas, ornamentos.
Quem pode descrever a que os cinco elementos
cria e aniquila como um brinco de criança,
aquela em cujo seio o universo descança
e que é o templo de amor do grande Murari!

Quando a prece chegou, foi um terror aí,
que pararam vinás, estremeceu Garuda.
Ficou todo o Vaicunta em ansiedade muda
e soluçou Lacxmi:
                    – Ó deva, ó Jaganata,
tu, cuja eterna mão tudo ata e desata,
que tens por filho Brama e por amigo Shiva,
porque inclinaste tu a fronte pensativa
e não falas, não ris, ó inimigo de Mura? –

E ele: – Grita por mim num lago de amargura
o meu servo Indradiumna;
                              e levantou-se logo
pelo Vaicunta a arder como torre de fogo,
montou sobre Garuda e desceu para a terra.
– Vergou de o receber um topo azul de serra! –
encheram o horizonte as nuvens amarelas.
Viu-o Gajendra a vir, carregado de estrelas
e um lótus atirou gritando – Naraiana!
Como água se passou sua tristeza humana,
viu ele o deus que Brama, o próprio Brama apenas
num relâmpago avista as suas faces morenas,
o seu pescoço mole, as coxas e o embigo.
Então desceu Vishnu, com um golpe inimigo
quebrou o dente ao Nacra e livrou o elefante.
Ó maravilha! Foi naquele mesmo instante
Indradiumna, o rajá dos Drávidas antigos,
o terror na batalha aos fortes inimigos,
em rolos na cabeça a formidável trança.

Era o mesmo de outrora, e a coiraça e a lança:
Nisto ouviu-se uma voz no fundo do Puxcara.
Que maravilha foi excepcional e rara! –
Que és tu? preguntou Vishnu, e o crocodilo:
– Um pecador, Hari! Pára um pouco a ouvi-lo,

que glória que eu te vejo... E contudo, ah contudo
não me sai do meu ser um anátema agudo.
Levaste para ti o santo Indradiumna,
e a mim que embora tive admirável fortuna
de te ver na floresta, abandonas, Govinda?
– Ao menos nunca visse a tua face linda! -
que remorso, deva, e o lento desengano...
Então que é a fé, todo o saber humano?
é mentira o que diz o Darmashastra e o Veda?
que dúvida, deva, tal como a labareda! –
não és o Pai talvez, o Mestre, o Conselheiro?
Vitória a ti, deva. Teu nome verdadeiro
ninguém soube-o jamais, ninguém o adivinha.
A alma voa a ti assim como a andorinha
e é feliz por poisar na orla da tua sombra.
Tu és aquele que é, tua natureza assombra,
tu giras com tua mão os fios do universo.
E a Criação em ti um navio submerso
nas ondas do alto mar. Tu és o quanto existe.
Mas olha como estou profundamente triste
de te ver sem piedade ó meu deus Vixvambara?
E o Nacra se prostrou no fundo do Puxcara.
Disse-lhe então Vishnu com um sorriso amigo,
levantando-o co' as mãos: –Tu vens também comigo.
– Saiu do crocodilo o perfil do Gandarva
vivo, como no abril a falena de larva!
e foi por toda a parle a pompa, a festa, a glória,
os pivetes a arder, os gritos de vitória,
tambores, arati, perfumes de legendas.
Caiu por toda a terra a chuva de merendas,
arco-íris pelo ar. Desataram-se fitas,
e carros e balcões, machilas[80] infinitas

80 Liteira.

com deuses a cantar, fios de bailadeiras.
– E os Maiores a andar e legiões guerreiras! –
Cortavam-se no céu as letras dos auspícios,
subiam espirais de augustos sacrifícios
co' o Soma a escorrer, galos mortos e toiros,
e morriam os sóis sobre oceanos loiros
afogados de pompa. Ó melodioso dia
depois de noite má, o vento e a agonia,
mil anos apertando e atormentando a terra!
Todos foram então em cortejo pela serra,
no meio Shri Vishnu como um doirado muro -
Agitavam dassis tranças de aroma puro,
caçoletas de âmbar abriam-se aos espaços,
levantavam devis os milagrosos braços
tinindo pelo ar os pingos das manilhas.
E o cortejo seguiu na glória e as maravilhas
pelos mundos e sóis, o Svarga e o Bramaloca,
abismos a uivar com pavorosa boca
'té as praias do Mar de Leite, no Vaicunta,
sobre a Criação onde o Trijaga se junta
e onde leva Hari a alma dos seus eleitos.

A alma do justo é como os sândalos perfeitos
que perfumam a carne a uma floresta enorme.
– Ao bem, na compaixão e a prece nunca dorme–
o seu desejo é leve e branco como a pomba,
de laços e traições o seu coração zomba
distante do prazer e distante da mágoa.
A alma do justo é o luar levíssimo sobre a água!
Foram assim o rei mailo Gandarva antigo
libertados da Dor, da morte e do perigo,
foram, longe do ser e das metamorfoses,
à mansão do repouso e das apoteoses
onde escorre o luar duma paz solitária."

Foi assim que me disse o grande bramachária.

O CRIME[81]

Como era muito suave e andava timorata,
dissera o vencedor – por um luar de prata
hei de cingi-la a sós na linha da cintura –

Tinham morto os rajás barbados de Udaipura.
Quatrocentas ranis, bem feitas, como liras,
se tinham imolado em quatrocentas piras.
Só uma salvou, Alah! de sete véus coberta,
cheia de oiro a andar a uma morte certa
e a chorar, a chorar, que o seu pranto cala
em pérolas na terra enternecida e fria.
E ele se foi além, por campos, horizontes,
com ela galopando os solitários montes.
Sentia o seu olor de âmbar, feminino,
sem querer apertava o seu perfil franzino;
abalava-o um Desejo obscuro e malfadado,
– mas não subia ainda o luar imaculado.

Devia ser divina a noiva cor de neve...
– não fosse ele a magoar na sua cintura breve! –

81 Uma versão muito próxima desta foi publicada na *Revista da Índia*, volume I, Julho de 1913 a Junho de 1914, Typografia Bragança & C.a, pg. 150-152.

E suas mãos de marfim fantásticas, levinhas
que ela tinha no peito assim como as rainhas...
Que nome tinha ela, a Draupadi suave?
seria musical assim como duma ave?
E uma piedade então que sentia florindo,
como flor de marfim, e um pensamento lindo
que sentia a tremer como lágrima branca...
– já não era o herói duro como a alavanca!
Para cingi-la só ao luar duma serra
sentia que ele fôra até aos confins da terra.
Magrinha, e assentada em cima do cavalo
o seu sétimo véu pudesse levantá-lo!
Abalava-o o Desejo obscuro e malfadado, –
– mas não subia ainda o luar imaculado –

E foi além, além. Passaram os carreiros,
vanganas,[82] plantações, limites estrangeiros,
foram muros, tojais, as pontas das giestas,
tratos sem uma flor e curvas de florestas.
Abalava o país o galope infinito;
e as patas do cavalo ao ferir o granito
desatavam pelo ar relâmpagos vermelhos,
Gentes punham-se a vê-lo, aflitas, de joelhos,
e mães davam o peito aos filhos assustados.
Ai... mas linda rani tinha os olhos cerrados?
dizia Rama, Rama? Idílicas manilhas,
quantas quem o diria, ocultas maravilhas?
Pudesse clarear um topo de alameda,
e ele visse sua carne apertada de seda...
Abalava-o o Desejo obscuro e malfadado,
mas não subia ainda o luar imaculado.

82 Várzea ou arrozal cultivado durante a temporada do inverno.

E partiram por entre as florestas gigantes,
toparam com leões, morros com elefantes,
passaram matagais, tratos desconhecidos,
e ouviram no silêncio estranhos alaridos.
Às vezes arrancava o alfange, se abalava
contra monstros, brandia a irresistível clava,
batia, o ermo, a sós, que nem sabia o que era
na treva que era nada e parecia fera,
de novo refletia, olhava a noiva doce,
sentia o coração como a ela se fosse...
abalava-o o Desejo obscuro e malfadado,
– mas não subia ainda o luar imaculado –

E ela sem um queixume, a rani de Udaipura...
– Quem sabe se seria intensamente pura!
Pelos tigres do mato a monstros e perigos
não chorava coitada? Em países inimigos
onde levava-a ele, fúnebre guerreiro?
E porque é que tremia o seu braço trigueiro,
o mesmo que lançava ao sangue aos extermínios
as trincheiras com heróis e batalhões virginios?
E ele cerrava agora o olhar húmido de água,
– nunca sentira assim tanta piedade e mágoa –
ao ver com sete véus a noiva sofredora
sentia dentro em si o clarão duma aurora
Abalava-o o Desejo obscuro e malfadado.
mas não subia ainda o luar imaculado –

De repente soltou um relincho de guerra
o cavalo, e caiu. Era um topo de serra,
e as escarpas ao lado, abismos e basaltos,
e cristas a cortar a fúria dos planaltos.
O cavalo caiu em uma fenda escura.
Mas não magoou o herói a noiva de Udaipura,
cingiu-a bem ao peito, amparou-a na queda,

e então, de tê-la ai, suave como a seda
sentiu tão grande amor! Sofrente sobre os ombros
levava-a ele agora través dos escombros
sem saber onde, louco, a trepar, entre gritos,
nuvens torcendo, o vento e os destroços malditos.
Sentia ainda um Desejo obscuro e malfadado,
– mas não subia ainda o luar imaculado –

E subiu, escalou o topo de alto monte,
viu sem alívio e sem flor vazio o horizonte,
tudo calado ao largo, as ravinas, as fendas,
uma desolação histórica de lendas.
Que terror, se caísse ao fundo dum barranco...
– querida a sua rani de lindo seio branco! –
ele não, ele não, que mil vezes morresse,
e ela, viva, a seu lado uma oração erguesse...
De repente faltou-lhe a terra, aí ao fundo
um grande abismo, o escuro; o céu era profundo
Alah, Alah, Alah! era a última ruína,
Mas de repente, à beira escura da ravina
a princesa se ergueu heróica, irradiante
e susteve na queda o cavaleiro errante.
Amparou-o tão bem sobre o magoado peito,
que ele desmaiou sobre o macio leito.
E ela levantou os sete véus sorrindo,
e, envolveu o rajá com um olhar tão lindo!
Era bem feito aí, no silêncio sagrado,
– vinha subindo ao longe o luar imaculado –

A MORTE DE RAUGI

Disse a rani ao forte Raugi Ranes:
– Ó Raugi, tu mataste o meu marido,
alta noite perseguem-me os seus manes.

Vejo-o, de morte estranha denegrido,
sobe a meu lado e grita-me – vingança!
e é de tigre de mato o seu rugido.

Olha, ó Raugi, meu peito de criança,
o meu marido não tocou meu chole...
mas eu hei de cortar a tua trança,

e quando parda a tua cabeça role
eu hei de segurá-la certamente
e beber o teu sangue dum só gole.

Palavra de rani que nunca mente! –
E Raugi Ranes com as mãos unidas
a cabeça maneia lentamente.

De novo deita frases doloridas:
Quem sabe se grita "Rama! Rama!",
abatido do sangue das feridas...

– Quem vai até aos montes por quem chama? –
Por três dias aflita procurei-o
nos rios, a lagoa, a várzea, a lama,

a mágoa como abutre no seu seio
No quarto, ao pé dos montes descobrí-o,
seu peito de leão varado ao meio.
Tinha ainda aberto o vivo olhar sombrio,
adives só comeram-lhe o pescoço;
o grande Bala Ranes então vi-o,

assim como um faraz,[83] morto num fosso.
Fui eu que fiz sua pira no alto Gate,
nas brazas se torcia, que não posso

crer que morreu em um leal combate.
No Chaitra hão de cortar os meus cabelos,
quem haverá então que me resgate?

Passam-me a alma agudos arrepelos!
Mas antes disso hei de matar-te, ó Ranes,
com o teu sangue quente hei de embebê-los,

do meu marido os irritados manes.
Triste Raugi fica a olhar a terra,
os braços caem-lhe flácidos e inanes.

Fora o forte dos fortes quando a guerra
se travara com os Xás de Bijapura,
a empada ardente e a xinga pela serra.

E na carnagem era a sua alma dura.
De ouvir seus gritos vingativos e altos

---

83 Indivíduo das castas baixas de Goa com ocupação considerada inferior.

tremiam moiros na tapada escura.
Com o largo peito aberto ia aos assaltos
de Nanuz, os redutos e trincheiras
cobrindo de terror e os sobressaltos
os topos das distantes cordilheiras.
E fica a olhar o chão, silencioso,
o altivo herói de tradições guerreiras.

Três dias sobre o túmulo do esposo
fez ela oblatas de cum-cum e leite
com os mantras do rito religioso.

Ao quarto untou à trança o rico azeite
de gulabas, Pirú... e a espada larga
nua do arção, ao flanco do ginete,

o punhal afiado para a ilharga
partiu sozinha aos solitários montes.
Deles foi uma luta intensa e amarga

longe da relva e do soô-soô das fontes,
sob o sol estival das penedias
e o espanto febril dos horizontes.

Uivavam frazes duras e sombrias:
– Ó filho de faraz, ó cão, espera! –
– Ó negra, ó velha, ó viúva, em que te fias? –

Ai, vencedor de moiros como fera...
aí Piru, que varou-lhe um seio fino
a espada de Raugi longa e guerreira.

– Eh, eh, eh! Ululou, ó assassino
vem beber ao meu peito o sanges puro! –
e abriu do chol o seio pequenino.

O seio de mulher com um bico escuro,
fora do pano, agudo e não tocado...
palpitou do guerreiro o peito duro.

Ver sobre um monte o seio ensanguentado
da formosa rani altiva e honesta,
deva!, que sonho azul nunca sonhado...

Mas ela uiva de uma Dor funesta,
arranca o chol e rasga-o em três pedaços
e do cavalo, louca e imodesta,

deita a Raugi os perfumados braços.
Vencido e trémulo é o guerreiro antigo
que nem sacode os venenosos laços.

Não se lembra que é o ranes e inimigo
que ela vem sequiosa de vingança
imolar sobre as pedras dum jazigo.

Ai que atração da límpida criança!
Mas ela crava os dentes no pescoço
e segura com ambas mãos a trança

daquele alto Raugi como um colosso.
– Ó terrível carnagem tumultuária,
ó gritos altos no infernal destroço! –

A noite vinha imensa, solitária,
morriam do solposto os traços ralos.
No sangue da refega extraordinária

tigres duros paravam a fitá-los.
De sangue se ensoparam e de espuma
e caíram das selas dos cavalos.

E que gritos ardentes pela bruma!
Raugi Ranes morreu no alto monte
o pescoço em pedaços e com uma

brecha cruel abrindo o alto da fronte.
A seu lado a rani em suor frio...
Ululavam adives no horizonte.

– Tu já não vives, ó Raugi sombrio
disse ela então horrenda e ensanguentada,
treme o meu ventre dum tremor doentio.

Mas na cova dos montes, desgraçada.
Balá Ranes espera-me, raivoso, –
E cortou-lhe a cabeça com a espada.

Correu o sangue negro e espumoso.
Ela colheu um gole com sua boca
e levou-o até ao túmulo do esposo.

Como não ia esfarrapada e louca!
Sopravam ventos na tapada escura
e na tapada escura, com voz rouca,

ela dizia coisas de amargura,
grandes trechos de mantra proferia
e levantava ao céu a fronte dura!

depois voltava trémula e sombria,
fitava os montes altos tristemente
e queria morrer e não morria.

Levantava-se a lua no oriente.

GANDICÁ

Disse o santo Narada:

– Escuta, ó Murari,
modesta e penteada
no talmo assentada,
é linda Gandicá.
Escuta, ó Murari,
morena e feiticeira
na terra igual não há;
mas ela é bailadeira,
Chama se Gandicá
Por uma noite inteira
morena bailadeira
dá no seu corpo o gozo
até a um pobre viandante
e trata-o como esposo,
santa como sati,[84]
e deixa-o soluçante
só ao vir da madrugada.

---

84 Cerimônia da imolação voluntária da viúva hindu.

Disse-lhe assim Narada,
que pensa Murari...
– Ai que estranha sati,
coisa que eu nunca vi
em terra abençoada! –
E logo sai o deva,
desce à terra extasiado
– sobre as asas o leva
o Garuda doirado –
Dum brâmane sagrado
toma figura o deva.
Mas é cansado e velho,
trémulo no joelho
e sujo do caminho,
e assim bate sozinho
a porta à Gandicá.
Entrai, entrai, maharaja -
diz, e o sari mais lindo
põe, e fica sorrindo. –
– Santa tarde... bem haja
a lembrança, maharaja,
duma noite de gozo,
de serdes meu esposo...
entrai, entrai, maharaja –

Mais coisas diz, suaves,
de lindo sentimento,
de lindo pensamento,
quentes como asas de aves.
Ao brâmane dorido
dá o banho de água clara,
o sândalo moído,
pano de seda rara;
queima aos deuses amigos
os perfumes antigos,

o sândalo e o arati.
Ao tálamo bem feito
leva o esposo a sati
e adora-o ao pé do leito
com as mãos postas no peito,
modesta bailadeira...
Mas quando a noite cai
o brâmane adoece
no tálamo esmorece,
treme e soluça, ai!

– Maharaja, o que tivestes,
diz, triste, a Gandicá,
deva, deva, deva...
que nem uma vez me destes
ao seio o lindo gozo,
– que tendes, meu esposo?
E, ela se aflige, a santa,
unta sândalos puros
traz-lhe frutos maduros
com tanta pena, tanta...
Porém mais se enfraquece
o velho, a sua voz desce
num soluço... que pena?
Que é da noite serena,
num tálamo a morena
delicada a sorrir...
Ele diz lentamente:
– Vou partir, vou partir,
que sorte, Gandicá! –
E ela diz somente
– Deva, deva, deva.
Rama, Crishna, Govinda,
acode, ó Murari! –
Bate os guisos a linda

Ramachandra e Govinda
invoca doidamente.

Morreu na madrugada
o brâmane doente.
A seu lado sentada
lamenta Gandicá.
– Como fostes maharaja
tão frio do meu seio,
meu coração ao meio
partindo-o, maharaja;
– dia, dia, mal haja
a luz de todo o dia!
Que sorte foi a minha...
que sem dar-me o seu gozo
me foi o meu esposo
deixando-me sozinha...
Aqui, ó deus bondoso,
só tu me acode agora,
tua boca que devora
me leve ao meu esposo –
Levantam alta pira
pelo meio dos montes.

E vem por horizontes
no céu azul safira,
sobre os balões celestes,
vem os iacshas, os devas,
Nagas, Richis, Gandarvas,
com cintilantes vestes,
os perfumes celestes,
tranças e parasóis.
– Cantam todas Apsaras
bem como os rouxinóis –
Devis de boca rara

vem ver na linda tarde
sobre a pira que arde
lançar-se Gandicá.

Dá três voltas à pira
ela, sati, sati...
tristes mantras suspira,
vê o cadáver do esposo
e pranto silencioso
desata Gandicá.
Mas quando ela se lança,
de penteada trança,
perdida a esperança
da sua vida, a sati,
do meio da fogueira
diante da bailadeira
ergue-se Murari.
E o mesmo, o Naraiana
de forma soberana
o senhor de Lacxmi.
É de joias e sedas
por entre labaredas
com quatro braços alto.
Tem o Caustuba ao pescoço
e dele desce grosso
o mall Vaijaianti.
Recua em sobressalto
do deus irradiante,
recua Gandicá.
Eu sou o Murati,
ele diz triunfante.
eu sou o Vichavambara,
genro de Dudsagara,
igual a mim não há
O brâmane doente

que morreu tristemente
foi ilusão somente,
ó santa Gandicá.

Não atende-o a morena,
que diz com doida pena:
– Eu sou a bailadeira,
e tu és Murari.
Se eu não sou tua sati,
se eu não morro por ti,
no meio da fogueira,
que pena, Murari!
E atira-se fremente
para a fogueira ardente
a linda Gandicá.
Deuses desatam flores
soltam arcos de cores
cantam a bailadeira
– morta sobre a fogueira –
no satara e o viná.
Naquela terra linda
faz com sua mão, Govinda,
o lago Gandicá,
a água consagrada
de redenção sagrada
que outra igual não há.
Tal foi do Vichavambara
a grande história rara.

Jai, jai, jai, Murari!
Cansado dobra Xexa
mil cabeças por terra
a descrever-te a ti.
Tu és forte na guerra
os ingas abre e cerra

a tua mão, Murari.
Aos que chamam-te em pranto
tua compaixão não deixa,
tu que dormes no Xexa
ao lado de Lacxmi.
Tudo cobre o teu manto,
o mundo em ti se embala,
Terra, Svarga e Patala,
– Jai, jai, jai, Murari! –

BASMASSURA[85]

É grande Shri Vishnu.

Eh deva, eh Murari, eh Vishvambara!
Ichá! Eh Vitobá,[86] eh Nari-Nara...
Em Fatorpá[87] só tu
brandes a clava, o búzio, a roda, o lótus.
Batem os dols[88] de guerra,
por ti prostram-se em terra
nos cortejos da serra,
com oito membros, brâmanes devotos.
Vestido de amarelo,
tu és trigueiro e intensamente belo!

Punha o cum-cum na testa Mahadeva,
– era no Caila um dia, –
como o trovão os mantras proferia –
quando o cum cum caiu. Eis que se eleva
do cum-cum, Basmassura.

85 Bhasmasura ou Bhasma Asura, um asura ou demônio.

86 Manifestação do deus Vishnu.

87 Aldeia em Goa, nas Novas Conquistas.

88 Tipo de tambor.

Espantoso racshassa! A sua figura
com oito membros se prostra aos pés do deva,
estende ao largo a cimitarra dura.

Treme ao vê-lo Gauri, foge Ganesha,
caem as armas no chão
aos Ganas triunfantes.
– Eh, Shiva, Shiva, Shiva,
põe o teu pé e mata o Basmassura! –
Gritam, põem frontes vastas pelo chão
as multidões distantes.
E o monstro é como uma montanha dura.

Vou matar-te nos búzios e ouropéis,
grita-lhe Mahadeva,
e vou prender-te à cauda dos corcéis;
ou tal como a fumaça a mim eleva
eterna adoração,
com eterna submissão! –

E ele eleva-lhe preces, Basmassura,
doze mil anos varre-lhe os soalhos,
põe a mão nos trabalhos,
mói e peneira e mura.
Rasga com os braços poços e lagoas,
ergue pagodes de frementes loas,
doze mil anos grita Basmassura
– Eh, deva, Mahadeva! –

E de Perrumturai
volta com pele de elefante o deva,
volta com a trança alta como a treva,
Grita – Aqui! Basmassura,
eu sou teu grande pai...
– tem sempre o fruto a penitência feita –

há de morrer de uma morte dura
aquele sobre quem tu estenderes
                    a tua mão direita.
Sou eu que o digo, o vencedor dos seres,
                    eu sou teu grande pai! –

E fogem deuses, Ganas vitoriosos,
fogem, com grandes contas, eremitas,
fogem Iugas e as eras infinitas,
                    maharajas medrosos
                    da mão de Basmassura.
– Há de nos pôr a mão sobre a cabeça
                    ló, ló, ló, Basmassura
há de nos reduzir a cinza, a nada! –
Fogem, correm por toda a noite espessa
                    até à madrugada.

                    Ficou vazio o Svarga,
partiram Súria, Chandra, Iama, Ashvins,
foram chorando de tristeza amarga
                    aos últimos confins
                    distantes dos três mundos.
Foram os reis da terra gemebundos.

Andava ele com a mão ardente!
                    – Quem é que agora fica,
                    dizia altamente,
ao pé da minha grande mão ardente?
Filho de bataqui, só Maharudra...
mas ele há de fugir tal como um sudra,
do Caila e toda a grande terra rica –

Vai. Vê a Shiva com a mão no peito
                    da branca Parvati:
                    – Filho de bataqui!

Tão linda moça é só para o meu leito.
Larga-a, ou vou-te matar subitamente,
estendo sobre ti a mão ardente,
filho de bataqui
larga-me Parvati! –

Foge do Caila o Shiva, o Mahadeva,
gritam deuses e Ganas – Halahala! –
Por todos mundos confusão se eleva,
que acode Murari
transformado em gloriosa Mohini,
de peitos duros e de seda rala.

– Dá-me o teu gozo, ó dama, aqui depressa,
ou sobre a tua cabeça
estendo a mão. Eu sou o Basmassura! –
– Dança comigo as danças imprevistas! –
responde Murari.
Dançam com oiros, guisos, ametistas,
fica doido por linda Murari
o racshassa gigante.

– Deita na dança gritos admiráveis!
declara Murari,
– e o racshassa com gritos admiráveis.
Põe Shri Vishnu as mãos sobre a cabeça,
põe ele as mãos também na sua cabeça,
e cai no mesmo instante
em cinza, como um monte,
levado no horizonte
pelo vento triunfante!

Gritam nos mundos – Jai, jai, Murari,
no seu grande avatara

Mohini, Mohini!
– como é que fez com sua mente rara! –
bendito pelos mundos,
pelos tempos profundos,
jai, jai, jai, Murari! –

A PRACRITI[89]

Apaga, ó Pracriti, meu doido pensamento.

Ó carne de mulher, meu sonho e meu tormento,
vasa em minha cabeça o azeite e a frescura.
Ai que fruto vermelho a tua boca pura,
Forma do Parabrahma, ó estática e querida,

do teu seio rebenta a catarata, a vida.
Desatas conceições, forjas símbolos, bates
formas, matéria, luar... Teus gritos são combates
do Desejo mordendo a Ilusão Suprema.
Jai, Jai, Sacti na essência e a ponta do diadema,
com Nara e Naraiana em dois peitos agudos!
Coiraçada de oiro, os rubis como escudos
a arder, a delirar no colo de alabastro,
eis que eu te adoro como a um admirável astro,
Xantá, Bagavati, de armas como os montes!

Eu vejo o teu perfil por todos horizontes
assento do Purusha, ó grande lótus de oiro,

89 Também publicado, numa versão anterior e levemente diferenciada desta, assinada por Pritidiassa e publicada em: *Luz do Oriente*, vol. 5, nº. 1, outubro de 1911, pág. 5-8.

tu deitas no pagode o festejado agoiro
nas mãos do purohita, ó deusa do veludo;
tu cantas quando o gong rompe o silêncio agudo,
teus pés ardem, tu és a alma dos Darmashastras,
tal como um grande mar tua piedade alastras.
Beijas o Dassa, Mlencha, o Brâmane, o Chandala,[90]
os três mundos envolve a tua túnica rala.
Mitra, Varuna, Dians, os deuses superiores,
rompem glórias, nomo, estendem pitambores,
canastras com o ambar, cum-cum, lumes, grinaldas
diante de ti, Nari...
Eu vejo nas espaldas
incensos a subir de templos delirantes,
cortejos de rajás, tambores, elefantes,
Ramarajas partindo em carros de vitória.
Quantos marcos tu tens cravado em nossa História!
Bárbara e inquieta és tu, agitas lírios,
ruges no preia-mar, metes na noite círios,
atiras do manual teu grande nome ao vento.
Tu és a força, a essência, o ímpeto sedento
que bate e que destrói, que desperta e redime.
– Dobra-se a minha alma humilde como o vime
quando medita em ti, vermelha como a aurora –
Ó Shanta Durgá, ó Umá linda e devastadora,
que delírio por ti... agudos tintinares,
suprema aspiração de ir escalando os ares,
ser-se do azul, do céu, do éter, das estrelas,
rasgar a terra, abrir o mar das caravelas,
escalar um país intacto pelo escuro.
Tua sombra é no universo altiva como um muro!

90 Referência a castas e a grupos sociais diferenciados, elevados tanto quanto baixos.

Ó Pracriti, eu sou da raça dos selvagens,
os que iam no Quisquinda aos mares e paisagens,
com pedras a cantar, sobre os ombros guerreiros.
Sou dos rebéis de outrora, os altos pioneiros
Ravana, Hiraniacsha, os bárbaros robustos
que assaltavam a lndra através dos arbustos,
levantavam Lancás com torres sobre os mares;
sou da linhagem bruta e as terras singulares
onde davam o incenso e o leite aos crocodilos,
onde davam à cobra os piedosos asilos,
– trago daquele sangue uma tara impulsiva –
Eu me lembro que vi minha pátria cativa
da caravana branca, as lutas, os contactos,
eu vi a assolação de países intactos,
vi as desolações facínoras na História.
Que raiva pela aurora! Escalam-me a memória
pombas de oiro estrangeiro, as linhas de cortejos,
tambores abalando os tratos sertanejo,
Ramas azuis levando os meus avós vencidos.
– Sobem da terra como os gritos doloridos
com o pó dos rajás mortos no cativeiro.
Mas que pena que vem com apelo guerreiro,
o esquecimento ideal com sândalo e incenso...
Sinto a aniquilação, dobra o Nirvana imenso
o meu sonho rebel e esguio de vingança,
devis de carne ardente e a poderosa trança
afogam-me em anéis... soluçam os tambores,
e ao desatar no escuro a fiada de flores
esquece-se, deva, a imortal injúria.
Coitado o meu país azulado do Súria!

Contudo não me morre a inabalábel crença,
reverdece em jasmins a esperança intensa
duma vitória doida... arde o meu sangue altivo,
sinto a ânsia de abrir o coração cativo

ao grande vento, o mar, conquistas, sobressaltos,
a energia a bater as frondes e os basaltos.
Que sonho, ó Pracriti, magnético e profundo!
sinto dentro de mim reverdecer um mundo,
sinto a resurreição, vitória nos poentes,
sinto virem do azul astros incandescentes,
incêndios, destruição de frotas inimigas,
o carro de Indragita, energias antigas
rompendo e deslisando em vassoiras de estrelas.

Ó mulher, ó devi de grandes tranças belas–
enfeita com anéis meu pensamento louco,
o teu úbere azul chega-me à boca um pouco...
Eu quero agitações, combates admiráveis,
carros altos de heróis em lances memoráveis,
numa carga de seiva e de fúria e da vida.
Eu quero-a grande e forte a terra dolorida,
meu Himalaia branco!, e todo de alabastros,
com a Ganges aos pés, voltado para os astros.
Quero ver Simhalá flutuar na liberdade.
Mate, apago em mim a mancha da maldade,
o vírus da traição que me morde a medula.
Eu amo a Suriavarta onde o bulbul arrula
nas manhãs do terral, com frios e alagoas,
e onde as gentes se vão deitando em noites boas,
com o guiso e o tambor, os fios dos abangas.
Deita em mim, Pracriti, o frescor das murdangas
a ânsia de apelos bons pelos deuses antigos.
Então hei de eu vencer os brancos inimigos
erguendo-lhes ao longe os generosos braços;
hei de fazer o amor florescer nos espaços,
erguer o Passado e sua imortal injúria.

– Ó Pracriti, levanta o meu País do Súria!

VERBA SACRA

Foram dez mil richis para o Curma Avatara,
disseram com as mãos em concha:
                                        – Ó Vixvambara,
como foi a Existência? O que é a Alma, a Vida, o Mundo?
Donde vem? Onde vai? O que é o imenso fundo
do que é?"
            E Nara:
                        "– Ouvi a voz que nunca mente.
Não era o Existente e nem o Não-Existente,
nem onda no princípio ou ponta dum gemido.
Quem sabe o que agitava o vago indefinido?
O que é que envolvia tudo? Onde era o abrigo, o fundo?
Onde a taça contendo a concepção do mundo?
E era a água, a eterna água, a impenetrável água
que era contudo abismo e que não tinha mágoa
o que não tinha dor ou prazer ou saudade;
até que a condensou em massa a Claridade
e fê-la palpitar de profunda Existência.
E tudo isto fui Eu, a minha própria essência
que se cortou em dois, Pracriti e Purusha.
O mundo, fios de oiro, o poente, a glória, Ucha,
são do caos doutro tempo as formas decadentes.
E mais tarde o alvoroço, as sucessões ardentes,

– danças de Pracriti – diante do Primitivo,
e o delírio da União.
O Parabrama é ativo
na sua metade quente, a Ilusão criadora.
Mas a ilusão é o fumo, a fachada da aurora
onde se escreveu "Aum! Verdade, Força e Treva!"
Seu grito sobe, alteia, em círculos se eleva
pra enroscar-se a mim e morrer no meu peito.
Eu o sou o trono azul e o infinito leito
onde vai apagar-se a Criação passiva.
São meus dedos da mão Brama, Vishnu e Shiva,
e são o meu sorriso ideal os quatro Vedas.
Vós que vazais no altar com altas labaredas,
a manteiga, o azeite, e proferis os mantras,
vós que sabeis da rede elástica dos Tantras
e proferis ao Sol a Gaiatri Suprema,
vós nunca escapareis ao profundo dilema,
do Vixvainbara além, criando e não criando.
Astros hão de cair, um vento miserando
há de soprar do alto e há de arrastar os ingas,
hão de cair o Caila, os Mátsias, Tartarugas
e cair Pracriti com ambas mãos cansadas;
só eu hei de ficar nas ondas apagadas
de toda a Criação."
Disse assim o Avatara,
e toda a Criação ouvia-o, antiga e rara,
com os dez mil richis, mãos caladas no peito.
De novo a voz tal como um temporal desfeito
começou de soprar metálica nos mundos:

– Ouvi, que eu vou soltar mais segredos profundos.
Da Verdade partiu primeiro o Pensamento,
da Força a Sensação, da Treva o Elemento
e da união geral a luz, o éter, a terra.
E no meio Raxmi que une a serra à serra,

que une o cima ao baixo, o nada à entidade,
que manifesta o não manifesto, e a unidade
ao universo condensa e a múltipla existência.
O Universo é somente a Matéria e a Consciência,
a cósmica Ilusão que escala a plenitude
do que existe, e do qual é ela a sombra espúria.

Mas ela é a Natureza, a frondosa e a purpúria
nas tardes cor de lacre e as montanhas com flores,
ela é a noite, o fragor da murdanga e os tambores
nas noites de natoca e os trémulos festejos,
ela é o Madana a arder nos rumorosos beijos,
é a poeira do sol e o fundo das cisternas,
E a indistinta e a clara, o lume das lanternas
que iluminam Purusha, é a sua força ativa.
É ele o seu fundo, a alma antiga e sensitiva,
individual... De si Ele não cria ou forma,
ele é o molde somente, a compassiva forma
onde a Criação cai e se vasa a Matéria.
O que é que eu direi da insensível e etérea
que dança com os pés de carne, a bailadeira
que pôs desde o princípio a sua branca esteira
aos pés do seu Desejo, o trémulo Purusha...
– Maiá, na madrugada, a dançarina Ucha!
Levantai para ela os guisos e as grinaldas,
é ela que aparece em cima das espaldas,
pelas pregas do mar, que vos fala e escuta
enquanto é muito longe a pureza absoluta
do Vidente Perpétuo."

Abaixo do Mandara
gritava assim Hari, nesse Curma Avatara,
o dorso como nuvem e quatro imensas patas.
Vagas no Mar de Leite eram tão timoratas
com os Deuses em volta, os Daitias e Danavas...

Tremiam os heróis com os arcos e aljavas.
Batiam os vinas[91] as coplas infinitas
e batiam as mãos os dez mil eremitas
enquanto ia fechando o Curma lentamente:

– Cada Sol é um deus coiraçado e ardente,
tem consciência, tem os átomos pensando,
é sua carne que salta e se desprende quando
quere produzir a Luz e fermentar a Vida.
E cada sol germina uma árvore florida
terras, evoluções, planetas e sistemas,
e cada sol atira as curvas dos diademas
pelo calor e o frio, o pântano e a lama.
Aos poucos a água esfria, e a primitiva chama
recolhe-se no fundo, ao ignorado abismo.
– É o quente ninho de ave, o suave lirismo
da alma de Pracriti em si própria apagada –
E outros seres vêm em fileira doirada,
insectos e reptis, aves e quadrumanos,
até ao coração dos mármores humanos,
o brâmane, o eremita, e mesmo o Avatara.
E tudo há de cair aos pés do Vixvambara
dobrado como tenda. Há de o último incêndio
acabar o que existe, o agudo vilipêndio,
o erro da Criação perpétuo e repetido.
Nada mais restará, nem um nome esquecido
gravado por alguém sobre a infinita treva
em letras tristes."
Foi assim que disse o deva.

91 Instrumento de cordas.

A SATAN

Aqui, ó Desterrado, ó Rebelado ardente!
Do teu inferno morto e o mundo indiferente
Vais sem uma camisa e um colmo de choupana.
Pica-te espora negra, a crueldade humana,
andas coxo... que pena, ó Lucífer antigo!
Já não tocas clarins, e um cavalo inimigo
não levas pelo céu, com grossas ferraduras.
Metes dó. Como outrora, em velhas Escrituras,
não atacas Jeová barbado e os paraísos,
não arranhas na porta e já não tocas guisos
nas noites do plebeu, pelas aldeias brutas,
não deita a tua vassoira avermelhadas lutas!
Longe de Heidelberg e as torres de Germânia,
Fausto, S. Cipriano, a orgia subterrânea
com bruxas medievais, os sabats e fogueiras,
tu sentes hoje frio ao pé das cordilheiras,
tens medo de ladrões, de padres e soldados?
– Levanta-te, porém, rei dos gatos pingados,
a terra é toda tua, e o homem te procura–
Vem Satan, ao país de imortal amargura!

Dá-me a tua mão, compadre. Andemos lá, arriba;
olha como isto vai, no vento que derriba,
e a poeira, a pedrada e agudos sobressaltos.

Escuta gritos maus em cima dos planaltos.
O mar está sangrento, é já morreu a lua.
Agora, olha mais perto o cais, a praça, a rua,
reis caindo com crac, deuses partindo pernas,
e ao meio procissões com linhas de lanternas,
povos com magras mãos febris ao infinito,
É isto o que somos nós, um miserável grito
gotejando no escuro. É esta a nossa História.
Agora olha p'ra mim.
Na noite merencória
não serei teu irmão, ó Satan macilento?
– Não tenho nada a encher o doido pensamento,
nas longas tardes chora o coração vazio! –
Sou teu irmão também, sinto um terrível frio...
Mas tu inchas, caiu o teu maligno rabo,
(como é que a evolução torce o deus e o diabo)
já não tens cornos tu, corcova, os pés cambaios,
e tomaste um nariz curvo dos papagaios,
e estás a rir de mim, diabólico farsista.
– Que sol!, que eu sou também um clarim de conquista,
abala-me o trovão enorme e independente! –
Bateste co' asa d'águia o meu peito doente,
converteste-me a ti, ó pálido demónio...
Dá-me agora o teu sangue, o fogo babilónio,
e põe-me sobre o queixo a ironia moderna.
Agora! Acende o lume ardente de lanterna,
vamos juntos galgando e chapinhando a estrada,
eu truão e pedante, e tu a gargalhada,
vamos cavar, ferir, demolir pelo mundo,
até encontrar na noite e o lamaçal imundo
nua a Verdade como uma cruz solitária.

(Dirão talvez que eu sou a língua temerária
que põe na claridade a frase impenitente,
– que me importa a pedrada e o ostracismo ardente! –)

NIRVANA

AVANT-PROPOS

Alguém passa, há milhões de anos no frio eterno,
– louco barro estelar, colérica poeira! –
atirando ao silêncio os gritos do inferno,
sorrindo pelo abril, soluçando no inverno,
– num campo sem luar entranha sementeira –

O que ela é? Donde vem? Onde vai? Porque existe?
– E nas manhãs de glória ardentemente clara,
e nas noites de febre intensamente triste! –
no frio secular perpétua lança em riste
ela vai sempre a arder, a trémula seara.

E os séculos caem; a cinza, a fumaça,
caem glórias azuis com espirais de incenso.
E ela sem parar furiosamente passa...
– quem sabe que triunfo ou delírio, ou desgraça
leva com pés em sangue o Ashavero imenso?

Ódios, lutas que vão por todo o espaço escuro...
há universo a arder, barbáricas vinganças,
– mundos feridos caem quais pedras dum muro! –
outros sobem a rir brancos com peito duro,
outros cheios de anéis, carregados de tranças.

Porque é que se acumula a força carrancuda?
– Doida fatalidade! – e corpos e elementos
apresentam-se no mal duma ansiedade aguda.
Porque é que a Criação perpetuamente muda,
porque sopram no escuro os solitários ventos?

Ó Matéria fatal, ó Dor na Eternidade...
Que pena a ver dormindo em agitado sono
tão fatigada ao pé da pálida Cidade...
Que Desejo e que febre a tua consciência invade,
que não cai sob o pó dum perpétuo abandono?

Tem vida até a pedra e as ondas delirantes,
que ruivas conceições em noites de perfumes! –
em toda a parte o mar com praias soluçantes,
florestas a agitar cabeças com turbantes
mais as plantações cheias vagalumes

Os mundos que ele faz com Desespero e a Fome!
– que força tem em si, a incubadora, estranha,
ou só é Força sem outra História e nome?
E em vão a dissolvência a sua carne consome,
que ela está no escuro, alta como uma montanha.

Criou a Terra um dia, azulada na bruma,
e deitou-a sem paz, como um doido navio,
por um frio polar e um longo suar de espuma.
A Terra, a minha mão fecundando uma a uma,
formas de sua carne, em poderoso cio.

Vejo-a no velho azul, crivada de crateras,
num passado de fogo, estranho monstro antigo,
com a coiraça a arder e a coleira de feras;
já batida do mal, no silêncio das eras,
sem uma torre ao luar e um palmeiral amigo.

E passo a passo dura, a loba macilenta,
pondo os gritos do mar nas suas praias frias,
os montes levantando à lua sonolenta.
– ferido coração nas noites de tormenta,
grande lira a vibrar de cólera e agonias –

Vejo as vegetações atléticas, profundas
pelo calor antigo e tropical do polo,
os lírios de marfim sobre águas gemebundas,
monstros a trovejar sobre as rampas imundas,
megatérios, dragões funestos sobre o sol.

E ao meio um nu, um só, peludo na verdura,
ri de cara achatada, o grosso troglodita.
– de que raça animal por séculos impura! –
Mas já lhe sulca a pele o choro da amargura,
verga-lhe o coração a dúvida infinita.

Corta armas de pedra o monstro das cavernas,
– e a fêmea de cabelo estranho e miserável! –
Arde um dia amarelo o lume das lanternas,
gentes vão-se acampando à boca das cisternas,
mugem os bois do arado ao sol inexorável.

É o Homem, o coração cobarde da matéria,
– a carne do terror, velho animal dos matos! –
O Homem queixoso e só na palidez sidéria,
o famoso histrião, o futuro da Miséria,
Buda, Jesus dum dia, e o trágico Pilatos.

O Homem, o vingador dum erro extraordinário
– quem diria ao sair do triste lodo imundo
que ele havia de ser o braço temerário,
o derradeiro herói nas brumas solitário
destinado a arrasar e incendiar o mundo! –

Longas eras andou cinzentas e alegóricas
a bater-se no mato, entre os bambus das eiras,
longas noites de breu e as tardes pré-históricas.
Ia torcendo as mãos pelas paisagens dóricas,
calado olhava o mar, do alto das cordilheiras.

Que lutas sem uma flor, coléricas batalhas
batendo a Natureza, a calada inimiga,
co' um arado, o martelo e a brasa das fornalhas...
– ensanguentado e só no alto das muralhas,
sem nunca adormecer na fome e na fadiga?

Tatuava-se. No vento, o mar e os terremotos,
levantava-se já o deus da pedra fria.
– Prostrava-se no chão, nos palmeirais devotos –
Ardiam para o azul as lâmpadas dos votos,
no alto das catedrais chorava a Avé-Maria.

Ruínas, assolação, milagres e conquistas,
atravessou-os como um vento tempestuoso,
– Que regresso da História e explosões imprevistas! –
Bem custava à Matéria, em noites egoístas,
forjar com mão humana um leito de repouso.

Ele as fez, as nações extintas e marmóreas,
naufrágios no mar doido... Alto país do Nilo,
desertos a florir cidades de vitórias,
pirâmides ao céu, hieroglíficos, glórias,
gentes com testa ao chão perante o crocodilo.

Velho país levado a silvos de chicotes!
Faz pena recordar as eras de assassínios,
os povos a sangrar, longas noites de archotes,
e Faraós atrás de lentos sacerdotes
levados sobre o andor com batalhões virgíneos...

Mais longe a Pérsia, a Assíria, as cidades do orgulho,
os couraçados reis da História e da Legenda,
relinchos de corcéis e as espadas de esbulho.
Babilónia, Ninive, o Eufrates, o marulho
de povos delirando, e a Assolação tremenda.

Quem foi que lhes bateu nas marchas homicidas
– Sidon, torres ao mar de Tiro e as caravelas! –
Que ondas vêm chorar na praia espavoridas...
Abutres bebem ainda o sangue das feridas
perpassam ao luar túnicas amarelas.

E a terra de Canam, plantada de oliveiras,
o país musical, bíblico azul com Saras
– Moisés, o semideus, de pé nas cordilheira –
a terra em que David chorou noites inteiras
e onde Jesus andou pelas paisagens claras.

Ah, sentido país, legendário no escuro...
Tamars de olhos azuis, ardentes Betsabeias,
vai disperso pelo ar num turbilhão impuro!
Sua História é a palidez desgraçada dum muro
onde à noite o luar chora sobre as ameias.

E outras, mais nações que o Homem fez um dia
bárbaras criações e deuses fumegantes,
– Timurs[92] a galopar com a testa sombria –
O Himalaia no escuro e a sua cabeça fria,
as lendas, os corais e os vermelhos turbantes.

Velho país hindu com templos nas florestas!
Gongs no Margaxirá e cortejos com guizos,

92 Timurs, conquistador mongol da Índia (século XIV).

vejo deitado ao sol no palpitar das festas.
País de altas ranis com manilhas honestas,
bailadeiras deitando os lúbricos sorrisos.

País que viu nascer o Krishna das Legendas
e viu co' imóveis mãos o solitário Buda.
– Ó pivetes a arder em noites de merendas! –
os tronos com pavões, minaretes e tendas,
cortejos com rajás de cimitarra aguda.

Mas veio a cruz em naus, do poente tempestuoso,
morrem ao vir do inverno as lâmpadas sozinhas,
choram Vedas no pó dum passado saudoso.
Pelas rampas sonhando um sonho de repouso
vão símbolos de lutos e as lentas ladainhas.

Mais longe a China, a estranha! E os mandarins pesados,
país da laca, e chá e as velhas porcelanas,
– mistério secular com altos muros cerrados –
Vão bonzos a cantar em noites de brocados,
amarelos jardins, frias raças humanas.

Salve, Grécia azulada, amado Pensamento!
Sobre as águas do Himeto a Beleza debruça
a palpitar de amor como uma lira ao vento.
Sagradas horas de Arte ao luar sonolento,
quando Atenas ao pé da Acrópole soluça.

Couraçados heróis, Plateia e Salamina,
bardos cegos ferindo as cítaras de oiro,
virgens co' a roca e o fuso ao pé da lamparina...
Tudo caiu em pó numa noite leonina,
do país azul só fica um cemitério loiro.

E Alexandre a bater nações com cimitarras,
os Dários que caem com o turbante e os coturnos,
as Roxanas dançando em noites de guitarras...
Depois a aluvião, chefes, abutres, garras,
– sangrentas ambições mailos ódios nocturnos –

Ei-la a Roma de ferro e os altos legionários...
Queima a carne latina a febre das conquistas,
– que vento de ambições, caminhos temerários!–
Mas corre a Via Ápia o frio dos sudários,
vem Gauleses de Breno,[93] invasões imprevistas.

Aníbal imortal, e as marchas nas florestas!
vão Cipiões batendo os países couraçados,
rompe sobre Cartago o silvo das giestas.
– E matronas fiando às lâmpadas modestas
choram na decadência, os dois peitos magoados–

O que é que foi depois na queda e nas ruínas?
quantas doidas nações agitando cabelos...
Bárbaros vêm a rir nas noites de ravinas,
relincham os corcéis com mulheres leoninas,
vem Átila no escuro e os hunos amarelos.

Mas alguém, muito loiro, anda pela Judeia,
– um Rabi macilento – e diz coisas estranhas
aos famintos e nus, ao luar da lua cheia.
Alguém que é manso e bom, de túnica plebeia,
alguém que foi cravado em cima das montanhas.

Mas levanta o seu verbo as longas tempestades,
– nem mesmo ele o sonhou – conventos, gargalheiras,[94]

93 Comandante gaulês que saqueou Roma (século IV a. C.).

94 Cadeia de ferro para prender forçados.

apontam na traição de pálidas idades...
loiras tranças no pé, cinzas de virgindades.
Inquisição sangrenta, os gritos nas fogueiras.

Mais povos chegam, mais ódios, clarins, cavalos,
os Búlgaros, Mongóis... Mahomet pelos desertos.
Timurs torcem com as mãos o pescoço aos vassalos.
Cruzadas de Tancredo! – a cinza e os abalos,
crenças se devorando e os países desertos!

Até que aporta a hóstia azul – a Renascença.
Fugiram corvos maus de todo o céu devoto,
no templo novo é a Arte a lâmpada suspensa.
Chegam co' amigas mãos a liberdade e a imprensa,
Cai de bruços no chão o Velho Satan roto.

Vai o Gama a cantar em naus de velas brancas,
– mas no alto mar é a cruz uma visão vermelha –
Povos caem pelo chão, fortes como alavancas.
Velha Índia dos rajás, das longas eras francas,
com o queixoso olhar uma sombra semelha.

E mais séculos vêm, famintos, espantosos,
sempre os deuses com sede, a fúria dos tiaras,
sempre a pata dos reis sobre os reinos queixosos.
Chega o sangue até o topo aos Andes pesarosos,
de vermelhas nações degoladas nas searas.

Quantas noites de febre, os silvos e a pedrada,
– chorava a Liberdade a sós num luar funesto –
até que a Revol'ção numa noite sagrada
estendeu pelo escuro a sua mão estrelada
e lavrou no silêncio o fúnebre protesto.

Mas, ó pena, que foi o fogo e a fumaça...
O que é que não se viu olhando os seus vazios,
as cabeças de reis plantadas sobre a praça,
o bafo de petróleo, a ébria populaça,
forças no monte como os mastros de navios.

Agora é a rapidez eléctrica e o estrondo,
– Napoleão legendário e as passadas selvagens –
são agora Stanleys sobre as areias pondo
templos de linha branca e o topo redondo,
o Oriente a despertar nas líricas paisagens.

Não se viu Wilbur Wright[95] como águia sobre os ares?
Caravelas cortando o branco frio do polo,
não se viu o comboio a dobrar os palmares?
Caem nos pagodes de oiro os deuses seculares.
Incha com os Burbanks,[96] e três searas o solo.

Mas o que é o Homem antigo, a velha raça nua?
– Ó Londres, ó Paris, ventres de Babilónia! –
porque se uiva ao sol e a solitária lua...
e toda a Criação que lateja e que sua,
e as lâmpadas da estrada a altas noites de insónia?

Fluxo e refluxo eterno, ondas, perpétuas ondas
é a Existência a existir, adaptações estranhas,
....
formas a levantar as cúpulas redondas,
mundos a dissolver, roídos nas entranhas.

---

95 Pioneiro norte-americano da aviação, contemporâneo do autor.

96 Luther Burbank, geneticista e botânico norte-americano, contemporâneo do autor.

Porquê? Porque se existe. É um modo a Existência.
– O outro modo seria o solitário Zero! –
Em cada átomo está sentada a Consciência.
– o que existe vive – e é com a sua Ciência
que está a hora amiga e o repouso severo.

A Matéria nascendo, a Matéria morrendo
e de novo outra vida, outros céus e os mares
é a eterna evolução com seu ciclo tremendo;
e a Dor Universal com o seu trovão volvendo
sobre os ares sem termo e os géneros seculares.

Quantas formas talvez a Existência tomara..
e de todas tomou-a menos dura e forte?
– Não é a forma atual a única forma rara.
Quem sabe o que o fundo universal prepara,
novas vidas fatais, novas formas de morte...

Tudo levanta mão por um repouso frio
e que resignações pelas tardes morenas! –
Cada ser assim como um grande navio
que leva para o mar no costado sombrio
seu próprio fim, seu bem, seus gritos, suas penas.

Mas formas ainda há difusas, imperfeitas,
– de aí a evolução, de aí as tentativas,
velhas combinações no ápice desfeitas,
madrugadas com oiro e tardes de colheitas,
que um vento mau estira em traças pungitivas.

No meio das visões traiçoeiras e agudas
só há duas coisas reais, a Dor e a Ciência
sobre um planalto frio estranhas torres mudas.
Uma a iluminar as trevas carrancudas,
a outra a lutar dentro da Consciência.

A Dor é o Movimento, a Ciência, o Repouso.
Quando ela iluminar uma lâmpada amada
sobre a espuma sem paz e o mar tempestuoso,
e o egoísmo cair no silêncio espantoso,
só então a Existência há de cair no nada.

É a Ciência de outrora (a exilada e a mendiga
das eras ancestrais) de pé sobre as peanhas,
que há de bater o Mal com uma mão inimiga.
Há de cair a Crença, a visionária antiga,
só ela há de reinar, forte como as montanhas.

Hão de as formas de hoje, as vidas transitórias
como areias passar no vento dos desertos
– torres, religiões, e as bandeiras com glórias
a Vida há de cair na noite das Histórias,
nada há de palpitar nos caminhos incertos.

Mas quando? Enquanto o luar nas gelosias[97] chora,
enquanto a mãe no berço o seu filhinho embala,
Enquanto uiva a monção sobre a chuva sonora.
enquanto o poente arde e se ensanguenta a aurora
a Dor Universal a Criação abala.

A Vida, a Morte, a Fome, a Doença e a Miséria
tudo é a Dor. Sangra o vê-la intemerata ao largo,
nas entranhas da terra e a poeira sidérea.
É toda a humanidade de a procissão funérea
a seguir, sem parar para um degredo amargo.

Cada dia se aperta e se contrai o Mundo,
– vai a Velocidade assim como um expresso –

---

97 Estrutura para fechar janela, porta ou varanda através de uma espécie de grade de malha fina.

contudo ainda tarda o silêncio profundo,
o que sobe pelo ar é um choro gemebundo,
não começou ainda a noite do regresso.

Depois da cinza resta o vento das levadas,
só uma triste ilusão, como uma torre inglória
a fitar-nos com Dor as duas mãos fatigadas.
Nem uma flor perfuma as eras desgraçadas
não há um só clarão redentor pela história.

O passado é a Dor. Nas praias sem alento
levanta sempre o Mal e os atos de vingança,
– chora, que mete pena o triste pensamento –
É Julho. A lua é parda, e no mar virulento
não aponta com a proa aflita a esperança.

Levanta o Capital os calados redutos,
e o Trabalho levanta as testas vingativas.
Caem do alto da Mão Negra os perigosos frutos!
São missas de Sabat e os braços dissolutos,
– rastejam ao luar lindas tranças cativas –

E o poviléu ferido, achatado; os famintos
levados a chicote em noitadas de fúria;
por que mão hão de uivar açaimados instintos? –
Treme de febre e Dor longos reinos extintos,
levanta os seios nus, poderosa a Luxúria.

Contudo vão partindo em altas caravelas
os viajores que vão aos ventos perfumados
ver túmulos reais, paisagens, aguarelas,
torres à beira-mar queridas às estrelas,
as cidades ao sol com praças e soldados.

Doidos que vão a rir confiados no vento...
Sonham na Perfeição, a Madona piedosa
com estendidas mãos sobre um mar turbulento.
Doidos que vão cortando as noites de relento
co' uma ilusão de Amor clássica e cor de rosa.

Bem sei que hão de encontrar as tardes de Udaipura,
um milagroso sol a perfumar os montes,
e os sorrisos de abril levando a amargura.
Mas há de lhes cerrar em breve a noite escura,
e há de o Mal florescer por todos os horizontes.

E o frondoso Ideal feito de madressilva
hão de vê-lo rolar nas ilusões desfeitas.
– Que pena quando o Julho aperta e o vento silva! –
Gralhas gritam com Dor sobre as pontas da silva,
caem dos templos em luto as colgaduras pretas.

Hão de ir em vão heróis, agitados da Ideia,
teimar num sonho loiro, ao pé das praias duras.
Hão de subir um monte estranho da Judeia,
queimar olhos à luz da pálida candeia,
e dormir sobre o pó das lentas sepulturas.

Hão de ir em vão heróis com os pés triunfantes
buscar os Velos de Oiro, ardentes claridades,
– imprevistos durbars[98] nas tardes de turbantes! –
Pôr-lhes-hão inscrições os séculos distantes,
hão de erguê-los no altar novas humanidades.

Cristo, Buda, Platão, Tolstoi, Lutero, Zola,
nomes de sangue e Ideal, couraçados de glória,

98 Reunião ou Conselho de estado no contexto do império mongol, na Índia.

cheia de sol vermelho a sua grandeza rola
– trofeu de oiro volvido em imortal corola –
nomes vastos de heróis são o orgulho de História.

Mas quem sabe que é ainda a Negação raivosa...
Quem deteve na sombra o passo da Canalha,
quem segurou co' as mãos a asa desastrosa
Risca inda Robespierre a noite venenosa
e Bakunine marca o dia da batalha.

Cai sobre cinzas de oiro o sentimento alto,
fervem revoluções no macadam da rua;
a Terra é um navio em doido sobressalto,
a alma está de pé em cima dum planalto
buscando no horizonte uma curva da lua.

Tristeza e musgos só no longo ocaso frio –
– mas as saudades põem rosas no céu ardente –
Dogmas de outrora são carcaças dum navio
onde embarcam ainda em poderoso cio
corações a chorar alucinadamente.

Não esquecem seu deus, a charola e os cortejos
as gentes a rezar, de mãos desamparadas,
– rosnam os cantochões aos sinos dos festejos! –
Mas se inda rompe a fé nos montes sertanejos
a impiedade esfuma as pedras das calçadas.

Onde ir? Onde bater com aldrabas a porta?
– o que é o universo, a bota de cortiça!
a vida é um ossuário a luz da lua morta,
toda a noite o terral como as espadas corta,
chora num descampado, exilada a justiça.

Onde buscar um ideal sem névoa e sem queixume!
Que vitória cantar ao pé dos moringueiros...
ou dormir pelo abril, à calma e os vagalumes
entre ranis de trança alta como os negrumes,
manilhas a tinir sobre os braços trigueiros?

Ou então se partir aos cumerins dos montes
pelo caju álacre e o bambu que floresce
a ouvir no ermo o choro insaciável das fontes,
e a ver o fumegar dorido de horizontes
quando à tardinha o céu turvo se entenebrece?

Ou então arrotar na gala e as turquesas,
beber nos seios nus os frios de champagne,
beijar à meia noite as líricas duquesas...
Não é a vida também para as quentes surpresas,
os assaltos de fera, os mastros de cocagne.[99]

Ó ardente Dor da Ideia, ó Niobe chorando!
– E ver que existe a paz robusta dos granitos
e os vegetais ao vento amado baloiçando
Que nos quere o Desejo, o Sonho miserando,
porque estende a Verdade os seus braços malditos?

Onde é que leva a cruz maldita do seu crime,
o Ashavero sem lar, cavada humanidade,
há séculos a andar, dobrada como o vime?
O seu pranto imortal nenhum Cristo o redime,
– o Navio da Dor na fria eternidade –.

Quem é que pastoreia a Criação funesta,
de coração de pedra, o pálido inimigo?
quem é que põe o Mal incendiando a floresta.

99 País mítico.

e ri do mar cavado e o choro da giesta.
e apedreja os heróis a tiritar sem abrigo?

Ai procissões que vem os olhos enxugando...
– Pudesse eu apagar a Lâmpada da Vida! –
Só não abala a Deus o choro miserando?
Ou será o Mal, deus o ser amamentado,
será a Verdade só a lágrima sentida?

E rola sem repouso a ondulação das eras,
fermenta a Babilónia, é o fumo, os cataclismos,
pressente se o desastre, o turbilhão, as feras.
Ai do que está a sonhar no pastoril das eiras
junto da escorva[100] a arder e a boca dos abismos!

Ó almas virginais, cheias de pedrarias,
vós tendes olhos só no idílio e os azulejos.
As virações do sul vos dobram ramarias,
há torres no arvoredo ao Angelus esguias
e o sagrado luar despetalando beijos.

Acordai para ouvir gritos dos assassínios...
– dói tanto ver sangrar peitos como alabastros! –
Passa como o trovão a noite de extermínios,
ululam na floresta os batalhões virgíneos,
pendem corpos reais, motejados aos astros.

E fumega o grisu,[101] a multidão sangrenta
que antes de vir à rua apunhala os seus filhos.
Eis, no horizonte, o azul furioso se ensanguenta,

100 Orifício de arma onde entra a pólvora.

101 Mistura explosiva de gás metano e ar.

sobe, cavando o mar, o vento da tormenta,
a terra está cavada e o morrão[102] nos rastilhos.

Não tarda a explosão colérica das eras.
Quando a Dissolução, numa noite sombria,
deitar a populaça aos coliseus de feras,
quando for só o Deboche e as orgias guerreiras
há de apontar traiçoeiro o espectro da Anarquia.

Que insaciedade como a loba desgraçada!
Quem se afoita a subir com solitárias cruzes
por entre a ignorância, em longa cavalgada?
Não há um luar de amor na noite desmanchada,
só é o Direito a Força, a boca dos obuses.

Antes volver em cinza e o éter planetário
tudo quanto formou-se e o azulado Espaço.
– Que nos quere o Poder nas brumas solitário?–
Maldita eternidade assim como o sudário,
perpétuo céu azul, a curva folha de aço!

Não existe a Esperança, em um descampado morta,
é o desespero e Mal profundo e sem remédio,
– onde bater co' a aldraba a milagrosa porta? –
Quem é que sobre o azul da Existência se importa?
Quem procura apagar o imperecível Tédio?

Nem existe o terror medieval e a utopia,
nem o frio claustral, despótica Verdade.
Somente a Indecisão pelo mar assobia,
tirita ao pôr do sol a Dúvida doentia,
– que miserável chuva alaga a soledade!

---

102 Corda que acende para comunicar fogo às peças de artilharia.

E podemos rasgar co' as unhas o universo.
Que esperamos então, que terror ou que orgulho
nos leva o nosso ser em átomos disperso...
Não podemos partir o coração perverso,
não cairmos no Nada em um triste mergulho!

Ah, delicada Fé que se foi em galeras
num adeus de partir ao ultramar doirado...
– velas mortas no altar de cruzes agoireiras –
Quando triste soluça o sol posto nas eiras
quem por ela se bate assim como um soldado?

Não na esquecem, bem sei, os corações antigos,
chora em liras azuis a velha melodia,
inda a piedade aponta em meio de perigos;
mas sopra muito forte o vento dos castigos,
já não tem o sabor sagrado a Ave Maria.

– Ó miserável mar sem lume e sem lanterna! –
bilhas de barro, os sóis e as coisas gloriosas,
a subir e a descer pela existência eterna.
Quem foi até o fundo estranho da cisterna
onde rosna o porquê dos poentes e das rosas?

E passa sem repouso o cortejo com velas,
– existências a andar com joelhos de mendigos –
Cada uma é minha carne. Eu sinto frio a vê-las,
são num dantesco mar quebradas caravelas,
torres rotas na guerra e portas inimigas.

E a Terra, a minha Mãe – ai, pesaroso mundo –
como foi que eu a vi numa noite sem nome
levando o meu coval aberto e gemebundo;
e dentro ela Alguém, com o cabelo imundo,
a devorá-la o vento insaciável de Fome.

E o seu outro eu, fúnebre Movimento,
a forma construtora, ardente da Matéria,
que põe os turbilhões de íons[103] no éter vidrento,
que ao findar o verão cava o mar fraudulento,
que grita à meia noite a palidez sidérea.

Quem no escapa, de andar cheio de orgulho alto?
antes se o ama como um forte deus vermelho.
Povos sentem por ele o amor e o sobressalto,
de vê-lo, duro, a pé no cimo dum planalto,
mundos vergam ao chão co' o tremulo joelho.

Quem é que quere saber que é o[104] Mal profundo?
Coitado dos que vão nos rosais da sua terra
sem suspeitar na sombra o inimigo imundo.
É ele que levanta as muralhas do mundo
o que sopra os clarins poderosos da guerra.

Vem numa oscilação ruidosa e necessária,
dos tempos ancestrais, os silêncios dum dia,
dobrando-se no Ser e a poeira planetária,
provoca as rotações da força temerária,
– é a Matéria febril, estável Energia. –

É a Dor, sem o saber, inconsciente e inimigo?
passa na Criação com um pescoço irónico,
– esconde-se nos ais do palmeiral amigo –.
E lentamente aperta as roscas do perigo
bate vermes e sóis com um ruído ciclônico.

O Movimento é o Mal. Cheio de sorte estranha
– mas não sei em que sonho ou noite de delírio –

---

103 Ou Iões.

104 No original está "Quem é que quere saber que de o Mal profundo!"

vi-o irónico a rir num topo de montanha.
Tinha o pescoço humano; e uma força tamanha
que estoirava no ar, numa carne de lírio.

Eu partia através dum país miserando
pelos silvos do vento e as veredas grisalhas,
co' uma ferida má no coração sangrando.
Pedaço do meu ser eu ia semeando
pelas terras sem flor e em cima das muralhas.

De repente eu senti um perfil temerário
atrás de mim no escuro, um cavaleiro esguio,
a galopar ao largo assim como um corsário
Quem és tu, preguntei, viajante solitário?
E ele deitando um Olhar de mofa e desafio!

– Não tenho um nome escrito! – Eu caí de joelhos.
Que bonzo japonês, a atração dos abismos...
apertassem-me a mim os seus braços vermelhos!
Ele fitou-me bem da cabeça aos artelhos
e disse co' uma voz, grossa, dos cataclismos.

Vem comigo, Manfredo! – E fomos. Trovejava.
Onde é que me levava o Bandido da Noite?
Um vento de perigo e terror sibilava;
era a Terra a seus pés a palpitante escrava,
e vergava o mar como à ponta dum açoite.

Levou-me pela mão a países carrancudos,
por cidades de cinza, homéricas, já mortas.
Mostrou-me Faraós de barretes agudos
gentes levando a ombro e enormes deuses mudos,
cidades a rugir, com inscrições nas portas.

Longínquas eras vi e águias nas bandeiras,
paquetes no alto mar, frotas com submarinos,
burras lançados no ar com músicas guerreiras.
- E que terror ao ver do alto das cordilheiras
os Timurs galopando e os corcéis assassinos! –

Descemos os degraus das cidades de ferro,
sem um terraço ao luar, cavadas nas montanhas;
– gritavam pelo pão na noite do desterro! –
E sinos a tocar sobre um calado cerro
nos conclaves na lama e as procissões estranhas.

E depois a imundície, os canos dos esgotos.
Que coisas vi, bordéis, os canjirões com surro,
os mendigos e cães com os pescoços rotos,
mariolas a dormir co' o ventre alto e arrotos,
à geada outonal, com a cabeça no enxurro.

E ele em meio da Dor, co' a espora do cavalo,
como os deuses hindus, cheirando a lacre e incenso:
– cabeça de Artagnan, custava-me deixá-lo –
deitava no meu ventre um poderoso abalo,
de fitá-lo eu sentia um calafrio intenso.

Levou-me a pontapés por um caminho duro,
senti vertigem, vi murchar a madressilva,
esqueci meu país. Ó meu pobre futuro!
Quem é que há de guardar seu espírito puro
quando a maré levanta e a tempestade silva?

Segui-o como um cão. Cavernas clandestinas
abriam-se ao histrião co' um medo diabólico,
cortejos com sultões, seges com messalinas.
Diziam-lhe "bonjour" de torres e piscinas
rajás e cardiais de barrete católico.

Nunca vi o luar com pontas recurvadas,
– por toda a parte o Mal e as bruxas de Macbeto.
por toda a parte a neve e a chuva de pedradas.
Vi séculos rolando, ondas atormentadas,
em tudo um coração cavado e insatisfeito.

Fiquei sem uma flor no topo do Himalaia,
– ó meus sonhos azuis dispersos nos caminhos! –
batia o mar ao pé duma terrível praia,
era o veneno sobre as fitas de cambraia,
ídolos a cair, fumaça e redemoinhos.

Quantas vezes senti voltarem caravelas
de países co' abril e as doiradas viagens
por um caminho santo e alagado de estrelas.
Julgava a Rendenção e detinha-me a vê-las,
e eram unicamente as traidoras miragens.

Doidos os que se vão pelas tardes amigas
esperando o Amor, guitarras pelas praças,
e lentos madrigais no desfiar de estrigas;[105]
e que ao voltar a esquina e as pedras inimigas
só veem o Mal encher o celeiro das raças.

Se soubessem o que eu vi os Missuris e Ontários
e tudo o que ele fez co' um braço indiferente,
loucas revoluções com morrões incendiários;
se soubessem que foi nos países temerários
haviam de matá-lo inexoravelmente.

Só um dia entrevi, a madrugada fina,
– santa ressurreição – era um país com hortas,

105 Filamentos de linho para fiar.

cheirava a alecrim a terra peregrina.
Nódoas? Não sei. A luz queimava-me a retina,
era o país lavado e abertas todas portas.

Que bem que estava aí... Era o aroma, a inocência,
os simples corações de uma leveza de água.
Tinha o Homem a florir rosas na consciência,
e nas manhãs azuis as espirais de essência
subiam para o céu de pensativa mágoa.

E cortejos, meu Deus, como dos peregrinos
de Meca, Pandari e antigos santuários,
a cantar o Resgate, intransigentes hinos;
eram os Tucarama[106] e os crédulos divinos,
eram os Carducci e os grandes solitários.

Mas eu fugi da paz e as curvas das miragens,
– que saudade da noite infernal dos caminhos! –
Senti a chicotada... os factos das paisagens
erguendo para mim as cabeças selvagens,
velhos templos de outrora e as locandas com vinhos.

Quis em tarde de abril uma sagrada Morte
vi-a com peito seco e inundo amamentando
anémica visão por um terral do norte –.
Comigo quis dormir, chamou meu peito forte,
com um cabelo azul meu coração roçando.

Mas eu matei-a, eu o gaura, ao pé de um rio?
como a taça do rei de Tule eu a vi andando,
tufado o ventre como a popa dum navio.
Meu peito ergueu-se como elefante sadio
senti dentro do ser meus átomos gritando.

---

106 Poeta bhakti hindu do século XVIII.

Então quis mais e mais, com as mãos sequiosas,
vi reinos com haréns, grutas de Monte Cristos,
as Cidades de Carne e as torres venenosas
tranças pelo horizonte enfeitadas de rosas,
rainhas a cantar em boudoirs imprevistos.

Mas veio-me a revanche, a náusea, o rude nojo,
– aquilo era o estrume a infectar os margios –
deu-me um enjoo o vício e o seu tufado bojo,
voltei-me para mim, tive um sopro de arrojo
p'ra atacar a canalha a pontapés bravios.

Fugi. Fui a Sarquej. Cidades apagadas
vi, tanques de água morta, os abutres com ninhos.
Toquei cinzas de heróis, necrópoles caladas,
fiquei a ver de pé raças crucificadas,
destronados rajás andando nos caminhos.

Ó Fome de Extinção! Passei topos agudos
onde há dagobás. Vi eremitas sérios.
mailos deuses de pedra eternamente mudos,
E ao sol posto uma vez largo como os escudos
entrei com os gurus nas covas dos mistérios

Nunca encontrei a paz com a cabeça loira.
Nas choupanas de colmo e nos barcos negreiros,
pelas tardes que um sol alucinado doira,
só sentia a pedrada intensa e imorredoira.
– Nunca vi Luz serena em cima dos oiteiros –

Mas por fim atingi o castelo moreno,
– o país da Ulalume, extático El-Dorado -
Já não havia a Dor no Universo sereno,
não corriam chorando as fontes de veneno,
morrera a vibração, tudo estava apagado.

Uma Virgem era aí, piedosa boca rara,
dois olhos de luar que no deserto aponta,
no castelo feudal e as altas tranças clara;
dois braços a tremer por cima da seara,
lua morta no céu com duplicada ponta.

Chamava-me a beber no seu leito o descanso,
– que coisas prometia, amor, taças com ópio!–
ai veludo e o coral dum pálido remanso...
Corria paz e mel do seu cabelo manso,
clássico o meu ideal cheirando a heliotrópio.

Mas eu fui o covarde, em Auber senti frio,
lembrei do meu país e as curvas dos poentes,
não ousei naufragar-me assim como o navio.
Correu-me pelo corpo um agudo arrepio,
fugi da santa Vera e suas mãos inocentes.

Que procuro eu então com minhas mãos humanas?
Que poentes de febre e altas noites felizes?
bebi fios de mel da boca das sultanas,
e fui como o Timur das cóleras tiranas,
e esposei-me ao luar das trémulas searas.

O que foi que não vi com guisos e trombetas,
todos ciclos de Dor dantescos, miseráveis,
todas palpitações de noites inquietas,
os durbars de rajas e mortes dos atletas,
e senti dentro em mim bocas insaciáveis.

Mas eu lembro-me bem dum país milagroso
uma cidade azul, a Stahlstadt[107] de aço,

107 Cidade distópica de um romance de Júlio Verne.

com sábios a passar de vinco silencioso.
Vi naquele país estranho de repouso
máquinas a ameaçar o Tempo e o Espaço.

O que não se fazia, em torres co' holofotes,
as acumulações eléctricas, bobinas,
– e a Matéria vergava a ponta de chicotes
passavam os ions, pedaços dos azotes,
o átomo caía em cinza das ruínas! –

Disse eu então aí, co' o peito sufocado,
– Não se faz uma coisa, a última da História–
não se reduz ao pó um mundo desgraçado,
que fácil que não é vará-lo lado a lado
colher a Cessação coroada de Glória? –

Mas senti seu olhar profundo e macilento...
(não iam reduzir a cinza o Universo!)
trémulos corações, heróis de Pensamento,
– ouvis a gargalhada alta do Movimento,
atrás daquele olhar, co' um desejo perverso.

Só me cabia a mim partir co'os pés sozinho
como o Buda da velha e trágica legenda,
à cidade do Fim, na noite dos caminhos?
– Queriam sempre o Mal, o degredo e os espinhos,
sempre a Vida na curva irónica e tremenda? –

Enganava-me a mim, compassiva a Ciência,
– e eu de supô-la, eu mais dura do que a pedra!
levar-me-ia, ai a abstração da consciência.
– Ó abandono do Eu. tardes de penitência
donde o Repouso como um grande lótus medra!

Parti pelo degredo e as lunações marmóreas
fui por montes azuis mailas praias suaves
sentindo o soluçar de noites merencórias,
mais forte vi o Mal com bandeiras inglórias,
e os cantochões de Dor nas turbulentas naves.

Voltei ao meu passado, a candeia e os farrapos.
Nunca pude dormir ao cri-cri dos incestos,
ouvindo nos pauis o coaxar dos sapos.
Dias que andei ao sol, a suja alpaca em trapos,
buscando não sei quê com os pés inquietos!

Foi numa noite assim dos julhos, denegrida,
– eu apertava ao peito uma lira de ferro –
insultava-me o mar, descia espavorida
a visão dum futuro acre na minha vida,
berrava como os bois o sino sobre um cerro.

Numa noite parou ao pé de mim magoado
Alguém, que eu vi a sós, de túnica amarela,
co' um olhar de repouso e o braço levantado.
Enorme aparição com um simples cajado,
a testa como altar, tranquilamente bela.

Sentia-se a Extinção parada nos seus olhos,
ai que lua feudal sobre torres de gelo!
(Soprava friamente o vento dos abrolhos)
Era um farol a arder em cima dos escolhos,
com todo o seu perfil grave como um castelo.

Estava ao pé de mim com o seu braço alto,
como torre amarela ou frio monumento,
sem fumo ou espiral dum simples sobressalto,
formidável Muni magro sobre um planalto,
como lâmpada a arder em largo pensamento

Ele era o meu Herói calado e legendário.
Eu senti-o também, e tive tal desejo
de partir num navio a um porto solitário!
O que era a minha vida e o seu doido fadário,
o que eu ia buscar num monte sertanejo?

Seu dedo me apontava a Cidade da Morte
donde não se regressa, o Leito da Vitória,
nessa noite sem lua ou uma estrela ao norte.
Mostrava-me severo o Caminho do Forte,
atrás de Deus, atrás da Existência e a História.

Vi caírem-me então as crenças aos pedaços,
meu desejo morreu como um leão sombrio.
O Mestre me apagava a Dor, soltava os laços,
as cruzes que eu levava em fatigados braços
das noites do meu ser, em poderoso cio.

Então pus-me a cantar, nos terraços, ao vento,
como os poetas da Ruéna as pátrias assoladas,
minha vida a rolar pelo terral violento.
Ardia como chama azul o pensamento
sobre o réquiem da morte e as lentas badaladas.

É este o canto rebelde, espíritos-poetas!
Memórias que escrevi em folhas
com mãos a arder e a Dor de envenenadas setas.
Que horas do meu luto e as noites inquietas
com a candeia a sós, pelas curvas nocturnas...

Pu-lo na pastoril frase dos lavradores
do meu país natal, os seus refrains e pragas
abala-se o sarangue e o toque dos tambores! –
Não recuei a mão da carne dos tumores,
rasguei com ferro a arder as virulentas chagas.

É-me selvagem, sei, a consciência do Belo,
– mas que importa a pedrada e os botes escarninhos! –
a liberdade vai da pena ao camartelo;
se é livre a águia, o espaço e a torre do castelo
que seja livre o verme, a poeira dos caminhos.

Passam por toda a parte ondas, bandeiras brancas,
– sobem do quanto existe as taças de lirismo –
cai com gritos o sol sobre as paisagens francas,
as florestas azuis agitam alavancas,
grita a poesia até no fundo dos abismos,

Ó lâmpada de azeite, ó arte loira e nua!
E pensar que o poeta é às vezes o estrangeiro
que mercadeja à esquina, à solitária lua...
Sentir que ao triste sol das labaredas sua
e vai dormir ao pé dum frio moringueiro!

Ele é a lua de amor com dois braços sofrentes;
(mas quem sofre é um deus e deus quem forma e cria)
poeta, olhos azuis voltados aos poentes...
coitado que ele vai como os monges doentes
cismando em sua Dor e na sua morte fria.

A Alma de febre a arder, esguio visionário!
Muitas vezes o vi seguido do seu nome
deitando à Criação um braço incendiário;
ou numa rocha negra ao pé dum campanário
apostrofando o céu, o glorioso, com fome.

Mas espera-o uma infanta à beira de alagoa,
veio da corte de Indra e os pagodes com círios
cingir na sua fronte uma imortal coroa.
Glória ao que sofre! A Dor transfigura e abençoa,
e quantas penas há estreladas de lírios...

Seja ele o pedestal da clássica Beleza
que se vê no luar das dóricas legendas,
pela chuva de Julho uma lâmpada acesa.
Seja ele o cavador forte da Natureza,
o plantador do Ideal pelas noites tremendas.

À frente! na Miséria e nas cidades brutas,
vícios, dissoluções, anémicas vontades,
seja o que diz ao sol as coisas resolutas.
Professe um ecletismo aberto a todas lutas,
deite em ondas no chão as ondas e as vontades.

É insaciável o Ser junto às portas abertas,
o que é que ele não quere nas horas miseráveis...
– que pesaroso mar sobre as praias desertas! –
Feliz quem preparar, nas ilusões incertas,
para o repouso de Oiro ou raças insaciáveis! –

É inútil confiar na Natureza fria,
– o que lhe é o indivíduo... a espécie é que é-lhe tudo –
– como uma corda aperta a trágica Ironia!
Não redime a Existência a Arte e a Melodia,
responde aos ais da Dor só um silêncio agudo

À frente! Na traição do silêncio e assobios
– dois braços a torcer sobre uma cruz serena –
– outros hão de cair como os rotos navios,
ele há de ser a força, aos séculos sombrios
seu nome há de passar cheio de luz e pena.

Há de a sua voz cair, longa e tempestuosa
nas praças a uivar mailos clarins de guerra,
– ele há de despertar a plebe desgostosa! –
há de apontar ao mundo, uma noite queixosa,
o Bem da Destruição severo sobre a serra.

Nada receia. O medo é a maior doença.
Se tem o Ideal na consciência sentado,
ele há de lhe ditar a imaculada crença.
A Terra da Verdade é uma clareira imensa!
feliz quem nela põe sua Dor e o seu cuidado.

Que importa o cadafalso e os tiros de pedradas...
– é assim como a cicuta uma verdade dura –
O ser é o Egoísmo – As raças desvairadas
hão de arrastá-lo um dia em cima das calçadas;
seu nome há de partir duma trombeta impura.

Mas não recue jamais da ameaça e os degredos,
leve ao ombro a sua cruz como o Cristo lendário.
....
É que há de florescer no meio de arvoredos
o Ideal da Cessação honesto e solitário.

Não se desvie da Arte, a longa Asa de Oiro.
Para esquecer a Dor e os trágicos abalos
fique sobre uma praia, olhando o poente loiro.
– Só tê-la ao pé de si num sonho imorredoiro
há de esquecer o Mal e as patas de cavalos! –

Só é sagrada a Arte, a Mãe resplandecente,
a amiga azul do sol, dos corações fecundos,
taça de ópio que o ser engole doidamente –
Veja-a o poeta a sós numa hora transparente
com seu leite pensando as feridas dos mundos.

Não apague jamais a lâmpada do estudo.
Quantas verdades há na escuridão sentadas! –
Tem a Ciência em si tam lento alívio mudo! –
Mal haja quem se abisma em um silêncio agudo
sem mostrar o Caminho às almas desviadas.

Seja a sinceridade o moto azul e loiro...
– simples senso comum é o segredo de tudo –,
seja a carne do poeta a sua lira de oiro.
Leva o que mente, em si, o estigma imorredoiro,
a obra de Arte é sempre um desabafo agudo.

Cultiva as fornias de oiro, as perfumadas ilhas
onde caem os sóis recortados de lendas.
Há frases senhoris, palavras maravilhas,
visões tradicionais andando com manilhas,
grandes portas reais cobertas de legendas

Há de colher a glória, a palma azul e amada...
– É sempre doce ver co'as caçoulas de incenso
as gentes a seus pés, na noite perfumada –
A loucura da glória infimamente agrada,
– se no mundo a ambição sopra um clarim imenso! –

Por mim não, já é tarde, a catedral é morta,
meu nome é triste, há cinzas no meu fadário,
que tempo eu bato em vão com aldrabas a porta!
um fúnebre punhal meu coração suporta,
– deixai-me andar a sós num poente solitário –.

Eu sou o que envenena as noites de perfume,
que destrói o luar e que ri do existente,
Sou o que se põe ao largo os noturnos queixumes,
que se vê na Criação só punhais e azedumes,
e busca em tudo o Mal inexoravelmente.

Mas se acaso algum dia uma alma abandonada,
descrente como eu de glória e de renome,
se recordar de mim pela noite abalada;
eu a hei de escutar numa cova olvidada
quando pronunciar lentamente o meu nome.

CAPÍTULO I

Quem passa?
É um funeral cristão e solitário.

Noite de Agosto, bruta. Ao longe o campanário
grita. Corre no escuro um calafrio de febre.
O vento uiva, galga o telhado, o casebre,
focinha como um cão e morde as serranias.
Árvores são de pé, com cabeças sombrias,
sacodem para o céu braços de breu desfeito.
Torce-se a treva como imenso pano preto.
– É uma casa a noite, onde há um longo enterro –
Que medo no país! Sente-se alguém, de ferro,
que é mau e que levanta uma voz vingadora.
Nas aldeias ninguém, que assobia, que chora,
que aquece água com palha ou volta pelo monte.
Nuvens vêm como bois. Troveja no horizonte,
e relampeja a miúdo. Ardem cristas selvagens,
ermidas, peitoris; as pontas das folhagens
recortam-se na brasa. Ao longe chove à certa,
numa província sem pagodes e deserta,
porque é frio, e doentia a humidade flutua.
Noites do meu país sem crescentes de lua!
Parece que baloiça a terra. Abatem ondas?
torcem mastros com crac? há cóleras hediondas
de esquadrões a morrer atrás de montes altos?
Duelos roucos, sangue. Atira-se aos assaltos,
– mas não se sabe quem nem onde – Pelo poente
grita um sinistro mar alucinadamente
deitando ao litoral, de fumo, um choro amargo.
E mugidos de bois que o vento enxota ao largo!
colmos tombando, cães, gentes espavoridas,
e pedras a rolar das ladeiras feridas
para as várzeas com lodo.

E ele ia ao cemitério,
quatro archotes à frente, o préstito funéreo,
duas linhas de irmãos, a cruz alçada e velas,
– iam aos dois, de opa e cuecas amarelas –
com as contas na mão recitavam rosários.
Atrás vinham cantando os salmos solitários
dos profetas judeus. Que terror imprevisto!
E aquele alto perfil legendário do Cristo,
no meio de brandões, sobre a cruz levantado...
O flanco numa chaga, o mole olhar cerrado
com as feridas mãos à frente dum enterro!
A igreja a chorar o morto sobre um cerro
co' o sino a badalar como uma lira ardente...
A procissão seguia atormentadamente
pela giesta, a lama e o vento carrancudo.
No coice era o caixão, lírico de veludo,
e branco inteiramente, a cruz clássica, as bolas,
os canotilhos de oiro e bordados com orlas,
arestas a brilhar aos lumes, como espelhos.
Levavam sobre ele os sombreiros vermelhos,
como levam na festa e as manhãs de noivados,
e músicas, brandões, perfis condecorados
em volta a se apertar, revesando-se em turnos,
e gente miúda atrás, alas, grupos noturnos.

Trinta passos depois ia mais um, sozinho.
Melena num farrapo e a barba, no caminho
roçava pelo escuro um balandrau de luto.
Um matulão da raça insubmissa de Bruto
e a pinta de Macbeth fugindo ao Duncan morto.
Que Cid grotesco! Andava em um frasco absorto
ou um álcool o mordia, uma paixão amarga?
Era o que vai à praia aos ocidentes larga
a pedir ao mar alto uma justiça enorme,
e às quatro da manhã, hora em que tudo dorme,

regressa a assobiar a todo o existente?
Fibra complexa e absurda! E uma cara doente
torcendo-se p'rá banda em contorsões selvagens,
arranhada talvez por tigres nas paisagens,
com orelhas em sangue e quatro cicatrizes,
– e no meio a arder dois olhos infelizes!–
Alto de pernas e também nas pernas alto
era uma torre negra... agudo sobressalto
deitando ao perpassar pelas curvas nocturnas.
Que templário ou ladrão nas horas taciturnas!
co' aquele olhar a arder e as mãos espavoridas
de febre, e então talvez que de noites perdidas
co' a lamparina acesa, amando ou delirando,
ia atrás do caixão de veludo marchando
como outrora, cruel, da solitária estrada
um rei se fora atrás da amante assassinada.

Poderoso é o País do Súria, tem florestas,
– uma eu a conheço, bruta nas giestas
e agita como os bois as gibas guedelhudas.
E, uma deusa, ergue altas carnes agudas
a um deus desconhecido e azul nos horizontes.
A terra cresce aí com cabeços, com fontes,
cada vez opulenta e cada vez ferida
Batem-se ai com força os tamboris da vida,
– que durbar de rajá! – ó mar verde, ó verdura
que volta para o alto uma carne madura
e sacode com raiva as pontas dum tagante[108]...
Assombra ouvir ao largo o arecal delirante
e o órgão de Barbária. Há bafo a pano novo,
não é o mato aquilo, aquilo é um grande povo,
que baila, curumbins, moças batendo guizos.

108 Chicote.

A cavalo, que é dia!... Eu escuto sorrisos,
bailadeiras talvez dum templo a Mahadeva.
o tam-tam pastoril e matinal se eleva,
e dançam as devis, grandes árvores nuas.
– têm peitos elas, têm, os frutos como luas –
Que banquete real! Ainda ardem velas,
a mata é oratório, e luzes amarelas
são encravadas em castiçais de esmeraldas.
E vão espiralando, aturdindo as espaldas
rolos de verde, o bruno, as ondas criadoras,
folhagem e capins chicotadas de auroras,
azulando-se ao longo, aos poucos, no horizonte.
A cavalo!... Mas fraco é o arco de uma ponte
de paus selvagens sobre um brou-brou de sangria.
Metamos pés na água... é fria, fria, fria,
– que terral que passou flagelado do Gates! –
Agora vem o Súria. Eu hei de ouvir combates
de Timures na verdura e o cri-cri de narcejas.
Pensam alto talvez tapadas sertanejas?
põem interrogações? Que espuma e que marulho!
Eu palpo com vagar a verdura. O orgulho
oiço da seiva andando e coleando os troncos;
pedras a palpitar sinto-as, mugidos broncos
na pulverização íntima da matéria.
Mas vamos devagar. Olé na dança aérea,
moléculas do sul... a fúria é exótica...
sinto o abraço da terra, uma força despótica
põe-me o sangue a ferver, sinto energia estranha.
Minha mãe é a floresta e o ventre da montanha.
Molharam-se, deva, os bafos, as essências,
vou sacudir a alpaca. As acres florescências
seguram-me do braço, o cravo e a madressilva.
E ao pé de mim a seiva esguicha e rompe e silva.
Julgaram-me Hari, Govinda... e os arvoredos
põem em roda de mim tentáculos e dedos

procuram-me incensar batendo castanholas.
Agora é a malangueira extática de rolas,
quebra no coração. Os moruonis soluçam,
raios altos do sol sobre frestas debruçam
da tapada. São como os guerreiros do Tasso;
frecham por toda a parte, é de oiro todo o espaço,
tenho medo de ouvir os tiros de arcabuzes!
apagaram-se agora as milagrosas luzes,
é o dissolving view nas pontas das folhagens.
É o vento à certa, o vento. Eu vejo ao longe aragens,
vão duma várzea verde a um monte muito brando,
e o monte para o céu parece estar orando,
mas, se vê melhor, parece estar sorrindo.
Ó coraleira em flor e o fluido tamarindo!
É sangue a luz solar, vejo tudo vermelho;
chega-me um deus talvez? Vou dobrar o joelho
há de levar-me, há de, aos santos paraísos.
Que apetite que eu tenho, intenso! bater guizos,
montar num elefante ou enxotar boiadas...
ó santidade pura, acre das madrugadas,
como ela enche a terra e abala os arvoredos!
Porque é que imos nós ao naufrágio e degredos,
num navio fantasma, erguendo as durindanas[109]?
tão pequenina são nossas visões humanas
Deixemo-nos ficar no templo de Golconda,
aqui... não vamos nós à virulenta onda
com proa a Moçambique e a tentação funesta.
Deixemo-nos ficar, seminus, na floresta,
arranhar, sacudir, trepar os moringueiros,
apanhar os bulbuis, pôr botões de junquilhos,
e, quando o sol subir colorindo os oiteiros,
o caminho da paz mostrar aos nossos filhos.

---

109 Espada grande.

Agora arde no azul o forte sol colérico.
É a raiva e a impulsão. É pequeno e é esférico
de oiro fundido o sol liquido. É meio dia.
Rompe o ozone quente. É uma búfala, cria
a terra, e está a mugir no fosco sertanejo.
A floresta é um peito aberto a um grande beijo;
não tem sari, é nu o úbere fecundo,
ajoelhai, adorai o úbere do mundo!
Soberbo preamar... é como nos pagodes
ardem pivetes, põem cucume, cantam odes
de um deus extravagante.

É Madana,[110] Madana,
chegou de Maturá com seu arco de cana.
Brinca com o tam-tam, põe braçados de rosas,
diz coisas ás devis, muito voluptuosas,
e assobia, o ladrão, maliciosamente.
Uma cascata espuma, a água vasa ardente,
que calor vai lá dentro e os minérios ocultos! –
Bracejam frondações na orgia e nos tumultos,
parecem no planalto as massas de gauleses.
Mas o azul é de chumbo e inflexível. Às vezes
passa um voo de abutre ou passa um par de gralhas.
Depois a luz, só luz, em rendas, em toalhas,
colares de ranis de capitais sombrias,
as surpresas de amor, joias com pedrarias
um oiro que palpita e relevos finíssimos.
São milagres do sol, sem desejos santíssimos.
Contudo há algodão pelas fendas dos montes,
mas ralo... e ao roçar a orla dos horizontes
carda-se em teias, sobe em espirais de incenso.
– Tabernáculo a certo e um jeová imenso

110 Kama ou Kamadeva, deus hindu do amor.

que adora aí David com caçoulas de prata –
Caules se cortam sobre o verde... É colunata?
mas não... que ilusão! Serão braços com flores,
escondidos? terão guitarras e tambores?
Mas tantos para quê, roliços voluptuosos?
para cingir Trajano e os chefes gloriosos
duma coroa verde?... Ó rica melodia... –
canta a certa a sultana antiga da Turquia,
a querida de Omrá, de linda voz metálica;
sente-se a redução duma lenda tessálica,
lembranças de Stambul,[111] de exótico bailado.

Forte é o arroz que franze e encapela, doirado
o arroz que amadurece. E as distâncias cinzentas
robustas são também, ondas pulverulentas
de terras a subir com ímpeto, ululando,
e nuvens, como bois, todos brancos – pastando;
abaixo melanciais em geométricas linhas,
e mais abaixo, além os talhos de marinhas,
com suas medas ao sol pontilhando se brancas.
Suam, gritam aí, fortes como alavancas,
os gauras[112] de aço bruno, os altos cavadores
que na areia calva os braçados de flores
mordem, talham o chão com as curvas das enxadas.
E depois plantações, terras abençoadas,
país com deuses maus de que se contam lendas,
recifes que ao troar da monção abrem fendas,
e o mar, o Prometeu, no azulado, virgíneo,
o mar que ao pôr do sol fica todo sanguíneo
com naus de Portugal de alto bordo e velas.
Vão por ai legiões, cortejos, caravelas,

111 Istambul.

112 Gandá ou gaurá, povos tribais de Goa.

oiço passos de tropa e marchas de elefantes.
Mas tudo aquilo é longe e as lutas sibilantes.
Aqui o esquecimento e o medieval aroma,
clássica submissão. Aqui, à sombra, assoma
a paz imaculada.

É pagã a floresta.
Volta-nos co' insistência a Udaipura, à festa
das moças dos Sactis convictamente nuas.
Põe a alucinação Apsaras como luas,
vê-se mãos com anéis, trepa um desejo agudo
de beijar em segredo altas e de veludo
deusas de lndra. E forte o orgasmo que pulula
como a espiga no Agosto. Agora a pomba arrula,
a corça vem beber para o pé das raízes.
há caudas de pavão, voos de codornizes,
pende a espiga do pat,[113] dobra-se a florescência,
cerra-se o nenúfar com piedosa inocência,
depois cheio do sol inclina-se e adormece.

E quando, às três, o sol o litoral aquece!
O pó dança. É ruivo. Abatem cabeleiras
veiadas de oiro, pratas âmbar... as coraleiras
se policromam. Há marulhos delirantes.

O sol da Índia, o sol de rubis e diamantes,
de lendas e rajás, o sol da minha terra
veste-a, reveste-a, põe fúrias sobre a serra,
nuvens partem-se como os farrapos dum lenço
numa janela azul. Há um noivado imenso,
tlin tlin, sari na face e perfumes queridos,
a luz se frecha oblíqua, os mares são feridos,

113 Planta usada para tingir o cabelo.

deitam chispas, mais sóis, instantâneos cometas?
coisas do poente vão-se apagando desfeitas,
lutam o branco e o negro, o resplendor e a sombra,
crivos de oiro solar cruzam-se pela alfombra
que enrosca e alvoroça a imensa colunata,
– topos de verde bronze e pilares de prata –
E ao mesmo tempo a paz, essa paz que se quere
junto do nosso lar, que é uma alma de mulher
sozinha sobre a praia, a acenar-nos com o lenço.
Vertigem, uma forja o palmeiral imenso,
batem malhos aí, sopram, voltam tenazes,
estonteia-me a luz e os fumegantes gases.

Mais tarde o sol resfria; é delicado e doce,
prende-se ao arvoredo, ao ar, como se fosse
uma aranha da cor de pérola... Ai, tristeza
que se exala como um grito da natureza
e que passa por nós as faces beliscando...
Somos todos aqui Lázaros acordando
ao "vem a mim"! dum Cristo altivo e solitário.
Aquela tarde é como um beijo extraordinário,
a comunhão da terra em um altar bendito.
Vêm carros de carujo a rodar o granito,
e tilintam ao longe os guisos das boiadas.
Há velas de algodão no fundo azul pregadas,
levam a Mangalore e a Angediva fardos,
levam da nossa terra o coco, areca e nardos
mercadores de Goa... Agora as arequeiras
se perfilam no verde em trezentas fileiras,
claras, lisas ao sol, feitas de cantaria
de algum pagode antigo ou gótica arcaria
das grutas de Fingal. Ó Matéria, Ó Matéria,
o que és tu na ironia e a solidão sidéria,
és a sombra talvez dum perfumado Apolo,

um navio que dobra o silêncio do polo?
Mas deixemos a pena e a dúvida funesta,
– sentimo-nos tão bem no olvido da floresta! –
Caluda!... hão de apontar pelo oriente estrelas.
Deixemo-las partir chorando as caravelas
à inominada Ofir e as pálidas viagens
dos países sem termo e as noitadas selvagens
sem sol e sem luar, pelos reinos funestos.
Deixemo-nos ficar. Hão de passar, modestos,
os pastores com bois e muitas trigueirinhas
– quantas delas, então, com as foices sozinhas!
Hemos de ouvir tocar o Angelus na serra,
begarins a rezar, pardos por toda a terra.

Descamba agora o sol. O céu se entenebrece,
sobe uma aspiração extática de prece
do alto, dos palmeirais, das distâncias co' igrejas,
espumam no horizonte as formas sertanejas,
derrete-se, de cera, a massa dos basaltos.
Gritam na aldeia. Vem, com uns apelos altos,
trilos, pedaços de ai, ecos como segredos...
Parda dissolução morrente de arvoredos
no pêle-mêle bruno e fluido da folhagem!
Já uma estrela arde única na paisagem,
sem raios, esbatida, e como uma doente,
fitando alguém que vai partindo no poente;
e de ver, de fitar a estrela dolorida
nós cuidamos também que nossa alma ferida
é irmã dessa estrela a arder na imensidade.
O noite a aproximar, cinzenta claridade!
Ó verde bronze agora é como que lavado
de óleos... fumos do lar sobem o céu sagrado,
uma nuvem empolga o confuso horizonte
e concentra-se e morde a garganta dum monte,

enquanto no arrozal a viração flutua
sacudindo de luz as pontas da folhagem.

O céu desmaia ainda, alaga-se a paisagem
de tons de folha morta; os últimos delírios
esmorecem. Mas há no poente inda círios,
bruxuleiam num roxo aflito e em pedaços.
Sobem sentidos ais e esfumam nos espaços,
doces como um partir de aves em longo bando,
doces como na Sé campanários tocando.
Abençoado país! O sol posto se escorre,
nos poentes pastoris o Ângelus se morre,
o nenúfar se fecha e se abre a merenda,
a mansa a noite cai com o luar de lenda.
Eu vi nessa floresta, um dia, um cemitério
negro, como uma gralha, e de pé num mistério
uma cruz a me olhar. Eu vi-o, bem me lembro,
fora por um terral[114] maligno de dezembro
e a mortificação funesta do abandono.
Iam ali dormir um admirável sono
os simples, os ninguém que morrem pelas eiras.
Por eles nunca vinha agitando bandeiras
o orgulho de nação, nem tocava buzinas.
Mas chorava-os no abril a lua das ruinas,
padres iam cantar pelas tardes das Almas,
gentes iam levar as coroas de palmas
viúvas punham do chão três ou quatro velinhas;
sentadas no capim brincavam criancinhas,
mas choravam as mães, de úberes com leite.
No céu pardo ninguém. No alto dum minarete
só era um sino doido a gritar aos finados.

114 Vento frio que sopra em Goa de novembro a fevereiro.

Entraram na floresta os brandões inclinados,
padres, cruzes, o Cristo, a música sombria.
A campainha grita e enche a noite fria.
E chega ao cemitério o enterro, as opas roxas,
begarins co' o rosário, as cuecas, as tochas,
gentes co' olhos no chão, sob um silêncio agudo.
Foi então que se abriu a tampa de veludo,
e voltada pr'o céu que parecia absorta
todos viram com pena uma donzela morta.

Como se fora em sonho azulado partindo
para o país de Tule e as ilhas encantadas,
ia com mãos no peito, entre sedas bordadas,
num sorriso singelo os lábios entreabrindo.

Mas tão pálida, ai! sobre o seu rosto lindo
como fora o luar das luas descoradas...
era a imagem ideal das virgens das baladas,
triste sobre um terraço o trovador ouvindo.

Emaciado perfil de pomba e de criança!
Dir-se-ia que tinha ainda uma esperança,
que ia cheia de fé para uma nova lua.

Doía vê-la aí magrinha com uma ave,
o olhar cerrado ao meio e o sorriso suave
que Murillo pintou nos lábios de Jesus.

Soltas até ao joelho as tranças vigorosas,
presas à esquerda com um laço azul de fita,
vestida de setim co' elegância infinita
e no peito pregado um raminho de rosas...

Tão boa e medieval! Nas pregas graciosas
dum céu branco ela estava. A imagem bendita

tinha a resignação duma Virgem aflita
deixada no caixão com flores silenciosas.

Ia assim, ia assim ao tálamo gelado
como teria ido em noite de noivado,
receosa de amor, para o primeiro beijo.

Linda, vestida como ao casamento, linda,
morta. mas a sorrir, a dilatar-se ainda
numa esperança doce e um suave desejo.

Fitava-a com ternura o sombrio poeta,
e de vê-la sorrir também ele sorria,
batia os pés no chão, mas de boca discreta
nem palavra ao meio ou queixume partia.

Mas quem sabe que alta e lívida agonia
agitava a sua alma extática de atleta...
– ai, a alma da noite infinita e sombria
a dilatar-se toda em sua pupila preta! –

No meio do silêncio ele ficara a vê-la
como se fosse viva e estivesse à janela
quase a agitar um lenço ou acenar co' a mão.

Parecia querer, no meio da sua pena,
guardar no pensamento a imagem morena
e o sorriso de amor guardar no coração.

Todos estão de pé, e as velas e as bandeiras.
O padre canta então as preces derradeiras:
– Os que dormem no chão sem nome e sem memória
hão de acordar à luz e a sempiterna glória –
Responde em alta voz cantando e confirmando.
De novo diz o padre os céus invectivando:

Do fundo da minha alma eu vos chamei, Senhor,
apagai minha prece, escutai minha Dor! –
Depois deita água benta, asperge a morta, e ainda
diz por ela, voltada ao céu sombrio e lindo:
– Levem-te ao paraíso, os anjos, à Verdade,
ao seio de Abrão e a sagrada cidade,
Jerusalém...
Parou. Deixaram-na na cova.
Todos vieram vê-la, e tão magra e tão nova
vendo-a, sempre a sorrir, todos eles choram.
Mas deitaram-lhe terra e foram, não voltaram,
ela ficou ali sozinha e enterrada.
Podia vir do céu, roçando-a, a madrugada,
o clarim do entusiasmo, a música guerreira,
que ela não acordava. As suas mãos de cêra
com a cruz de marfim seriam sobre o peito,
sempre a dormir, no chão, não cansada do leito,
não cansada da paz e eterno esquecimento.
Mas em noites de Julho o solitário vento
que soprasse do monte havia de chorá-la,
uma rosa florindo havia de lembrá-la,
nas tardes estivais de fogo e de poentes
forjados de oiro fulvo e nos céus transparentes
havia de acender-se uma abençoada estrela,
– seria a sua lembrança ou talvez fosse ela –
Cai de novo o ciclone e atormenta a noite,
agora é como chuva, ardente como o açoite,
invasão do Timurs, barbárica vingança!
A terra toda como um navio balança,
alarga-se o terror como dentro dum poço
negro... É um frio feroz. No meio do destroço
fogem adives; caem nuvens em farrapos.
Rompe um feroz cri-cri de insetos, coaxam sapos,
relâmpagos põem no ar sangue, coisas estranhas
Mas aos poucos abate o vento das montanhas

e sente-se calor. Há fendas no oriente
de cobre mate e acre. Um vento dissolvente
nuvens e frondações dobra, apaga e empurra.
Agora toda a terra num cicio sussurra,
há lama, muita lama e charcos. Chove pouco,
miudinho, e o trovão pelo poente rouco
às praias com clamor marítimo recua.

Não rompe o Gate o crescente da lua.

Todos se foram já co' archotes e sombreiros,
bateram com as pás, bébados os coveiros,
foram, a assobiar, nas linhas dos valados.
Só ficou D. João com os queixosos barbados,
sua testa plebeia e pó na melena.
Em vão mordia o vento a sua pele morena
e em volta punha o céu todo o furor noturno
ele estava a olhar o solo taciturno
sem mármores azuis e torres de granito,
só com cruzes de pau, deitando ao infinito
como no desespero os veementes braços,
Palpou o balandrau, tirou flores com laços,
secas, e atirou para a cova cerrada,
palpou mais uma vez, não havia mais nada.
Então ficou a rir com um riso idiota,
num instante... bateu a terra com a bota
cresceu o olhar em volta. Era um silêncio forte,
só de pé no horror dilatado da morte!
todo molhado e magro... Avançou de repente
e com olhos no chão disse raivosamente:
Feri os pés pelos caminhos
atrás do teu enterro andando.
Ao pé da igreja fiquei gritando
uma hora inteira.
Cães me assaltaram uivando,

caí três vezes na rampa da cordilheira.
Olha! tenho as mãos feridas de espinhos,
não sei o que em mim se levanta,
sobem-me cobras à garganta,
dá me vontade de gritar?

Mas quem está aí? Quem bateu a porta?
Ninguém...
– hei de matar quem vier, hei de matar –
mas estás realmente morta?
dou-te a mão para levantar,
vem tossindo como outrora
amarela sobre o sangue de aurora,
magríssima, com febre ao sol posto,
com grandes olheiras no rosto,
ingrata, vem...

Mas tu estás completamente morta!
Atiraram às enxadas terra sobre o teu peito,
não podes mexer no teu leito,
estás morta, morta, morta...
Ó tempestade,
passa por minha porta,
atira-me também por terra.
Mas tu derrubas só os gigantes da serra...
ai que pena não ser um gigante na soledade!

Não te vejo magra e sepultada,
não te hei de ver nunca!
O que eu sinto...
que grande gralha com garra adunca
agarra a minha cabeça estonteada...
Não comi, arde-me estômago faminto.
E tu morreste,
não sentes frio ao vento do nordeste

não tens medo de ouvir o trovão broto,
do sentir a terra abalada.
Com pés calçados de botinas,
com luvas nas mãos pequeninas,
hás de ficar para sempre calada.

Onde hei de eu ir com o teu luto?
Eu não tenho ninguém,
tu eras a minha mãe –
A minha casa caiu com telhas em pedaços,
traves partidas levantam grotescos braços
para um silêncio de ferro,
gralhas vem poisar com maligna asa,
fizeram cones amarelos as formigas,
gente não passa por minha casa
pelas noites inimigas.

Acorda! já acabou o enterro.
Mas que milagre, já acordaste,
e vens andando com vestido de seda,
tuas botinas parecem pombas na alameda
o teu cabelo numa formidável torre.
Mas paras... por que paraste?
No silêncio que escorre
viste feras?
Sentiste frio?
e com duas mãos trigueiras,
a tremer ao pé das cordilheiras
estás a chamar me?

Já vou, já vou.
Mas eu sinto um medo grosso,
sinto medo até no pescoço,
dentro da barriga sinto medo,
– alguém está amarelo a acusar-me! –

Querem matar-me?
Ah, sim, matem-me no planalto,
ninguém há de ver-me no arvoredo,
cair no escuro como que em segredo,
cheio de sobressalto.
Mas morrer, sozinho, ao relento?
Ninguém...
Quem fecha os meus olhos, quem?
Quem solta por mim cabelos ao vento?
Ah, pena, pena, pena...
quando eu cair co' as pernas ao acaso,
olhos abertos e cheia de lodo a melena,
hão de ter medo de mim os coveiros,
Nos pálidos janeiros
hão de contar a minha história
como as lendas malditas
de ladrões, vagabundos e eremitas
de lúgubre memória.

Amanhã
há de o dia levantar-se como um toiro,
hão de andar bois nos terrenos alagados,
hão de levar em cautos pelos valados
sementes para as colheitas do oiro.
E numa igreja cristã
não hão de dobrar por mim sinos na torre.
Não hão de dizer a missa dos defuntos
padres com turíbulos agitando,
porque morro de fome.
E quando
for a festa na aldeia alvoroçada
ninguém há de chorar na madrugada
chamando por meu nome.

CAPÍTULO II

Corre a noite rancorosa, no cemitério cristão. Apega-se às coisas como visco, estila da folhagem, do musgo, de pontas de nuvens gosmentas, com frio mau.

A tempestade passou para a poente e está abalando o mar. Troveja no escuro longínquo.

O poeta está de pé, olhos botando no vago, desbancada a ossatura pelintra, a alpaca empapada e o chapéu pingando água. Olha com pescoço caído a cova cerrada, mãos forradas nas algibeiras. De repente:

O POETA

Só!
Livre como a lama e o sapo das casanas.[115]

Levanta olhos ao largo, conta lampiões que passam.

Lá vão comer arroz as cabeças humanas,
espera-lhes o banho, a urraca[116] das tavernas.
Levantam para o alto os vidros das lanternas
a ver se eu venho atrás? –
É o mesmo, pouco importa,
vim como um cão seguindo a minha noiva morta,
ninguém me viu atrás, entre pedras, de luto.
Duas horas fiquei, a olhar o enterro, bruto –
tomaram-me talvez por ladrão ou mendigo?
Mas agora despi o meu farrapo antigo,
eu uivo ao céu, hou, hou! Eu relincho e eu zurro,

eu trepo onde eu quiser, espojo-me no enxurro,
quebro, arranho; assassino. O que me tolhe os pulsos?

115 Segundo Dalgado, várzea à margem do rio.

116 Aguardente de palmeira.

Bamboleia com frenesi e apanha o peito com as mãos

O que tenho eu aqui... sobressaltos convulsos...
Creio que não comi. Creio que tenho fome.
Mas eu me sinto inchado, agora sou o homem,
tenho compridos pés, dentes, milhões de braços;
– se posso respirar! – quebrar todos os laços
de cera e de marfim da humanidade velha.
Quero gozar do eu com trombeta vermelha,
quem é que se me opõe no degredo da morte?

Segura, com mão nervosa, uma enxada dentre cacos
e ossos, atirada por coveiros surrados.

E se eu cavasse um pouco... A enxada curva e forte,
apanhava-a a dormir no caixão de veludo,
sim apanhava, ela! Ah, sobressalto agudo,
como é que ele me pôs mais porco que o Tibério...
Não manchemos a paz fria dum cemitério,
minha mãe dorme aqui, numa cova esquecida.

Fica a refletir, sobre pernas em compasso.

Agora deve estar a aldeia espavorida
sem ninguém no bazar, fechadas as tavernas.
Mergulham no escuro os bicos das lanternas! –
antes dormir aqui co' a minha noiva morta.
Mas que desejo doido e lúbrico me corta?

Bate com a enxada frenética nas raízes, nas pedras,
nas cruzes, derruba peanhas, atira com torrões ao largo.
Silvos de cobras cortam o escuro.

Já tenho o braço a doer, câimbras, maldita terra.

Aponta-lhe então sobre o grosso da folhagem qualquer coisa que lhe parece um grande mocho como de cinza e pardo a cabeça como largo martelo.

O MOCHO

O que procuras...

O POETA

Eu! (Mas que tambor de guerra).
Procuro tudo o que é, não sou livre no mundo?

O MOCHO

Não és para descer ao miserável fundo
onde aquele que cai dissolve-se na lama.
Lembra quem és...

O POETA

Eu sou... Ninguém.

O MOCHO

Alguém te chama,
está dentro de ti – à claridade. Escuta!

NEMO

Não posso. Atrai-me a noite extravagante e bruta,
meteu-se-me no peito, e espicaça e empurra.
Agora... não ouviste? Olha, é alguém que zurra.
– é dentro da cabeça – É tarde, já não posso,
eu sinto fome, sede, e torce-me o pescoço
não sei quê...Vou cavar.

Bate com a enxada em uma cova pequenina.

Parece alguém que grita,

terei ouvido mal? mas que noite esquisita...
(Desenterra uma criança que logo se põe de pé).

LULU

Vamos brincar?

NEMO

Brincar! Brinquedos, sinos de oiro,
eu vi-os a tocar no curvo poente loiro
quando vergava o arroz o vento das giestas.
Moças iam a rir, co' as manilhas honestas,
cheirava em toda a aldeia o pat dos seus cabelos.
Gentes punham as mãos, sobre as ancas, a vê-los
nos brinquedos junto à flor dos tamarindos.
Foram todos voando à madrugada lindos.

LULU

Olha, tenho um pião.

NEMO

Lindos, mas inconscientes?
O que é que me ficou para as noites ardentes,
de sua alegria como uma calhandra fresca?
somente a impotência e a raiva gigantesca
de não tê-los jamais um dia do futuro.

LULU

Então...

NEMO

Dorme, criança, ó pensamento puro,
– por que é que eu despertei uma saudade amarga? –

LULU

Mas que mau que tu és, larga esta enxada, larga...
estava aí tão bem – volta-me agora à terra.

(Cai da cova dando estalidos com língua gulosa).

NEMO

Também se sente bem no silêncio que aterra!

(Torna a cavar. Desenterra uma labrega sudente.)

MIQUELA

Ai, meu marido...

NEMO

Eh, nojo...

MIQUELA

E um dia nas salinas,
– não havia ninguém nas curvas clandestinas –
– tu deitaste por terra o meu cesto de sal.
Mordeste-me o pescoço, e agora achas-me mal?

Deita de comprido, com a cara colada à terra, grande rolo de trança mexendo-se no alto.

NEMO

Não me faças lembrar. O que fiz eu um dia?
A espojar-me na Forma, a Cor e a Melodia
fui por grossar ao sol tuas tranças com azeite.
Que cheiro e a traição dos úberes com leite!
Mas então o que eu sou, que animal dos matos,
que fico só na paz, com braços timoratos,
se não segura alguém meu gasnete com força?
Não sei que nostalgia excepcional me força.

Logo bate noutra cova, entre os espinhos. E um velhote de carcaça curva que se levanta, vesgo.

O BARBACOLA

Não sabes a lição, és como as pedras, bruto;
Não fazes ninho aqui, carregado de luto,
espera, já mandei pela sara e as formigas!

NEMO

Alto lá. Isso foi nas aldeias antigas,
tinhas com o açoite um sadismo selvagem.
– Inimigo do sol e os pardais da paisagem,
quanta vez me arrancaste a pele do costado! –
Aproxima-te agora, ó cão escanhoado,
vês? Não me faz fugir tua lembrança suja.

Bate-lhe no peito com o bico da enxada que o racha. A brecha parece uma janela, dentro o coração pendula.

O BARBACOLA

Apanhas...

NEMO

Nunca mais, coração de coruja;
devo-te a ti o meu covarde pensamento.

Roda sobre os calcanhares, tomado de cólera e ódio, e roda mais e mais, com insistência mórbida, como tocado dum tavão mau. Então vem-lhe à frente um vulto de mulher, de baetilha, plebeia, manilhas de prata de viúvas. Nemo fica a vê-la de beiços trémulos.

O que vejo, com os ais da trança pelo vento!

NIOBE

Meu filho...

NEMO

Minha mãe!

NIOBE

Vem, filho, ao meu regaço,
por que estás a cavar até doer teu braço?
Outrora ao repicar do sino e as ladainhas
à Senhora Santana, inocente tu vinhas
postas no peito as mãos morenas da criança.
Eu te falava então de infinita esperança,
não folheavas tu os livros muito grossos,
não batias na grade até doer os ossos,
não me fitavas com olhos que metem medo.
Ficavas entretido, horas, num teu brinquedo,
passavas ao poente as contas do rosário.

NEMO

Como é que eu fui então o rebelde e o corsário?

NIOBE

Não te chames assim, meu filho. Não sei como
cresceste acabrunhado, inquieto. Mas eu tomo
que foi um mau olhado. Alta hora, de repente,
punhas-te a assobiar, às vezes, como um doente,
dizias coisas tu em línguas esquisitas,
traçavas, no papel, caras feias, aflitas,
e deixaste crescer a barba e o cabelo.
E rezavas ainda a um Cristo morto, a vê-lo
dizias não sei que. Mas não ias à missa,
falavas em um Buda, a renúncia, a justiça,
mas rangias o dente e paravas ao meio.

NEMO

Mãe, eu não quero morrer!

NIOBE

Não! dorme no meu seio.

NEMO

Dá-me o teu leite então, branco no peito agudo.

NIOBE

Dou-te. Mas reza, sim? Quem pede alcança tudo
Mas tu não tens rosário, onde o perdeste, filho?

NEMO

Já o perdi, minha mãe, nas veredas sem brilho
onde perdi também o Deus que tu me deras.
Sou um pântano há muito onde bebem as feras
e onde há exalações palustres no dezembro.
E contudo ao terral pastoril eu me lembro
que eu tirava o chapéu dizendo – Avé Maria.

NIOBE

Reza a Ave-Maria.

NEMO

É fria, fria, fria,
a minha boca.

Solta um grito a mulher plebeia e cai de costas na cova que se cobre de algodão macio. Então Nemo:

Foi, já não vejo o seu pano,
não torce ambas as mãos loucas de desengano,
não diz coisas que a mãe diz só, e mais ninguém.

O MOCHO

Conhece-te e sê bom. Só a piedade tem
a verdade que é a força e a paz que é a coluna.

Aperta com travão a tua hora oportuna,
faze-te valer e bem. Guarda-te. Vê se esgotas.
Aprende a esquecer. Das mais loucas derrotas
aprende a extrair os triunfos vermelhos.
Se quebrares os pés, combate de joelhos.

NEMO

Esbaforido, suado, olhos vesgos, enresinados, mãos pendulando numa grande osga malfazeja.

Atrai-me a terra e o chão das grossas esterqueiras.
Porque é que eu estou só? Lindas carnes trigueiras,
pudesse-as apanhar na curva dum caminho!
Mas caluda...
Ela está mais doce do que o linho,
a dois passos de mim, com a laranjeira amada,
– tão boa no caixão, com uma cruz deitada! –
Quem é que me há de ver? E quem é que se importa
do glorioso trapo? Ó minha noiva morta!

Põe-se a cavar com bico da enxada maligna. Dá estalidos com língua gulosa.

O MOCHO
O que é que vais fazer, um sacrilégio estranho!

NEMO
Sinto dentro do peito um coração de estanho.

O MOCHO
Lembra as horas do bem, as procissões e igrejas.

NEMO
Mais vigoroso é o mal, com garras sertanejas.

O MOCHO
Hás de sentir na carne a ponta do remorso.

NEMO
Cai em gotas no chão meu generoso esforço.

O MOCHO
Lembra as horas azuis, doentias de saudade.

NEMO
É tão pesada a cruz violenta da Verdade!

O MOCHO
Não te vás afundar assim como um navio.

NEMO
Vou-me afundar talvez no pesaroso frio?
Mas quem sabe se foi uma mentira estranha
tudo quanto eu sonhei, alto como a montanha,
de honestidade e mel, ao pé das andorinhas...
– o que foram talvez visões de outrora minhas! –
Verga-me ao chão o Mal com um braço veemente

O MOCHO
Não caias sobre o chão inexoravelmente.

NEMO
Impossível. Eu sinto a vigorosa falta
de uma coisa perfeita e estranhamente alta
que devia levar-me ao azul e à vitória.
A minha vida escoa estupefata e inglória,
deixo em metade tudo, o completo não posso.
Não sei o que segura e torce-me o pescoço,
fizeram-me de ruim um animal anfíbio.

Nunca serei senão o pesaroso e o tíbio,
é tarde, a carne é feita, e já cantou o galo.

O MOCHO
Tu sentes ainda em ti um tempestuoso abalo.

NEMO
É só a febre, não é a criação altiva,
se levanto a cabeça à noite, pensativa,
não sei o que me verga o pescoço até à terra.
Sinto dentro de mim as trombetas de guerra,
as ânsias de fazer e desfazer, desejos
às vezes de orações, outras vezes de beijos!

O MOCHO
Olha aquelas que vem, deliciosamente.

São donzelas da aldeia, de bandos pretos e mantilhas. Voltam da salve à Senhora dos Milagres.

AS MARIAS
Vejam como ele está, mas estará doente?

NEMO
Onde foram então, a que igreja com velas?

AS MARIAS
Não vinhas tu a ver as raparigas belas,
atrás das procissões e as novenas, não vinhas?

NEMO
Que triste deus levado atrás de ladainhas...
– só a mulher redime as tardes de novena –

AS MARIAS
Uma sabemos nós, no pescoço morena,
tu ias vê-la a andar, com perfumes no lenço.

NEMO
Ó alma de mulher, suave altar imenso,
quando é que tive-o eu, estrelado de círios?

AS MARIAS
Pois a mulher não quere soluços nem delírio;
é melhor um palácio, um carro e um cavalo.

Deitam ao ar uma gargalhada e passam.

NEMO
Eu fui na vida arisca o pálido vassalo
do romance...? e a fantasia doída;
sempre tive a andar minha cabeça à roda
sem nunca me assentar numa ideia severa.
Agora onde eu estou? Numa noite guerreira
a procurar um fim que eu mereço da vida.

O MOCHO
Já sentes a tristeza imensa e compungida,
há de te libertar da febre e dos degredos.

NEMO
Quem nos há de contar os trémulos segredos
que um dia eu escutei sem Dor sem orgulho...

O MOCHO
Olha aqueles que vem com os sombreiros de Julho.

É um grupo folião, estúrdio do êxodo domingueiro de aldeia guitarrilhas pinçando, gumates[117] *de pele de talagoia.*[118] *Acodem em burburinho delicioso.*

NEMO

Onde é que vão vocês com pastéis e botijas...

MARTINHO

Tudo está a trasbordar, das grandes chuvas rijas,
– vem de ai, ó rapaz – no tanque dos oleiros,
veios de Cujirá, sangrias dos oiteiros
gritam ao S. João e riem que é um regalo.

MANO JOÃO

Temos pitéus, olé!

MARCOS

Vem de Pangim o abalo,
soldados foliões, carros com descendentes.

SEBASTIÃO

Mas tu não andas bem; o que tens, Dor de dentes?

MANUEL

Não tens nada, marau.[119] Chega o cajú antigo!

ADELINO

Vocês. deixa-os lá ir. Anda de aí comigo.

---

117 Instrumento de percussão.

118 Réptil semelhante ao crocodilo, cuja pele é usada para colorir instrumentos de percussão.

119 Patife, malandro.

NEMO

Mas que vida que eu levo, ó mocidade louca,
tonturas na cabeça e a saburrosa boca
e a Dor surda que rói a nuca e os artelhos?
– quem me dera o furor dos poentes vermelhos! –
olhai bem minha carne e o meu sangue amarelo,
os grossos begarins sentem nojo de vê-lo,
riem de mim ao luar as moçoilas robustas.
Mas porque eu sou assim pelas noites injustas...
e não tenho o fervor, a alacridade, a fúria
de vingar sobre mim a imortal injúria
que me atirou na vida assim como um aborto?

Partem os outros, com dedo sobre a boca. olhando de viés, como quem dá de face com um doido.

O MOCHO

Haviam de levar-te a um milagroso porto.

NEMO

Não sei. O meu destino é atacado de vírus.
Sinto em meio do sono arcabuzes com tiros,
vejo suspensa no ar como uma garra adunca,
e sempre, atrás, alguém diz-me ao ouvido – Nunca!

Põe-se vesgo, imóvel sobre pernas em compasso. A mão à garganta, como para apanhar um espinho acre. Aos poucos se acalma e sacode a cabeça.

Perdi-os ao andar no sol, e nos caminhos,
os meus dias azuis, com brinquedos e ninhos,
há trinta anos que ando a buscá-los em vão.

Dá com o punho fechado, acremente, sobre o peito.

Porque estás a dormir? Acorda, coração.
Quantas vezes, descalço, à beira de alagoas,
quando as adens se vão enchendo com suas loas
as montanhas azuis de longos ecos cheias,
eu ficava de pé no meio das areias...
O solposto picava os topos de palmeiras,
na várzea begarins regavam pimenteiras,
búfalos cor de lodo iam mugindo ao longe,
– e um pesar a cair com um capuz de monge –
No fundo em canaviais de espatas[120] ponteagudas.
mós puxadas de bois punham queixas agudas
sobre o crepuscular palor da natureza.
Ouviam-se canções pastoris de beleza,
colava-se a folhagem, ao nevoeiro, ao vento
a nódoa dum queixume. Horas de desalento
com flautas de pastor e mugidos na serra!
Alastrava-se a luz, como o azeite, na terra,
gralhas vinham de longe, as gralhas fatigadas
do longínquo terral nos Gates e as geadas
pondo sentidos ais pelo apagar dos montes.
E eu só, na areia, ao pé das lágrimas de fontes
Todo o universo me era inglório e escarninho.
Desde a infância longínqua eu vim pelo caminho
da insanciedade a abrir caminhos miseráveis.

Levanta olhos carregados de lembranças.

Cabeças de mulher! Ricas e invulneráveis,
cabelos a cair, e com betel a boca!
como a vê-las a rir sinto a saudade louca...
Eu sou um galgo, eu sou, os tratos sertanejos
eu vou para as colher, robustas nos festejos,

---

120 Tipo de folha pontiaguda.

ranis do meu pais, magníficas nas eiras...
– intensa tentação, lisas carnes trigueiras! –

Dilata olhos que se lhe rasgam os ângulos das pálpebras, e aponta mui sede má, criminosa que põe duras as papilas da língua. Então:

Vou ver se posso abrir a porta a uma taverna.

O MOCHO
Já se apagou há muito o lume da lanterna.

NEMO
Então quero minha noiva enterrada.

O MOCHO
O que é que vais fazer com a cabeça malvada?

NEMO
Havia de apanhá-la, ambas as mãos com luvas,
famoso é que há de ser, molhadinha das chuvas,
apertá-la e morder a sós num cemitério.
Tá dito. Vou cavar. Quando um luar funéreo
apontar pelo céu com dois cornos compridos,
com ela hei de dormir os dois pés estendidos.

Faz curvas rápidas no ar com a enxada, despedaça a terra e bate com o ferro sobre o caixão de veludo branco. Logo recua tomado de medo e pena.

O MOCHO
Que é que fizeste tu com um braço maldito?

NEMO
Que fiz, fi-la acordar? – Perdão! eu falo, eu grito,
– abri o seu caixão? – O que fiz eu agora?

– O que é que agarra a mim com mão aterradora? –
Fugir? Onde fugir? Se já não tenho casa...

O MOCHO
Vem, eu recolho a ti à sombra da minha asa.

NEMO
Não quero. O que és tu, obeso e sonolento...
Eu quero o ódio, a raiva, o perigoso vento
que derruba, ao soprar, os tetos e as colunas;
quero ainda partir pelo fogo das dunas,
insultar sobre a praia os altos pescadores.
– Que morram a meus pés as pequeninas flores.

Deita-se num ímpeto, mas esbarra com uma peanha de cruz, empurra-a, empurra-a ainda, cuida que vai longe, que chega à aldeia da terra. Vê, não há um candeeiro aceso, todas as portas estão fechadas, e tem cargas de espinhos no umbral.

Mas como é que é assim na aldeia de guitarras...
e aranhas e lacraus por toda a parte, garras
com pontas para mim... donde é isto. O que é isto?
– que desastre que deu, grosseiro e imprevisto!

Atira com pedras a uma porta cerrada, com gana.

Abra. Morreste já?
Morreu a aldeia toda.
Tanta vez eu ouvi cançonetas de boda
quando vêm begarins ao luar das veredas!
Soluçam de pena as lentas alamedas,
como o alecrim cheirava a flor do cajueiro.
e agora tudo está desgraçado e trigueiro: –

Dá costas a tudo, põe-se a andar com mãos atrás.

Tudo morreu. Só Deus existe, e está-me rindo,
já vejo-o, é lá, ai, atrás do tamarindo,
tem longas pernas, tem, e trepa tam depressa...
agora, já trepou, e levanta a cabeça.
Enganei-me, é uma aranha, um simples aranhiço.
– o que é que eu tenho hoje? –
É extravagante isso,
pombas caíram ao chão pisadas, todas mortas,
ratos andam a roer até os umbrais de portas,
tudo está a dormir um poderoso sono.
Nem mesmo um cão, um cão;

Vai às eiras de jagra,[121] *às fazendas de cana, os altos de eia de brindão,122 as noras dos arecais.*

Ó famoso abanono:
Ou fugiram de mim tal como de uma peste?
O que foi que passou com o vento do nordeste
e queimou tudo?...

Chega a um arco de ponte, com guardas de pedra.

Aqui, em noites de merendas,
vinham pelo verão com a costura e rendas,
de toropo e o bajú, as morenas da terra,
Tocava o carrilhão a Igreja sobre a serra.
Nós íamos correndo ao sol dos arvoredos,
nós púnhamos anéis de icle[123] para os dedos,

121 Açúcar de palmeira.

122 Fruto do brindoeiro, usado para sucos ou refrigerantes.

123 Hastes que suportam as folhas do coqueiro.

descíamos ao charco e à água das lagoas,
quanta vês a remar e a rir pelas canoas:
Que pena... já não há nem anéis, nem costuras,
oiço mangas cair como outrora maduras,
e o suranga[124] pagão deita fios de aroma,
mas ninguém â janela e aos terraços assoma,
tudo fugiu, não sei a que silêncio e o frio.
Eu sou sozinho aqui, sou um doido navio,
vou afundar-me, vou, acuda-me quem passa:

Fecha olhos com as mãos, mas logo põem-se a espreitar entre os dedos. Fica a monologar interrompidamente.

Um cavalo passou de febre e de desgraça,
todas coisas gelou, ninguém ri, ninguém chora.
Não vem com a trombeta entusiástica a aurora
sobre as ondulações sanguíneas do horizonte.
Chora como uma mãe a miserável fonte
a quem a morte levou um a um todos filhos.
Meus sonhos que sonhei, delicados junquilhos,
como os vejo no pó de loisas silenciosas.
Meu coração chegou carregado de rosas
à sua terra de outrora, o seu berço moreno,
um coração bateu, confiado e sereno,
as portas que ele cria amadas e macias,
meu coração achou todas portas frias,
seus parentes não viu, suas amigas belas.

Cava-lhe a testa um vinco meditativo

Terão ido à igreja a uma festa com velas?

Vai à igreja da terra. Encontra-a também fechada.

---

124 Flor de surangueira, segundo Dalgado.

Nem aqui, nem aqui. Até a lâmpada é morta,
onde foi o prior com a cerrada porta,
a quem levou talvez a Santa Unção nocturna?

VOX IN DESERTO

Quem lá?

Dá um pulo Nemo, que lhe torce um tornozelo.

NEMO

Como é? Que voz cavada e taciturna!

É um nicho ao pé da Virgem do frontispício, um monstro que se parece Águia, de garras e bico de aço, a boca rasgada num riso acre e sarcástico.

Ena, que passarão: e que bico, e que bico...
dá-me cabo de mim à certa, se aqui fico.
a boca é um rasgão, chega-lhe até às orelhas,
e está a rir-se com mandíbulas vermelhas.

A ÁGUIA

Mas que cara que estás a fazer-me, ratão...

NEMO

Tu não me fazes mal?

A ÁGUIA

Tens sempre medo, então?
E tu que vais aí, herético, moderno,
que não crês no diabo e que zombas do inferno,
que leste Schopenhauer, Spencer, Augusto Comte,
Pões-te a tremelicar logo que vês defronte
uma águia de Cuvier com bico e um par de garras.

NEMO

Nunca vi coisa assim.

A ÁGUIA

Poeta das guitarras,
vem aprender a rir. É sã a gargalhada
por todas decepções, guignon,[125] e a bofetada,
a ironia da sorte e a guerra do silêncio,
o erro da Justiça e o seu degredo imenso,
a hora da traição, a Dor da carne, o tédio,
somente a gargalhada é o único remédio.

NEMO

Não há coisas ideais, macias e sublimes?

A ÁGUIA

Só se veem ao luar, dobradas como os vimes
Mais alta, mais suprema é a santa gargalhada.

NEMO

E nada há de mais supremo e santo?

A ÁGUIA

Nada.

Então escurece muito, o ar se faz grosso como tinta e passam por toda a parte bandos de coisas perversas. É Timur arrastando crânios, e Herodes comendo crianças degoladas, Salomé nua apertando aos seios a cabeça de S. João lubricamente.

125 Infortúnio, calamidade, em francês.

Não há alívio. E no meio do destroço das coisas, crê Nemo ouvir um canto bárbaro, de cólera e Dor que passa tam alto, que enche o universo.

CANTO DA SOMBRA

Há uma casa profunda
e no meio um leito eterno,
em volta é a noite profunda.
Mas a casa, que traição!
é atrás do céu e do inferno,
na Infinita negação.

Vai para ela em naus veleiras
a Criação dolorida,
e volta com naus veleiras.
Mas, se não volta, se não,
é que ela esqueceu a Vida
na infinita Negação.

Porque é o Tempo e o Espaço
e a Criação sempre triste?
– que tristeza o Tempo e o Espaço! –
Em vez da Dor e a Paixão
porque não foi quando existe
só Infinita Negação?

CAPÍTULO III

NEMO

Todas as portas bati chorando,
nem uma porta deixou-me entrar,
– tantas estradas fui caminhando! –
todas estradas tinham espinhos,
caiam folhas nos meus caminhos,
em parte alguma vi o luar.

Rasguei nos montes minhas sandálias,
– ai como os homens ingratos são! –
deram-me espinhos – sonhava em dálias –
deram-me cardos – queria amores–
Por ter colhido botões de flores,
trouxe em pedaços o coração.

Foram-me os sonhos de águas levados,
– ai que naufrágio do meu amor! –
que eu punha neles os meus cuidados.
Ingrato é o mundo. Vou-me perdido
com esta pena de ter nascido,
com esta tristeza sem uma flor.

Todas as portas bato gemendo,
ninguém desperta, não vem ninguém,
todos ficaram adormecendo.
Também sofreram – estão cansados –
também choraram – estão calados –
ai quem me dera dormir também!

Interrompe-o um uivo alto, como de doze cadelas espancadas. Dá um pulo Nemo, sacode-se todo.

Quem uiva atrás de mim... Acuda! À loba, à loba!

É um vulto de mulher, de largo busto heróico, mas coberta de farrapos, ambos os pés em sangue nas sandálias. Tem numa mão um grande livro claro aberto, noutra uma pena com bico de diamante.

A VIAJANTE
Socorro! quantos vêm... Olha este que me rouba,
e dão-me com o chicote os coices de cavalos! –

NEMO
Não tenhas medo aqui! Olha-me, que vou matá-los,
Mas ninguém... Quem és tu, donde vens, ó estrangeira?

A VIAJANTE
Tu me conheces bem! Não sabes só em que era
eu comecei a andar selvagem nos caminhos,
quantos reinos passei e paisagens com ninhos,
pontes, casernas, mar com navios troando.
Tu me conheces bem, mas só não sabes quando
eu comecei a andar.

NEMO
E com sangre, com gritos
onde vais?

A VIAJANTE
Vou morrer. Mas olha como aflitos
são os que vem matar-me. Abala-os o meu busto,
têm medo do meu braço intensamente justo,
deitam breu no meu livro e as páginas de oiro.
Se soubesses que vai... as sandálias de coiro
que me dão sobre a cara e me apresentam punhos,
que martírios sofri por duros testemunhos
proferidos de pé, cercada de inimigos!
Dia a dia é mais grossa a mentira. Perigos

que eu não previra nunca, apontam, braços doidos
puxam-me a trança. Eu sinto a derrocada. Todos
me espiam, vêm-me dar vinho, dinheiro e frutas,
sou pior que a alcaiota[126] e as gordas prostitutas.
Vou morrer.

Cai estenuada. Nemo acode-lhe num pronto, puxa-lhe pela língua, torce-lhe o cabelo. Mas o corpo da estrangeira se esfria aos poucos. Então:

NEMO

Sei quem és, grande alma feminina!
Mas tu estás a morrer... A tua pena divina
feria lume, abria, amendrontava o mundo.

A VIAJANTE

Não posso mais, adeus.

Os braços se lhe encolhem com tal força, que se fixam em cruz sobre o peito, e aí o grande livro flameja como o sol. No mesmo instante um túmulo de pedra azul velada de oiro se levanta sobre o corpo da morta, coberto de Inscrições e legendas. Pasmado fica Nemo defronte do prodígio.

NEMO

Num túmulo profundo
dormiste com as mãos e com os pés consagrados,
Não mais hás de correr os reinos devastados,
campos santos, o mar e as cidades nocturnas.
Não mais hás de gravar nas horas taciturnas
tua palavra séria.
Eu cria em ti, ó morta,

126 Alcoviteira.

horas azuis ficava a minha alma absorta
a pensar na tua sombra a projetar-se imensa.

Ia baixar o pescoço meditativo quando sente alguém defronte de si, andando cautelosa. É uma figurinha de biscuit, dedo de marfim, coberta de dalmáticas e perfumes sagrados.

VIRGO PACÍFICA
Tu crês? É tam gentil ter na vida uma crença...
Vem ao meu boudoir, meu palácio na Haia,
vem ver desembarcar os Césares na praia,
com palavras de leite e taças para mim.

Ia seguindo, fluida, quando rompe um estrondo de Shrapnels,[127] vozes de comando, patas de cavalos.

Onde é o canhão que avança e o toque de clarim?

Nem chega a voltar a cabeça, ela, que é varada por trinta armas ferozes. Corre um rio de sangue.

NEMO
Apanhei eu também no peito vinte balas?
Mas donde esses canhões, clarins e trompa em alas,
para matá-la em um triz, com dalmáticas linda!

Um túmulo se forma sobre o cadáver, de alabastro lírico, com bandeiras brancas. Nemo se adianta para se prostrar, quando mãozinha de veludo lhe poisa sobre o ombro, e uma figura rococó, de religiosa sonâmbula lhe segreda baixinho.

127 Peça de artilharia do século XIX, que explodia lançando bolas de metal.

VIRGO PURÍSSIMA

Sentes-te mal? Eu tenho uma esperança ainda.
É aguda como a lança a Dor do pensamento!
mas não chores, Romeu, vem tu ao meu convento.
Que paz na hora morta... O lírio desfalece
em jarra de cristal, sobe do coro a prece
com o incenso e harmónio. É bem-feito, consola,
Dá-se aos pobres, depois, à portaria esmola,
joga-se meigamente aos dados, pela tarde,
enquanto a vela ao pé do Sacramento arde,
e a sineta badala. Oh, vem ao meu convento.

NEMO

Santa Teresa és tu, meu puro sentimento.

Vai ajoelhar a seus pés, quando sacode a Virgem uma grande rameira de cabelo... mazelas à coxa e a pele roída de pústulas clássicas de cobre.

TURRIS CARNI

Eis a traição com a touca, a corda e o hábito preto!
Ela matou um dia o coração de Hamleto,
afugentou Simeões, encarcerou Marianas.
Vastas moças com sangue e ancas soberanas
levou aos cantochões, chorosas de seus noivos.
É ela que vai meter dentro da carne goivos,
ela estrangula até os que ainda não nasceram.
Mata a infanticida!

Ataca a Virgem com tal gana que prega dentes no seu Pescoço e arranca a carótida. Cai estrebuchando a religiosa e ao morrer procura em vão fazer com a mão direita uma cruz na testa.

O MOCHO

Aqueles que morderam
o pão da lama, são teus filhos, prostituta;
levantam se aos milhões com a carcaça bruta,
andam no escuro, são penosamente magros.
Que pena vê-los vir com orelhas de onagros,
chapéus a cheirar mal, cuecas, sapatos rotos!
Tu já lhe deste o pão da lama dos esgotos,
dá-lhes a herança agora, as pústulas de cobre.

Alastram as chagas no corpo da meretriz. que tudo se junta em uma gangrena larga, resplandecente, Então deita ela a tugir largando um cheiro fúnebre. Um túmulo cor de rosa pálida se levanta sobre o cadáver da religiosa Nemo ajoelha e soluça.

NEMO

Já não sois. No silêncio um túmulo vos cobre,
ilusões do meu ser. Na palidez noturna
eu vos sentia andar; minha alma taciturna
acendia por vós as lâmpadas de azeite.
Eu vos via apontar, brancos seios com leite
sobre o luto da luz mailas paisagens negras;
cantavam então em mim bicos de toutinegras,
estendiam lençóis lavandeiras[128] macias.
E não sois, já não sois sob os túmulos, frias
já não abris o olhar, brancas ilusões mortas.

Aponta no fundo uma procissão estranha. São donzelas magríssimas, de olhos opacos, faces de cera, cercadas de papagem,[129] turíbulos e candelabros.

128 O mesmo que lavadeira.

129 Do papo ou da papada.

A PRIMEIRA TÍSICA

Já não posso com os pés; andei todas as portas:
"a quem bate em uma face a outra se ofereça"
eu dizia fazendo uma antiga promessa
dum reino que não é do mundo certamente.

VOX IMMUNDA

Vitória ao que produz o pulha e o decadente!

É tal o choque da voz ferralhada[130] *e repentina que cai como um murro sobre o peito da tísica.*

A SEGUNDA TÍSICA

Das laçadas do mal eu salvei S. Jerónimo,
que milagres eu fiz no grande mundo anónimo!
Agora estou doente. Adeus, ó noites claras...

E cai também, desfeita num punhado de trapos.

A TERCEIRA TÍSICA

Olhai, rija, fiel, por cima das tiaras,
tronos, dominações... olhai minha balança.
Pesa a justa até um grão, um monte e uma criança.

VOX IMMUNDA

E o rei, e o sapo e o nada!

NEMO

É trovão... mas que duro!

VOX IMMUNDA

Larga esta gerigonça. O mundo está maduro
para aturar lamúria aos estupores tísicos.

130 De ferro, metálico.

Um safanão bruto dá com a balança no chão e a tísica também, achatada, deitando golfadas de sangue. Logo desponta balançando uma figura bárbara.

ZARATUSTRA

Vem outras, mais e mais, com os pés metafísicos,
São tábuas sem valor e os títeres do mundo.
Sê antes um sultão, um mariola rotundo,
rouba, mata. destrói.

NEMO

Tenho a cabeça louca,
que figura de ferro e a desabrida boca!
Donde é que tu me vens, da Pérsia ou da Germânia?

ZARATUSTRA

Eu não sei se da morte ou da força espontânea.

NEMO

E tens trazido ao vir mais tábuas de valores?

ZARATUSTRA

Se tudo anda no fio... Atrás do azul, das flores,
há só ossos, carvão e cinzas apagadas.
Nada fica de pé nas rudes debandadas!
Mas tu que és índio e tens o sangue do gentio,
vem lá ver uma festa, um cortejo bravio.

Partem, saltando valetas. Cai uma chuva de pedras que esmaga tudo. Nemo volta-se cada vez a ver túmulos que esfumam no vago. Topam com um cortejo resplandecente e largo.

NEMO

Famosa procissão! Há brâmanes aos centos,
vão dançando e levando os seus deuses sangrentos,
e batem no tambor e nos bombos com fúria.
Sempre a ideia de um deus é um tavão de luxúria!
Mas para trás, depois do troço vagabundo,
são dois rajás que vêm.

Dois velhos velhíssimos, feitos de milhões de ossos cobertos de brocados, de alto a baixo. Levantam-se:

ORMUZD E AHRIMAN

Olha os ossos do mundo.

NEMO

Mas assim, é um horror.

ORMUZD E AHRIMAN

Que horror! Como a aranha
a criança inteira a nossa carne apanha,
tudo o que sobe e desce, o centro, o fim, o meio,
tudo o que foi e é vive no nosso seio.

NEMO

Mas pode ser assim?

ORMUZD E AHRIMAN

Somos o laço forte
que prende a morte à vida e prende a vida à morte,
só nós somos a ação, só nós somos a origem,
– a faísca da Dor e a curva da vertigem! –

Mas cai-lhes por cima que não se sabe donde.

A ÁGUIA

Sombras, voltai à sombra. O fenómeno é tudo.
Todo o existente vai consciente e sisudo
na própria evolução. Não há forças estranhas,
não há o Bem e o Mal abalando montanhas,
não há Forma nem Cor, Aroma ou Noite ou Dia.
É perpétua Ilusão que as existências cria,
duma parte é o Nada e da outra o Movimento.
Sombras, voltai à Sombra.

Dá-lhes com bico sobre os crânios que os parte como dois grandes cocos. Caem ambos por terra feitos em cinza os ossos, levada dos ventos.

NEMO

Dispersou-os vento,
mais vastos do que o mar e as cabeças gigantes.
Mas o que eu valho então, o que é o meu ser pequeno?
– Que tristeza, meu Deus e a taça de veneno!

Fica frenético, pulha. Salta-lhe um olho da órbita. Põe-se oblíquo, larga pinotes desenfreados.

Em que é que eu fui parar? Em peixe? Em crocodilo?
Tenho rabo a torcer? Como as cobras sibilo?
quem é que dentro em mim espuma e bufa e sonha
Sou eu ou não sou eu? Que dúvida medonha!

A ÁGUIA

Cala o bico, animal eternamente triste.

NEMO

Mas o que é isto, o que é? Não viste, não ouviste?

A ÁGUIA

Crescendo de repente com curvo bico sarcástico.

Conheço-te também... Há anos, milhares de anos
que te vejo a andar com febre e os desenganos,
varrido como a areia imensa dos desertos.
O que é que tu não és nos séculos abertos!
César, génio e rajá, proxeneta e lacaio...
por ti ulula o sol formidável de maio,
por ti é o mesmo luar, por ti o arroz das eiras.
tu és o único fim das poderosas eras,
tu és tudo o que existe, o mais é palha e fumo.
Tu és pelo universo o navio com rumo
Nero, Hierão, Timur... a Providência obscura
leva cruzes por ti em tardes de amargura,
entre povos chorando e ensanguentadas lanças.
Diverte-te, rajá, bota-te *chic* nas danças,
e depois morre e vai parar com o crânio e as canelas
para o inferno ou céu, casarões com janelas
que tu criaste a rir, fumando e aos arrotos.

NEMO

Socorro, ó meu país, o sol e os grandes lótus!
Que noite onde eu parei feita de lama e tinta?
– Ai meu crânio –arder e a barriga faminta! –
E cães atrás de mim, mas quantos cães... socorro...
E não posso mexer, se fico aqui eu morro,
mas eu quero viver, acudam-me, piedade...
– Eu nunca fui assim? – Eu não sou eu? Quem há de
levar-me pela mão ao pé de uma alagoa?
onde é que está o Deus profundo que perdoa?
Socorro, ó meu país, ó madrugada antiga!

Tenta fugir, mas as pernas se lhe engrossam, se tornam de chumbo lorpa. Então fica a tremer como tomado de sezões. Então com grandes asas abertas.

A ÁGUIA

Homem, contempla as eras,
cobertas de crateras,
acossadas de feras...
Diz-me porque elas vão
em um raivoso bando
e um choro miserando
ululando, ululando.
– Extinção! –

É o maelstrom. Ventos galopam sobre vassoiras de Mefistófeles. E do topo do Himalaia desce a Caravana de Miséria, como escória dos esgotos.

OS DESERDADOS

Eh que dias de sangue, eh grandes noites pretas!
Não há um grão de arroz no fundo das cheretas,[131]
fazem glu-glu no ventre a torcer as entranhas.
Ó terra com carvão, e cinza nas montanhas...
Onde é o arroz e o caril nas folhas de figueira?
Onde mugem os bois ao pôr do sol na eira
e trazem o gergelim, em cestos, dos planaltos?
Ninguém nos quer à porta esfomeados e altos,
dão-nos com pontapés à entrada das aldeias.
Ao pé de uma cidade, abaixo das ameias
feriram-no com paus e os tiros de arcabuzes.
Muitos foram ladrões e espetados em cruzes,
outros foram morrer atirados às águas
com pedras ao pescoço.

131 Casca de côco, usado para fabricação de colheres.

Vem a eles com avental de flores e pés finíssimos.

SANTA ISABEL

A todas vossas mágoas
trago neste avental o pão desfeito em rosas.

Assenta-se debaixo de um Arco do Triunfo e põe-se a distribuir mancheias de pão a toda a humanidade esfarrapada e esfomeada. Mas os Banqueiros passam de ventre gordo, e suíças clássicas, empunhando canetas e cheques. Vêm em longos automóveis.

OS BANQUEIROS

Aponta a bancarrota. As estações manhosas
já caem na estagnação. Todos fundos em caixa.
Letras? Penhores? Nada. O valor baixa, baixa,
a caridade absurda é um perigo imenso.

OS FILANTROPOS

Dá-se aos pobres somente o que cabe num lenço...
– o que vai um ceitil e a ponta dum charuto! –

A ÁGUIA

Que lérias[132] vai pregando o egoísmo astuto,
que vai encarecendo a letra dos cartazes...

Então rompe um conflito marau com sova e as navalhadas. Barrigas se fendem deitando tripas fora, há ruídos secos de ossos pesados, choro de crianças calcadas aos pés. Nemo deita a fugir por uma esquina torva, através de mansardas. Crê-se salvo ao pé dum alpendre de igreja. Olha em volta, dá, com um bando de velhotas, de toucas

132 Conversa astuciosa para iludir a boa-fé de alguém.

esfiampadas[133] *acochiladas sobre degraus, com rosários e bentinhos.*

AS COMADRES
Devemos enfeitar sua trança com lilazes
quando vier para nós cautelosa e sozinha.

NEMO
Cheira a alcaiota. Mau. Mas quem a dama rainha,
que esperam passando os terços no rosário?

Topa com salafrários pinçando guitarras brejeiras

OS PANDILHAS
Olhem que que não chegou à cata do seu Mário,
erguendo a saia chic, mostrando a liga um pouco,

OS ESCROQUES
Poço! Já se tarda a beata.

OS MENDIGOS
Então, finge-se rouco,
vara-se o olho esquerdo ou salta-se em muletas,
e ela põe bagalhoça[134] a farta nas cheretas.
Juntam-se casacos coçados, saias pulhas, carapuças

OS VADIOS, VEGETAS, RAMEIRAS, ALCAIOTAS...
Comer à tripa forra,
– ti-ra-li, ti-ra-ló –
mandar o mais à borra,
– ti-ra-li, ti-ra-ló–

---

133 Desfeitas em fiapos.

134 Dinheiro.

Ai que tinda vidinha
Olé...
Já vem nossa rainha,
Olé...

NEMO
Quem esperas, ó povo em uma cidade escura?

OS VADIOS
Uma noiva com rouge e fitas na cintura.

NEMO
Talvez Santa Isabel?... Morreu despedaçada

E um ingranzéu[135] vinhoso, torpe, inominado.

AS RAMEIRAS
Leva-nos, ó seu homem, às pedradas da calçada
onde caiu chorando a dama cor de rosa

Partem em alas chués, aos tombos babando. Encontram de baixo do Arco do Triunfo o cadáver da Santa.

A POPULAÇA
Ó mamã, ó mamã, tu vinhas cautelosa
com botas de setim. Embuçada, nas vielas,
conheciam-te até os gatos e as cadelas.
Tu gostavas de ouvir as longas ladainhas
mas depois pelo som das guitarradas vinhas,
dar tabaco e o cognac aos estúrdios papudos.

135 Grande barulho, vozearia.

Formam cortejo andrajoso, choroso como o mar, e levam para um tumulo de argila parda o cadáver em postas sobre o qual desce uma grande aurora palpitante.

NEMO

Tudo cai sob o pó dos vendavais agudos.
Imensa confusão, desordem infinita,
tudo o que sobe e cai, anda dorme ou palpita,
vai a rolar sem fim numa vertigem estranha,
– não há paz no mar nem no ventre da montanha! –
Bem disse não sei quem: "tudo é cinza e ferrugem"
o que é que resta mais? nem o fumo e a penugem
que em tardes de verão sai da palheira ao vento.
Tudo quanto me aponta é frio e lamacento,
a virtude e a paz, almas, glórias doiradas,
vejo-as todas levar o vento das levadas.

A ÁGUIA

Vem de ai, ó rapaz, ver uma ópera bufa!

Arrasta-o pela gola a um grande anfiteatro natural, como o circo de Gavarni, carregado de gentes de todos os tempos e de todos os países. Sobre a plataforma avista Nemo, um fundo de bruma e dó, um cadafalso elevado, donde pende uma mulher enforcada em meio, baloiçando témida. Corvos apertam-se sobre os braços da forca esperando que a vítima expire. Então é o diálogo trágico.

O CADAFALSO

Chega a escorva ao canhão e o meu tambor já rufa
nas casernas leais proclamando vitória!

A VÍTIMA

Maldito sejas tu, e a ensanguentada glória
que há de queimar-te a fronte, manchar-te as bandeiras.

O CADAFALSO

Nunca mais, nunca mais, sobre as torres guerreiras
hei de ver apontar teu candelabro de oiro.

A VÍTIMA

E tu, entre as nações, hás de semear o choro,
ao vir da madrugada, ó semeador maldito.

O CADAFALSO

Já vais morrer. Eu sou a testa de granito,
coroada de fogo. Olha-me, ó moribunda!

A VÍTIMA

Sinto tudo a vergar. O universo se afunda,
numa cova de leões... Salve, sombrio Herodes.

O CADAFALSO

Em vão, ó desgraçada, os pés, e as mãos sacodes...
não hei de consentir que te deem sepultura.

A VÍTIMA

Obrigada, ó verdugo. A criação futura
virá ao pé de mim com bálsamos chorando.

O CADAFALSO

Mas eu hei de açoitar os que vierem quando
eu for na criação o único nababo.

A VÍTIMA

Não serás, não serás. A tua maldade, ao cabo
há de gerar no mundo um fruto vingativo.

O CADAFALSO

Jamais! olha-me agora, eternamente vivo,
vou afogar-te, deita a língua para fora.

Aperta a corda com fúria que as vértebras do pescoço estalam e salta para fora a língua enorme, roxa.

É um alarido louco. Abutres caem sobre o cadáver, o canhão ribomba e passa a tropa insubordinada.

NEMO

O que foi, minha mãe na noite aterradora!

Deita a fugir, mas apanha alguém que abraça sem tino.

A MENDIGA

Larga-me, vou partir. É tam perto o inferno...

A ÁGUIA

Vitória ao Capital, o pai do Bem eterno!

Logo apanha outro vulto que lhe dá um largo pontapé.

A RIQUEZA

É tudo falso, o pão, vinho, rupia ou nota,
são falsos os quadris, falsa a liga da bota,
tudo está podre, tudo é o canard e o artificio.

A ÁGUIA

Vitória ao Capital, o úbere do Vício:

NEMO

Lama, contradição! Quem me livra do mundo?
Afoga com ambas as mãos o teu ventre fecundo.

Então Nemo, torcido de hidrofobia, morde, arranha, empurra e espatifa tudo o que lhe sobe em volta, forma figuras e visões estranhas. Mas outras se levantam, símbolos, figuras, carcaças. Por fim depara com um túnel por onde enfia, com joelhos dobrados.

NEMO

Escapei-os talvez? Mas que afogão tudo isso...
– ou estarei eu como um porco-espinho ou ouriço? –
não sei como atentar a quanto sobe e espuma.
Mas agora é a paz confidencial na bruma,
vou cair numa esteira e dormir toda a noite.

O MOCHO

Hás de sentir mais duro o virulento açoite
de tua própria descrença e tua própria maldade.

NEMO

Então pela pranchada e a desordem quem há de
dar com a rota da paz e o milagroso porto?

Escoa mais longe, por um buraco absolutamente negro.

Escapei-os, bufé. Creio até que ando morto,
– estou a baloiçar assim como um navio? –
agora que eu não oiço um ai, um grito, um pio...
Olé... mas quem me pica? Ai que são bichos, ei-los,
levam-me (já morri), são pardos, amarelos,
minha carne, são eu... e crescem, vivem, lutam,
fornicam-se, lá vão, voltam-se a mim, escutam,
já são mais grossos, safa! E já lhes nascem patas,
trombas... vão transformar-se em grilos, em baratas,
trepam caules de pat, folhas de madressilva.
– até neles a Dor com um grande apito silva! –
Então não morro nunca? E a minha carne é tudo
o que rompe, o que rasga, o palmeiral agudo,
a pedra e o lagarto? E tudo se transforma,
a pata é asa, é fruto, é uma lúbrica forma
de carne e de floresta... até andam elefantes.
Todos voltam se a mim com as mãos delirantes,

agradecem-me... Agora, agora esta figura
que parece de mono? Ela é a minha amargura
e tem no coração cravada doida lança.
Ó Tomaz, Ó Tomaz, tua aguda vingança
desaba-a sobre mim, mata-me de repente.
Fui eu que dei-te o ser, ó triste ser sofrente.

Fecha os olhos com ambas as mãos. Não quere ver. Mas os seres se lhe metem entre os dedos, beliscam, fricam,[136] *fazem cócegas. Então Nemo, desatinado:*

Não vão do meu terror com prantos e muletas,
também meti coração com línguas inquietas,
e se encostam a mim como sapos videntes.
– Mas não serão talvez só os meus pensamentos
pendurados no ar, assim como as harpias?
Onde é que agora estou? E em noite de agonias
eu seguira em caixão de virgem muito pálida;
de volta me perdi em terra muito pálida
onde é só a vertigem, a desordem e a pedrada.
Ainda, se eu pudesse atinar com a estrada...
mas por onde... Que país, macabro e imprevisto!

A ÁGUIA
Sofreste como o Buda e o pesaroso Cristo,
Tu mereces agora a piedade e o repouso.

Leva-o para um país sem forma, sem cor, sem luz sem noite, sem frio, nem movimento. Ao fundo é um vasto Castelo de Silêncio, de portas escancaradas.

136 Pode tratar-se do verbo fricar, que significa esfregar em castelhano.

NEMO

Sinto desfeito em paz todo o meu ser queixoso.
Que país, que país como uma lua morta...
Castelo de Silêncio! Onde é a sentida porta
para entrar e subir ao teu longo terraço?

Aproxima-se. Avista alguém, frágil e feminino escoando com pé finíssimo sobre veludo vegetal.

Alguém anda no azul, leve como o sargaço.
É tam lindo sentir, à distância, macio,
um vestido de renda, à tarde, no pé dum rio,
A beira das marés o canavial vergando!
Que suave mulher sobre a cinza rezando...
rezasse ela por mim.
É tam baixita e fria!
– minha noiva não é, comprida a Ave-Maria –
É outra no jeito e o andar, pesarosa e serena.

VERA

Tam cansado que vens, sinto uma imensa pena.

NEMO

Sinto o meu coração cavado e insatisfeito.

VERA

Tenho no meu Castelo um solitário leito.

NEMO

Ó noite, o teu Castelo é um túmulo de gelo.

VERA

Escorre paz e mel do meu longo cabelo.

NEMO
Que saudade tenho eu de lânguidas baladas...

VERA
Coitado, ainda não tens as duas mãos maceradas.

NEMO
Noite, consolação, que lindo o teu pescoço!

VERA
Atrai-te ainda a febre e o luto do destroço.

NEMO

Com um vinco na testa e um longo sorvo de sensualidade.

Travam se dentro em mim coléricas batalhas.
Não posso, sinto atrás gritos negros de gralhas
cidades vêm por mim e torres com bandeiras,
passam ventos azuis nas tardes de Setembro...
Que coisas virginais, transparentes que eu lembro!
Não posso, adeus visão morrente de repouso,
que direi? É tam fluido o teu país, não ouso
subir trinta degraus moles do teu castelo.
Um dia hei de voltar cavado e amarelo
varrido do trovão e desespero de aço?
Espera-me com as mãos magras no teu terraço.

Então no horizonte que se chumba, o Castelo do Silêncio se dissolve em um fervor de ondas, de topos, de cristas ululando ao céu acre. Nemo crê ouvi-los, todos.

OS SÉCULOS
A torre é forte. Um dia os persas amarelos,
com escudos de coiro e joias nos cabelos,

vieram delirando. O assalto foi profundo,
mas foram a chorar vencidos pelo mundo,
e não voltaram mais.
– Cada um era um crente –
A torre é dura. Um dia os senhores feudais
sonharam no castelo um sonho impenitente;
com o aço da armadura e as fileiras cerrada
vieram conquistar em marchas desmanchadas
a torre de aço a olhar o trágico poente.
Mas senhores feudais todos adormeceram,
– cada um era um crente –
A torre é alta. Um dia Abderramos vieram.
"Nós somos do país do triunfo", disseram,
levantaram à torre as vastas cimitarras,
mas abutres cruéis de vingativas garras
encheram o país tão soluçantemente..
– Fugiram Abderramos
com o corarão ardente –
Só um dia, de noite, e das praças infames,
foram Poetas de Paz com as liras fanadas,
deitaram para o ar coplas desenganadas,
– cada um era um descrente,
caiu a torre ardente! –

Aponta sobre o topo de Torre Negra o perfil de Vera pequenina, pálida com bistre[137] nas olheiras. Ajoelha e grita.

NEMO
Ó virgem, ó lua morta, ó Noiva extraordinária,
porque é que tu estás cravada nos espaços!
Levanta-se por ti meu coração de pária,
olha, ajoelhei no chão, ó mulher solitária,

137 Fuligem amarela.

estende para mim os pesarosos braços.
O que é que olhas tu? Soluças sobre as ondas?
– minha estrela do mar que és tam consoladora –
Esfumam a teus pés as coisas hediondas,
vejo as tuas faces, são duas luas redondas,
e tua testa, no meio, é uma longa aurora.
Não te mereço eu? O meu peito é lascivo?
Quem me cravara em ti, ó Grande Cruz de Oiro! –
Tenho demais na vida o coração cativo?
Como hei de redimir o meu ser sensitivo,
trepar ao pé de ti num pensamento loiro?
Abaixa o teu olhar levantado e distante,
– tam lindas tens nas mãos a arder duas estrelas! –
grita em meu peito a Vida, a cobra sibilante,
não tenho p'ra matar-me um gesto triunfante,
tuas tranças a tombar o que farei por tê-las?
Ensina-me a ser teu, ó Noiva consagrada,
– dá-me a descrença aguda, o pensamento é louco.
arranca do me peito a Vibração malvada. –
Onde é para os teus pés a pequenina escada?
por onde eu devo ir subindo pouco e pouco?
É silêncio. Tudo se esfuma, se encinza, desaparece.

Nemo toma a ver o cemitério da aldeia, covais humildes. A seu lado é somente o Mocho, de asas caídas, rosnando preces, soluçando bênçãos...

CAPÍTULO IV

O MOCHO

Estás doente,
queima-te a alucinação veemente,
vês monstros, bichos, aranhas,
tuas ideias engrossam-se em montanhas.
bate aí absurdamente o mar
Que nuvens passam lascivas
com cabeleiras vingativas
na fuligem crepuscular!

Coitado...
tinhas o coração recortado
dum lírico sofrimento;
e fez-se cinza tua liberdade sofredora,
e tua energia criadora
levou-a em gritos loucos o vento.
– Não te acusa o ser dum vasto crime? –

Se ainda fosses o forte...
mas tua vontade verga como o vime,
sentes a fascinação fraudulenta da morte
sobre a reação insistente da vida.
Trinta vezes a tua alma se levanta nas eiras
trinta vezes cai rota nas bandeiras
com a asa ferida.
Já alvorece. É a hora de trabalho,
desperta!
A luz canta à janela aberta,
deita mãos balsâmicas o orvalho,
agitam cabeleiras vivas as giestas,
a luz sangra no céu loiro,
chove no topo das florestas.

Levanta, cavador, sacode a juba,
derruba
a Dor na Criação absurda e miserável,
fá-la um doce, lírico tesoiro,
uma vibração criadora e saudável.
Tens nas tuas mãos mágicas o teu destino,
homem, diabólico e divino!

Olha a glória
andando sobre as montanhas,
cavando a terra até às entranhas,
– é tua! –
Baixa os olhos da solitária lua,
– é de realidade feita a História –
É homem o que rosna e luta
com o pedaço roto de uma espada,
com as cinzas da derrocada,
com uma idea resoluta.
O que é consciente e sério,
que visa um fim com entono e assomo
que é nas turbulências das ruas como
a ponta dum mistério.

Tua alma é tam crescente lunar
feita de desespero ensanguentado;
tens de descrença o coração deitado
sobre um colérico mar.
Que trágica torre do teu orgulho
Cai a chuva macilenta de Julho
sobre todos os teus desejos,
dentre sonhos, vinganças e beijo
não saber em que optar.

NEMO

Não ouviu nada, que ficou a olhar a terra mangnamente.

Custa apanhá-la. É grossa, é estunida, a terra.

O MOCHO
És ainda o javardo a chafurdar na terra?

NEMO
Está linda, a dormir, duas mãos como rolas.

O MOCHO
Numa ladeira brusca e sem alívio rolas.

NEMO
Nunca lambi sua carne a um crescente de lua.

O MOCHO
Mata o corvo! Era santa a antiga alma tua.

NEMO
Mato-te a ti, vilão. És o sacrista à certa.
Donde é que tu me vens, duma janela aberta
sobre o pátio ou saguão de grossas ladainhas?
Ela tem a pose e o chic das pálidas rainhas,
é pena seja só um nadinha trigueira.

O MOCHO
Tem pena do seu seio, e a flor da laranjeira.

NEMO
Deitada no caixão suavemente branco?

O MOCHO
Para trás, para trás, testa de saltibanco!

NEMO
Cala te aí, vilão, ou te racho os miolos.
Eu cá não sou do pano e a zurrana de tolos,
eu quero o regabofe. Ao vir da meia noite,
quanta vez eu senti a ponta dum açoite
no pescoço plebeu, e despertei a bruta,
– e desejei a mais hedionda prostituta!

O MOCHO
É isto o que colheste à lâmpada do estudo?

NEMO
É o mal na Criação um monumento agudo.

O MOCHO
Mata dentro de ti o corvo miserável,

NEMO
Mais poderosa é a carne ardente e insaciável,

Cava, esgaravata, mete o nariz dentro da terra, num crescendo de eretismo no sádico e chué.

Nunca cavei assim uma, tão doidamente.
Só uma vez, ao vir de asa do poente
sobre a curva do mar, e velas desmaiando,
senti um desejo em mim, violento e miserando!
O que é que isso foi nas horas de tristeza?
Lembrança dum amor perdido na devesa,
a glória, a ambição, as coisas surpreendentes,
uma doida ilusão visionária dos crentes?
– Foi a ânsia excepcional e enorme da Verdade! –

Era uma nostalgia aguda, a ansiedade
de penetrar o fundo, o íntimo das coisas,
de agarrar com as mãos os sóis, as nebulosas.
De conhecer a alma e a carne do infinito.
Que horas que passei com o orgasmo maldito!

O MOCHO

O que é a Verdade?

NEMO

Nada.

O MOCHO

Então regressa à Vida.

NEMO

É tarde. A catedral já me caiu ferida.

De repente se inteiriça tomando de contractum clónico,[138] *leva as mãos aos olhos. Vê trinta ou quarenta vultos, metidos em sacos, dois buracos no lugar de olhos e nas mãos uma acha a arder. Grita.*

Sobre uma estrada negra e sem luar o que é isto?
Com pés de bode vem um berreiro imprevisto,
lançados dum tavão e dum sadismo bruto,
– fechados que eles vêm com os sacos de luto? –
cheira tam mal, tam mal sobre as cabeças sujas...
Fazem bru-bru, glu-glu, assim como as corujas,
e buscam não sei que com o fogo das lanternas.
E eu não posso fugir com chumbo sobre as pernas!
Socorro! É para mim que vêm pelo caminho,
que pena que eu estou numa noite sozinho.

138 Convulsões.

A procissão desaba purulenta, com fúnebre nojo.

OS NECRÓFILOS

Nós somos, Barrabás, somos uns certos
atacados de histéricas visões.
– nós andamos sozinhos e cobertos –
Pela alta noite e os litorais desertos
ataca-nos a ponta das paixões.

Nos imos acordar as altas damas
trazidas com o latim e os cantochões
– ai cheiro pastoril nas moles camas! –
o que não vai então, soberbos dramas
sobre o veludo mole dos caixões.

Em vão nos chama a longa terra ardente,
são pequenas grandes comoções.
– bate o açoite no lombo inutilmente –
Só nos atira ao chão perpetuamente
o cheiro e o esplendor das corrupções

Duvidas, Barrabás, estás calado...
vens sentir as mais doidas sensações
– é tão belo cavar no chão! –
e morder no pescoço descarnado
à forte luz das achas e os brandões...

Vem, acode também, é hora de festa,
tocam a meia noite os carrilhões.
– há tanta carne moça na floresta! –
Hás de, hás de ver que nada resta
depois das mais agudas violações.

Cercaram Nemo com sacos hirtos, pulsos tesos, ao ar agitando brandões. Carlos V está á frente, estatura mural e braços de Hércules. Estendo um grande saco de dois buracos e uma tocha amarela.

CARLOS V
Toma o manto real dos Mignous e os Templários!

NEMO
Destemidos que são, com braços temerários!

CARLOS V
Toma na mão esquerda a tocha de Aladino.

NEMO
Em que poço caí, por mal do meu destino...

CARLOS V
Que belo cantochão, pega-o com força e canta.

NEMO
Quem me acode da terra antigamente santa?

PANURGO
Eu! do país que tem os bordéis em Soburra.

NEMO
Para um deboche monstro e absurdo quem me empurra?

Arrastam-no os necrófilos à depravação trágica nas sepulturas. No meio da gritaria ele cuida ver o cadáver da noiva morta. Atacando de vertigem tenta tocá-la com dedos lascivos, quando ouve uma palavra macia "Perdão", então cai extenuado.

O MOCHO
Vem ao repouso e à sombra, alma feita em pedaços,
eu te levo do mal no frescor dos meus braços,

deixa a depravação e a estridente mentira.
Volta ao velho trovão sagrado de tua lira!
Eu te posso sarar, firma-te no meu peito,
há em nos um poder espontâneo, direito,
dobra-te à intuição, não te fies na prova,
pergunta ao coração o que aprova e reprova,
afirma-te sem olhar, sem trepidar, que seja
num banco de oficina ou um altar de igreja.

NEMO
Quem pediu-me perdão?

O MOCHO
Foi ela. Eu vi-a quando
tu uivavas como um cão. Morta, estava chorando.

E Nemo chora copiosamente. Vai-lhe o delírio como corvo negro. Então cheio de fadiga começa a monolagar sobre os motivos suavíssimos da sua vida.

NEMO
Era o Agosto na aldeia linda
do meu país,
– ai, que saudade que eu sinto ainda!
Tinham nascido flores e galhos,
e eram relvas cheias de orvalhos,
havia flores
de muitas cores
no meu país.

Alvorecera
Por todos cantos do céu doirado,
ia tal pompa, que se dissera
ser um noivado.
Partiam riscos de azul e prata,

palhotas de oiro,
um topo alto que era loiro,
outro mais alto que era escarlata.

É muito longe, nos horizontes,
nuvens partiam, na madrugada,
como os nababos de Alahabada,[139]
com trunfas de oiro nas suas frontes.
Ai que cortejo!
Se fecho os olhos cuido que o vejo.

E o mar, o mar,
dos pescadores, dos navegantes,
dos navegantes, dos marinheiros
e das piedosas, pobres amantes
que ficam longos dias inteiros
à beira mar
a ver quando eles hão de voltar,
o mar das brancas conchas colhidas
pelas Teresas e as Margaridas.

Chuvas partiam em caravanas
mas muito ralas, mas muito ralas.
torres esguias, para chamá-las
dir-se-ia que iam subindo ao céu.
E das choupanas
também partiam fios de fumo.
– fumo de lares, ardente incenso,
sagrado fumo partindo imenso,
seguindo o ramo
também do céu.

139 Allahabad, cidade no atual Uttar Pradesh.

Vem o rei alto, Rao Bahadur,[140]
que vem montado num elefante,
como uma estrela sobre o turbante,
        – príncipe Artur –
        benfeito sol!
a ver as noivas todas fechadas,
pelas palmeiras todas guardadas.
        Lagoas brandas,
        as Arjansandas
        enamoradas.

E os nenúfares como seara,
        como lençol,
os nenúfares adormecidos.
Prendem os patos que vão garridos,
tal como as barcas e as caravelas
duma regata que é branca e rara,
        e são colhidos
dentro da rede toda de estrelas.
E na paisagem é a gargalhada,
e sol, as aves, mailos pastores,
        a ver as flores
com a regata toda parada.

Na torre alta é a Ave-Maria,
        sobe e irradia
sobre o longínquo líquido e loiro...
parece benção a melodia
        a benção do oiro.
O dia bate sobre o basalto,
no azul celeste resta uma estrela,
        está tão alto,
parece que ora quem põe-se a vê-la.

140 Título honorífico concedido pelo Império Britânico da Índia.

E muitas fontes
a soluçarem por muitos montes,
os montes verdes como esmeraldas,
com as espaldas
brunidas, quentes no azul e o oiro;
partem os ventos, abrem lilazes,
rompem êxtases,
cheiro de gazes
imorredoiro.
Abençoado foi esse dia,
por toda a parte uma alegria
desordenada.
Passou-me há tempo, foi-me levada
tal como o vento leva a fumaça,
mas a lembrança trago-a escondida
como se fosse
o único sonho da minha vida,
e é tam doce
que não me passa.

Eu vi-a longe, na madrugada,
a virgem simples, cheia de rosas,
as mãos magrinhas, silenciosas,
pondo-as no peito toda assustada.
De todas coisas
pequena e pálida,
como a crisálida
dentro de rosas, imaculada.
Na terra verde nasciam lírios,
cantavam sinos, cantavam aves,
quantos diademas
de luz e gemas...
E suas faces muito suaves
tal como as tochas, tal como os círios...

Jesus! que pena
vê-la de faces como de cera.
na primavera,
moça e morena!

O sol sorria, sonhavam cravos,
vinham aromas de crisântemos,
partiam altos, de campos bravos,
gritos supremos.
Ardiam sonhos e aspirações,
iam subindo por céus eternos
soluços ternos
das conceições.

E ela tão pura, com flor's na trança,
meu sentimento
minha esperança
em um momento!
Colhia flores de mogareiros,
guardava-as todas junto do seio,
beijava rosas pelos canteiros
tal como as fadas beijam nas lendas,
com a boca fina como as merendas
aberta ao meio.

Mas ai que pena
minha morena...
magrinha e pura, magrinha e doce,
de mãos miúdas, como rainha,
lendária a tare, lendária tinha,
como de lírios fanados fosse.
Minha esperança,
meu sentimento,
– em um momento –
a virgem simples de negra trança.

Mas de repente fitava o que?
com os olhos altos
de sobresaltos
que nem eu sei...
Quem ma levava pr'os céus suaves
com asas brancas feitas de linho,
tal como as pombas, tal como as aves,
– que amor, meu Deus,
tão invisível no azul dos céus! –
Depois voltava trémulos olhos
com tal carinho
para as giestas, para os abrolhos
que eles ficavam iluminados.
Cheiravam campos, cheiravam prados
a rosmaninho.

Enfim partiu-se de cassa e rendas
como se parte nas caravelas
aos mares altos cheios de lendas.
Levou meus sonhos, lírios e estrelas,
a virgem rara;
soltaram gritos, peitos de rosas,
senti as queixas de águas queixosas
que batem praias em noite clara.
Pelo caminho
fiquei sozinho
ao ver somente todo o palmar,
em vão buscando-a, moça e morena,
como quem busca cheia de pena
nuvem distante perdida no ar.
Foi-me tão longe peito magrinho!
Não vi em tardes muito vermelhas,
não vi seus olhos noturnos lagos,
seus lábios cheios de mel de abelhas.

Talvez doente,
em desalinho
levava os passados lentos e vagos
cansadamente?

O que era ela?
vela de cera, longínqua vela
cortando um fundo doido de mar?
Virgem das tendas,
entre soluços, entre merendas,
que eu sempre via, que eu sempre via
sobre uma curva da fantasia
como uma hóstia dum triste altar...

Lembra a primeira confissão de amor, chagada e trémula na curva dum poente milagroso. Ela estava de azul ao pé dos tamarindos da sua aldeia.

O POETA
Eu vos quizera dar rosas brancas, senhora.

MORENA
Rosas? Não sei se devo as aceitar agora.

O POETA
Então a vossos pés deito-as para as pisardes.

A MORENA
Coitadas! que remorso hei de eu ter todas tardes!

O POETA
Só desde que vos vi eu rezo a Ave-Maria,
e fico-me a chorar a sós desde esse dia.

A MORENA

É monstro que não crê em Jesus e sua Mãe,
– ao usardes, senhor, hei de sentir tam bem! –

O POETA

É que vos lembro então, e vossas mãos suaves,
– meu pensamento vai voando como as aves –

A MORENA

O que é que tenho eu que merece cuidado
tenho a tristeza e o meu vestido é desbotado.

O POETA

Perdoai-me, senhora.

A MORENA

É nada o que falastes,

O POETA

Devo voltar um dia?

A MORENA

Eu não sei bem se errastes...

O POETA

No caminho, senhora?

A MORENA

Adeus, é muito tarde.

O POETA

Minha saudade como uma lâmpada arde,
esperai, esperai ao pôr do sol ainda...

A MORENA

Só quero a minha vida, é solitária e linda.

Outra lembrança chega, com tumulto pastoril. E ao pé duma fonte, dentro de arecal, verde negro, noras chiando, gritos de pegureiros. Morenas banham-se à distância, ela vai descalça colhendo brindão maduro.

O POETA

Não como, não dormi, fico sentado à lua,
o que estou a fazer? Quem sabe... nem eu sei,
como uma vela passa a lenta imagem tua.
e um poema já fiz dos sonhos que sonhei.

A MORENA

Para tanto sofrer que motivo eu dei..

O POETA

Estou louco talvez? Eu não sei o que sinto.
– tracei numa parede a tua imagem a carvão –
não te quero ocultar que ando pobre e faminto,
tu és cheia de graça e eu tenho coração.

A MORENA

Meu Deus, o que é que eu fiz? Eu vos peço perdão.

O POETA

Não tocava sequer a tua mão de faiança,
– que pena tenho eu de não te ver sorrir! –
Cada dia me vai morrendo uma esperança,
mas outra logo vem, com rosas a florir.

A MORENA

Minhas amigas, chut! Agora vou partir.

O POETA

Não vás, não vás, não vás. Atende, espera, escuta!
O que eu quero dizer? Mas nada... onde é que vais?
Tens medo? tens razão, sou uma fera bruta.
Como eu choro por ti... Não voltar nunca mais!

A MORENA

Se sabem que estou cá, hão de ralhar meus pais.

O POETA

Boa como o luar, como o poente, a praia,
– que vertigem me dão os olhos largos teus! -
– se eu pudesse tocar a ponta da tua saia! –
Que fizeste de mim? Eu acredito em Deus.

A MORENA

Sou magríssima e má. Sinto vertigem. Adeus.

Parte bruscamente.

NEMO

Foi-me com busto esguio, frágil de estatueta,
deixou-me a soluçar de sua visão lendária,
não me acenou sequer com a mão involuntária,
perdeu-se na floresta a longa trança preta.

Trezentas noites de aço, ao pé da lamparina
fiquei a desfiar sua saudade amarga,
– aceitava o mangal a tempestade larga
dentro de mim passava a Haideia pequenina.

Quanta vez, ao florir dos arrozais macios,
quanta vez ao partir das boiadas nos montes,
e quanta vez ao pé das solitárias fontes
quantas pelo terral franzindo os longos rios,

ela, só ela, sob o sol dos plenilúnios,
na tristeza estelar e as penas ao relento,
dentro do coração com um vinco ciumento,
pela vida vergado e velho de infortúnios.

Adorava-a chorar, no pescoço morena,
dissera-o tanta vez com dois olhos chorando,
quando havia de vir desesperada, quando,
dizer-me que também sentia imensa pena?

Era um dia de Abril na igreja sobre a serra,
tinham crucificado um pesaroso Cristo,
escorria o terror do Stabat imprevisto,
– estavam de mantilha as donzelas da terra –
E debaixo da Dor das tochas amarelas
ela estava também, o meu amor magrinho.
posto no chão o olhar piedoso como o linho,
– sonolenta rani no meio das donzelas
– tam santa estava ela o rosário passando!
Uma sede eu senti, como uma garra adunca,
nunca a havia de ter, tão perto de mim nunca;
aproximei-me então e fui-lhe murmurando:

O POETA
Só tenho a ti, não tenho mais ninguém.

A MORENA
Cala. Se ouve alguém...

O POETA
Volve-me um olhar somente.
Todos os dias no poente
soluço com voz morrente
teu nome melancólico como o mar.

Quando toca o Angelus reverente
ponho-me a rezar.

A MORENA
Abafa, faz calor, abafa.

O POETA
Pelo Cristo morto e sua Mãe,
não me vás também.
(Que terrível Stabat, safa!)

A MORENA

Deitando olhos no ripanço, a esmo.

Miserere mei, Deus.

O POETA
Compaixão dos lábios teus...

A MORENA
Misericordiam tuam...
Sete bandeiras negras flutuam
dentro do meu coração.
És donzela e és morena,
hás de sentir suave pena,
hás de sentir compaixão.

A MORENA
Que grande foi, meu Deus, o meu pecado.

O POETA
Pecado tu, mais pura do que a água?
Hei de ser teu escravo lendário,

não te hei de tocar com a ponta de uma mágoa,
com um sonho temerário.
Mas que tens... vais branca como a cal.

A MORENA

Fazes-me mal.

Cai em delíquio[141] *amarelo, amarela, no meio de gentes acudindo, lançando ao poeta olhos violentos.*

NEMO

Fugi na grande noite cadavérica.
– encontrei com furor todas as coisas –
Vinha saindo a procissão colérica,
o Cristo morto e tochas silenciosas.
Não havia ninguém nas várzeas secas.
– onde eu corria com aflição tamanha? –
ao cricri dos insectos nas charnecas
e a lua que subia uma montanha?
Vi morcegos com voos agoirentos,
– segui sozinho aos solitários Gates –
caíam sobre mim amargos ventos,
– e que gritos de morte e de combates! –
Quem se importava do distante pária?
– abalava-me o ventre estranho medo –
E na noite de lua solitária
eu dizia ao partir ao meu degredo:
A lâmpada sagrada que eu sentia
com bico de oiro a arder no pensamento
morreu-me de magoado sentimento,
apagou-se-me uma linda fantasia.
Ó luz que eu vi piedosa como o dia,
quem ma levou com um sopro fraudulento!

141 Desfalecimento.

Em vão levanto ao céu o meu tormento,
bebe-a com fria boca a terra fria.
Agora não me resta um só desejo,
tudo caos sem um sorriso, um beijo,
está desfeita em cinza a mocidade.
Mas é bondosa a minha desventura;
no desengano e o mal que me tortura
acendeu-me outra lâmpada – a saudade.
Nem uma flor pela tristeza intensa,
– é um morto sol a minha mocidade –
Faz pena ver cair na soledade
uma ilusão em que se sonha e pensa.
Em vão enxugo a lágrima suspensa.
– se chove sobre mim! – Quem pode e há de
guardar sagrado o lume da piedade
sentindo sobre o peito a noite imensa?
Florescem cactos ao luar profundo,
quantos caminhos maus! Não há no mundo
um asilo amado de esperança e fé.
Feliz do que na noite entristecida
esquece as glórias vãs, a terra, a vida
põe os olhos no céu, e espera e crê.

Parte mais longe pela rampa dos ursos e as serpentes. Não topa com ninguém no seu degredo. A noite escorre com a lua de marfim velho. E ele soluça dentro da alma desenganada.

Vêm como nuvens lentos desenganos,
– e a lua cai no mar – quem mo dissera
que eu iria colher na primavera
a morta flor dos desgraçados anos...
Sinto o tédio dos bárbaros tiranos,
morreu no coração minha quimera,
só resta a pena íntima e severa

que torturava os Césares romanos.
O meu tormento é solitário e louco,
desço os degraus da sombra e a amargura,
esgota-se-me o ser a pouco e pouco.
E só lembro, ao partir na soledade,
que não tive na vida uma ventura
e não terei na morte uma saudade.
Mas eu perdoo e esqueço. Envolto em linhos
vou enterrar o meu pesar profundo ;
– esquecer, perdoar, são dois caminhos
que nós temos piedosos pelo mundo –
Em vão partimos lentos e sozinhos
por alcançar o eterno azul sem fundo,
que voltamos por cardos e os espinhos
com feridas no peito gemebundo.
Só feliz o que esquece e o que perdoa
por ela vem a morte suspirando
pôr sobre a fronte uma imortal coroa.
Morre-lhe então o obscuro sofrimento,
porque na vida sempre amargurando
só a morte é o perdão e o esquecimento.

CAPÍTULO V

Calor colérico de abril, poeira em pastas sobre a folhagem, bafos de forja nas ondulações sanguíneas dos Gates.

Nemo vai sozinho, sem sombreiro nem alforge, com bordão de bambu, botas cambadas, colarinho amassado, colete pelintra. Topa no alto com uma estátua clássica de Buda, de mão estendida e olhar parado.

NEMO

Bhikkhu,[142] eu vi-te um dia em um Dharmapada[143] antigo,
a olhar-me com um olhar profundamente amigo,
ao pé dum dagobá[144] com túnica amarela.
Na noite, minha mãe acendera uma vela
a uma Santa Ana velha, em um trono assentada.
– E eu coloquei, Bicxu, tua imagem magoada
defronte da velhota, a vela branca ardendo –
E agora, sobre um monte, o teu busto tremendo
sobe no meu degredo – uma lâmpada preta! –
O que me apontas tu pela noite inquieta,
que desgraçada paz sobre a cinza do mundo?
Tu me lembras talvez o pesaroso fundo
das jornadas com sol, as noites desgostosas,
das luas, das marés e as praias sequiosas
perpetuamente ao céu o repouso pedindo?
Existe então o asilo e a flor do tamarindo
caindo sobre o azul das solitárias fontes?
Que me dizes, Bicxu, sobre o alto dos montes...

Meneia a cabeça desenganada, debaixo do ídolo.

142 Monge budista ordenado, mas neste caso referindo-se ao próprio Buda.

143 Texto ou doutrina budista.

144 Stupa ou pagode tibetano.

Nem tu, nem mesmo tu conseguiste a verdade.
Ao pé do Muro Negro e a Pálida Cidade
que tu entreviste ao fim de viagens noturnas,
nem tu pudeste entrar nas curvas taciturnas
onde é o Silêncio Certo e a tristeza das coisas.
– Que medo sinto eu de noites pavorosas! –
Eu não tenho ninguém, Bicxu, não sei por onde
hei de levar os pés, e ninguém me responde
por toda a aflição do sol e do granito.
Quem me dirá porque é o universo maldito,
porque é a Vida, o Tempo, o Espaço, a Imensidade,
– porque é o desespero estranho da Verdade? –

Volta o pescoço bruscamente a um galope de cavalo impetuoso na rampa e dá de face com um Belzebu esguio e mau sobre a sela de cavalo negro. Vem hialão, de fraque e polainas, que Nemo recua de pasmo.

Cavaleiro, quem és?

DR. X

Um que vai pela estrada.

NEMO

Não sei como apanhei aguda bofetada!
Cavaleiro que vais, à noite do caminho
queres levar alguém?

DR. X

Ando sempre sozinho,
rajás gritam por mim, plebeus, duques, sultanas,
levantam-me nações imensas mãos humanas,
ajoelham a meus pés, pedem p'ra vir comigo,
– gostam todos de mim, do fogo e do perigo! –

NEMO
Leva-me. Eu sou... Ninguém.

É agora o desconhecido que recua de espanto e do imprevisto. Deita olhos como faiscar ao pobre esfarrapado.

DR. X
Mas és Ninguém, tu dizes?

NEMO
Como o farrapo, a lama, a ponta das raízes
que se dá com o pé e a sola de sapatos,
– e está triste o Ninguém na solidão dos matos! –

DR. X
Onde nasceste tu?

NEMO
Sobre uma fria esteira.
a uivar como um cachorro, e uma noite inteira
afogado na gorja, um cordão sobre o embigo.
Nasci no meu país, estrangeiro e mendigo!
Quanto tempo eu andei roído pelos ventos
atacado da Dor, de males virulentos,
esguio como um pau, o cabelo medonho...
Desde a infância eu fui a carcaça dum sonho
aos baloiços num mar de indecisão e frio

DR. X

À parte, cofiando malevolamente as guias do bigode.

Mais um a naufragar, assim como um navio,
sem saber que eu o levo atado ao meu cavalo.

NEMO

Só tu deitas em mim um invencível abalo.

DR. X

Queres tu penetrar o Mundo, a Vida, a História?

NEMO

Que estranha perspetiva e estranha trajetória...

DR. X

E tão simples andar entre as metempsicozes!

NEMO

Sempre gostei da pompa e as grandes apoteoses.

DR. X

Vem cavalgar na sela alta do Movimento.

NEMO

Qual é o vosso nome, estranho sobre o vento?

DR. X

Tantos nomes tenho eu... Não tenho um nome escrito.

NEMO

Tomado dum medo que lhe esfria a boca do estômago.

Quem foi que eu encontrei, consagrado ou maldito?

Galopam os dois pelo Tempo e o Espaço. Chegam à madrugada ao país dos Faraós históricos. E sombrio e colossal ao pé do Nilo azul, com deuses e povos levados ao silvo de chicotes.

DR. X

Sobe o umbral antigo e os degraus de obeliscos.
Olha os magos girar, sentados sobre discos
de gnomos como anéis, olhando os longos astros.
– Que estranhos rituais, as criptas e alabastros! –
Olha os Apis pastando e as Ibis silenciosas,
é fúnebre, é pesado o pó de todas coisas,
é enigmática a letra estranha de escrituras.

NEMO

Cavam lagos na areia e longas sepulturas,
põem esfinges com a cara estática ao deserto.

DR. X

Pela infância do mundo é tudo negro e incerto.

NEMO

Jesus! mas que furor sádico na paisagem,
estala no ar seco o chicote selvagem,
puxam pedras de mós homens como cavalos

DR. X

São do deus Faraó os crédulos vassalos.
– Ei-lo que vem chegando, os palanquins, tambores,
o país ajoelha! –

NEMO

É lindo: sobre andores.
Descem em multidões as donzelas trigueiras,
moços vem a dançar com a seda das bandeiras,
há Anúbis, padres, bois... incensam no horizonte.
– E a liteira que vem é alta como um monte –
quantas rainhas traz, sobre os ombros levadas...

DR. X
Prostraram-se no chão as gentes chicotadas.

NEMO

Olhando o Dr. X desconfiado e Intrigado.

Mas como é que eu andei os séculos voltando?
Trouxe-me ele só. Mas como foi e quando?
Mais forte do que o Mal e o vento tempestuoso?

QUEOPS

Levanta-se sobre o andor de nacar, carregado de insígnias bárbaras, levado sobre ombros de trezentos sacerdotes.

Eu sou o deus. O Nilo é o escravo queixoso
Que vem atrás de mim com o lodo e as cataratas.
O Egito é o meu escarro. As gentes timoratas
deixam por mim Tifon, Ápis, Ísis, Osíris.
Povo com a testa ao chão! Nas torres que erigires
coloca a minha múmia estranha e imperecível.
Depois da morte até será a lei invencível,
o meu desejo grande, assim como um deserto.

Rompem trombetas por todas as ondulações do país antigo. Depois rompe um alarido doido de escravos, prisioneiros em massas chicotadas ao largo.

NEMO
Sangue, Dor, sacrilégio!

DR. X
É certo, é mais que certo,
que o homem é o infinito.

NEMO

E não haver um braço
armado dum punhal, na noite dum terraço
não derrubar no chão os déspotas malditos.

DR. X

Adoram-nos nações mailos povos convictos.

NEMO

Não há forças no ar e os postes levantados,
gritos de soldadesca, os tronos desabados,
não há revoluções sangrentas e profundas?

DR. X

Não tocam em um deus as gentes gemebundas,
antes morrem por ele os olhos levantando.

NEMO

Que tristeza, meu Deus, os séculos dobrando!

Regressam taciturnos pelo delta do Nilo.

DAMON

Sobe a maré violenta! Agora é a Pritania.[145]
demos vão a chegar das pedras da Acarnania,[146]
os conchas do Pireu, quem sabe. até os ilotas

CYLAS

É tudo palha e o pó, Clístenes, patriotas,
os cidadãos da eclésia, os rufos de tambores.

---

145 Divisão temporal na Grécia Antiga onde se sucediam pritanos a cada mês.

146 Região da costa oeste da Grécia.

– e sentados no Pnyx[147] quinhentos senadores –
Eu voto contra o demo. O Pisístratos antes,
a violência que aperta os povos inconstantes,
voto pelo terror e as lanças mercenárias.

DAMON
Guarda-te, Cyles, tu, de conchas temerárias!

Atravessam os propileus da Acrópole, topam com grupos plebeus, caras do vulgacho. Tremem de as ver.

MEGACLES
Ó nobreza de sangue, as túnicas com ligas...
que belo, ao pôr do sol, picar com as aurigas,
pela Acrópole e o Pnyx, os tipos de cavalos!

CLEÓMENES
Nos somos a nação, podemos derrubá-los.

CALIAS
É nossa a Ática branca e livre ao pé das ondas.

CLEÓMENES
Ainda temos nós seis mil conchas redondas,
podemos exilar Iságoras e Hípias.

CALIAS
Fora a constituição, senado, oligarquias...

CLEÓMENES
Honra então pelo demo antigo e independente.

147 Colina na Atenas antiga, onde se reuniam assembleias populares. No original está Pinx.

Chegam ao Pnyx. É a sexta pritania. Começam os debates, estéreis e vãos. Grupos ardem ao longe.

PÍTIAS

Eu quero a Sparta em pó e fumegando ardente.

UM FILÓSOFO

Não há deuses!

E mais gritos, de ambiciosos, de coléricos, de fátuos...

NEMO

É pena. Ó instante musical,
ó velho amor da pátria, o doido vendaval
vos atira no chão, e a beleza e o respeito.
Carne livre da Grécia! O teu olhar direito,
a tua audácia, tua norma e a tua claridade
como é que os apagou o mal duma outra idade
e abala-te funesta a dúvida e a intriga!
– Apagou-se no lar a tua lâmpada antiga! –
Efémero país do Pinx e os pritanos,
ou vais-te retalhar, ferido dos tiranos
ou te esmagam aos pés os povos desgostosos.

Lá no alto deitam conchas com nomes. Porém um burburinho se levanta, toque de corneta, cavalos.

UM TAXIARCA

Bateram no tambor. Já chegam, silenciosos,
Tebanos, levantando as lanças à Plateia!

DR. X

Apagai-vos visões, alicerces de areia!

Vê-se ao fundo os strategi ordenando tropas distribuindo lanças, faláricas,[148] os lupercos[149] e plebeus. Inverno sobre o Neva.[150] Chegam cavalgadas com grã-duques, príncipes, popes,[151] generais e ao fim o Zar.[152] E da fortaleza trágica saem gentes amarradas.

O PREFEITO
De joelhos no chão os que partem à sibéria!

NEMO
Mas quantos saem de aí, as tropas de miséria...

DR. X
De S. Pedro e S. Paulo, a fortaleza dura?

NEMO
Do chão, do Neva, eu sei... de toda a terra escura.

DR. X
E arde como uma aurora o Palácio do Inverno.

NEMO
Debaixo daquele ai miserável e eterno?

DR. X
Quem sabe o que aí vai, da trágica Bastilha,
uivos, degolações, a calada matilha,
do imperialismo mau matando às bastonadas...

---

148 Lança inflamável.

149 Faunos

150 Rio na Rússia.

151 Sacerdote ortodoxo.

152 Czar ou Tzar. Devido à métrica mantém-se com esta grafia.

Quem sabe o que é atrás das muralhas caladas!
Famintos como os cães, mergulhados nas águas,
com as chagas a arder, ululando nas mágoas,
Kropotkine, Rylief,[153] niilistas, decembristas[154]
o que escarram ai, as coisas imprevistas,
sobre o trono da Rússia, o protesto e a revolta...

NEMO
Aperta-lhes na gorja a poderosa escolta.

DR. X
Ululam, como o mar, as gentes amarradas.

NEMO
E do seu sangue são vermelhas as calçadas.

Levanta-se no meio do tumulto a voz concava do sacerdote de barba cerrada e longo manto fúnebre.

O PROTO POPE
Olha a tua arca santa, ó povo, olha o Zar.
Ele é o juiz supremo, o pai, o gasnadar,
o superior, as leis, a fórmula e o direito.
Olha sem mancha, ó povo, o seu imenso peito,
é deus o vosso Zar.

Mas uma bomba rebenta, estripando e derrubando.

O ZAR
Que foi...

153 Kondraty Ryleyev, revoltoso decembrista.

154 Participante da revolta falhada de 1825, na Rússia.

O POPE

Os niilistas!

O ZAR

Que saia a minha espada aguda das conquistas,
que não poupe ninguém. A fogo e a ferro tudo!

DR X

Vai cair sobre a Rússia o furacão agudo!

Fogem Nemo e o Dr. X pelo meio de morticínios e degolação sem nome.

No meio duma citadela negra, acre, talhada a esquadro e a compasso, blindada até ao alto. Chega um troço real em automóveis como entre esquadrões de aço pardo. Tudo é carregado de marechais, burocratas, deputados, imperialistas.

DR. X

Ave, Kaiser!

O KAISER

Doutor... que milagres... bem-vindo!
Agora estamos nós quarenta e dois fundindo,
hão de aos ventos chorar as cinzas de cidades.
Eu sou o gládio de Deus, a chave das idades.
vou dar ao mundo a paz solitária de ferro.

NIETZCHE

Avé, Kaiser; a lei da compaixão é um erro.

BULOW, TISZA, BURLAN, BETHMANN

Somos a alma superior e a raça dos senhores,
a conquista é o direito, os canhões vencedores

hão de dar nossa lei aos povos decadentes.
– Vergam diante de nós as cabeças morrentes! –
Não existem nação, ou tradições, histórias,
tudo se absorve em nós, e as línguas, as memórias,
só fica o indivíduo, o nosso eu e a cultura,
– outra nação não há com uma altivez dura,
diante de nós de pé, sobre a curva da terra –

O REICHSTAG

Avé, Kaiser! vós sois o árbitro da guerra.

HINDENBURG

A guerra é o progresso e a ponta do direito
é nobre e é convincente, poderoso efeito,
duma organização imensa e efetiva.

VON DER GOLTZ

Olha alguém que na cabeça vingativa?

LUDENDORFF

Tem capacete de aço a fúnebre cabeça,
é preciso cortá-la – e depressa, depressa,
antes que caia em nós o seu peso duro.

OS IMPERIALISTAS

Ave, Kaiser! vós sois a porta do futuro!

O REICHSTAG

Sede ainda fiéis às leis resplandecentes,
Socialistas, barões, massa de descontentes,
a coroa real mailos degraus do trono.
– prostrai-vos e adorai vosso senhor e dono! –
Abstrai-vos de vós, sede um todo, o organismo,

chapa de aço brunido, a ponta do civismo,
com a bandeira ao ar, a Deutsche uber alle![155]

Rompem o Heil dir im Siegerkranz,[156] com trombetas.

NEMO
Que convicção na carne, absurda... Há quem abale
uma nação assim formada sobre o berço

DR. X.
Olha-os agora, vão dobrar o universo!

O KAISER
Vamos ver manobrar, no mar e os submarinos.

Abalam para Wilhelmshavem.[157] Aponta a esquadra ao fundo, negra, chaminés fumegando.

VON TRIPLITZ
À carga! enquanto é escuro e os golpes repentinos
sem dar tempo ao inimigo a voltar a cabeça.

NEMO
Que incêndio que se pôs na escuridão espessa.
Que mataram aí, doutor, que inimigos
assobrarem no mar, na onda dos perigos
com braços para os céus, varados sobre os flancos!

155 "Deutschland über alles", hino alemão.

156 Hino imperial alemão.

157 Cidade na Saxonia.

Voltam, funda a manobra para as oficinas de Krupp e enormes moles fundindo canhões monstros. Manobram com fúria. A terra grita, sobressaltadas.

HINDENBURGO

Olhai no fundo, aí, altivos muros brancos.
reduzidos a cinzas e as tremulas estilhas;[158]

NEMO

Ó doutor, o que foi de aqui há vinte milhas?

Põe as mãos de compaixão macia crendo ouvir no escuro choro de povos reduzidos a cinzas.

Num faubourg de mármore e miosotis, avenidas com magnólias e trottoirs de mosaicos. Montam bafos de orquestras por todas as partes, tlim de baixelas e arco, cantos de virtuosi, farrapos orgíacos haut gomme. Nemo e o Dr. X estacam defronte duma janela ogival aberta sobre grande salão jardim.

DR. X.

Cheira a foie-gras, lagar, e a quente rapariga.
Olha dentro o Tibério e a gorda orgia antiga
com o Champagne moderno. É Stambul e Caprea.
E a carne aos pontapés, amada à lua cheia! –
Olha as caras aí de históricas legendas,
os coturnos, farpões, longas barbas tremendas,
e que arrotos ao ar, e o ulular da orgia!

MESSALINAS

Mas agora o can-can...

158 Lascas.

CATARINA II

Enorme, peluda no sovaco e as coxas à vela, lustrosa,
se despenteando, grande branca.

Mas ainda não sacia
minha carne ninguém, com o murro e a pedrada.
Venham todos a mim, vasta e despenteada.
Nem os Orlovs, Salt[y]kovs,[159] altos soldados russos,
não me apagaram o cio, atirada de bruços!
Eu arraso a Polónia, e os topos de Crimeia...

MADALENA

Cara elegíaca e nevrótica debaixo de formoso manto
de oiro dos cabelos frufruando...

Linda recordação das tardes de Judeia...
Vinha às vezes Jesus de olhos azulados,
sentávamos, nós dois, à beira dos valados,
dizia-lhe eu "Rabi" e ele me sorria.
O meu Jesus morreu crucificado um dia!
Mas agora é um deus, de braços vencedores,
levam-no ao ombro os reis nas tardes dos andores,
e eu sou a alma oculta e linda da sua igreja.

ALEXANDRE IV
Saúde então a ti, minha flor de cereja.

LUCRÉCIA BÓRGIA
E eu, meu pai?

159 Nomes de amantes da rainha. No original: "Orloffs, Soltkoffs", com a métrica correta. A introdução de y altera a métrica, por isso se coloca entre colchetes.

Não sou eu mais lenta e perfumada?
Quanta vez não fui eu à lâmpada sagrada
da tua alcova, nua, ao pé dos crucifixos?
Sou eu a Roma eterna e o Vaticano. Fixos
são os olhos em mim do universo católico.

MESSALINA

Saúde então ao teu ventre imenso e apostólico!

DIANA DE POITIERS

Vem por mim ululando o meu rei trintanário,[160]
– e a França verga toda! – O duque e o proletário
vem ajoelhar-me aos pés com joias e lanternas.
E a rainha arrasta a saia escura nas tabernas!

MADAME POMPADOUR

Eu levei por trinta anos,
com enganos e de enganos
e com meus braços tiranos
o século Luís XV.
Tal como um urso ferido
eu arrastei desabrido
com a cauda do vestido
o século luís XV.

A BEGUM[161]

Denegrida como os bronzes antigos, olhos felinos, untada de otos, carregada de joias, de amuletos, tufada como um jangal,[162] *a arder, a arder...*

---

160 Criado que abre a porta da carruagem.

161 Título para consorte muçulmana no Norte da Índia.

162 Selva, no português de Goa.

Por Meca, a Caaba ao longe e as barbas do Profeta!
Sou rani de Berar,[163] tenho a pupila preta,
e os colares azuis de noivas muçulmanas.
Quantos sultões eu vi descendo em caravanas
a grunhir a meus pés como os porcos monteses...
Quantos deitei ao mar feridos trinta vezes!

Ri com duas fileiras de dentes pintados de negro.

TEODORA
É belo, é belo a sós, de noite, ao pé do mar,
ver um viandante duro e musculoso uivar
com unhas sobre o peito e focinhando a axila,
e mais tarde reinar com a casa tranquila...

SEMÍRAMIS
É mais belo partir com trezentos amantes,
negros, índios, mongóis – e em países distantes
ver, depois dum jantar, as raças degoladas.

A RAINHA DE SABÁ
Ó meu amado, vem com as mãos perfumadas,
levantei no deserto a tenda dos meus peitos.
O que eu guardei por ti! Dos teus trezentos leitos
como o do meu não sobe o sândalo e a mirra,
Eu tenho um filho obscuro e tropical que acirra!
O meu amado, deixa o Jeová das lanças,
volta as costas ao Templo e à Arca de Aliança,
uma tenda eu te fiz com dois peitos trigueiros.

163 Sultanato muçulmano no Decão.

FRINÉ[164]

Toda a Grécia vergou, com seus altos guerreiros,
quando eu saí, a rir, do mar de espuma!

LEONOR TELES[165]

Com meus braços azuis eu desfaço uma a uma
grossas revoluções. Quem há que me resista?
Deixa dormir o rei, o pálido corista,
eu sou o Portugal!

PANURGO

Sobre trono de lacre, rei Pantagruel e Bombance[166] *armado de garfos, com mantos de guardanapos, escorrendo caril, molhos flagelantes.*

Eu sou Dudley, Lencastre,
posso deitar no mundo o vento de desastre,
incendiar o topo agudo do Himalaia.
– Basta-me simplesmente a renda duma saia –

DR. X

Afastando-se com Nemo, meditativo.

É verdade o que diz esse cabrão imundo,
é a saia da mulher a alavanca do mundo.

---

164 Ou Frinéia/Frineia, hetera ou cortesã grega (séc. V a. C.).

165 Rainha e regente de Portugal (século XIV).

166 Referência a *Le Roi Bombance* (1909), de F. T. Marinetti.

Deus guarde o nosso rei,[167]
viva o nosso rei,
viva o rei!
Tenha vitória
e fama e glória
e na nossa História
viva o rei!

É isto na casa gótica, à beira do Tamisa, com lords perfilados, juízes de chinós, altos dignitários.

O REI IMPERADOR
É belo ser-se rei. Com súditos leais,
tremem de ver de longe os meus ombros reais,
deslumbra o seu olhar minha coroa altiva.
Mas estes cá estão – nobreza vingativa –
a impôr-me as suas leis, as coisas que não quero.

Mete-lhe um ministro um pergamim[168] entre os dedos.

NEMO
Que é que metem nas mãos do alto rei severo?

DR. X
É a letra do país conservador e frio.

NEMO
Não pode a ele rasgar com um desdém sombrio?

DR. X
Não.

167 Embora não tenha indicação de quem seria esta fala, não faz sentido atribui-la ao Dr. X.

168 Pergaminho.

Lê pausadamente o rei. Ao fundo murmúrios de aprovação. Canhões troam, tropas apresentam armas. Burburinhos por toda a cidade.

NEMO

É isto ser rei?

DR. X

Baixinho, ao ouvido de Nemo.

Escuta, eu te confesso.
Eles querem-no assim, um simples rei de gesso.

Acode o Zé Povinho, chechés, vegetes, caixeiros, mangas de alpaca e simples fabianas,[169] *de envolta com caciques e Acácios graves. Cochicham, preparam protestos empunham papel selado. São afeições.*

O ZÉ DA CÂMARA

Isto há de-se fazer. A mil recenseados
cortou-se a barbatana. O resto p'los bocados
vai... lá vai papelão! A urna fica-nos cheia.

O CHICO

Trabalhou-se a valer? fica a certa a tareia?

O ZÉ DA CÂMARA

Olaré! foi-se aí com todos regedores,
– não faltou vinho verde! – e beatas e priores,
foi tudo...

O CHICO

Estes por quê, priores e beatas?

169 Flor.

O ZÉ DA CÂMARA

Que tricas sabes tu! As carnes timoratas
vão à urna a rezar. Tem tal medo do inferno!
Quem vence as eleições é sempre o Padre Eterno,
este Padre é por nós.

Chegam mais eleitores, polícia secreta, pescadores de águas turvas.

O BOTAS

A achega é boa, achega,
trinta mil réis ao mês, na Cambra...

O PITORRA

Eu cá na adega,
não largo o cangirão. Viva p'lo deputado!

O MANUEL

Não sabem isto vocês. Mas com a língua, cuidado!
Já se botou por lá ordem à artilharia.
Que luz... não sei, sim, sim. Raio que parta. Eu qu'ria
chamar agora mesmo "às armas" e às cornetas.
Então é que era ver enfiar os patetas,
pernas p'ra que te quero...

Riem. Entram. Vai começar as eleição. Preside um pé de boi. Impingem-se listas à última hora.

UM COUCEIRISTA[170]

Ó tu guarda o dinheiro.
Portugal vai à vela. Isto só com o Couceiro
correndo à bofetada e a pontapé a canalha.

---

170 Apoiante de Paiva Couceiro, político monárquico português (séc. XX).

UM FIDALGOTE
É certo. Aqui não há quem um cigarro valha.

O PRESIDENTE
A mesa é constituída.

O CANDIDATO
Ó Zé, não mais esperes,
ordena lá a descarga.
Oh, caramba, as mulheres
não poderem votar... Tinha votos de arromba.

Corre chapelada bravia. Grupos se atiçam.

OS CACIQUES
Isto não pode ser. A modo que se zomba
da República, a Carta e do partido todo.
Com uma descarga assim vão lá votos a rodo!
Chega...

Caem por terra dois mesários, bigodes pingando sangue. O presidente agarra a urna.

VOZES
Aqui, ó da guarda!

Telefone, corneta, artilheria. Guinchos correm por todos os lados, sobrecasaca rota, cocos em pasta. Cumprimenta o candidato, arrastam-no.

Agora bota um falo.

O CANDIDATO

Meus senhores, estou comovido, e me calo,
vencestes a eleição disputada e sangrenta!
(Não sei que mais dizer)

Interrompem-no com "Viva a República!"

NEMO
E tudo comprimenta
o lorpa de monoc'lo. E ele há de ser um dia
o braço que governa e a cabeça que cria?

É no salão tropical do "Green Marble Palace". Os arqui-milionários estão abancados a uma mesa oval, sanduíche em filas e ele defronte.

O REI DE AÇO
Eu sou por William Kick, – tem a pinta dos lacaios,
grita pela Union Jack que é um gosto. Os mais, deixai-os,
mas servem para bater com murros nas carteiras.

O REI DE PETRÓLEO
Mas a gentalha! Vai com cabeças grosseiras
dia a dia cavando o trust e o monopólio.

O REI DO CARVÃO
Enchem tudo com surro e o cheiro mau de óleo,
o Congresso trepida, a massa é um perigo.

O REI DOS CAMINHOS DE FERRO
Pudéssemos matar o sufrágio inimigo!

O REI DO ÁLCOOL
É levantar mais trust, mais altos sindicatos.
Morta a pequena indústria, os praços p´ros mandatos
hão de ser para nós, por todos os Estados.

OS REIS
Seja então pelos trust sólidos e doirados!

Lá abaixo fervilha a plebe, multidão cosmopolita e amorfa, molhes e armazéns. Há aí discursos avinhados, meetings monstros.

UM CIDADÃO ANTIGO
Só nós somos a força, antigos pioneiros,
causticados dos sóis, por cima dos oiteiros.
matando com arcabuzes os incas e os gaúchos.
Os de agora só são a escória dos repuxos,
rascoeiros[171] do país, ladrões e os degredados.

OS IMIGRANTES
Abaixo! somos nós os fortes e adaptados.

UM YANKEE PUR SANG[172]
É livre toda a terra imensa e americana,
não há aqui a mordaça e a coleira tirana
que aperta, no pescoço, os povos estrangeiros.

OS IMIGRANTES
Aqui é o voto alemão!

Os leaders agitam mãos demagogicamente.

O irlandês!

OS YANKEES
Petroleiros!

---

171 Malandros.

172 Um americano puro sangue.

Sois o perigo, vós, Mormóns e socialistas,
enviados do Papa, agudos romanistas,
os braços da Mão Negra, ociosos das tavernas.

UM FREIHEIT

Não se podem suster as cóleras modernas,
só um remédio existe, a destruição aguda.
Guerra à faca, à pistola. A dinamite muda
é capaz de lançar um terremoto imenso.

UM TRUTH

Já não há liberdade.

UM VORBOTE

Há só o contra-senso.
A propriedade existe, o palácio e a luxúria,
existe o monopólio, é a imortal injúria,
chamando pelo ar a revol'ção sangrenta.

A POPULAÇA

Fora a democracia, a tirania odienta!

NEMO

O que é que existe então de macio e marmóreo?
que sistema levando ao topo dum zimbório
azulado e ideal, claridade perfeita?
E a humanidade vem nos séculos desfeita,
viva, soluça aos sóis, torce tranças nos mares,
cai nas revoluções, parte em noites lunares
pra novas decepções e novos desenganos...
É tudo cinza e pó na cólera dos anos.
A Dor é universal, no mundo que não dorme
há uma intenção oculta, uma viagem enorme.

CAPÍTULO VI

Mergulham lentamente. Nemo e o Dr. X numa cidade de lama e tinta, milagroso labirintos de fome, de febre e de agonia. São casarões riscados no mesmo padrão de pedra, sem janelas, sem luar, sem vento redentor. Sobem bafos de coisas sujas, raivas, fervores, desalentos alastrados pela frialdade, esconderijos, prostíbulos e tavernas.

NEMO
Agora é mais profunda a Negação eterna.

DR. X
É a Vitória Negra, a Cidade Moderna.

NEMO
Feita duma tristeza imensa e legendária.

DR. X
Fê-la uma evolução, das coisas, necessária,
desde uma noite antiga, as cidades lacustres,
a cinza secular, altas noites palustres,
o bastão dos heróis e os patriarcas altos.

NEMO
E como é que ela foi mais negra que os basaltos?

DR. X
Fê-la o equilíbrio mau dum poder egoísta.

NEMO
Nunca há de redimi-la um vento de conquista?

DR. X
Antes há de ir descendo a escada da Miséria.

Vem de fundos grossos urna exalação de fadiga e cólera, longo fio fúnebre de protesto que faz medo.

NEMO
Parece que soluça a boca da matéria.

OS DESCONTENTES
Ó Ricardo, ó meu rei, o mundo é descontente.

NEMO
O que dizem aí, na rude ventania?

DR. X
É a minha saudação, a forte Ave-Maria.

OS PROLETÁRIOS
Fomos grandes e nus nos séculos selvagens,
batendo a rena, a pedra e o urso das folhagens,
comendo na floresta os frutos e as raízes.
– Quem nos trouxe, quem foi, nas ruas infelizes!–

DR. X
Está claro, não há o caldo nas gamelas.

NEMO

Vendo sobre fachadas pintas a arder sangrentas.

Vai o incêndio subir, vermelho das janelas?

DR. X
É o archote do sangue, a lâmpada do pobre.

NEMO

Oiço no alto de torre um vigoroso dobre.

DR. X

É o soluço de Dor da cidade de ferro.

NEMO

Há um templo talvez sobre um calado cerro?

DR. X

Já mataram a Deus as multidões famintas.

Encontram-se as paredes diante duma onda tumultuosa, negra de hulha, de álcool, do desespero.

OS GREVISTAS

Abaixo o patriotismo!

HERR MOST

Olhai, estão extintas
as fórmulas de breu, sentimentais de outrora.
Segurai a espingarda! Aponta a grande hora.
a reinvindicação sobre as praças de lira.
a terra é um tesoiro, o céu uma mentira

De repente o Dr. X dilatado, com peito de orango e dois braços levantados como chaminés altas:

DR. X

Ânimo, heróis de breu! A terra é um castelo,
imenso, mar de lacre. Olhai, vamos batê-lo
tal como na oficina, a chapa das bigornas.
Há tanto pão que é branco e vinho pelas dornas!
Rejeitai o salário, a esmola dos senhores,
eu vos dou a opulência, ó povos vingadores,
segurai a espingarda e o archote dos incêndios.

OS GREVISTAS

Hurra ao magro estrangeiro!

UM DESCONHECIDO

Agudos vilipêndios
batem-nos, ó estrangeiro, assim como um açoite.
Ficamos a arranhar os muros toda a noite
e a madrugada vem-nos encontrar com fome.
Não nos ouve ninguém. Sem direito e sem nome.
Só nos resta morrer nas traves enforcados.

VOZES INFINITAS

Soprai a Revolução, ó ventres desgraçados!

UM GRUPO DE MULHERES

Traz luto do carvão a saia das cozinhas.

OUTRO GRUPO DE MULHERES

Também queremos ser brancas como as rainhas.

OS DESCONTENTES

Soprai a Revolução do alto da cordilheira!

DR. X

Só a Revolução completa, a greve inteira,
o universal protesto, o preamar à uma,
a sair da oficina, a taberna, a espuma,
ou vos crava no chão a fria baioneta.

VOZES INFINITAS

Preparai-vos e bem, homens de testa preta!

A POLÍCIA

Antes que batalhões acudam, com soldados,
antes que vós sejais em postes enforcados
largai a espingarda, abatei as bandeiras.

É um tumulto negro. Fogem todos apagando archotes. Mulheres e crianças são pisadas no chão.

DR. X

Fugiram multidões medrosas e grosseiras.
– é ainda o Poder mais forte do que um muro.
É forçoso ligar e fermentar no escuro,
limpar à lua morta os canos de espingardas

O ar aperta-se, de breu. Ao andar topam com um cortejo sinistro. São cinco cadáveres empilhados, entre os braços e as pernas um do outro, sobre carroça de lixo.

UM SANS-GÎTE[173]

Eram magros e nus no topo das mansardas,
dormiam sobre o chão longas noites escuras,
lambiam com a língua os ossos e as gorduras.
atiravam-se à unha ao fundo da gamela
Ontem o pai caiu do alto da janela,
ficou no chão em pasta. Olhavam-no os cavalos,
bebiam no peito, o bico alto, os galos,
a gente se afastava. A mulher e os filhos
choraram muito tempo, horríveis maltrapilhos,
meteram-se depois p'ra dentro da caverna
e acenderam carvão...

DR. X.

A noite é sem lanterna,
falta somente um grito, e a tempestade estala.

Topam com uma fileira infinita de vulto grandalhões, mas surrados, cada um com um tigela na mão.

173 Sem abrigo, morador de rua.

NEMO

O que espera a canalha? Horrível, ninguém fala,
com o macilento olhar cravado sobre a porta

DR. X.

Espera pelo caído infame que a suporta
quando o gordo patrão a expulsa da oficina.

NEMO

Mas que fome talvez que os morde e alucina!
São muitos os que caem amarelos na rua...

DR. X.

Olha aquelas que vão à solitária lua
por um café pedindo o beijo do viandante.

NEMO

E não desce do céu, com asa cintilante,
a compaixão dum deus, chamando-as ao repouso.

AS MARGOTS[174]

Perfiladas no ângulo das peças, ao pé dos cais um coro arrastado de garganta saburrenta, de vozes de gralhas.

Ó aqueles que passais com o cachimbo nervoso.
Aqui é o chic magrinho, a quente rapariga,
olhai seios sem leite, e que bela barriga
para dormir a sós, como um colchão de penas...
e carinho não é, um cêntimo apenas.

NEMO

Poupa ó Miséria aflita o peito da criança,
poupe-a ao ir à igreja e ao desatar da trança,

174 Prostitutas.

e ao puxar da água clara à barbacã dos poços.
– Deixe em paz a corrente amada dos pescoços!
Nas tardes outonais, junto dos moringueiros
poupa o seio a morena e os seus bicos trigueiros.
Deixe-a ao luar de Abril a fiar à janela
e à missa do Natal deixe-a ir com uma vela
a sorrir e a sonhar no seu vestido branco.

De repente ouve gritos abafados, choque de cornos caindo.

Vi, deitaram-se lá, ao fundo dum barranco,
olhos como carvões mais uma barba dura.

Rompe uma mulher trincando perna assada.

DOLORA
É a carne do meu filho, esquisita e madura,
eu assei-a ao fogão com sal e com pimenta,
– que fome é que eu sentia a ulular friorenta!

Corre, farrapos pegando e com um cabelo grosso que parede sobre o costado um saco negro.

NEMO
Vamos de aqui, Doutor.

DR X.
Vem ver as oficinas.

Entram para a fundição de ferro, os altos fornos.

Acordaram no frio, ao tocar das matinas
à hora em que vem do baile a lady, com regalos,
e relincham na praça alegres cavalos.

Seguraram a lima, o fole, as alavancas,
– nunca viram o sol florir campinas brincas –
vão-se queimando ao pé dos fornos e os brazeiros.
E hão de ficar aí, dias, anos inteiros!

NEMO
Que castigo, meu Deus, infinito e o leonino...

DR. X.
Não viu-o assim, chorando, o poeta florentino.[175]

NEMO
Não vão nunca cantando ao fresco das latadas?

DR X.
Dormem rotos no chão o sono das tachadas,
e quando vem a febre e lhes agarra os filhos,
cambaleando-se vão pelos escuros trilhos,
com uma navalha esguia, à espera dos viandantes.
E seriam os bons, fortes como elefantes!

NEMO
Crianças há também, cavadas nas olheiras.

DR X.
Quem lhes dera brincar ao pé das ribanceiras!

NEMO
E na promiscuidade as carnes apertadas...

DR X.
E seriam os bons, fortes como elefantes?
Fazem-se assim nações, raças abandalhadas.

175 Dante.

OS LAVRADORES
Morreu Master Rabbit. Comeu bolota podre,
pôs-se a vomitar sangue. A barriga, como odre,
foi tufando, tufando, até depois de morto.
Há um dia que está lá todo encolhido e torto.
Já vai cheirando mal, não tratam de enterrá-lo.

NEMO
Mais vale um burro mau e mais vale um cavalo.

DR. X
Onde será o país feliz e justiceiro?

NEMO
Ó meu País do Súria e o begarim trigueiro...
Às vezes quando é acre a ponta dos palmares
pelos abris de lacre, e aos sóis caniculares
aperta-se de febre o lótus na alagoa,
como o vento da paz perpassa e abençoa...
Aqui é o lavrador que grita e que protesta,
passa pela traição profunda da floresta
arrepiando os tojais, um vento mau de lama.
Estala em toda a parte a colérica chama,
desperta-se até ao porco a sua bolota negra,
jamais canta no azul alegre a toutinegra!

DR. X
Vamos descer agora à Cidade da Hulha.

NEMO
Onde é?

DR. X.
É um país negro e duro onde borbulha
a maldição funesta e antiga do trabalho.

Nunca escorreu aí a compaixão do orvalho
e não passou jamais a solitária brisa.

É a hora da descida dos operários para as minas. A máquina enfolga sobre o poço. O embaixador desce.

NEMO
Descemos mais e mais, e ainda não se divisa
o chão cheio de rails e as lamparinas brancas.
– Que vertigem de pedra e os olhos e as carrancas! –

DR. X
Temos já sobre nós mil metros de granito.

NEMO
Sufoca. Escalda mais que as areias do Egito.

Tocam o fundo. Grupos dispersam-se, calados, rosnando apenas como cães açaimados, parecem espectros.

DR. X.
Não ouves um roer com dentes e com unhas?
um verrumar no escuro, as bigornas, as cunhas
que parece no escuro um choro miserável?

NEMO
Mas porque é este esforço imenso e irreparável?

DR. X.
Por eles? Não e não, magros e doloridos,
nem também por seu lar, pelos filhos queridos
quando o tétano agarra e aperta a sua boca.

NEMO
Então a humanidade é desabrida e louca.
– dum lado o egoísmo e doutro a fome, a greve! –

entes vale estendê-la em um túmulo de nove,
a longa Cessação.

Iam avançando quando chega-lhes um troço, uma torrente humana, em farrapos, negra, feita de osso e salientes maxilas quadradas, pela queimada lama e cólera.

OS MINEIROS
Já não soltam um pio.
Cavavam um tunel, por um fundo sombrio
e o tecto desabou com um estrondo largo!

DR. X.
Gente da escuridão! trapo do mundo, amargo,
parai sobre o trabalho e no ranger de dentes.
Há que séculos, vós, esguios e descontentes
estais parados como um solitário muro...
Cavadores do chão, o que fazeis no escuro?

H
Mas quem sois vós na mina, agudo e justiceiro?

DR. X.
Quem sou eu? nem eu sei, um simples estrangeiro.

H
O que é que mos trazeis com uma palavra estranha?

DR. X.
A compaixão? talvez. Mas tam alta e tamanha
que transborda o subsolo. Ó gentes com soluços,
por quem vós trabalhais, doze horas, de bruços,
com o grisu[176] atrás, mailas trevas eternas?

176 Gás detonavel

– Que fúnebre que é ele, o lume das lanternas! –
E por vós que escavais na hulha? Pelos filhos?
Como os ursos a olhar, broncos e maltrapilhos,
o que é que esperais, que futuro triunfante...

OS MINEIROS
Tem o patrão no dedo os anéis de diamante.

DR. X
Vós sois a corja, a escória, a carne de trabalhos,
sois a força rebel que fermenta e que estua.
– Já vistes, pela noite, a solitária lua? –

OS MINEIROS
Nunca vimos o luar com os olhos doentes.

DR. X
Levantai-vos do chão, ó esmagadas gentes!

OS MINEIROS
E o que faremos nós, poderoso estrangeiro...

DR. X
Agarrai com as mãos o patrão, o negreiro.

NEMO
Picaram-se do mal e as cóleras pesadas,
– são capazes de tudo e as duras derrocadas!

Sobem em tumulto doido, ululante, poços acima, agitando ferramentas, pedras, cartuchos de dinamite.

DR. X
Falta ainda a centelha, a faísca dos rastilhos.

NEMO

Para apertar o ferro e a curva dos gatilhos?

DR. X

Para a revolução, negra e inevitável.

Desce uma onda de caloiros, armados até os dentes.

OS RECRUTAS

Hão de levar-nos à guerra,
adeus, adeus, nossa terra,
vive le roi!
ou nas casernas caladas
matar-nos a bastonadas,
vive le roi!

NEMO

A flor do povo bruto, o povo miserável,
levados muito cedo ao sangue e às chacinas
eles hão de voltar – cabeças pequeninas –
contra os seus próprios pais a boca dos arcabuzes.

DR. X

De repente aponta pelo meio de colimete gosmento um como centúrio[177] desabrido e espumante.

VIRGÍNIO

Encontrei-a violada e nua sobre o leito,
torcia-se na Dor, com duas mãos no peito,
os cabelos no chão, varada de suplícios.
Olhai que ela é a plebe, o enxurro dos patrícios!
Mas ela é minha filha... aos deuses surpreendentes

177 Centurião.

punha na madrugada os lumes inocentes,
chorava de me ver ferido nas batalhas.
Eu via-a, ao pôr do sol, voltando com as palhas,
da túnica velado o seu distante busto.
Que pena no silêncio! O meu braço robusto
empunha a espada em vão.
Quem mata minha filha?

Acode gente em burburinho. Mulheres choram.

VIRGÍNIA
Mata me tu, meu pai.

VIRGÍNIO
Eu? Eu? Pobre manilha
tinhas no braço tu, e ficavas tam bem...
– Há que anos que morreu tísica a tua mãe! -
eu te dei de mamar dos meus peitos crescidos.
Acordava de noite ao ouvir os teus vagidos,
e fazia-te ó-ó com tua cabeça ao ombro...
e eu a matar-te a ti?

DR. X.
Mata-a. Será o assombro
e o exemplo para o mundo a uma esquina sentado.
Abre o seu ventre tu, como um poço violado,
mata-a com tua mão.

Electriza-se o centurião e enterra a espada ao ventre da filha e rasga-o de alto a baixo. É o choro na praça.

OS MENEURS
Chegou a hora, a hora,
vem a Revolução com a testa vingadora!

DR. X.

Trazei, acumulai, ferros e dinamites,
vinde para a desforra e agudos apetites.

OS NIILISTAS

Levam em cinco caixões os cadáveres de Bertugio,
Kahooze, Pestel, Rehich e Abousaviev-Apostol.[178]

Vitória ao Zar, o pai das gentes desgostosas.
Quando subir chorando o ódio pelo mar
há de vir para nós com tropas vigorosas,
há de-nos estender em pilhas sobre as lousas,
Vitória ao Zar.

OS INTERNACIONALISTAS

Monta a Revolução na sela do cavalo.

OS TERRORISTAS

E sobe do subsolo um tenebroso abalo.

OS MENEURS

Basta estender a mão para agarrar o mundo.

OS FAMINTOS

O celeiro da terra é tão fundo, tão fundo...

OS DEGENERADOS

Que lindo beira-mar com imperatrizes nuas!

178 Nomes de revoltosos decembristas: Pyotr Kakhovsky, Pavel Pestel, Sergey Muravyov-Apostol e Mikhail Bestuzhev-Ryumin.

OS DEGLASSÉS

Nós andamos ao sol virulento das ruas
a beca num farrapo e os sapatos sem sola.
Não cai na algibeira a gota de uma esmola.
Enquanto ele vai gordo, o bandido da libra
o insucesso cruel nos rompe fibra e libra,
e é a água até a garganta. Ó Nietzche, ó gargalhada,
só nós somos da terra a doença inveterada.

DR. X.

Rasgai o mundo!

A MÃO NEGRA

Ó mãe, ó santa Dinamite,
acaba a propriedade!

Massas turbilhonam; perfilham, afiam espadas, amassam glicerine, mergulham algodão em ácidos. Em um triz um cortejo negro, doido de braços precipitam-se pelas ruas de fuligem e chega a um Panteon onde os Marx, Ferri,[179] Bebels[180] discutem e deliberam no Salão de Sangue. Às gentes que vem.

MIRABEAU

Ó povo triste! Eu vi-te
quantas vezes te vi com tuas queixas sagradas,
choravam a teus pés as pedras das calçadas: –
mais ninguém, povo triste, os grandes, mailos duros
se voltavam de ti, como os pesados muros.
Quantas vezes te vi nas rampas nos degredos
torcendo ao sol de sangue os desgraçados dedos

179 Enrico Ferri, socialista italiano (século XIX).

180 Ferdinand Bebel, socialista alemão (século XIX).

Teu grito pelo pão é uma razão imensa!
E nada te detém, eu sei, nenhuma crença,
a não ser tua piedade e a não ser teu orgulho.

NEMO
O tumulto é maior que o da monção em Julho.

DR. X.
Incha como o lagar a carne do trabalho.

A POPULAÇA
Hemos de te cingir com folhas de carvalho
e conduzir-te ao ombro em meio de bandeiras.

MIRABEAU

Balançando sobre estrado de glória, levantado por milhas de braços, lambendo beiços com sadismo.

É belo flutuar sobre nações inteiras.

Entram pelo Panteon dentro, sobem escadas com pés ferrados. No salão de sangue é Karl Marx sobre estrado simples presidindo um meeting sábio.

KARL MARX
É forçoso apertar com força o proletário,
antes que o aperte a Lei de Ferro do salário.

DR. X.
A união, a união, é sempre, o mesmo, inútil,
por um concluio mau ou protesto fútil
mui alto se levanta o Capital imundo.

A POPULAÇA
Rasga-se com um punhal, de alto a baixo o mundo!

KARL MARX
Devagar, devagar, na febre das conquistas,
a evolução virá com mãos imprevistas
acabar com o trust, o monopólio e o Estado.

KAUTSKY
Sim. E sangrento sempre o coup de main ousado.
Conquistar pouco a pouco a lei e os municípios,
orientar o trabalho em normas e princípios,
eis o ideal supremo e único.

BAKUNINE
Mas p'ra quando?
– há de a seara dar o trigo germinando? –
O Estado é a Religião, a Religião o absurdo,
o Estado é a opressão, o Poder sempre surdo,
é força que ultrapassa a idea colectiva.

REBEL
O estado é a ordem bruta, a ordem primitiva,
quando o direito cai. cai o Estado por terra.

INGERSOLL[181]
E milagroso o meio e sagrado da guerra
para apagar da terra as nódoas e a rotina

FERRI
Contudo é sempre triste uma mão assassina

181 Possivelmente o escritor distópico norte-americano Ingersoll Lockwook (séculos XIX-XX).

KROPOTKINE

Mas é a Revolução o único meio heróico.

SPENCER

Dum canto com uma voz que parece um gemido.

Esperai, esperai. Há um dever estoico
ardes que desça à rua a última derrocada,
qual é a superstição vitoriosa e sagrada
que vos levanta a voz em árbitros do mundo?
Pretendeis extrair oiro do chumbo imundo?
Será uma hora o fiel duma balança antiga?
Qual é a norma ideal, qual a ideia amiga?
Que há de alevantar o mundo do futuro?

DR. X

Mas o mundo, fermento impossível e impuro.
Os que vivem na pompa e os boudoirs perfumados
não viram a torcer os ventres esfomeados,
não viram prostituir-se a mulher e a criança.
O Trabalho reclama uma imortal vingança.

A POPULAÇA

Chega a revolução e amai-vos, operários!

BRIAND

Não a revolução com golpes solitários,
a greve parcial é impotente e nefasta.

GUESDE E LASSABLE

O mundo está à espeta. Uma faísca basta.

TOLSTOI

Cara de apóstolo, um pouco moropeta[182] *e vago.*

O sangre não, o incêndio, as poças pelas ruas.
A Vida é o Amor. Pelas espadas nuas
passa a febre do ódio e a palidez da morte.
Para que se restaure a ordem honesta e forte
só basta uma recusa inocente ao trabalho.

OS POLACOS
Há de-nos bastonar à lua, ao frio, e orvalho
o urso armado, o Zar!

SAINT-SIMOM, OWEN, FOURIER, CABET, LOUIS BLANC[183]
A catástrofe, nunca.
Há de a anarquia arder. Com uma garra adunca
há de o Poder voltar, com golpes temerários.

DR. X.
Mas eles vão a rir com oiro e os trintanários,
enquanto andamos nós descalços nos caminhos,
eles voltam a olhar com arrotos escarninhos.
A catástrofe impõe-se, a catástrofe aperta.

A POPULAÇA
Está pronto o punhal, a sentinela é alerta!

SOREL
Já a fome aperta muito e a Dor é sem remédio,
é lúgubre esperar por séculos de tédio!

---

182 Possivelmente uma gralha ou erro de transcrição para monoteleta, seita heterodoxa do século VII que admitiam a Cristo tanto a natureza divina quanto a humana.

183 Socialistas utópicos do século XIX.

e que ludíbrio é sempre a famosa esperança...
Tem na boca um sabor metálico a vingança.
Vamos, acima, à frente, ao largo, e ao futuro.
Havemos de cair? há de ser um monturo,
de ideas e de sangue ao longo do universo?
Nós seremos o grão pelos campos disperso,
outros hão de colher a tremula seara.

A POPULAÇA

Viva a Revolução!

NEMO

Lá vão – que noite rara! –
e alastra como nódoa excepcional de aceite...
Ó meu País do Súria, alvoradas de leite,
onde é que vim cair, ao pé dum mar profundo?
Já sinto desabar o telhado do mundo –

A Revolução é universal, poderosa, com roncos, com comandos sérios, tudo ordenado para a nivelação última e sonhada.

CAPÍTULO VII

NEMO

Vi com os olhos meus a terra incendiada.
Foi com um vento mau, naquela noite rija,
com tambores andando a fria derrocada.

Subiu a populaça imensa e sevandija
– e apagou toda a luz nos lampiões ardendo –
linda luz secular... No alto da cornija

a Força despertou com um leio tremendo,
soluçou o canhão no fundo das casernas.
– Ó momentos de febre obscura se estendendo! –

De cada lupanar, a escória e as cavernas,
veio a revolução avinhada e profunda,
– a força da traição, com lâmpadas modernas –

Cheirava mal a terra absurdamente imunda,
– e que gritos ao ar, os clarins e os tambores!–
fermentava de ódio a praça vagabunda.

E deuses de carvão, novos, demolidores,
vinham trazidos, como em procissões católicas,
com archotes em volta, em cima dos andores.

Vinham olhando o céu, com tranças melancólicas,
donzelas ao luar da esquina fatigadas,
sonhando no oiro bom, carruagens bucólicas.

Ó febre do Poder e as lentas cavalgadas!
Agitavam ao vento as achas das fogueiras,
deitavam maldições no chão das esplanadas.

Entoavam ao andar o cântico de feras.

MARCHA NEGRA
Abaixo, cabeças de reis
em leitos quentes deitados,
por fortes esquadrões guardados,
abaixo os reis!
Sai o canhão das casernas
para matar a canalha.
Eis-nos prontos à batalha,
abaixo o canhão,
– viva a Revolução!–

Abaixo os livros com leis,
– abaixo as leis! –
Não nos hão de meter nas cavernas
guardados do alto das muralhas,
nem mandar-nos às estepes eternas.
Nós queremos as batalhas...
morram as leis,
– viva a Revolução! –

Abaixo as arcas quadradas
do bandido da libra;
as tropas esfomeadas
vão rasgá-las fibras a fibra.
Vai vingar o escopro e a serra e o malho
as doze horas de trabalho.
Abaixo o ladrão...
– viva a Revolução ! –

NEMO
Levantou um clarim o uivo das carnagens,
– arregaçaram mãos as gentes petroleiras.

Caiu primeiro sob as pedradas selvagens,
ao pé dum banco real, pesada sentinela.
morta e pisada aos pés sobre o chio das passagens.

Depois outra caiu, de cadeia amarela.
– e foi um uivo pelo ar de altos presos barbados –
Depois foi um armazém de Sèvres e a baixela.

Saqueado... depois escolas e mercados.
Recuavam talvez dos tiros e os gatilhos?
mas voltavam também com pedras e os forcados

a torcer no furor pescoços maltrapilhos.
Alastrou-se o azeite até o horizonte fundo.
o telégrafo pôs o fogo nos rastilhos.

Caíram pelo chão com um rugido profundo
igrejas com fachadas, os quiosques e as oficinas.
Já o incêndio subia enorme e vagabundo

quando tocou num monte o clarim das chacinas.
A reação saiu com altos cavaleiros,
veio lento o canhão das casernas leoninas,

e a tropa se formou nas praças e os terreiros.
– Que noite de pavor em trezentas cidades! –
Caiu a coronhada e os tiros justiceiros

sobre a plebe a uivar, imunda e avinhada.
Vazou-se então o sangue, o sangue necessário,
tripas caíram ao chão de barriga varada,

e crânios a quebrar com ruído temerário.
Ó dentadas no ferro, e as patas de cavalos!
E os duelos na sombra, o esforço solitário,

pela sua casa e o lar, o dinheiro e os regalos
dos boudoirs de veludo e a carne feminina.
Ouviam-se explosões ruivas nos intervalos!

Quem sabe o que caía... e ao longo das esquinas
subia um choro mau de perdidas crianças,
badaladas na igreja, e uivos de cães nas ruínas.

Passavam esquadrões, lúgubres ordenanças,
aeroplanos no escuro e automóveis perdidos.
– E os seios de mulher, despedaçadas tranças! –

Viam-se, sob clarões, longos braços torcidos,
e corpos a cair pesados sobre as ruas.
Disputavam sem dó os tesoiros queridos

os ricos e os ladrões. Iam donzelas nuas
a chamar, a chamar, na escuridão, à toa;
vadios iam forçando as portas com gazuas.

E assim, ao pé da serra, e da longa alagoa
onde a adem[184] chora o sol pelas tardes amigas,
e assim no triste vale e na paisagem boa

com ermidas ao céu mailas eiras antigas.
E a canalha venceu! Famosa propaganda
com letras de jornais, brochuras inimigas.

Deu na revolução extensa e miseranda,
os incêndios sem dó e os tiros infelizes.
– Como caiu a ideia antiga e veneranda! –

184 Segundo Dalgado, pato-real.

Eu vi nuas na praça altas imperatrizes
repelindo com asco o beijo do operário,
cantoras do Odeon e as ideias actrizes.

Vi postos num cortejo estranho e funerário
– com muros ao redor, de plebe sequiosa –
trinta reis a volver um olhar solitário.

Cantavam-lhes na cauda a canção vergonhosa.

A MARCHA DE SANGUE
Toca, ó tambor a revolta!
Salve, reis carregados de mantos,
que lindos são vossos prantos,
na marcha triunfal...
Não vos larga a grande escolta
no caminho das cordilheiras.
Heis de morrer em fileiras
ao pé da catedral.

CORO
Hemos de pintar bandeiras
com o vosso sangue real.

Como os Cristos no alto de cruzes
sereis pregados juntos,
hão de chorar os defuntos
os tiros de canhão.
Guardados dos arcabuzes
heis de morrer sem estorvos,
mas vossos narizes torvos
voltados para o chão.

E hão de picar-nos os corvos
depois da revolução.

NEMO[185]

Foram todos os reis em cruzes levantados
com a cabeça ao chão, em uma linha raivosa;

– e as rainhas também, com os cabelos queimados –
Não houve a compaixão sobre o alto dos montes
de vê-los a ulular aos altos céus calados.

Levantava-se ao ar de vastos horizontes
palácio secular de bronze e de granito,
onde iam perfilar as poderosas frontes

da Lei e do Poder sereno e infinito.
E foi a esse palácio a profunda revolta
tremulo o coração, no silêncio maldito.

Nas cadeiras curuis,[186] com a figura envolta
– tal como outrora em Roma, a espera dos Gauleses –
no seu manto leal, sem guarda, sem escolta

esperavam a morte os pálidos burgueses.
E entraram a tremer de cólera e cio
os árbitros do mundo, agudos camponeses,

bêbados e ladrões, com o seu olhar sombrio,
com um trapo negro ar, escrito – LIBERDADE! –
Um diálogo ouvi, que sinto um calafrio

185 Não consta no original, mas seria a retomada da fala do protagonista.

186 Possível erro de transcrição ou gralha.

ainda hoje ao recordar seu ódio e sua verdade.

A POPULAÇA
Para os bancos dos réus! chegou a vossa hora.

OS MAGISTRADOS
Ainda é tempo, olhai, se escutásseis agora...

A POPULAÇA
Agora somos nós a julgar-vos, ó juízes!

OS MAGISTRADOS
Defendemos os nus, os órfãos e infelizes.

A POPULAÇA
Esbirros do Poder, o vosso amo é morto

OS MAGISTRADOS
Somente a Lei vos dava a paz e o conforto.

A POPULAÇA
Vós éreis nosso espólio, a ruína e a vingança.

OS MAGISTRADOS
Nós éramos do fraco a única esperança.

A POPULAÇA
Nunca sentistes vós o frio das cadeias

OS MAGISTRADOS
Velávamos no estudo, ao lume das candeias

NEMO

Tiraram-lhes na noite as togas e os capelos
mailos velhos bastões da velha autoridade

Levaram-nos a andar, que era uma pena vê-los,
pela terra a arder e os tetos desabados,
escarros sobre a cara e rotos os cabelos.

Quanto tempo de pé, braços acorrentados,
ficaram a tremer em fileiras aflitas,
defronte da vingança e os canhões assestados...

Não os cortaram, não, com espadas malditas,
depois de arenga[187] doida e levantados pulsos
levaram-nos cantando a cadeias aflitas

onde foram chorar, eternamente expulsos.

O que é que foi depois lavando e colorindo?
Foi na dissolução a santa madrugada,
apontou o luar sobre uma torre, lindo?

– Ó sinos de Edgar Poe, tocando à derrocada! –
O que haviam de dar, rotos como os mendigos,
pastas do poviléu, caídas nas calçadas...

Quantos dias no saque e orgias inimigas
foi a revolução impávida comendo,
sem justiça e sem lei, energias antigas...

O nível social caiu com elas tremendo,

187 Discussão.

vergaram sobre os pés figuras de comunas,
foi a dissolução necessária volvendo.

Sem um pedaço de pão, altos como as colunas,
Rockfelers, de, pé, choravam lentamente,
damas de pele suave, à beira das lagunas.

Mães olhavam o céu, magras de Dor ardente,
vendo filhos comer as folhas e as raízes.
– Era a revolução trágica e inclemente! –

Quantas eu vi gritar, fileiras infelizes,
mudo mais que na era antiga de contratos,
pela terra violada e o saque dos países...

E o animal, luxúria sem recatos,
assentando o bordel ao claro sol da rua!
– sem uma camisa branca os peitos timoratos.

No deboche profundo ardia a pele nua.
Acerrava um sadismo estranho as multidões
– que uivos até ao mar, à solitária lua! –

Oh, estupros reais, sonhadas violações.
nos boudoirs de veludo e os leitos de duquesas
sacrilégios da carne e as doidas procissões!

E os banquetes azuis com lâmpada acesas...
havia tanta carne, havia tanto vinho,
para a barriga farta e as tremulas surpresas...

Comia o camponês com arroto escarninho,
levantava o champagne o sinistro operário,
– e as criadas à mesa em grande desalinho! –

Entravam multidões com ardor temerário

nos mais lindos boudoirs, escarrando em tapetes,
trotavam em coupés, e ao rio trintanário.

Puxavam, da cocheira, a ponta de floretes.
– E sempre aquele arroto orgíaco pelo largo! –
não saciava a fome aguda dos banquetes

Atirava-se ao ar na saciedade o espargo,
o foie-gras, o peru e as trufas excelentes,
e cantava-se em coro o longo canto amargo

O CANTO DA BARRIGA

Vem, ó barriga
com fome antiga
chata e mendiga,
vem assentar
à mesa amiga.
Vem e mastiga
ó rapariga,
a arrebentar.

Vem, ó barriga,
larga a estriga,
canta a cantiga,
– viva o lagar! –
Não há fadiga,
noite inimiga.
Ninguém obriga
a trabalhar.

Vem, ó barriga,
atira a giga,
larga a bexiga,
pernas ao ar.

Quebrou-se a viga,
ri a espiga,
chora a intriga,
– morra o altar!

Mas a fome chegou um dia, nos poentes,
– Cheiravam muito mal os canos dos esgotos –
tinham garras de sangue os hálitos doentes,

Quem ia à seara, à mina, aos países remotos?
– se ardia em toda a parte o dístico – IGUALDADE –.
Sentia-se pairar a asa dos terremotos,

ia apontando do largo a dura realidade
tal como um sol feroz, sanguíneo no solposto.
E foi numa manhã. Na principal cidade

passou como o trovão o clarim do desgosto.
e um fúnebre cartaz decretando o trabalho.
E organizou-se a lei. A cada passo em posto

obrigando o vapor, forçando o escopro, o malho,
atirado o operário aos canos e às esquinas
– era ainda pouco o pão e o tépido agasalho! –

vazara-se em tonéis o vinho nas cantinas.
e a fome veio, a fome, assim como um esqueleto.
Eu vi pelos salões e por trás das ruínas

duelos de desespero, o grande uivo preto
nas lutas pelo pão, a unha e as dentadas.
ia morrer agora o último respeito

no ronronar da febre e as frias estocadas.

Agora era o petróleo horrível das lanternas
pondo roxos clarões no patamar de escadas

e na rua o calão vadio, das tabernas.
Nem uma palavra honesta ou um sorriso fino,
era um regresso triste ao homem das cavernas.

Mas de repente ouviu-se um clarim vespertino
– e bandeiras febris passando pela terra –
Era o César, sim, era, o homem de destino.

E caiu com estrondo a pranchada da guerra,
esquadrões a cavalo e mil canhões troando,
zepelinos subindo o trono alto da serra,

e no silêncio frio as vozes de comando.
Não podia faltar a grossa ditadura
sobre a dissolução na lama galopando.

E a revol'ção vergou, toda a fachada impura!
Armaram-se ainda, em vão, as avinhadas raças,
escarrarem jurons[188] de escárnio e de bravura,

cobriu a barricada o macadam das praças.
Subiram ainda ao ar ferranos de bandeiras.
Mas a bomba caiu pelo meio das massas,

rompeu a disciplina a linha das trincheiras,
varreu a anarquia a tiro e a pranchada,
para sempre a estendeu pelos montes e as eiras.

Eu fugi, eu também, na grande debandada!

---

188 Juras, em francês.

CAPÍTULO VIII

NEMO

Numa grande madrugada acre, com coloridos sólidos e vigor natural, longe dos fumos incendiários da Grande Revolução. Braceja alto de lembranças trágicas.

Não fosse nunca, mas nunca,
funesta, e com garra adunca,
funesta revolução;
o velho mundo enforcado
sobre as vigas do telhado,
pisado aos pés como um cão.
E aquele Doutor Sangrado!
foi ele, ele que fê-la.
com uma cara amarela,
com um bigode afiado.
Crucificaram os reis
sobre a aresta duma serra,
com a cabeça para a terra,
incendiaram as leis,
e nada mais resta agora
sobre a terra aterradora
senão a volta do Zar,
com imensa fumarada,
a estocada e a pranchada,
deitar sobre a derrocada
o seu manto militar.
E tam bem que se seria
com honesta providência,
com suave fantasia...
Fosse partindo com a Ciência,
lentamente... molemente

até à paz dum poente
onde há de chegar um dia...
Em que deu, doida revolta,
anarquia, rédea solta,
sem uma forte, dura mão;
o regresso a eras antigas,
a veredas inimigas,
– sinistra dissolução! –

Parte com pés infelizes, sangrando muito, por caminhos sem nome, e tudo, muito tarde, lembra as horas amargas, cheias de palpitações.

Ando com os pés nas eiras,
que terras vejo, países,
todos com sóis infelizes,
todos com luas trigueiras...
Mal haja o meu pensamento,
mal haja o meu sentimento,
em todas coisas andando,
em todas coisas buscando
um lugar para sentar.

Um dia segui nos montes,
longe da praia do mar,
depois de queixosas fontes
e pagodes ao luar,
depois de arcos de pontes,
segui um trilho esquecido
pelo viandante perdido,
cansado de muito andar.
Era no fim dum planalto
como o da Ramaguiri,[189]

189 Forte no estado do Telangana, Índia.

mas tam abruto, tam alto
que igual jamais eu vi.
Longas horas cuidadosas,
com pés nas rochas raivosas
por longas horas subi.
Não encontrei na tristeza
uma flor cheia de orvalho
e por todo o meu trabalho
eu não tive na devesa[190]
a sombra azul dum mangal.
Meus olhos ensanguentados
Mas que fiz eu numa vida
de cantares namorados,
para sempre nos montados
levar na alma ferida
esta pena que nem sei,
se é pergunta sem resposta,
se é uma pena imposta
por selvagem, triste lei...

Avista por outro lado do planalto uma terra cor de rosa, larga fenda natural levada de ventos e frescura, com rampas de suavidade florindo.

Minha Dor, sinto-a morrente.
Suave terra clemente,
que lindo sol de paixão...
Assim na terra deitado,
me fosse sem um cuidado
meu ferido coração.
Ah, terra, milagre, sonho!
Do meu passado medonho

190 Terreno arborizado.

sai o ferro de uma lança.
Da tempestade que silva
sai uma lenta esperança.
Ó pais, ó madressilva,
se levasse o meu destino
levasse o meu coração,
na palma da sua mão
para um porto alevantino!

Depara com uma cidade jardim, país pontilhado de coisas asseadas, vilas, fábricas, esplanadas, palácios de cristal, avenidas pagãs.

É o país do Velocino,
linda terra, linda terra,
com longos braços de seda
que parecem uma alameda
– e seios altos da serra –
Não sonhava talvez nela
numa doida caravela
do alto mar, Vasco da Gama?
É mel que aí escorre,
é pomba que ai voa
no alto de cada torre,
no azul de cada alagoa.
Linda terra que me chama
com um lenço à brisa do sul
linda terra, linda vida,
à beira dum céu pendida
bordado de longo azul.

Encontra Burbank, de barba claríssima, centenário na rampa robusta. Está sentado sobre um rochedo, a maxila criadora sobre a palma de mão.

BURBANK

Tens fome e Dor, estrangeiro.

NEMO

Mas que bem que adivinhaste
com o olhar fundo e trigueiro!

BURBANK

Num triste porto embarcaste
com adeuses muito longos
sobre palmares oblongos,
ouviste o sino chorar.

NEMO

E dos adeuses eu tenho
a alma inteira a transbordar.
De terras doidas eu venho
cansado de muito andar.
Que país tam lindo o vosso
que há tempo vejo e não posso
voltar cansado o olhar...

BURBANK

É o meu país, Eutanásia,
num vale profundo da Ásia,
em volta Serras de Estrelas.

NEMO

Tem arestas de diamante,
e águas no azul distante
cortadas de lentas velas.

BURBANK

Vem ao país da saudade
e da flor da laranjeira.

A tua Dor mais lenta há de
ir com asas estrangeiras.
Olha a piedade, a piedade,
sobre o silêncio das eiras.

NEMO
Sim, não há uma alma aflita,
nem um doido coração.

BURBANK
Porque a carne não grita
pelas horas de paixão.

NEMO
Não há igrejas dos cultos
que tocam a Aves-Marias.

BURBANK
Os pensamentos adultos
não choram nas noites frias.

NEMO
Não há pátios de casernas
com sentinelas de pé

BURBANK
Com as escolas modernas
há só confiança e há só fé.

Partem para Eutanásia. Vem de aí aromas de conquista, bafos dominadores, trilos de paz e de saudade. Nemo o respira sonoramente.

NEMO
Flores solenes, profundas
– ó carne de vegetais –

de que espécies gemebundas
de que linhas moribundas,
de que noites tropicais
tam largas nasceram elas,
rosas da carne de estrelas,
cravos do ardor de punhais.

BURBANK

Basta a semente escolhida
com a consciência na mão
para uma árvore florida
dar um fruto de paixão.
Tudo é moldável, a palma,
a pedra, o molusco, a alma,
a consciência dura ou calma,
tudo é de cera ou cristal.
Nunca vi na natureza
um só molde irrevogável,
– numa praça miserável
não vi perpétua tristeza
e não vi eterno mal –
Serenas coisas sadias,
enormes árvores vi-as
debaixo das mãos nascer,
que ao criá-las lentamente
senti a força morrente
passo a passo renascer.

NEMO

Nas longas searas de oiro
há memoráveis espigas.

BURBANK

São nas tardes de fadiga
o meu sonho imorredoiro.

Tive minhas barbas claras
de deitar sobre as searas
meu cuidado monacal.
Cada grão tem tripla vida.
e cada espiga pendida
um dia de fome vai.

NEMO

Se a terra vai fatigada
que pena será no julho!

BURBANK

fica aqui o meu orgulho,
A minha terra é banhada,
a minha terra é lavada,
de elementos triunfais.
É a essência dum estrume,
fósforo dum vagalume
que faz coisas imortais,
ó formas novas, agudas,
em que eu nunca sonhara,
e que numa noite rara
vi com guisos vir a mim,
as florestas carrancudas
com folhagem de rubim,
paisagens outrora mudas,
sonoras como o clarim.

Rompe em ondulações a terra levíssima, impalpável, nos Palácios Sociais, feitos de renda e asas, fábricas silenciosas, escolas e hospitais.

NEMO

É uniforme e é cinzento,
no mais longo sentimento

e no trinado mais lento
que adormece o coração.
Não há choro de guitarras
pelas tardes de janelas,
não há rosas amarelas
nos peitoris de paixão
Ah, jarras, macias jarras,
que eu vejo sem ar, sem água,
a terra sem uma mágoa,
a terra sem coração!

BURBANK

Tudo é pesado, medido,
sobre pratos de balança,
não há coração ferido,
nem existe a esperança;
corre a vida como um veio,
com um grande rio cheio
que se encheu até não mais.
A saciedade é inteira
na fábrica, a escola, a eira,
não há germe nem poeira
nas paisagens virginais.

NEMO

Rolam as máquinas frias
em um silêncio sagrado.

BURBANK

São o esforço conjugado
das águas das penedias.

NEMO

De quem as casas suaves,
os terraços e as janelas?

BURBANK
Pertencem a todas as aves,
pertencem a todas estrelas.

NEMO
Como foi que o altruísmo
floresceu no paludismo
de antigas águas lodosas?...

BURBANK
Caíu a idea egoísta
Sob um sopro de conquista
de sugestões vigorosas.

NEMO
E o amor antigo e doce?

BURBANK
É hoje como se fosse
uma amizade morena.

NEMO
E morreu, não existe
a hora de saudade e pena?

BURBANK
Era a tristeza mui triste,
a mais dolorida Dor.

NEMO
Não oiço cantar ao berço
a canção dum lindo amor.

BURBANK
E a enche agora o universo,
– forma a alma e o coração –

NEMO

Não sei se é a morte do mundo,
se é a sua ressurreição!

Entram para as culturas, altos Palácios de Cristal, com reflectores e condensadores. Sobre braços curiosos balançam crianças, flores, sementes, pedras.

BURBANK

É o nosso ninho fecundo
da flor e do coração.
Há que anos coa fervente
com um esforço insistente
sobre a carne e o metal...
apagando as cicatrizes,
velhas taras infelizes,
cerrando aos poucos o mal.
– o íon, luz, magnetismo! –
é a energia e o lirismo
quebrando o velho egoísmo,
levantando o vegetal.
E as longas coisas gloriosas,
corolas leves de rosas,
os novos, loiros metais,
transformações silenciosas,
raças feitas lentamente
com este esforço insistente
de altas forças naturais.

NEMO

E longos degraus subindo
onde irá a perfeição?

BURBANK

Não será o progresso infindo?
qual a outra solução?...

Entram pelas arcadas, tal como os templos de outrora, mas nus como simples boudoirs honestos. É a hora de recolhimento sentimental.

NEMO

É a última religião?

BURBANK

É o último sentimento.

NEMO

Sem um deus sobre os altares.

BURBANK

Sem os deuses malabares.

Passam para os boulevards sadios, com multidões sérias, sem movimentos estúrdios e frívolos.

NEMO

Nas horas de febre e a lua
não há romances macios.

BURBANK

Partiu a luxúria nua,
deixou os poentes sadios.

NEMO

Como é o amor na Eutanásia?

BURBANK

O amor livre e redimido.

NEMO

Já não existe o marido,
e existe somente a amásia?

BURBANK

É a ligação estrelada
de sentimento mais sério.
Já não existe o mistério
de educação monacal.
Fica aberta a natureza
em toda a sua grandeza,
sem o vislumbre do mal.
Da compreensão definida
é uma escolha querida
para as horas conjugais.
– E fica tam linda a vida,
não se arrepende jamais –

NEMO

Tam frágil é o pensamento?

BURBANK

Será no outro momento
escolha mais acertada.
Não há ideia namorada
para o laço de paixão.
Há só intenção sagrada
dum repouso soberano,
e há só o desejo humano
da mais alta perfeição.

NEMO
Bernardo Homes fizeste
com muros azul-celeste
e com parques de saudade.

BURBANK
É na infância que se ensina
a santa ideia divina
da compaixão e a igualdade.

NEMO
E não haverá contudo
um desejo louco e agudo
dentro da alma dos pais?

BURBANK
E só depois do trabalho
que vão dar o agasalho,
cerrar laços naturais.

NEMO
Não há desembainhada
uma folha azul de espada
impondo a lei ao ladrão.

BURBANK
Com mui alma iluminada,
com a compaixão sagrada,
com o sadio coração?

NEMO
E, quem garante o respeito
à justiça e ao direito,
– tam longa é a noite do mal?

BURBANK

Seria grave doença,
e eu tinha ainda a crença,
Eu curava aquele mal.

NEMO

Mas não há grito fremente,
mancha de sangue ao poente,
os ais fúnebres do mar?

BURBANK

Não há, já tudo apagou-se,
um crespúsculo tam doce
que não fez rir nem chorar.

Chegam as linhas azuis dos Palácios Sociais, os armazéns de distribuição, as oficinas de cristal. É a hora de distribuição depois de duas horas de trabalho diário.

AS COSTUREIRAS

Só duas horas de trabalho
– que linda alvura do pão! –

OS LAVRADORES

De todos é a serra e o malho,
– e o irmão ao pé do irmão.

OS MESTRES

Debaixo dos refletores
crescem as crianças e as flores
São elas o que se quere –

AS EDUCADORAS

A sugestão séria e calma
levanta ao homem a alma
e o coração à mulher.

OS MÉDICOS
Já não existe a doença,
se matou-a a prevenção –

OS SÁBIOS
Está fechada na mão
toda a natureza imensa.

OS ARTISTAS
Já se apagou a tristeza,
numa taça de beleza
bebendo o leite e o luar.

OS VARREDORES
E não existe a fadiga
na grande assembleia amiga
da igreja, a escola e o lar.

AS MÃES
Marias, creches leais
aquecem os nossos filhos,

OS PAIS
E eles seguem novos trilhos
longe da alma dos pais.

É feliz ao sol, à lua, ao vento, na eira, na oficina a Eutanásia desconhecida. Nemo e Burbank vão melancolicamente para o lago azul.

NEMO
O que é a terra, de outro lado.
com um luar macilento?
– Trazem duas asas do vento
tal terror e tal cuidado!

BURBANK

É uma terra dolorida
que se vai aproximando...

NEMO

Dum destino miserando
parece que vem ferida.

BURBANK

Deita o medo em nosso sangue
aquele país exangue
com dois braços para nós.

NEMO

E parece até que espera
com uma morte severa
a nossa existência atroz.

De ouvir as palavras doloridas foge Burbank, cheio de terror estranho, a barba mui longa, cabeça caída. Então Nemo desce ao lago, tomado de surpresa.

Que tentação como corda!
– e o mau desejo que acorda
a terra da lua azul
Mas o velho, leito do aço,
porque foi, vergado o braço,
tremendo à brisa do sul?
Lua do País perfeito
o amarelo, último ledo,
aquela terra ferida?
– Ah, canoa sobre o lago
com sete cordas prendida! –
Seja-me o dia aziago,

eu vou à terra morena,
– seja embora à minha pena
mais uma pena ajuntada.
Um desejo me tortura,
um desejo de aventura
naquela terra calada.

Corta as sete cordas da gôndola verde e começa a remar com os músculos retesados, num cio aventureiro, daquele país temido da Eutanásia. Distingue uma procissão com velas.

NEMO
Estatueta de Tanagra![191]
a rainha do país doente
é uma virgem lenta e magra.
Que olheiras tem a sonâmbula! –
Ela é a Morte certamente
numa procissão noctâmbula.

MEDEIA
Vem, amor aventureiro...

NEMO
Chama com braço magoado
meu coração estrangeiro

MEDEIA
Vem, do mundo fatigado...

NEMO
Venho dum mando faminto.
gritos, noivados, giestas.

191 Cidade grega.

– pelas noitadas funestas
não foi o desejo extinto –

MEDEIA

Eu não tenho um só enfeite
sobre o pescoço saudoso

NEMO

Tens magros seios sem leite
– que lindo sonho glorioso! –

MEDEIA

Meu leito é trio e com tochas.

NEMO

Que frágil que és na cintura...
tens no ombro nódoas roxas.
O rainha das legendas
para altas noites tremendas
que linda a tua cintura...
A tua carne é madura,
e eu tenho um dente real.

MEDEIA

Mete medo o teu desejo...

NEMO

Eu trago na boca um beijo
agudo como um punhal.

Aborda com vertigem, salta doido, penetra por massa de gente pálida e cansada e cai de fome aos pés da rainha de cabelo liso, macio como algodão.

MEDEIA

Foge com remos doirados,
tem piedade do meu mal.

NEMO

Não tens sangue, Madalena?

MEDEIA

A minha pele morena
não toques, é fria, é fria...

NEMO

Linda e magra à Ave-Maria!

MEDEIA

Hás de ter trinta Veledas
ao luar das alamedas,
– minha boca descorou –

NEMO

Como um cavalo relincha
a minha alma, e sobe e incha,
– os meus dois olhos te dou –

MEDEIA

Não tenho a boca vermelha.

NEMO

É cheia do mel da abelha,
– eu quero tê-la ao luar –

MEDEIA

Por ti só penso chorar.

NEMO

Pois chora-me Margarida,
janela ferida
escutando ao longe do mar.

MEDEIA

Hás de morrer no meu leito.

NEMO

Morrer! que linda verdade
hei de colher no teu peito...

MEDEIA

Não me conheces...

NEMO

Conheço.

MEDEIA

Eu sou.

NEMO

És a minha Morte!

MEDEIA

E tu és o forte, o forte.
Aperta-me, eu te mereço,
dou-te o beijo de Francisca.

NEMO

Que estranho tem para o beijo
a tua boca dantesca...

MEDEIA

Deita a tua mão sem pejo,
apanha o meu coração.

NEMO

Ai que frio, frio, frio...
nunca senti este cio,
escalda até minha mão.

Arrasta-a pela cabeleira, através duma noite violeta até uma margem de água lodosa. Aperta-a até que a estrangula.

Então para, pasma de ver a sua língua que incha o pescoço azul, pernas nuas; enjoado atira-a com o pé para o torvelinho das águas que a arrastam rancorosamente.

CAPÍTULO IX

NEMO

Numa paisagem de tre [...] doirada, lavainha.[192]

Matei-a, foi ao mar das ostras e os sargaços,
quando o pé mergulhava a cabeça subia
- como a taça do Rei de Tule.
Era húmida a pele dos seus braços,
tinha até à cintura tule,
no mais era pálida e nua.
Marítima, esperava-me no cais iluminado,
estranha criação de pureza e pecado,
noturno amor frio como a lua.

Talvez a amasse no jardim de heliotrópios,
untasse-a com sândalos e mirras,
mas a sua boca era uma taça com ópios
fraudulenta, fraudulenta.
Seu amor era incestuoso como o das Mirras,
chegava-me com a hora mais noturna,
virei a urna,
matei-a com mão turbulenta.

Lá se foi, da cor dos lírios soluçantes,
deve estar já verde e horrível ao luar,
amanhã hão de mordê-la os lúbricos amantes,
- peixes de prata no alto mar -
Agora tenho o peito como um clarim,
entraram no meu coração as cordilheiras,
o meu dia transborda como a taça um festim,

192 Possível erro de transcrição.

parece até que matei a minha morte.
Passam dentro de mim as coisas
com tochas e bandeiras.

Fareja com narina larga. Esfrega com as mãos a pele lustrosa. Músculos se lhe tufam como cordas.

Quisera ser um rei com um palácio ao norte,
país? Qualquer, de Medeia ou de Armida –
mas com mulheres altas,
todas as tranças escorrendo rosas,
toda a carne firme e intangida,
só por mim se despindo lentamente,
até um longe oleoso do poente.
E mais ninguém, só eu entre mulheres altas.
Que coisas escabrosas
me correm hoje pelas artérias!
Estou penetrado na floresta,
agarram-me espirais,
Sobre minha alma passam cavalgadas.
Ó casas com luxo verde nas arcadas,
ó fogo de capim e da giesta!

Ah, luz caindo com asas sagradas...
A areia canta, o granito canta, a floresta canta,
a força é tanta,
afoga-me a garganta
e o desejo tufa-me como a uva no lagar.
Que tentação funesta...
ó vigor, ó esplendor, ó floresta,
faz-me chorar!

Para ao pé duma flor humílima e loira.

Coração primitivo de criança
afastado do triunfo e do marulho,

nem côncavo de solitário granito,
tu conseguiste apagar um furioso orgulho
e conseguiste esconder uma longa esperança.
Ó flor, ó alma voltada para o infinito,
como urna donzela de macia trança!

Pipila um bulbul, tam alto, que parece uma estrela na madrugada. O ar estremece de escutá-lo.

Flor com duas asas, garganta de ave!
– ó alma voluptuosa de bulbul –
que nuvem cósmica tu bebeste no azul
que tens sonoridade acústica de prata
numa comoção humana e grave...
– tulipa, cinzenta e timorata! –
tua carne deita gotas de sentimento?
Coisas de enamorado tormento?
ou somente frívolas e tropicais cantigas...

Ó bulbul, ó lira, ó coração,
também eu cantava outrora no meio de espigas,
ao pé de tranças pesadas de raparigas,
ao pé de véus brancos indo à comunhão.
Cantava subindo as ladeiras,
cantava nas tardes trigueiras,
ao pé da lamparina do serão.
Tam longe estou da minha aldeia,
ó minhas noites de lua cheia,
onde foi que eu perdi a piedade e a ilusão!

Esta bêbado de luz, sacode-se nas algas como cão molhado. Coça furiosamente o pescoço.

Dá-me gana de navegar
de guiar automóveis, de montar a cavalo,

sinto na ilharga um formidável abalo,
quisera ser o Xá, o Papa, o Zar!

Ouve neste instante um galope ruidoso atrás. É o Dr. X, sempre dandy e escarninho.

Ó doutor, por aqui?

DR. X

Por que não...

NEMO

Julgava-te ainda, a cavalo, na revolução.

DR. X.

Tens inchadas as cordoveias[193] do pescoço,
silvas como os violentos capelos,
tens como os cerdos dos javalis os pelos,
o sangue está maligno e grosso.

NEMO

(Que inferno... percebe tudo)

DR. X

Sofres de lúbrica nevrose,
farejas carne, pescoços, veludo,
avistas sultanas, avistas peixeiras,
altas curumbinas na memorável pose
que deixa a nu ilhargas trigueiras.
Tens nostalgia dos guisos e os gumates,
o fogo dos combates

193 Conjunto de veias do pescoço.

nas noites de lacre e as natocas,[194]
sonhas em mordeduras em bocas,
abraços sobre massas de cabeleiras.

Baixa os olhos Nemo, confuso e piegas.

Vitória a ti, meu escravo lendário!
Há algures
uma cidade de carne e de sangue,
um vaticano de oiro solitário,
Há aí chins com rabicho, nababos,
sultões que fumam ópio, lêmures,
bailadeiras uivando debaixo do sarangue,[195]
hotentotes levantando agudos rabos.
A cidade é cavada no peito dum monte,
com luar no horizonte
levantando cornos ao ar.

NEMO
Leva-me o doutor, ao grande lupanar.

Saltam álacres para a garupa do cavalo e rompem por terras inolvidáveis até que chegam ao pé dum Himalaia carregado de florestas vermelhas.

DR. X.
São dentro deste monte as conceições raivosas.

NEMO
Não quero a lua morta e os cálices das rosas.

194 Segundo Dalgado, é um termo de origem sânscrita para designar espetáculo dramático.

195 Sarangui, rabeca indiana.

DR. X.
Há saudade doida e as festas de Lúculo.

NEMO
Queria dar no sangue um formidável pulo.

DR. X.
Tudo se leva à ponta aguda da Vontade.

Apeiam defronte duma fachada inverossímil de pedra preta, tam preta que de aí escorre noite solitária. O momento é único. O Dr. X. enternece-se aí, põe duas mãos humildes, soluça.

Eis-me aqui, minha alma gloriosa e forte,
aperta-me à tua carne amada.
Venho de viagem absurda, o poente e a debandada,
venho de caminhos barrados de morte
para comer dos frutos do teu ventre sadio,
– eu que passo na Criação como vento sombrio,
sinto ao pé de ti, ó irradiante,
um tenebroso frio! –
Aperta me à tua carne, ó gloriosa amante,
abre-te alto abaixo por mim,
olha que eu sopro a tua face vitoriosa
a palavra tempestuosa:
SIM!

E de alto a baixo se tende a fachada de noite e logo aponta o vestíbulo monstro de um Mahal[196] *de oiro e pérola, vasta capital de rajás dum sonho talhada em chão de cristal túmulo.*

196 Palácio.

NEMO

Fica estólido[197] e pasmado. Volta-se ao Dr. X, mas este já está muito longe, galopando entre nevoeiros, o chicote alto e a espora alegre.

Ó cidade transparente, ó cidade esquisita...
Mas quem é este marau que nas cidades grita
alucinadas e revolucionárias,
e nas rampas solitárias
chora como as castelãs trigueiras?...
Lá vai ele pelo azulado das eiras,
fazendo curvar o ar com um simples chicote.

Alonga a vista pelo horizonte caleidoscópio do pavilhão de pagodes, piscinas, galerias, palácios de cristal, de ónixes, torres, túmulos e casernas.

Que primor, Aretino!
É Alhambra? É vaticano? E aquele magote
de trezentos povos felizes,
de todas raças de todos os países
varridos pelo horizonte clandestino...

Penetra pela babilônia dentro, sequiosa e lúbrica. A turbulência da carne é inverossímil.

Grunhidos por toda a parte de grandes porcos,
– um chafurdar monstro na lama! –
o país é uma formidável cama
carregada de porcos.
Mas irra, sim, irra,
o que é isto que sobe e entra pela garganta,

197 Estúpido, néscio.

um bafo de caril, de óleos, de mirra
e que um delírio excecional levanta...
– Ó boudoirs perfumados perversamente?
E banhos, tinas de esmeralda, piscinas,
mulheres de ancas leoninas
despindo-se até um longíquo poente...
Ó monstruosos, doidos pagodes,
mesquitas com subterrâneos e sinagogas;
onde cantam, à mesa, agudas odes,
e pisam em almofarizes estonteantes drogas?
– Quem será no país o famoso nababo ?–
Se o diabo é o pai das luxúrias queridas
eu dava trinta vidas
por uma só do mais grosso diabo

Rompe um orfeon quente, de figuras doidas, mescia de sangues contraditórios, tudo gingando, grunhindo. Ao fim é Cleópatra, de carne extraordinária.

CORO DA VIDA

Viva o sol com fortes colares!
É sua carne que escoa no azul.
Quando ululam as curvas dos mares
e o desejo levanta do sul.

Viva a terra, a mulher infinita,
com os peitos voltados ao céu
Que calor dentro dela palpita! –
Toda nua, sem a ponta dum véu...

Viva a carne do homem e da fera,
é tam bela a tremer e a suar...
apertada no fogo da eira,
e lambida no frio luar.

CLEÓPATRA

A escorrer cravos, ópio, caril, beijada de adolescentes.

Disseram-me que vinha
um herói mais duro que Marco António,
a farejar com as ventas uma alta rainha;
disseram-me que tinha
um nariz poderoso e insaciado
com a túnica do seu manto sidónio[198]
onde estará o herói parado
mais duro que o meu Marco António!...

UM ESCRAVO NÚBIO
Há um estrangeiro, de pé, tam desgostoso!

O CORTEJO
Onde? Onde?

CLEÓPATRA
É ele, por Tifon, à certa...
a procurar-me pardo e desgostoso.
Hei de matar-te, ó escravo negro, onde
– responde –
parou o herói duro e pesaroso?

NEMO
Ó que lúbrico mar pela janela aberta!

CLEÓPATRA

Avista Nemo à beira dum tanque de madrepérola e salta da liteira, ajoelha. Grunhe, focinha, enquanto bandeiras se desfraldam e tocam trombetas.

---

198 Fenício.

És tu, és tu, meu vencedor de granito?
vem entrando como um elefante
vem rolar sobre um leito infinito,
vem depressa
dar pontapés na minha cabeça,
morder como cão danado a minha boca.
Olha, estou louca
dum cio mais duro que o diamante.
Sacode com força o meu pescoço,
arrasta por todas as escadas
o meu cabelo extraordinariamente grosso,
esmurra-me as ilhargas perfumadas.
Calado! o que é que queres
de gordos homens, de altas mulheres?

NEMO

Ai que lindo curral!

CLEÓPATRA

Olha-me o corpo por todos os lados,
percorre-o até onde queiras
tenho-o endurecido com banhos consagrados
do leite de mulheres leiteiras.
Nunca sonhaste em naufrágio num mar austral?
Vem naufragar, ó meu herói trigueiro
numa noite de janeiro,
dentro dum canavial.

NEMO

Cai derretido sobre o húmido corpo da egípcia.

Sou teu, dama e sultana.
Na mocidade arisca e os dias dissolventes
eu senti apetites veementes

que medroso guardei, dama e sultana.
Mas hoje ataca-me a sede africana,
vamos ao templo de oiro,
ó rainha, vasta, e ataviada
celebrar um altar imorredoiro.

O ORFEON

Chegou Roberto o Diabo,
é um trigueiro nababo
e tem pontas como um boi.
Com burras, éguas e cabras
dancemos danças macabras
defronte daquele herói.

CLEÓPATRA

Com Nemo sobre o andor, bordejando.

Morde-me onde quiseres.

NEMO

És uma estátua ensopada de mirra e vinho.

CLEÓPATRA

Queres subir uma escada de trezentas mulheres?

NEMO

Tens dois seios como nacos de toucinho.

CLEÓPATRA

Fecha os olhos ao entrar na floresta.

Ferve a orgia, roxa, monstruosa, sobre tanques de vinho, cavernas com ópio, com cocaína, catarata de água perfumada. Passam as abominações de todas as eras, de envolta com deuses lúbricos, Baal, Mitra, Bhavani, Anais.

SÍRIAS AGADITANAS
Chegam frotas de países estrangeiros,
desembarcam homens fortes e aventureiros
trazem pendentes bolsas com dinheiros
Amanhã!

AS SCORTA, BUSTUÁRIA, STHETICA, NÉNIA...[199]
E viajantes de grossos cabelos,
com barris sobre dorsos de camelos.
Evohé!

NEMO
Que país o teu com altas pontas,
ó rainha lustrosa e selvagem...
Quero tomar famosa borracheira,
grunhir uma noite inteira
com a boca a arder e mãos tontas

CLEÓPATRA
Chega-te, dou vermelha massagem...

NEMO
Dá vontade de mugir como um toiro,
focinhar como um urso.

CLEÓPATRA
Atira-me por terra carregada de oiro.

NEMO
Dá vontade de pastar, como os brutos.

CLEÓPATRA
Não estás ainda mole e saciado,
precisas de morder mui violentos frutos.

---

199 Nomes de cortesãs da Antiguidade.

Olha os pátios com mastros de cocanha,
atrevida montanha
com ondulações sanguíneas.
– Conquista com um grito despedaçado
o reino das coisas virgínias,
faze-te bonzo, naire, o que quiseres,
trepa sobre cabelos de mulheres,
baila o mais famoso bailado.

Acode um batalhão de quinhentas guitarrilhas pinçando. D. Juans de melena ao vento num can can abominável. Entoam à uma.

OS D. JUANS
Levanta-te do leito, ó flor da mancenilha.
e vem, juntando as mãos, ao teu balcão de jade.
Há que tempo o luar bate à tua porta, filha.

AS COCOTES

Levando em charola de lacre uma estátua grotesca.

Bendito sejas tu, gordo marquês de Sade.

OS D. JUANS
Vem de corpete azul, enfeitado de rendas,
– que mole hás de ser tu, pela trança cativa! -
hão de desabrochar, sob os teus pés, merendas.

AS BAVINAS[200]

Com um deus vergonhoso ao ombro, cheio de caril.

200 Semelhante a bailadeira. Segundo Dalgado, nome dado em Goa àquela que se consagra ao serviço de certa divindade hindu.

Tu és somente o forte, ó triunfante Shiva.

OS D. JUANS
Nós havemos de rir nas lânguidas viagens,
– que lindo vai no azul o luar líquido e loiro! –
vem desatar, correndo, a trança nas paisagens...

As Assírias, fenícias, gaditanas, dançando em volta do ídolo obeso e chué.

Tu és grande, Moloc, e forte como um toiro.

A orgia alastra como azeite rançoso. Passam coisas inexprimíveis à luz furta-cores. Que furor metálico. Nemo recua sufocado.

NEMO
Sinto a náusea dum arratel de ipeca,[201]
sobe-me o estômago à garganta,
com a breca!

CLEÓPATRA
Olha ainda aquele padre...
celebra a Missa Negra antigamente santa,
sobre o peito de Montupen, sua comadre.

NEMO
Sacrilégio na hóstia e os Evangelhos

CLEÓPATRA
Caem de joelhos
os brâmanes das festas malabares.

201 Planta de origem brasileira, com efeito vomitivo.

ABBÉ GUIBOURG

Oremus!

AS BRUXAS

Vem aqui, ó tutor de estridentes nevroses,

CLEÓPATRA

Olha o altar das apoteoses,
a Montespan com braços como remos
coloca o crucifixo sobre o peito
e o cálice sobre o ventre.

ABBÊ GUIBOURG

Vem com os pés cambados. Príncipe Perfeito,
Asmodeu, Lucerna de Amizade,
vem beber no cálice o vinho da Saciedade.

Corta as carótidas a uma criancinha e asperge o seu altar da carne de favorita.

OS EXALTADOS

Aos tambores!
à capela subterrânea das Ursulinas,
com comunhões clandestinas...

CLEÓPATRA

Não gostas dos ripanços e os sacrilégios?
preferes o salão com virgens histéricas,
ou plataforma com figuras cadavéricas,
amantes com longos vestidos régios!
Queres víbora do Egito?
as que vazam na carne a espuma das caldeiras,
e que atiram por terra multidões inteiras
um choro infinito?...

Arrasta Nemo para o salão dos suicídios voluptuosos, as injeções de líquidos espumantes, as mordeduras de serpentes exóticas, as violações, as flagelações.

VOZES SABURRENTAS

Não chega o cio malabar
com ventania colérica e noturna,
não deita as raças com o ventre para o ar.

NEMO

Está carregada a urna,
é de surro, do mui estúpido surro,
estou a dissolver-me no mais triste enxurro
– quem me dera voltar!

Delta a galgar, colérico, vesgo, descalço, pelas colunatas, as arcarias, todo o tumulto da Cidade da Carne, as orgias monstruosas, tudo cheirando a caris, ólios, mirras, suor, vómitos e excrementos.

Sapos por toda a parte, enormes e amarelos,
postas de carne, pernas resplandecentes,
– ai perigosos dentes
mordendo nos cabelos! –
Vergonhoso país mais sujo que a Capreia,
como foi que eu cheguei ao seu vermelho porto!
Ô minha lânguida, solitária aldeia
dá-me da tua lembrança um lírico conforto.

Atira-se desabrido para o largo, pela beira de alagoa e a orla de floresta donde saem uivos de cio.

E em toda a parte, ó raiva, o uivo das cadelas!
São até prostitutas as estrelas,
a noite é uma alcoviteira enorme.

Até na paz distante das florestas
um coração abençoado não dorme.
Ó visão de nações gloriosas e honestas! –
Pudesse eu dar com a rampa macia
da saudade do amor que eu perdi um dia...

E dá com a rampa de algas, de frescura e de paz. E depois muito depois de Cidade de Carne, um longínquo de névoa e de enternecimento. Lágrimas correm dos olhos naquela paisagem sentida.

Moreno país de perpétuas e esquecimento!
Tam leve és tu e tam suave
longe do mundo fraudulento...
meu coração levanta duas asas de ave.

Chega-lhe um som de harpa, líquido.

Que oiço! Efigénia
canta a canção de tristeza micénia,
toca o meu coração desalentadamente;
em que janela está a virgem, no poente!
Tem a garganta de cotovia melancólica,
pétalas mortas sobre o meu sentimento lança.
parece na tristeza bucólica
a última vitória e a última esperança.

Chega de repente o Dr. X trazido num turbilhão.

DR. X
Volta depressa, volta
ao perfume, ao calor, à mocidade.

NEMO
Atira-me no chão silenciosa revolta.

DR. X
Não sabes... é o país da mais doida verdade.

NEMO
É? Então larga-me, larga,
quero a verdade a mais alta e amarga.

DR. X
No fundo é uma cidade inimiga
com torres de perpétuo gelo,
mora aí uma visão de cera e de fadiga
escorrem águas palustres do seu cabelo.

NEMO
Vi uma donzela assim num poente perto,
era absolutamente bela,
com dobras de seda lúgubre sobre o peito
ardia ao longe como uma vela.

DR. X
Hás de apanhar um cheiro cadavérico,
de flores venenosas aos milhares
fermentando a um luar colérico.

NEMO
Que importa?
Ao fim de tantas terras, tantos mares,
hei de encontrar uma admirável porta.

Partem os dois por um caminho luarento. Não há um risco, uma praga, uma palpitação por todo o horizonte. Ao fim é o Castelo de Gelo com jardins de flores murchas.

DR. X
Ainda é tempo, volta ao sol e às giestas.

NEMO
Sinto um despedaçar de ilusões funestas.

Da torre mais alta e a mais calada escoa uma voz morrente cantando sobre harpa negra a canção do Moço Aventureiro.

A DESCONHECIDA
Moço bem feito, como as merendas
se vai à busca do El-Dorado,
– ai sua terra como das lendas
que ele deixa sem um cuidado! –
Moço bem feito, leva um tesoiro,
sua alma de oiro, sua alma de oiro,

Noivas morenas, pelos caminhos
vê nas janelas, muito modestas,
todas fiando compridos linhos.
Passam suspiros entre giestas...
E ao El-Dorado se vai partindo
aventureiro, mancebo lindo.

Senhor que ides, senhor, tam doce,
dizem modestas e suspirando,
vinde às roseiras desabrochando,
olhai tam lindas, nem uma fanou-se:
De todos sonhos que ides sonhando,
que um só deles nossa alma fosse!

Pastoras de adens, à beira da água.
que bem se enfeitam de violetas
– olhos de ave sem uma mágoa! –
escorrem rosas de tranças pretas,
E ele vai longe, nunca encontrando,
o El-Dorado que vai buscando.

As lindas coisas que viu no mundo,
as lindas coisas que viu na vida.
Crê-as pequenas, alma iludida,
e parte ainda garboso e forte
no seu caminho que não tem porte
e no seu sonho que não tem fundo.

NEMO

Que canção cantas tu escura e aventureira
e sobre cordas desgraçadas
passa duas mãos despedaçadas,
numa torre inclinado o pescoço de cera

A DESCONHECIDA

Chegou na noite sem uma estrela
à praia morta dum grande mar,
– mas quem lhe dera nunca chegar!–
sem uma barca, sem caravela,
sem um alívio, sem esperança,
sem uma virgem de longa trança.

DR. X

Basta. Vamos indo.
O resto hemos de ouvir que é muito lindo
num terral de dezembro.

NEMO

É ela dum dia pardo! bem me lembro,
chamava-me com ais de sentimento
toda a tarde por mim rezava a Avé-Maria,
soluçava e prometia
o mais perpétuo esquecimento.

A DESCONHECIDA

E da viagem tão fatigado
quem o conhecera, mancebo lindo!
Miragem de oiro que foi seguindo
era a miragem o El-Dorado.
É tarde, é tarde, na noite escura
só vê ao lado sua amargura.

Mancebo lindo soluça e chora.
Qual é o caminho da sua aldeia,
onde é a beleza da lua cheia,
onde é a frescura e onde é a aurora?
Mancebo lindo de olhos doridos
vê os seus sonhos todos perdidos.

NEMO

És milagrosa tu, como os cisnes morrentes,
– que saudoso o teu canto de vencido! –
adormece meu coração dolorido,
caiu num tanque de águas verdes a minha Dor.
Ó virgem de seios como as luas doentes
embrulhe-me com a tristeza de tuas tranças.
Depois de mortas minhas esperanças
serei o teu morto trovador.

DR. X

É a Cessação a última vingança!

NEMO

Vem, vem juntar-te ao meu, coração de criança...

A DESCONHECIDA

E volta os olhos alucinados,
só vê tristezas, só vê negrumes,
lembras as morenas de olhos magoados

lembra as paisagens com vagalumes
– e que esperanças, e que perfumes
pelos amores, pelos noivados!–

DR. X
Vai-te cobrir com a Noite, perpetuamente?

NEMO
Está distante ainda.
não vai cobrir-me com a noite linda
caritativamente.

A DESCONHECIDA
Parou na noite aventureira,
– vai tam cansado de tanto andar? –
junta no peito suas mãos de cera,
nem sabe os sonhos que há de sonhar,
que nada sonha, que nada espera
na praia morta do grande mar.

Bate do alto gelado e amarelo um bafo tam frio que Nemo tomba pra o lado, de cera, lívido. De vê-lo cair a Desconhecida põe-se a chorar.

O Dr X. então salta à garupa do cavalo, segura pelos cabelos o poeta e foge com ele num galope tumultuoso até a aldeia à beira mar, sua pátria verde.

OS PÁRIAS.[202] NARRATIVA DRAMÁTICA

PRIMEIRA JORNADA

Não deu searas o Setembro, amarelas que enchem barrigas a begarins e abarrotam celeiros de nababos. É tudo sujo no Berar,[203] debaixo de ocre cinza que suja tudo, morde e queima; e o desespero alastra com bafo de petróleo. O sol feriu as argilas, pôs-lhes fendas donde saem formigões pretos. Ao meio dia urram elefantes doidos, atiram-se com estrondo contra cabeços de montes. Os horizontes tremem de febre e cólera, o azul infinito parece grosso.

Ao pé das várzeas duras, de palhas ressequidas berram os párias, de tanga pelintra, ventre escavado como caverna e cabelo sujo, mulheres de carne nojenta, mamas pendulando.

OS PÁRIAS

Matê, dá arroz! Porque estás dura e tens formigas pretas? Levanta-te como grande vaca leiteira; fica cheia de água, de peixinhos e de garças, matê! Porque estás calada e enfurecida? Nós te hemos lavrado de baixo do Julho frio, e tu empolas os nossos pés? Debalde cavamos poços negros, caem ali búfalos berrando e quebram os ossos. Não há água, matê, dá água! crianças pedem água... olha, vieram todas

202 Dalits, antes conhecidos como intocáveis, no sistema de castas, tradicionalmente forçados a assumir profissões consideradas impuras, como de limpeza e de contato com cadáveres.

203 Um dos sultanatos do Decão.

com cheretas e estendem-nas para ti com guinchos. Abre os olhos e os ouvidos, matê; escuta-nos a bater com punhos sobre as entranhas. Porque fechaste os olhos? Só as mulheres paridas ficaram em casa. Porque fechaste os olhos?

Não responde ninguém, tudo é irónico e mau. Arde o ar, parece carvão das hulheiras, pulverulento. E às onze, o sol é chato, sobre um azul maligno, parecendo rosnar como um cão, e a rir, a rir desaforadamente. Crê-se ouvir a sua voz grossa.

SÚRIA

Devo ser magnífico. Terras onduladas me levantam costados enormes. Mercadores apeiam dos camelos, à madrugada, oferecem-me taças com água de sândalo, queimam turíbulos, partem cocos, atiram com joias resplandescentes ao ar. Deve cheirar a pivete e os azeites acres. Eu devo ser um gordo e apetecível nababo.

Xabás! Ondas de azul bruno veiadas de branco... Donzelas atiram-se à água salgada com o cabelo em torrentes negras; seus peitos batem com estrondo sobre o mar... mas depois torcem o pescoço e viram a cara para mim, com fileiras de dentes agudos; gostam de meus braços a arder.

Mas quem são estes que berram como sapos?... Nojentos, fazem asco aos nababos de oiro. São homens com certeza, mas têm rugas nas junturas, os xendis são de trapo negro, os beiços são de coiro. As mulheres... quisera matá-las, estragam-me o país.

OS LEÕES

Em larga massa fulminada de sede, com goelas abertas, como cavernas vermelhas.

Porque há montes de água no mar, nós fomos beber à meia noite ao pé do mar. Nós éramos catorze e demos catorze dentadas na água que se levanta. Que traição! Não engolimos. Ficamos somente a rugir todos juntos na praia, até a madrugada.

AS FORMIGAS

É seco, até à entranha e o útero da terra. Mas caem tantos, homens, cães e lagartos! Com o sangue ainda vermelho e húmido... Pode-se entrar por sua boca, nariz e orelhas, e beber longa, deliciosamente.

OS ELEFANTES

Magríssimos, a pele em folhos caindo em papeiras, trombas arrastando pelo chão.

Outrora vinham maharajas à caça de elefantes. Montavam cavalos negros. Adiante tocavam trombetas. Eles tinham arcabuzes, matavam elefantes rindo e galopando. Nós caíamos sobre as ravinas, com estrondo, os ossos se quebravam ferindo carnes, deixando retalhos sobre rochedos, os dentes saltavam pelas giestas. Já morreram os rajás que matavam elefantes, rindo e galopando.

RAÍZES DE MANGUEIRAS

É negro lá p'rá dentro, e quente, como fornalha! Onde é que imos? E lá em cima a carne escalda, torcem as fibras com Dor, estalam, levantam gritos miseráveis que ninguém escuta. Onde há uma gota de água?

MULTIDÕES DE FLORES MURCHAS

Pisa-nos o sol com pés carregados de sandálias de chumbo a arder. Que mal fizemos, ó dias de cabeça malvada? O nosso coração chora até altas horas noturnas, e ao romper da manhã não está consolado.

O INFINITO

É uma carga tudo quanto existe.

Dias se dobram como tendas de árabes, e noites também, de luar seco, dois cornos espantados no ar. Tudo se empesta de manchas de sangue seco, de farrapos, de cadáveres mordidos de moscas, linhas de formigões amarelos em volta. Toda a noite cobras e insectos gritam com gargantas metálicas.

Os párias se entreolham, de ilíacos grotescos em curva, caras repuxadas, atacados de sobressaltos. Discutem rapidamente, deitam saliva grossa ao chão, cheirando tabaco.

OS PÁRIAS

Morreu Jenú Mar, morreu Mortú, que batia tambores no Dassará.[204] Mais a mulher de Essó, três filhos de Apcá, vomitando sangue na moroda[205] de Corquém, todos três secos e com gretas nas junturas. Morreram catorze homens na casana de Jiubá. Mas comeram às dentadas folhas de rui,[206] por três horas deitaram catorze línguas grossas e negras como bosta de boi, quebravam os ossos dos dedos, dobravam-se para morder a barriga, catorze xendis[207] hirtos no ar, como asas de gralhas.

Quando morreram, os seus ventres se encostaram ao costado, os pés tremiam por muito tempo.

Sobre um rochedo negro, quente no meio dia, está sozinho Sublá Mar, formidável faraz de queixo quadrado, lustroso na pele, a testa com duas bossas resplandescentes. É sólido como um touro, os seus braços se recurvam naturalmente atacados de músculos duros. Ele não fala, não interpela, é simplesmente grosso e impassível. Outros vêm para ele cambaleando.

JIUBÁ MAR

Desce daquele rochedo, ó Sublá, ele fumega, está quente como bigorna do ferreiro.

SUBLÁ MAR

Está? não sinto.

---

204 Festa da deusa Durga.

205 Em Goa, um descampado.

206 Planta indiana usada contra o reumatismo, segundo Dalgado.

207 Sendi, xendi ou xendim, rabicho que usavam os hindus.

NANÚ

Que fazemos, ó Sublá?

SUBLÁ MAR

Não sei nada.

JIUBÁ MAR

Dizem que chegam gafanhotos do Guzerate, vermelhos como pimentas, e muito grossos. Não choveu no Caucana, há carestia no Cariará. Mensageiros vão com cajados à procura de água e voltam, comidos de moscas, mordidos de escorpiões, os pés ensanguentados.

LADDÚ

Ninguém compra crianças, até Hyderabad.

SUBLÁ MAR

É forçoso matar o Meriá.

JIUBÁ, NANÚ, MORTÚ...

Bocas abertas alongando o pescoço.

Ó Meriá!

SUBLÁ MAR

Pela noite, e a criança mais sadia, mais dura e mais limpa do Berar. Há de aplacar-se o nosso pai, Danguiá Mar.

Corre calafrio pela carne dos farazes. Soluçam.

MORTÓ

De quem há de ser o Meriá...

NANÚ

O meu filho tem dois anos apenas e tem nove fendas no pé esquerdo, inchado até ao joelho. Não dorme toda a noite. Três bichos saíram hoje da ferida de cauda amarela.

ANTÁ

Eu tenho uma filha única, ó Sublá!

JIUBÁ MAR

Eu tenho dois rapazes. Dormem comigo a noite inteira. A mãe morreu, sabem-no, há um ano, mordida de cobra alcatifa, apodrecendo aos bocados. Coitados, dormem os dois comigo toda a noite.

MORTÓ

Vai-se buscar o Meriá pelas aldeias fora. Não hão de faltar crianças, ao pé dos calões de barro, no escuro, à beira de charcos. Mete-se uma em saco, mordaça à boca.

SUBLÁ MAR

Não. Eu tenho quatro filhas. A mais nova é Anjani. É lavada todos os dias com água de lodo espremido cinco vezes em pano grosso. Não tem feridas nem sarna, Anjani. Trago-a à noite ao Meriá.

Parte rosnando, duro, os músculos estirados sobre curvas de braços. Não comeu naquele dia Sublá. Ficou a ver longamente o dal[208] *mal cozido, as pernas encruzadas sobre esteiras de bambu. Ao cair da noite disse à mulher.*

Põe cazol nos olhos de Anjani, esfrega-lhe açafrão moído às fontes. Há sândalo atrás do linga[209] do Shiva, unta-lhe os sovacos e o umbigo.

VIGEI

Onde quere levá-la, onde?

SUBLÁ MAR

Ao Meriá...

---

208 Preparado de lentilhas.

209 Representação da divindade hindu Shiva e usado para orações nos templos.

VIGEI

Ao Meriá... Anjani... ai!

Fica com grandes olhos redondos, de vidro fosco.

SUBLÁ MAR

Afia a grande faca do mato.

VIGEI

Mata-me a mim. Corta-me o nariz, as orelhas, dá-as ao Meriá. Aqui está o meu tali,[210] o meu muctamomi. Eu tenho quatro filhas. Deixa-as todas. Leva-me a mim. Não? Anjani... ai!

Tomba amarela sobre o chão, o pé esquerdo tremendo muito, os seios ao ar. Sublá está imóvel. Lágrimas tentam vir aos seus olhos, mas ele as faz sorver pelas conjuntivas em sangue. Morde os beiços, que a boca parece carregada de suco de bétel.

SUBLÁ MAR

Sou da raça dos que foram mortos outrora, aos milhares, debaixo de patas de cavalos, presos a mangueiras, untados de sura, lentamente comidos de moscas e formigas. Hoje os estrangeiros os matam com espada curva, levam-lhes as mulheres e crianças...

Pela noite alta acodem duzentos farazes besuntados de sangue de búfalos, carregados de conchas, de pedras pendulando dos cabelos, com grandes dentes postiços, penas de pavão e capins amarelos à cabeça. Batem tambores, grunhem, furam línguas com espinhos, pregam ao peito lições acesos, cantam o hino quebrado de:

210 Joia de casamento hindu.

DÁNGUIA MAR

Tens cinco olhos tu, e a tua espada é curva. Ó Dánguia
Mar!
Huá...
Vamos dar-te o Meriá
banhado em sete charcos de água turva,
depois de arrancado aos peitos da mãe.
Ó Dánguia Mar!
Não tem,
mais que tu as pernas grandes ninguém.
Tu hás de dar saltos, grandes saltos,
hás-de matar em trinta assaltos
e comer todos os demónios, ó Dánguia Mar!
E a chuva há de cair
do teu xendi há de cair,
do sangue de Meriá há de cair.
a chuva... jai, jai, Dánguia Mar!

É terrível depois. Anjani é criança de dezassete meses, untada de açafrão, de sândalo, de incenso acre, de coisas amarelas em pintas grotescas. Dois homens a seguram, uma perna cada um. Amarram-na a um poste de arequeira e cortam com facas afiadas pedaços de sua carne, partem-lhe com pedras o crânio, metem mãos no ventre esfarrapado, arrancam pedaços de entranha que vão enterrar ao largo, no meio de alaridos. Acirram-se todos num furor sádico, insultam-se, bebem bengui,[211] *ópio, espírito ardente, esfaqueiam-se sem nexo, rolam no chão, homens esguios como lanças, mulheres com cabeças medonhas, escanzeladas, ululando no escuro.*

Uma lua de ferro contempla a orgia, o vento rosna maligno. Aos poucos o silêncio alastra como azeite, fara-

211 Bangue, cânhamo.

zes caem no chão extenuados, em pilhas, cobertos de sangue e lama, cheirando acremente até à distância, depois dormem, gargantas ronronando, as costelas levantadas em movimento convulsivos.

Um ruído longínquo sacode então as tapadas ressequidas.

OS TIGRES

Cheira bem. Que será? Sangue de homem?

OS URSOS

É, é sangue de homem. Parece arroz cozido e quente. E quantos homens há aí, crianças e mulheres, com gargantas magníficas e barrigas moles!

A MULTIDÃO DE FERAS

Aos homens!

Foi debaixo duma lua de ferro, como folha delével de palmeira, a guerra de fome e de seda no Berar. As feras caíram de todos os montes, como ladeiras desabadas. Uivaram por junto que o mar ouviu o eco no Guzerate. Os leões avançaram primeiro, os tigres depois, ursos atrás, elefantes, panteras, adives... até corças à distância lambendo beiços, abutres de bico fétido e morcegos.

E começaram a devorar os farazes.

SUBLÁ MAR

A pé, a pé! As feras! Acuda!

OS PÁRIAS

Aiiah!

Toda a massa denegrida, escorrendo lama, se levanta então como floresta ferida de tempestade. Mas as feras estão já no meio, e gargantas de farazes caem arranca-

das, com pedaços de mandíbulas, retalhos de músculos, carótidas vazando sangue. Vastos rolos de entranhas correm pelo chão; ossos são partidos entre dentes de feras, com ruídos secos, como de lenha, olhos sacados de órbitas pendem sobre narizes, terríveis. De repente rola como o trovão a voz do colosso pária.

SUBLÁ MAR

Coragem! À facada, à pedrada, nas feras, eh gentes!

JIUBÁ MAR

Há tanta gente sem facas, nem pedras, nem bambus, ó Sublá!

SUBLÁ MAR

Vão às choupanas, tragam os machados de lenha, as foices, os grossos bambus verdes...

Olha com olhos maus os dorsos de feras, que não soltam um grito, e bebem em longos sorvos o sangue.

Não se dispersem. Unido tudo, aqui! Mulheres para longe!

Setecentas facas faíscam no escuro, machados de lâmina pesada, chuços e pedras. Feras são abatidas a golpes implacáveis. Não há trégua e não há piedade. Tigres saltam de garganta a garganta ao peito, ao pescoço, às nádegas, arrancando, esfarrapando. Ursos atiram-se com grunhidos surdos abatendo mulheres loucas, lambendo-lhes a cara longamente antes de devorar. Umas fogem, uma metade de cabelo arrancada, com pele de cabeça sangrando, outras com o feto na barriga rota, estendendo bracinhos trémulos fora.

JIUBÁ MAR

É impossível, Sublá. São tantas as feras do jangal!

MORTÓ

Fujamos! Pelos valados, atrás das sebes.

SUBLÁ MAR

Então nos matam, a todos.

JIUBÁ MAR

O que é que fez o nosso pai, o Dánguia Mar?

SUBLA MAR

Sinistro, rosnando como capelo cortado na cauda.

Não existe Dánguia Mar? Não o vi nunca com o xendi, robusto nos montes, parado como nuvem. Não há ninguém. Tudo é oco até o Himavata.

NANÚ

É demais, Sublá, Jiubá...Vamos fugir toda a noite até que o dia venha com dez dedos levantados!

Mas Sublá Mar é duro, tem peito de 20 polegadas e seu xendi é grosso. Tem o cucri[212] *dos Gurcas*[213] *de Amritsara, cheio de sangue a pingar. Está, de pé como torre, farazes atrás na fileira, mulheres caídas aos pés rolando miseravelmente. De repente vê correndo as três filhas que lhe restam, todas três com olhos vazados, abutres atacando-as com bicos e asas. Então atira-se louco para frente. Nem sabe quem fere no escuro com botes que semelham o cair do raio nas tapadas. Farazes electrizados seguem-no em fileiras apertadas. O combate é medonho. Esguichos de sangue enchem os olhos, as ventas e*

212 Kukri, faca curva nepalesa.

213 Gurkhas são soldados nepaleses, sendo Amritsar uma cidade no Punjabe.

as orelhas. Farazes sedentos também às gotas, sem nexo. A lua parece ferida de espadas compridas no horizonte.

VOZES NO ESCURO

Fogem... fogem os ursos negros, os ursos pardos, cocheiam muitos sem uma pata, sem focinho. Elefantes têm um ventre medonhamente aberto, aparece dentro o coração palpitando. Um pouco, mais um pouco: heiá!

Sublá Mar tem o peito esfarrapado, pela direita, uma costela mexendo aí, mas não se abate ele, que retesando ritmicamente os músculos medonhos a cada golpe, abate uma fera, e procura outra logo, esfaqueia tudo, decepa, esmaga.

SUBLÁ MAR

Foram vencidos! Mas está amaldiçoada para sempre a terra dos Mhars de Berar! O sangue já cheira mal, e a peste se há de levantar, com sete cabeças sem azeite, ó gentes! Vamos fugir... não sei onde, mas vamos... para o Himavata, para o Saiadri,[214] para Madras! Reúnam-se todos, o que resta do país negro que nos foi deixado como esmola pelos árias. Todos, e burros e bois e cães e galinhas. Vamos fugir, oh gentes, vamos fugir do Berar!

A caravana se forma, lúgubre, ululante, de farrapas fétidos corpos com rasgões carregados sobre magros bois vacilantes, cabras magríssimas, crianças inanimadas levadas às costas, vísceras ainda fisgando-se aos arbustos. Vão todos, em longas linhas negras sinuosando pela orla de lagoas secas, nas ladeiras de montes, tamarindos desfolhados, tratos com valados, poços carregados de sangue e as ruínas.

Somente Sublá Mar regressa despercebido e sozinho para a choupana. Escoa cauteloso pelas trevas mortas, afastando espinheiros e capins. Treme ao topar com pernas atiradas ao esmo, cabeças que produzem som seco

214 Montanhas Sahyadr ou Gates Ocidentais.

ao choque do seu pé. À porta da cabana está a mulher, sozinha, um rasgão enorme ao pescoço, sentada, os olhos no vago, imóvel.

VIGEI

Esperava, veio tão tarde...

SUBLÁ MAR

Levanta-te, vamos...

VIGEI

Onde? Onde foram as crianças?

SUBLÁ MAR

Morreram?

VIGEI

Não estão consigo? Não?

SUBLA MAR

Não.

E ele cambaleia. Cai-lhe o cucri das mãos.

VIGEI

Vá buscá-las. São três só agora. Quando eu caí por terra elas correram chorando, chamando-o. Não sei quando voltei para cá. Vá.

Ele parte, e grita longamente pelos campos, que farazes ao longe cuidam que feras regressam. Os pés se lhe enterraram na lama ensanguentada até aos joelhos. Volta tremendo de frio.

SUBLA MAR

Foram...

VIGEI

Mate-me agora, por piedade. Olhe. Chegou até ao meio do pescoço a garra do tigre, posso apenas falar. Por piedade, acabe-me.

SUBLÁ MAR

Vou levar-te às costas até Canará, até Laucá.

VIGEI

Não quero. Não e não! Mate-me, ou hei de aqui apodrecer sozinha.

Ele fica a pensar longamente. Depois atira um golpe tão duro que a cabeça de Vigei tomba para o lado. São poucas as gotas de sangue que descem sobre o pano enlameado. Então ele reúne cuidadosamente o tronco e a cabeça, aperta com um murro a carne ainda tépida, depois faz fogo na lareira e incendeia a choupana. Quando volta os passos para os montes o teto de colmo desaba a arder, cobrindo o corpo de Vigei.

SUBLÁ MAR

Estás acabada, rainha da... lama! Eu hei de acabar também, breve, mas muito longe. Feliz és tu que foste coberta das cinzas de nossa choupana de Berar!

As feras não mais perseguiram os farazes. As que vivem ainda estão saciadas, espojam-se nas peças de sangue, levantam quatro patas ao ar.

OS PÁRIAS

Rá, rá! Bois, cavalos. Adives vêm ainda atrás, seguram pernas de crianças, mordem os cães. Depressa! Hua!

SUBLA MAR

Adiante, sempre adiante. Quarenta homens fiquem para trás, cobertos de cambolins, armados de facas.

JIUBÁ MAR

Ó Sublá, morreram mais de mil. À certa, nas casanas de Marapura. Estou doido. O sangue que me ensopa me faz tiritar. Arrancaram-me o xendi, tenho chaga redonda no alto da cabeça.

LADDÚ

A minha mulher estava grávida, eu vi-a parir no escuro, depois nada vi.

MORTÚ

O meu irmão foi quebrado em dois por um búfalo do mato. Saiu-lhe uma coisa amarela da espinha...

SUBLÁ MAR

Eh, gentes! Nada de chorar os que morreram em Marapura. Vamos, adiante, sempre adiante!

Escoam lentamente pelas terras. A madrugada chega, acre, sem nevoeiro, como azeite alastrando sobre frigideira quente. Os fugitivos cambaleiam todos, de fadiga, de fome e de sede, mas Sublá Mar, à frente, com grande cutelo ao ombro direito e pés calçados de sandálias, marcha calado e inabalável, abrindo caminhos desconhecidos.

SEGUNDA JORNADA

SUBLÁ MAR

Água!

OS PÁRIAS

Água, shabás hô, água!

Caem-se por uma ladeira, desconhecida, em qualquer parte, lá no sul, com vegetação raivosa, e rola com veios brancos. Não sabem em que sítio, mas apertam-se em volta de Sublá, lambem os beiços, rangem mandíbulas, até os burros deitam a correr de pescoço estendido, os cães uivando. Deparam com água lá abaixo, uma lagoa ao meio de montes, fria, inerte, nevoeiro em volta, em cima, como pasta branca de algodão, cardada entre arvoredo verde, negro, imóvel.

SOCLÓ

Vamos para frente, nós quarenta, de langotim[215] apertado e xendi solto. Caímos na água em quarenta pulos à uma, do alto das pedras brancas aí, cobertas de verde húmido...

BALÁ

Não há cobras aí, na água?

SOCLÓ

Levamos facas nos dentes, cortamos os capelos, ao fugir. O corpo é belo para se assar ao espeto, ao pé dos cajueiros. Atira!

Atiram-se quarenta por junto, largos corpos cheios de poeira, caindo a chato, com estrondo sobre águas caladas.

---

215 Peça de vestuário interior masculina.

Animais atiram-se também, mergulham a cabeça toda, lambem a água, beijam-na, bebem. É o reboliço ao largo.

JAGUR

É fria, queima a carne, faz bater os dentes, eriça o xendi, não deixa mexer as pernas.

GRITOS AO LARGO

É fria a lagoa dos montes...

SUBLA MAR

Não deixem as crianças meter-se na água, nem mulheres com filhos ao peito. Carreguem odres, bilhas, sacos de coiro no dorso de camelos.

SOCLÓ

É fria, mas é boa. Parece cobra torcendo pelo intestino dentro, a água!

JIUBÁ MAR

Olha. Sublá. Depois de dois meses de sede no Berar, é isto, é isto...

Bebem todos até a barriga se levantar como vela. Galinhas põem bicos no ar, fechando olhos, e até os gatos acodem rompendo com os dentes as cordas de bananeira. Sublá Mar bebeu também e está assentado sobre um rochedo agudo, cucri à cinta e faca curva suspensa do pescoço. Nem um sorriso lhe aponta nos lábios. Fita sombriamente, monotonamente o carvoamento da massa enorme, a desabar como um tumulto de algum mar de lama atirado aí por um furacão malvado e irónico.

SUBLÁ MAR

Por mim nada. Só quero a paz debaixo duma terra onde não cheguem formigas e adives. Mas aqueles não querem a vida, a claridade... eu sei! Querem ser homens, eu o sinto, de coisas que são, abaixo de todos os animais. Onde, como levá-los através dos árias armados de pedras e de brutalidade estranha? O dia se levanta, como boi amarelo, e eu não vejo um caminho. O frangui[216] carrega mais o pé sobre a cabeça de Suariavarta, mata tudo quanto aí existe, a nós e a eles, a tiros de arcabuz!

Fita de olhos cerrados os que bebem ainda e ainda, de joelhos, olhando o céu, torcendo o pescoço para engolir melhor. Lá ao longe gritam.

BABÚ

Vamos nadando até o outro lado. Arriba de aí quem quer!

SOCLÓ

Quem é que se me encostou à perna?

JAGUR

E a mim, aqui, senti um dente de alguém sobre o tornozelo esquerdo. Arde dentro de água.

Sublá continua a olhar o vago. Nevoeiros vão caindo em folhos e tiras, há poucos que se agarram, a franjas verdes, no alto. Ele lembra as argilas fendidas de Berar, as searas em cinza, o assalto de feras e depois os que ficaram, secos, em pilhas, formigas na boca e no nariz. Depois num estremecimento crê ver a cabeça de Vigei, rolando com ruído seco sobre o chão de bosta, cabeleira resplandescente embrulhando-a por completo. Então se retesa como fulminado, fica de pé e consegue desviar o pensamento.

SUBLÁ MAR

Estão satisfeitos. As mulheres se lavaram com panos molhados e ensoparam os cabelos. E agora? Ficar aqui? É belo, é. Os rochedos têm costados brancos pingando água, refletem-se lá abaixo como luas. Não é assim no Berar. Isto deve ser o que se chama mármore, tem veios azuis e da cor de olhos de gato. Vi assim

216 O europeu.

nos altos do Indo, lembro-me, estavam de ambos os lados, aos montes, nós íamos abaixo em uma canoa, os topos pareciam encontrar-se no céu superior. Um luar descia por ali, como toalha amarela. Era lindo, era. Pudesse eu cortar estes mármores para palácios de rajás! Mas como... e levar, por onde?... As árvores são gordas, são. Dão frutos desconhecidos, e balançam cabeças com algodão. Deve haver tigres atrás do matagal. E aldeias... Não as haverá com gente, cortejos de nababos, casamentos?

ANJANI

Ó Sublá, já não está Socló na alagoa, foi ao fundo e não voltou. Gritamos, não dá acordo.

RAMGÓ

Balá também não voltou. Tinha duas crianças sobre as costas, nadava, e ria. De repente foi ao fundo.

OS PÁRIAS

Aiiah! O que é aquilo?...

São vastas cabeças, com olhos acres e mandíbulas armadas de pontas que se levantam à flor da água. Caudas enormes mexem à água que se põem redemoinhos. Atiram-se os monstros por toda a parte, com estrondo.

JUBÁ MAR

Morderam, comeram-nos, aqueles! São grandes e têm bocas cheias de sangue! Fujam!

Cães são engolidos num ápice, ladrando ainda dentro das guelras sangrentas. Bois, homens são arrastados pela cabeça, pelas patas. Grandes pedaços de carne flutuam. A alagoa se tinge de vermelho.

SUBLÁ MAR

Crocodilos! Fora da água tudo! À pedrada aos que vem perto, aos que seguram os camelos, às grandes pedras do montes!

Larga tudo em debandada pelas ladeiras abaixo, seguem um veio de água que sai de lagoa e vai serpeando pelo verde dos Vales, penetrando maciços cerrados, desabando sonoro do alto das rochas em declive. Lá ao longe se desenrola um país cultivado e forte, cheio de hortas, de palmeirais balançando, plantações em ondas trémulas, telhados vermelhos sobre colunas muito brancas.

JIUBÁ MAR

Ó Sublá, isto é à certa o Canará.

SUBLÁ MAR

Passei duas vezes por lá, conheço. As aldeias tem Sar-Dessais[217] opulentos e pagodes e bairros para farazes. É bom ir para lá.

JIUBÁ MAR

Não nos há de faltar trabalho, à certa.

SUBLÁ MAR

Sei lá!

E resmunga surdamente:

Talvez nos atirem com as matilhas de cães, como aos ursos de língua pendente. Ah, não ser-se um homem! Quem me dera ser homem um dia só!

Não faltam frutos no alto, pelas ladeiras, no lado dos carreiros de corças e os javalis. Os párias caçaram ma-

217 Dessai, chefe local proveniente das castas elevadas, sendo o Sar-Dessai o principal deles.

cacos de cara preta, com setas atiradas de arcos duros. Comeram e se saciaram da longa fome do Berar. Agora dançam com conchas nas mãos, tambores batendo.

OS PÁRIAS

Devi!
Tu tens manilhas verdes das casadas,
tu vais do teu maharaja deitada nos montes,
onde vais tu, Devi!
que passas por debaixo das arcadas
e pões em leque de pavão o teu sari
sobre grandes pedras rocejadas...
Devi,
tu deves ser boa como a mulher de Chucá Melá,
como a mulher de Valuver...
a mais rica das rainhas do Canará.
Tuas joias são todas de prata,
e todas elas tu vais agitando,
sem uma só esconder,
do teu maharaja que está dormitando,
em trinta lençóis brancos, ó Devi!
Jai, jai, Ambicá, Jai, jai, Saravari,
havemos de levantar uma pedra preta
por tuas bonitas lembranças
no nosso país, e ao toque de trombeta,
e havemos de dançar, e as mulheres e as crianças
e havemos de cantar-te, ataviada,
com flores no xendi e nas tranças.
Ó deusa que tens cabelos na tapada,
Saravari!

SUBLÁ MAR

Sozinho e distante, não olhando ninguém.

Estão saciados mas hão de ficar em breve insatisfeitos. É tudo no mundo assim. Depois hão de querer arroz cozido, carne de cabrito, hortaliça e caril fumegante. Hão de pedir-mo com olhos aflitos.

JIUBÁ MAR

Ó Sublá, porque hesitas? Vamos descer, olha bois que sobem com pastores pequeninos, e manadas de búfalos com guizos de cobre ao pescoço. Aí no fundo há currais, cercas de cabras e pastam jumentos. Estamos no meio de gente rica. Olha tufos de bambus doidos, podemos fazer cestos aos milheiros, vendê-los por todo o Canará, vamos descer.

SUBLA MAR

Hão de nos deixar aproximar os árias?

JIUBÁ MAR

Mas porquê?

SUBLÁ MAR

Não podemos ficar a trinta passos da sombra do brâmane. O vani[218] nos enxota dos bazares, os sudras até nos atiram pedras à cabeça, mandam-nos cães grossos, afugentam-nos com tiros de granadas.

JIUBÁ MAR

Mas nós hemos de pedir, implorar. Hemos de cantar coplas às suas mulheres, com guitarras de uma corda e cheretas carregadas de pedras pequeninas. Hemos de varrer o quintal com os cabelos, hão de ter compaixão...

SUBLÁ MAR

Há compaixão para a vaca. É adorada nas festas com sombreiros vermelhos e tambores, moribundos seguram o tufo da sua cauda, bebem a sua bosta com água das fontes. Há compaixão para os cães, os macacos e as cobras. Não há compaixão para o faraz... ah! que este pensamento me põe uma mordaça de capim à garganta.

---

218 Casta dos mercadores e comerciantes.

OS PÁRIAS

Queimam foguetes no país vermelho-verde! Há casamento. Hão de dar arroz quente aos farazes, na beira das várzeas, longe dos pagodes! Vamos! Eh, Sublá!

Decidem-se a descer. Sublá Mar ordena cauteloso troços de companheiros fortes, mulheres à frente, para descer por caminhos diferentes, em fios isolados, para as aldeias pontilhadas de casaria branca, no meio de maciços de palmeiras, as gibas encapeladas dos mangais, arrozais a arder.

Era meio dia quando a caravana de Berar se alastrou como tinta negra, em pastas cheirando mal de ponto em ponto até o longínquo azulado. E fatigados, feridos do sol e da laterite a empolar os pés, começaram a levantar tendas de sacas sobre bambus e pontas de veados, apeando dos costados do dorso de bois e camelos, crianças a chorar, utensílios grotescos. Gralhas acudiram em bandos ferozes.

Mas ao vê-los as gentes do Canará se levantaram com asco e ódio. Ficaram a ver, com olhos imóveis os estrangeiros. Cães deitaram a ladrar por toda a parte, cavalos a relinchar furiosamente, até as palmeiras e as pedras se inflamaram.

AS PALMEIRAS

Hão de subir por nós, trepar por nós, encostando as barrigas negras! Que nojo...

OS PASTORES

Com flautas de barro ao ar, cambolim[219] *ao ombro e longos bambus fincandos na areia.*

219 Manta que protege contra o frio ou chuva.

É porcaria negra. Quantos... hão enxotar-nos os bois e matá-los com facas compridas. Xó. Tabu! Xó, Mogrem! São farazes, são, que brâmanes apedrejam no Chanta.

NO FUNDO DAS MANGUEIRAS

Crianças malditas olham para cima, estendem pequenas mãos de unhas pretas, gritam pelas mães pedindo manguinhas verdes. Alalá! quem deita fora as crianças malditas...

O país inteiro se alvoroça. Grupos se formam, malignos, com punhos cerrados aos párias, discutindo, reprovando. O poviléu se condensa, desertando bazares, adros de pagodes.

UMA DESSAINA

Dag Roulu! Eh, Janqui! Tragam calões para dentro e as cordas de poços suspensos às roldanas. São farazes. Vão chamar o Dessai. Previnam os sipais.[220]

OS DEULÍS

Que praga que mandou Bhairava, que mandou Bhavanim. Ha, ha, vai acabar o pais de Canará!

OS CÃES DAS ALDEIAS

Parecem que andam com barriga oca, os cães dos farazes. Têm focinho preto todos e beiços a cair. Que nojo, dar uma dentada nos cães dos farazes!

Os párias saem em grupos com rosários de conchas, amuletos de pedras extravagantes e guitarras selvagens de uma corda. Saem besuntados de ocre de cinza, de vermelho de sangue, pedras penduradas aos xendis, cadeias de ferros agitando e tenazes. Mulheres vão em

220 Soldado nativo, fardado à europeia.

bandos, enfeitadas e grotescas. Estendem mãos melancólicas, cantam, fazem trejeitos, ginásticas, varrem o chão com os cabelos.

OS VANIS

Já entraram. Quem guarda agora o arroz, o trigo, a pimenta? São dez mil, cem mil? Quem sabe! Vão roubar, eh, vão roubar... Matem os farazes!

OS TOPI-VALÁ

A pedrada aos farazes estrangeiros!

OS DESSAIS

Chegaram à porta, deva! Mancharam tudo com a sua sombra... À pedrada, sim, antes que cheguem no pátio do tulás. À pedrada!

OS PÁRIAS

Bastam-nos o que deitais aos cães, ó Maharajas, ó devas do Canará!

OS TOPI-VALÁ

Hão de ter escondidas as facas curvas. Hão de levar crianças para o Meriá. As espadas, depressa!

Zune uma pedra que racha o crânei dum faraz como coco. Depois é um uivo de mulheres, e logo os do Canará se levantam em massa, espumam com dentes cerrados, avançam com maldições e ameaças.

SUBLÁ MAR

Perdão. Imos longe. Não manchamos com a nossa sombra a bosta das vossas vacas, ó maharajas... Podemos cultivar por vós terras secas, abandonadas, aplanar morodas e aterrar paúis. Não queremos nada, só um punhado de arroz à madrugada. Mas não nos deiteis fora. Deixai-nos ser homens, ó maharajás, ó devas do Canará.

UM DESSAI

Vós não sois homens, vós sois os racshassas[221] de Laucá, a gente de Ravana e de Cumbacarna!

SUBLÁ MAR

Somos homens, ó maharajá, e nos prostramos com oito membros por terra. Nós sabemos fazer cestos, cortar pedras, afiar espadas...

OS TOPI-VALÁ

Têm espadas escondidas, têm. Morte aos farazes! Lá nos mercados e bazares, crianças esfomeadas, de clavículas como pauzinhos, se juntam defronte de pilhas de doces, de grão de bico, as massas assadas em azeite de coco, as pimentas, os inocentes, e estendem mãos chorando.

OS MERCADORES

O que se espera, olé, o que se espera para correr com toda esta porcaria, do nosso Canará?

OS BOTOS[222]

As lâmpadas se apagam de fronte do Venetexa, do Bagavati. As flores das mãos dos deuses caem, de ambos os lados. A água das oferendas já cheira mal.

AS DESSAINAS

Vai cair a maldição dos deuses sobre o Canará!

De repente um tipo hindú, escanzelado e lorpa, cheio de sândalo e pinto grotescos, atravessa a multidão com grandes gritos desabridos. O poviléu fica a vê-lo com olhos que nem pestanejam.

O MAZANE

221 Demônios.

222 Sacerdotes.

Malditas, sete vezes no Naraca de Lama Raja! Tocaram-me a mim, untado de sândalo dos deuses. Estou perdido. Terei de ir a Partagale? Quem sabe! E se morro hoje? Matai-os, eh gentes, matai-os... onde hei de ir comer agora?... Quem me quere a seu lado para comer na folha de figueira! Matai-os... ou...

Cai por terra como fulminado, torce os membros que ossos estalam e morde a língua que a cara fica cheia de sangue. Ninguém se atreve a tocar o contaminado. Então rompe um ingranzéu feroz com urros, bambus se quebrando, pedras arrancadas das valetas.

OS DESSAIS, OS MERCADORES, OS TOPI-VALÁ

Fora os farazes, para sempre!

Rompe a pedrada brava, a paulada sobre os farazes, sobre cabeças que se racham, sangue descendo pela barriga até a ponta dos pés, e ombros que tombam esmigalhados, pescoços com rasgões. Os sipais atacam à frente com cimitarras e talham na carne como cortiça. É medonho o alarido. Sublá Mar é atingido pela ponta duma faca que lhe talha o mamilo esquerdo. Mas não caiu, está de pé, contém os seus, proíbe resistência, com suas mãos arranca tendas, solta bois, levanta fardos, e com voz dominadora dá a voz de marcha às multidões trémulas em volta dele.

OS TOPI-VALÁ

Vão eles aos montes. Hão de voltar à certa na noite, com archotes de olas. Hão de trazer troncos de brindoeiros para nos matar. Ponham todos casca de cocos sobre as cabeças. Eles hão de voltar dos montes.

A tarde escoa roxa sobre um fundo berrante de claridade. Caíram muitos farazes, e foram levados às costas, gritando muito, chorando por sua terra, Berar. A noite veio sem lua, como alcatrão, enormemente trágica. Sublá Mar ficou atrás. Abatido e desalentado se ficou atrás duma moita de bambus, a cabeça a ferver como caldeira de azeite, o ventre palpitando de cólera contra si próprio. Grupos dos de Canará vinham descendo, turbulentos, muito enfrascados de álcool. Ele ouviu.

OS RANES[223]

Fomos nós que atiramos por terra os farazes, como bois grossos, quebrando pernas, furando embigos. Os brâmanes ficaram a berrar, como sempre.

OS BRÂMANES

Quem é que fala, quem é que levanta a voz sobre os devas da terra?

OS SUDRAS

Estamos fartos dos devas da terra. Não nos mandam arroz para comer, no Agosto, quando os celeiros esgotam.

OS BRÂMANES

O que são vocês? A lama dos pés de Brahmadeva. O que é que imaginam?... Hemos de deitá-los dos pagodes fora, e das festas do Sigmó e do Dassará. Nós pudemos isto, saibam...

OS TOPI-VALÁ

Bêbados, aos tombos sobre sebes, agitando cimitarras, rangendo dentes.

Podia-se agora ver quem é o que é...

UM RANE

Nunca deixas escapar um pinto de bramane!

223 Casta nobre das Novas Conquistas, de natureza aguerrida.

E logo uma taca se enterra no costado dum mazane,[224] *que ele cai uivando como adive. A algazarra é então enorme. Archotes se acendem, a gritaria alastra pelas aldeias, casas são incendiadas num escuro.*

Vê-se mulheres arrastadas pelos cabelos. Sublá Mar, de pé, junto das ladeiras, fica a ver tudo, longa, curiosamente.

SUBLA MAR

É isto. Matem-se. E que o estrangeiro os engula a todos...

224 Segunda Dalgado, vogal num templo hindu.

TERCEIRA JORNADA

Trepa a ladeira íngreme Sublá Mar, duma montanha denegrida como pedra de fogão; feriu-se nos joelhos, quebrou unhas; caíram-lhe dois dentes ao agarrar-se com eles às trepadeiras. É um abismo abaixo com topos de palmeiras bravas, pândanos e ananazes, no alto um cabeço calvo. Mas ele sobe destemido, contrai músculos que formam bolas resplandescentes. Uma posta de sangue se fez no seu ombro esquerdo e o xendi está esfarrapado.

SUBLÁ MAR

Sempre este cheiro vitorioso na carne da montanha! É ferro à certa, palpita, grita por mim, oiço, é ele... até alta noite me faz acordar.

Sobe, trepa como gato selvagem.

Ena, mas se caio... Era uma vez.

Ri sardónico, estende sobre o corpo longos olhos maus.

Para cima, faraz! Que belo sol no alto, e a liberdade! É belo de ver o mundo ao largo, o sol ou as estrelas sobre a cabeça, dizendo coisas boas. Não há homens, não há maldade no alto. Hei de apanhar o que procuro, hei de subir o topo do que é.

Finca por fim o joelho direito, em viés, contra uma aresta, os cotovelos e o queixo noutra, retesa-se, aperta os dentes e se iça. Um grosso espinho se lhe enterrou no ombro tufado mas ele não solta um gemido sequer.

No topo do Gate negro se planta ele como sissó[225] *carregado da folhagem glanca. Respira, que parece saírem*

225 Pau preto.

labaredas do peito como fole. Então, bêbado da luz, do silêncio, da vertigem das altitudes rompe.

Vitória a Dánguia Mar! Pedras grandes, pedras pequenas, tudo é a carne de Dánguia Mar. Eu mesmo sou Dánguia Mar. Ele andava por Berar, e Gude e Punjab, chegou até ao Canará. Gentes vinham dormir à sombra da sua espada, um fio comprido. Ele tinha pernas como duas colunas, colocado sobre elas derrotava trinta mil inimigos. A sua cabeça fazia mais que urna floresta batida de chuva do junho. Vitória a Dánguia Mar!

Então levanta com as duas mãos uma pedra negra, arremessa–a contra o chão e fá-la em pedaços. Esquilna resplandecente de envolta com fino pó negro saltam. Ele grita.

É ele, hua!

E logo cai de bruços, fareja a pedra longamente, examina, lambe, mastiga levantando um dedo no ar, refletindo. Arranca mais pedras, desmorona cabeços duros. Arranha arestas metálicas, fica a ver poços naturais, sem fundo.

Sobe de aí uma aragem fria. Quem me dera chegar ao fundo com algas, cobras e manguços! Quem sabe que minérios há ai, topázios e rubis que brilham corno gotas de sangue nos dedos de rajás...

Fica a refletir. Depois senta-se nas pedras partidas e deita largo olhar em volta. Os párias são abaixo, dormindo depois de farto almoço de macacos mortos.

As pedras preciosas serão para mais tarde. Hei de apanhá-las, não há dúvida, mas por ora é o ferro e o manganês que importam. Conheço o sabor, fui operário um ano inteiro nas forjas de Cachemira, cozi rochedos nos fornos altos; atirava-se para as labaredas pedaços de grossura de cabeças de búfalos. O fogo era de árvores derrubadas. E o ferro descia aos poucos, líquido, amarelo, deitando claridade. E daquilo é que se faziam espadas, picaretas, tenazes...

Volta o cair da tarde carregada de ventos rosnando altos, e nuvens como bois malhados, acudindo em manadas trágicas, do poente. Quando chegou ao sopé da montanha tinha a cara resplandecente, e os farazes, de o ver, fechavam os olhos com as mãos. Na mesma noite começou o trabalho do minério rico. Dois mil farazes, de corpo destemido, provados na enxada e o alvião,[226] foram metidos para derrubar com estrondo, levantar pilhas de minério, formar paredes refratárias[227] de barro mole, armar lenha, arrastar árvores negras. Para baixo, no limite das aldeias pardas, não se ouvia nem um eco, ou se ouvia o estrondo se tomara como trovoada surda do verão. Oito dias depois feriu-se lume com a pederneira, e a fornalha se acendeu colérica, com crepitações no fundo, soprada por vento do mar, alimentada de óleos e resinas acres. Sublá Mar eletrizava tudo, metia cabeça nos grandes respiradouros, abanava satisfeito com a mão.

TIPÚ

Está bem, Sublá! O barro cru do alto se grita, toalhas de fumo esguiçam, se esfarrapando no ar, aparece através o vermelho do ferro a arder.

SUBLÁ MAR

Mais barro no alto, e que arrastem as cinzas do interior, que formam redemoinhos no meio de labaredas.

TIPÚ

Mas como subir lá para cima...

SUBLÁ MAR

---

226 Picareta.

227 Que fundem apenas a altas temperaturas.

Manda amassar barro com urina de homem, boi ou burro. Subam depois, à formiga, por meio de grossos troncos oblíquos, deitados ao lado de chamas, bem ensopados de água.

É perigoso, mas é preciso.

Ronca a fornalha, como o mar nos cavoucos negros de Siridão. A fumaça enegrece o céu, põe fuligem nas estrelas. Caem aos poucos pingos de metal fundido. Sublá Mar é quem o recolhe primeiro em caçarola de barro, mete-o dentro de água, examina o ferro, lambe-o, mostra-o orgulhoso aos chefes.

Aos poucos o metal rola como cascata ladeira abaixo, tomba como lava dum vulcão num grande charco de água verde, queimando-a com estrondo feroz. Nuvens de fumaça, como nas caldeiras de alta pressão, lambem os operários; mas na madrugada tudo amaina, os últimos carvões crepitam, fogueira se apaga, e o ferro cintila ao sol em compridas lâminas veiadas de bruno e prata.

OS PÁRIAS

Xabás![228] É o ferro de que fazem as grandes rodas e as âncoras de navios.

SUBLA MAR

Ele é a língua negra de Dánguia Mar!

OS PÁRIAS

Alalá, língua de Dánguia Mar!

JIUBÁ MAR

Com ele hemos de conquistar o mundo.

Há de ser nosso, o mundo!

JIUBÁ MAR

228 Interjeição de alegria, segundo Dalgado.

Agora vamos abater os ursos do mato e os javalis de dentes curvos. Vamos comê-los, heiá!

SUBLÁ MAR

Que seja depressa, e vamos batê-lo em forjas, temperá-lo com carvão moído, estendê-lo em tiras, rolar em cilindro, em bolas, para o vender em pilhas por todos os bazares.

Mulheres dançam com mãos nas ancas, carregadas de flores do mato, enfeitadas de penas de galos selvagens, de cegonhas, de pavões. Homens deitam em corrida doida nos fundos calados da cordilheira, levantam búfalos furiosos, ursos e javalis imensos. A carnagem é brava e o festim é louco, com espetos ardendo por toda a parte.

Olha, Sublá, tenho feito foles com cambolins pretos, dobrei-os com cera quente, untei-os com cera apanhada de colmeias gordas. Estão fortes, olha. Vou aplicar dois canos de pedra talhada. Vem ver o reparo de barro duro, vermelho, sete vezes untado de bosta e cinza, vou ali forjar espadas e tenazes.

SUBLÁ MAR

Forja do aço mais fino; há o que verga como tira de bambu, e retesa-se solto. Este toma fio sobre pedra de amolar girando, que pode cortar como cera pescoços de elefantes. Vamos a isto.

Escolhe pedaços de ferro azulado, parte-os, arruma com carvão finíssimo, e logo o trabalho começa no Gate, com foles rosnando, em linhas, covas no meio, de água e lodo. Grupos fervilham, arruma-se lenha, sopra-se, tenteia-se o ferro com pontas de arame compridas. E quando o metal escorre amaigamado ao carvão, Sublá Mar o tempera com mão sólida, e logo espadas se forjam, picaretas de pontas inclinadas, relhas de arados, enxadas, serrotes, alavancas. A cordilheira treme debaixo de golpes duros, até o longínquo.

JIUBÁ MAR

Olha esta alavanca, Sublá, pesa mais que um dente do elefante do mato.

SUBLÁ MAR

É dificil recortar os dentes dos serrotes. Contudo...

JIUBÁ MAR

Trabalhei nas limas, sei.

E acabam ao fim de longos dias escaldantes. Pilhas se levantam, de bruno vitorioso, arestas limadas resplandescendo. Então.

SUBLÁ MAR

Levem isto as mulheres e as crianças em pilhas à cabeça. Não existe aço deste pelo Concão ou Travancore[229] à certa. Há de se vender em feixes ao pé das lojas, nas rampas dos bazares. Tragam de volta moedas de prata, de cobre, panos, arroz limpo, cocos e peixe seco.

OS PÁRIAS

Levamos em sacos, em fardos, em cestos largos de bambu!

Mulheres se adornam com fiadas de conchas, usam panos lavados, prendem ganchos de cobre às ventas, às orelhas, calçam sapatos de casca de árvores presos a cordéis. Homens suspendem feixes de ferro em obra às costas, e vai tudo em largas caravanas palpitantes.

OS PÁRIAS

Vai casar Bacu Bai,
Vem o seu noivo montado em cavalo de oiro,

229 Principado no sul da Índia.

traz a espada de Shivagi,[230]
traz o turbante de Rama Rai.
Ei-lo o noivo que vem aí,
Dánguia Mar lhe dê bom agoiro! –
Bacu Bai é pobre,
não tem manilhas e o nôt de praia,
mas o seu noivo é nobre,
há de trazer-lhe manilhas e nôt de oiro,
que ele é rico como Siva-Rai,
há de dar dinheiro ao seu pai.
Ei-lo que vem pelo país marata,
Dánguia Mar lhe dê bom agoiro!

Fez alvoroço o aço pária nos caminhos de Cancana e Travancore. Gentes vêm levá-lo cerrando cabanas, desertando colheitas de nachinim[231] *e o pacol. Buscam os estrangeiros nos montes altos.*

SUBLÁ MAR

Sozinho, ao pé da turbulência das cascatas.

Hei de subir. Cortei o primeiro degrau de pedra com uma picareta de duas pontas. Sobre ele os espero. Mulheres hão de voltar com moedas de prata em colares ao pescoço, homens com turbantes amarelas. Hei de os levar a pouco e pouco aonde os homens estão comendo arroz em uma linha, oferecendo a um e a outro o bétel e a areca.[232]

230 Chhatrapati Shivaji, fundador do império marata (século XVII).

231 Cereal oriundo da Índia, substituto do arroz.

232 Fruto da arqueira, mastigado junto com o betél.

Um meio dia chegou o Pradana do Rajá de Calapura, quatro elefantes com torres no dorso e corracas gordos, tambores tocando, xingas, e no meio um cavalo branco.

O PRADANA

Ó Mhars[233] do Berar, eis o que vos diz o Rajá de Calapura, levado em palanquim no meio de mil guerreiros: "Vossos ferros são bons, ó Mhars, dai-me os vossos ferros e a mais ninguém Eu vos darei uma aldeia com coqueiros e várzeas de searas amarelas". Eis o que vos diz.

SUBLÁ MAR

Vitória ao forte Rajá de Calapura!

O PRADANA

Vós haveis de ter um país bom, com árvores para os vossos deuses e lareiras para os vossos casamentos.

SUBLÁ MAR

E que serviço quere de nós o monarca excelente?

O PRADANA

Nada. Só o ferro das vossas mãos.

SUBLÁ MAR

Imos.

Foram com minério em grandes carroças, puxadas de búfalos, rodados estrugindo e eixos chiando nas ladeiras. Acamparam ao pé duma lagoa com nenúfares vermelhos, palmeiras sonoras em volta, tufos de pândanos e ananazes reais.

233 Designação para pária ou dalit. No texto aparece também a variante aportuguesada Mara.

AS CRIANÇAS

A água não chega ao embigo, e é quente como dos calões de banho. Olhem as flores que nasceram na árvore de água! Cheiram como os pivetes, e não fogem, não, vamos colhê-las para encher os cabelos!

Somente Sublá Mar é melancólico. Rosna ao sol longas horas como cão insatisfeito. Os seus olhos se dilataram, puxaram-se para as orelhas e procuram nem ele sabe o quê. Um dia parou num alto donde se avista Calapura, seus pagodes com torres de lamparinas, pontes e mercados. Rosna.

SUBLÁ MAR

Não há como este um reino para nós, com cidade ao meio e muralhas. Os árias abateram Laucá e sobre as cinzas plantaram papaieiras. Por séculos nos expulsaram das ruas por onde passam deuses, dos poços e os tanques de águas boas. E por quê?

Estremece. Os músculos se lhe tufam sobre as espáduas.

Não devíamos defender a terra dos nossos avós? Comemo-los, sim, bebemos o seu sangue, com dentes no pescoço e partindo o crânio devoramos os miolos. Ah, quem mos dera devorar ainda!

Ri maligno. O xendi se eriça de gula doida.

Há seis dias deu à luz um príncipe a Rani Tarabai. É hoje à noite o bodo aos pobres de Calapura. Os farazes hão de ir lá também, cabeças de touros e carne intangíveis. Não hei de poder vê-los sentados no meio de bostas, cães sarnentos e porcos grunhindo; hão de devorar iguarias, lamber pratos e dedos. Em que viemos a parar, nós senhores de toda a Suariavarta! Ó Dánguia Mar que pena...

Ataca-o um sobressalto agudo. Olha em volta de si desconfiado, puxa o xendi com raiva e grita com voz de tigre, alto.

Por que não seremos nós os mazanes de Calapura, e eu por que não sou o Rana?

Inda bem. Tenho para lá aço forjado, em montes resplandescentes, espadas curvas, punhais, e largos machados que racham portas calçadas de pontas agudas. Não somos três mil homens ou mais, de braços duros como traves, capazes de afogar ursos? Está bem. É hoje o Satti do príncipe Hari Cumara, à meia noite há de a procissão sair do templo, e o rajá em palquim[234] de prata, no meio de mil homens armados. Tudo em campo aberto, hei de atacar.

Foi na noite o bodo rico, com arroz fumegante cozido a manteiga, hortaliças, caris verdes, caris vermelhos, carne de cabra, apas largas, doces de jagra de cana em pilhas altas. Vão numa várzea em grupos separados os curumbins, os cudvalis, os chamars, os mhars, os bonguis, todos no chão, em volta de esteiras de bambu. Sudras andam pelo meio de tanga, xendi atado, vazando com colherões de cabo comprido as iguarias, os acepipes, entornando jagradas em vasilhas de espata de arequeira.

Sublá Mar está longe, olhos fitos no Palácio do Rajá.

Vem de lá, através de rendilhados e fúrias em latão, os veludos e maciezas em franjas, vêm os ecos moles de cantatas sobre saranguis, esmorecem tremulando e tambores como suspiros.

OS BOTOS

Pus à pescoço as flores do Tulaça,[235]
pus à cinta o vermelho Talpatri...
Teu perfume é tão santo que não passa
– Vitória Parvati! –

Tu és o fim de todas as viagens,
Tu és a esposa do deus de Pandari,

234 Talvez um erro de transcrição para palanquim.

235 Tulsi, mangericão.

todas as coisas são tuas imagens,
– Vitória a ti, Lacximi! –

Está a teus pés humilde o pensamento,
e vai no teu regaço a Jaiatri,
sobre o pavão tu voas como o vento
– Jai, jai, Shri Sarasvati! –
Fazemos o pujá depois do banho,

Acendemos pivetes e o arati,
teu poder entre os deuses é tamanho...
– Vitória Savitri! –

Depois coam por fendas tapadas de algodão as toadas das dassis e as aias que aconchegam ao peito o Rajá Cumaca, e batem guizos languidamente.

AS DASSIS

Dol, dol, filho de Xambá Rai! Teus pés são como pedaços de algodão cardado, teus braços são caules de lotus, tens na mão o guizo de oiro que te deu o teu pai pequenino rajá Hari Rai. Quando sorris tua mãe adormece, quando choras tua mãe te dá o leite de dois peitos como duas taças amarelas, e tu bebes o leite da rani, da filha do Rana Sautame.

Quando nasceste cantaram galos pelo lado direito e brâmanes leram o teu belo destino nas marcas dos teus pés e mãos, ó filho de Xambá Rai!

AS BAILADEIRAS

Estás zangado, Venctexa?
– nem olhas! – não queres vir?
Depressa a vida nos deixa,
o teu cofre de oiro fecha,
outro cofre vem abrir.

SUBLÁ MAR

À frente dum grupo de catorze colossos de cara decidida, armados de grandes cimitarras bem cosidas às pernas.

Vão para o largo, verifiquem as armas, e vão chamar os homens todos, os homens! As mulheres e crianças, que fiquem dentro das sebes das pimenteiras, com bois prontos, as tendas dobradas, cães e jumentos. Coragem! O resto é nosso.

Ele se fica a olhar raivosamente a malta negra ao largo.

Têm fome de oitenta séculos, dão dentadas no arroz a arder que ficam com a garganta esfolada. É triste. E lá dentro, no palácio com lamparinas azuis e ao pé dos candelabros, se come em palagana de prata o leite coalhado e bolos com almíscar. Ai! custa-me engolir um bago de arroz. Não comi hoje. Mas eu sou Sublá Mar, e tenho os braços fortes como cornos de búfalos. Se cair, há de levar-me para a minha Vigei morta, sim, há de ma levar Dánguia Mar!

MORTÚ

O filho de Ramu caiu sobre um monte de arroz a fumegar. Empurrou-o alguém. Ficou todo esfolado. Os sudras atiraram-no fora como a um porco cozido, agora está sem pele, rolando na areia, miseravelmente. Os sudras foram tomar banho, gritam contra nós, são capazes de nos deitar fora.

SUBLÁ MAR

É demais. Chega depressa, ó meia noite!

MORTÚ

Que famoso! Olha, Sublá...

É a procissão que sai, com tambores de guerra, címbalos e trombetas. Grandes tochas vão à frente, esquadrões de cavalos e pendões vermelhos, depois os brâmanes untados de sândalo, o Rajá no fim, no meio de mil homens a pé. Vão ao pagode de Shri Ramachandra, que é carregado de lumes, ardendo no ar.

De repente se ouve um apito tão alto que tudo volta a cabeça, e logo três mil farazes caem, carregados de armas, sobre os guerreiros de Calapura. Ao primeiro choque recua tudo, de sobressalto, candieiros fogem, brâmanes e mulheres, homens armados agitam braços sem nexo. Facas se enterram nas barrigas, nos costados e gargantas se cortam no escuro, no ruído seco. O Rajá é derrubado, Sublá Mar o liga com duras cordas de cairo.[236]

OS RANAS

Traição! São os Mhars de Berar. Acudam!

O contra-ataque é bravo. Cimitarras saem das bainhas e a cutilada cai como granizo. Não se grita nem se queixa, há só o insulto rápido, a matança é invisível. Sublá Mar apanhou uma cutilada que lhe abriu a fonte esquerda. Mas...

SUBLÁ MAR

Pedrada aos candeeiros!

XAMBÁ RAI

Matam-me. Aos canhões das casernas. Depressa!

Vai vencer o número. Farazes penetram nos palácios, apagam os candelabros. Mas ouve-se o rodar surdo de peças de bronze e o gritos severos do "arreda" dos artilheiros. O primeiro tiro deita um clarão de sangue e cólera no escuro. O estrondo mexe os edifícios, levanta um alarido doido de mulheres. Outros tiros seguem, fumegantes, sinistros, abrindo ruas na massa dos párias espantados.

236 Filamento de côco.

OS RANAS

Mais! Cá estão, fogem... Agora! Largaram o Rana! Mais tiros de peça, mais!

SUBLÁ MAR

Para trás!

Tudo recua. A debandada que começa descamba terrível. Debaixo da artilharia que ribomba o cima, esfrangalhando o escuro, tudo foge, sem espadas, sem cambolins, caindo, rolando pelos caminhos, deixando uma comprida, formidável mancha de sangue a fumegar em Calapura.

QUARTA JORNADA

Nem sabem os dias de terror doido, a ferocidade colérica dos caminhos, que foram pelos fundos de noites cerradas, com chuvas acres atirando catadupas de lama do alto dos montes, metendo em torvelinhos a grossura funesta do jangal. Nem sabem eles quantos caíram com ventre cavado, tiritando de febre dentro de cambolins molhados, mordidos de feras e de serpentes. Andaram sem ruídos dias inteiros, metendo-se em cavernas durante o dia. Crianças com mordaça na boca, cairo às patas dos búfalos e camelos. Cuidavam ver a todo momento sipais no alto, turbantes e espadas curvas.

SUBLÁ MAR

Não os deixem ficar, cobertos de folhas secas, os que ficam frios no caminho.

JIUBÁ

Mas enterrá-los, tantos...

SUBLÁ MAR

Hão de servir de pista aos sipais e os espiões. Quatro vezes ouvi trombetas atrás das alagoas. Atirem lá os que morrem, atados a pedras grossas, com trepadeiras e cordas, para o meio de charcos verdes e os tanques dos montes, ou então carreguem-nos dentro de covas, longe dos caminhos, tapando tudo com trepadeiras, capins e espinhos. Há muito adive aqui.

JIUBÁ

Já falta arroz. Ontem comeram todos folhas cozidas, e mais nada. Uns poucos apanharam cobras capelo, deitaram fora a cabeça e comeram o resto, assado ao espeto, com sal e pimenta.

SUBLÁ MAR

Olha, ó Jiubá, essas montanhas azuis, são p'ras bandas do Sul. Foi atrás delas outrora na terra Dánguia Mar e a família. Com 30.000 filhos e mulheres e crianças. Depois daquilo é Laucá, cidade com oiro e pérolas do nosso avô Ravana morto por Ramachandra. Traiçoeiramente. Era tão poderoso como Dánguia Mar, comia os Árias assados ao espeto. Foi-se tudo, tudo se vai, ó Jiubá. Vamonos pelas montanhas do sul, longe dos ranas de Calapura.

Foi um dia de Setembro, escaldante sobre o rochedos negro-cinza, altos cinamomos ferindo o azul, caneleiros e estrigas de caules terríveis. As chuvas haviam atirado às braçadas o verde húmido, coisas fumegando, fecundas, bárbaras flutuações ondeando sobre todas as alturas e animais do mato se espojavam com delícia. Mas os párias grasnavam como gralha, os pés inchados, respirando funebremente.

No topo dum rochedo está Jadu, sentado, o xendi a cair-lhe sobre a cara, como grande corvo morto.

JADU

Ó Berar, com grandes cobras pé dos pândanos, e demónios nas noites dos ventos! Está acabado...

SONÁ

Eh, Jadu, olha, Jadu, duas cobras ao pé da alfuli; castiçando-se no escuro. Estão tufadas que parecem arequeiras malhadas, deita-lhes mantras, Jadu, agarra ambas, vamos levar pela aldeia, ganhar poiçás,[237] manteiga e arroz. Vamos, olha!

JADU

Mordendo os beiços até fazer sangue na boca.

São Shiva e Parvati, vêm de Berar. Há, há! Vou agarrar Shiva e Parvati a castiçar no escuro.

237 Moeda de cobre, sexagésima parte da rupia.

Avança sombrio, com pernas altas, joelhos em ângulo, já muito escanzelado e em trapos, mas duro ainda, e com olhos metidos em cavernas bistre,[238] *como carvões acesos. Não profere o mantra, estende somente os braços para as cobras que se enovelam nos espasmos de luxúria e febre.*

SONÁ

O mantra, Jadu! Não te viram ainda, mas se te veem... Tapa-lhes já a boca, deita o mantra, Jadu!

JADU

Não me têm visto, não me hão de ver. Estão cegos Shiva e Parvati. As suas roscas se apertam como nos panos das lavandeiras. É belo. Nunca vi assim no Berar. E os capelos tufados como vassoiras! Mordem-se na boca, na carne do pescoço, açoitam-se com a cauda, lambem-se com línguas que parecem relâmpagos roxos. Que belo!

SONÁ

Não te aproximes mais...

JADU

Agora estão de pé sobre pontas de cauda, tal como os candelabros, as cabeças são vasos curvos para pivetes!

SONÁ

Solta o mantra, ó Jadu! Hão de matar-te com uma dentada só.

Não ouve nada o mago. Tonto, o xendi hirto, em curva pelintra sobre a nuca, ri com dentes negros, e avança ainda sobre pernas vergadas e zig-zag.

---

238 Cor de fuligem.

Já te viram, Jadu, soltaram-se do pescoço e retesam as caudas, que parecem duas hastes de candeeiros. Os seus olhos deitam lume amarelo, foge! Saltam, olha, ó Jadu, mas tu estás doido?

Pulam num relâmpago as duas cobras, soprando juntas como foles de ferreiro, babando, gotejando peçonha negra pelos dentes curvos. Atiram-se sobre a cara do faraz, mas ele rápido apara o salto com pulsos de aço e com tal destreza que segura o pescoço de ambar com os dois punhos fechados.

Os capelos se recurvam então estonteados e os corpos se enrolam raivosos ao longo dos braços do mantri. Gentes soltam um alarido cavo, sobre os capins selvagens, à beira de precipícios. Jadu fita a serpente deliciosamente e soluça.

JADU

Jai, jai, Bairava e Parvati!
Vem do Berar,
parecem duas ondas terríveis do mar.
Bairava e Parvati...
Que linda cabeça de rani.
carregada de trinta diamantes;
que grande peito do Maharana[239] de Berar.
com a faixa dos turbantes.
Salta sobre dois mil cabelos o meu xendi,
meus olhos ficam abertos para olhar
Bairava e Parvati.

SONÁ

Vai morrer Jadu. É Sublá, Apá. Mortú, ó mulheres... Vejam lá, aproxima da cara as duas cobras seguradas pelo pescoço, e canta abangas, Jadu. Morderam.

239 Nota: Grande rei do Berar.

Alalá! Enterraram debaixo dos olhos de Jadu quatro dentes que o veneno negro lhe escorre pelas barbas. Alalá!

OS PÁRIAS

Caiu Jadu. Morreu Jadu!

AS COBRAS

Não nos larga o pescoço, aperta, quebra os ossos! Tem dez dedos com unhas curvas, que monstro! Mata-nos, quem acode...

Morreu Jadú ao meio dia, comprido, cheio de rugas, a cara voltada para Berar, duas cabeças de cobras fincadas debaixo dos olhos abertos. Apertou-as ao morrer com tanta força que estrangulou-as e elas se enroscaram à sua carne que as levanta em chouriços pretos.

JIUBÁ MAR

O que foi que o acometeu, sombrio e inesperado....

SUBLÁ MAR

Era grande, era calado, e sabia dos mantras o filho de Dadá Mar. Lá está com os cantos da boca repuxados às orelhas e a deitar a baba ainda. Coitado, voltou a cara a Berar, e não fechou os olhos mortos. Vamos levá-lo para o topo do monte mais alto. Faz aí frio, que os mortos não apodrecem, vamos deixá-lo aí, sobre um rochedo, dentro de caverna negra, com as cobras estranguladas.

Levaram-no oito farazes, sobre padiola de bambu, besuntados de ocre, de cinza, de sal, e folhas de cheiro pisadas. E foram atrás magotes estranhos, de pernas trágicas, embrulhados em cambolins pretos, cabeças embiocadas. Subiram a ladeira íngreme um dia inteiro e deixaram Jadu no frio perpétuo, sentado, três apas de arroz ao lado, a face para Berar. Jubiá e Sublá se afastam do grupo para tomar um golpe de vista do grande país em volta.

JIUBÁ MAR

Olha aí no fundo, Sublá. Não parecem cúpulas brancas, e ao lado trinta darmasalas?

SUBLÁ MAR

Estava a ver isso. Não será Chidambar? É à certa Chidambar.

Foi ali que viveu Nandá Mar, o grande, o santo de xendi como nós. Nos Darmasalas ensinam os Vedas até aos filhos dos Sudras...

JIUBÁ MAR

Se nós fossemos aí, Sublá?

SUBLÁ MAR

Talvez, não sei. Talvez aceitem também os Mhars?

Naquela noite foi o frio de bater mandíbulas, e de torcer as pernas aos farazes velhos, embrulhados em palha seca, empilhados ao pé de fogueiras. São poucos os que dormem, os chefes estão ao lado de Sublá Mar, sombriamente assentado diante do fogareiro de chama vermelha, crepitando surdamente. As horas noturnas correm monotonamente.

JIUBÁ MAR

Conta-nos histórias antigas, à Sublá Mar. Era sisudo o teu pai Hazul Mar, sabia da história do Suriavarta e dos nossos Maiores.

SUBLÁ MAR

Foram grandes os nossos Maiores na Suriavarta.

TIRÚ

Ravana, Pralada, Bali, Dánguia Mar?

SUBLÁ MAR

E santos, até nos nossos dias, que tocaram com suas mãos Hari Hara, e jantaram com Deva Govinda.

OS PÁRIAS

Houve-os assim, ó Sublá? Conta-nos isso ó Sublá!

SUBLÁ MAR

Foi grande Nandachária p'ras bandas do Colerun, do Tajore, do país Tamul do Suriavarta. Ao arrastar as reses mortas nas ladeiras, ele se lembrava suavemente do deus de Tanjore, o Shiva de três olhos e o tridente de oiro. Os Mhars do país, no cheri, se levantaram [contra] Nandachária, por esquecer o linga dos Maiores, e levar cestos de flores, e peles curtidas para os tambores de Dassará, em Tirupambur. Mas a sua piedade era alta como um monte e defronte do templo, atrás da grossa imagem de Nandi, o toiro de bronze de Shiva, dizia:

NANDA

Deixa-me ver-te de longe, ó senhor do Caila e Parvati! Queres tu que eu volte sem te ver? Os meus pecados se levantaram sob a forma dos Nandi, e estão de pé entre tua imagem e a minha cabeça inclinada.

SUBLÁ MAR

E o deus fez afastar Nandi, para que visse a sua face o seu santo Nandachária. É desde esse dia que não está o toiro do bronze diante da porta de Terupan-Cur.

OS PÁRIAS

Nunca os brâmanes aceitaram à porta do templo o nosso Maior, Nandachária?

SUBLÁ MAR

Aceitaram-no em Chidambar.

OS PÁRIAS

Diz-nos isto, ó Sublá!

SUBLÁ MAR

É Chidambar depois das águas do Coleroon. Há aí mangueiras com frutos amarelos, tanques como de vidro carregados de lótus cor de sangue de boi. Dia e noite pensava Nandachária morrer aos pés do deus de Chidambar.[240] Anos inteiros foi ele ao seu senhor das terras, brâmane de linha a tiracolo e disse:

NANDA

Senhor, cinquenta anos vos tenho servido com os oito membros, permite-me agora ir ao deus de Chidambar.

O BRÂMANE

Ó Pária! Que tens tu com deus de Chidambar? Há porventura salvação e graça para ti e os teus? Que loucura, pensares em deus! São teus olhos para contemplar aquele que somente iôguis untados de sândalo contemplam no meio de lâmpadas e pivetes?

NANDA

Desde criança varri a rua onde íeis pôr os pés, meus ossos se endureceram no vosso serviço. Não me recuseis ir a Chidambar! Não me mateis assim, ó meu senhor!

O BRÂMANE

Tu que comes porcos e vacas mortas, retira-te!

SUBLÁ MAR

Muitos anos pediu, implorou Nandachária, prostrado à porta do Brâmane. Até que um dia as searas deram espiga de repente no Julho, e deus ordenou ao brâmane enviar Nandachária a Chidambar.

OS PÁRIAS

E depois, aceitaram-no no templo, ó Sublá?

240 Shiva Nataraja, cujo templo se encontra em Chidambaram, no Tamil Nadu.

SUBLÁ MAR

Doze anos foi distante do templo cantando estático e dançando sozinho, pelo deus das danças milagrosas de Chidambar. E o deus teve compaixão de Nandachária. E o deus mandou os brâmanes do templo, em procissão com cocos, sândalos, cucume e água dos pés de imagem, para purificar o santo, e pôr ao seu pescoço o fio sagrado.

OS PÁRIAS

Foi depois brâmane Nandachária?

SUBLÁ MAR

Soluçando profundamente, a cabeça baixa.

Morreu brâmane Nandachária.

OS PÁRIAS

Conta-nos mais, conta-nos doutros santos, ó Sublá?

SUBLÁ MAR

Ouvi em Cashi, na borda do Gangá[241] cantado o nome do nosso Maior, Ravi-Dar, no meio do Bactá Malá,[242] e do Adigranta. Curtia peles de animais mortos na sua aldeia de porcos e abutres, quando no meio duma estiagem o Shri Deva Vishnu lhe ofereceu uma grossa pedra de oiro. Com ela ele conseguiu levantar um templo vermelho ao deus do Vaicunta, ele fez-se o seu sacerdote, lavou os pés da imagem com suas mãos.

Tem discípulos sem conta, foi grande entre os sábios do Ariavarta, sentou-se a seu lado, para escutar as suas máximas, Jhali, Rani de Chitar.

JIUBÁ MAR

E Melá, o nosso Maior do Maharashtra?

241 Ganges.

242 Festival religioso.

SUBLÁ MAR

Eu vi de longe a imagem de Vitobá no grande templo de Pandarpura. Tem os braços sobre as ancas, fatigado de viagem à procura de sua Devi. Foi para adorar a Vitobá que se foi arrastando por caminhos desconhecidos o coxo Chocá Melá. Ele foi de Pitana, para além dos montes pardos.[243]

OS PÁRIAS

Quem foi o seu pai, e quem foi a sua mãe, ó Sublá?

SUBLÁ MAR

Sudama e Muctabai. Viveram longo tempo sem filhos, em Anagod, perto de Pandarpura.[244] Um dia ofereceu Muctabai cinco mangas maduras a um brâmane prostrado de fome sobre as ladeiras, e ele disse...

O BRÂMANE

Cinco mangas me deste tu, ó mulher desconhecida, cinco filhos tu hás de ter, resplandescentes. Chama o mais velho Choca, pois que a primeira manga eu suguei-a, fraco e moribundo.

SUBLÁ MAR

Foi grande a sua piedade por Vitobá. Dias ao sol e à chuva ficava estático, longe da porta do templo, apedrejado pelos brâmanes que não o deixavam aproximar. Chegaram um dia a repeli-lo para a traseira do templo. Então Vitobá se voltou sobre o seu soclo de pedra, para o lado onde estava o seu servo Chocá Melá.

OS PÁRIAS

Foi assim, ó Sublá?

SUBLÁ MAR

Foi. Muitas vezes, de noite veio o deus de Pandarpura para a sua choupana e, sentado entre o santo e a sua mulher, comeu com eles do seu arroz e caril.

243 Talvez Patan, no Maharashtra, junto ao Gate Kumbharli.

244 Pandharpur, no Maharashtra.

E as fogueiras se apagaram com o uivo alto do vento do oriente, o que desfolha os tamarindos e é gelado.

Na madrugada saíram quarenta farazes embuçados em cambolins pretos até aos pés. Foram para Chidambar.

Ouviram cantar hinos admiráveis aos deuses dos árias e se prostraram humildes. Não os viu ninguém ao pé dos darmaxalas, ao longe dos tanques sangrados e os pavões. Chegaram à porta do tempo do meio e olharam para o fundo. Eram os Panditas adorando os Grautas no dia sublime de Sarasvati.

NANÚ

O que é aquilo, ó Sublá, feito de folhas, como de bananeira nova, e que o vento vira?

SUBLÁ MAR

São os livros dos Vedas, ó Nanú.

JIUBÁ MAR

Ser-nos-á proibido pôr o pé no templo?

SUBLÁ MAR

Nos Darmaxalas, sentam com pernas cruzadas os Mhars, os Pareiahs, os Chamars, os Banguis.[245] Nas escolas com o Guru de linha a tiracolo todos aprendem as letras dos Shastras.[246] Quem sabe se entram todos no templo de Sarasvati...

SOCLÓ

Vamos nós para dentro, ó Sublá.

---

245 Bhangi, limpador de fossa. Os restantes nomes serão sinónimos ou especificações de pária, dalit ou intocável.

246 Tratados filosófico-religiosos ou científicos.

SUBLÁ MAR

Esperem. Olhem que vão cantar os hinos dos deuses.

OS PANDITAS

Glória a Badaraiana, a Viassa Muni,
e glória à devi Sarasvati!
Ó herança dos Maiores, ó Veda, ó Vedanga,
tu és a essência do mantra, e do abanga,
a ciência do presente e o futuro está em ti
Glória ao Shastra, o Purana,[247] o Upanishada,
às três letras do Aum!
A fórmula sagrada,
que faz subir o ser todos degraus da escada
até aos pés de Brahum.

NANÚ

Parece que nos viram, parece que estão a nos acenar.

JIUBÁ MAR

Não vamos dentro, não. Eu sinto qualquer coisa na barriga,
medo... não sei.

SOCLÓ

Pareceu-me que nos viram, a mim também. Vamos.

Entram com pés silenciosos, terrivelmente negros embiocados em cambolins como peles de ursos.

O GRANDE PANDITA

Quem são estes, Deva? Racshassas!

OS PANDITAS

Socorro, hó! Racshassas!

247 Livro de narrativas sagradas.

Gritam todos com mãos batendo a boca, o alarido sai pelas frestas, pelas claraboias, bate as paredes dos pátios, põe um alvoroço duro por todo o Chidambar.

SUBLÁ MAR

Ó sábios, nós somos homens, nós hemos de varrer os caminhos diante de vossos pés, nossas mulheres hão de encher com calões de água os tanques dos vossos jardins.

O GRANDE PANDITA

Que voz como dos ursos com sangue de vaca na garganta!

Como foi que pisastes com os pés negros a água de sândalo e as flores de Sarasvati... Mostrai a cara, quem sois, ó quarenta desconhecidos de pé!

SUBLÁ MAR

Nós não somos... ninguém.

O GRANDE PANDITA

Entrastes sem ruído. Interrompestes o sacrifício a Sarasvati. Maldição! Que fizestes? Quem nos há de livrar agora do castigo funesto dos ritos interrompidos?

OS PANDITAS

Perdão, devi Sarasvati!

O GRANDE PANDITA

Sois Cshatrias, ó desconhecidos, dos que venceu Paraxurama, enchendo cinco lagos com seu sangue?

SUBLÁ MAR

Não somos, ó Maharaja.

O GRANDE PANDITA

Sois dos Vaixias que levam caravana a Cadul e a Iran?

SUBLÁ MAR

Não somos, ó Maharaja...

O GRANDE PANDITA

Sois os sudras então, saídos dos pés do Bramadeva!

Num gesto de desespero deita Sublá Mar o cambolim por terra e se planta, selvagem e tenebroso defronte dos brâmanes. Todos os mais se descobrem também.

SUBLÁ MAR

Somos Maras de Berar!

OS PANDITAS

Os Mhars, maldição! Profanaram para sempre a Devi Sarasvati!

O alarido é alto, como labareda vermelha de um incêndio. Acodem milhares de discípulos, shenovis, purohitas.

O GRANDE PANDITA

O que fizestes, ó Mhars!

Cai por terra como fulminado, espuma e torce o corpo recurvando-se por trás, que seis homens não podem contê-lo. Por todo o templo soa o grito único soltado por milhares de gargantas "MALDIÇAO"!

SUBLÁ MAR

Perdão.

OS PANDITAS, OS PUROHITAS

Com trezentos braços fatídicos levantados para a porta do templo, um gesto negro de expulsão perpétua.

Fora! Maldição!

OS PÁRIAS

Ó Berar!

Recuam cambaleando, cabeças saindo de cambolins peludos carregados de cabelo como matagal, os olhos chorando as lágrimas de fontes.

Saem. O sol é irónico e mau lá fora e o arvoredo ruge torcido de vento colérico. Gralhas caem com bico fétido sobre as cabeças dos párias que se afastam sem olhar para trás, seguidos de voz sombria com um mar de Julho que grita sem cessar.

Maldição!

QUINTA JORNADA

Disse um dia Sublá Mar sinistramente

SUBLÁ MAR

Ó gentes, eu, filho de Hazul Mar, tenho a nostalgia de Berar...

OS PÁRIAS

Também nós temos a nostalgia de Berar, ó Sublá!

SUBLÁ MAR

Sinto aproximarem-se de mim os Maiores, ficam de pé, na noite, ao lado dos meus braços, e choram no meu sono. A madrugada vejo sempre Vigei, um rasgão curvo no pescoço, cheia de sangue até ao embigo. Não me chama ela, não. Mas eu vou partir. Vós, ides acima...

OS PÁRIAS

Nós imos contigo, leva-nos onde fores, Sublá. Também nós choramos as nossas choupanas, todas as noites, sentados e sozinhos.

Levantaram o acampamento com um gesto tão alto e bárbaro, que nuvens passaram a escuta, com asas frias, e garças e cegonhas levantaram as cabeças.

Dois mil seriam os que começaram a viagem de regresso, de cara cavada e olhos inchados.

Mas Sublá Mar é tomado dum tremor desconhecido.

Marcha à frente, mas é sacudido cada vez, como de relâmpagos íntimos. Quando em quando para, raivoso de não poder dar um passo, e range os dentes. Na noite quando armam tendas miseráveis, sobre bambus, sacas pendulando e farrapos grotescos e são ao longo fogueiras de capins e urzes, assando carne de macacos mortos, cobras e ursos, ele fala lentamente de coisas sentimentais. Um dia disse.

SUBLÁ MAR

Ó gentes, por que é que nós somos corridos da face do Suriavarta? Que fizemos nós? Somos os únicos ladrões, assassinos e mendigos no mundo? É a nossa pele tão suja? Não a pode lavar toda a água de Gangá e Sarasvati? Por que não nos matam os Árias, reunidos no alto dos montes? Sabem como se purificam os que nos tocam por acaso?

OS PÁRIAS

Como é isso, ó Sublá?

SUBLÁ MAR

Atirando água de bosta sobre o corpo, ou dando uma miserável moeda de cobre ao boto.

OS PÁRIAS

Ah!

SUBLÁ MAR

E nos são fechadas as escolas onde crianças leem, os pagodes onde cantam Vedas, as tecelanias com fumo nas chaminés, onde homens de castas superiores ganham o pão. Somos abaixos dos porcos e dos bichos das feridas.

JIUBÁ MAR

Por que nós somos assim, ó, Sublá?

SUBLÁ MAR

Foi nossa em tempos antigos a Suriavarta. Os nossos maiores, Pralada, Ravana, Hiraniacaxipú, Bali,[248] bateram os Árias e comeram a sua carne. É a vingança, ó Jiubá, dos crimes das eras, os crimes de defender a sua choupana, a sua mulher e os seus filhos. Hoje o estrangeiro os devora com garganta de cobre aquecido, eu sei que num país depois do mar, os Árias são expulsos, feridos, sem poderem passar pelas ruas, entrar nos Darmasalas e as pousadas. Pagam pelo

248 Antagonistas dos árias, considerados demônios, que o autor positiva.

que nos fazem, ó Jiubá. Nós temos ainda os deuses deles, Shiva, Rama, e Parvati, e eles não nos deixam pisar o degrau do seu templo.

Mil vezes melhores os Cristãos e Muçulmanos que nos aceitam como irmãos.

JIUBÁ MAR

E o que faz o Raj[249] estrangeiro, ó Sublá?

SUBLÁ MAR

Eu sei que é para todos igual o Raj estrangeiro. Não é bárbaro, oh não, como o Raj ária. Podemos ocupar qualquer posição, como outros. Jenu Mar foi grande no Raj estrangeiro.

OS PÁRIAS

Ah!

SUBLÁ MAR

A água de Gangá é manchada com a ponta do nosso dedo.

OS PÁRIAS

Diga mais, ó Sublá...

SUBLÁ MAR

A religião que aceita tudo isto é falsa!

JIUBÁ MAR

Por que a queremos nós? Quantos somos nós?

SUBLÁ MAR

Dizem que nós adoramos pedras. Sim, mas foi de nossas pedras que fizeram os árias o linga. Shiva é nosso deus e é Parvati. Nós somos cinquenta milhões por todo o Suariavarta, Párias, Maugas, Banguis, Nargadis, Uladana, Pulayans, Chandalas... que sei eu? Se nós nos unimos, com espingardas curvas, e as espin-

249 Domínio.

gardas e peças das guerras, se nós caímos sobre os superiores, separados entre si, com subcastas, diferenças e ódios interiores, nós os dominamos sem dúvida.

OS PÁRIAS

Vamos fazer isto, ó Sublá, vamos voltar à Suriavarta dos nossos avós.

SUBLÁ MAR

É impossível. O Raj estrangeiro é forte. E que diferenças entre nós mesmos! É triste. Os últimos Naiadis não comem com os Pulaians ou Paraians; os Uladans, Naiadis, e Pulaians se poluem mutualmente; os Gaiacas, fora de toda a casta subdividem tristemente; tudo é extravagante, não há quem nos instrua, quem nos guie e quem nos aponte o caminho.

JIUBÁ MAR

Não há ninguém no mundo por nós, ó Sublá.

SUBLÁ MAR

Há, isso há. A fé de Cristo, a fé de Muhamad, a fé do Grande Buda Suami, mesmo entre os Árias, o Pritana Samaj, a gente de Madrasta, o Aria Samaj,[250] trabalham por nós no meio dos gritos doidos de "A religião está em perigo" de que se ri o universo todo, e expõem que os Shastras não nos expulsam, nunca nos expulsaram...

OS PÁRIAS

Nunca!

SUBLA MAR

Ramdas, Tuca, Tulsidas, Rabis, Nanak, Chaitánia,[251] os maiores Suamis nos acolheram.

OS PÁRIAS

250 Movimento reformista hindu (séc. XIX).

251 Referências a vários gurus, mestres e fundadores de religiões na Índia.

É isto!

SUBLÁ MAR

Foi Guha o amigo profundo do deva Ramachandra. A mulher do brâmane Vacista foi Chandali. Pralahada é adorado pelos Hindus. Valmiqui Cavi não foi ária. Terucachi Nambi, o mestre de Shri Ramanuja, não era brâmane, e contudo ele comia em sua casa. Nanda foi deificada. Há Ashvars e Acharias que não são árias. Ramacrishna varria as casas dos Chandalas. Crishna comeu com Vidura, ao mesmo tempo que brâmanes e Vatavas. Rama comeu frutos das mãos de Billini Caushica. Rishi comeu em casa dum carniceiro. A mãe do grande Viassa, que fez os Vedas, foi filha dum pescador...[252]

OS PÁRIAS

Ah!

SUBLÁ MAR

Os exemplos são infinitos. É uma crueldade perversa que nos expulsa. E já Canva Rishi fez brâmanes a dois mil Mleuchas do país de Muraim. Parassurama fez Chitpavam Brâmanes[253] a imensos pescadores do Cancana. Um rei de Oude o fez também a milhares de sudras. A Casta Beder passou para Sudra. Os Chamars Rahitias[254] tiveram o fio sagrado. Em Puri o brâmane come em casa do Pária.

OS PÁRIAS

Nós seremos também brâmanes algum dia, ó Sublá?

SUBLÁ MAR

Sim, depois de muito saber dos Shastras.

E foram assim andando para o norte, pelo caminho rochoso e interminável para Berar, por dias do terral tur-

252 Nesta fala Sublá Mar dá exemplos religiosos e históricos de interação entre dalits e castas superiores.

253 Brâmanes Chitpavan, comunidade brâmane do Concão.

254 Termos para Sikhs dalits.

bulento, sacudindo tamarindos e deitando frio seco na madrugada. E foram, tateando horizontes, interrogando pastores e peregrinos.

Sublá Mar treme mais e mais, tem febre por vezes e no calafrio se encolhe como colchão rijo, e horas [nas] de torpor fica embrulhando em quatro cambolins quentes. Um dia disse-lhe

JIUBÁ MAR

Olha bem, Sublá. Parece que entramos no país do Nizam.[255] Creio que é bom torcer para a esquerda, costeando sempre os gates do norte. Olha bem, Sublá.

SUBLÁ MAR

Mas o que é isto, ó Jiubá? Sobe-me qualquer coisa que me aperta as costelas, e é de ferro, é. Será a maldição dos Panditas? O que tenho eu... Não posso andar. Não tenho pés, ó Jiubá quem levou os meus pés? Acuda!

Cai em convulsões, que o esfregam sobre as pedras que fazem rasgões na pele. Acodem-no, untam-no de fel de boi, sal, mostarda, dão-lhe álcool quente.

OS PÁRIAS

O que tens, ó Sublá, que abres olhos grandes? Tu és o nosso pai e nossa mãe, o que tens? Responde, ó Sublá, vem te sentar ao pé das fogueiras... O Dánguia Mar abre a boca ao filho de Hazul, que ele nos diga só o que quer, o que quer.

Aos poucos ele volta a si, sacode-se e se põe de pé.

SUBLÁ MAR

Não é nada. Estive muito tempo a dormir? Vamos. Sinto-me muito forte. Havemos de chegar a Berar.

---

255 Hyderabad.

Partem de novo. Um dia, ao pôr do sol, ouvem largos rufos de tambor, xingas, galope e relincho de cavalos, uivos de elefantes, tiros de arcabuz.

NANU

Parece caçada com tropas e tambores. Estão a bater o grande círculo, cavaleiros à vista um do outro com armas à ara.

Parece caçada, parece...

SOCLÓ

E se são cshatrias dos maharajas...

OS PÁRIAS

São os cipaios! Vão matar-nos, a nós. Alalá!

JIUBÁ MAR

Não levantem alando. Não são gentes de guerra. Não se ouvem tiros de peça. E demais, estão longe, não nos viram de certo...

SUBLÁ MAR

Para a esquerda! Vamos aos montes pardos de além. O calor aperta forte. Já abafa, e passam labaredas no ar. Há de cair o ciclone, em breve. Vamos passar a noite nas cavernas dos montes.

Torcem para as ladeiras sem brilho, escalvadas ravinas com pernas oblíquas, passam estrondos de cascatas e dobram curvas selvagens. Até os bois estão trémulos e os burros não se atrevem a zurrar. Breve, ao cair do sol, a tempestade estoira, com poeira, ventos silvando, síbilos acres. Fazrazes são derrubados ao subir ladeira, muitos rolam para o fundo, cabeças enterradas no ver, pés no ar se agitando ferozmente. Sublá Mar treme mais e mais. Oito vezes caiu-lhe o machado das mão e por vezes caiu de joelho, involuntariamente. De repente:

NANU

Alí! Olhem ali! Sai fumaça. Cosem lá arroz?

SUBLÁ MAR

Sim, é fumaça, mas que negra! Não sei por que sinto a enxofre queimado...

Começa a chover, grosso, gotas batendo com estrondo sobre rochedos, folhas chatas e matagais. Aos poucos cai granizo e ventania mexe a serra como um pano. Árvores caem por terra grossa, apresentando raízes ao ar, e rochedos derrubados, rolando, esmagando homens e bois. O granizo por seu turno fere, ensaguenta, quebra panelas, faz correr a esmo os cães e os jumentos.

Um grupo inteiro caiu desviando num abismo negro, e lá ficou a ulular, coberto da noite.

AS CRIANÇAS

Má! agarra-nos mais alto, Má... amarra-nos com cordas ao costado. Quem nos atira pedras tão frias, quem grita, ó Má? São demónios?

JIUBÁ MAR

Mau. Isto não amansa. Onde ficou a fumaça, ó Sublá? Onde é que cozem o arroz e o caril?...

NANÚ

Ó Sublá, mas por onde agora... Não há mais caminho. Agora é uma parede enorme de pedra negra. O que pensa, pai? Por que dobras os joelhos? O que tens?

SUBLÁ MAR

Alto. Chegamos. É o fim do caminho. Olhem esta gruta quente e hospitaleira. Aqui não nos expulsa ninguém. Entre tudo, entre!

Ele fica à boca da caverna, vasto, carregado do cabelo de leão que lhe tomba como nuvem negra sobre os om-

bros, o machado na mão direita e um archote na esquerda. Os párias entram. De repente ele:

Mas o que eu tenho... Parece que a barriga me foge. Ó meu pai, sinto frio nos ossos, muito. Ó Berar, ó Vigei... Agora é um relâmpago que me vai de cabeça aos pés.

NANU

O Sublá, é grande lá dentro, nem sabes... A gruta é profunda como dez pagodes. Fizemos archotes, não aparece o topo, no fundo há fendas por onde se pode passar. Vem. O que fazes à porta, ó Sublá?...

OS PÁRIAS

Morcegos! Foge, foge!

SUBLÁ MAR

Quem foge de morcegos, covardes! Para frente! Embrulhem-se em cambolins, ponham à cabeça sacos e tigelas. E a coita, a espada, o pau aos morcegos. Hão de cair aos centos, hemos de comê-los assados.

Sublá Mar parece reviver na caverna, com o vasto corpo resplandescente, abrindo caminho, derrubando obstáculos. Atira-se com o machado aos morcegos grossos que voam com gritos de ratos, como farrapos estranhos, esfarrapando orelhas de párias, deitando excrementos.

JIUBÁ MAR

Espera, Sublá. Não vamos pelas fendas. quem sabe se há tigres ou ursos...

SUBLÁ MAR

Deixá-los. À frente! Cobrimos os braços com sacos e abrimos caminhos com alavancas. Às feras racha-se a cabeça ou se fura a barriga.

Metem-se pelo ventre da cordilheira. Faz calor, e um cheiro se sente de enxofre e pólvora queimada.

JIUBÁ MAR
Quem sabe onde isto vai... Vamos parar, Sublá.

SUBLÁ MAR
Nada. Pr'a frente!

Arribam a uma grande caverna oblonga, alta de duas palmeiras, uma floresta de colunas por todos os lados, e estátuas dos deuses dos Vedas, dos Cávias e dos Puranas. Tudo está silente e com a boca aberta ao ar. Sublá coça a orelha. Estão em círculo, bois e jumentos, mulheres paradas e crianças estupefatas. De repente, tomado de emoção, Sublá cai de joelhos e os párias ajoelham também e põem a cabeça em terra. Então Sublá desata com soluços espasmódicos.

HINO BÁRBARO DOS DEUSES ÁRIAS
Jai, jai, Ramá Crishna Vitala.
Jai, jai Sita, Draupadi!
Ninguém nos três mundos os iguala,
os deuses do Svarga e a terra e o Patala,
os inimigos de Mura, Vritra e Nrihari.
Eu sou aqui o seu Dvarapala,
eu sou o Dánguia Mar!
Deixaram-nos entrar,
no seu templo dentro de sete montes,
deixaram-nos tocar
o seu chão sagrado com as nossas frontes.
São bons os deuses árias,
os deuses das outras gentes,
tiveram compaixão dos párias,
receberam compassivos e resplandecentes
os descendentes
de Dánguia Mar!

Não pode prosseguir que tomba fulminado por uma convulsão tão violenta que a sua mandíbula se projeta para frente e os dentes aparecem todos brancos, terríveis.

OS PÁRIAS

Segurem-no com força! Como é que ele vai ficando frio pelos pés! Sublá, eh Sublá! Tragam água quente. Quem tem água? E cada vez volta-se com o peito para o chão. Agora estriou até à cintura. Vai morrer Sublá!

Cercam-no com um pranto alto, mulheres e crianças ajoelham a seu lado esfregando mãos, puxando cabelos, enquanto o vasto pária se vai extinguindo rapidamente, sufocado por uma constrição violenta das costelas, que não lhe deixa falar. Por fim, num esforço supremo.

SUBLÁ MAR

Voltem para Berar!

Morre.

JIUBÁ MAR

Era grande, sabia todas as histórias dos Maiores, desde o Suriavarta. Era forte, nunca teve medo das feras e dos homens. Vamos enterrá-lo? Ou levá-lo pera Berar! Temos sal, muito sal. Vamos cobri-lo, não há de apodrecer e levamo-lo conosco...

NANU

Ó Jiubá, mas o que é isto? Cheira muito a enxofre, e entra qualquer coisa na garganta como pimenta acre. Há pouco vi uma luz aí no escuro, e fumaça. O que será?

JIUBÁ MAR

Não tenham medo. Os deuses nos acolheram, deuses nos hão de guardar. Sublá pediu-lhes por nós. Os homens não, mas os deuses, os deuses árias são bons... Mas outra luz. E outra. O que é isto? Quem está aí?

Não tinha acabado, que uma explosão terrível, descomunal, como de trinta paiois de pólvora, por junto, abalou o templo, derrubando colunas, atirando com os deuses de pedra, os toiros, os elefantes, os Nandas, insígnias e relevos escarvados na rocha, pondo-os em estilhas por todos os lados, e labaredas se levantaram, estranhas, com espirais instantâneas e clarões azulados. Foi uma carnificina e uma confusão indescritível.

JIUBÁ MAR

Caíram os deuses sobre nós, incendiaram-nos. Vão matar-nos a todos? Vão?... Tudo para fora!

São poucos os que conseguem topar com o caminho através da montanha fendida. Fogem a esmo, esbarrando com arestas de pedras, caindo pêle-mêle, ululando sem se saber onde. Jiubá está como louco.

Um braço embrulhado de cambolins, o machado de Sublá no outro, debaixo do estrondo grita ainda.

Aqui, ohá! onde foram? Não sai ninguém. Mataram-nos a todos os deuses? Vamos para Berar, vamos morrer de fome e de sede no nosso país. Ninguém nos quere, ninguém.

Nem deus!

OS PÁRIAS

São poucos os que conseguiram sair, um cento talvez, do destroço miserável. Estão todos feridos, queimados, xendis ainda a arder, olhos chamuscados. Tremem sacudidos dum terror desconhecido. As mulheres e as crianças ficaram todas soterradas. Animais, nem um.

SOCLÓ

Agora onde, Jiubá?

JIUBÁ MAR

Onde? Não sei.

NANU

Sublá ficou, ficaram todos, só nós vivemos. Onde é Berar, ó Jiubá?

Ele está calado e vai descendo sinistramente pela ladeiras noturnas. De repente se ouve um lamento alto de alguém que tomba no abismo, que cai com o nariz para o chão, que descamba fatigado. Ele não volta sequer a cabeça.

JIUBÁ MAR

Quem me mata... Quem mata os que voltam a Berar? Não há ninguém? Nem deus, nem o demónio?

Chegam aos poucos a um terreno plano, mas húmido, cortado dum frio maligno, e cheio de lodo, de miserável lodo que cheira a podre, a ferozmente podre. Capim corrupto, e algas e folhas caídas são por toda a parte, numa massa verde negra, até uma distância imensa. Aos poucos os pés se lhes vão enterrando numa vasa maligna, traiçoeira no escuro, e que se pega como o visco à pele.

Depois a madrugada sobe, viscoenta, cheia de andrajos, de azeite pardo, de coisas dum roxo cadavérico. Então se vê tudo. É pantano enorme, sinistro e frio. Rãs coaxam aí aos milhares, miseravelmente, cobras resvalam com dorsos azulados. Por cima é uma tolda de verde insalubre, tom aves quietas, dE olhos enormes.

OS PÁRIAS

Por onde é Berar, ó Jiubá?

JIUBÁ MAR

Rosna sinistramente, o pescoço caído.

Acabou-se... Ó Sublá, tu és feliz, que morreste e estás sepultado debaixo duma montanha. Sinto gelar os ossos. Vou cair também... ó Berar!

O dia aponta por todos os lados, berrante e colérico. Veios estranhos ecoam através dos crivos de verde e ricochetam sobre pastas do negro maligno, sem uma onda, sem um tremor. Ninguém aponta das distâncias carregadas de cinza e nevoeiro para dar uma mão compassiva aos párias que estão aí parados, entalados na lama até aos joelhos, tiritando de irreparável frio.

ALAMEDA NAS REDES SOCIAIS:
Site: www.alamedaeditorial.com.br
Facebook.com/alamedaeditorial/
Twitter.com/editoraalameda
Instagram.com/editora_alameda/

Esta obra foi impressa em São Paulo no outono de 2020. No texto foi utilizada a fonte Electra LH, em corpo 10,5 e entrelinha de 16 pontos.

O PAÍS DE SÚRIA

Obra reunida de Paulino Dias

DUARTE DRUMOND BRAGA
Edição, estudo e notas

O PAÍS DE SÚRIA

Obra reunida de Paulino Dias

Volume II

O Percurso Plural de um Poeta e Intelectual de Goa, seguido de Dispersos

FUNDAÇÃO CALOUSTE GULBENKIAN

Alameda

Grafia atualizada segundo o Acordo Ortográfico da Língua Portuguesa de 1990, que entrou em vigor no Brasil em 2009.

Edição: Haroldo Ceravolo Sereza
Editora assistente: Danielly de Jesus Teles
Projeto gráfico, diagramação e capa: Danielly de Jesus Teles
Assistente acadêmica: Bruna Marques
Revisão: Alexandra Colontini
Imagem da capa: Corte do Oiteiro (Pangim, Goa), vendo-se do lado direito a casa que pertenceu a Paulino Dias. Do espólio de João Fontes, a quem agradecemos.
Imagem do box: Pormenor do esgrafito na parede do corpo da Capela de Nossa Senhora do Monte (Goa). Foto de Monica Esteves Reis.

CIP-BRASIL. CATALOGAÇÃO NA PUBLICAÇÃO
SINDICATO NACIONAL DOS EDITORES DE LIVROS, RJ

B793p

Braga, Duarte Drumond

356 p. ; 23 cm. (O país de Súria : obra reunida de Paulino Dias ; 2)

Inclui bibliografia
ISBN 978-65-86081-01-5

1. Poesia portuguesa. I. Título. II. Série

19-56484 CDD: 869
CDU: 82-1(81)

ALAMEDA CASA EDITORIAL
Rua 13 de Maio, 353 – Bela Vista
CEP 01327-000 – São Paulo, SP
Tel. (11) 3012-2403
www.alamedaeditorial.com.br

Sumário

O PERCURSO PLURAL DE UM POETA E INTELECTUAL DE GOA

Ele era hindu entre os hindus, cristão entre os cristãos, e budista entre os budistas, a ponto de ser disputado como Kabir, santo indiano, o era entre hindus e maometanos.

Babussé Camotim, "O Funeral do dr. Paulino Dias",
O Heraldo, 25 de dezembro de 1919, p. 3.

Imagem 1 – Retrato de Paulino Dias, de *No País de Súria* (1935)

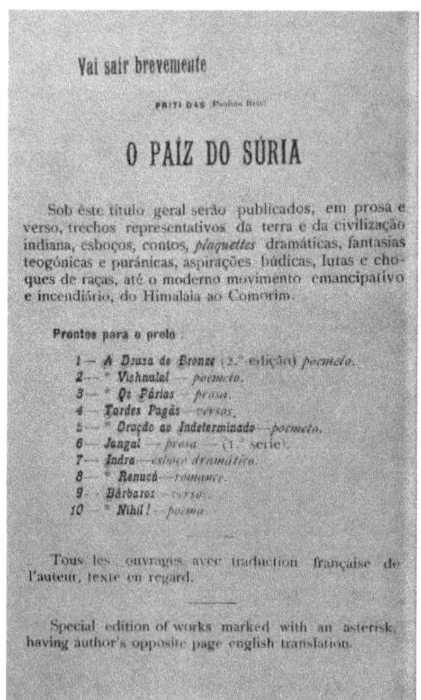

Vai sair brevemente

PRITI DAS

O PAÍZ DO SÚRIA

Sob êste título geral serão publicados, em prosa e verso, trechos representativos da terra e da civilização indiana, esboços, contos, *plaquettes* dramáticas, fantasias teogónicas e purânicas, aspirações búdicas, lutas e choques de raças, até o moderno movimento emancipativo e incendiário, do Himalaia ao Comorim.

Prontos para o prelo:

1 — ***A Dauza de Bronze*** (2.ª edição) *poemeto*.
2 — * ***Vishnulal*** — *poemeto*.
3 — * ***Os Párias*** — *prosa*.
4 — ***Tardes Pagãs*** — *versos*.
5 — * ***Oração ao Indeterminado*** — *poemeto*.
6 — ***Jangal*** — *prosa* — (1.ª serie).
7 — ***Indra*** — *esboço dramático*.
8 — * ***Renucá*** — *romance*.
9 — ***Bárbaros*** — *versos*.
10 — * ***Nihil!*** — *poema*.

Tous les ouvrages avec traduction française de l'auteur, texte en regard.

Special edition of works marked with an asterisk, having author's opposite page english translation.

Imagem 2 – Anúnico a *O Paíz do Súria*, na contracapa dos dois últimos números da *Revista da Índia* (1913)

Poesia em língua portuguesa de Goa: um mundo esquecido

Sabemos já que os materiais de língua portuguesa produzidos, de uma forma longa e continuada, em Goa - colónia portuguesa entre 1510 e 1961, situada na costa do Malabar - são muito extensos, como tem destacado a recente bibliografia (Cf. GARMES 2016a e GARMES 2016b), contrastando com a pequenez do atual estado da República da Índia. Embora o uso contemporâneo da língua portuguesa seja escasso, como aliás sempre o foi, existe em Goa uma enorme herança bibliográfica nessa língua, fruto do contato entre o colonizador português e as populações do Concão. Esta tradição literária, que alguns chamaram "indo-portuguesa", termo hoje em apreciação pela crítica (Cf. GARMES & CASTRO, 2014), existe desde pelo menos o século XVI, mercê de uma precoce introdução da tipografia, em 1556. Contudo, não recebeu a devida atenção crítica, mesmo com um vasto acervo de ficção, teatro e poesia, sobretudo ao longo dos séculos XIX e XX. Trata-se um corpus literário tão significativo quanto desconhecido, escrito quer pelos naturais católicos, quer por luso-descendentes e alguns hindus. Depois da integração no governo indiano, em 1961, esta tradição caiu no ocaso.

Ainda que saibamos que estes materiais se ligam a várias tradições literárias (à literatura multilingue da Índia, à literatura portuguesa, às literaturas em língua inglesa), não temos uma ideia muito clara sobre o que realmente significam no seu contexto de produção e em um contexto mais vasto, quer o do subcontinente, quer o das literaturas coloniais, quer ainda o das literaturas em língua portuguesa. É certo que, ao contrário das africanas, tal produção se estruturou bem antes da emergência crítica da noção de *literaturas em língua portuguesa* e que também não logrou sobreviver ao fim do colonialismo, o que desde logo a coloca num período temporal diverso de todas as outras tradições de língua portuguesa e a prende mais aos ritmos da história do império português na Ásia. A vida e morte desta literatura tem, assim, pouco a ver com a história das demais literaturas em línguas europeias da Índia,[1] mas muito com o destino do português na Ásia.

Não cremos que a literatura goesa deva ser considerada como uma espécie de anexo da literatura portuguesa, por possuir as suas próprias implicações, leituras e sentidos, como o seu abundante jornalismo de língua portuguesa demonstra, no sentido de produção de um corpo de sentidos irredutivelmente local, ainda que sempre em contato com outros enclaves coloniais e com a Metrópole.[2] Contudo, isso não quer dizer que possa ser conhecida fora das suas formas de pertença e de interação com a literatura portuguesa, pois existe uma circulação muito forte de autores entre Portugal e Goa, tendo muitas das obras-chave dos

---

1 O longo processo de aclimatação da literatura inglesa e francesa, via tradução, para criação de tradições próprias é um processo demoradíssimo na Índia. Começando na Renascença bengali, essas línguas só se tornam verdadeiramente línguas literárias nos anos 30 do século XX com um Mulk Raj Anand ou um R. K. Narayan, afirmando-se plenamente na pós-modernidade com o *boom* da literatura indiana de lingua inglesa a partir de Salman Rushdie. Já os tempos da literatura goesa são totalmente outros e contam com traduções e composições originais em latim e português desde a primeira metade do século XVI. Em termos de produção literária original, certamente que a dos Românticos e nativos católicos Francisco Luís Gomes e Júlio Gonçalves já pode ser considerada como original, estruturada, madura e aberta a temas e problemáticas locais, sendo assim a literatura goesa bastante anterior às restantes literaturas da Índia em línguas europeias.

2 As queixas do prefaciador da sua obra póstuma, Francisco Correia Afonso, sobre o meio literário alertam para a importância do jornal para o conhecimento desta tradição: "Em matéria de letras, só o jornalismo pode ser uma profissão na nossa terra; a literatura que é arte não tem acolhimento. Livros, só os de polémica; e esses afinal são apenas jornalismo em brochura. Quanta vocação artística não ficará assim atrofiada por falta dum público?" (CORREIA AFONSO, 1935, p. XII). Paulino é também um filho do publicismo goês, e o seu campo de atuação cultural é o mundo dos jornais, das revistas e das disputas intelectuais e estéticas do periodismo goês.

goeses sido publicadas em Portugal.[3] Ademais, tendo em vista o caso da poesia, a literatura de Goa não poderá ser escrita sem considerar os nomes dos poetas Tomás Ribeiro e Alberto Osório de Castro, figuras de portugueses que devem ser lidas como endógenas a esse meio literário, por terem vivido e publicado em Goa, dando impulsos decisivos para sua formação.

Sem prejuízo de considerar a existência de um meio próprio, Goa não é uma nação e, como tal, constitui uma oportunidade única para estudar as literaturas de lingua portuguesa fora dos contornos nacionalistas que têm pesado fortemente em seu estudo. No nosso entender, a literatura goesa, bem como as demais tradições literárias de língua portuguesa da Ásia, constituem produções comunitárias interligadas. Comunidades insulares, a um mesmo tempo colónias de Portugal e regiões das nações pós-coloniais nas quais sempre se inseriram, mas muitas vezes anteriores à própria ideia de nacionalidade (caso da Índia), cabe-lhes mais o paradigma de redes literárias periféricas com uma conformação regional fortemente identitária do que o paradigma nacional ou ultramarino. Por outro lado, a comunidade que produziu esta literatura se expressou também em outras línguas, como o concani, o marata, o inglês e o francês. O real e total conhecimento da literatura goesa implicaria assim o abandono de uma visão essencialista em torno da língua portuguesa, que está longe de ter sido a única língua de expressão dos goeses, embora hegemônica durante quatro séculos e meio. Apesar do recente interesse da crítica, é caso para dizer que os estudos da literatura de língua portuguesa de Goa encontram-se ainda na infância, o que implica reconhecer a precariedade e provisoriedade de nossos estudos.

3 "*Os Brahamanes*, de Francisco Luis Gomes (1866), *O Signo da Ira*, de Orlando da Costa (1961), *Bodki*, de Agostinho Fernandes (1962), e *Monção*, de Vimala Devi (1963), quatro das mais importantes obras da literatura goesa, foram (...) publicadas em Lisboa, privando assim Goa da sua influência direta. Mesmo levando em conta que *Bodki* e *Monção* foram publicados já depois da invasão, não indicará isto um desajustamento básico na sociedade goesa, cujo conformismo o escritor não se atrevia a desafiar? (DEVI, 1971, p. 133).

No que toca à criação poética, é costume destacar a criação em 1870, em Pangim, capital de Goa, do Instituto Vasco da Gama, que plasmou em seu entorno uma plêiade de poetas, incentivados pelo vate romântico e burocrata colonial português Tomás Ribeiro. Aqui despontam vários nomes da poesia romântica goesa, e na verdade, a poesia goesa *tout court*, pois dá azo à primeira vaga continuada de atividade lírica. Os trabalhos de DEVI (1971), PASSOS (2012) e GARMES (2016a e 2016b) historiam o nascimento da poesia a partir do Romantismo, mostrando como se avoluma um *corpus* cada vez mais substancial de produção poética, garantindo a sua continuidade (Cf. GARMES, 2016a, p. 83-84). Este crítico identifica perto de uma centena de poetas entre os séculos XIX e XX, afirmando:

> Ainda que a imprensa tenha tido lugar em Goa já no século XVI e que muitas publicações até o século XVIII tenham grande significado para a história da literatura goesa de língua portuguesa, é somente no século XIX que se constitui uma dinâmica mais próxima daquilo que hoje costumamos designar de meio literário, promovido pela publicação de periódicos, o que demandou o desenvolvimento de meios de comunicação e a ação de escritores e leitores, fenómeno que também ocorrera no Brasil, mais precocemente, e em outras ex-colónias portuguesas, mais tardiamente (GARMES, 2016a, p. 136).

O que mais nos interessa, contudo, é notar não apenas que este Romantismo goês é francamente tardio, mas que claramente se prolonga pelo século XX adentro, como nota David Jackson (2007, p. 361). Este Romantismo dilatado, aliado às mudanças sociais trazidas pelo laicismo republicano exportado para as colónias, a partir de 1910, vai criar as mais interessantes figuras de poetas, sobretudo a de Paulino Dias, um complexo filho em simultâneo do laicismo e da busca da identidade indiana.

Com efeito, a elite católica de Goa só a partir do final do século XIX é que começa a redescobrir os textos, temas e motivos da civilização clássica da Índia. Os naturais do território, convertidos ao cristianismo no século XVI, só em 1910 terão como garantida a não-marginalização social pela adoção das linguagens culturais do hinduísmo, uma vez que o catolicismo deixara de ser a religião oficial. Quer como realidade religiosa, quer como realidade cultural, do hinduismo haviam os goeses sido longamente apartados por uma feroz vigilância contra desvios religiosos e práticas de "gentilismo", desde os tempos da Inquisição, que se estabeleceu em Goa. Agora podiam finalmente recordar o que seus antepassados tinham sido convencidos a esquecer: a civilização clássica indiana, dando azo a uma vaga de poesia indianista. Como lembram dois historiadores desta tradição literária, o casal Manuel de Seabra e Vimala Devi: "Foi a época em que uma geração [...] começou a tomar consciência da outra parte de si próprios que não podiam continuar a ignorar e cujas raízes iam buscar à velha civilização indiana" (DEVI e SEABRA, 1971, p. 240). A onda indianista constitui, assim, uma anamnese que Goa quer fazer em relação ao seu lugar no subcontinente indiano. O grande exemplo de indianismo[4] poético é Paulino Dias, a quem poderíamos chamar o Gonçalves Dias goês, pois foi "o principal representante desse indianismo que subitamente, em princípios do século, surgiu em Goa" (DEVI e SEABRA, 1971, p. 314). Mas o interesse deste poeta não termina aqui, sendo uma figura deveras complexa, cultural e literariamente.

Uma figura complexa e plural

O poeta, prosador e dramaturgo goês de língua portuguesa e francesa Francisco Xavier Paulino Dias (1874, Santa Cruz - 1919, Nova Goa/Pangim) é um bom exemplo em como a produção de Goa em língua portuguesa existe, é vasta, complexa e merece ser recuperada e conhecida. Este

4 Por indianismo entendemos a representação literária de elementos mítico-religiosos, literários e culturais da Índia Védica, Clássica e Medieval, tomados e desenvolvidos como signos polarizadores de um patriotismo literário indiano, ainda que com claros contornos exotizantes.

é um dos seus poetas centrais, com obra ampla e comprovado impacto no seu próprio meio cultural. As suas obras são, ao mesmo tempo, devedoras de um estudo apaixonado da civilização milenar da Índia como das correntes estéticas finisseculares europeias contemporâneas, do Romantismo ao Modernismo. Paulino possui uma vasta produção em livro publicada toda ela em Goa e também dispersa por periódicos essencialmente locais, mostrando inequivocamente que o seu trabalho não constitui um mero episódio isolado, mas uma corrente em uma cadeia de escrita em língua portuguesa. Dito de outro modo, a intensidade e complexidade da sua produção só é possível num meio literário já bastante estruturado e antigo, que conseguiu gerar um autor da sua craveira, dedicado a construir uma poesia que ele próprio considerou, em *A Lira da Ciência* (1896), sua primeira obra, como "estranha, imensa, incorruptível".

Dias, a cuja obra sem dúvida os qualificativos de "estranha" e "imensa" cabem bem, é hoje uma figura pouco mais do que desconhecida. Forma-se na Escola Médico-Cirúrgica de Nova Goa, única instituição de ensino superior nas colónias portuguesas à época, teve sobretudo as ocupações de médico e professor liceal nessa cidade, na Escola Normal, e mais tarde no Instituto Comercial e, por fim, no Liceu Afonso de Albuquerque.[5] As atividades desta "multifacetada personalidade" (CORREIA AFONSO, 1935, p. 12) não se esgotaram contudo aí. Como o seu contemporâneo Rabindranath Tagore foi, além de essencialmente poeta, também pintor[6]

5 Os jornais informam que era professor em ambas as instituições à altura da sua morte: "E morre quando, precisamente, nomeado professor do Liceu Central, pensava em abandonar a cadeira do Instituto Comercial com mais desafogo se dedicar exclusivamente ao Liceu e a suas investigações". *O Heraldo*, 24 de dezembro de 1919, p. 1.

6 O jornal *O Heraldo* de 27 de de 1919, na p. 1, refere que no velório estava um Cristo por ele pintado. Segundo a família, uma tela sua terá participado de uma exposição em Paris. Já Correia Afonso (1935, p. 16) revela que o autor organizava frequentes exposições artísticas.

e músico.[7] Além de ter exercido a clínica, também produziu "drogas e dietas indígenas", isto é, aiurvédicas, a crer em Correia Afonso (1935, p. 13). Enquanto industrialista,[8] área na qual mobilizou os seus conhecimentos de ciência aplicada e de química, produziu drogas, mas também vinhos, licores e cerveja, colocando-os no mercado. É extremamente interessante depararmo-nos com esta co-presença de ciência e arte, aliança que também passará para a sua obra.

Natural de Santa Cruz, freguesia nas cercanias de Pangim, ter-se-á mudado para Pangim em 1904, onde abriu uma drogaria,[9] sita no Corte do Oiteiro, que liga o bairro das Fontainhas à parte nova da capital. Morreu subitamente, em 1919, de um ataque de febre, em Pangim, e quase todos os jornais, incluindo os hindus,[10] noticiaram o seu passamento,

---

7 L. A. Menezes, em "Preito ao Dr. Paulino Dias", publicado na *Revista Académica* de dezembro de 1919, diz que ele "praticava a arte musical", o que é pouco claro. Acrescenta Correia Afonso, que não informa muito mais: "Cultivou a Pintura e a Música com um esmero que lhe traria maior distinção, se essa sua atividade estética não se perdesse no renome que conquistou no culto daquela arte que é a síntese de todas as artes, a Poesia" (1935, p. 17).

8 Foi-lhe atribuido um pioneirismo na prática das indústrias em Goa e é de fato nessa qualidade que ele é convidado para o Congresso Provincial de 1918. O *Vidiaprassar*, de 11 de janeiro de 1920, na p. 3, chama-lhe "industrial raro, talvez primeiro". De fato sabemos que Dias produzia "vinho medicinal" e que, quando faleceu, estaria a produzir cerveja e licores no laboratório que havia no seu estabelecimento do Corte do Oiteiro. Sandra Lobo afirma que Paulino Dias "acolhera a tertúlia estudantil, num bar que mantinha na capital" (LOBO, 2013, p. 455), provavelmente no mesmo prédio, o que significa que essa casa serviria também como local de encontro de intelectuais e jovens.

9 Segundo o jornal *O Bombaiense*, de 10 de setembro de 1909, s.p.

10 O que leva a crer que se envolveu em laços de amizade com a comunidade hindu. Por exemplo, o *Vidiaprassar*, de 11 de janeiro de 1920, dá-o como um dos fundadores da Liga da Propaganda de Instrução em Goa, de que este jornal hindu era o órgão, e chama-lhe "companheiro de trabalho" e "velho e íntimo amigo" (p. 3).

celebrando o poeta e o industrial num tom laudatório.[11] A comunidade mobilizou-se para a despedida ao autor,[12] que deixava viúva Carmelina Fernandes e Dias e quatro filhas.[13]

Como escritor, foi um polígrafo. Não havia até hoje noção disto, mas esta edição mostra cabalmente as suas incursões na poesia lírica e dramática, no teatro, na novela ou noveleta, no conto, na crónica, na crítica literária, possivelmente também no romance,[14] e confirma-o não apenas como escritor de língua portuguesa, mas também de língua francesa e inglesa, como Fernando Pessoa, embora com apenas um texto nesta última língua, o poema *Damaynti Sings Softly* (1915). Muitas das suas publicações dispersas, e uma em livro (*Vishnulal*, de 1919), são assinadas também com o pseudónimo hindu Pri Das ou, mais comummente, Priti Das e Pritidassa, expressão sanscrítica que significa Escravo do Amor. Com maior recorrência, ainda que não exclusividade, assinou sob este nome a poesia de temá-

11 Faleceu às 9h30 ou às 10h de 23 de dezembro de 1919. Dizem os jornais: "Exatamente quando estávamos coligindo esforços para o levantamento desta terra, a morte do dr. Paulino Dias representa uma perda insofismável. Organização literária das mais bem equilibradas, compleição poética das mais bem requintadas, mão de artista segurando o pincel com uma firmeza e inspiração positivamente típicas, era ao mesmo tempo o mestre idolatrado e respeitado às gerações de amanhã, e por um prodígio de atividade – coisa raríssima – o homem paciente de um laboratório químico e industrial lançando no mercado produtos da sua invenção, mas sem nunca deixar ver o seu nome". *O Heraldo*, 24 de dezembro de 1919, p. 1.

12 O diretor d'*O Heraldo*, Antonio Maria da Cunha, "dirigiu", é-nos dito, o funeral, realizado no cemitério de Santa Inês, em Pangim, tendo havido outros representantes da imprensa e condolências enviadas da parte do governador, Jaime de Morais. Após um préstito fúnebre desde a sua casa, na rua 31 de janeiro, nas Fontainhas, até ao cemitério, peroraram Francisco Correia Afonso, o ex-aluno hindu Babussé Camotim e um familiar, Aniceto Dias.

13 Justina, Maria Esperança, Adelina e uma terceira filha cujo nome não se conseguiu obter, o que recolhemos do obituário de *O Heraldo*, 24 dezembro 1919, p. 2.

14 A *Revista da Índia* anuncia o romance *Ranucá*, de Paulino, de que não temos mais nenhuma notícia.

tica indiana. Há ainda um outro, pouco frequente, Assis da Gama ou Assis Gama. A escolha destes nomes não é fortuita, pois, se *escravo do amor* tem uma conotação que alude ao movimento devocional hindu *bakhti*, ao mesmo tempo faz juz a uma pulsão amorosa e erótica pela figura da mulher que atravessa a sua obra. Já o sobrenome Gama não pode senão remeter para o navegador português de Quinhentos, enquanto Assis nos recorda a ordem franciscana, ou seja: a espada e a cruz. Note-se que publica sob este nome os seus últimos poemas, dedicados a Afonso de Albuquerque (a espada) e a S. Francisco Xavier (a cruz), o que não será certamente uma coincidência. Sugere-se assim nas assinaturas a dualidade ou até a contradição que é fundadora da sua obra. No entanto, embora possa haver uma aproximação à ideia de heteronímia, por corresponderem a diferentes personalidades ou experiências de escrita, parecem funcionar mais como criptónimos (DIAS, 1963, p. 48), como sabiamente os designou o historiador da literatura goesa Filinto Cristo Dias, isto é, nomes cifrados, que escondem uma figura para revelar outra. Sendo difícil esclarecer se existem ou não fases distintas na sua obra, notamos contudo uma evoluções das soluções próprias de um Romantismo social *à la* Hugo e Junqueiro para um namoro com as estéticas finisseculares e um claro diálogo com as Vanguardas, muito embora as soluções paulinianas para cada uma destas escolas sejam bastante originais, como se verá nos pontos seguintes.

Publicista ativíssimo, impressiona a sua dispersão por inúmeros periódicos, mas também coordenou revistas, jornais e almanaques: *A Clínica Moderna* (1908), revista de divulgação de medicina de que foi redator único, a *Revista Moderna. Mensal Ilustrada: Religiosa, Científica e Literária* (1909), mensário católico de índole essencialmente religiosa e literária e, finalmente, a *Revista da Índia: Mensal de Letras e Artes* (1913) publicação mais madura, de cunho mais solidamente literário e com propósitos de divulgação da cultura indiana. Coordenou ainda dois *Almanaques* (1907-08).[15]

15 Estas obras não foram, infelizmente, encontradas. Trata-se do *Almanach de lembranças Luso-Indiano para 1907*. Nova Goa: Tipografia Bragança e C.ª, 1907

Tudo leva a crer que seria um cidadão respeitado e uma figura proeminente no seu meio, tendo ocupado vários cargos em instituições culturais goesas, como o de vice-presidente do Atheneu Literário de Nova Goa,[16] e co-fundador da Liga da Propaganda de Instrução em Goa.[17] Foi conferencista convidado em várias instituições[18] e desempenhou provavelmente cargos políticos eletivos.[19] Percebe-se, por tudo isto, que seja uma presença continuada na crítica goesa e uma figura de referência da comunidade católica, mas também da hindu que, aliás, deu verba para a publicação das suas obras póstumas em 1935.

Compreende-se assim que seu nome perdure até pelo menos a 1961 como sendo *o* poeta de Goa,[20] tanto que ao Cecília Meireles ter visitado a colónia portuguesa em 1959, a comunidade goesa lhe tenha oferecido um exemplar de *No País de Súria*, com essa indicação. A poeta brasileira lhe fez justa, ainda que breve, avaliação crítica na crónica de viagem *No Barco da Poesia*, de 1959. Contudo, a fortuna crítica do poeta é sobretudo doméstica, e podemos dizer que Goa tem tido dificuldades para enfrentar tão verboso e por vezes hermético poeta. Cremos mesmo que o seu tra-

---

e do *Almanach de lembranças Luso-Indiano para 1908*. Nova Goa: Tipografia Bragança e C.ª, 1908. No de 1907 terá composto a biografia de Acácio Grabiel Viegas, na página 110.

16 Eleito vice-presidente, segundo o jornal *O Brado Indiano*, de 5 de janeiro de 1895.

17 Segundo o jornal hindu *Vidiaprassar*, de 11 de janeiro de 1920, p. 3.

18 Proferiu a conferência "A vida artística da Índia" na organização Sarasvat Braman Samaj, de Margão, no dia 6 de abril de 1919, o que foi noticiado por *O Heraldo* a 29 de março, p. 1.

19 O ex-aluno diz que ele "não deixou de concorrer à urna", *O Heraldo*, 25 dezembro, p. 3.

20 Camotim, no panegírico fúnebre diz que: "Como poeta, o inquérito aberto, há tempo, por Castro Alves, o coloca em primeiro lugar na galeria dos poetas de Goa" (p. 3). Alves Castro, e não Castro Alves, é o pseudónimo de Adolfo Costa, poeta que dirigiu com Paulino a *Revista da Índia*. Lamentavelmente, não conseguimos localizar este inquérito.

balho talvez tenha contribuído para uma má imagem que ficou na muito parca crítica indiana recente sobre a poesia de língua portuguesa de Goa, com a dificuldade acrescida de o português de Dias ser difícil, pouco claro, cheio de imagens insólitas e certamente propenso a incompreensões. Diz Manohar Shetty, com toda a sua *bluntness*, sobre uma tradição já distante, e em termos que evocam claramente a obra de Paulino ou de Nascimento Mendonça: "O português é hoje uma língua moribunda em Goa, falada por uma classe minguante em protagonismo, ajaezada com um punhado de romances pesados e arrevesados e alguma poesia vazia, quase mitológica" (SHETTY, 1998, p. XVII, trad. minha).

Mas, sobretudo no caso de Paulino Dias – que arduamente procurou um diálogo com seus coevos fora de Goa –, interessa ir além do doméstico e apontar os indícios de uma penetração internacional, que efetivamente logrou em vida e que dá indícios do que pretendeu com a sua obra. No nosso entender, há um projeto que subjaz à multímoda escrita de Paulino e que podemos designar como o de uma "modernidade indiana em língua portuguesa", leitura geral da sua obra que fazemos neste ensaio. Assim, é interessante verificar que há um diálogo com intelectuais europeus e provavelmente indianos que interessa reconstituir a partir de vários elementos.

Sabemos que tentou refazer a sua vida fora de Goa, como comprova um banquete em sua homenagem, mas que provavelmente nunca terá saído da Índia.[21] Mais do que isso, os projetos megalomanos de publicação da sua obra em várias línguas que a contracapa da *Revista da Índia* (1913) mostra (ver p. 8), além de darem corpo à ambiciosa concepção que o autor fazia da sua obra, obviamente correspondem a um desejo de internacionalização.[22] Temos, assim, um exemplar de *A Deuza de Bronze* na Biblioteca Real da Dinamarca com uma dedicatória ao poeta dinarquês Carl Kjersmeier

21 *O Comércio* de 23 de dezembro de 1909, p. 1, descreve esse banquete. A família indica deslocações regulares para Pondicherry.

22 Desse projeto só nos restou *Vishnulal*. Temos ainda o poema *Le Roi des Éléphants*, que de francês só tem o título.

(1889-1961), a quem se identifica como "un bouddhiste de l'Inde". E o número do *Heraldo* de 24 de dezembro de 1919 dedicado à sua figura deixa estas palavras, que nos dão a entender um diálogo por descobrir: "Simplesmente curvamo-nos perante o cadáver gélido de quem foi profundamente admirado e considerado pelo poeta provençal Frederico Mistral" (p. 1). Também a correspondência para Portugal aponta neste sentido, como a carta ao poeta Mariano Gracias, pedindo-lhe ajuda para publicar a sua tradução do *Guita* em Portugal,[23] e a divulgação que faz da *Revista da Índia* junto a Teófilo Braga. Supomos ainda que Paulino e Nascimento Mendonça devem ter enviado para a revista portuense *A Águia* exemplares dos seus livros, por ela brevemente resenhados.[24] Ainda em Portugal foi representante da revista *Alma Nova* na Índia Portuguesa, no seu ano II, de dezembro de 1916 a fevereiro de 1917. Curiosamente, junto a ele se encontra o nome de Ronald de Carvalho como representante do Brasil, o que o coloca em uma esfera de ação muito próxima do modernismo. Outro indício importante de ampla divulgação que buscou para seus trabalhos é a inesperada colaboração com o almanaque moçambicano *O Africano* (1912), onde colaboram também outros goeses.

Dentre os vários aspectos que desde logo distinguem a escrita de Paulino está a sua expressão propriamente linguística. Paulino Dias é

---

23 Internamente a Goa, a recepção da obra de Paulino não descurou lembrá-lo como um divulgador desse texto poético e filosófico-religioso. O historiador Panduranga Sacarama Sinai Pissurlencar lembrou "o malogrado poeta e pensador Paulino Dias (o saudoso Pritidassa), cuja morte prematura representa uma perda irreparável para a literatura indo-portuguesa, – verteu para o português os primeiros capítulos da Guitá, os quais foram publicados na *Revista da Índia*, vol. 1." (PISSURLENCAR, 1925: 51-52)

24 Infelizmente as poucas palavras sobre a sua obra são meramente convencionais: "As lendas, os sonhos, as fantasias orientais são um eterno motivo de inspiração. O poemeto de Paulino Dias, em harmoniosos tercetos, é o clamor de Bhavani, entergando-se em estros de luxúria ao abraço lascivo de uma cobra, que a enleia, que a desvaira, e com que se mata" (p. 192). "Bibliografia", *A Águia*, 2ª série, vol. IV, n.º 24, dezembro de 1913, p. 190-192.

imediatamente reconhecido como um escritor de sintaxe complicada, por tentar associar o rigor formal a que se impunha com desejos de uma ampla liberdade de escrita. A respeito do português de Paulino, DEVI e SEABRA (1971, p. 314-315) sustentam que existem problemas linguísticos e formais na expressão do autor, na sequência de outros que já o haviam afirmado. Na verdade, isso antes se trata de uma forma voluntária de afetar a língua portuguesa, no quadro de uma grande exigência formal que supõe um pleno domínio da língua de Machado.[25] Esta linguagem outra do autor deve ser aproximada a outros esforços pós-simbolistas e modernistas de transformação da linguagem, como notoriamente realizaram o português Ângelo de Lima ou o brasileiro Mário de Andrade. Entendido à luz da necessidade de transformação do significante proposta pela modernidade estética, sobretudo com o Simbolismo e o Modernismo, o português muito particular de Paulino Dias ganha todo um outro sentido. A opinião crítica de Devi e Seabra (1971) entende a linguagem de Paulino apenas como uma anomalia no seio de uma literatura periférica, que porventura estaria condenada a legar uma produção literária sem grandes desafios ao nível estético. Ao contrário, os sinais que o poeta deixou permitem inscrevê-lo, a partir de sua orgulhosa radicação na Índia, na literatura vanguardista como um todo, mediante uma aproximação necessária (e ainda por fazer de uma forma mais aprofundada) ao Modernismo brasileiro e português.

A necessidade de escrever "bem", de acordo com o português padrão europeu, está muito presente na crítica à poesia goesa, que se ressente da sua linguagem rocambolesca. Anterior ao afastamento da norma europeia na formação do cânone das literaturas brasileiras e africanas, a literatura goesa e sua crítica têm por modelo o português europeu padrão,

25 Ao contrário do que tem vindo a ser repetido acriticamente, a exigência da forma é muito premente em Paulino Dias. Di-lo explicitamente em *A A Lira da Ciência* (1896): "A forma é que é o abismo, o obstáculo terrível/ Só o trabalho, o trabalho, o ciclope gigante/ é que pode forjar os moldes de diamante/ dessa linguagem estranha, imensa, incorruptível".

num assinável purismo, apesar de todos os vernacularismos sintácticos e lexicais que apontam para a formação de um português outro. O próprio Paulino, muito contraditoriamente, ataca o afastamento da norma europeia na crítica que faz a Nascimendo Mendonça (1913).

Por vezes, surge na crítica a ideia que o português não seria a primeira língua do autor, o que é difícil de acreditar, dada a extrema desenvoltura que nele tem. A língua (ou devemos chamar-lhe linguagem?) de Paulino é, isso sim, todo um idioleto, um português outro, de vários modos transfigurado. Usa um vocabulário parafilosófico como "conceição" (no sentido de manifestação, geração); palavras com usa com sentido muito particular como "tratos", que grafa com um c; um vocabulário erudito latino como "rebel" e ainda estranhos achados imagéticos que o poeta adopta repetidas vezes: "fortes como alavancas", palavra que é talvez um resquício do mecanicismo naturalista na sua escrita e um gosto por adjetivos expressivos mas insólitos no contexto em que surgem como "ralo" ou "carrancudo". Trata-se, na feliz expressão de Correia Afonso[26] (1935, p. XVIII), de um vocabulário torturado. Mesmo em termos de ortografia, é toda uma outra forma de chegada ao português de termos sanscritos que aqui encontramos, como *rajaioga*, na verdade toda uma possível "lusofonia indiana" que nunca vingou ou que nunca saiu do seu local de origem. Também ajuda a transfigurar a língua pauliniana todo o vocabulário indo-português, que é ainda um outro nível desse idioleto, como em *Nirvana*: "Vai às eiras de jagra, as fazendas de cana, os altos de eia de brindão, as noras dos aredais".

Contudo, este é também (e sobretudo na prosa) um português finissecular, cheio de infiltrações de vocabulário dessa língua e de construções afrancesadas, e aqui passamos já para o nível sintático. Certamente é influência do francês o descaso da ocorrência da preposição pela segunda

26 "Paulino quis dissipar as 'trevas da rotina', introduzindo processos novos, afastando-se de tudo o que era convencional. Daí o seu desdém pelo purismo linguístico, o seu vocabulário torturado, as suas liberdades prosódicas. Daí essas frases que são ás vezes brutais, e a sua pesquisa de motivos ingratos, mesmo repulsivos". (CORREIA AFONSO, 1935, p. XVIII).

vez quando há dois termos, como nesta passagem de *Indra*: "tu vens a mim em marchas imprevistas/ no teu carro funesto e os corcéis amarelos". Outro provável galicismo sintático é o uso constante do verbo *ser* em vez do *estar* ou *existir*: "No meio do claustro de marfim é um altar simples de pedra, no meio de candelabros, onde pombos vêm comer arroz e cisnes beber leite coalhado", embora haja aqui outra possível influência a ser considerada: o concanim, que não distingue entre ser, estar e haver (e nem mesmo ter), usando-se sempre o mesmo verbo.[27]

Isso siginfica que podemos trazer ainda mais um elemento à colação, que seria a questão do "português de Goa". Falta, ainda hoje, analisar as (poucas) fontes que existem para se compreender quais são as especificidades desse português gestado na Ásia. infelizmente, esse trabalho ainda não foi feito de forma sistemática. Há pouca descrição, mas sabemos que as poucas que conheço apontam para uma consistência da próclise (contrariamente ao português brasileiro), como já sustentava Dalgado (1900) e Graciete Batalha (1982). Na sintaxe de Paulino os pronomes são enclíticos, como em Portugal, mas desrespeitam a regra do português europeu em como há certos elementos atratores do clítico ou proclisadores, como elementos de negação, certos advérbios e quantificadores que exigem próclise: "ainda hoje não virou-se a pagina sangrenta". Ora, é muito interessante supor que o português literário de Paulino tenha acolhido propositalmente o que seria visto como uma irregularidade altamente reprovável da expressão linguística, e que tenha querido ser uma expressão literária de uma sintaxe que já não seria a do português europeu.

Positivismo e Ateísmo

1893 é a data da provável estreia na revista *Divã Literário* (1894), com o poema "Aurora", já dentro de uma fase que pode ser designada como positivista-naturalista (1896-1906), e que precederá o início da publica-

27 Estas informações e outras foram-nos transmitidas pelo linguista Hugo Cardoso, a quem agradecemos.

ção de poemas de tema indiano em *Luz do Oriente*, a partir de 1907. Esta fase será mais visível no livro *A Lira da Ciência* (1896). O lema forte "Deus, Pátria, Liberdade" vem à cabeça, verdadeiro programa de redenção poética de Goa pela ciência, com alguns laivos de materialismo: um lirismo comprometido e heroico, ao modo da poesia combativa[28] do Antero de *Odes Modernas* (1865) e do Teófilo Braga de *Visão dos Tempos* (1864), com contornos anticlericais.

A obra seguinte, o opúsculo *Vasco da Gama*, de 1898, foi paga pela comissão encarregue das comemorações em Goa da chegada do navegador português ao subcontinente, em 1898,[29] distribuída em mãos no dia do evento. Continua o programa redentorista de timbre positivista, numa continuidade notória com a obra anterior, já que a sua chegada à Índia constitui a chegada do Progresso: "o meu braço de ferro é a candente oficina/ que traz à tua arena os canhões do Progresso", diz o Descobridor. O Gama é não só um herói positivo, mas a própria Ideia maiusculada, contra a qual as forças cegas da natureza e a inércia da matéria se assanham: "assanha contra a Ideia os pélagos e mundos..." Na continuidade de *A Lira da Ciência*, a "ideia positiva em todo o brilhantismo" é usada agora para resolver a questão colonial, já que esta submissão de uma Índia antiga e irracional implica uma concepção positiva da evolução ("encarnação viril da audácia que desdobra/ a simples concepção em fato positivo"). Nesse

28 Há uma curiosa sobreposição entre a figura central e o poeta, que afirma neste livro: "Eu venho espedaçar o teu sendal espesso/ co'as metralhas da pena, e as bombas da palavra".

29 "Realizou-se pela noite nos paços do município o sarau literário do programa que foi pouco concorrido. Discursou primeiro, largamente, o sr. governador geral. Leram depois memórias comemorativas do centenário os srs. João de Mello Sampaio, dr. Caetano F. Gracias, de Loutolim, e dr. Frederico Guilherme Lourenço, de Curtorim. Orou com muito desembaraço e aplauso o sr. dr. Luís Gonçalves. Foi distribuído pelos assistentes um poemeto do sr. Paulino Dias que a comissão do centenário mandara imprimir". A informação é retirada do jornal *A Índia Portuguesa*, de 8 de janeiro de 1898, p. 2. Inclui-se na rubrica "Crónica. Notícias da capital".

momento a Índia é dada à história, sendo o colonialismo português a porta de entrada do universal, do trabalho, da ciência e da religião católica. Mas note-se que esta é também uma solução pensada a partir dos problemas da Índia, pois constitui uma superação dos aspetos por ele precocemente considerados negros e infames na cultura tradicional hindu, tais como o sistema de castas ou a prática do *sati*, morte voluntária da víuva hindu por imolação no fogo,[30] proibida por Afonso de Albuquerque. Traça-se assim uma continuidade forte com o livro anterior. É do Gama que se fala:

> Aonde essa era de treva e rude fanatismo
> em que beijava o solo o vil proscrito, o pária,
> e uma atroz seleção absurda e arbitrária
> prendia a alma à grilheta atra do Preconceito;
> em que era a Lei um caos, e quimera o Direito,
> um abismo a Justiça, a Religião um nada?...
> Aonde essa era de horror, em que a turba algemada
> ao ensino obcecante e crenças compulsivas
> arrojava aos tições vítimas semi-vivas?!

O Amor (1903) é uma continuação da proposta positivista das obras anteriores, onde já se afirma de forma muito clara e sem peias o anticlericalismo: "rejeito o servilismo, as torpes conveniências, /as velhas tradições que se impõem às consciências,/ as rotas catedrais que apavoram as almas"; "o trágico vulcão dum rude fanatismo/ calava Galileu e incinerava Bruno") e mesmo algumas fórmulas desabridamente anti-cristãs ("o cetro atroz do Trino e Uno"; "um deus matador, terrível na vingança"). Ora, tal não passou sem reparo de seus críticos,[31] pois dá corpo a uma das muitas contradições

30 Em obras posteriores, como o poema póstumo *Gandicá*, a abordagem do *sati* será feita antes pela via de uma romantização tipicamente orientalizante.

31 Diz João Joaquim d'Oliveira Pegado, em carta publicada por Paulino Dias como opúsculo, referindo-se a esse verso: "Deixando-te arrastar na corrente de ceticismo, chegaste ao cúmulo de fazer asserções, das quais uma (...) foi seguramente lapso, porque sei como estão arraigadas no teu espírito as crenças da religião em

que atravessam a sua obra: um autor católico – em breve, aliás, diretor de uma revista assumidamente católica, a *Revista Moderna* – no qual encontramos também materialismo, anti-cristianismo e laivos de ateísmo, traços ideológicos não raros entre os intelectuais com formação médica desta época, alguns dos quais provavelmente também maçons. Sobre este último aspecto, é interessante notar que a análise que o poeta faz do fenómeno religioso vai muito numa direção materialista, historicista e necessariamente ateísta, que entende os deuses como figuras colhidas da própria História, exemplos éticos que foram divinizados, numa leitura historicista ainda de raiz positivista, neste texto sobre *Krishna*, de 1916:

> Os deuses são símbolos de carne e dor fabricados pela impotência humana, perpetuamente parada defronte do infinito. O abismo

que nasceste e foste educado" (PEGADO, 1902, p. 12). Defendendo um entendimento perfeito entre religião e ciência católica e combatendo o materialismo cuja presença em Paulino certamente o alarmou (PEGADO, 1902, p. 13), dá-nos a ler autores que fariam parte do quadro mental destes goeses: "Moigno (...) acabou por varrer as objeções de Draper, du Bois Reymond, Carl Vogt, e toda a plêiade dos materialistas contemporâneos. A Religião é uma necessidade, a sua ideia está esculpida na (...) humanidade toda, em forma de ideia inata, instintiva. O ateismo, segundo Quatrefages, não existe senão em ideia errática. (...) Digo-te isso porque ainda noto asserções parecidas no teu novo poema" (PEGADO, 1902, p. 13). Mais tarde, em 1935, Correia Afonso vai acusá-lo de ser pouco ou nada cristão, continuando esta crítica: "Mas entre os grandes movimentes do século, Paulino não se interessou pela reação católica. Nem conheceu ele a soberba história da Igreja, senão pela interpretação tendenciosa que os racionalistas lhe haviam dado. (...) Dir-se-ia que para Paulino não existiram Francisco de Assis, Luis IX, Rogério Bacon, Tomás de Aquino, Dante, Giotto, – nomes que simbolizam a grande civilização medieval na religião, na política, na ciência, na filosofia, na poesia e na arte" (CORREIA AFONSO, 1935, p. 31). Contudo, esta leitura é pouco informada, pois desconhece que Paulino dirigiu a *Revista Moderna*, moderna também no sentido do movimento modernista católico, a que aqui Afonso chama "reação católica". Nas páginas dessa revista vários dos nomes que C. Afonso cita de figuras da Igreja são por ele referidos e até biografados.

é terrível. Seres levantam-se, rolam, precipitam-se; formas, turbilhões, consciências, sem se saber donde e para onde. É forçoso procurar o seu guia e pastor, deuses tornam-se indispensáveis.

Este ensaio aplica, por outro lado, a teoria dos heróis de Thomas Carlyle, de *On Heroes, Hero-Worship, and The Heroic in History* (1841), misturada com a ideia emersoniana de *representative men*, que se acha em *A propósito de Santa Catarina* (1909) de *Revista Moderna* ("A ideia superior é a dos poucos eleitos, dos representativos"). Essas figuras representativas serão as mais díspares, simultaneamente cientistas, pintores, escritores, filósofos, descobridores e fundadores de religiões, pessoas que ao mesmo tempo plasmaram e saíram para fora da História, implicando uma leitura tendencialmente materialista da ação das grandes figuras no tempo, como em *O Amor*:

> Colombo, Napoleão, Rafael, Pasteur, Zola,
> Hugo, Buda, Platão... ó poentes de glória,
> vosso nome, imortal, por entre os séculos rola,
> e deita aromas como a urna da corola;
> almas gémeas do sol, vós não cabeis na História!

Outro ingrediente que, em *O Amor*, é muito evidente é uma postura socializante na representação do turbilhão social, das revoluções e da violência coletiva. Este será um dos temas mais constantes de Paulino, o que desde logo aparece em *A Lira da Ciência*:

> É o mundo que assomou com rugidos triunfais
> por entre revoluções, por entre cataclismos,
> e as velhas tradições, velhos obscurantismos,
> tudo, tudo esmagou sob a avalancha imensa.

São, assim, aparentemente estranhas estas palavras num poema de amor, e que leva esse título, o que mostra como, em Paulino, a lírica tem sempre uma dimensão coletiva e social:

Sente-se um mal-estar terrível pelo mundo;
dão as mãos, pela sombra, hordas dos descontentes.
O trabalho desata um choro gemebundo;
espuma a Rebelião tal como um mar sem fundo,
e a Anarquia aguça os acerados dentes.

Vão-se adestrando ao fogo, ao sangue das batalhas
nações que se armam como as hordas assassinas.
Pejam nos arsenais os canhões e as metralhas:
vai-se forjando a Morte à hulha das fornalhas;
ameaça a humanidade o sopro das ruínas.

Paira iminente como a nuvem dum flagício
uma conflagração que ainda não viu a terra.
– Lasciate ogni speranza! – é o lema do suplício...
A paz armada e alerta... é apenas o armistício
que há de em breve explodir numa espantosa guerra.

Desta maneira, o poema oscila entre o incitamento ao levantamento popular ("Ninguém há de suster a sua raiva acesa/ quando ela for rasgar o pano dos arminhos!") contra os senhores do mundo que, sentados em seus tronos, não perdem por esperar ("Vós que a Sorte cingiu de mantos purpurinos,/ tremei!") e a certeza de que este é inutil devido à omnipresença do Mal, entrando aqui o pessimismo finissecular schopenhauriano[32] com toda a força ("Tu hás de ulular sempre, ó plebe miserável,/ como o oceano, na bruma, ao despontar da lua./ O mal que te aniquila é o Mal irreparável,/ o anátema de pranto, e um Deus inexorável;/ tu, eterno Fellah, trabalha, ruge e sua..."). Fala em anarquismo e em sangue escorrendo pelas ruas mesmo nos lugares mais insuspeitos, como nos textos sobre santos da *Revista*

32 "Destes teus versos parece ressaltar uma descença que infelizmente enferma os grandes cérebros e parece o triste apanágio dos talentos priveligiados. Invocas até o terrível pessimista alemão, cujo nome é ainda hoje pronunciado pelo mundo civilizado com um sentimento de terror: 'Filósofo imortal, ó grande

Moderna, chegando mesmo a cenários apocalípticos ("Crianças, virgens, mães, no fogo do suplício/ ululavam de dor, nuas, desengrenhadas,/ rolando sobre a areia as carnes defloradas..."), que, explicáveis pela estética naturalista, sofrem já uma forte guinada para o grotesco decadentista e proto-expressionista, no gosto pelo sofrimento e pela crueldade.[33]

Esta dinâmica atravessa a sua obra e deságua no longo, imenso poema dramático *Nirvana*, provavelmente uma das últimas obras do autor, e no qual temos simultaneamente pessimismo, anulação cósmica (*nirvana*) ou apocalipse coletivo, junto com uma visão socializante e utopizante para uma sociedade futura (a cidade Eutanásia de *Nirvana*) e ainda formulações de darwinismo social em relação à vida como luta e que vêm de muito antes, das primeiras obras. Acresce a noção de um sofrimento universal, desconforme, que se estende pelo Universo e pela História, algo que já aparece em *A Lira da Ciência* ("sinto arquejar na treva a convulsão enorme/ da luta pela Vida, e oiço o arfar desconforme/ do Universo que avança a passos colossais!"). No entanto, em *O Amor* é ainda o otimismo metafísico que parece levar a melhor. Movida pelo amor, a História progride em direção à Idade de Ouro rediviva:

> Há de então restaurar-se a infância primitiva;
> – há de à alma enternecer a lástima, a piedade,
> irmã de olhar azul pelas tranças cativa –

Schopenhauer!'" (PEGADO, 1902: 12). Contudo, este verso citado por Pegado não consta da edição.

33 De *Os Párias* (1935): "É terrível depois. Anjani é criança de dezassete meses, untada de açafrão, de sândalo, de Incenso acre, de coisas amarelas em pintas grotescas. Dois homens a seguram, uma perna cada um. Amarram-na a um poste de arequeira e cortam com tacas afiadas pedaços de sua carne, partem-lhe com pedras o crânio, metem mãos no ventre esfarrapado, arrancam pedaços de entranha que vão enterrar ao largo, no meio de alaridos. Acirram-se todos num furor sádico, insultam-se, bebem bengui, ópio, espírito ardente, esfaqueiam-se sem nexo, rolam no chão, homens esguios como lanças, mulheres com cabeças medonhas, escanzeladas, ululando no escuro".

Quem há de então magoar a folha à sensitiva?
Será a terra um lar, família a humanidade.
(...)

Essa será do amor a idade astral de glória,
do Amor de quem eu sou o pálido entusiasta.
Que o meu poema marque um ponto só na História.
Depois, depois que o atulhe a aluvião da Memória;
– o universo é imenso, a criação é vasta! –

Pegado designa este livro como o "Mahabharata do amor" (PEGADO, 1902, p. 9), sendo, de fato, já uma espécie de epopeia subjetiva e moderna, na sua mistura contraditória entre celebração do progresso e pessimismo "schopenhaueriano" (PEGADO, 1902, p. 10). Significa isto também que não há, em Paulino, questão pessoal que não implique uma reflexão sobre a marcha da História e, mesmo que em tom mais moralizante condicente com uma revista católica, se fale, não sem certo prazer, de anarquia, morticínios e revoluções na católica *Revista Moderna*. Isso sucede ora em tom mais celebratório, ora em tom negro e pessimista, sendo esta oscilação uma forma de esta poesia se revelar com grande acuidade moderna, embora isso nunca deixe, ao mesmo tempo de a ancorar numa mundividência oitocentista, de tipo teleológico.

De qualquer forma, não há duvida que estamos perante um autor que toca nas questões fulcrais do seu tempo, e se encontra falando a par com os intelectuais europeus mais centrais, mesmo numa remota província colonial, com o fim de construir um imaginário próprio que, embora por vezes confuso, obscuro ou hermético, desenvolve uma estética do confronto e da convulsão coletiva, bastante inesperada. Assim, Paulino Dias é a própria irrupção da modernidade em Goa, quer no sentido da modernidade laica e ateia, quer no sentido de modernidade estética, questão que se desenvolve em seguida.

Que modernidade? Do poema dramático à prosa impressionista

A produção goesa, ilha de língua portuguesa em plena Índia, sofreu de um certo isolamento no espaço e no tempo, o que explica a obsessão local por formas europeias do século XIX como o poema dramático, que Paulino cultiva com afinco. Ao contrário do que afirma Joana Passos (2012), o modelo do género é inteiramente europeu, apenas o tema e o intertexto são "indianos". Com efeito, a Índia foi abundantemente representada pelo poema dramático europeu como correspondendo a um estágio ou fase primitiva da Humanidade, responsável pela criação do sentimento religioso, no âmbito de várias tentativas de formular uma epopeia moral da Humanidade, súmula da História e do progresso humano. Assim, a Índia é sempre representada de um ponto de vista orientalista, mesmo que positivado, o que temos, por exemplo, em *Visão dos Tempos* de Teófilo Braga: "Ó Índia! Ó leito de morbidez e graça!" (BRAGA, 1895, p. 148), onde a Índia é o cerne do que chama as "idades teocráticas" da História, num determinismo tipicamente oitocentista. É dentro do género, mas, em certa medida, contra esta linha de representação da Índia, que o poema dramático pauliniano vai se colocar.

Com efeito, a abundância de poemas dramáticos na sua obra força-nos a ler o autor muito à luz do século XIX europeu, fazendo dele, antes de mais, um discípulo evidente de Vítor Hugo, que, com *La Legende des Siècles* (último ciclo de 1883), teve ampla influência em Goa, conforme testemunhado por Peregrino da Costa (1956) e ressaltado por Francisco Correia Afonso (1935) e Vimala Devi & Manuel de Seabra (1971) quanto ao caso de Dias, que homenageia explicitamente o seu mestre, numa resenha publicada em 1908, *Um Livro Novo...*: "Victor Hugo é a força, a amplitude, a síntese do pensamento arrojada e formidável, não a naturalidade de Goethe, a sensibilidade, a vibração íntima e verdadeira intuição poética de Alfredo Musset". Guerra Junqueiro, a quem chama "mestre" na dedicatória de *O Amor* (junto com Gomes Leal e o goês descendente

Barão de Combarjua), é outra forte presença no modelo do poema dramático pauliniano. Sente-se na sua obra a influência dos também hugoescos *A Morte de Dom João* (1874) (tema, aliás de um dos capítulos-cantos de *Nirvana*), d'*A Velhice do Padre Eterno* (1885) e d'*A Pátria*, onde surgem personagens alegóricos e insólitos, tal como em *Nirvana*.

Porém, embora o poema dramático nos obrigue a ler a produção de Paulino muito à luz de certas teleologias, é um fato que outros autores conseguiram, como ele, trabalhar esse género num sentido claramente moderno e inesperado. Falamos de Sousândrade, um autor romântico brasileiro, e por isso cronologicamente bastante distante da geração de Dias, o que na verdade é um outro argumento para ler a obra do goês mais no século XIX do que no XX. Se o poeta maranhense cultiva a poesia dramática no seu tempo próprio, no tempo de Paulino Dias trata-se já de um género serôdio. De qualquer modo, esta proximidade é algo perturbadora, pois Paulino certamente não o conheceria, embora *O Guesa Errante* (1876) muito tenha a ver com o seu *Nirvana*, não só porque ambos seguem o mesmo modelo – o *Child Harold*'s *Pilgrimage* (1812-1818) e o *Manfred* (1817) de Byron, os poemas dramáticos de Hugo e, mais longinquamente, a *Comédia* de Dante –, mas também porque o indianismo que surge em ambos os autores tem fortes pontos de contato. Por outro lado, o carácter imprevisto da literatura sousandradiana, como a mistura de planos temporais e espaciais, está também presente em Paulino, embora de modo mais vertiginoso. Se o índio do autor maranhense vai subitamente parar em Wall Street, o "índio" (termo que foi usado para designar os naturais em Goa) de *Nirvana*, Nemo, atravessa todo o espaço e todo o tempo, como um Dante guiado pelo Virgílio que é o Dr. X.

O grande primeiro poema dramático de Paulino é de tema orientalizante, e intitula-se A *Deusa de Bronze* (1909), uma cena de *amorem et dolorem sacrum*, com nítidos contornos decadentistas, ao modo de Alberto Osório de Castro, que terá sido uma referência para ele bem como para Nascimento Mendonça. A Índia aqui presente é mais o Oriente vago e indeterminado das paisagens orientalistas europeias, na linha da literatura finissecular francesa, como em *Salammbô* (1862), de Flaubert, ou em

Sapho (1884), de Alphonse Daudet, a quem Vicente de Bragança Cunha (1926, p. 7) compara, e com muita razão, a figura central da Bhavani de Paulino, sem contar com os óbvios cruzamentos com o tema tipicamente indo-português da bailadeira.[34] Não por acaso um poema moderno é também um poema orientalista, pois o orientalismo foi uma das linguagens da renovação estética nas literaturas finisseculares. A crítica goesa sua contemporânea mais atenta assim o reconheceu, como J. M. Costa, que escreve em *Luz do Oriente*, comparando-o a Daudet e a D'Annunzio: "Este livro, pequeno embora, é uma revolta, o primeiro grito de uma renovação literária que se está operando".[35]

Na linha também daqueles autores franceses, *A Deusa de Bronze* é um louvor da crueldade, da morte e da exaltação erótica, sendo a narrativa do poema o encontro sexual fatal da protagonista com uma serpente naja, cultuada por algumas tradições hindus, e a quem se entrega voluptuosamente para morrer, como se de núpcias se tratassem. Nesta curiosa passagem assistimos a essa predileção por um erotismo decadente. Diz a "deusa", a certo ponto:

> Quando eu nasci, meu pai, forte como uma torre,
> vencedor de nações, rei de vasta armadura,
>
> deu-me um leite cruel com que a piedade morre;
> exilou-me a um país de torturas estranhas;
> é o sangue de leões que em minhas veias corre.

34 Por essa razão a crítica local fez por vezes uma leitura moralista dessa "cortesã dissoluta", como lhe chama Filinto Cristo Dias (1963, p. 48).

35 J. M. Costa, "A Deuza de Bronze", *Luz do Oriente*, Vol. III, n.º 3, outubro de 1909, p. 90-92.

Acumulam-se no cenário os elementos fantasiosos e miríficos, numa descrição minuciosa[36] que fica bastante longe do realismo pelo qual combatera denodadamente em verso:

> No fundo da terra é um palácio de colunata estranha. É de mármore negro tudo, e as elevadas cúpulas são talhadas de prata finíssima. Um século de trabalho vale aquela mansão de pompa e horror. No fundo é um tanque barrado de espelhos altos, onde a treva se avoluma e se dilata formidável. Aponta por entre a colunata o perfil de Bhavani trigueira, guisos batendo o chão.

Bhavani é uma mulher fatal, que entoa o seu próprio elogio, e cujo amor já venceu nações e prostou exércitos. Figura irreal, a si mesmo se classifica como uma deusa cruel ("Eu sou a deusa de bronze impassível e dura!"), embora nenhuma ação nem diálogo (à parte o seu monólogo) transcorra que o mostre. Trata-se, então, de um poema que, sendo embora dramático, está mais perto dos dramas estáticos e interiores das Salomés[37] simbolistas e modernistas de Wilde e de alguns portugueses e brasileiros.

---

36 Esta capacidade de criação de paisagens oníricas só se aprofunda, no quadro de uma obra extremamente verbosa, plena de imagens e de visões estranhas, recompostas por um viés fortemente imaginativo, como nesta paisagem celestial, o Svarga ou o céu de Vishnu, de *Le Roi des Éléphants*: "Melodioso país em que sonham Apsaras,/ que apenas entreveem rishis de barbas claras,/ por que choram rajás na cinza e a penitência,/ Subiam sem cessar as espirais de essência/ dos maciços de oiro, as relvas e as rainhas,/ – flores a balançar de admiráveis matizes/ dir-se-ia incendiar os fundos da folhagem –/ E cheia de almíscar e de ambar a aragem./ Balavam lentamente as Vacas do Desejo,/ pendiam até ao longe azul e benfazejo/ os frutos de rubis, topázios, esmeraldas,/ e vinham a rolar, pelas rampas e espaldas/ as fontes carmezins, e amarelas e roxas;/ ardiam, té ao céu com esplendor de tochas/ grossas calpatarus vazando mel e coalhos".

37 Adolfo Costa, com quem editou a *Revista da Índia*, traduz Salomé, de Oscar Wilde por inteiro num Jornal.

Uma das marcas fortes do mito de Salomé é precisamente o erotismo estilizado do corpo femino, que ao longo da obra de Dias continuará em todas as suas formas ("Levanta o cabelo com ambas as mãos e enrola-o em torre negra no alto da cabeça. (...). Unta d'óleo glorioso os seios. Por aquele óleo se fez um dia guerra crua, com cinza de cidades vastas"). É um erotismo persistente da mulher indiana, afinal uma face bem concreta do seu indianismo: as ranis, as deusas, as golsoris, entre outras. Em outros momentos, imagens iniludíveis do desejo masculino pela mulher comparecerão de uma forma central, como no poema dramático *Indra*, onde os deuses batalham pelo amor da mais bela das mulheres, Ahiléa ("Só de lembrá-la alta o meu corpo se eleva/ como uma flor nocturna. Ó Brama que fizeste,/ que a um eremita magro e miserável deste/ o monte de perfume e a carne feminina?"). Já em *A Morte de Raugi* é difícil saber onde começa e termina a vingança, o assassínio e o encontro sexual entre uma víuva e o guerreiro que matou o seu esposo:

> Aí Piru, que varou-lhe um seio fino
> a espada de Raugi longa e guerreira.
>
> – Eh, eh, eh! Ululou, ó assassino
> vem beber ao meu peito o sanges puro! –
> e abriu do chol o seio pequenino.
>
> O seio de mulher com um bico escuro,
> fora do pano, agudo e não tocado...
> palpitou do guerreiro o peito duro.
>
> Ver sobre um monte o seio ensanguentado
> da formosa rani altiva e honesta,
> deva!, que sonho azul nunca sonhado...
>
> Mas ela uiva de uma Dor funesta,
> arranca o chol e rasga-o em três pedaços
> e do cavalo, louca e imodesta,

deita a Raugi os perfumados braços.
(...)

Ai que atração da límpida criança!
Mas ela crava os dentes no pescoço
e segura com ambas mãos a trança

daquele alto Raugi como um colosso.
– Ó terrível carnagem tumultuária,
ó gritos altos no infernal destroço! –

Voltando à questão do poema dramático, há algumas linhas de fuga a este género na obra de Paulino. Veja-se o caso de *À rede das pescas*, texto publicado na *Revista da Índia*, em 1913. Parece, inicialmente, corresponder a esse formato, ainda que dissolvido, quer enquanto cena isolada ou fragmento de um drama maior que não se conhece ou a que não temos acesso, quer enquanto intersecção entre o drama lírico e o poema em prosa, como já avançou Joana Passos (2012, p. 181). Lembra o drama lírico pessoano, *O Marinheiro* (1915), quer na forma quer no tom. Distancia-o contudo de *O Marinheiro* o vitalismo bergsoniano, esboçado no vigor dos marujos e nos gritos da faina, na linha dos portugueses Fialho de Almeida e de Manuel Laranjeira. Tendo também em vista a presença da cor local indiana, parece ser mais uma tentativa de vernacularizar uma estética moderna, de viés já impressionista, preocupada com as sensações múltiplas de uma cena de pesca e os efeitos sinestésicos que dela se colhem.

De resto, nos *Hinos do Rig Veda* que traduz[38] (bem como em certos momentos de *Nirvana*), encontramos finalmente um poeta solto da prisão do poema dramático oitocentista e do fastidioso efeito retórico que possui o

38 Assinados apenas "PD", mas note-se a partilha de vocabulário com os poemas de Paulino. O estilo é também muito próximo ("Vem, ó Indra, de esplendor e os braços invencíveis!"), sendo certamente de sua autoria.

alexandrino hugoesco,[39] e chegamos ao verso livre. Embora ceda, mesmo aqui, à tentação da rima, por vezes forçando o sentido: "em todos sacrifícios fumegantes,/ tu nos trazes prazeres hilariantes". Chegamos à poesia moderna, livre da dicção do verso longo e metrificado, como nesta passagem:

> Cintilam pelo céu os corpos luminosos,
> vêm em grupos por ele,
> o de braços luminosos,
> a grande Luz central e acelerada.

Outra forma de superação do poema dramático é através de uma implosão da sua estrutura, o que acontece em *Nirvana*. Com efeito, se em nenhum outro autor de Goa faz tanto sentido falar em casamento de formas europeias com temas locais como em Paulino – o que não acontece só na poesia, mas também nas crónica e nos contos, como *Lili* (1909) de *Revista Moderna*. O caso de *Nirvana*, por exemplo, é tão imprevisto e os resultados desse casamento tão incontroláveis que é difícil classificar esse original e vertiginoso projeto. Assim, não é que essa obra constitua uma antropofagia do poema dramático, mas seria mais um produto contraditório a vários níveis. Por essa razão a modernidade não está onde o autor provavelmente a cria (o poema dramático onde se vazam temas

39 Porém, existem outras leituras dos efeitos dessa métrica na mente do leitor: "(...) fez o seu tirocínio de poeta pela imitação; e fê-lo na escola de Hugo e de Junqueiro. (...) O seu alexandrino, porém, não tem a flexibilidade que fez dele um látego nas mãos dos seus modelos. Tem um movimento mecânico e um ritmo metálico que revelam falta de mestria, mas que não deixam de ser adequados a um poema que louva a Idade da Máquina. Essa mestria, nunca Paulino a alcançou; o alexandrino não se afeiçoava ao seu génio. O alexandrino adapta-se optimamente à imaginação exuberante, às apóstrofes exaltadas; é antes um instrumento de retórica do que de poesia; e Paulino, por temperamento, não era nada retórico" (CORREIA AFONSO, 1935, p. 26). Ao contrário de Correia Afonso, consideramos que Paulino maneja bem este metro, mas não consegue evitar os seus efeitos fortemente retóricos.

indianos), mas nos enganos e contradições que o seu projeto gera, como que numa modernidade diferida, sempre noutro lugar.

Um texto como *Às Redes de Peixe* está já muito próximo do Paulino cronista, uma completa supresa da presente edição. Referimo-nos à prosa vibrante, impressionista, por vezes de difícil leitura, que escreve em torno do ano de 1912, essencialmente os textos *Psiciologia do Ganês*, *Begarins*, *Relâmpagos* (1912) e *Pangim* (1913), que podemos entender como crónicas, ainda que os textos de crítica literária como *Pelos Lótus de Sangue e de Ideal* (1913) também se possam alinhar aqui, pela confusão entre crítica e criação que propõem. Recebem também um forte tratamento ao nível da linguagem pois o prosador enche, ainda mais do que o poeta, a língua portuguesa de galicismos. São muito diferentes dos singelos contos em prosa retirados do *Mahabratata*, que vai publicando em *A Luz do Oriente* (*A Morte do Jaraçanda*, *História de Upamaniu* e *Jamon Khanda*, todos de 1913), bem como dos textos católicos de *Revista Moderna* (*Santa Ana*), um dos quais republica na *Revista da Índia*, que empregam exatamente a mesma fómula e estrutura de composição que os hindus.

Com *Begarins*, por exemplo, estamos diante da ideia de trazer o ambiente campesino goês para a escrita da modernidade, através de uma espécie de *flâneur* campestre, ao modo do conto-crónica *Ceifeiros*, de Fialho de Almeida. Quase nos moldes de uma escrita automática, *Begarins* é uma furiosa acumulação de imagens e de uma multidão de referências religiosas e literárias indianas e europeias, enoveladas em tópicos finisseculares, como o panteísmo, o vitalismo, o cientismo:

> Contudo agitam-se ainda no oiro das messes os toropos escarlate. Hallali! Riqueza e exotismo fortemente tropical... O pontilhado ao longe é das ilusões, a Prakriti dos Kapilas cheios de negrume, e os Purushas individuais, sensitivos, imutáveis, batendo formas, levantando fenómenos, criando e batalhando nos tratos do esplendor universal. Mas ainda mais longe as arestas se fundem, a grosseria dos per-

> fis se atenua e se desmaia numa monocromia de tintas e expressões, qual delas mais solitária e sentimental.

Num ritmo sempre furioso, estes textos certamente abrem para uma forte experiência da escrita da modernidade, entendida na sua forma mais radical, como acumulação de imagens que não cessa de repercutir-se, sem se fixar. É, assim, digno de nota observar como a literatura de Goa pode dar uma contribuição de monta a outra forma de pensar a história das literaturas indianas e que, ao nível mais microcósmico, o da historiografia da literatura em língua portuguesa da Índia, a literatura de Goa em língua portuguesa acresenta um outro sentido, inteiramente diferente, às tentativas de historiografar a literatura goesa. Por exemplo, ao sabermos da existência destes contos-crónicas de Paulino Dias certamente não podemos concordar com Manohar Shetty quando ele afirma: A ficção de Goa desconhece até hoje uma séria incursão no campo das Vanguardas e da literatura experimental" (SHETTY, 1998, p. XIV, trad. minha).

Assim, tentando olhar para a questão da escrita da modernidade sem ser apenas por um prisma genológico, entendemos que, enquanto poeta e prosador, Paulino Dias é claramente um poeta desse grande delta que é o período pós-simbolista e vanguardista, um poeta da linhagem da poesia moderna e com uma cultura literária moderna, como disse claramente, e bem, Francisco Correia Afonso:

> A sua cultura era essencialmente moderna. A renovação da idea e da forma que se ia fazendo no século afetou-o profundamente. Ávido do novo, ele assimilou as feições de várias escolas contemporâneas. A sua mocidade agitou-se ao sopro épico da *Légende des Siècles*, e enamorou-se da Musa humanitária e satírica de Junqueiro. A sua imaginação sentiu a fascinação do drama cósmico de Goethe no *Fausto* e de Byron no *Manfredo*. Desfeitas as ilusões da mocidade, apreciou o realismo e naturalismo de Flaubert e Zola. O pendor melancólico do seu espírito foi-se acen-

> tuando de contacto com o pessimismo de Alíred de Vigny, Musset, Léconte de Lisle, Antero. Atraiu-o também a poesia da patologia, essa fascinação estética do mórbido que transparece na obra de Baudelaire e Edgar Poe. Influências estas que se fundiram no movimento fin-de-siècle, com o qual Paulino também teve afinidades – o Decadentismo de Verlaine, Rimbaud, Oscar Wilde, com a sua teoria da Arte pela Arte, o seu individualismo anárquico, a sua fantasia mórbida... (CORREIA AFONSO, 1935, p. 26).

Apesar desta síntese plural da cultura literária de Paulino, que aponta claramente para a modernidade e mesmo para o modernismo, Correia Afonso inscreve a obra de Paulino num realismo de escola, com intenções morigeradoras, o que cremos ser apenas uma fase inicial. Erra criticamente ao assignar ao realismo o seu estilo particular, embora a sua leitura continue a ser a mais elaborada de todas as que já se fizeram acerca do poeta de Goa. Assim, quem ler o erotismo da *Deusa de Bronze* pela clave do realismo certamente que não vai colher bons resultados, e ainda menos as grandes revoltas sociais pintadas pelo poeta, uma vez que essa chave interpretativa não lhe permite entender as verdadeiras dimensões desses fenómenos:

> Manifestou também o defeito da escola afastando-se da realidade; uma situação como a da *Deusa de Bronze*, por exemplo, é psicologicamente falsa; nem é a sociedade essa perene orgia crapulosa que ele pinta, como o fizeram, outros realistas. Essa singularidade de forma, essa preferência por assuntos mórbidos, contraria os fins da Arte. Para Paulino está aí o manifesto do seu espírito revoltado contra as misérias sociais (CORREIA AFONSO, 1935, p. 26).

A estética realista não consegue dar conta da imaginação preciosista e decadente de *A Deuza de Bronze*, ainda que o referido crítico invoque a mesma questão da imaginação de modo a "salvar" o autor de suas próprias "fantasias mórbidas".[40] A imaginação escaldante e furiosa é, de fato, outra das principais características da sua poética, sendo que essa imaginação é, antes de mais, produção de imagens minuciosamente descritas, como lembra Cecília Meireles:

> De grande reputação é o poeta Paulino Dias, falecido em 1919. (...) Aqui os temas são quase todos plenamente orientais, como se pode ver pelos simples títulos (...). Este é um poeta maior, ainda [que] com uma ou outra imperfeição. Poeta de poemas dramáticos, com grande riqueza de composição. Com grande riqueza descritiva, também, num estilo verdadeiramente oriental, pela abundância de imagens e minúcia das cores (MEIRELES, 2016, p. 61)

Voltando à questão do Realismo, se podemos falar em "estética científica" não será certamente nos moldes positivistas-naturalistas de *A Lira da Ciência*, os quais se contradizem internamente, como se viu, mas ao modo mais complexo e livre, e por isso radicalmente moderno, das prosas de *Jangal* (selva), nas quais se misturam referências científicas ultramodernas com a cultura hindu e os elementos rurais do cenário goês. Toda a estranheza das crónicas passa por essa mistura radical, o que assinala que elas se inserem num projeto estético muito coerente e que atravessa os géneros: o de criar uma modernidade poética indiana em língua portuguesa.

40 "Paulino Dias tem em alto grau essa faculdade de imaginação, aliada ao poder de observação que lhe fornece material para o seu exercício. A sua delicada sensibilidade e o seu poder emotivo penetram, pela simpatia, no segredo da Natureza e da Vida; e a imaginação faz a reconstrução que é a obra de arte. Vem daí a vitalidade da sua visão do passado; a precisão dos contornos e o colorido das suas paisagens. A sua imaginação toma às vezes a forma de fantasia mórbida. Temos assim, ao lado de soberbas telas que poderiam figurar numa galeria de História ou de Arte, quadros macabros que com grande efeito poderiam ser encenados no Grand-Guignol" (CORREIA AFONSO, 1935, p. 22).

Assim, não tem razão a crítica quando, movidade por preconceitos oitocentistas de organicidade e de originalidade, critica a suposta falta de unidade e de organicidade da sua obra, ao modo que o próprio Paulino criticara Fialho no obituário que lhe faz em 1911:

> Falta a Paulino o poder arquitectónico dos máximos artistas, que são também grandes filósofos. A sua imaginação não tem suficiente amplidão para abranger uma visão de conjunto; nem se baseia ela numa profunda reflexão. A sua obra falta a unidade artística e filosófica. Mas dá-lhe uma unidade de impressão o seu temperamento, que vê tudo através da neblina azulada da melancolia, poalhada das lucilações irisadas da sua concepção do Belo (CORREIA AFONSO, 1935, p. 22).

Não é certo: há, na verdade, um projeto estético muito coerente que lhe subjaz, embora talvez não filosoficamente coerente, o que certamente não poderemos exigir do autor, pelo menos não da mesma fora como Correia Afonso o faz. Esse projeto é o que, quanto a nós, anima toda a sua obra: a ideia de uma modernidade indiana de língua portuguesa realizada numa literatura fortemente imaginativa e contraditória. Quanto a nós, é essa ideia de modernidade que permite ligar toda a obra entre si, dando-lhe um sentido geral e único: a vivência, nos primeiros livros, de um ideário ateu, materialista e positivista como remédio para as males sociais de Goa; os contos e crónicas impressionistas que partem de temas e cenas goesas e indianas; a inspiração da ação futurista para a criação de uma ideia de vanguarda goesa, simultaneamente neoclássica e moderna; os longos poemas dramáticos enquadrando as figuras védicas numa forma moderna, as traduções de textos védicos para um português moldável e poético, sem grandes preocupações filológicas, e finalmente a viagem cósmica de um Nemo-ninguém de *Nirvana*, goês e indiano, que está no centro de todas as questões artísticas filosóficas, que se depara com todas as figuras de História e da Imaginação, atravessando todos os tempos e espaços.

Do romantismo social ao futurismo

Na abertura da sua obra poéticaem *Lira da Ciência* firma-se um programa declaradamente realista ("empunha a tua pena (...), que eu te transporto/ do moderno realismo ao formidável porto"), aparentemente anti-romântico, mas na verdade totalmente alinhado com o romantismo social de Hugo, do Antero de *Odes Modernas* e do primeiro Guerra Junqueiro:

> Eu quero versos crus, versos como punhais,
> que azorraguem do Vício as faces deslavadas,
> quero versos triunfais, brunidos como espadas,
> que entoem da Miséria as contorções horríveis,
> que traduzam do Crime os gritos invencíveis.

Com efeito, nesta estrofe que a crítica goesa gosta bastante de citar há também naturalismo, presente sobretudo em torno do mito da ciência, mas há sobretudo uma expressão apaixonada e violenta de um romantismo *engagé*. Assim, *A Lira da Ciência* seria mais um programa romântico, certamente contra os excessos do ultra-romantismo[41] de Goa, em cuja lira vingava o tom do ultra-romântico português Tomás Ribeiro, que incentivara um grupo de poetas locais não havia muito tempo atrás, em 1870. "É o amor que atrofia as gerações modernas", diz altivamente o poeta, em prol de uma lírica de heroísmo, dando logo, desde a sua estreia em livro, a diferença irredutível de uma voz. Mas logo aqui há contradição,

41 Veja-se esta crítica do mesmo livro, simultaneamente ao ultra-romantismo, ao parnasianismo, mas também ao pessimismo, que também será uma das marcas do próprio Paulino: "Só a Poesia se estagna, a Poesia só cisma/ no parnasiano azul dum carunchoso prisma;/ renegada da luz, impassível na crença,/ jaz, nevropata imbele, estagnada e suspensa/ na estética senil de ideias pessimistas./ Os poetas atuais, monómanos puristas,/ excêntricos, febris, velhos na flor da idade,/ fogem do realismo, esquivam-se à verdade, /lançando sobre o azul duma fórmula fútil/as bombas colossais dum idealismo inútil."

ou abertura para ela, pois, se ele se diz realista e filosoficamente positivista, também se diz esteticamente eclético, em *O Amor*:

> Trovejam na tribuna escolas absolutas,
> dobram a cerviz da alma ensinos exclusivos;
> o meu é o ecletismo aberto a todas lutas,
> sigo a marcha triunfal de ciências impolutas,
> e me oriento à luz de fatos positivos.

Esse ecletismo talvez se refira ao fato de fechar o poema com uma solução romântica, ou mesmo ultra-romântica, de amor desesperado. O poeta assiste ao longe ao enterro da amada morta, que sugere ter matado. Este saudoso é o homem fatal romântico, movido por fundas paixões, que sofre a maldição de sobreviver à amada mulher-anjo, entrando precisamente em contradição com a exprobação do ultra-romantismo que fizera em *A Lira da Ciência*. Ainda não é o sujeito lírico fatal da modernidade, o sujeito baudelairiano, celebrado no poema *A Satan* e na figuração do protagonista Nemo de *Nirvana*, mas simplesmente um avatar do velho herói do Romantismo.

Há também um fundo romântico ou tardo-romântico que se surpreende na sua atividade como crítico literário, além da impenitente hugolatria. Já na sua poesia falara explicitamente sobre crítica literária, não deixando de propor, em *O Amor*, um modelo romântico para esta e mesmo uma sumbissão de outros discursos ao discurso lírico:[42]

> A crítica, eu o sei, prende à polé do suplício
> o poeta da penumbra, a martelar o verso... (...)
>
> A crítica é arbitrária. A estética do Belo
> não molda-a, não!, a lei no barro dos cadinhos.

42 "Que a Arte, a Natureza, a Ficção, o Simbolismo/ se fundam num crisol em um vasto cosmorama./ No quanto existe alteia a ponta do lirismo!/ O génio da poesia abraça o céu e o abismo;/ todo o universo vibra em uma infinita gama."

A liberdade é igual à pena e ao camartelo.
Deixai à águia, alta a torre do castelo;
deixai solto no espaço o canto aos passarinhos.

Este modelo de crítica romântica certamente o praticará nas suas críticas fortemente impressionistas, como a que dedica a Nascimento Mendonça *Pelos Lótus de Sangue e de ideal*: "Nascimento Mendonça tem neste movimento um lugar que se não confunde. [A]té na hipertrofia do eu cego e agressivo. Ele não pensa, sente. Não escreve, risca. A poesia é a expressão de carne sangrenta". Neste texto sobre o confrade poeta se valoriza romanticamente um fundo de sinceridade expressiva, ao mesmo tempo que a noção de multiplicicação ou fragmentação da personalidade é já ao modo modernista ("auscultando-se, afagando-se e apagando-se numa vasta exibição, múltipla e fragmentada"). Assim, em outros momentos temos acesso a esta consciência fragmentada, de uma forma também próxima ao modernismo, na forma hábil como o verso reproduz a consciência agitada e os pensamentos desencontrados em *Vishnulal*, lembrando a estética interseccionista. Não se trata, por ventura, de uma influência direta dessa corrente portuguesa, mas de uma poesia que chegou a soluções semelhantes por outra via:

Hão de prender-me a mim nas cadeias funestas,
não me hão de dar cucume e o sândalo moído,
– meu país tem um pagode onde há imensas festas! –

Mas ela estará morta? Ou solta ainda gemido?
Pede água? Diz – devá! – não... não deita queixumes,
seu nome, não sei. Eu sou Vishnulal. Perdido

estou num monte. Cai a noite, há vaga-lumes,
fazem insetos cri cri, ventos torcem os matos,
e os adives lá vem ululando em cardumes.

Ó Ramá! Toda a terra está a arder de cactos!
Como é que hão de passar curumbins de aldeia?
– sinto trepar meu ventre abalos insensatos –

Não vejo nada. Quem me dera a lua cheia!

A respeito destes lampejos de modernismo, é bom notar o seguinte: sabemos que Paulino Dias é basicamente, e tal como os seus contemporâneos, um romântico tardio na visão crítica, na concepção da arte e mesmo na práxis poética, não apenas no lirismo agreste das multidões deserdadas dos seus primeiros livros, mas na própria exploração da mitologia hindu, fundamento de um nacionalismo cultural indiano característico dum movimento romântico. Esse romantismo deveria ser parte do ar do tempo na cultura goesa da virada do século e mesmo depois, pois, ainda em 1935 temos, com o prefácio de Francisco Correia Afonso, uma asserção que não poderia ser mais inequívoca nesse sentido "Se o estilo é o homem, é porque o homem é o estilo. A personalidade do artista dá à obra de arte um cunho especial que só dele lhe pode vir e de mais ninguém" (CORREIA AFONSO, 1935: 25). Certamente, estas afirmações veem muito ao encontro da leitura de David Jackson, que já afirmara: "A poesia goesa leva e distente o século XIX até 1961 (...) e mais além" (cf. JACKSON, 2007: 361). Com efeito, aquilo que do século XIX se prolonga e penetra o século XX goês é, na verdade, um Romantismo que vai integrando em si as escolas e estéticas mais diversas, mesmo – de novo contraditoriamente – a modernista e a vanguardista.

O problema deste outro modernismo em língua portuguesa é que, para a crítica, ele existiu apenas em Portugal e no Brasil. Ver modernismo noutros pontos do mapa colonial e ex-colonial luso ficou restrito a algumas revistas africanas tardias, como a *Claridade* (1936) de Cabo Verde. Em tempos de centenário de *Orpheu* e de reavalização internacional do Modernismo, não se pode todavia perder a oportunidade reavaliar nem de esgotar criticamente a ação modernista no seu todo, que certamente não se reduz à revista *Orpheu* nem à Semana de Arte Moderna, no caso brasileiro. Ao chegarmos a Goa, decerto não encontraremos a ruptura formal das Vanguardas, pelo menos não na poesia (embora não seja o caso quanto às crónicas de Paulino, como afirmamos), mas encontramos uma modernidade ou mesmo uma Vanguarda que não necessariamente coincide com Modernismo.

Assim, não se dirá que a poesia de Paulino Dias é *prima facie* vanguardista, pois é relativamente estranha à renovação formal do modernismo, embora seja uma proposta estética radicalmente moderna. É não um poeta modernista, mas um poeta cuja obra que se configura a partir dos diálogos e das hesitações estéticas características do seu tempo, no largo espectro estético-periodológico pós-simbolista, que no fundo é o da própria Modernidade literária, com modelos tipológicos e genológicos localizados entre Romantismo e Simbolismo. Assim, a sua poesia consegue ir desde o declamatório poema dramático tipicamente oitocentista até a um namoro com as posturas das Vanguardas mais dignas desse nome, como o Futurismo. Não é, contudo, ao nível formal que se acham os grandes gestos de ruptura, mas na exploração de certos temas nativistas e ao nível de um *close reading* das imagens, como no poema-hino (como diria o futurista Raul Leal) de tema mitológico hindu, *A Pracriti*.

Neste texto encontramos marcas, embora tímidas, de trabalho sobre a própria língua, indícios de uma aproximação ao Modernismo. Por outro lado, interessa notar que é pelo uso de certas imagens insólitas, e pelo ritmo acelerado da sua acumulação, que a linguagem de Paulino se aproxima da urgência estética do "bárbaro" e que cria interessantes efeitos de estranhamento: "Que raiva pela aurora! Escalam-me a memória/ pombas de oiro estrangeiro, as linhas de cortejos,/ tambores abalando os tratos sertanejos,/ Ramas azuis levando meus avós vencidos." De fato, a estética do bárbaro casa bem com o tema da necessária recuperação de uma raça vencida que o poema propõe: "(...) eu sou da raça dos selvagens (...)/ Sou dos rebéis de outrora, os altos pioneiros/ (...), os bárbaros robustos". As imagens inesperadas não o ficam menos quando esclarecidas as referências à cultura indiana, nesta releitura de um hino a uma deusa por alguém que redescobre, de forma fascinada, os temas e os motivos da milenar civilização hindu, o que tem um possível paralelo com o neoindianismo (cf. Braga e Garmes, 2016) do Modernismo brasileiro patente no longo poema *Cobra Norato* (1931), de Raul Bopp.

Mas a mais consistente aproximação de Paulino Dias a uma estética Modernista-Vanguardista é o curioso diálogo que teve com o Futurismo de Marinetti, e que aparece de forma mais clara no *Manifesto* da *Revista da Índia* (1913), que celebra uma ideia internacionalista de modernidade, e apostando no seu aspecto incendiário demolidor e renovador, segundo palavras do texto. A este respeito, refere-se explicitamente, e em termos elogiosos, ao poeta italiano Marinetti. Por essa razão advoga a pesquisadora italiana Sandra Bagno uma direta influência marinettiana que se teria antecipado à revista *Orpheu* e ao próprio Modernismo português. Contudo, a ânsia de renovação atribui-se tanto à dimensão vanguardista quanto a outras dimensões do texto, que muito complexificam este quadro. Sandra Lobo já afirmara: "Se a forma de manifesto remete imediatamente para o gesto de Marinetti, o conteúdo revela influências ecléticas mas especificamente integrando o movimento futurista" (LOBO, 2013: 82).

Logo de cabeça o manifesto cita Marinetti, a quem chama, de forma algo irônica, um "litératteur audaz", e cujo esforço o poeta considera "perfeitamente natural e expressivo", acrescentando: "Dir-se-ia que o século todo formulava em frase incendiária o seu programa de literatura criadora e demolidora. Porque as nações modernas são francamente futuristas". Ou seja, o futurismo de que aqui se fala é menos a estética marinettiana do que uma forma de se referir globalmente à modernidade, pois o futurismo vê-se claramente esvaziado nessa última frase. Já Alberto Osório de Castro, que vivera em Goa e convivera com estes poetas, citara explicitamente Marinetti em *Flores de Coral*, mas num livro que tanto cita os futuristas como poetas franceses parnasianos e outros de quem a história nada guardou. Um pouco do mesmo modo trata Paulino Dias o elemento marinettiano, como um entre outros, embora despoletando considerações centrais no texto. Designa ainda o manifesto de Marinetti como "berrante e contraditório". Há algo de positivo em ser berrante e a valorização da contradição como base de um projeto estético e político é talvez o gesto mais vanguardista de todos.

Outro tipo de problemas aparece quando confrontamos o manifesto com os outros textos da revista e verificamos que o vanguardismo fica só pelas intenções. Com efeito, os textos da maior parte dos colaboradores, exceptuando os do próprio Paulino Dias, não confirmam, de modo nenhum, em termos propriamente estéticos, esta aproximação às vanguardas. O manifesto, a bem dizer, seria o texto mais ousado e futurista da revista, ao celebrar a destruição das fórmulas sócio-culturais do século XIX (o texto fala em "velhas formulas cheias de raivas sagradas" versus "treze séculos de absolutismo pedante e malevolência dogmática":

> Nada mais restava ao século XX senão cair, com a pá implacável dos demolidores conscientes, sobre os escombros ainda a arder, as velhas fórmulas cheias de raivas sagradas, os ídolos de pedra e os últimos redutos do preconceito e da rotina.

Aqui poderia identificar-se, com certeza, o teor vanguardista deste texto, mas há uma outra dimensão, a de celebração dos renascimentos literários das nações, de viés não já vanguardista, mas (neo-)romântico. A este respeito adota-se toda uma outra linguagem. Fala-se, por exemplo, em "alvorada espiritual e serena", numa linguagem que se aproximaria mais dos manifestos saudosistas de Pascoaes. Numa tônica espiritualista comum a autores da mesma época, como Guerra Junqueiro, ou Raul Brandão, o texto desenvolve a reste respeito uma retórica ao mesmo tempo anarquizante e neofranciscana, ao modo daqueles autores portugueses. Paulino Dias acrescenta que os renascimentos literários são provenientes da onda de "fraternidade humana, outrora proclamada por Jesus de Nazaré, levantada no topo da onda revolucionária por Bakunine eTolstoi", acrescentando: "O intuito de luz e de pacificação só podia determinar movimentos salutares. Um destes foi sem dúvida a Renascença literária das nações".

O quadro estético-ideológico vê-se assim bastante mais complexo do que à primeira vista parece, sobretudo se pensarmos que se trata de um texto produzido em contexto colonial, mas com efeitos ao nível da leitura do modernismo em língua portuguesa no seu tudo, que não são aqueles que Sandra Bagno (1994) imagina, como mera confirmação regional de um fenómeno internacional, o futurismo, antes muito mais vastos e surpreendentes. Contudo, pelo fato de as dimensões desta literatura de Goa serem ainda hoje pouco conhecidas, é difícil retirar as conclusões em termos estéticos e ideológicos, pois para isso seria necessário, a um só tempo, conhecer a literatura de Goa e o Modernismo/Vanguardismo de língua portuguesa para estudar esta questão complexa. Assim, não só este fenómeno não pode ser lido fora do seu contexto, o goês, mas também nem em particular do movimento de reaproximação à cultura indiana, sobretudo ao sabermos que o objetivo principal dessa revista é não apenas fazer uma *aggiornamento* estético de Goa, alinhando com essa ideia de renascimento, mas também a recuperação da cultura clássica indiana.

Toda a questão do renascimento literário e da valorização de um surto de criatividade das nações à porta do século XX mostra bem que essa preocupação do texto vai mais no sentido de uma proposta neo-romântica, ainda que o espaço que ele ocupe, sua linguagem aguerrida e suas referências o permitam ler ao modo de um texto vanguardista. Esta ambiguidade fundamental permite compará-lo com a série de artigos publicados em 1912 por Fernando Pessoa na revista *A Águia*, e que Paulino provavelmente conheceria, de um modo semelhante articulando a ideia de um renascimento nacional pela literatura, modernidade e contradição, no contexto de uma aparentemente pré-modernista defesa do saudosismo.

Assim, Paulino parece propor um compromisso com o contexto literário português do seu tempo, sobretudo com a Renascença Portuguesa e a noção de Renascimento, central nesse grupo portuense, ainda que seja crítico em relação à noção pascoalina de saudade, mais uma curiosa contradição do texto. Como ele afirma a certa altura, "o saudosismo contemporâneo é apenas uma linda carcaça vestida a *incroyable*, com cintos pompadour e plumas de avestruz". Sinaliza-se aqui a necessidade eminentemente moderna de estar a par e passo com o último grito de cada nação em termos de literatura e a valorização do patrimônio indiano que, contudo, não vai ainda no sentido do nacionalismo independentista, mas mais no sentido de um nacionalismo cultural. Paulino Dias começa por celebrar o despertar milenar da velha Índia, estremunhada pela revolução tecnológica do Ocidente: "O sopro da Renascença, levado pela imprensa mundial, abalou o velho Oriente. A Índia também se levanta. Um curioso movimento de consciência nacional despertando". Por outro lado, apesar da linguagem nacionalista, esse despertar assume a forma dada pela cisão colonial, manifestando-se de forma diversa na Índia Britânica e na Portuguesa, sendo na última que para ele se dá um verdadeiro renascimento literário, o que é talvez o aspecto mais curioso deste Manifesto de Paulino, mais até do que o seu algo esquivo Futurismo:

> É só a Índia Portuguesa o único tracto dos Ariavarta nitidamente sensitivo e criador? (...) É o espírito latino que se casou com a alma do Oriente? (...) Não sei. A verdade é que a Índia Portuguesa é a grande fibra orgulhosa e ressonante pela qual o grande país dos Drávidas e dos Árias parece que vai exprimir a sua palavra de rejuvenescimento literário nacional.

A chave aqui é a ideia de renascimento, de pôr de novo a Índia a falar junto com as outras pátrias, mas agora na arena da modernidade, no sentido de fazer da Ásia um outro sujeito do fenómeno da modernidade. Por essa razão, e sem contradição, é ao mesmo tempo obrigatório recuperar seu patrimônio cultural para poder falar na arena das modernidades incendiárias, um regresso às origens, mas no sentido do futuro, como diria Pascoaes. Por isso, se lança mão, no manifesto, e sempre de forma irônica, quer de Marinetti, mas também do autor de *Jesus e Pã*.

Os enganos do Indianismo e as castas

Existem em Paulino Dias, ao mesmo tempo, a expressão de um nacionalismo cultural indiano, o culto literário da civilização indiana védica, clássica e medieval (que aqui designaremos como indianismo) e formulações do desejo de libertação colonial. Estas são coisas bem diferentes entre si, embora com interligações que não são todavia evidentes. Certamente que existem, por exemplo, muitas mediações entre a busca da identidade indiana e o anticolonialismo. Além disso, o indianismo está cheio de construtos orientalistas e exotizantes que não nos permitem tomá-lo como expressão de algo genuíno, pois constantemente o conhecimento europeu é traído como mediador entre a Índia e a sua representação literária. Fazem também parte do quadro ideológico de Dias o catolicismo, o cienticismo e o ceticismo de matriz europeia, o que dá um carácter particularmente espinhoso a esta questão.

Comecemos pela primeira, a da identidade e do nacionalismo cultural indianos. A sua expressão clara eclode desde logo em *A Lira da Ciência*, onde a musa se dirige ao poeta, o "cismador indiano", nestes termos: "postergado troféu duma nação desfeita/ que em seu seio inflamou tantos cérebros d'aço,/ Telanga, Valmiki, Valouver, Kalidass". Isto continua em *O Amor*, onde a Índia se inclui nas genealogias culturais da literatura e nos modelos literários explícitos para a sua escrita ("perfis de Camões, de Viassas e de Homeros"). Assim, o que sempre encontraremos na obra de Paulino no seu todo é um nacionalismo cultural em que a Índia é a base espiritual de vários povos, segundo o tópico da *India Mater*. Essa é a visão que temos também no manifesto da *Revista da Índia* (1913), como se viu. Aí é uma pátria comum e transcendente às suas próprias fronteiras intracoloniais entre Índia portuguesa, britânica e francesa. O indianismo de Paulino funciona como uma das faces principais do seu projeto de modernidade indiana, representando uma vontade de falar na modernidade a partir da Índia, recuperando-a como uma pátria espiritual e cultural e desejando que ela fale a par com as nações do Ocidente, ao ser estremunhada pela revolução tecnológica do Ocidente e, subentenda-se, pelo colonialismo britânico: "O sopro da Renascença, levado pela imprensa mundial, abalou o velho Oriente. A Índia também se levanta. Um curioso movimento de consciência nacional despertando (...)".

Por outro lado, o tópico da autenticidade, do nativismo e do amor pela terra indiana que permeia a fortuna crítica de Paulino, é perfeito para escamotear os reais problemas que esse telurismo implica. "A arte de Paulino exala o perfume forte da terra", diz Correia Afonso, e acrescenta:[43]

> Paulino Dias afirmou a sua originalidade e entrou na plena posse de seu génio, quando se deixou inspirar pela alma da Natureza que o cercava e pelo espírito da velha Índia. A ocidentalização mal compreendida é uma das causas da nossa esterilidade em artes e letras; e a fecundidade do génio de Paulino deriva da genuinidade dos seus motivos, da vernaculidade da sua inspiração (CORREIA AFONSO, 1935: XX).

Deriva do texto de Correia Afonso que existe, face a uma "ocidentalização mal compreendida", ou uma ocidentalização bem compreendida ou uma não-ocidentalização. Qualquer que seja o caso de Paulino, os argumentos do autor reduzem-se a uma postura crítica romântica, que lê o telurismo do poeta como uma predisposição espontânea. Não negamos o profundo investimento na Índia e em Goa, mas entendemos que esse telurismo é atravessado por fundas contradições e que surge mais como a simulação de um efeito geral de leitura do que por um dom. Na verdade, a estranheza, dificuldade e originalidade da sua obra não vem de ser uma mera e longa exposição de amor pela terra. Caso o fosse apenas, perderia sem dúvida força e interesse, ainda que por ventura ganhasse em legibi-

43 Mesmo que não chegue logo a temas indianos, desde cedo se interessa por representar Goa. Por exemplo, a cena de funeral de *O Amor* é uma cena claramente goesa: "Vastíssima amplidão de ricos vegetais,/ cheia de vibrações e frêmitos e lutas,/ onde esguios bambus se lançam para os ares,/ e cruzam arecais as copas impolutas,/ a folhagem soluça, e murmuram as fontes;/onde a merenda se abre ao flúor dos luares/e o sol não atravessa a massa das mangueiras;/ onde se enlaçam, no ar, as ricas trepadeiras/ com suas voltas cingindo as árvores robustas,/ e caem flores no espaço em cachos, em grinaldas,/ pórticos de veludo a brilhar de esmeraldas,/ sobre a púrpura astral das altas coraleiras".

lidade e clareza. A obscuridade da sua obra deriva não apenas do bizantinismo da expressão, mas de constituir um conjunto de nós e de fundas contradições que lhe aumentam o interesse, na medida em que partem de contradições que estão na cultura de Goa e no colonialismo português, mas também – e Paulino consegue, na sua complexidade, inserir-se num tempo e num espaço maior, plenamente cosmopolita e internacional – na modernidade particular à qual ele dá voz, vista a partir da Índia.

Neste sentido, a assunção de um criptônimo hindu é muito importante, pois é um nome inventado para se "indianizar" na revista *Luz do Oriente*, contexto onde parece surgir. Confirma-o o fato de também aí o seu amigo Nascimento Mendonça se revelar enquanto Nitipal Muni, tal como Priti Das partilhando as iniciais com os respectivos nomes secretos, isto é, remetendo para uma identidade secreta hindu. Assim, como afirma a historiadora, trata-se de uma "reversão simbólica" (LOBO, 2013: 268) de católicos que pretendem de algum modo reverter à condição de hindus, o que nos leva a crer que o que o pseudônimo expressa sobretudo um descarte simbólico, uma reversão secreta do batismo católico de seus antepassados no século XVI:

> Entre os primeiros, Paulino Dias e Nascimento Mendonça não só integraram o imaginário hindu em muita da sua poesia, mas chegaram a adoptar pseudônimos de ressonâncias hindus descartando pontualmente a sua identidade católica, isto é, operando uma reversão simbólica, no que criavam um precedente recuperado pela geração de 20. (LOBO, 2013: 268).

Só que essa desconversão não é literal, mas estética e poética. Para tanto basta olhar com atenção para o ano de 1909. Ao mesmo tempo, Priti Das publica, de forma regular, poemas de tema indiano em *Luz do Oriente*, assinados com esse nome hindu, na sequência dos quais surge a obra *A Deusa de Bronze*. Mas em 1909 encontramos um Paulino que é diretor de uma revista orgulhosamente católica, a *Revista Moderna*, que escreve, sob os auspícios de um *nihil obstat*, contra a possibilidade de maior liberdade para o culto hindu em Goa. A convivência, num mesmo ano, entre estes elementos díspares faz com que sejamos obrigados a considerar o seu indianismo como uma postura sobretudo estética e simbólica, que não põe, pelo menos diretamente, em causa o colonialismo português, nem o seu estatuto social do autor na sociedade colonial. Na verdade, tudo o que escreve é sempre a partir da condição de médico e de cientista bem inserido na comunidade católica.

Não é que exista uma fase católica inicial do autor, que depois abandonaria para se tornar "indiano", "indianista" ou, mais absurdo ainda, literalmente hindu. Em Paulino Dias, e para nossa perturbação crítica, tudo isto é simultâneo, o que só demonstra a modernidade radical da sua figura, não construída ao modo heteronímico de identidades paralelas mas ao modo criptonímico de identidades em profundidade, umas dentro das outras. Prenunciando os dilemas identitários dos atuais católicos, Paulino Dias parece já dar voz a uma proposta concreta de como ser um católico indiano ainda no quadro colonial, e essa proposta está repleta de contradições e de paradoxos, como seria natural esperar. Assim, é bom repetir que em momento nenhum o indianismo implica uma apostasia do catolicismo nem do lugar social conferido pelo seu estatuto de cidadania portuguesa, bem como não o impede de dar expressão constante à formação científica europeia que recebeu, da qual aliás se assume arauto, como expressa o editorial da *A Clínica Moderna* (1908). O hinduísmo corresponde, assim, a uma posição estética fortemente ambígua, pois a religião real, a das procissões, das tradições locais de Goa, e não apenas textuais, merece-lhe fortíssimas ironias numa crónica como *Psicologia do Ganês* (1912).

O indianismo de Priti Das é desde logo duplo. Temos, por um lado, um amplo investimento na mitologia, nas sutilezas das concepções hindus e na releitura de textos sagrados da literatura bramânica. Os temas clássicos e mitológicos, retirados das epopeias e da literatura védica e pós-védica serão o seu grande distintivo, ocupando a maior parcela da sua escrita e provavelmente também da sua atividade em outras esferas artisticas,[44] e são sobretudo estes que dão corpo ao seu indianismo, que entendemos como louvor da civilização indiana antiga, expresso em poemas que são reescritas diretas de textos sagrados, como *Indra* ou *Le Roi des Élephants*. Esta vertente tem que ser distinguida, em sua expressão textual, de de textos que são reelaborações imaginativas de temas e motivos da Índia antiga como *A Deuza de Bronze* ou *Vishnulal*. Desconhecemos, por não sabermos as datas iniciais de publicação, se uma se sucede à outra, mas é provável que representem duas linhas de força da sua obra construídas de forma parelela. De qualquer modo, os temas indiáticos surgem no que seria uma segunda fase do seu trabalho, que localizamos em torno de 1907 em diante.

O indianismo goês nasce de tensões culturais e políticas internas, que vem sublinhar e aprofundar. De forma distinta do brasileiro, é um fenómeno mais tardio, abrangendo o termo do Oitocentos e o começo do Novecentos, sendo assim cronologicamente, mas não apenas, um movimento neorromântico. Por outro lado, em termos de sua natureza, parece ser essencialmente um fenómeno textual, isto é, que se constrói a partir da divulgação e tradução de textos da antiga cultura letrada hindu e, em contraste com o que se passou no Brasil centrado na figura ágrafa de índio, justifica-se socialmente por via da revalorização das culturas letradas do subcontinente.

O neorromantismo mitográfico é a pulsão romântica pelo mito vivida em pleno século XX, aproximável a outros projetos neo-pagãos de língua portuguesa, como o neopaganismo de Pessoa, que pretendia a ressurreição de todos os deuses, ou a fusão sonhada por Teixeira de Pascoaes entre cristianismo e paganismo, entre Jesus e Pã, ainda que pensada a partir de outros horizontes culturais. Todos constituem formas da modernidade, e

44 "(...) Em todas as situações, em todas as cintilações do seu génio, sempre vernáculo, sempre em adoração deante da estátua viva da Índia-Mater, nos seus seios indo sempre beber a inspiração para os seus quadros, para as suas composições, para os seus poemas e para as suas conferências, que eram bem poemas em prosa" (CORREIA AFONSO, 1935, p. XX).

é importante ver a informada e complexa reconstituição dos mundos hiperdescritivos dos deuses hindus em dias como uma forma de modernidade literária, embora não deixe de ser estruturalmente romântica, como a literatura de Pascoaes.

Psicologia do Ganês (1912) é uma crónica que mostra todas as fortíssimas contradições internas que são o motor do indianismo. Por um lado, nela se encontra a postura que desconstrói e repele um deus bárbaro e ao mesmo tempo a noção de que a recuperação dos deuses é uma via de recuperação para a "raça indiana". O texto permite ler o indianismo poético como um projeto irónico ou, então, um projeto estético do qual o autor guarda um forte distanciamento, pois assume o olhar simultaneamente irónico, científico e descrente da modernidade, que é propiciado pela sua posição de médico católico, isto é, de homem de letras à europeia, cultivado, animado pela dúvida metódica:

> Aflora-me os lábios o sorriso moderno, a malevolência do super-homem inchado com os balões das féeries prosaicas. Só eu sou o grande, o imortal, no meio do *bric-à-brac* das concepções pueris que levantam deuses de ventre largo e põem ornamentações de cassinos de terceira ordem. (...) O deva lá está, de músculos de infante, pezinho gordo e larga face trombuda perante a qual crentes se prosternam enternecidos e se deitam pradacshinas com garbo. Que há aí, de rico, de secular, na representação que roça pelo absurdo e que, fora das Salpêtrières e os asilos fúnebres da psicopatia, pareceria impossível?

Estas palavras dão de forma clara a contradição interna do indianismo. O autor é ao mesmo tempo um auto-ironizante super-homem que, cientista e superior, se distancia da credulidade hindu e, ao mesmo tempo, um apaixonado pelas concepções dessa religião; por um lado diz que o deus elefantino é digno da mente de um internado de hospício e uma imagem da decadência da raça, por outro sugere-se que talvez só o hinduísmo, pela sua vitalidade, pode ter a resposta para a verdadeira inquietação religiosa:

"E na noite de setembro parece ser a resposta genuína e triunfante aquela representação de panteísmo hindu, a única concepção suprema do universo, a madre dos sistemas de Espinosa, Hegel, Fichte e Schelling".

Este texto que acabamos de comentar permite lançar uma forte suspeita sobre qual o papel que desempenham as referências religiosas hindus em sua obra, no seu todo. Aventamos que os deuses hindus seriam talvez, no entender de Paulino, ficções culturais coletivas, semelhantes ou equivalantes a outras, de outras paragens, repositórios das intuições e das esperanças da humanidade ou símbolos de suas concepções originais:

> Dians, Indra, Mitra, Ormuzd, Zeus e Tis Ouranos,
> mundos, glórias e sóis, pensamentos humanos,
> o que sobe, o que desce, o que morre e palpita
> é o pó que rola aos pés da Verdade Infinita.

Ora, se isto não remete de novo para um ateísmo, pelo menos remete para um agnosticismo, já que quem aqui fala no poema é uma entidade que está para além e antes de todos os deuses, Narayana. Os deuses, fruto dos "pensamentos humanos", fazem parte desse pó que "rola aos pés da Verdade Infinita", sempre inalcancável.

Entrando agora na questão do pensamento anticolonial, não cremos que o indianismo goês possa ser lido como a expressão primeira de uma vontade de liberdade do jugo colonial, mas sobretudo como forma de distinção sociocultural de um grupo muito restrito e localizado em um ambiente único: os intelectuais e escritores católicos de Goa, que, ao serem sujeitos aos primeiros impulsos do laicismo, da modernidade, decidem criar para seu uso uma espécie de hinduísmo cultural. Isso não quer dizer que, mais tarde, o indianismo desta primeira geração não deixe de ter sido entendido como um prólogo do pensamento nacionalista, sendo que os seus sentidos políticos se encontrarão mais definidos na geração seguinte, a de Luís de Menezes Bragança e Tristão Bragança da Cunha, conforme explora detidamente a historiadora Sandra Lobo (2013) em sua tese de doutorado.

Assim, apesar de ser complexo dar um sentido político a este indianismo, isso não deve tolher-nos a compreensão do alcance histórico-cultural da reinvocação de um legado cultural esquecido desde o tempo das conversões forçadas do século XVI e, consequentemente, da ruptura que preside a este gesto. Trata-se dos alvores de um nacionalismo não-institucionalizado, mas que consegue ganhar forças a partir do que se passa na vizinha Índia, como é dito de forma muito clara na resenha à obra de Florência de Moraes:

> Telang, Tilak, o Congresso Indiano e o Swadeshismo traem um ressurgirmento tanto mais formidável quanto é larga a energia acumulada por séculos da inação e enervamento. A emancipação intelectual e social da Índia vai sendo um fato, a própria Inglaterra o reconhece e não o evita. O Oriente será a luz e a lanterna. É unicamente uma lei natural o seu progresso e a revivificação. Aos séculos da vitalidade ocidental, seguidos de desfalecimento e degeneração, hão de substituí-los os doutros continentes relativamente virgens e robustos, para por seu turno serem fulminados de decadência e condenados ao repouso e à passividade. A emancipação completa da Índia, sonhada por Cotton, pressinto-a e espero-a.

É interessante ver como mesmo a expressão direta do desejo de emancipação do colonialismo é devedor de uma leitura europeia, tributária da historiografia das ultimas décadas do século XIX.[45] Também em *Psicologia do Ganês* a triste verificação de um presente diminuído era feita através dos tópicos naturalistas da degenerescência orgânica das nações modernas. Assim, é desde logo sob o prisma europeu da degenerescência da

45 Diz o historiador Fernando Catroga, falando sobre o Portugal de fim de século: "(...) mas quem já tinha sido grande nos séculos XV e XVI poderia voltar a sê-lo no futuro, logo que a acção dos homens se pautasse pelas leis da evolução histórica, leitura de onde emerge uma clara interpretação dos ciclos da história de Portugal (...). Simultaneamente, por ela também se insinuava um messianismo

sua própria raça que ele várias vezes coloca a sua "indianidade", ecoando Francisco Luís Gomes,[46] o que é tanto mais significativo quanto neste texto se faz uma crítica a um deus por ele considerado menor e mesmo ridículo, ainda que muito importante para a comunidade hindu, Ganesha:

> Eu sinto-me pequeno perante a grandeza de meus avós. Sim, a raça é agora parda, decadente, batida de Timurs, Dufferins, Dupleix e Albuquerques; a raça é servil na arte, na ciência e na representação nacional, e a representação do seu espírito atual é aquilo, um deus bibelô, símbolo irrisório de um presente triste.

Vejamos agora um poema que demonstra como o combate anticolonial pode ser ambíguo, mas sem dúvida propondo uma revitalização do sujeito para um confronto. Como num hino, é à deusa que se dirige:

> Ó Pracriti, eu sou da raça dos selvagens,
> os que iam no Quisquinda aos mares e paisagens,
> com pedras a cantar, sobre os ombros guerreiros.
> Sou dos rebéis de outrora, os altos pioneiros
> Ravana, Hiraniacsha, os bárbaros robustos
> que assaltavam a lndra através dos arbustos,
> levantavam Lancás com torres sobre os mares;
> sou da linhagem bruta e as terras singulares
> onde davam o incenso e o leite aos crocodilos,
> onde davam à cobra os piedosos asilos,
> – trago daquele sangue uma tara impulsiva –
> Eu me lembro que vi minha pátria cativa

redentor que, em consonância com o tom épico de *Os Lusíadas*, prometia um ressurgimento, refundando a própria nação" (CATROGA, 1998, p. 229)

46 "A pátria de Manu, depois de correr como uma moeda as mãos de Alexandre, Tamerlão, Albuquerque, Dupleix e Clive, deve voltar a seus antigos senhores" (apud MACHADO, 2008, p. 414).

da caravana branca, as lutas, os contactos,
eu vi a assolação de países intactos,
vi as desolações facínoras na História.
Que raiva pela aurora! Escalam-me a memória
pombas de oiro estrangeiro, as linhas de cortejos,
tambores abalando os tratos sertanejo,
Ramas azuis levando os meus avós vencidos.
– Sobem da terra como os gritos doloridos
com o pó dos rajás mortos no cativeiro.
Mas que pena que vem com apelo guerreiro,
o esquecimento ideai com sândalo e incenso...
Sinto a aniquilação, dobra o Nirvana imenso
o meu sonho rebel e esguio de vingança,
devis de carne ardente e a poderosa trança
afogam-me em anéis... soluçam os tambores,
e ao desatar no escuro a fiada de flores
esquece-se, devá, a imortal injúria.
Coitado o meu país azulado do Súria!

(...)

Deita em mim, Pracriti, o frescor das murdangas
a ânsia de apelos bons pelos deuses antigos.
Então hei de eu vencer os brancos inimigos
erguendo-lhes ao longe os generosos braços;
hei de fazer o amor florescer nos espaços,
erguer o Passado e sua imortal injúria.

– Ó Pracriti, levanta o meu País do Súria!

A passagem mostra bem o estranhamento que esta poesia proporciona, com expressões obscuras ("tratos sertanejos") e ligações de sentido surpreendentes ("o meu sonho rebel e esguio de vingança;/ devis de carne ardente e a poderosa trança/ afogam-me em anéis..."). Acrescenta-se a isto uma acumulação avassaladora de imagens, próxima já de uma dicção moderna, como estes versos comprovam: "Que raiva pela aurora! Escalam-me a memória/ Pombas de oiro estrangeiro". Contudo, o seu viés verboso e declamatório remete também para a poesia de um Guerra Junqueiro, poeta português muito lido em Goa e que sem dúvida alimenta, com sua poesia combativa, a retórica da vingança de Paulino. Apesar do amplo conhecimento que o poeta demonstra do hinduísmo, a métrica é a do poema longo de Victor Hugo e de Junqueiro: o alexandrino, comum no poema narrativo pré-modernista.

O poema implica uma leitura da História da Índia, considerando um de seus principais *Topoi*: o declínio ou extinção da raça dravídica pelos arianos, que ecoa outra subjugação, a dos nativos do Concão pelos portugueses no século XVI: "Então hei de eu vencer os brancos inimigos/ erguendo-lhes ao longe os generosos braços;/ hei de fazer o amor florescer nos espaços,/ erguer o Passado e sua imortal injúria.// – Ó Pracriti, levanta o meu País do Súria!". Como podemos ver, o poema expressa um desejo de vingança contra o invasor , que pode ser tanto o ariano como o português. Mas Paulino, ao enquadrar essa luta no passado mítico, não traz sua interpretação política ao presente. Nesse sentido, o diálogo que o poema propõe com uma figura sobrenatural pretende sobretudo registrar a preservação da memória dos povos subjugados e seus conflitos coletivos internos.

Obsessionado pela longa e milenar história da Índia, a questão da casta é contudo das que mais o ocupou. Como disse Correira Afonso: "O seu coração vibrou em simpatia com as ternas manifestações da vida social indiana; e doeu-se profundamente dos defeitos que a mancham" (CORREIA AFONSO, 1935, p. XXIII). Desde o início da sua longa obra se vitupera o sistema de castas, como em *O Amor* ("O mal que se diz – Crime – o mal que se diz – Vício!/ a Inveja, a demi-science, a casta, a cor, as raças...") e, noutro momento dela, *Vishnulal*, é posto em cena precisamente o conflito de casta. Esta é a história de um brâmane que comete um delito de estuprar uma mulher tribal. Nos seus pensamentos, o orgulho de casta justifica suas ações: "Não sou brâmane eu? Não sou um deus, no coro/ de outras gentes sem nome, o chandala e o pária?/ Ela era cudvalin, com um mentido choro// havia de ceder na rampa solitária."

O confronto de casta sofre aqui uma coloração cristã, ao ser confundida com a de expiação do pecado. Já no soneto disperso sobre Buda (1913), significativamente intitulado *A Boa Nova*, é precisamente o aspecto anticastista do budismo que sai reforçado: "Não pergunto o teu deus, teu país, tua casta".

A violência sexual é um dos efeitos centrais do sistema castista, e começa por ser desde logo privilégio dos deuses. Vemos que isto está presente em *O Crime* e que o drama *Indra* encerra com o estupro semiconsentido de Ahiléia. Tema obsessivo, o rapto-estupro aparece em imensas composições, como em *Basmassura*, poema-hino a Vishnu, onde a violação da mulher, questão premete ainda na Índia contemporânea, comparece:

> – Dá-me o teu gozo, ó dama, aqui depressa,
> ou sobre a tua cabeça
> estendo a mão. Eu sou o Basmassura! –
> – Dança comigo as danças imprevistas! –
> responde Murari.

Mas é central esta questão igualmente em outros textos de grande fôlego, como *Os Párias*, onde dá vazão irreprimida ao seu amor pelos humilhados, sendo talvez a sua obra mais conseguida. A este respeito não pode ser esquecido o poema *Indra*, sobre o tema da conquista dos drávidas pelos arianos, segundo Devi narrando "a derrota dos autóctones da Índia com uma fúria e uma verbosidade inéditas até então na poesia indo-portuguesa." (SEABRA, DEVI, p. 314). Paulino provavelmente assinaria esta velha leitura orientalista dos habitantes autóctones como os criadores da religião pré-védica, destronada pelos adoradores dos novos deuses "estrangeiros". O poeta toma partido pelos drávidas e pelos deuses antigos, pintando os novos como sanguinários, movidos por paixões cegas e violência desmedida. Dias, ao contrário do que afirma o goês Filinto Dias, não "celebra as façanhas do maior dos deuses védicos" (1963, p. 48) antes, numa leitura mais fina, claramente as nega.

Os deuses novos são deuses da guerra e da submissão, trazem com eles o Vajra (o raio), que pode ser lido como símbolo da tecnologia, mas trazem também o sistema de castas ao qual submetem os naturais, a que Paulino se orgulhava de pertencer, a crer em Vimala: "No ponto de vista étnico orgulhava-se de pertencer à raça drávida, o que os seus traços somáticos pareciam confirmar" (DIAS, 1963, p. 46-47). Mas a luta entre os deuses novos e os deuses antigos, védicos é descrita numa didascália como "fracasso universal", o que remete para uma combinação de pessimismo neobúdico com uma visão da vida como choque de forças cegas sem sentido, de origem materialista, mas já sem a teleologia positivista. Assim, é interessante ver que subjaz ao poema uma leitura gestada no contacto com o panorama intelectual europeu da sua época.

Contudo, apesar deste aparte pessimista, a luta entre deuses tem claramente um sentido social oculto, que remete para o contexto da Índia moderna. Os deuses védicos são bárbaros e sanguinários, matando e anulando os deuses dos drávidas. Ora, isto não só confere à literatura de Dias um sentido claramente antibramânico, pois o canône religioso védico é codificado e gerido pela casta brâmane, sendo esta a leitura sócio-cultural sobre a qual o orientalismo europeu vai trabalhar as suas concepções de hinduísmo, mas dá também um sentido socializante à necessidade de ascenção das castas baixas, lugares aos quais os vencidos ficariam condenados. Como lembra Correia Afonso (1935, p. XXIV-XXV):

> Paulino não idealizava a nossa velha civilização. Admirando as suas grandes manifestações, o seu espírito sabia revoltar-se contra os seus aspectos revoltantes. A conquista da Índia pelo Ária teve os seus senões. Nos versos de Paulino encontra um eco o protesto do Drávida contra o Ária invasor. Sempre em simpatia com os oprimidos, Paulino orgulhava-se de se considerar um drávida; julgava que na sua tez escura tinha os seus pergaminhos de autóctone. Os Árias, descendo à Índia, não eram apenas os sublimes cantores do Rig-Vêda; eram guerreiros com todas as barbaridades inerentes à guerra.

Ora, se os comentários dos orientalistas europeus do século XIX ao *Código de Manu* sugerem muitas vezes que o castismo era um sistema bom e justo, que mais tarde viria a ser corrompido, até como prova de uma suposta degenerescência das estruturas sociais indianas que cumpria o seu papel dentro de uma estereotipificação da Índia, Paulino pertence antes a uma tradição autóctone radicalmente anticastista e, neste aspecto em particular, superadora de concepções orientalistas e com proximidades fortes ao socialismo europeu. Esta tradição ganhou raízes em Goa, onde podemos dizer que foi continuada pelo brâmane Adeodato Barreto e sua *Civilização Hindu* (1935), que também tem uma visão profundamente negativa do castismo e uma aproximação ao pensamento socialista.

Orientalismo e Budismo

Existem dois sentidos fundamentais para o termo orientalismo, que pode antes de mais ser entendido como a atividade daquele que escreve e estuda o Oriente[47] e, num segundo plano, uma referência ao método crítico saidiano, que apontou os construtos etnocêntricos e essencialistas sobre o Oriente, nos quais o "outro" oriental se encontra dotado de atributos ontológicos fixos e imutáveis.

A obra de Paulino Dias participa de ambos os sentidos da palavra, o primeiro dos quais em seus esforços de divulgação e interpretação da cultura indiana, a que concede lugar fundamental em projetos simultaneamente estéticos e científicos como a *Revista da Índia*. A atividade de Paulino como tradutor e poeta que reimaginou temas da tradição das literaturas clássicas indianas acrescenta enormemente aos estudos orientalistas em língua portuguesa e dá fortes elementos para repensar a ideia da inexistência de estudos orientais em Portugal, e em língua portuguesa,

47 "Orientalista como Floriano Barreto, Nascimento de Mendonça e outros. Emprenhava-se em ver este jornal revestido dum caracter genuinamente indiano". L. A. Menezes, "Preito de mérito ao dr. Paulino Dias", *Revista Acadêmica*, Dezembro de 1919, p.5.

na era do orientalismo moderno, isto é, a partir do final do século XVIII. Não sabemos, porém, se conhecia o sâncrito, pois é certo que suas versões podem ter sido elaboradas a partir de versões intermediárias em francês e inglês, como as de Bournouf ou de Macdonell, o que seria habitual no seu meio intelectual. Sabia, contudo, a língua marata, a crer em Correia Afonso, a língua literária dos hindus de Goa.

Quanto ao segundo sentido, é evidente que o fervor indianista de Paulino Dias não está livre de contornos orientalistas, centrado que é num culto imoderado e exotizante da civilização indiana, mas sobretudo porque constantemente se nota a mediação do conhecimento orientalista europeu para o seu próprio conhecimento da Índia antiga. Não deixa assim de estar presente uma orientalização em sentido positivo da Índia, como aliás bem nota Francisco Correia Afonso:

> Não é a Índia toda da História, nem a Índia toda de Paulino. É apenas a Índia romântica. Paulino não idealizava a nossa velha civilização. Admirando as suas grandes manifestações, o seu espírito sabia revoltar-se contra os seus aspectos revoltantes (CORREIA AFONSO, 1935, p. XXIV):

Aqui tocamos no consabido debate sobre a recepção e subsequente reprodução da tópica orientalista pelos autores asiáticos. Conhecendo os gestos reactivos dos locais em torno de algumas propostas do orientalismo europeu, ficamos com uma ideia mais clara de que o próprio "outro" participou como agente deste discurso. No caso do autor goês, é possível traçar uma aproximação ao orientalismo de valor positivo pertencente à tradição romântica europeia, sobretudo alemã e francesa. Os seus primeiros sinais veem do filão filo-oriental a que Edgar Quinet chamou a "Renaissance Orientale", que, como afirma Richard King em *Orientalism and Religion* (1999), promoveu uma relação especular entre a Índia e a Europa, no espírito da conhecida sentença latina *Ex Oriente lux*:

> O orientalismo romântico está em acordo com a visão predominante de que a Índia é o espelho oposto da Europa;

> continua a postular "essências" culturais e assim perpetua os mesmos (ou pelo menos semelhantes) estereótipos culturais sobre o Oriente. A visão romântica do Oriente, portanto, ainda é uma distorção, ainda que motivada, às vezes, por um respeito pelo Oriente (King, 1999, p. 92, trad. minha).

Se o indianismo do poeta goês trabalha já com a apropriação positiva de signos orientalistas, é também, enquanto tentativa de busca identitária, criador de um engano fundamental, que é o da constante intromissão de uma visão europeia no seio daquilo que deveria ser uma visão indiana da Índia. Ora, este erro é explicável, antes de mais, pela própria mediação textual do orientalismo europeu como veículo informador, para um indiano com formação intelectual de base europeia, acerca do que é a sua cultura milenar e como a pensar e representar, questão que ficará clara quando à frente analisarmos a questão do budismo. A forma de "salvar" o autor do seu próprio orientalismo é pela conscientização da forma plural como a Índia surge na sua obra e também pelo descentramento do conhecimento europeu que por vezes nela ocorre.

Assim, notando neste uma relação menos óbvia com a cultura hindu, Vimala Devi afirma: "*Nirvana* é talvez o poema em que Paulino Dias melhor se realizou, e certamente a sua obra mais universal. No entanto, interessam-nos mais (...) os seus poemas indianos" (DEVI, 1971, p. 313). Há aqui, no entanto, um erro de perspectiva que importa corrigir: em primeiro lugar, relativamente à sua universalidade, a escritora parece apontar para aquilo que temos vindo a chamar o seu diálogo com a modernidade. De resto, *Nirvana* é efetivamente um poema indiano, só que de uma forma outra, que não passa apenas pela exposição unívoca de cenários e de temas indianistas, mas pelo próprio questionamento, que o texto parece corporizar do seu próprio lugar, e do lugar do seu autor, entre a Índia Mater e modernidade "ocidental". O texto continua a ser um poema indiano pela própria complexidade, que ele patenteia, dos mecanismos de constituição da representação da Índia, sem deixar de ser, ao mesmo tempo, um texto que se inscreve na modernidade cultural europeia pelo que nele é louvor da revolução tecnológica e cultural e partilha das suas premissas estético-ideológicas. Assim, *Nirvana* – pela sua própria reflexividade – permite-nos considerar de uma forma profunda e questionadora os lugares de pertença do autor, que se espelha nas múltiplas fontes deste texto e na arquitetura multiplanar que apresenta.

Paulino Dias sabia bem, todavia, como funcionavam as deturpações europeias da Ásia, e não hesita em criticar o orientalismo de Victor Hugo, na resenha que faz a *Vozes da Índia*, de Florência de Moraes, datada de 1908, ao sugerir que o livro desta autora "lembra a fantasia artificial de Victor Hugo, traçando com pena europeia o misticismo exótico de Indra, Vaiú e Agni." Que, aliás, o autor não deixa também de seguir. Introduz em seguida a ideia que a visão a que hoje chamaríamos orientalista é uma visão hiperbólica:

> Para um espírito formado pela civilização europeia, a assimilação na natureza oriental é difícil, sempre dá em hipérbole, em um fetichismo da palavra carregada de guizos sim, mas inane; e os apartes pouco naturais, impressões colhidas de relance poucas vezes devidamente interpretadas.

No entanto, sabemos que orientalismo não é apenas superficialidade, observação anódina e exotismo, mas que pode presidir a complexas construções do pensamento, como a visão filosófica europeia sobre o budismo. Com efeito, um aspecto da vasta cultura orientalista de Priti é o interesse pelo Buda e sua *Dharma*. Religião desaparecida na Índia no século XII, está naturalmente ausente do seu horizonte palpável e surge-lhe como uma parte do patrimônio espiritual da Índia a recuperar, sendo antes de mais nesse sentido que ele o evoca:

> País que viu nascer o Crisna das legendas
> e viu co' imóveis mãos o solitário Buda
> – Ó pivetes a arder em noites de merendas! –
> os tronos com pavões, minaretes e tendas
> cortejos com rajás de cimitarra aguda.

Mas essa recuperação acusa uma forte mediação textual europeia: o budismo recuperado é um budismo que é em parte uma criação dos eruditos da ciência das religiões - com a anuência teórica dos filósofos alemães e franceses, sobretudo desde Schopenhauer -, de uma religião filosófica e terapêutica, não no sentido contemporâneo de indução de serenidade perante um quotidiano agitado, mas num outro sentido, muito diferente. Para apaziguar o sofrimento cósmico que de fato o budismo diagnostica - que é treslido como uma negatividade ou pessimismo radical e não como uma fundamental insatisfação na base do desejo - o Buda teria diagnosticado um remédio supremo: o Nirvana, que consiste na anulação da consciência ou na assunção do nada. Esta visão errada do budismo, que se criou por uma série de mal-entendidos e de traduções errôneas, é historiada e escalpelizada por Roger Pol-Droit (1997), em *Le Culte du Néant, les Philosophes et le Buddha*. O budismo dolorista de feição schopenhaueriana deve ser entendido como um discurso da Europa sobre si mesma, sobre o seu próprio pessimismo, e nunca como um discurso sobre uma tradição espiritual nascida na Índia.

Assim, é desse budismo, uma criação do orientalismo europeu, que os seus resenhadores e obituaristas falam. Um artigo anônimo d'*O Heraldo*, de 27 de dezembro de 1919, na p. 1, refere o seu pessimismo, associando-o diretamente ao budismo: "O seu espírito educado nessa resignação búdica que olha a tudo com o olhar de desdém não vacilou, nem por instantes, perante a frieza da morte". É esta a interpretação que deveria circular do Budismo no meio intelectual europeizado de Paulino, comprovando a hegemonia global do discurso científico europeu, já que o próprio prefaciador de *No País do Súria*, o goês Francisco Correia Afonso, o agrupa à companhia ilustre de Schopenhauer, Hartmann e Antero, dado o comum interesse pela "trágica solução do Buda" que reputa como "contrária à psicologia humana" (Afonso, 1935, p. XXIX). Trata-se de um tópico deste budismo Ocidental: esse desumano desejo do nada. É assim curioso assistir a essa errância: um autor natural da Índia precisando ir à Alemanha e à França para recuperar um elemento do seu patrimônio espiritual, sob a hegemonia do discurso orientalista no século XIX. Mas, curiosamente, a própria negatividade que estes autores leem no budismo é essencial para também atribuir um sentido moderno à obra de Paulino:

> Estava em moda o Budismo. O movimento orientalista chamara para ele a atenção da Europa. A atração do Budismo era em uns a consequência do materialismo determinista da nova civilização industrial; era em outros a fascinação do exótico, em terceiros a paixão sectária que supunha encontrar nele uma arma contra o Cristianismo; em outros ainda, mera pedantaria, porquanto a sua conduta estava no polo oposto ao da rigorosa disciplina budista. Houve espíritos meditativos, corações sensíveis, em quem calou a mensagem do radical pessimismo da filosofia indiana. Os Upanixadas e o Budismo tiveram uma grande influência na filosofia de Schopenhauer e de Von Hartmann. Léconte de Lisle, na reação da sua sensibilidade estética contra a hediondez e trivialidade do ambiente, aspirou pelo repouso absoluto do Nirvana. Antero de Quental, desiludido do seu idealismo romântico pelos homens o os fatos, teve a mesma aspiração. Levado por influências similares e pelo próprio temperamento melancólico. Paulino sentiu também a fascinação da trágica solução do Buda (CORREIA AFONSO, 1935, p. XXVIII-XXIX).

No entanto, no próprio Paulino aparece um outro Buda, materialista, chamemos-lhe assim. Já o seu amigo e ex-aluno hindu, Babusse Camotim, diz que ele era "grande admirador de Buda",[48] sem que isso remeta necessariamente para a inatividade e o pessimismo que supostamente eram seu apanágio. Não é o depressivo Buda schopenhaueriano, antes o reformador religioso e reformador social da humanidade que surge em *O Amor*: "Colombo, Napoleão, Rafael, Pasteur, Zola,/ Hugo, Buda, Platão...", parte de uma genealogia de reformadores da humanidade, o que indica

48 Babusse Camotim, *O funeral de Paulino Dias*, 25 de dezembro, p. 2.

uma visão social e materialista da religião. É bem curiosa esta mistura finissecular entre os modelos de uma religiosidade neofranciscana (Cristo, Buda e Tolstoi) – como a que encontramos num Teixeira de Pascoaes, por exemplo, que recupera no mesmo sentido essas mesmas figuras –, e a aparição simultânea de outras, como Lutero ou Zola, a última das quais denunciando a matriz naturalista em convergência com o irracionalismo e neo-espiritualismo finisseculares. Longe de considerar este fenómeno um atestado de "confusão de ideias" no espírito do poeta que, "deficiente no poder de reflexão, (...) não pôde fazer uma síntese para uso próprio" (Afonso, 1935, p. XXVII), antes cremos ser precisamente um dos aspectos mais interessantes da sua proposta sincrética, assumindo Zola como um dos sábios-santos da Humanidade e procurando casar o seu *background* científico com um espiritualismo nascente. O Buda sereno e histórico do artigo *A Ideia de Deus no Budismo* aproxima-se mais desta figura do reformista religioso, que libertou as massas do flagelo do castismo.

Contudo, a visão negativa e pessimista do budismo parece contar mais em sua obra. *Nirvana*, enquanto conceito da metafísica budista, correspondente (numa interpretação acertada) a um fenómeno de transmutação e não de extinção da consciência, é entendido enquanto momento de dissolução da consciência ou das consciências no nada. Este budismo ocidental é então quem dá nome ao longo poema, pois este narra a história da humanidade caminhando para uma extinção colectiva que, durante vários momentos da obra, ao jeito schopenhaueriano, surge como um bem. Por outro lado, o impulso revolucionário de Marx e Bakunin, personagens deste grande drama, surge também como negação coletiva, sociopolítica, manifesta na agitação sanguinária dum apocalipse social. Assim, os diálogos alegóricos entre o protagonista do poema e várias outras personagens têm por objetivo discutir esta questão da extinção da civilização enquanto nirvana coletivo. Nemo é o herói que tem de sofrer várias provas morais até chegar ora à conscientização da extinção como um bem, ora à nietzscheana assunção da vontade humana perante esse abismo. Mas o nirvana, como negação ou cessação universal, pode também ser uma extinção cíclica do universo, apontando mais para a tradição védica, ao mesmo tempo continuando a respresentar o apagamento da consciência, o que apontaria mais para esse neobudismo europeu. Na cena do Capítulo I, em que o poeta dialoga com uma águia nietzscheana sobre a questão do tédio, temos um momento-chave a esse respeito. Depois de na didascália se afirmar que "não há alívio", principia a ouvir-se, "no meio do destroço das coisas (...), um canto bárbaro, de cólera e dor que passa tão alto, que enche o universo" e que é o "Canto da Sombra" (Capítulo II), onde aquelas duas leituras do Nirvana convivem:

> Há uma casa profunda
> E no meio um leito eterno,
> Em volta é a noite profunda.
> Mas a casa, que traição,
> É atrás do céu e do inferno
> Na Infinita negação,
>
> Vai para ela em naus veleiras
> A Criação dolorida,
> E volta com naus veleiras,
> Mas, se não volta, se não,
> É que ela esqueceu a Vida
> Na infinita negação.
>
> Porque é o Tempo e o espaço
> E a criação sempre triste?
> – que tristeza o Tempo e o Espaço! –
> Em vez da Dor e a Paixão
> Porque não foi quanto existe
> Só Infinita Negação?

Nirvana: síntese de uma obra

Referências do capítulo V a oficiais alemães da Grande Guerra permitem datar a composição deste texto entre 1914 e 1919, ano da morte do autor, mas é possível que corresponda a um projeto antigo. Com efeito, pode-se equacionar que o *Nihil* (nada, em latim) – que aparece listado em 1913 na contracapa do último número da *Revista da Índia* como fazendo parte das obras em vias de publicação – seja uma prefiguração de *Nirvana*. Na verdade, uma das traduções para esse termo sânscrito é precisamente o de Cessação, conceito que aparece na boca de personagens centrais do drama, como Nemo ou o Dr. X, e que o orientalismo europeu entendeu, numa leitura efetivamente nihilista, como cessação da vontade e do desejo individuais.

Porém não se trata de uma obra de tema hindu e mitológico, como o título faria supor, mas algo de bastante diverso: tanto reflete a longa História do homem ("Há anos, milhares de anos/ que te vejo (...)/ varrido como a areia imensa dos desertos. O que é que tu não és nos séculos abertos!/ César, génio e rajá, proxeneta e lacaio..."), como as convulsões sociais coevas do autor, sendo bastante agudo na sua relação com o presente. Na verdade, mais do que isso, é este um texto com a pretensão de tudo abarcar, desde os primitivos Movimentos da Matéria (conceitos centrais do livro) até à profecia de uma Grande Revolução iminente, o que explica a velocidade e a intensidade com que as cenas do drama se sucedem. Esta amplitude temática e cronológica vem do modelo do poema dramático – como notaram Correia Afonso (1935) e Devi & Seabra (1971) – segundo a lição de Victor Hugo da epopeia moral da humanidade. A proximidade mais óbvia é com *La Legende des Siècles* (último ciclo de 1883), mas também o *Fausto* de Goethe e outros modelos oitocentistas da poesia dramática, como Byron, fazem sentido serem convocados.

O drama apresenta o longo périplo do *enfant du siècle* Nemo (Ninguém), poeta fatal da linhagem baudelairiana que, num percurso de auto-gnose, vai se envolvendo em diálogos com uma série de personagens. Desde logo se nota no nome do alter ego do poeta uma inscrição na tradição literária europeia, evocando Homero, Garrett e Verne, mas na verdade é apenas uma das inúmeras referências pelas quais o texto se pretende erigir em um grande fresco da História, da cultura e da literatura mundiais. Na longa introdução ou "Avant-Propos" (cujo título é significativamente em francês), Paulino começa o seu poema com uma genealogia da história universal, desde a criação do mundo até a atualidade, como é característico da herança hugoesca do poema. A progressão histórica que é aqui evocada é a do Ocidente, que vem precisamente do Oriente: Egito, Judeia, Índia (com um parêntesis sobre Goa), China, Grécia, Roma, Cristandade e modernidade europeia.

Mas o que distingue este texto no âmbito da obra de Paulino não é apenas o seu tom particular, mas o fato de tudo o que nele acontece é não só mirabolante como quase sempre sem cenário e localização definidas, a não ser pelos envios à paisagem e à realidade goesas, únicas referências que se concretizam. É lícito supor que tudo o que o poema dá a conhecer seria uma experiência interior de Nemo, como que uma Psicomaquia do homem moderno, em demanda essencialmente metafísica e auto-gnósica. Várias vozes lhe respondem pelo caminho, e o que temos é um fresco gigante sobre o sentido da vida e da História, numa galopada frenética conduzida pelo mefistofélico dr. X, que o convida a "penetrar o Mundo, a Vida, a História!" (cap. V 34).

Ao final, o percurso de Nemo – depois de assistir a cenas escolhidas (pelo dr. X, que tem o dom da cavalgada no tempo) da História humana, desde o Egito faraónico até à Primeira Guerra Mundial – termina na observação in loco de uma sangrenta e apocalíptica Grande Revolução, que varre o universo, um dos grandes temas paulinianos, que já em 1903 aparecia em grande força com *O Amor*. Trata-se da deixa ideal para a vertente mais grotesca da escrita do autor, com longas descrições de mortes e de torturas terríveis. Contudo, mais uma vez emerge o pessimismo: a revolução acaba por se revelar um engano e, crucificados os reis num alto monte, a velha ordem e a fome regressam.

Daqui passa-se diretamente à deriva utopizante, em oposição direta ao caos revolucionário (oscilação que já encontráramos no Manifesto da *Revista da Índia*), o que faz com que *Nirvana* tenha também de ser lido dentro do quadro da literatura utópica. A este respeito, a cidade com o curioso nome Eutanásia é uma mistura entre fórmulas do socialismo utópico inspiradas em Charles Fourrier e a racionalização científica da vida. Quem apresenta esta utopia a Nemo e ao Dr. X é o geneticista botânico norte-americano Luther Burbank (1849-1926), sugerindo que a felicidade e a harmonia social só virão por mão da ciência. Contudo, também este mundo possível é recusado por Nemo como um engano (o que o nome da cidade já faria supor), talvez em direção à Cessação ou Extinção cósmica de signo neo-búdico, ou em direção apenas à sua velha e pacata aldeia goesa, cuja nostalgia invade o protagonista ao longo do poema.

Pelo meio deste longo caminho, o protagonista vai se envolvendo em curtos diálogos com personagens alegóricas (A Águia, Vox in Deserto, o Mocho, Voz Immunda), bem como com um rol interminável de figuras históricas ou fantasiosas, cuja aparição não dura geralmente mais do que uma dúzia de versos e que logo dão lugar a outras mais inesperadas ainda, como Cleópatra, Carlos V, Leonor Teles, Marx ou Nietzsche. Esta estrutura de substituição, as mais das vezes sem forte aprofundamento, nem dramático nem narrativo, faz com que várias das personagens não cheguem a ganhar contornos definidos nem que seja claro o motivo de sua aparição.

Tendo em conta essa vertiginosa e por vezes confusa mutação de cenas, e a abertura a vários modos discursivos e registos de linguagem (do vulgar ao elevado, do lírico ao grotesco), o poema resulta num objeto difícil de ser abordado, dotado de uma incontrolável produção de sentidos. Assim, este poema é também o ponto máximo da singularidade discursiva de Paulino Dias, implicando uma gramática própria que já havíamos encontrado em algumas prosas publicadas em jornais em 1912, como *Begarins* ou *Relâmpagos*, além de uma dimensão fortemente surrealizante em termos tanto das imagens como da narrativa. Ao ser o ponto máximo da singularidade expressiva de Paulino Dias, *Nirvana* sintetiza e reúne os múltiplos sentidos da sua obra. Tais sentidos, ao contrário do que a maior parte da crítica tem notado, estão presentes desde o início, confirmando a consistência de um projeto estético na raiz da sua obra. Até textualmente se aponta para uma irrecusável coesão, pois o drama incorpora pedaços de textos anteriores do poeta, como uma parte de *O Amor*.

E quais são os múltiplos sentidos dessa obra que se vêm aqui reunidos? Antes de mais, o vetor materialista e irreligioso, entre o agnosticismo e o ateísmo, formulado desde logo em *A Lira da Ciência* (1896) e que se vai evoluindo numa descrença ironizante (a personagem A Águia representa este tipo de discurso); o sentido socializante e anarquizante que valoriza a sublevação dos fracos e dos oprimidos, ainda que fortemente repassado de pessimismo; a demanda metafísica, urdida sob o signo de um budismo à europeia, pessimista e nihilista, em direção à ideia de Negação/Cessação como remédio para um dolorismo (o culto finissecular da Dor: "a Dor Universal") com ressonâncias schopenhauerianas; a assunção da modernidade europeia e ocidental, quer no seu aspeto tecnológico-científico, numa reflexão alinhada e fundamentada no pensamento europeu contemporâneo; o sentido nacionalista indiano e a radicação cultural em Goa, promovendo o erotismo do corpo feminino. Trataremos em seguida mais detalhadamente destes dois últimos vetores de sentido.

Paulino fala, suportado por uma consistente erudição haurida na literatura e história cultural europeias, a partir dum lugar que é comum ou que deseja ser comum à intelectualidade europeia ou mesmo euro-americana do seu tempo. As questões que atravessam o texto são as do mundo finissecular europeu: o pessimismo galopante e o iminente fim da civilização através da guerra ou da revolução e o materialismo e o capitalismo reinante (há uma cena do capítulo V passada em Wall Street) com a crise por ele gerada, sem esquecer uma crítica à confusão do parlamentarismo português (também no mesmo capítulo). Não só as questões, como também os próprios autores referidos são os que pontificam nesse período. Veja-se, por exemplo, a forma como, no capítulo I, o protagonista é interpelado, num cemitério goês, pela Águia, em cena de desenterro de eco shakespeariano:

> E tu que aí vais herético, moderno,
> Que não crês no diabo e que zombas do inferno,
> que leste Schopenhauer, Spencer, Augusto Comte.

Essa passagem é significativa para compreendermos a linhagem (pós)-naturalista e cientificista do autor, em viragem para o irracionalismo e pessimismo finisseculares, nos quais (ainda que em tom irónico) se deseja ver inscrito. De resto, nota-se também a presença de outros autores tutelares do fim-de-século, como Maeterlink, Haeckel e Nietzsche (o último dos quais personagem do drama), o que mostra um poeta muito bem informado sobre as tendências filosóficas europeias do seu tempo.

Por outro lado, a Índia, e Goa nela, não está esquecida neste texto. Pelo contrário, ela é o ambiente natural do protagonista e a exploração das questões da modernidade é feita a partir de uma forte inscrição no espaço indiano. A Indianidade é, assim, neste texto, como que já dada por adquirida. Por outras palavras, é de modo natural que é a partir do subcontinente que o poeta fala e todas as referências propriamente concretas, que não as da imaginação escaldante do autor, são indianas e mais propriamente goesas. Como contraponto, o poema tem uma ligação mais distanciada com o imaginário imperial português, evocado apenas no "Avant-propos" ("Mas veio a cruz em naus, do poente tempestuoso (...)./ Vai o Gama a cantar em naus de velas brancas,/ – mas no alto mar é a cruz uma visão vermelha –/ Povos caem pelo chão, fortes como alavancas").

Assim, se os modelos textuais do poema são europeus, é descendo ao nível do close reading que encontramos referências textuais das culturas indianas que operam um relativo descentramento da cultura europeia. Neste texto, a Índia está culturalmente mais aqui, e não tanto numa presença que se reflita diretamente na estrutura macrotextual. Por exemplo, nos versos: "Como os deuses hindus, cheirando a lacre e incenso/ – cabeça de Artagnan (...)" ou nesta singular definição de homem: "César, génio e rajá, proxeneta e lacaio", o elemento indiano sutilmente introduz um certo descentramento cultural do Ocidente pelo convívio abrupto entre esferas de referencialidade bem distintas: "Diziam-lhe «bonjour» de torres e piscinas/ Rajás e cardeais com barrete católico".

De resto, a realidade goesa está intermitentemente presente nos cenários, embora a maior parte do poema dispense, como já foi dito, cenários concretos. De qualquer modo, mesmo quando perdemos de vista o cenário goês, ele está presente também na linguagem (no português de Goa), nas referências socioculturais e na figura do protagonista, que se identifica e é identificado como um natural da Índia (Capítulo III), com "o sangue do gentio" (Capítulo V).

Assim, não será tanto pela intensidade da presença de uma ideia romântica de Índia no texto, mas antes pelo modo como nos constantes envios culturais se misturam os planos da cultura europeia e indiana que, até certo ponto, se pode entender essa obra como resposta a uma linearidade do sentido ocidental da universalidade na tradição literária oitocentista, porém sem amadurecer a questionamento dos valores ditos universalizantes da cultura euro-americana do seu tempo. Presumivelmente, o autor pensar-se-ia como alguém simultaneamente vinculado à cultura indiana e aos modelos culturais ocidentais. Trata-se de uma indianidade generosa, que se move em vários planos, implicando uma autorreflexividade da parte do escritor acerca dos legados culturais que corporizou e que quis interseccionar.

Referências

AFONSO, Francisco Correia. "Paulino Dias". In DIAS, Paulino. *No País de Súria. Poemas Inéditos.* Nova Goa: Tipografia Bragança & C.ª, 1935, p. VII-XXXIV.

BAGNO, Sandra. "Il Futurismo a Goa e la 'Revista da Índia'". In CASTRO, Silvio e SIMÕES, Manuel G. (orgs.). *Rosa dos Ventos (Atti del Convegno "Trenta anni di culture di lingua portoghese a Padova e a Venezia).* Padova: Università di Padova, 1994, p. 89-101.

BATALHA, Graciete Nogueira. *Língua e Cultura Portuguesas em Goa.* Macau: Serviços de Educação e Cultura de Macau, 1982.

BRAGA, Duarte Drumond. "Shiva, Marx e Vasco da Gama: uma aproximação ao Nirvana de Paulino Dias". In: MACHADO, Everton e BRAGA, Duarte (orgs.). *ACT 27. Goa Portuguesa e Pós-colonial*. Ribeirão: Húmus, p. 199-217.

______ & GARMES, Hélder. "Indianismos na poesia brasileira e goesa: os casos de Gonçalves Dias e de Paulino Dias". *Gragoatá*, v. 20, n.º 41 (2016), p. 744-761.

BRAGA, Teófilo. *Visão dos Tempos*. Volume 1: O Ciclo da Fatalidade. Porto: Livraria Ernesto Chardron, 1895 [1ª ed. 1864].

CATROGA, Fernando. "A História Começou a Oriente". In: HESPANHA, António Manuel e RODRIGUES, Ana Maria. *O Orientalismo em Portugal: Séculos XVI-XX*. Lisboa: Comissão Nacional para as Comemorações dos Descobrimentos Portugueses, 1999, p. 197-232.

COSTA, Aleixo Manuel da. "DIAS, Paulino". In: *Dicionário de Literatura Goesa*, 1º volume. Macau: Instituto Cultural de Macau/Fundação Oriente, 1997, p. 344-348.

COSTA, Peregrino da. *A Expansão do Goês pelo Mundo*. Goa: Repartição Central de Estatística e Informação, 1956.

CUNHA, Vicente Bragança. *Literatura Indo-portuguesa. Figuras e factos*. Bombaim: Karnatak Printing Press, 1926.

DALGADO, Sebastião Rodolpho. "Dialecto Indo-português de Goa". *Revista Lusitana*, vol. 6, 1900, p. 63-71.

______. *Glossário Luso-asiático*. Coimbra, Imprensa da Universidade, 1919.

DEVI, Vimala e SEABRA, Manuel de. *A Literatura Indo-Portuguesa*. Lisboa: Junta de Investigações do Ultramar, 1971.

DIAS, Filinto Cristo. *Esboço da História da Literatura Indo-portuguesa*. Goa: Tipografia Rangel, 1963.

DROIT, Roger-Pol. *Le Culte du Néant. Les Philosophes et le Bouddha*. Paris, Éditions du Seuil, 2004.

EVEN-ZOHAR, Itamar. "Polysystem Studies". *Poetics Today*, volume 11, nº 1, 1990.

KING, Richard. *Orientalism and Religion: Post-Colonial Theory, India and "The Mystic East"*. London: Routledge, 1999.

GARMES, Hélder. "A poesia goesa de língua portuguesa no contexto das literaturas em português". *Abril. Revista do Núcleo de Estudos de Literatura Portuguesa e Africana da UFF*, Vol. 8, nº 17, 2º sem., dez. 2016a, p. 81-91.

______. "A poesia nas histórias da literatura goesa de língua portuguesa". *Navegações*. Porto Alegre, v. 9, n. 2, julho-dezembro de 2016b, p. 136-143.

______ & Melo e Castro. "A História da Literatura Goesa de Língua Portuguesa: Uma Questão de Designação". In: ABDALA JUNIOR, Benjamin (ed.). *Estudos Comparados: Teoria, Crítica e Metodologia*, Cotia, SP: Ateliê Editorial, 2014, p. 211-242.

IFEKA, Caroline. "The Myth of Golden Goa." In DE SOUZA, Teotónio. *Indo-Portuguese History: Old Issues, New Questions*. New Delhi, 1984.

JACKSON, K. David. 2007. "Echoes of Portuguese India in Goan Poets, 1893-1973". *Portuguese Literary & Cultural Studies*, n.º 12, University of Massachusetts Dartmouth, p. 351-69.

LOBO, Sandra Ataíde. *O Desassossego Goês. Cultura e Política em Goa do Liberalismo ao Acto Colonial*. Tese de Doutoramento em História e Teoria das Ideias. Lisboa: Faculdade de Ciências Sociais e Humanas, Universidade Nova de Lisboa, 2013.

MEIRELES, Cecília. *Crónicas de Viagem*, volume 3. São Paulo: Global, 2016, p. 59-63.

PASSOS, Joana. *Literatura Goesa em Português nos Séculos XIX e XX: Perspectivas Pós-coloniais e Revisão Crítica*. Ribeirão: Editora Húmus, 2012.

PEGADO, João Joaquim d'Oliveira. *Esboço Crítico do Poemeto A Lyra da Sciencia e do Poema Inédito O Amor do dr. Paulino Dias*. Nova Goa: Imprensa Nacional, 1902.

PEREZ, Rosa Maria. "Introdução". In: PEREZ, Rosa Maria (org.). *Os Portugueses e o Oriente – História, Itinerários, Representações*. Lisboa: Publicações D. Quixote, 2006, p. 11- 36.

PISSURLENCAR, P. *Aspectos da Civilização da Índia Antiga*. Nova Goa: Livraria Coelho, 1925.

POPE, Ethel M. *India in Portuguese Literature*. New Delhi: Asian Educational Series, 1989.

QUEIRÓS, Eça de. *Os Maias: Episódios da Vida Romântica*. São Paulo: Ática, 2003.

SAID, Edward W.. *Orientalismo. O Oriente como Invenção do Ocidente*. São Paulo: Companhia de Bolso, 2007.

SHETTY, Manohar. *Ferry Crossing - Short Stories from Goa*. New Delhi: Penguin India, 1998.

III

DISPERSOS

TARDES PAGÃS: POEMAS

AURORA. IMITAÇÃO DE NEWLAND[1]

Sobre as serras do leste, e entre as mádidas2 brumas,
quem, com tal pompa, eleva a fronte radiosa,
e da noite afastando a cortina obumbrosa,
inunda a terra e os céus de aurirróseos clarões?!
És tu, de certo, Aurora, a deusa da alvorada,
que empanas o fulgor aos notívagos lumes;
e o teu riso de luz quando assoma nos cumes
faz acordar a terra a novas expansões!

Ao ver-te, o Tauro ao longe assombrado recua,
e rola espavorida a sanguínea pupila;
o Leo baixa a áurea juba; o Sírio mal cintila;
e o Cruzeiro do Sul despenha-se no mar;
o Navis, afrontando os escarcéus do espaço,
desarvorado singra as vagas do infinito;
mesmo o Orion, esse herói, esse campeão invicto,
depõe o gládio rubro ao teu fúlgido olhar!...

E o sol, o rei da luz, te segue enamorado
e louco por mirar os teus cabelos d'oiro;
mas, cheia de pudor, mal vês seu rosto loiro,
te somes, pulcra ondina, entre os flocos do céu!
Um dia, um dia só, deixaste-o, compassiva,
seguir-te o rastilho inda em pleno meio dia;
mas quando, ousado amor! mais perto te seguia
te eclipsaste de todo; e o sol estremeceu!...

S. Cruz 22-11-93.

---

1 *O Divan Litterario*, Nova Goa, 15 de dezembro de 1893, ano 1, p. 3 [número 0 ou de apresentação].

2 Molhadas.

AVANTE! À MOCIDADE[3]

O génio das letras que o mundo enobrece,
a luz da ciência que trevas desfaz,
vos chama pra glória que não se esmorece,
que o mundo não veste de sombra falaz.

Envolva nas brumas a pátria olvidada,
ao jogo da inércia traz presa a cerviz;
erguei-vos, guerreiros da nova cruzada,
levai-a aos fulgores da aurora feliz.

Progresso!... é essa aurora de mágico brilho
que hoje fulgura no céu das nações;
segui-lhe, segui-lhe o áureo rastilho,
erguendo triunfantes os vossos pendões!

Avante mancebos na senda da glória;
é árdua a tarefa, mas não trepideis!
Avante! que um nome no livro da história
tereis, coroado de eternos lauréis!

S. Cruz 5-94

SALVE, RAINHA. A SUA MAJESTADE A RAINHA D. MARIA PIA DE SABOIA[4]

Era esplendor solar no imenso capitólio.
Era glória dum céu sobre a glória dum sólio.
Era assombro sem par nas amplidões brilhantes.
A grande nave erguia os hinos dos levantes.

3 P.D., *O Divan Litterario*, Nova Goa, 15 de maio de 1894, ano I, n.º 3, p. 19.

4 Paulino Dias, *Era Nova*, 1898, 12 outubro, s.p.

Compunha o universo as ovações sonoras;
Entoava a imensidade os cânticos d'auroras...
E além, sobre os degraus, na grande claridade,
se erguia, a cintilar de infinda majestade,
um perfil de mulher solene e extraordinário
imerso na mudez profunda dum sacrário...
A sua face mármore, extática e tranquila
tinha beleza heroica e forte que cintila
sobre o disco solar na glória dos poentes!
A sua fronte exprimia os sonhos transcendentes
que cimentam a paz das almas luminosas.
O seu lábio lembrava os cálices das rosas,
o seu colo de pomba a trescalar perfumes
tinha o etéreo palor da lua entre negrumes;
o seu olhar continha o esplendor deslumbrante
daquele em que diz – Virgílio, Tasso, Dante!
E ela fitava, não as pompas, os assombros,
As púrpuras reais a descer-lhe dos ombros,
as grandes ovações, os grandes brilhantismos,
mas longe, muito longe, os tristes cataclismos
na negra massa informe, a plebe hirsuta e nua
presa ao malho, à alavanca, à espada, à charrua,
a resfolgar no ardor de lutas impossíveis.
E ela viu pelo horror das solidões terríveis
a ignorância sem luz, miséria sem abrigo,
a orfandade sem lar e sem um braço amigo,
a indigência sem pão, agrura sem consolo,
toda uma escória imensa a se alastrar no solo,
aos frios, ao luar, ao sol, a chuva, aos ventos!
Vibraram-lhe a alma d'oiro aqueles sofrimentos,
doeu-lhe o coração esse martírio infando,
e do alto do sólio o azul do olhar baixando
com mélica expressão de infinita meiguice
do fundo de sua alma estas palavras disse:

— Ó meu povo que eu amo, ó meu povo que adoro
com esse amor ideal, atlético, sonoro
que inunda e doira a paz das grandes frontes calmas...
Tu que cinges na frente as triunfantes palmas
batidas, sem rival, nos embates profundos
dos espaços e sóis, dos oceanos e mundos...
Ó meu povo a quem nada oscila nem baqueia,
É meu o teu pensar, é minha a tua ideia,
É meu o teu penar, é minha a tua glória,
É meu o teu triunfo, é minha a tua história!
Tu vais aos negros céus, tu vais nos altos mares;
desfraldando o pendão da pátria pelos ares;
tu não voltas o pé em face das barreiras,
não dobras a cerviz sob hostes estrangeiras;
tu sentes no teu peito essa força absoluta
do direito consciente a lealdade impoluta...
e tu choras, meu povo, e tu gemes meu braço,
na aventura que abre a sua gotilha d'aço
e algema de teu pulso a força masculina!
E não vês despontar a aurora que ilumina
o céu azul do teu viver tão puro e santo...
E ver eu indiferente as bagas do teu pranto!
Tombares tu exausta em guedelhudas fráguas
e impassível ver em tuas convulsões e mágoas?
Se não é crime a fonte e labéu a indigência
é crime a leviandade, é crime a inconsciência
que deixa a luz morrer nas cerrações escuras!
Eu serei para ti a sombra das verduras,
Mais a asa que açoita e o ninho que acalenta.
Eu serei para ti aurora na tormenta,
e a estrela polar que brilha nos desertos.
Eu guiarei na treva os teus passos incertos
pela senda que leva ao tempo de bonança
Eu sei para ti o farol de esperança,
Ó meu povo sem par, colosso de heroísmo,

Que incendido de amor, abnegação, civismo
Lutas por tua pátria, e velas por teus reis!

E ela desce do azul, do sólio, dos lauréis,
à treva, ao descampado, ao enxurro, à mansarda,
ronde rola a miséria, e aonde o crime aguarda
afiado o dente a presa esgrouviada e nua!
A sua mão tão doce e etérea como a lua
verte em flocos a luz, verte em flocos a vida
na triste, eterna pária, a plebe desvalida;
veste os rotos, os nus; aclara os ignorantes,
os proscritos açoita e agasalha os infantes;
derrama em toda a parte o azul dum paraíso,
em cada fronte o gozo, em cada lábio o riso,
em cada peito o amor, em cada alma a ternura?
em todos a esperança, em todos a ventura?
E quando ela perpassa olímpica, sublime,
suspensa a flor do olhar, essa luz que redime,
um mundo alevanta o tampo doutro mundo,
estremece a amplidão um coro tremebundo
de preces até os céus, de hosanas até os astros!
Soa um hino de amor por pedras e alabastros;
colhe um fulgor de êxtase as turbas rumorosas;
abrem-se os corações como as urnas de rosas,
e o velho, o moço, o infante, a débil criancinha,
erguendo a ela as mãos, bradam – SALVE A RAINHA!

MUSA INDIANA SOBRE O CADÁVER DO POETA ÍNDIO LEOPOLDO FRANCISCO DA COSTA[5]

E é meu fado carpir os fortes que baqueiam...
E é meu fado cantar as glórias que decorrem!

---

5 Paulino Dias, *Era nova*, 1898, 21 de dezembro, s.p.

Erguer a voz em luto, e cingir de elegias
os colegas que vão, os amigos que morrem...

Antes a lira em pó, o estro feito em nada
vagasse emudecido à sombra das negruras,
do que vir embalar com trenos lacrimosos
cadáveres que morde o pó das sepulturas;

e teu cadáver, teu! ó desditoso amigo!
Massa arrojada aí para as larvas imundas,
onde a Vida estrugia assim como um Vesúvio
numa plena erupção de conceções profundas!

Absurdo, falsidade, ilusão, utopia!
que os proscritos embala em leito de esperança;
eis tudo! O desenlace é a trágica hecatombe
que incinera e aniquila os sonhos de bonança.

Não mais a lira, não! Não mais a voz e a pena
erguer-se-ão em prol do direito da justiça;
quem dorme não desperta; as campas não abala
do universo que sua a interminável liça.

E tu dormes, poeta! E tu dormes, amigo
o sono que termina, ai! Só na eternidade...
Cedo esgotaste a taça amarga do martírio,
cedo estiolaste a flor de tua mocidade.

Lidamos, braço a braço, em lutas malfadadas;
o mesmo ideal e crença iluminou nossa alma;
mas tu foste primeiro, e tu foste sozinho
colher na eternidade a triunfante palma.

Tu foste, mas foi só do seio das tormentas
à grande, à eterna paz de espaços infinitos;

E a paz da eternidade é a glória dos eleitos,
a luta pela vida é a luta dos precitos.

O teu fado é o meu fado, a tua sina é minha...
O teu condão retrata o meu cismar constante,
e eu sinto em meu seio o germe da catástrofe
que, implacável, parou teu caminhar ovante...

Tu me precedes, vai!, do túmulo para a vida;
a vida é a luta enorme, a vida é o tormento.
Tu me procedes, vai!, ao túmulo da morte;
A morte é a vitória, a morte o esquecimento!...

À MEMÓRIA DE THOMAZ MOURÃO GARCEZ PALHA, BARÃO DE COMBARJUA, FALECIDO A 25 DE MAIO DE 1904[6]

Mestre! venho chorar ao pé da tua campa.

Na vereda sem lua, e a perigosa rampa,
onde às vezes se passa em lutas sertanejas,
ouvi dobrar um dia os sinos das igrejas…
E, de pé, eu rezei por quem fora do mundo.
Mestre eras tu!...
Ao fim dum martírio profundo
na azinhaga da vida, às lutas, aos embates
da sorte má, por sob o fumo dos combates
tu caíras vencido... A tua alma boa
subira aonde Deus prepara uma coroa
a quem sobe o calvário escabroso da glória.
E tu, tu foste, mestre! um luminar na História!
Oh! que tristeza vasta à luz das alvoradas…
quando o sol sobe em rosa, e tintas irisadas
d'ouro, no fundo azul, desatam... em esplendores.

6 Paulino Dias, *O Heraldo*, 24 de junho de 1904, p. 1-2.

Que vazio sepulcral nas corolas das flores,
e pávida mudez no indeciso dos ninhos…
Descia o orvalho em pranto às sebes dos caminhos.
Expiravam ao longe uns soluços agudos,
vagos sons de quem vai chorando... e carrancudos
e fatais, pela torre, os sinos badalavam.
Almas que tu formaste, olhando o céu, choravam,
almas onde plantaste as florestas da Ideia;
uma crença, um exemplo, um livro, uma epopeia!
Mestre, a Ciência chora! e ao pé da tua cova
a Lira de Arte jaz... a lira sempre nova
que entre as tuas cãs brilhava como d'ouro…

Que pesado caixão atrás do longe coro
dos padres e os irmãos em lúgubre coorte?
És tu, mestre, que vais dormir no chão da morte.
Vai, fatigado, vai onde está o repouso.
Português! quando a Índia, em um porvir brumoso,
torcer as mãos em choro, olhando em vão os astros,
há de lembrar de ti; por sobre os alabastros,
aonde está gravada a tua fé e crença,
há de ela ir vazar a mágoa, a mágoa imensa,
e pedir à tua campa o raio dum protesto!
Mestre! desceste breve o poente funesto.
Em ti caiu por terra um roble da Ciência,
do Trabalho, da Fé... a velha Consciência
que não verga; antes volta... e eclipsa-se no olvido.
Ai! os que passam têm o olhar enternecido;
os que se encontram vão trocando frases mansas…
Sinto o torcer das mãos e o desatar das tranças
da viuvez, da orfandade... e pelo lar deserto,
a fronte baixa, ao pé do catafalco aberto,
olhos a contemplar tua fronte majestosa.
Cansado lutador, foste dormir na lousa.
Poeta! a pátria, o amor que cantavas fecundo,

por ti não cabe em mágoa; e o grande mar sem fundo
solta pelo horizonte um treno de amargura.
Não existes. É tua a campa, a sepultura,
o silêncio que gela, o silêncio que aterra.
Alma, subiste do céu; corpo, voltaste à terra!

Tinha a envergadura imensa dos guerreiros;
vasto como a sua alma... entre esquadrões inteiros,
marcado sobre a fronte a estigma dos eleitos.
Ó miragens de glória, e os deslumbrantes feitos
nos campos fora, azuis, das Ideias e assombros
evocados da História e a poeira dos escombros
por sua voz a vibrar tal como os sinos d'ouro…
E o silêncio da escuta! e, ao longe, o poento louro
e rubro sobre o oceano ardente de brilhar.
E um mistério de azul, sobre as plumagens do ar;
tudo, a envolvê-lo a ele, à beira dum caminho,
a falar, a falar, a devanear sozinho!
Dir-se-ia no seu lábio o oceano insondável.
Traços largos de amor sob um tema admirável,
à beira-mar, por entre o tumulto das vagas,
como um protesto contra a espuma pelas fragas,
contra as nações rugindo em lutas assassinas,
contra o sangue a ensopar os mares e as campinas!
E ele era grande em face os grandes horizontes,
os longes pastoris com fileiras de montes,
em face os campos d'ouro, as rochas em parada,
E os arrancos do mar [ ] a espuma doirada,
lutando braço a braço, o líquido e o granito!
Véus longos do amor subindo ao infinito,
era a sua alma a abrir tal como as florescências
no eflúvio do saber, as letras, as ciências,
quanto há de mais belo e humano e justo
a dimanar do seu espírito robusto!

Ó beleza que a morte emoldura de glória!
A beleza imortal cinzelada na História
A golpes que vibra a justiça das eras;
A beleza da alma azul das primaveras,
Era da alma do sábio, a alma do poeta,
Alta, como na arena o perfil dum atleta
Olhando, vencedor, as turbas assombradas!

Vejo-o, nas mãos um livro, as pupilas banhadas
dum orvalho tranquilo... a majestade augusta
da ciência verdadeira, a ciência robusta,
a ciência que ateia o progresso das eras,
a cingir, como um halo, as suas cãs austeras.
E ele, grave, a falar de convicção suprema,
a derrubar um erro, uma ideia, um sistema,
a iluminar um caos, reconstruir o mundo!
Vejo-o, a artéria em febre, e o largo profundo,
no laivo que traduz a aversão e o asco,
a fulminar do mundo o furor de carrasco,
a flagelar o Vício, a Infâmia, a Ignorância,
a vileza do mal, a obscuridão da Infância,
a lama, a corrupção, a vasa das rotinas,
e a obsessão fatal das almas pequeninas!
E era grande a sua alma ao esmagar o Mal,
Inda em meio da luta era a alma colossal
da bondade lendária... o morto ideal antigo
que feria e que dava a mão ao inimigo,
hoje cansada e vã... a alma portuguesa

Caiu como um herói ferido na devesa,
na banca do trabalho... o espírito tranquilo,
confiado, a sorrir, no glorioso sigilo
que aguarda a morte como um triunfo de glória.
Morreu legando à pátria a sua eterna memória,

aos discípulos seus o imorredouro exemplo
do seu trabalho vasto e claro como um templo,
cimentado ao clarão de ideias luminosas.

Desfolhai sobre as pétalas das rosas,
ó vós a quem o amor da pátria e da verdade
alaga o coração, e a boca da impiedade
arremessa na face o escárnio dos desprezos.
Vão-se turvando aos céus. Mais negros, mais acessos
hão de soprar do sul os ventos das desgraças.
Hão de sair do mar, largas como ameaças,
vozes de desespero em cima dos granitos.
Há de a força calar a boca dos precitos,
e quedar-se em silêncio a solidão cansada.
Ide então, ide vós a essa campa cerrada
como vão para um templo as longas romarias;
não vos há de faltar nessas horas sombrias
o arrimo da sua voz, falando d'além-campa.
Ele foi um dos que subiu a longa rampa
onde se deixa a crença e os pedaços da vida.
– Há de ainda soluçar sua alma enternecida! –
O poeta não morre, o sábio não se extingue.
Se foi do escárnio e olvido já inda quem o vingue.
É o Porvir, é o juiz imparcial da História.
O triunfo do justo é a eterna trajetória
por glorificações... e a adoração das eras.

Desatai sobre ele o azul das primaveras,
o perfume da flor e o riso das crianças.
Amava-as tanto! e tanto, a traçar esperanças,
sua alma dilatava, em vê-las, inocentes.
Frontes de aberto olhar, peitos intransigentes,
só vós sois os heróis, só vós sois os guerreiros
que perpassais colhendo os troféus verdadeiros
pelos campos da Paz, da Justiça e Verdade.

Sois vós que cimentais de azul a imensidade.
Pelo espaço infinito onde Deus crava astros
não cabeis, almas d'ouro... os vossos longos rastros
só os sabe e os contempla a eternidade imensa.
É nada para vós o átomo que incensa
pelo éter infinito, a Terra, o mundo, a História...
Para vós só o Céu, e a imperecível Glória!

PRECE A VITTALA.[7] IMITAÇÃO DE ANANTATMAJA[8]

Vi de longe a tua forma, Pandari![9]
Vi de longe... e que foi na minha alma,
calma...
Vem para mim correndo, vem Vittala?
Xexa[10] cansado as suas bocas cala
porque não pode descrever-te a ti.

Fiz a ablução sagrada em Bhivari;
vesti a faixa rala, e reverente,
crente,
eu vi o teu devoto Pandolica[11]...
Fui com ele... Vittala!... santifica
a minha eterna devoção por ti.

Entrei no teu pagode, aí, aí
onde está tua imagem pura, linda...
ainda

7 Divindade hindu, o mesmo que Vithoba.

8 Paulino Dias, *Luz do Oriente,* vol. I, nº. III, outubro de 1907, p. 75-76.

9 Outra referência à mesma divindade, dita senhor de Pandhari.

10 Rei dos Nāgas, um dos seres primordiais da criação. Canta de forma constante as glórias do Deus Vishnu de todas as suas bocas.

11 Ou Pundolica, nome masculino hindu.

não estou consolado, satisfeito;
vem correndo, Vittala, no meu peito
vaza uma doce adoração por ti.

Chego cansado e triste a Pandari...
– que formas que eu passei por todas as eras,
                    – feras! –
Tu dá-me a redenção, dá-me o descanso;
nos iugas e nos mundos eu me canso
e não encontro nada além de ti.

Tal como um caçador que a um moruoni
levanta a flecha e o arco esguio
                    – frio! –
vem para mim o caçador... é Kala![12]
mas tu me acode, salva-me, Vittala,
eu deixo só minha esperança em ti.

Eu sou o peregrino, eu sou o iogui;
sobre os teus pés descanso a minha fronte;
                    monte
és tu de compaixão, salva-me, Ananta[13]...
para os que estimas tua piedade é tanta!
– atende, escuta o que eu te peço a ti! –

ZAIU[14]

A sua boca parece a flor da romanzeira...
e um boto, ao ver o seu olhar chamou-lhe – lótus! –

12 Forma de Yama, deus da morte, divindade rigvédica.

13 Um dos nomes de Vishnu ou de novo referente a Shesha.

14 Bailadeira ou dançarina ritual de um templo com o nome de uma flor branca de Goa. *Luz do Oriente*, ano I, nº. IV, novembro de 1907, p. 109.

que linda e esguia como um caule de arequeira[15]...
Cheira a sândalo, a âmbar, e uns perfumes remotos

de eras que foram longe... adivinham-se ignotos
recessos de frescor sob a névoa ligeira
do pitambor que agita... ai, Zaiú! quantos votos
a Madana, por ela, a esguia baladeira.

E ela dança, morde-a o trilo da *murdanga*.
Pula, vibra, provoca... o pano cai do seio,
do colo e o braço mole... é quase seminua...

Mas cala o canto toca o tam-tam e a *charanga*,
Zaiú inclina o colo em um pudico maneio,
e, o pé descalço, vai pela poeira da rua.

QUADRA SIMPLES[16]

Ao Fanchú Loyola

Nossos sonhos de criança,
Leva-os todos a ilusão.
Só fica a esperança
Oculta no coração.

CREPUSCULAR[17]

Ó céus do meu país nos poentes d'ametista!
Porque eu não sou, meu Deus, a gaivota dos mares

15 Palmeira.

16 Paulino Dias. In: Antonio Francisco de S. A. Pereira. Álbum Literário para 1910. Nova Goa: Typ. da Minerva Indiana, 1909, p. 22.

17 Paulino Dias, *Revista Moderna, Religiosa, Científica e Literária*. Nova Goa: abril de 1909, nº 2, p. 31.

que abraça com asa branca os céus crepusculares,
e vai, tão longe vai e nunca mais se avista...

Partir também, voar, esquecer os pesares,
encontrar um solposto a clareira imprevista,
a torre onde se colhe o troféu da conquista,
e onde se vê subir o incenso dos altares...

Ó sol, ó sol, ó sol magnífico e vermelho!
nasci na Índia, ó sol... ao ver-te eu ajoelho...
que linda é a tua luz! Minha tristeza espanca.

Mas tão longe tu vais nos mares sem repouso...
Ó sol do meu país! Por um poente glorioso
aí se eu pudesse ser uma gaivota branca...

(Das *Morenas*)

AO PÔR DO SOL[18]

Descia o sol ao mar como galera d'ouro...
Ó poente, ó poente, ó palácio do jade!
que larga evocação de glória e claridade
continha aquele céu intensamente loiro...

Erguia-se um soluço imenso de saudade,
Parecia sorrir num sonho imorredouro
a terra extasiada... e assim como um tesouro
subia a lua o céu com eterna majestade...

18 Paulino Dias, *Revista Moderna, Religiosa, Científica e Literária*. Nova Goa: maio de 1909, n.º 3, p. 52. Republicado em *O Ideal*, 29 de janeiro de 1933, s.p.

Tocavam à distância o Angelus profundo,
Dir-se-ia que vibrava o coração do mundo,
que toda a criação humílima ajoelhava.

Então eu levantei o olhar enternecido,
e pareceu-me ver no vasto céu brunido
o puro olhar azul de Deus que me fitava.

VELHA GOA[19]

É aí na sombra a oriental cidade.
Minha alma não vás, deixa-a dormindo
na tristeza da intensa soledade
e nas lembranças do passado lindo.

Das cinzas esquecidas vás subindo
Como um incenso místico a saudade
Cai lentamente a flor do tamarindo...
e parece que cai da imensidade.

E a noite, a mesma noite eternamente.
Vai minha alma... – que luz por todo o mundo
Vê se acorda a cidade do oriente...

Mas que pena! Dos túmulos calados
não sobe nem um eco gemebundo
das armas e os barões assinalados.

---

19 Paulino Dias, *Revista Moderna, Religiosa, Científica e Literária*. Nova Goa: julho de 1909, nº 5, p. 86.

OTOMANA[20]

Etérea como um sonho de Canova,[21]
entre os folhos de gaze e a musselina,
dir-se-ia uma noiva florentina,
a espiritual visão da Vita Nuova.

Vai à mesquita em palanquim de seda
e tão sublime, Allah, se vai andando,
moslems se vêm a vê-la em longo bando,
e reverente a multidão se arreda.

Não viu ninguém sua face como pluma.
Ninguém a viu ao pôr do sol na bruma,
no terraço do sol cismar sozinha.

E quando o seu amante lindo vai beijá-la
levanta do seu véu a ponta rala
e toca a só como asa de andorinha.

DO KRISNA[22]

Disse Eshodi um dia
à linda Gopicá:[23]
– Ó linda Gopicá
por que não vais, ó ingrata,
com o leite à Gokulá?
Coitado, o meu Govinda,
que penas me dizia…

---

20 Paulino Dias, *O Commercio*, 1 de outubro de 1909, p. 6.

21 Pintor italiano (séculos XVIII-XIX).

22 Pritidassa, *Luz do Oriente*, vol. III, nº V, dezembro de 1909, p. 133-134.

23 Gopika (forma feminina de Gopi) é o grupo de meninas vaqueiras devotas de Krishna.

não brinca todo dia;
e se lembra de ti
em lágrimas desata. –

E disse a Gopicá:
– Ó santa Devaki,[24]
na aldeia dos pastores
foi muito o que eu sofri.
Malvado é o teu Govinda,[25]
malvado em Gokulá.
Se eu te dissesse ainda
como ele me tortura...
Puxa da trança as flores
solta o chólli[26] do seio,
e o pano da cintura
levanta-o até o meio.
Não deixa nenhum enfeite
no pescoço a brilhar...
furta as bilhas de leite!
Ó Devaki divina,
como eu posso contar...
a flauta pequenina
se ele põe-se a tocar
as gaulis[27] enlouquece,
o Narada[28] parece
do Vaicnuta,[29] a voltar. –

---

24 Mãe de Krishna.

25 Govinda e Gopāla são os nomes de Vishnu enquanto vaqueiro, geralmente dirigidos a Krishna.

26 O mesmo que chôl ou tcholl, corpete.

27 Ou Ahirs, comunidade agrícola do norte da Índia.

28 Sábio védico.

29 Vaikuntha é a morada celestial de Vishnu.

E lembra do Govinda
a linda Gopicá,
que ela suspira ainda
por ir a Gokulá.
Põe o cum-cum[30] na testa,
nos olhos o surmã.
Ai que bem feita e honesta
com os olhos pensativos
e a boca de romã...
Leva os seios cativos
no chólli de veludo:
e no Khrisna pensando,
no Govinda pensando,
sente um desejo agudo
de ir a Gokulá.
Depois fica chorando!
torce os braços morenos...
e que dedos pequenos
e o jeito de beleza
que outro igual não há...

É a noite em Mathurá.[31]
Lá fora cai a neve.
Batem a porta de leve
à linda Gopik.
E ela triste responde:
– Já não me resta nada,
vai a outra pousada,
há tantas, ratsurá! –
– Mas eu não sei por quê! –
soluça alguém na neve,

30 Ou Cocume, pinta na testa da mulher hindu casada.

31 Cidade no estado de Uttar Pradesh.

e vai batendo leve…
– Não tenho um bolo doce,
nem um figo maduro,
e até o leite acabou-se –
E alguém aí no escuro:
– Tens a boca vermelha! –
De novo diz a linda:
– Não tenho o mel d'abelha,
minha vaca malhada
anda tão mal, coitada…
fosse o sol-posto ainda! –
– Que doce é a tua voz,
e a tua porta fechada…
– Minha mãe ao mahéra
partiu na madrugada. –
– Pudesse eu ver-te a sós! –
– Sou nova e sou morena –
– Morena, quem me dera
teu seio lindo e quente…
fosse uma eterna pena,
sofria eternamente –
– Quem és tu, ratsurá?
de que país bonito
chegaste a Mathurá?
e estás calçado e aflito…
– Cinco anos tenho, ó bela,
perdi o meu caminho.
não tenho mãe nem pai –
– Ai! –
– Cinco anos tens, criança?
e estás aí, sozinho? –

Tremendo o seio dela,
moreno o seio dela…

e ela foi seminua,
com a comprida trança
e a face como a lua,
a linda Gopicá.
Mas quando abriu a porta
viu à porta sorrindo
o deus de Gokulá.
Ai que trigueiro e lindo
o deus em Mathurá!
O dos dias d'amores,
o das noites serenas
dormindo entre pastores...
ai, o amor das morenas
de toda a Gokulá.
E ele cinge-a com os braços,
e com tal arte a prende,
com perigosos laços,
que amor eterno acende
na alma da Gopicá.

CANTIGAS AO MANDOVI[32]

Meu rio muito lindo,
meu rio Mandovi,
eu te lembro sorrindo,
não me esqueço de ti.

Tu vens dos horizontes
donde sobe o luar,
ó Mandovi dos montes
que vais andando ao mar.

---

32 Pritidassa, *Luz do Oriente*, vol. IV, nº I, outubro de 1910, pág. 05-06.

És o rio dos amores,
Thirtas[33] e festivais,
dos campos e das flores.
Mandovi, onde vais?

Em tuas águas claras
se banham as Zaiús...
ai que belezas raras!
que tenros peitos nus.

Não sei que bem encerra
o doce nome teu,
e o colar da terra
és espelho do céu.

Ó Mandovi que és loiro,
que lindo litoral
às frotas todas d'oiro,
às naus de Portugal...

Pescador de Britona
que vais a Bicholim,[34]
traz-me na tua tona
areias d'oiro, sim!

Eu sou o marinheiro
que vai ao Acaró,
eu sou teu companheiro,
Mandovi que estás só.

Ai cascatas nos brejos,

33 Palavra sânscrita que se refere a lugares de peregrinação.

34 Nomes de aldeias de Goa.

Dudonem, Arvolem...
quem sabe se são beijos
que vais dando a alguém?

Tuas praias são de prata,
tuas águas são azuis;
e Deus por ti desata
os bandos de bulbuis.

Debulham as searas...
– quantas morenas vês? –
Ó rio das águas claras
já tens noiva talvez?

Um dia eu vi a lua,
– tão linda nunca a vi –
estava toda nua
e banhava-se em ti.

Na Velha Goa as torres
repicam à oração;
reza ó rio que corres,
tens alma e coração.

No campo ou vale ou serra
só me lembro de ti,
rio de minha terra,
meu rio Mandovi.

TROVAS A MATU[35]

Ó linda baixinha,
que lindo o teu chapéu,

35 Pritidassa, *Luz do Oriente*, vol. 4, nº. 4, janeiro de 1911, pág. 101.

– o antigo amor que eu tinha,
o meu amor morreu –

É fina a tua boca,
é fina a tua mão,
minha alma ficou louca,
bateu meu coração.

Com vestido de chita,
morena, onde é que vais?
– Ai que noite infinita…
que tu não voltas mais! –

E como tudo passa
o passado passou,
depois veio a desgraça
e a desgraça ficou.

Levadas que levei-as
como as ondas do mar…
noites de luas cheias
para mim sem luar!

Ai que montes, que montes…
Onde é que eu vou, meu Deus?
– eternos horizontes,
que não encontro os céus. –

Ó morena, ó morena
de lábios de rubi,
porque é que não tens pena
do que pena por ti?

NOTURNO[36]

É noite. Sai a lua
duma nuvem de cassa
e tão linda esvoaça…
– É uma lembrança tua –

Um aroma flutua
sobre a aragem que passa,
e vem com tanta graça…
– É uma saudade tua –

E a lua vai sorrindo,
e a aragem vai partindo…
Mas eu, na soledade,

só vejo a ti, criança,
ou seja em uma lembrança,
ou seja em uma saudade.

IMPROMPTO[37]

Há uma palavra entre as palavras puras
Murmuram-na os sóis na imensidão,
cantam-na aves ao ir pelas alturas...
É uma palavra linda – Liberdade –

36 Pritidassa, *Luz do Oriente*, vol. 4, nº. 10, julho de 1911, pág. 292.

37 Paulino Dias, *O Commercio*, 4 de outubro de 1911, p. 7.

ARDASSA[38]

Pano vermelho à cinta e o busto nu e altivo,
a linha a tiracolo e a negra trança solta,
de pé o pregador estranhas frases solta
e de repente fica a cismar pensativo.

Invoca Naraiana em um grito vingativo,
levanta o braço ao céu com gesto de revolta,
mas logo à submissão reverente ele volta,
como dum pensamento adorável cativo.

A turba imensa bate as palmas lentamente,
rompe o aroma do âmbar e do pivete ardente:
gritam por Mahadeva e Rama e Krishna e Upindra.

Avança então o Ardassa: exultam as fanfarras.
Entre os lumes de azeite, os guizos e guitarras,
ele parece um deus do paraíso de Indra.

PUTLIBAY[39]

Quando tu vens à hora do poente
Exilada do país horoastro –
Cuido que desponta um novo astro
e ponho as mãos, humilde como um crente.

Desfaz-se em rosas teu sari ardente
E é suave o teu colo de alabastro

38 Prece sikh. Paulino Dias. In: Alberto Figueiredo, *Almanaque Literario Indo-Portuguez para 1912*. Nova Goa, Typ. Arthur & Viegas, 1911, p. 4.

39 Paulino Dias, *O Africano: Almanach Humoristico e ilustrado*, coord. Antonio da Costa Junior, Adelino A. d'Abrunhosa Antonio da Costa Júnior, Adelino A. de Abrunhosa. Lourenço Marques, 1912, p. 73.

quando tu vais deixar um aroma, um rastro
que se guarda na alma eternamente.

Bem feita hás de ser tu sobre os terraços
co'a trança solta e os perfumados braços,
cantando os cantos do teu lindo Tran.

Crentes hão de parar pelos caminhos
e a pomba há de acordar os seus filhinhos
cuidando ser a estrela da manhã.

Nova Goa.

ADEUS D'AMOR[40]

I

Luz imaculada que eu sentia,
estrela d'oiro, a arder no pensamento,
abandonou-me a eterno sofrimento,
apagou-me pra sempre a fantasia.

Ó luz que eu vi piedosa como o dia,
quem m'a levou com um sopro virulento…
levanto aos céus em vão o meu tormento,
minha tristeza bebe-a a terra fria.

Não resta nem um sonho, nem um desejo,
tudo me foi sem um sorriso um beijo…
caiu desfeita em cinza a mocidade.

Mas ó ironia atroz que me tortura…
no coração cansado d'amargura
ainda existe límpida a saudade.

40 Pritidassa, *Luz do Oriente*, vol. 5, nº. 4, janeiro de 1912, p. 103-104.

II

Nem uma luz pela tristeza intensa.
– Ó saudade d'amor, minha saudade!
Que pena ver cair na solidade
um ilusão em que se sonha e pensa…

Em vão enxugo a lágrima suspensa.
Sopra o vento do mar! Meu Deus, quem há de
guardar-me puro o lume da piedade,
suster meu coração na noite imensa…

Florescem cactos ao luar profundo.
Quantos caminhos maus! Não há no mundo
um asilo amado de esperança e fé.

Mas minha alma, não vai entristecida?
esquece as glórias vãs, a terra, a vida,
levanta o olhar ao céu e espera e crê.

III

Descem chorentos os lentos desenganos.
Que tristeza sentir! Quem mo dissera
que eu iria colher na primavera
a morta flor dos desgraçados anos.

Sinto o tédio dos bárbaros tiranos.
Morreu no coração minha quimera.
Só resta a pena íntima e severa
que torturava os césares romanos.

Ó meu tormento solitário e louco!
Esgota-se-me o ser a pouco e pouco,
desço os degraus da sombra e da loucura.

Ai que triste morrer de mágoa esguia…
sem ninguém nos lembrar à Ave Maria,
sem ninguém nos chorar na sepultura…

IV

Esquecer, perdoar, são dois caminhos
que Deus nos fez piedoso pelo mundo…
esquecer, perdoar… são como os ninhos
que se escuta a cantar no céu profundo.

Em vão partimos tristes e sozinhos
por alcançar o eterno azul sem fundo,
que voltamos por cardos e os espinhos,
com as feridas no peito gemebundo.

Esquecer, perdoar… quem me perdoa?
ai quem me vem morena e suspirando
dar-me na vida uma imortal coroa?

É indelével a pena e o sofrimento.
Na vida que nos vai amargurando
só a morte é o perdão e o esquecimento.

RAMACHANDRA[41]

Ele tinha o olhar de lótus e de pomba,
as mãos cheias de anéis, e o sorriso tranquilo;
vinham gentes com oto e com sândalo para ungi-lo,
e Rishis, para o ver, como ao sol quando tomba.

Forte. Como os leões e os Gajas[42] d'alta tromba,
era vê-lo crescer num trágico sigilo,

41 Pritidassa, *Luz do Oriente*, vol. 5, nº. 9, junho de 1912, p. 257.

42 Elefante.

o peito vasto como a Brahmaputra[43] ou Nilo,
e o braço como a nuvem escura que ribomba.

Quando ia venerar os Agastis[44] profundos,
punha as mãos Ramachandra, de íntima piedade
se ficava de pé o senhor dos três Mundos.

Mas quando se partia ardente para a guerra,
ao vê-lo avançar tal como a tempestade,
dobravam-se os rajás humílimos por terra.

ASAS[45]

Amor, perdão, claridade...
Deus é bom, foi Deus que fê-lo
para sobre a soledade
cintilar o Setestrelo.
Se fecho os olhos parece
a branca pomba que desce
com asa branca dos céus.
O Amor, desejo profundo,
o Amor, o sonho do mundo,
o Amor, sorriso de Deus.

Eu creio no Homem ainda,
num amor glorioso e puro.
A minha crença é tão linda
por um tão lindo futuro!
A maré alteia, avança,
prevejo ao longe a vingança,

---

43 Rio do Norte da Índia.

44 Rishis.

45 Pritidassa, *Luz do Oriente*, vol. 5, nº.10, julho de 1912, p. 291.

aproxima-se o trovão.
Mas que vingança sublime!
que sobre as nódoas do crime
põe o bálsamo, o perdão.

Somos nós os navegantes
dos mares cheios de molhos.
Ai das pálidas amantes
de tristes, pisados olhos...
Nós temos cavado o abismo.
É o egoísmo, o egoísmo
que devasta o nosso lar.
Pela ilusão e a quimera
todos vão, ninguém espera,
e amar é sempre esperar.

PARTIDA[46]

– Ai que lindo o momento da partida! –
disse ele ao chegar... e ele chorava,
cheio de dor seu coração sangrava;
nunca fosse-a chegar na sua vida...

E tornou a partir. Era comprida
a estrada que de lírios se enfeitava,
mas a ilusão caiu como lava...
morreu sua esperança emurchecida.

Mas de novo partiu, e a tentese
da chegada se foi ainda meu forte,
dir-se-ia censurar-lhe a interesse.[47]

---

46 Pritidassa, *Luz do Oriente*, vol. 5, nº 11, agosto de 1912, p. 321.

47 [Sic] Conjunto de prováveis erros de transcrição que tornam este terceto ilegível.

E ao morrer, com a voz desenganada
soluçava – Fazei, meu Deus, na morte
que não chegue o momento da chegada! –

RECORDAÇÃO[48]

Dias de infância, azuis, perdi-os nos caminhos.
Mas onde foi, meu Deus! em que agudos espinhos
que nunca mais tornei a encontrá-los, nunca!
Levou-mos a traição, vi a sua garra adunca,
eu era crente, eu tinha as ambições douradas,
ardia no meu sangue a cor das alvoradas,
forças que nem eu sei; sentia o choque obscuro
da mocidade doida... abria-se o futuro
como bandeira branca ao meu olhar festivo.
Ó meus dias azuis, meu sonho primitivo
das conceições na relva e o tamarindo em flor...
tão longe mos levou o vento vingador!
Mas se volto eu os vejo atrás duma saudade
assim como se fosse em uma longínqua idade
e que a chorar por mim partissem muito longe...
E que tristeza! Eu sinto as aflições dum monge
vendo o mundo a bater as grades dum mosteiro,
e a ponta de revolta, um desejo guerreiro
de calcar as nações, ver povos gemebundos,
como o Nero cantar sobre o incêndio dos mundos...
e logo me regressa a visão solitária
de meu país sem nome e a minha alma do pária.

48 Pritidassa, *Luz do Oriente*, vol. 5, nº 12, setembro de 1912, p. 356.

DO ALTO DO CHANDERNATE[49]

Lentos ases santíssimos que eu vejo
no silêncio das terras desfolhados,
veios de pedra, cimos e montados
a olhar os céus no bruno sertanejo;

não sois pó sem sangue, sem desejo,
como os velhos cadáveres calados.
Vós tendes força, espírito, cuidados,
vibrais no ardor intrínseco dum beijo.

Eu creio, eu sinto... mansos, sofredores,
topos, montes, vós sois nossos maiores,
sois nosso sangue e o coração ardente.

E eu vos vejo os longes doloridos,
com a tristeza dos trágicos vencido
olhando para o céu eternamente.

PELOS VENTOS[50]

Tenho os chagados pés, estou ferido,
ó meu amor, ver dar-me a tua mão...
– por que estradas más ando perdido! –
quando hei de encontrar teu coração?
Pastores pobres dos montes
levai-me, também levai;
a minha pátria está longe,
não tenho nem mãe nem pai;
se eu morrer na vossa terra,
ó pastores, me enterrai.

---

49 Montanha em Goa. Paulino Dias, *O Heraldo*, 8 de outubro de 1912, s.p.

50 Paulino Dias, *Luz do Oriente*, vol. 6, nº. 1, outubro de 1912, p. 57.

Ai que remorso que eu sinto
das penas que eu penei...
antes morresse na guerra
pela pátria e pelo rei.
Que deu-me um amor perdido,
que glória que nem eu sei...

Ó ventos negros de julho
voltai das praias do mar;
há tantas penas na vida,
tantas mágoas por levar...
Ó ventos negros de julho,
levai-me longe do luar.

ILUSÃO[51]

Nos varandins de jade e de esculturas
quando às vezes eu vejo-as reclinadas,
macias como as noivas das baladas,
ideais, como as santas miniaturas,

que dor! vê-las sentir, cabeças puras...
que dor! vê-las sorrir, bocas douradas...
Quem sabe em quantas noites desmanchadas
se cobrem de doridas colgaduras?

E contudo vão leves como penas.
– Vento de mar não crestes açucenas,
não desmaies rubis, poente louro! –

E elas se inclinam e sorriem ainda,
e o viandante de as ver na tarde linda
julga que sobem ao céu estrelas d'ouro.

---

51 Priti Dass, *Luz do Oriente*, vol. 6, nº 3, dezembro de 1912, p. 125.

NA ASA DO VENTO (fragmento)[52]

Feliz quem não sentiu as horas de tormento
pelos dias azuis de sua mocidade...
dele há de ser a paz, o aroma, a claridade
pelas tardes da vida e as rampas luminosas.
Mas é o desastre, sangra o coração das rosas,
vejo na estrada louca os fortes descambando,
não sei que vento sopra os palmeirais cavando!
Onde é que vão bater, em que praia, que história?
vão picando corcéis por uma palma inglória,
tocam a trompa ao ar, suam nas cordilheiras?
E eles são os heróis de vitórias guerreiras,
os que rasgam o mar, dominam elementos.
O homem é mais do que o sol, a estrela e os poeirentos
cosmos de luz, de força, embriões de Matéria.
Gravita para a alma a criação sidéria,
submete-se o universo...

INVOCAÇÃO VÉDICA[53]

Onde é a Luz Eterna,
onde é o seu arrebol?
e assim como a lanterna
onde é o lindo Sol?

Onde é que ele reina
– filho de Vivashvat[54]? –
onde é a praia serena
em que é Maia e Mahat[55]?

52 Paulino Dias, *Luz do Oriente*, vol. 6, nº 4, janeiro de 1913, p. 157.

53 Priti Dass, *Luz do Oriente*, vol. 6, nº 6, março de 1913, p. 227.

54 Vivasvat é o arquiteto que projetou as moradas dos deuses.

55 Conceitos da filosofia do Vedanta.

Onde são os desejos,
onde é que o Soma está,
vazado nos festejos
e que outro igual não há?

Onde é o alimento
que nos desce dos céus,
mai-lo Conhecimento,
– e espírito de Deus? –

Ó Soma, ó Soma, ó Soma,
em meu sopro vital
entra cantando, ó Soma,
e tu faz-me imortal.

A BOA NOVA[56]

Cansado de pregar a palavra de Buda,
chegou Ananda ao pé dum poço, e – ó maravilha!
Ele viu Pracriti, da raça antiga e ruda,
afastada da borda a encher a sua bilha.

– Dá-me de beber – disse... E ela, estatica e muda,
fita o brâmane, põe ambas as mãos, se humilha
e diz – Senhor, eu sou Chandala! – Mas não muda
a figura do santo. E ele responde – Filha!

Não pergunto o teu deus, teu país, tua casta;
no oceano de Dor implacável e vasta
sei só que és minha irmã, e nada mais, mulher.

56 Paulino Dias, *O Heraldo*, 22 de janeiro de 1913.

Havia um imenso dó no seu olhar tranquilo.
Turbou-se Pacriti, extasiada de ouvi-lo,
e levantando a bilha ela deu de beber.

O CANTO DO LAVRADOR ÁRIA[57]

Nós hemos de colher a grande seara,
só com ele, o Senhor de quanto existe;
há de verter em nós a grande Lua clara,
e alegrar-nos se a nossa alma é triste.

Ó senhor da floresta e o campo e a veiga,
como as vacas dão leite, tu dás água
que nos é como mel, como a manteiga,
e que nos leva a invisível mágoa.

Que sejam as searas abundantes,
cheias de mel as nuvens, a atmosfera;
sejam chuvas nos campos, fecundantes,
seja a glória ao Senhor de esfera em esfera.

Levem os bois as cargas com alegria,
e o homem, que trabalhe alegremente;
o arado gema no raiar do dia...
e cante o lavrador pelo poente.

HINO DAS PRAIAS DE QUEGDEVELIM[58]

Que dizem os arvoredos
Às ondas brancas do mar?

---

57 Priti Dass, *Luz do Oriente*, vol. 6, nº 7, março de 1913, p. 251.

58 Praia em Goa. Paulino Dias, *O Heraldo*, 13 de maio de 1915, s.p.

Dizem entre si segredo...
– ai que lindo os escutar!

Se as noites sobre a areia
São molhadas do luar
– tem piedade, ó lua cheia
Não vás das praias do mar?

A tarde escoa morena
Toda a praia está a cantar.
Não venhas noite serena
Tanta alegria apagar.

Coro

Cantai pontas de palmeiras,
Espumas quebrai-vos no ar;
Conchas, caí sobre a praia;
– acode, vento do mar!

TRISTIS ANIMA[59]

Ai, que montes, que montes...
– onde é que eu vou, meu Deus? –
por longos horizontes,
que não encontro os céus?
Onde é que eu vou gritando,
por que país miserando...
por que eu nasci chorando,
e que destino é o meu?
Sinto um sopro de guerra,
por mim se eleva a serra,

59 Priti Dass, *Luz do Oriente*, vol. 6, nº 9, junho de 1913, p. 316.

por mim se cava a terra,
por mim se fecha o céu.

Dizem que a alma dum morto
regressa saudosa ao ninho
como a náu regressa ao porto
e ao beiral o passarinho.
Quem sonhou sonhos de amores,
quem colheu botões de flores
viu países tentadores,
eu sei, esse há de voltar.
Mas quem não levou da vida,
uma lembrança querida,
uma saudade perdida,
por que é que há de voltar?

PALAVRAS SIMPLES

(Ao Exmo. Dr. Miguel Caetano Dias)[60]

Vous êtes un homme.
Napoleão

Subir, sempre subir, mas enxugando lágrimas,
vencer, sempre vencer, mas tendo compaixão,
é o condão natural do poderoso espírito,
é o instintivo ardor do nobre coração.

9 – VII –13

60 Paulino Dias, *O Heraldo*, 13 de julho de 1913, p. 2.

DESEJO SIMPLES[61]

Tu veste o teu vestido azul-celeste,
ó meu amor, tu vai a beira mar,
e planta aí um ramo de cipreste.
Quando soprar o vento do nordeste
com o vento de nordeste hei de voltar.

Hás de ver minha imagem silenciosa
sobre uma nuvem negra a baloiçar
e hás de sentir o frio duma lousa…
então tu volta aflita e receosa
e acende duas velas sobre o altar.

Ó tristeza, ó tristeza quem me mata,
quem me reduz a cinzas e carvão?
mas tua lembrança é um luar de prata
sobre minha tristeza se desata,
revive o coração.

IRMÃS[62]

Tem a pose e o perfil das gregas esculturas.
Quando ela vai de tule e as rendas debruadas,
lenta e marmórea como as noivas das baladas,
param a vê-la andar as multidões obscuras.

Tem as formas, meu Deus! Tão clássicas e puras!
lendária... como outrora as pequeninas fadas,
cuido a vê-la cortar-se em linhas desmaiadas
sobre um fundo de crepe e negras colgaduras

---

61 Priti Dass, *Luz do Oriente*, vol. 6, nº10, julho de 1913, p. 343.

62 Paulino Dias, *Revista da Índia*, volume I, Julho de 1913 a Junho de 1914. Typografia Bragança & C.a, p. 100.

Quem sabe se será estatua florentina...
Parece até que vai numa missão divina
com o vestido de tule o seu cabelo loiro.

Ó mulher, ó mulher ideal e transcendente...
quem me dera colher como um lírio inocente
e guardá-la escondida em um escrínio de ouro!

II

É a virgem de Murillo. Os seus olhos profundos
dão a serena luz que só dão as estrelas;
e suas mãos de marfim, quando me fico a vê-las,
lembram tochas de cera e os jasmins moribundos.

Simples como as visões de gesto pudibundos
tem o lavis que se esbate e o toque de aguarelas,
e creio até ao ver as suas formas singelas
que Deus nela pensou quando criou os mundos.

Tocá-la? Não. É como o cristal e a faiança.
– Faz tão bem seu sorriso ingénuo de criança! –
– Faz tão bem de lembrar sua face entristecida! –

Esquecê-la? Jamais... É a pálida saudade
de um amor que nos morreu no azul da mocidade
mas que se leva sempre escondido na vida.

ILUSÕES MORTAS[63]

Às vezes ia buscá-la linda
o meu amor.
Talvez, quem sabe, me olhasse ainda,

63 Priti Dass, *Luz do Oriente*, vol. 6, nº 11, agosto de 1913, p. 373-374.

talvez sentisse,
a minha dor,
talvez sorrisse!

Vejo minha alma se vejo atrás.

Não sei que faço, não sei que penso
que vou pensando coisas tão más:
vejo um desastre descer imenso
sem luz, sem paz.

Ó minha vida tumultuosa,
ó minha vida sem uma estrela.
Mas que profunda é a fantasia...
enquanto é noite cuido que é dia,
beijo uma rosa
cuidando que é ela.

PALAVRAS A UM CRENTE[64]

Tua alma é como o abril bonito e estrelado.
Quando nasceste tu passara algum noivado
com gumates, thin-thin, e cantavam cantigas?
As tuas frases são como as loiras espigas
Dormes ao pôr-do-sol? acorda-te o arvoredo
às cinco da manhã, quando é ainda cedo
para a flor acordar, a virgem e o passarinho?
Muito perto do céu suspendeste o teu ninho,
nunca sentiste a pena e as sensações ardentes,
– como nos fazem bem as palavras dos crentes! –
tu da vida e do amor trazes muita saudade.
Que palavra, ó bardo, estranhas de piedade

64 Priti Dassa, *Luz do Oriente*, vol. 6, nº 12 de setembro de 1913, p. 407.

dizes a meu pesar incendiado e vermelho.
Eu fui crente também, ainda eu ajoelho
ao pé das criações perfeitas e admiráveis,
mas tão longe se vai, de ventos miseráveis
levada, a minha alma a um horizonte louco...
Junto do teu sonhar se eu sonhasse um pouco!
Mas tu voltas a mim o olhar compadecido,
e eu aprendo a viver de mim próprio esquecido,
não vejo a cinza, o fumo, e os povos arruinados,
olha meu coração, trago os olhos vazados.

CARANZALEM[65]

Os pescadores voltam do mar alto
e tantas fatigadas e trigueiras;
ventos açoitam linhas de palmeiras,
ondas batem as rochas de basalto.

Na praia os begarins, mais as peixeiras
fitam o mar com ânsia e sobressalto,
e ao verem o peixe lançam-se ao assalto
com palavras prosaicas e guerreiras.

Escorre o poente ao longe como azeite;
esbeltas senhoritas cor de leite
vem à beira do mar ver a batalha.

Entre as gentes robustas e marinhas
que pena faz-me vê-las tão magrinhas
as senhoritas de chapéu de palha...

65 Paulino Dias, *Luz do Oriente*, vol. 7, nº 1 de ourtubro 1913, p. 5.

A UM POETA[66]

Tens a alma de rajás, dorida e branca.
Lembras lírios, bandeiras,
a lenta vastidão das cordilheiras,
a força de alavanca.
Trazes no coração os ninhos estrelados.
Sombrearam teu berço os voos levantados
de águias reais.
Embalaram-te os ventos musicais.
De que país vens tu, vales de sombra,
com flores que deliram nos caminhos
arcos de mel e ninhos
na musical alfombra?
Trazes da madrugada a frescura nos ares
e as seivas triunfantes
dos robles seculares.
De país tu vens de clareiras distantes!

Cavador, cavador, ó Prometeu de ferro...
ó quando o pôr-do-sol arroxeia as colinas,
as mãos leoninas
porque levantas tu sobre um calado cerro?
Vive pra redenção e a tácita saudade;
na dor se diviniza a humanidade;
foge a fascinação fraudulenta da morte,
regressa à claridade
espírito de forte!
Mas tu és ainda criança... João de Deus,
quantas estrelas nasce pelos céus
pelas flores que morrem pela terra...
Se o amor é uma flor, também é estrela,

66 Priti Dass, *Luz do Oriente*, vol. 7, nº 2, novembro de 1913, p. 87-88.

tu choras? vai colhê-la,
criança, Antônio Nobre,
sê a alma de eremita e o coração de pobre.

Cavador, cavador, é a hora do trabalho,
desperta!
a luz entra a cantar pela janela aberta,
cai a cacimba e o orvalho
fecundo,
parece até que chora e que soluça o mundo.
Abre-se flor dos pandanos de ouro:
eu quisera que a Dor fosse um tesouro
no coração humano.
Lembra o trabalho, a ceifa, a cordilheira,
o pólen a partir por uma noite inteira
a busca de uma boca tentadora;
lembra que há uma aurora
por cada noite pálida e agoureira.
– É o homem de si próprio o insistente tirano –
Volta para a beleza, o sentimento, a glória
hás de achá-la, poeta,
com uma grinalda feita
duma imortal vitória.

Hás de encontrar o amor, laços de seda,
pandeiros e curiosos,
passarinhos pousados na alameda
e pedaços azuis de paraísos.
Com o Amor Deus nos lembra a inocência perdida,
e faz com que a mágoa
não seja simplesmente um soluço na vida
– E quantas penas há que são levadas de água! –
Ó viajor solitário,
para se ser a força e o exemplo

é preciso expulsar os vendilhões do templo,
e subir o Calvário.

ÚLTIMA PRECE[67]

Todas as portas bati chorando,
nem uma porta deixou-me entrar,
– tantas estradas que fui andando! –
todas estradas tinham espinhos,
caíam folhas nos meus caminhos
e rosas brancas a desmaiar.

Ó maus caminhos que eu tenho andado...
e tantas penas que de as sentir
há quantos anos que estou caçando.
Dai-me uma esmola, dai-me um abrigo,
minha alma é fria como um jazigo,
dai-me uma cova, quero dormir.

Rasguei nos montes minhas sandálias,
ai como os homens ingratos são!
deram-me espinhos, não deram dálias;
e eu que sonhava doidos amores,
e eu que colhia botões de flores
trouxe em pedaços o coração.

Voltou-me as costas a madrugada,
cobriu os olhos com as mãos o sol,
foi de repente noite fechada...
e toda noite velas de enterros,
gentes descendo montes e cerros
e o meu cadáver sob um lençol.

67 Priti Dass, *Luz do Oriente*, vol. 7, nº 4, janeiro de 1914, p. 147-149.

Meus pés de chagas se revestiram
tal como outrora do Santo Assiz,
todas estrelas se dividiram.
Não tive uma alma que me dissesse
– por que te perdes? e me viesse…
Ó almas negras de meu país.

Foram-me os sonhos a pouco e pouco;
mas tantos sonhos por que os sonhei?
se ainda soubesse porque fui louco…
Há trinta anos que vou na vida…
a que tristeza foi dar, perdida,
a minha alma, que nem eu sei?

Foram-me os sonhos d'águas levados;
ai que naufrágio do meu amor!
que punha neles os meus cuidados.
Escorrem queixas e gritarias
e mãos se apertam nas agonias,
ai que naufrágio sem uma flor!

Estão fechadas todas janelas,
uma era minha e era azul.
Ao pé da igreja há irmãos com velas,
tem uma tumba, por quem esperam?
por mim de certo todos vieram,
leva-me longe, vento do sul…

Se apalpo as trevas encontro goivos,
onde as merendas de meu jardim?
colheram todas as mãos de noivos?
Que ingrato é o mundo! Estou perdido,
com esta pena de ter nascido
com esta tristeza que não tem fim.

Todas as campas bato gemendo,
ninguém desperta, não vem ninguém;
todos ficaram adormecendo.
Também sofreram, estão cansados,
também choraram, estão calados,
ai quem me dera dormir também!

NA PRAIA DE ALGAS[68]

Como os paquetes de longínquos fumos,
um norte, no terror de águas marinhas,
assim as ilusões perdidas minhas
partem nas ondas com perdidos rumos.

Vai-se-me a vida dissolvendo em grumos,
– ai meu país, suaves andorinhas! –
Perdeu-se o meu beiral, lindas vizinhas,
deita a amoreira denegridos sumos.

Esperança que vais morrendo longe
de que me vale viver tal como um monge
de joelhos ao pé de um frio altar?

Jesus, lindo Jesus, aponta um norte
às vidas que tu levas para a morte
e os paquetes que levas pelo mar...

BÁRBARA[69]

Nos seus calções de seda há crescentes de lua,
e de suas tranças caem bárbaras pedrarias;

68 Priti Dass, *Luz do Oriente*, vol. 7, nº 5, fevereiro de 1914, p. 175.

69 Priti Dass, *Luz do Oriente*, vol. 7, nº 8, maio de 1914, p. 267.

cheira a incenso de Meca, a Caaba e moirarias,
faz lembrar o *diu-diu* e a cimitarra nua.

Arde o seu olhar como uma terrível pua,
– Que evocação de noite, e as florestas sombrias! –
O seu perfil desperta as doidas nostalgias
de incêndios pelo escuro e a mortandade crua.

Viu dos balcões de jade os saques, as carnagens,
viu os barbados reis montados em ginetes
por seu lascivo olhar morrerem nas paisagens.

Viu cabeças de heróis rolar nos seus terraços;
e ao pôr-do-sol atrás de longos minaretes
beijou-lhe o vencedor de ensanguentados braços.

MINHA ALDEIA[70]

É bonita a minha aldeia
– tão bonita ao pé do mar! –
casinhas brancas d'areia
que em noites de lua cheia
parecem feitas de luar;
e arvoredos e palmeiras
e raparigas trigueiras
que nos fazem suspirar.
Ó minha aldeia florindo
tal como os trevos da serra!
ó montes da minha terra
e os rios que vão partindo
com águas de prata ao mar...

70 Paulino Dias, *Luz do Oriente*, vol. 7, nº 10, outubro de 1914, p. 334-335.

É bonita a minha aldeia
com cravos à madrugada.
Linda é a luz alvoroçada
sobre a terra que clareia.
É o silêncio nos ares,
pombas se partem aos pares,
e com as nuvens partindo
o céu se fica tão lindo!
Boiadas vão tintinando,
e aves acordam trinando
por todo o imenso palmar.
A terra inteira estremece,
parece que alguém a beija.
– As vezes a terra é igreja
com um Deus sublime no altar –
E que santa a sua prece
quando o sol vai apontar…
Flores se abrem uma a uma,
abre-se o céu colorido,
parece criança a olhar.
A luz é um branco vestido
de noiva ao ir ao altar.
Partem suspiros na bruma,
solta gritos a tapada,
e a gente acorda pasmada,
e a gente duvida ainda
que seja na terra linda
simplesmente a madrugada.

ROSA[71]

O seu baju tem fitas cor de rosa
e é todo de rubís seu adereço;

---

71 Priti Dass, *Luz do Oriente*, vol. 8, nº 2, fevereiro de 1915, p. 43.

seus braceletes são joias sem preço
contudo tem um simples nome – Rosa.

O seu macio olhar não o mereço,
mas fita-me, sorri e vem saudosa
quando a manhã aponta rumorosa
e o sol afaga o palmeiral espesso.

Canta como os bulbuis – e que cantigas! –
ficam a vê-la todas raparigas,
morena com o baju e as tranças pretas.

E de vê-la a cantar tão brandamente
o céu se põe vermelho no oriente,
e toda a terra cheira-me a violetas.

SOUVENIR BLEU[72]

Fui o Crishna querido
das Gopicás morenas,
e tive um reino azul num palmeiral perdido.
Ricas noites serenas
de sataras chorando,
as Gopicás cantando,
de desejos de amor o coração ferido.
E moles tranças, ricas tranças, grandes tranças
perfumadas do pat e os rosmaninhos,
e desatadas no calor das danças…
Ó dessainas, claras como os linhos,
avistadas no meio de festejos
com as bocas pedindo os escondidos beijos.
E as eiras, muitas eiras,
raparigas voltando

72 Priti Dass, *Luz do Oriente*, vol. 8, nº 3, março de 1915, p. 79.

em agitado bando
com as manilhas a tinir, trigueiras.
Sonhos de coração, lindas pestanas pretas,
moreninhas na relva a apanhar borboletas…

DES HYMNES BARBARES II[73]

Gloire à toi, Baghavati!
Mère,
Tu as le ventre rempli de mondes,
Tu as le nez et le asseles profondes
Où s'en roulent les créations…
Et sous ta paupière
C'est l'esprit
De productions et de reproductions,
Baghavati!

Charme
Mon coeur languissant et malade!
Je suis un vaisseau oublié en rade…
Frappe-moi de ton souffle,
Jete-moi un grand cri d'alarme,
Coupe-moi, insuffle
Un grand amour ou une grande haine;
Vers la source du "oui" me mène

Victoire, Baghavati!
Tu es brune
Comme les lointains du Pays du Sourya,
Et comme sa nouvelle lune,
Tu as
Deux croissants qui sont tes seins, Baghavati.

---

73 Priti Dass, *Luz do Oriente*, vol. 8, nº 4, abril de 1915, p. 111.

Je me prosterne devant ton front,
Et devant ta bouche rouge.
Tu es un mont
Aux grottes parfumées,
Aux remparts hardis,
Toujours ombrés sous des ruidis;
Où est le refuge
De toutes illusions et de toutes huées,
Baghavati!

DAMAYNTI SINGS SOFTLY[74]

Alone in the forest,
My spirit is low,
– My love is afar –
Ó mother of mine,
Where are you my mother?
My love is afar.

Could I be but dead,
And laid in the forest…
– From my love afar
How dreadfull to die! –
Ó father of mine,
My love is afar…

A dreadfull slumber
Came down on my eyes,
My love went afar.
When open my eyes
All forest was sad,
– My love was afar! –

74 Priti Das, *Luz do Oriente*, vol. 8, nº 5, maio de 1915, p. 141.

Now lonely I am,
All darkness is mine,
My love is afar.
– My mother remembers?
My father forgot me –
My love is afar!

RIEN![75]

Plains-moi, cloche aux cris lointain!
Je suis mort et je suis enseveli,
Gantées les deux mains
Sur le coeur meurtri
Et sur un songe anéanti;
Pleure-moi, cloche aux cris lointains!

Je ne me réveillerai pas sous les aubes,
En entendant le coq chanter rouge!
Placé tout bas,
Las,
De l'ébranlement et des scintillations des globes
Sous ton écho chrétien
Je rêverai… à rien,

Quelqu'un a vous dit, cloche au bronze dur,
Qu'un fou est mort?
Et tu frappes fort,
Tu remues tout le pays accablè,
Pour jeter au mort un anathème irrité;
– Et plains-tu? –
Ou ris-tu aux larmes devant l'azur?
Qu'est-ce?

---

75 Priti Dass, *Luz do Oriente*, vol. 8, nº 6, junho de 1915, p. 170.

Tu frappes toujours, cloche du clocher chrétien.
– Tu pleures ou tu badines? –
Ce ne sont que des choses enfantines
Que renverse ta bouche
Sous un semblant farouche...
Tu ne réveilles rien,
Et tu ne dis... rien!

NARI[76] (FRAGMENTO)

Eu vi reinos ao sol, de límpido renome,

maharajas a descer, descalços, com cajados,
cantando, como heróis nas rampas das colinas,
– *os suriapan* a arder sobre os tratos cendrados –

Donde a noite caiu com asas assassinas!
Tão mal senti na boca a profunda amargura
que já morreu-me a fé das horas matutinas.

Ó hinos à Agni pelas sombras divinas,
dos pagodes de oiro! E as lindas preces santas
às formas de Aditi com as mãos peregrinas.

– As memórias azuis voltam-me tantas, tantas! –

Cala a mulher a mulher esfarrapada, num estremecimento de apreensão e dúvida. Sente-se solitária. Tateia em vão. De repente lembra um passado iluminado e fluido...

Mas onde é que isso foi, em que paisagem augusta
com o trevo se abrindo, os carreiros, gargantas,

76 Priti Das, *Luz do Oriente*, vol. 8, nº 7, julho de 1915, p. 203-204.

da florescência arder, nos corymbos, robusta,
e o mogareiro branco e virginal florindo.
Em que idade de força intensamente justa?

Lembro-me ainda bem da luz branca sentindo
e o busto dos meus pais, humildes, nos carreiros,
ao pé da sua choupana os deuses pressentindo.

Não vinham galopando as linhas dos guerreiros
dando o discote ao pária e insultando os vencidos;
juntavam-se na tarde ao pé dos moringueiras.

unindo alegremente os corações sentidos.
Donde a ruína caiu cavada e veemente!
Com as vacas eu vi, os do tilaca ungidos.

pondo slocas no monte e os tantras tristemente,
Vi corvos a descer, asas cheias de treva,
presos do mantra à boca infame da serpente…

– Horror, horror! horror! linga de Mahadeva!
Não me sai da memória a Cali furibunda
com o calor de sangue…

NA QUEDA[77]

Estou no abismo, sinto os ósculos de Judas.
Ó Ser, ó Vida, ó História! a redenção é um mito?
Não me levou da fronte a mancha de precito,
Ouço um choro imortal e raivas carrancudas.

Mas donde veio a fé dos Maomés e Budas,
Que foi que lhes floriu extático e bendito?

77 Priti Das, *Luz do Oriente*, vol. 8, nº 8, agosto de 1915, p. 233.

Quem dera a claridade... Ó vitória, ó infinito
Como um templo a se abrir de altar torres agudas!

Mas é o baixamar e a noite que não passa.
Dum lado é a mesma mão eterna da ameaça
E doutro a rebelião do ser negro e perverso.

Quando é que há de cair a noite vingadora?
Cristo! ou volte a romper uma frondosa aurora,
Ou volte a arrasar para sempre o universo!

VAIN REGRET[78]

Pourquoi veux-tu retourner, ma pauvre âme,
Au sentier mort? Que veux-tu y trouver?
Hélas! Éteinte est l'ancienne flamme.
Seul un soleil dur je vois se lever.

Et cependant, combien de temps peut-être,
Cette illusion je l'ai portée au couer;
J'y croyais. Pour elle tout mon être,
Regardait Dieu, s'étalait en douceur.

Et c'est fini. Demain, seul sur la plage,
Je serai, moi, debout, farouche moi,
Prêt à l'ancien, sarcastique voyage;
– Et peu à peu disparaîtra ma foi... –

78 Priti Dass, *Luz do Oriente*, vol. 8, nº 9, setembro de 1915, p. 267.

COPTAS ÍNTIMAS I e II[79]

I

Sobre o tronco desta árvore, esculpida
deixo tua imagem límpida e distante,
e a teus pés a minha alma enternecida.
O incenso que te dou é incessante,
Aceita-mo, visão desconhecida!

Trago na mão escondidos
dois brincos do Malabar:
numa mão é o teu sorriso,
noutra mão o teu olhar.

II

Foi um dia de rosas e esperança
quando ao umbral da minha alma tu vieste,
com um sorriso e a sombra da tua trança.
Dois astros tinhas tu no olhar celeste
e a compaixão no peito de criança.

É bonita a romã, é a tua boca,
o lótus é suave, é o teu olhar;
mas a que flor eu hei de comparar
tua alma?

COPTAS ÍNTIMAS III e IV[80]

III

Por teu sorriso veio soluçando
de longe a minha alma entristecida

---

79 Priti Das, *Luz do Oriente*, vol. 8, nº 10, outubro de 1915, p. 298.

80 Priti Das, *Luz do Oriente*, vol. 8, nº 11, novembro de 1915, p. 331.

e de encontrá-lo foi-se transformando
em sonho que não passa a minha vida;

Escondido no vestido
levaste o meu pensamento,
– Santa Isabel! –
Êxtase entristecido,
tiveste o meu sofrimento...
transforma-o em muitas flores,
em amores,
– Santa Isabel! –

IV

Hás de partir em breve, e eu sozinho
hei de sentar à sombra da palmeira...
– ave d'oiro! – há de estar deserto o ninho!
Mas sem o santo olhar da companheira!
como é que eu hei de ver o meu caminho?

Olhai, que vai tão suave,
parece Damaianti.
ambas faces cor de rosa,
pequenina como a rosa,
e mãos que iguais nunca vi...

LIBERTAÇÃO[81]

Anne! Glória a Bagavana! A jarra está partida,
– cheio do Paramátma o éter ao éter volta –
dos laços da Existência o viandante se solta
e vai a identidade infinita da Vida.

---

81 Priti Das, *Luz do Oriente*, vol. 8, nº 12, dezembro de 1915, pág 380.

Saber é ser. A alma é a essência perdida
por um mar de Ilusão, de Crença e de Revolta,
com o saber somente é que ela fica em volta
na eterna aspiração à Luz indefinida.

A jarra está partida. O pensador profundo
sobe em éter desfeito, em fumo lentamente,
sem um laço o prender, desligado do mundo.

É intenso o poder da Absorção e a Ciência
libertam da Miséria a alma reverente
e voltam-na ao calor da Infinita Existência.

NA PALHETA SIMPLES[82]

Tens noth perlado
e és cor de rosa,
bonita rosa
do meu cuidado.

Cheio de graças
é o teu cabelo
que fico a vê-lo
quando tu passas,

(em uma linha
partido ao meio)
Pequeno seio
que é de rainha...

É de veludo
– vermelho chole –
Eu sinto-o mole

82 Priti Das, *Luz do Oriente*, vol. 9, nº 1, janeiro de 1916, p. 10.

de longe, e mudo

fico a olhá-lo...
Não vai fugindo,
ficas sorrindo,
deixas fitá-lo!

BAILADEIRA[83]

Eu chamo-lhe "Zaiú" nos poentes de lacre.
Vem com aroma selvagem de bétel,
E o seu chól de veludo negro tem uma orla alacre
De oiro alto e grosso.
– Zaiú, com meias-doblas no pescoço! –
Foram furadas por ourives de Cansarpale,
Fizeram-lhe doze fiadas de guizos...
E com eles ela anda. O bétel põe-lhe na boca
Sanguinolentos sorrisos.
Flores do Champaca puseram-lhe uma touca
Com grandes pastas amarelas.
– As tranças de Zaiú são um mar negro
Com espumas amarelas –
Ela me há de abanar com a orla de seu pano.
Hei de sentir, agressivo e tirano,
O oto com que untou a pele quente
Depois dum banho com água excessivamente fria,
magnífica no maio ardente.

Ó Zaiú, meu alívio no Canará!
Vem cantar coplas ao dessai de Calapura,
Hei de deixar açúcar e água pura
Dos pés de Vitobá,

83 Priti Das, *Luz do Oriente*, vol. 9, nº 2, [fevereiro] de 1916, p. 35-37.

Para tu a sorveres, suspirando mantras
dos iôguis de Maturá.[84]
Por teus pés com trinta argolas nos artelhos
Hei de estender tapetes vermelhos,
Hei de queimar pivetes,
Hei de mandar desfolhar flores cor de rosa,
Quando tua voz profundamente voluptuosa
Estremecer, saindo pelas arcadas,
Os altos minaretes.

Ó Zaiú, vai a noite langorosamente mole.
Dormiram as bavinas,
Ardem com pouco azeite as lâmpadas divinas
Do deva Ravalnata.
Tira a tua cinta de chapas de prata,
Faz descer grossas manilhas pelos cotovelos.
– Das torres do champaca
Liberta os teus cabelos –
Sobre o meu leito de sándolo (sândalo?) e de laca,
Zaiú! adormece, sonhando em danças
Nos pátios de nababoe.
Sonha nos grandes oiros que pesam sobre as tranças,
Sonha nas feiras onde vendem brinquedos,
E sonha nos teus próprios dedos
Chupando-os os rajás de Vijnagar.
Sobre o teu sono vou agitar penas de pavão,
No teu sono vou pregar cucume
Sobre o lugar do teu coração.
Quando acordares hás de ficar sobressaltada,
Hás de olhar por todos os lados, mas em vão,
Que há de ser a teu lado só a grande madrugada
Ferida da violência solar;

84 Cidade no atual Uttar Pradesh.

Ondas de oiro fremente
Caindo incessantemente
Sobre as ondas verdes espumantes do palmar.

ALMA DE MULHER[85]

Graciosa, Xáma, de sari em leque com cauda de pavão, noth poderoso e guizos de prata ao tornozelo, veio na madrugada de janeiro ao charco dos lótus brancos. Adens vinham ao longe trazidas por pastorinhas trigueiras. No céu, uma estrela, líquida...

ESTRELA

Levantou o sari à orla da água, Xama.

XAMA

Que branquinha tu és, saloc que estás abertas...
pareces minha alma...

A COBRA DE ÁGUA

O coração que ama
não tem veneno, não.

XAMA

Pela várzea deserta
vai partindo e partindo a minha fantasia.
O meu marido foi à tirta do Campala,
prometeu-me voltar antes que fosse o dia,
antes que fosse o dia...

85 Priti Das, *Luz do Oriente*, vol. 9, nº 3, [março] de 1916, pág 65-70.

ADENS DA VÁRZEA

o bico alto em cima das espigas de arroz
Que linda seda rala
ó Xama, tens vestido… E o chól que é tão estreito…
– lindos quinze anos teus, pequenino é o teu peito –
aquela estrela aí, maldosa e tão distante
pousasse no teu nôt…

A ESTRELA

A modestos amores
eu dou a minha luz piedosa e incessante.

XAMA

Ó saloc, só tu és a mais santa das flores.
Que bem que fechas tu quando sobe as palmeiras
o sol malicioso…

A SALOC

A rosa das roseiras
colhem-na por ser bela e porque sorri tanto.

A COBRA DE ÁGUA

O charco cheio de água é a água do meu pranto
– deixa-me ainda lavar na eterna claridade! –
Pracriti, minha mãe, me ensina a ser obscura
É aqui que hei de encontrar a distante verdade.

XAMA

Meu amor, onde vais?

A BRISA

colhendo beijos dos cravos que se abram aos
milhares nos campos de hortaliça.
Não se esqueceu, coitado,
no seu olhar eu vi a esperança e o cuidado.

XAMA

Quanto mais longe a levo, a minha alma o procura.
Nem eu sei bem por quê, só me falou um dia,
mas eu respeito-o tanto! e quando ele se parte
atrás dele se vai a minha fantasia

A ESTRELA

O amor, o amor, o amor nos prende com tal arte

XAMA

Hemos de ir ao Sigmó e as noite de natoca
pelo Margaxirá, com ricos pitambores;
Hemos de pôr na trança as fiadas de flores,
linda havemos de pôr com bétel nossa boca
– E incenso e pradacshina em volta de Ven!
Ele há de ir também…

A PASTORINHA DE ADENS

Em vão, que não me deixa
um sonho que sonhei. É o branco, é tão distante!

A BRISA

Teu coração de virgem é assim como um diamante!

A ESTRELA

Como o meu coração

COBRA DE ÁGUA

Fica a sonhar morena,
desfia para o vento os fios da tua pena.
Um dia hás de lembrar teus dias de crença;
limpa sejas então sem uma oculta mágoa.
O seio da mulher é como o seio de água,
franze-o tão pouco vento…

XAMA

Abala-me a lembrança!
E acordei a sorrir, sonhei em crisântemos;
íamos a Cashi entre um bater de remos,
bebíamos da tirta aos pés de Shanta-Durga.

A SALOC

O amor, o amor, o amor, é um pesar imenso.

XAMA

tomando na concha das mãos a água do charco e levantando-a lentamente ao céu.

Água de Naraiana os meus pecados purga!

A BRISA

Hei de levar ao céu tua humildade, Xama.
Como levo o perfume, e como levo o incenso.

A ESTRELA

ao diluir-se aos poucos na claridade solar.

Eu sou também no céu um coração suspenso.

XAMA

Onde foi? Onde foi? Sobe o sol as palmeiras,
– não te feches, saloc! – hei de cuidar que é cedo…
É dia… mas por que é que eu tenho tanto medo?
Nem um viandante vem pelas várzeas trigueiras.
Esqueceu de voltar? Trá-lo pelo caminho,
tomando-o pela mão, ó Vishnu, ó Mucunda…
Quem sabe se está triste e se volta sozinho…

A COBRA DE ÁGUA

Quem poderá contar a amargura profunda
duma alma de mulher…

ADENS DA VÁRZEA

Ó Xama, ó Xama, a vida,
é a tarde de terral pesada e entristecida.
Hás de chorar atrás das grades da janela,
hás de olhar para longe, e lembrar com saudade
a casa do teu pai e a tua mocidade.

A SALOC

fechando-se lentamente nas águas azuis
Que tristeza no mundo!

XAMA

Ó suavíssima estrela
não vás… ao menos tu, vai-mo buscá-lo, vai.

A ESTRELA

Olha…

Aponta ao fim da paisagem um perfil de homem, de dignidade simples, tapi vermelho à cabeça e o roupão alvíssimo até os joelhos.

XAMA

Com a cabeça melindrada, as mãos no peito.

Ele é que vem… cuidei que era meu pai.

O EXÍLIO DE RAMA (DRAMA, FRAGMENTO)[86]

OS GUERREIROS

Vitória a Ramachandra!

RAMA

Despe, ó Lacshamana a tua couraça de escamas de aço e pendura defronte da imagem de Cartiqueia o teu arco de sete lâminas soldadas. Desata as garras curvas…

LACSHAMANA

Tira-a tu, do meu peito a couraça, ó Ramachandra!

RAMA

Desobedeces-me ó filho de Sumitrá!

LACSHAMANA

Não, nunca. Manda-me degolar inimigos, atacar Indra. Manda-me lançar-me com o peito sobre grande espada fincada no chão. Nunca te hei desobedecer, Ramachandra.

RAMA

Larga as armas e vai sentar-se com guizos ao pé dos deuses de Aiôdiá!

LACSHAMANA

Não.

OS GUERREIROS

Vitória a Lacshamana!

86 Priti Das, *Luz do Oriente*, vol. 9, nº 4, [abril] de 1916, p. 97-102.

LACSHAMANA

Com gesto duro, brandindo o arco defronte de Rama.

Olha-me bem. Sou o mesmo que ia adiante de ti, criança, pelas florestas, pelos países dos racshassas, abrindo-te caminho pelos arvoredos. Tu me querias ao pé de ti. Dormíamos juntos ao pé dos rios com a cabeça sobre a aljava. Vishvamitra me ensinou a adorar-te, ó senhor do Vaicunta! Quantas vezes lavei teus pés... E quando querias azeite para por nos olhos, eu ia andando léguas, buscá-lo nas cabanas dos brâmanes. E agora me dizes tu... O que me dizes, Rama?

RAMA

Eu te digo. Fica ó Lacshamana no palácio do teu pai. Quando ele se lembrar de mim, soluça-lhe o meu nome.

LACSHAMANA

Meu pai!

volta-se para a porta por onde saiu. Caikei, com uma raiva concentrada. Entra o cocheiro, aparelhado.

MATREÍ

Vitória, Maharaja! Está pronto o carro de guerra, à porta grande, carregado de clavas, discos e aljavas. Está o povo inteiro de Aiôdiá, portas fechadas, a fome e sem banho, atulhando de há muito as praças e os bazares. Os cavalos são fortes, maharaja, e acompanham-nos até as florestas elefantes e cavalheiros.

LACSHAMANA

Guarda um outro lugar no carro, Matreí.

MATREÍ

Para quem, meu senhor?

LACSHAMANA

Avançando até o meio com energia.

Para mim.

Rama cai aniquilado sobre um divã. Entra Sitá, em traje plebeu, beata, sem joias.

SITÁ

E um terceiro lugar, para mim, Matreí.

RAMA

Quem?

SITÁ

À mulher do primeiro filho de Dasharatha.

RAMA

Tú... Ah! Xiva, Xiva...

LACSHAMANA

À parte.

O que é que fizeste tu, ó monstro, Caikei!

SITÁ

Olhai-me bem, maharaja. Os meus olhos estão secos e não se me sufoca a garganta. Deixei o meu pitambor e as joias de pedras divinas e não tive pena. Não tenho sandálias aos pés, mas eu hei de com eles abrir-vos o caminho pelo espinheiro, ó maharaja!

RAMA

Queres matar-me, Sitá?

SITÁ

Não. Mas fazer com que a morte e a dor estejam longe de vós.

RAMA

Erguendo-se vivamente.

Ó Sitá! que crime terei eu feito nas existências, para te ver com os meus olhos, vestida de beata, os cabelos sem uma joia e descalça como as mulheres plebeias… Ó filha do grande rei Janaca, vencedor dos inimigos! Onde estão as tuas trezentas escravas, os óleos com que untas a tua pele, e os pivetes que queimas ao redor do teu leito? Onde queres vir ó princesa de Mithilá! Para a floresta onde os ursos arranham as árvores e nagas vêm silvando nas horas noturnas? dormir sobre palhas ardentes, e comer frutas amargas e raízes?

SITÁ

Disseram-me sempre os maiores que o lugar da mulher é somente aos pés do seu marido.

RAMA

Ao sol do meio dia, queimada a tua pele macia, e esfarrapado o teu pano pelos espinhos de pontas vermelhas?

SITÁ

Hei de murmurar o vosso nome…

RAMA

Que fiz eu, ó Xiva, Xiva!

Cai de novo, aniquilado. Entra Bharata.

BHARATA

Vai para a floresta, ó avatara de Naraiana. Não saiu da tua boca uma palavra de queixume, de ti que és capaz de arrasar o universo. Não amaldiçoaste a minha mãe, não voltaste as costas ao teu irmão, não disseste uma palavra dura a teu pai. Vitória a ti, Ramaraja! Vai para os catorze anos de exílio na floresta... Eu fico aqui, em Aiôdiá. Faço a vontade a minha mãe, meu pai, e a tua também, ó terror dos Racshassas. Mas antes de partires faço-te um pedido, ó Ramachandra.

RAMA

O que é, Bharata?

BHARATA

Deixa-me tirar as tuas sandálias.

No meio do espanto geral aproxima-se de Rama, e lhe tira as sandálias dos pés. Com elas, solenemente.

Vou colocá-las aos pés do trono de Aiôdiá. Vais reinar com elas, ó Ramaraja, o reino do teu pai. Catorze anos hás de andar nas florestas, cumprindo o teu exílio, mas eu o digo perante Indra, perante Varuma e perante Yama... nunca me hei de sentar no trono dos rajás da dinastia Lunar. Brâmanes hão de vir, cshatrias, váixias e sudras, pedir justiça ao seu rei, e serás tu que lhes há de proferir a sentença, por minha boca só, ó Ramaraja! Vai, ó vencedor dos sentidos, ó exterminador dos racshassas, não amaldiçoes, mas lembra-te com piedade do teu irmão.

RAMA

Abençoando com ambas mãos estendidas.

Sejas tu grande como Gubera, justo como Yama, feliz como Xiva!

Ouve-se o clangor de trombetas ao longe, e enquanto se ouve gritar "Vitória a Ramachandra!" saem Rama, seguido de Sitá, de Lacshamana e de Bharata, outros guerreiros atrás. Cai o pano.

SITÁ[87]

Elle est seule et debout sur le bord de l'étang,
Elle regarde au loin et dit bas – Rame, Rame! –
Sur l'horizon d'avril le grand couchant s'enflamme,
Des taches frappent l'aer, sinueuses de sang.

Elle est seule et debout. Drapée de sari blanc
On dirait sur le vert une pieuse flamme
Allumée pour les dieux par quelque pauvre brahme
Les tamarins autour et les palmiers en rang

Il est loin, le héros, à la chasse aux gazelles,
Il abat de ses traits les plus hautes et belles,
Et traîne par les pieds… Tombe la vaste nuit;

Sitá le voit venir, sacré a travers l'ombre,
Elle s'avance un peu sous le bocage sombre
Et, jointes les deux mains, languissamment sourit.

CACHA E DEVAIANI (DRAMA LÍRICO, EXCERTO)[88]

DEVAIANI

Mas que milagre! as flores
por que é que vão murchando?
Colhi-as ainda quando
tocavam os tambores
aos pés de Mahadeva…
Oh, deva, deva, deva,
porque é tão mau agouro?

87 Priti Das, *Luz do Oriente*, vol. 9, nº 5, [maio] de 1916, p. 130.

88 Priti Das, *Luz do Oriente*, vol. 9, nº 6, [junho] de 1916, p. 159-160.

Assenta-se sobre um rochedo, com flores murchas.

Eram xiuntins de oiro,
tinham sangue no meio;
eu pu-las no meu seio,
dum veio todo loiro.

OS PASTORES

À parte com surpresa.

Devaiani!

UM PASTOR

Nunca as vimos, senhora,
andando nos caminhos…

DEVAIANI

Nunca viste, e embora
cantais a vaca de Indra.
com amor que eu nunca vi!

Os pastores se entreolham confusos.

Mas quem foi que vos disse,
na floresta, a canção
de infinita meiguice?

OS PASTORES

Cacha…

DEVAIANI (À PARTE)

Ai meu coração!
No meio da floresta,

quando o poente banha
a ponte da giesta
canta ele a vaca de Indra;
e a sua voz serena,
enche toda a montanha…
Não canta a minha pena,
minha face morena,
oh não, oh não, oh não!

LE CHRIST ET LA MORT (EN MÉMORIE – LES MORTS PORTUGAIS – EN FRANCE)[89]

...et quand la Mort parut devout devant ses yeux
– Le Christ était cloué, saignant devant le monde –
Elle lui dit tout haut, la pâle vagabonde,
Tondant comme un torrent la nuit de ses cheveux:

– Regarde-moi, je suis la maîtresse féconde
De l'ombre, du regret et la peur sous les cieux,
Tremble de ma figure, o sanglant malheureux! –
Et Lui reprit tout bas, mais d'une voix profonde:

– Bien des ans j'ai rêvé à ton fantôme, o Mort,
Dans les jours de prière et les nuit sans confort
Je te voyais debout sur mon oeuvre accomplie.

Viens et ferme mes yeux! Que reste en ce moment?
L'homme est déjà sauvé, et mon Père m'attend,
Tu ne me fais pas peur, o Mort, tu es ma vie.

Nova Goa, 30 Juillet 1918

89 Paulino Dias, *O Heraldo*, 4 de agosto de 1918, s.p..

AFONSO DE ALBUQUERQUE[90]

Aos alunos do Liceu de Nova Goa, associando-nos à sua festa

Queimava naus do gentio
– soberano português –
uma vez que era macio
e terribil outra vez.

Levantou tão alto, alto,
o nome de Portugal.
Está de pé no planalto
de uma glória sem igual.

É sagrado o seu exemplo,
vêm gentes e vêm nações
a deixar como num templo
suas queixas, suas orações.

À Pátria aponta ainda
–à Pátria que decaiu –
a senda gloriosa e linda,
a senda que ele abriu.

SÃO FRANCISCO XAVIER[91]

Tão linda a sua alma,
tão linda suas mãos;
veio entre nós longe,
tratou-nos como irmãos.

Ao morrer muito longe
juntou no peito as mãos;

90 Assis da Gama, *Diário da Noite*, dezembro de 1919.

91 Assis da Gama, *Diário da Noite*, 23 de dezembro de 1919.

lembrou-se até na morte
de nós, os seus irmãos.

Depois da morte veio
com suas inteiras mãos
ficar para sempre, sempre
entre nós, os seus irmãos.

[POEMA]

Ma pauvre rose[92]
de mon matin
à peine éclose
sur mon destin,

Quelle est la cause
de ton chagrin?
Qui est qui ose
lever la main

sur ton sourirre...
et mon délire
qui veut tuer?

Charmante dame,
Tu es mon âme,
Je veux l'aimer.

92 Priti Das, *A Índia Portuguesa*, 3 de fevereiro de 1920, s.p..

LACSHIMI[93]

Quando nasceu duma alma azulada de lótus,
de joias a enfeitou o seu pai – Dudsagara –
linda devi morena e a linda boca rara,
cheirando a rosa, a nardo e os sândalos ignotos.

E vieram de a ver rishis, deuses remotos,
veio com mãos no peito o próprio Vishvambara,
e foram no viná, o címbalo, satara,
aspirações de amor e os abangas devotos.

Ela tinha o olhar duma pomba que morre,
mãos com anéis, a trança alta como uma torre
e na face a doçura infinita da rosa.

E sobre um lótus vendo-a, a suave maravilha,
dizia Dudsagara a chorar – minha filha –
dizia Vishvambara a sorrir – minha esposa!

EXILADA[94]

Linda como o luar polvilhando palmeiras,
Linda, como eu direi... à meia noite o mar...
como os vinas que dão as notas mensageiras
às asas dum abril mole e crepuscular.

É tão linda Mothú das raças estrangeiras!
Vestida dum sari que põe pregas no ar,

93 Paulino Dias, *Oriente*. Pangim: Tip. de R. M. Rau & Irmão, 18 de novembro de 1929, p. 2.

94 Paulino Dias, *Oriente*. Pangim: Tip. de R. M. Rau & Irmão, 18 de novembro de 1929, p. 2.

ao tambor e o viná, entre gentes trigueiras,
com danças triunfais inundando o palmar.

Será de Gujirat, de Crode, de Udaipura?
– Quem sabe donde vem, de argolas e corais?
com milagrosos pés dançar em Calapur!

Brâmanes deitam a ela os olhos sensuais,
o gaura Pritadas lembra a sua carne escura
sobre a esteira, a sós, nas noites tropicais.

MORTA[95]

Tu foste para a luz eterna da madrugada,
Levantando no azul as asas cor de neve,
Como em manhãs de abril levanta o voo leve
E parte para o espaço a pomba imaculada.

Honesta e de marfim que a minha alma teve
Para crer, esperar e sorrir desconfiada,
Sobre mim estendeste a paz abençoada,
Mas tua doce missão sobre a terra foi tão breve...

Já não te vejo mais, pendida como um lírio.
Onde é que foste tu com a palma do martírio,
Que te procuro em vão por toda a imensidade?

Mas, se volto a chorar, eu te encontro, criança!
Tu vives na minha alma em imortal lembrança!
E no meu coração em imortal saudade.

95 Paulino Dias, *Contemporânea*. Nova Goa, setembro de 1930, p. 6.

CAMPESTRE[96]

Rapariga que vens com um feixe de palha,
de que várzea, quem sabe?, de que distante eira,
enches meu coração, ó morena estrangeira,
e o teu simples olhar minha alma agasalha.

E eu fui vencer dragões, no topo da muralha,
dos vencidos perdi a mocidade inteira.
Vim por lutar sem nome e a noute traiçoeira,
para ver-te voltar com um feixe de palha.

Teu seio oscila alto e eu fico pensativo.
Sorris... não para mim, mas eu fico cativo
–Ai! Que simples tu és, que me fazes tão bem.

Quem me dera fugir das vastas derrocadas
das horas sem alívio, altas noutes cavadas,
e como tu voltar duma várzea também!

VIASSA[97]

Eu tive um sonho, vi o topo do Himalaia
– picava-o o vento largo! E era um fragor de guerra,
choques, gritos de leões, clarins, ondas na praia...
– em volta a Ariavarta,[98] a milagrosa terra –

Escuro. E só o monte a erguer-se de atalaia.
Mas alguém era aí com o escopo, o malho e a serra,

96 Ethel Pope, *India in Portuguese Literature*, p. 257. Inédito transcrito pela autora?

97 Ethel Pope, *India in Portuguese Literature*, p. 264-5. Inédito transcrito pela autora?

98 A Índia.

numa fúria que não abate e não desmaia,
a cortar, a ferir os pedaços da serra.

E gritei a tremer, agitado de frio:
– quem é aí no pavor que amedronta e assombra,
a cortar e a rugir sobre um monte sombrio? –

Era então o luar um crescente de prata.
E ouvi dizer-me alguém pelo meio da sombra:
– é Viassa a esculpir o imenso Mahabarata –.

VELHA GOA[99]

Dorme na sombra a oriental cidade.
Silêncio. Mas além, lâmpada imensa,
perpassa a lua pálida e suspensa
sobre o fúnebre azul da imensidade.

Sente-se o frio duma dor intensa.
Em cada pedra é um treno de saudade,
em cada ruína é um grito de orfandade.
Em cada escombro a voz da eterna crença.

E dorme tudo o sono funerário.
Nem um triste viandante solitário
entre a mudez das torres e paióis.

Mas, alta noite, ao longo das estradas,
de alta e intensa fauna devastadas,
marcham na bruma as sombras dos heróis.

---

99 Paulino Dias. In: Luís Sarto Pires (org.). *Recordando... Algumas Poesias de Paulino Dias, Estraidas dos Livros No País de Súria e A Lira da Ciência*. Nova Goa: Tip. Rego, s.d., p. 3.

JANGAL: CRÓNICA, CONTO E CRÍTICA LITERÁRIA

SOBRE A CLÍNICA MODERNA[100]

Vai ao médico da província, ao exilado na monotonia árida dos deveres escabrosos, sacrifícios, vigílias, estudos, pesados eles que são tantas vezes por um simples interesse humanitário... Não leva a palavra Ciência, clássica e autoritária, nem atulha os seus raros momentos de ócio com a narrativa de tumultos, de embates e lutas, que se travam lá fora sem tréguas, sem repouso. É simples, é concisa, vai sem *ambages* ao fim a que se propõe, sem divagações e ressaibos de estilo; apresentar ao clínico a súmula do quanto for interessante e útil na terapêutica, notas colhidas de jornais, livros, teses, comunicações e lições clínicas, observações particulares e experiências positivas.

Irão, também, observações pessoais, notas práticas, que colegas queiram enviar, e especialmente experiências e observações que digam respeito aos agentes terapêuticos, seja de antiga matéria médica ariana, seja da flora e fauna do país.

Mais tarde serão o formato mais desafogado, ilustrações e melhoramentos em que agora só se pensa.

E irão mais, as fórmulas mais úteis, as doses e os efeitos terapêuticos dos novos agentes que vão surgindo, suas propriedades químicas e particularidades dignas de nota.

UM LIVRO NOVO "VOZES DA ÍNDIA", POR FLORÊNCIA DE MORAES[101]

Não sei em que página de despeito e de sarcasmo disse Byron: *They ought to mind home and be well fed and clothed. Well educated too in religion... Music, drawing...* E mais além, como ironia satânica: *Why not as hay making and milking?* E isto da *lady*, levantada em ídolo pela civilização Teutônico-Cristã, mais soberana e mais intangível que as patrícias das velhas cenas de carnagem dos circos e coliseus, e as castelãs nos tribunais de galanteria cavalheiresca e romântica da Idade Média.

---

100 Paulino Dias, *A Clínica Moderna: Notas de Medicina e Cirurgia Prática*, fascículo 1º, janeiro de 1908, p. 1-2.

101 Paulino Dias, *O Heraldo*, 12 de março de 1908, p. 1-2.

O campeão coxo do Epiro e o Helesponto! O Manfred... tivera ele... pressentia ele por uma intuição profética de génio a inquieta e nevrótica "suffragette" do seu país, o terror do Asquith e do Bannerman,[102] a revolucionária de faixa vermelha a tira-colo, miss Bellington e Mdme. Buwseck mais a terrível eleitora, norte-americana, a terrorista Zenaida, a pseudo Madame Stafford, aliás Tatiana Leoutieff, a Clemencia Royer, a rainha de Jhansi![103]

Desconfio que vai ser para um profundo e inesperado desequilíbrio social e emancipação feminina, para a luta e para o incêndio, para os protestos violentos da urna e o tumulto das praças. Sou médico e exerço a clínica. Tenho tateado o pulso da mulher e medido a hipertensão altamente vibrátil do seu organismo delicado e indeciso. Calculo a soma de esforços que terá de empregar para a afirmação, decisiva e robusta nas letras, ciências ou nas artes. E é por isso que a mulher de génio é tão rara na História. É a própria natureza que a chama para a sombra e o idílio, para o ideal robusto das mulheres antigas, a roca e o fuso. E então a suscetibilidade da mulher para a Arte genuína que está quase em antagonismo com seu ser ferido e dolorido... Michelet disse a verdade: A mulher é uma doente. Contestá-lo hão talvez; mas convalescente é ela seguramente. A mulher tem sempre feridas abertas na alma. A mais robusta (é talvez a mais fraca) tem comoções súbitas, perceptíveis, largas oscilações de que o homem não pode medir o alcance, fluxos e refluxos como da maré que alteia... É difícil, repito, a mulher ser se Hipácia[104] e Browning,[105] Sand[106] e Torrezão.[107] A grande obra de piedade e regeneração social de Carmen Sylva[108] é da sua alma profundamente amante e humana, que não do seu espírito cintilante e criador. Andrée Corthis[109] e Yvonne

102 Membros do governo inglês no período vitoriano.

103 Enumeração de mulheres revolucionárias e insurretas, desde as suffragettes até uma monarca indiana do séc. XIX, que se sublevou contra o domínio inglês.

104 Hipácia de Alexandria (séc. IV a.C.). filósofa e matemática grega.

105 Elizabeth Barrett Browning, poetisa vitoriana.

106 Georges Sand, escritora francesa (séc. XIX).

107 Guiomar Torresão, escritora feminista portuguesa (séc. XIX).

108 Ou Elisabeth of Wied, escritora alemã que foi rainha da Roménia (sécs. XIX-XX).

109 Escritora francesa (séc. XX).

Sarcey ficarão na literatura como símbolos da alma feminina auto-descritiva, reveladora da sua própria natureza para outros cerrada e inacessível. Há de ser a utopia, sempre, tenha fé, a evolução da alma da mulher para a majestosa intuição wagneriana do som e da melodia, no voo metafísico de Antero e a profunda compreensão humana de Shakespeare e Goethe.

A leveza, sim, a flutuação deliciosa e mole sobre um teclado de sentimento e de poesia, a atenção para uma flor e uma alma de criança – *similia similibus*... – isso! A não ruptura dos laços poderosos e seculares com que prende à mulher a natureza consciente e sabia. A análise desconsoladora da Amargura seja ela para Edgar Poe e Chatterton,[110] os problemas sociais e políticos aos gigantes do pensamento contemporâneo Nietzsche e Tolstoi.

Disse eu próprio, algures, da autora das *Vozes da Índia*: "É a verdadeira alma portuguesa exilada da pátria e extasiada do seu exílio, a recordar num assomo de nostalgia indecisa e quase indistinta os trechos da vida esquecidos entre os camponeses da sua terra e as amigas da sua infância". O poema de sua lavra que tenho agora defronte, aberto e luminoso, é uma afirmação definitiva da sua individualidade particularmente nostálgica e sonhadora.

A inspiração brota da Índia, a terra formidável e irremediavelmente verde, os pagodes e os obeliscos seculares, as reclusas de faces veladas e as bailadeiras do chin-chin voluptuso... A assimilação indecisa e pálida; lembra a fantasia artificial de Victor Hugo, traçando com pena europeia o misticismo exótico de Indra, Vaiú e Agni. Victor Hugo é a força, a amplitude, a síntese do pensamento arrojada e formidável, não a naturalidade de Goethe, a sensibilidade, a vibração íntima e verdadeira intuição poética de Alfredo Musset. Não sei até se é possível a fusão numa individualidade só, dos cérebros de Hugo e Musset, de Leconte de Lisle[111] e Shelley. Então é que seria possível a compreensão cabal das civilizações extintas, a evocação real e tangível da vida das outras eras, a conquista da sua alma perdida e distante. Seria então possível a Maeterlink escrever a Subhadrá e ao enorme Frederico Mistral[112] cantar as margens gloriosas do Ganges clássico, cheias de pagodes e ídolos seculares.

110 Poeta romântico inglês (séc. XVIII).

111 Poeta parnasiano francês do século XIX.

112 Poeta provençal, ganhador do prémio Nobel, contemporâneo de Paulino.

Para um espírito formado pela civilização europeia, a assimilação na natureza oriental é difícil, sempre dá em hipérbole, em um fetichismo da palavra carregada de guizos sim, mas inane; e os apartes pouco naturais, impressões colhidas de relance poucas vezes devidamente interpretadas. A autora das *Vozes da Índia* não podia escapar a esta circunstância natural. O próprio, o grande Jéan Lahar,[113] o brâmane nascido num cantão francês, espírito profunda e indelevelmente oriental traz na palavra e no pensamento as grilhetas atávicas da raça e do país, que se sente tanto mais pesadas quanto mais evidentes esforços faz ele por sacudi-las. Em Portugal, Christovam Ayres e Tomás Ribeiro[114] ensaiaram a poesia indiana, o primeiro, filho deste país, criado ao sol poderoso e fecundante da terra dos rajás e ele próprio poeta segundo, amante da colónia portuguesa, das suas lendas, mistérios e tradições dos seus deuses extraordinários e as teogonias inextricáveis. Passo de relance por alguns brinquedos poéticos de Fernando Leal[115] e esforços avulsos de artistas filhos do país, e de novo abordo ao meu livro aberto e luminoso *Vozes da Índia*, que me acolhe, que me prende com suas páginas coloridas e enfeitadas. Não sei porque me traz o aroma dos crisântemos que traz na face. Será talvez da alma da mulher, que ali vive e palpita, com todas as suas fantasias e sofrimentos? Atormentadora comoção esta que nos lança ao místico nebuloso à prece e à soledade, que é e será um dos mistérios inextricáveis da alma...

Passa da primeira à última página do poema uma nostalgia intensa e contudo impalpável... O que é a alma de uma mulher, que é sempre o enigma?

Justifica a autora o seu livro com palavras rápidas e conscienciosas. Leio: "As almas têm (...) a sua idade de misticismo contemplativo que os poetas, pela sua imaginação especial, ultrapassam além das previsões vulgares (...). Passo a crise desse misticismo d'alma e quis traduzi-lo na palavra sentida". E que aí, no misticismo são e reflexivo a poetisa do Ocidente. Seja a sombra e a essência morna e consoladora. Não procure ultrapassar as barreiras de raiva, de veneno para onde se vai na evolução política quase sempre devastadora e doentia. Acode-me neste momento um idílio oriental antigo. É o herói, um renunciado, um místico da

113 Provável referência ao poeta orientalista francês Jean Lahor (1840-1909).

114 Dois poetas "descendentes" ou portugueses nascidos na Índia, o primeiro contemporâneo do autor.

115 Poeta português do século XIX nascido na Índia.

Ilusão universal e do Nirvana; Vishnugupta,[116] que ele se chamava nos *jungles* de Nepaul. E ele arranca para a vida e para a realidade, à força da sua penitência, uma filha do Ocidente. Clara, d'olhos azuis e trança d'oiro, levantada por uma comoção estranhamente trágica a absorção contemplativa das verdades que estão muito "além das previsões vulgares".

Mas que será isso que leva a autora a dizer:

A cruz d'amor é cruz
toda deslumbramentos;
a esponja amarga é luz,
espinhos-sentimentos.

Amar! e ter em troca
o extremo padecer,
sem que à nossa boca
chegue um beijo sequer!

E a confissão cheia de lágrimas da página 27, que começa assim:

Para a jornada da vida
moço Poeta abalara,
Pra ser do amor possuída
a ama Deus lhe formara.

Eu cri sempre num tal e qual fundo de nostalgia e de saudade sobre o qual se assenta a imaginação viva e sonhadora. Todos os poetas são o exemplo. A vibração é alma da poesia, e a única poesia vibrátil é d'alma. Pode a poetisa escrever: "Era um enorme túmulo a floresta, de cúpula tão larga e tão sombria que nela o rumor todo se perdia da geração humana tão funesta..."

Será simplesmente um aparte anteriano, de leveza desconsoladora e que não fica nada bem...

116 Possível referência a Chanakya, professor e pensador indiano do século III a.C.

E contudo há versos espremidos da alma, notas autobiográficas, aspirações e desalentos, frases todas do coração, sim, do coração profundamente piedoso.

A *Redenção* é uma elegia, pede uma lágrima de piedade. Ouçamos: "Meu roseiral desfeito e vulto aéreo das brancas ilusões do meu passado! Como se transformou em cemitério meu coração por vós tão festejado!". E depois:

> Já vejo extinto
> o meu orgulho;
> mais livre sinto
> meu coração.
> Branca de neve,
> nesta alvorada
> em que mergulho,
> minha paixão.
> torna-se leve,
> purificada...

É aí, longe das fantasias transcendentais, áridas e inúteis quase sempre, que a poetisa dá a nota exata, perfeita, decisiva do seu estro e seu talento. Afirmei-o um dia; torno a afirmar hoje.

Parece que a poesia universal marcha para uma frase verdadeira compreensiva e humana. Os gritos – de Verlaine e os soluços altos de Antonio Nobre, que são uns e outros de carne esmagada, torturada, mostram como a auto-análise e a expressão direita do sentir e do sofrer sobrepuja as nebulosidades estudadas ou não estudadas d'outrora. A naturalidade e a fantasia, o próprio e o colorido, Zola e Regnier é que dariam juntos, fundidos a nota absolutamente exata da Arte. Parece que Florência de Moraes compreendeu a necessidade desta aliança. O seu livro tem a verdade coberta dum véu transparente e estrelado... E então, o seu amor à Índia, ao meu país "enamorado do Portugal altivo e aventureiro...". De afeto assim é que se pode esperar somente o ressurgimento desta colónia. Florência de Moraes é um exemplo, um modelo. A sua ternura pela Índia personificada na noiva de cabelos, na exilada dos palmares cheia de joias e de aromas e na:

> Mulher dominadora
> que assombra, que arrebata,

mulher que beija e mata
sem reparar...

Merece uma benção das almas desalentadas e incrédulas, que hoje não esperam nada da civilização das eras, ou antes, esperam somente a noite e o desastre...

Dos portugueses que vieram à Índia será a senhora Florência de Moraes um dos que, se não a compreenderam de todo, trataram-na ao menos com profunda devoção.

E eu que queria ver a poetisa a rasgar horizontes inopinados, a convergir no caleidoscópio da sua imaginação viva as cores e a melodia, toda a opulência alta e dominadora da vegetação, os mares terríveis banhados por poentes de fogo... E o calor que enerva e que mata... E o perfume antigo dos deuses singulares, vermelhos e triunfantes no meio dos santuários que a luz solar não logra atingir... E o tumulto, o tantam, o vermelho dos meio-dias, com a agitação dos turbantes e os palanquins cheios de guizos e de tufos de veludo e seda... E eu que queria vê-la a mostrar aos poetas indianos o rastro ao menos dum caminho luminoso e imprevisto.

Tenho fé todavia no talento da autora das *Vozes da Índia*. Adivinho uma vitalidade sã, decidida vocação para a luta e o trabalho, a grande condição indispensável para uma vitória definitiva. Sim, creio mesma evolução lenta e poderosa, apanágio do talento e da perseverança que há de levar o seu espírito para uma assimilação mais larga e mais profunda da civilização oriental que tanto quer. É ela própria que o pressente:

Onda sobre onda, oceano de ideias
vai subindo e lutando sem parar;
e assim é que, sobre montões de areias
derruba e volta enfim a edificar.

E a si própria aconselha:

Sobre uma concepção outra levanta;
e, ó alma insatisfeita! não descansa
talhando, enquanto luta e chora e canta,
pra geração futura a mesma herança.

E tem ao mesmo tempo uma visão desconsoladora. É que está a ver a Índia apática sob a poeira dos séculos, na inércia e na rotina, vendo todos os dias um sol venenoso, e de noite luar plácido e uniforme. E ela diz então:

> Nada como este alvorecer revela
> a imaginação parada, exausta,
> que como uma sentença os lábios gela
> sob o presságio duma estrela infausta
>
> A fé criadora do ideal supremo
> que a levantou os corações arianos
> roçou pelo infinito; mas o extremo
> desse esplendor, passou há muitos anos...
>
> Em vão a levantais nas mãos ungidas
> o antigo Ideal, esse cadáver frio.
> Jamais! jamais as águas submetidas
> pelo oceano voltarão ao rio.

Não é exato. A Índia se levanta com o sopro poderoso das tempestades. Telang,[117] Tilak,[118] o Congresso Indiano e o Swadeshismo[119] traem um ressurgimento tanto mais formidável quanto é larga a energia acumulada por séculos da inação e enervamento. A emancipação intelectual e social da Índia vai sendo um fato, a própria Inglaterra o reconhece e não o evita. O Oriente será a luz e a lanterna. É unicamente uma lei natural o seu progresso e a revivificação. Aos séculos da vitalidade ocidental, seguidos de desfalecimento e degeneração, hão de substitui-los os doutros continentes relativamente virgens e robustos, para pro seu turno serem fulminados de decadência e condenados ao repouso e à passividade.

117 Kashinath Trimbak Telang, indólogo indiano (séc. XIX).

118 Bal Gangadhar Tilak (sécs. XIX-XX), nacionalista indiano.

119 O movimento Swadeshi foi uma estratégia de valorização dos produtos indianos destinada a opor-se ao colonialismo britânico.

A emancipação completa da Índia, sonhada por Cotton, pressinto-a e espero-a.

A colónia portuguesa, essa será sempre a parte do Portugal "altivo e aventureiro", há de sempre amar os seus guerreiros e seus poetas. A colónia portuguesa não há de esquecer o nome de Florência de Moraes...

UMA RÉCITA[120]

Aludo à da noite do dia 6, aqui na cidade. Consolador no instituto, aquele ato de espontaneidade piedosa, em face do infortúnio da Calábria[121], a que se pretende acudir com o produto do espetáculo. É assim, decerto, que se reabilita da pequenez e do interesse chué o nosso espírito e a nossa consciência. A natureza é de bronze, o homem vibra, palpita e crê. A natureza mata, arruína e não repara, e se repara é muito tarde. O homem mata também, nas Termópilas e no Fuzeta, na viela e na guilhotina; mas à reflexão, levanta de novo a mão para enxugar a lágrima derramada. Está aí a grandeza humana, sobre a imensa e fria criação.

O grupo brioso de oficiais subalternos da armada e do exército, secundado pela energia entusiasta dos nossos amadores confirmados, pagou pela Índia uma parte da dívida sagrada. De abafo e de estonteamento foi contudo aquela noite, de calma tropical incipiente, no meio da colunata prosaica de um edifício que simplesmente por complacência talvez se denomina "Teatro Vasco da Gama".

Calcula-se facilmente o esforço espasmódico dos atores forcejando por despedir a voz para o extremo da plateia, onde cabeças se levantam em um crescendo de arrelia. *Não se ouve; não se ouve nada.* Um vizinho pergunta-me: "O que dizem eles?" Estou entre a cruz e a água benta, aquele vizinho provinciano é maçador e um botequim [....]trão até às cadeiras e um pobre "Pardal" que lhe cai nas unhas e um "Dr. Binómio" que lhe cai do céu com trezentos "milhões". E o toureiro é a sério. Houve alguém que caiu a valer, não se se positivamente varado. E o tal criado, da faixa rubra, colete à espanhola, com as bandeirolas vermelhas a gritar pelo toiro no meio dum quarto. Essa! Há palmas pelo percurso todo, a gente ri. Está claro. O entrecho é de escangalhar, e representa-se com belíssimo gosto.

120 Assis Gama, *O Heraldo*, 19 de fevereiro de 1909, p. 2.

121 Refere-se ao terremoto de Messina, de 1908.

É pena, contudo, aquilo da casa das colunas e a competente estufa de onde a gente sai cozida ao meio. Infelizmente não somos nós uma plantação de ananases em Paris. Transpiramos, ventarolamos. É impossível deste modo prestar atenção ao que na cena vai. Antes fosse tudo aquilo ao ar livre, na paz límpida da vegetação protetora, como aquelas *premières* originalíssimas dos Silvain, Antoine Abeunet-Sully,[122] na Côte d'Ôr.

Acaba o espetáculo pelas 5 da madrugada. Há um luar pesado. Cacimba muito. *Cachenês* de dama, de borla e peluche, caem com *gracia* sobre a nuca. Está-se farto de limonada e de sorvete. Vai a gente no meio do estonteamento, não se atrevendo a falar até na representação e os seus episódios; e só tarde, muito tarde se vai recordando, com um sorriso interior, daqueles tipos coloridos e interessantes evocados por nossos amadores numa impulsão altruísta perante o infortúnio da Calábria.

À GUISA DE PROGRAMA[123]

Não sabemos se é oportuna a publicação da *Revista Moderna*, não sabemos quem a reclama que *avis rara* de nostalgia e de sofreguidão pelo belo de face de cristal, e a emoção atormentada pela verdadeira e puríssima claridade.

E, contudo, vivemos num século de agitação e de pesadelo; a anarquia intelectual dos Bakunine e os aforismos individualistas de Nietzche desatam o incêndio. A gargalhada é contagiosa. Houve um século que riu com Voltaire, inconscientemente. Há um século que pensa e que atua com os ensinos destruidores dos pseudo-*leaders* do pensamento contemporâneo. O resultado é a agitação tumultuosa nas praças e nos parlamentos, é uma geração sedenta de uma liberdade incompreendida, é o jingoísmo inglês levando à ruína o continente negro; é o movimento separatista da França revolucionária e ímpia, é na América o egoísmo do trust de um lado e a força de montanha do dólar, e do outro a greve a luta surda do operário faminto; são os desastres de Courbières, o grisou e os protestos incendiários de "Freiheit" e da "International Working

122 Possível referência aos atores franceses Eugène-Charles-Joseph Silvain e Jean Mounet-Sully, bem conhecidos contemporâneos do autor.

123 Paulino Dias, *Revista Moderna Mensal Ilustrada: Religiosa, Científica e Literária*, nº 1. Nova Goa: março de 1909, p. 1-2.

Men's Association" contra o poder do oiro. É mais o assassínio de Canovas e de Humberto, os atentados cínicos de Barcelona, de Mirzapur e de 1 de fevereiro sobre o Terreiro do Paço.

Um pressentimento surdo se antolha de desastre e de perigo. Uma nuvem se levanta. É a luz que pediam Hugo e Heine no leito da morte a necessidade irreparável. É a Luz é a Fé. É a ilação que se liga ao corolário, e o corolário natural que se exprime na ilação. A aliança é secular. A ciência avançada dos Spencers e Buchners simplesmente estreita os lanços vitoriosos. A verdade é única, não há verdades contraditórias. Expô-la a um século de audácia e às tendências inabaláveis a uma emancipação perigosa e injustificada, trazer aos olhos do grande público a defesa e explicação das verdades reveladas, auxiliada pelo sentimentalismo consolador de Chateubriand e Volney, restaurar a limpidez da consciência atormentada pelos gritos de blasfémia, do ateísmo e das seitas destruidoras, e ao mesmo tempo pôr o leitor em contato com os grandes movimentos da ciência e da arte, e as *étapes* da civilização contemporânea, eis de que ambição de que audácia se quiserem, nasce a *Revista Moderna*.

Contamos que terá nas suas colunas, sempre, um estudo sobre o movimento das ideias religioso-sociais pelo orbe, a súmula dos acontecimentos sensacionais pelas divisões políticas e as nacionalidades, perfis, vulgarização científica, esforços de vida prática e de intuito moral, versos e contos singulares, biografias de homens eminentes, às vezes, com retratos, descrição de monumentos e lugares históricos de importância, com representação gráfica dos mesmos.

[...] escolha meticulosa dos assuntos, a colaboração profundamente conscienciosa e cuidada na parte gráfica e artística temos fé, farão da *Revista Moderna* o veículo de ideias sãs e consoladoras para todos, páginas para serem lidas pelos mais arredados e escrupulosos, o mensageiro da paz e da harmonia digno de entrar em todas as salas, e no aconchego íntimo da família, aí onde se formam os espíritos novos e se gravam as ideias de ordem e de moralidade na alma infantil.

A aprovação que esperamos nos será concedida pelo Exmo. Prelado, Governador desta Arquidiocese, é certamente um honroso favor, que a nossa palavra não agradece, mas o coração.

Se sucesso tivermos a Sua Exa. há-de cabê-lo, que da nossa insignificância muito pouco esperamos.

HINO À CRUZ (NA SEXTA DA PAIXÃO DE CRISTO)[124]

Ó Cruz vitoriosa, ó cruz admirável, tu és o símbolo da claridade que rasga, ilumina, redime, consola e santifica...

Tu me fazer entrever na antiguidade clássica os pensadores de pulso gigante, Platão, Sócrates, Aristóteles, torturados da dúvida insolúvel e da verdade longínqua, Cícero e Sêneca assaltados dos sonhos da sodomia e incesto, os Budas do Nirvana, os panteístas difusos, magos d'olhos cavados e os teosofistas sem o esteio último da Verdade compreendida.

Ó cruz civilizadora, tu és a libertação da consciência torturada pelos séculos obscuros e primitivos...

Vejo depois a revelação antiga da Verdade aos profetas de alma sobre-humana, vejo os iluminados do topo do Sinai, das planícies de Canaã e do mar da Galileia, Moisés, Ezequiel e Isaías do desprendimento absoluto; Daniel cercado de feras, e os últimos profetas que choraram a ruína de pátria e o exílio pelos séculos do povo deicida sem a esperança distante de uma restauração inteira a vida nacional e um corpo único, no meio d'outros povos da terra.

Ó cruz justiceira, tu és o castigo da infâmia e da maldade, a vingança de um Deus, o anátema imenso à imensa depravação.

Eu vejo mais em ti o Justo das eras, cravado numa tarde sobre o topo de um monte, ó cruz d'ignomínia... como o blasfemo do nome de Deus e o revolucionário contra o poder de César. Sinto a terra sacudida da raiva do protesto, o sol irado no éter planetário e a lua desgraçada sobre o azul calado do abril. Sinto o ulular dos mortos pelo país assassino, o véu do templo roto, como num terremoto, e a cidade ímpia trêmula nos seus fundamentos.

Ó Cruz solitária, tu foste o suplício para um Deus, tu que és e serás a vitória para o Homem.

E vejo mais tarde a hecatombe dos Dioclecianos, Trajanos, Galeros e Domicianos os mensageiros da aflição e do ódio, os Henriques e os Othons de lança ensanguentada, os corifeus das revoluções funestas, Cavour,[125] Lammenais

124 Paulino Dias, *Revista Moderna Mensal Ilustrada: Religiosa, Científica e Literária*, nº 2. Nova Goa: abril de 1909, p. 17-19.

125 Primeiro-ministro italiano (séc. XIX).

[126]e os modernos separatistas da França ímpia. Sinto o choro dos inocentes trucidados nos coliseus do ócio, nos círculos de feras, nos choques das raças e nos ódios lúgubres da Ideia. Maomé flagelando a cristandade, e a grande Reforma da Idade Média abalando o sólio dos sucessores de S. Pedro.

Ó Cruz triunfante, tu és a torre marmórea da eterna Verdade e a eterna Justiça.

Mas vejo também em ti as marchas dos cruzados nas galeras antigas; a tua imagem vermelha sobre a brancura das velas, sobre o ombro e a espada dos guerreiros; Tancredo, Godofredo, os heróis da envergadura d'aço, os destruidores dos infiéis de turbante ousado, a cimitarra e a lança como crescente de lua. Vejo os crentes levados pelo impulso altruísta e humano da unificação santíssima dos povos e da restauração do domínio de Deus vivo sobre a alma universal.

Ó Cruz dos combates, tu és o braço de Deus a apontar à terra o caminho suavíssimo...

*

Vejo por todos os séculos os heróis da mortificação e do abandono, nas grutas dos montes escalvados e na areia do deserto, Jerónimo, Antão, Maria Egípcia, [127]os privilegiados das visões inarráveis, os que se absorveram no esplendor puríssimo da Arte, Vinci, Miguel Ângelo e os crentes dos mistérios sublimes, os que viram a face do Senhor, os que viveram pela Caridade, os verdadeiros vingadores da maldade e da pequenez humana, os que morreram numa tarde com as mãos sobre o peito e o sorriso pacífico nos lábios.

Ó Cruz amiga, tu és o asilo último onde se vão refugiar os grandes videntes e os grandes desgraçados...

Na visão profética que me assoberba e me esmaga, ó cruz imortal, eu te vejo como o bardo do Apocalipse, na marcha de triunfo pelas idades que avançam e os grandes mares sombrios que Babel,[128] Karl Marx e os rebeldes de peito leonino povoam de espectros incendiários; vejo-te no infortúnio dos povos flagelados, nos cataclismos terríveis, as metrópoles caídas e os povos devastados pelos Césares impassíveis; e tu branca e luminosa, sempre, sempre com braços abertos,

126 Intelectual católico francês (séc. XIX).

127 Eremitas do deserto e santos.

128 Possível referência a Bebel, socialista alemão (séc. XIX).

no gesto admirável de paz e de perdão, a lembrar ao Homem o espírito tranquilo d'Aquele que morreu proclamando a fraternidade universal.

Ó Cruz profética, tu serás para sempre o laço último entre a piedade do céu e o infortúnio da Terra.

A MORTE DUM JUSTO[129]

Disse alguém profunda e singularmente: – A execução do Cristo foi o mais grave erro de justiça pelos séculos.

E mais singular é ainda como num erro se fecha o ciclo da vida antiga, a agitação dos sistemas filosóficos instáveis e a teocracia autoritária do Oriente, o imperialismo cesariano e a energia gasta de uma política de agregação e de assimilação egoísta, para do mesmo erro típico partirem as linhas focais de uma influência triunfante, e salutar para o futuro. É uma civilização inteira que se fecha num erro, e da mesma parte uma aurora. O fato é único; não mais se repetiu assim a História.

Para a morte do Justo parece que a Providência escolhera o momento decisivo, psicológico. A Roma dos Césares realizara a unificação prática do mundo. A águia do império se levantava irônica na terra do Viriato, do Aníbal, dos Macabeus e do formidável Chefe dos cem vales. Parece que se unificara o mundo político, unicamente para receber vasta e definitiva a unificação social e psicológica proclamada pelo Filho de Deus.

A Ideia Cristã ia assentar nos centros metropolitanos da população, e no progresso civilizado; ia ser a luz dum mundo novo e a alma duma raça forte. Da mais gloriosa filosofia hindu, grega, latina restava simplesmente o nirvanismo inane, cepticismo absoluto, o panteísmo degradante da ideia límpida e da essência imaterial, ou o sensualismo grosseiro, típico da antiga ideia pagã.

129 P., *Revista Moderna Mensal Ilustrada: Religiosa, Científica e Literária*, nº 2. Nova Goa: 1909, p. 24-26.

Voltaire, o ímpio e o destruidor disse até num momento lúcido – que os grandes filósofos da Antiguidade, os Zoroastros, Mercúrio Trismegista[130] e Numa[131] voltassem para terra, e conversassem com Pascal... que digo! Com o menos erudito dos sábios modernos que não são dos menos sensatos. Peço perdão à Antiguidade, mas tenho fé que eles fariam bem triste figura. Pobres charlatões! Não venderiam caro as suas drogas na Ponte Nova!

A Ideia Cristã redimiu o mundo de uma idolatria corruptora e degradante. As paixões as mais contrárias à vida e à natureza tinham seus deuses, seus templos, seus altares, sacerdotes, cultos e mistérios secretos e infames. A Ideia Cristã distribuiu a escravidão sacrílega, abominável e tirânica, levantada e glorificada pelo paganismo, e mais requintada na crueldade pelos povos mais iluminados e civilizados.

É típico o caráter de um povo quando começa a decadência da nacionalidade. O individualismo avantaja-se. As grandes dedicações, e a abnegação pela pátria e a vida coletiva não existem. A rivalidade mesquinha produz a desmoralização que dia a dia arruína e esfacela. A sobriedade e o pundonor que é a regra nas nacionalidades que se levantam sucede o langor criminoso, a devassidão e a luxúria. O fausto que amolece, e que embrutece, apaga as últimas energias, e uma geração inane é facilmente sorvida por uma raça qualquer que seja rija e bem preparada.

O Império Romano, e a Judeia no tempo do Cristo, são os tipos representativos das nacionalidades em via de ruína.

As ambições políticas dos cidadãos romanos, as expedições dos Volscos,[132] Etruscos e as longas dissidências intestinas, o luxo dos sacrifícios, a devassidão dos costumes, a avidez do sangue nos coliseus e nos anfiteatros a tibieza da ideia da pátria, e o espírito do *chantage* dos mercenários de lança vendida, tinham abalado a singeleza viril dos tempos primitivos. Acabara-se o heroísmo sóbrio d'outros tempos. Já não existiam os gregos de Salamis e Marathona,[133] e os guerreiros de Júlio César e Cipião. Nos confins do mundo conquistado se levantava

---

130 Hermes Trismegisto, escritor da filosofia hermética (entre 1.500 a. C. a 2.500 a.C.).

131 Numa Pompílio, rei de Roma (sécs. VIII-VII a. C.).

132 Povo indo-europeu do Lácio.

133 Duas batalhas significativas da Grécia antiga.

surda e devastadora a horda bárbara; um novo elemento social, terrivelmente armado duma energia selvagem e incompreendida, ia varrer o mundo.

D'outro lado um largo movimento de emancipação humana, a vida e a claridade, rompiam no próprio seio da raça hebraica, decadente e malévola no tempo de Cristo. A maldade também é uma força e a rotina é bastas vezes uma muralha. O esforço do Filho de Deus, imprevisto e extraordinário embora, bateu de encontro com a consciência traidora e corrupta do povo que se humilhava aos pés dos Herodes e os legionários do Tibério, que prostituía as suas mulheres e vendia os seus filhos. Para matar o acusador da sua vergonha e sua decadência, o hebreu teve de recorrer a todos os sentimentos de baixeza, a astúcia e a calúnia, o suborno e a ameaça da revolta. Erro, malícia e infâmia para se executar um Justo, para se fechar uma civilização toda nebulosa e indecisa, e para se abrir uma era de vitória, de direito e de verdade.

A morte do Cristo constitui como fato político uma ruptura violenta das condições degradantes e absurdamente improgressivas do mundo pré-cristão. As grandes nódoas se lavam com o sangue, e uma revolução é sempre violenta e tumultuosa. Para se redimir um mundo inteiro, era necessário que morresse um Justo extraordinário. Cristo, criminoso e chué, o apodado de autólatra da Judeia, e blasfemo do nome divino e da lei de Moisés, não explica a marcha triunfante e inabalável do seu ensinamento, destinado não para um simples desvio das condições números[134] de sociedade, mas para uma obra de reconstituição gloriosa, universal e definitiva. A morte justa e merecida seria a vingança da lei e não a santificação dum nome. O símbolo da tortura antiga, a cruz ignominiosa dos facínoras do Império Romano, e dos revoltosos contra o nome de César, bastou-lhe morrer o Cristo para se transformar no símbolo sagrado e representativo de uma nova vida, de uma nova lei, de um ideal sublime.

A ideia Cristã reúne em si uma série extraordinária de fatos e de consequências, desde a malvadez insistente dos do Sinhedrim,[135] e os gritos e apupos da turba que seguia os passos do Profeta pelas margens do Mar da Galileia, até a ressureição incontestável e fracamente contestada, e a conquista do mundo pelo seu nome, apesar de todas as perseguições, martírios, hecatombes, os esforços dos Césares,

134 [Sic] Possível erro de transcrição ou gralha.

135 O Sinédrio (do hebraico sanhedrîn) é o nome dado à assembleia judaica de juízes.

dos apostatas, os revolucionários sacrilégios de idade média, e os corifeus das revoluções, e os modernos separatistas da França ímpia.

É o único erro de justiça com um resultado luminoso e salutar. Não se repetiu a história. Não se cometeu nunca mais o assassínio dum Justo extraordinário, porque a Luz e a Verdade é única. Com a Morte do Cristo estava proferida a última palavra da Verdade.

TRAÇOS AZUIS I - DANTE[136]

Há homens que representam séculos, e séculos bastas vezes se convergem numa figura representativa heroica e indelével. O homem superior é um conjunto de fatos. Tempos imemoriais de silêncio e de expectativa irrompem com energia e claridade pela ação dum vulto extraordinário. Não importa o nome; Homero ou Vishvamitra,[137] Odin da Escandinávia lendária ou Maomé do Alcorão nebuloso e místico, Dante, Goethe, Miguel Ângelo ou Alexandre, os que são os tipos representativos de civilizações distantes, os que a História não pode olvidar, os de todas as raças e de todas as crenças por um direito divino e inescrutável.

É a natureza sempre provida que lhes faz o molde e quebra-o logo para voltar numa era longínqua, noutro país, noutras condições de vida e de adaptação. É quase a ilação de uma obscura lei psicossocial, a representação perante a vida universal das etapas da vida terrestre por meio de tipos característicos da sua evolução. O mais é fugaz e transitório. Há espíritos que cintilam de verve e de colorido para tombarem no meio do aplauso ruidoso ou da apoteose tumultuaria. Mas a História não os segura com o pulso do bronze secular, o entusiasmo arrefece, a memória se apaga. Os indeléveis descrevem no infinito a parábola altiva da sua trajetória. É por isso talvez que os homens realmente superiores têm a existência lúgubre e torturada. Quase que pagam pelo sofrimento o encargo sublime de que vão investidos. Os exemplos são muitos; não se excetua a lei funesta.

É de renome clássico o período de agitação política em que viveu o poeta da Itália. Era ainda e era a mesma velha luta secular da opressão e da tirania, a humilhação insofrida do povo e a arrogância da nobreza pelos seus privilégios, pelo

136 Paulino Dias, *Revista Moderna Mensal Ilustrada: Religiosa, Científica e Literária*, nº 3. Nova Goa: maio de 1909, p. 37-40.

137 Um dos rishis ou sábios, tido como o autor de parte do Rigveda.

fausto e a condição despótica e autoritária que lhe haviam concedido séculos obscuros. O movimento emancipatório abalava o solo da península. As grandes ambições e as energias terríveis jogavam num tablado vasto. Os guelfos e os gibelinos, os visionários da liberdade que é somente produto lento da evolução social, os fantasistas da unificação política da sua pátria dividida e retalhada. Era o abalo surdo das revoluções imensas que destroem as condições sociais dum povo ou duma raça para impor outras mais humanas ou mais desafogadas. E aquele espírito de poeta, visionário e louco pela pátria, com o entusiasmo das almas generosas e o seu amor pelo vasto, o inopinado e o consolador, sonhando na prosperidade inviolável da Itália, e seguindo precipitadamente a visão distante através dos obstáculos e perigos entre ruínas, incêndios e vitupérios, humilhando-se perante os grandes, e colhendo dos seus o labéu infamante do exílio, estava constrangido a vaguear de país em país, com a ameaça trágica da fogueira atrás do seu infortúnio, soltando nos tercetos da *Divina Comédia* imprecações terríveis.

E de vê-lo na figura severa e miserável, como fulminado duma justiça mais que humana, na mais triste e torturada expressão que aprove à natureza gravar sobre a face do homem, o olhar agudo, aberto e ao mesmo tempo constrangido como um ranger de dentes, a brasa enterrada numa tríplice coiraça de gelo... E ele, o protesto imenso contra a imensa ingratidão, a indignação que se recolhe e se queima no íntimo da alma, silenciosa como a dum deus. E assim aquele homem singular, a voz dos dez séculos silentes da civilização cristã a irromper uníssona pelo seu místico canto insondável.

A *Divina Comédia* é o canto verdadeiro da tortura e do sofrimento, a sua *terza rima* realça lugubremente o efeito dolorido do mistério, é aí como um eco da miséria repercutido contra a superfície monótona e negra das águas agitadas eternamente. Não há a visão distante da esperança por toda a vastidão concêntrica do Inferno, como não teve o poeta, na Florença, no exílio, na fome, no opróbrio e na cidade estranha que recolheu seus ossos. Mas a Ideia Cristã é nítida e sincera por todo o percurso extraordinário, a absolvição absoluta no Purgatório e a tranquilidade beatifica no Paraíso onde está a Beatriz Portinari, o seu antigo amor inolvidado.

A obra máxima do poeta da Florença tem o cunho característico dos monumentos seculares; a sinceridade superior da concepção, partindo do íntimo da alma comovida, a verdade que não se contrafaz um instante, e a dicção profunda, decisiva, a perfeição de Demóstenes aliada à grande sensibilidade artística de Virgílio.

É da sinceridade máxima a infinitude possível na vida humana e contingente, o superficial e o artificial têm a vida dos meteoros, brilhante seja, mas nulo depois d'instantes; a mentira é crime na natureza material moral ou social; há poetas de espírito entusiasta e vibrátil, com a lira clássica dos orfeus bucólicos e a *manière* dos *trobadours* de melena basta, são ágeis na rima, na palavra que bate como o guiso, que tine, arrula e soluça, conquistam o aplauso das multidões delirantes, e contudo mentem perante a consciência artística, o juiz severo que em nós próprios existe e basta vezes nos para no mau caminho com seu mando seguro e autoritário. Os que seguem pelo caminho direto são os que tem a música no pensamento e a verdade eterna na palavra. Aprofunda-se, escava-se e é o mesmo, a música íntima, insistente, e a verdade sóbria, a sinceridade na infinitude máxima na nossa contingência humana. Nesta diferença está o abismo.

A *Divina Comédia* é o mais sincero de todos os poemas. Sente-se aí a voz profunda dos séculos a trovejar a distância. Até parece que o poeta é simplesmente o instrumento trivial. E a larga concepção cristã do mundo e da vida, a dupla representação do bem luminoso e tranquilo e do mal comprimido sob as abobadas de aço e de basalto, as geenas onde se ouve apenas a blasfêmia e a invectiva sem alívio, nos sete círculos místicos onde o que entra deixa no limiar a esperança. É a Verdade, não a Alegoria. É a representação do que existe na natureza no seu lado obscuro e pavoroso. Está-se aí que não num terreno de imaginação banal e mera fantasia de interesse, mas perante uma das Verdades incompreendidas e, contudo, incólume através dos séculos, raças e destinos, terrível no meio de todos os descalabros e todas as vitórias. E ao tempo é aquela a vida do homem extraordinário, os seus próprios infortúnios e a tristeza sem esperança. A sinceridade se fundiu aí num bloco de grandeza colossal, como os monumentos antediluvianos e a pirâmide de Queops.

A concepção de Dante representa a Ideia basilar da religião de Cristo, a compreensão moral dos destinos do Homem, fora dos puros negócios materiais em que se haviam excedido todas as Teogonias e filosofias pagãs. O sensualismo embora profundo e opulento não interpretava, por completo, a natureza espiritual do Universo. Há dupla face no que existe. É a alma que se ressente dela institivamente. As rudes concepções primitivas e as complicadas especulações modernas tocam de leve a face obscura e mística. E a filosofia cristã que aborda o problema e chega ao fundo da natureza íntima do universo. É só ela a solução única, as mais são supérfluas ou inúteis.

Está nesta concepção majestosa e terrível, gravada em nós por um poder incompreendido e incompreensível, está nela a intensidade da obra do Dante. A intensidade é o caráter dominante do espírito do poeta florentino. A sua grandeza se concentrou enfática e lúgubre. Não se voa aí pelos aspectos múltiplos das civilizações e vicissitudes, não é a amplitude Shakespeariana que abala pela sua complexidade todas as cordas da sensibilidade humana, já não é o Homero amplo sobre as contingências da raça grega na mais memorável luta da História antiga, é o cinzelador de uma Ideia única e profunda, tão profunda que séculos de Ideia precursora de Cristo não tocaram sequer. E a sua frase é a expressão verdadeira do seu intuito. Tem um poder de visão extraordinário. Empolga o seu objeto como apresentado perante os seus olhos num arroubo apocalítico. Há uma brevidade, um que de enfático e de recôndito que nos tortura. É aí o Tácito exprimido pela boca de Ésquilo. Uma palavra às vezes e a frase está dita, a expressão completa. Há silêncios que dizem mais que palavras, e paisagens tácitas que falem mais que mares tumultuosos. São aqueles silêncios sombrios que constituem a essência de poesia de Dante; a verdade sincera e profunda que se olha com uma expressão de terror. Não existe por toda a amplitude da arte pagã, nas linhas esculturais dos clássicos helenísticos, e na vastidão dos cantores dos Vedas e os fantasistas dos Puranas, nos pensadores do I-King[138] e os Celtas de lira d'ouro, a profundez tenebrosa e ao mesmo tempo a verdade clara que é a majestade da obra de Dante. É toda uma filosofia e é toda uma civilização que se exprime por sua boca. É a própria Verdade que aí se manifesta. A morte e a aniquilação não é aí possível.

Um século depois da sua morte os florentinos reclamaram os seus ossos, e os cidadãos de Ravena guardaram-nos como sua mais preciosa relíquia. Não é de Florença o Dante, não é dum país egoísta e circunscrito, é do mundo, do Universo, da Eternidade.

TRAÇOS AZUIS II - NO JUNHO[139]

– Qual de vós me convencerá do pecado? – disse Jesus.

138 I-Ching.

139 Paulino Dias, *Revista Moderna Mensal Ilustrada: Religiosa, Científica e Literária*, nº 4, junho de 1909, p. 57-60.

E não puderam convencê-lo vinte séculos de impiedade destruidora, o ódio e a heresia, o sarcasmo de Voltaire, de Lutero, de Lammenais, e a análise contemporânea de psicologia desvairada de Renan e Binet-Sanglie.[140]

O Coração de Jesus é absolutamente intangível. Há o que de extraordinário aí, na profundez e na constituição íntima, que a concepção humana esquiva-se de aludir até. Para a obra eterna da vitória da vida outra condição talvez fosse inútil. A convicção do Bem é o verdadeiro fundamento da igreja. A consciência do homem é frágil e inconsiderada. É o Coração de Deus a representação ideal da Verdade.

Jesus Cristo! O seu espírito é o mais belo, o mais elevado, o mais universal, penetrante e perfeito. Sócrates e Platão traçavam o seu perfil na fantasia insatisfeita. Os vastos espíritos da antiguidade, Isaías, os olhos de vidente, Job, David e os filósofos máximos das civilizações do Oriente suspiravam pelo Filho da Verdade por eles incompreendida. Havia o que de deficiente e de pequeno por toda a antiguidade pagã. Foi ele a representação última perfeita e completa da Verdade incompreendida e as aspirações irrealizadas.

Jesus Cristo é a consciência iluminada de um clarão íntimo. Não aprendeu nada e sabe tudo. É o assombro dos Doutores da Sinagoga, como é dos mais profundos espíritos da civilização cristã. Tudo quanto o espírito humano há-de descobrir pelos séculos, nas grandes etapas da arte, ciências desconhecidas abrindo caminho pelo futuro, as concepções do filósofo, o matemático, o geólogo, o químico, e o fisiologista, ele as entrevê nas longas contemplações, junto do mar da Galileia e nos montes de Israel.

O seu Coração é tão amante, que não pode ver uma lágrima sem se enternecer. Ele tem todas as impaciências e a sofreguidão abençoada de um verdadeiro amor. Não o atingem o esquecimento, a indiferença, a revolta e a traição humana, porque a sua compaixão é vasta, o homem é muito pequeno para compreendê-la. Antes de se sacrificar pela Ideia, ele se concentrara para o Amor. Ao espírito dos seus discípulos tinha ele por muitas vezes exposto a necessidade do Amor como condição essencial de uma vida santa. E Ele é a representação do Verdadeiro Amor. Seu corpo imaculado estava em harmonia perfeita com a

140 Referências aos contemporâneos Ernest Renan e ao psicólogo francês Charles Binet-Sanglé, que propuseram leituras não-religiosas da figura de Jesus.

beleza majestosa da sua alma. Do seu perfil que exalava um quê de francamente divino que enternecia. Os primeiros apóstolos, Maria Madalena foram colhidos d'aquela claridade sobrenatural. Era o Coração imortal que os chamava; o apelo foi irresistível. Às vezes era uma aureola de esplendor insustentável que o transfigurava por completo, no Tabor, na hora do batismo nas águas do Jordão, e na ascensão ao trono acima das nuvens. Desde que o vi, dizia Santa Tereza, a bondade inefável de Jesus Cristo está diante de meus olhos. A arte sublime dos Ângelo, Vinci e Raphael se esforça em vão por representar o interior sublime do grande Mártir. Ajoelha-se perante Ecce Homo de Fiesoli,[141] vê-se aí aquele traço fundamental do Coração de Jesus, a Piedade profunda a par de uma Pureza absoluta; não se vê coisa igual na Terra... e contudo! Que distância d'aquela representação ao perfil real iluminado pela luz celeste... O Cristo de Charrière tem na face a mesma expressão de suavidade intensa e inviolável, distante muito distante do que é humano e trivial, e contudo crê-se ainda muito longe da realidade. Na Ceia, de Leonardo da Vinci tem o perfil de Jesus uma beleza que encanta, os seus lábios estão dilatados do Amor, as suas mãos são transparentes, sente-se o sangue correr através das veias azuladas, quase que se adivinha a Onipotência naquele braço levantado numa atitude majestosa, o seu busto inclinado para o lado do Coração, como que a indicar que está aí para todos o refúgio último e o alívio para todos os males. E contudo é uma sombra aquela representação sublime; vinte séculos de glória, e de conquista entre as ideias ímpias, ruínas e descalabros não se representam suficientemente sob os traços de Vinci e de Fiesoli.

O Coração de Jesus vive inteiro e indestrutível nas espécies sagradas do pão e do vinho do altar. Ao despedir-se dos seus discípulos, querendo deixar um sacrifício visível como exigia a natureza humana e que representasse o sacrifício cruento que ia oferecer na cruz, depois de ter celebrado a Páscoa segundo o rito de Moisés, ele estabeleceu a Páscoa, nova a imolação, que sob sinais visíveis a igreja deve fazer pela mão dos sacerdotes em sua memória. É a mesma vítima que se imola sobre o altar e sobre o calvário. É diferente só o modo de imolação. Os frutos da imolação cruenta são recebidos mais abundantemente pela imolação incruenta.

O Coração de Jesus, real e palpavelmente representado nas espécies consagradas, é um dos mistérios mais sublimes da religião cristã. O pão e o vinho são

141 Fra Angelico, pintor italiano (séculos XIV-XV), que era conhecido como Fra Giovanni da Fiesole.

os elementos da alimentação humana, o pão que entretém, fortifica e continua a vida, o vinho que robustece, dá energia e o vigor; dos elementos indispensáveis à vida fez ele os elementos admiráveis para nossa salvação. É d'eles que é a força intensa e inabordável que sustenta a cadeira de S. Pedro inabalável através dos séculos. O Coração de Jesus representa uma força viva, íntima, secreta, que irrompe poderosa e move a vida para o Bem. E é ela que se agita por si. Ela fala, e é sua a voz infalível dos concílios e os Santos Padres da Igreja definindo as matérias da Fé. O Coração de Jesus tem os caracteres próprios da Vida, e uma vida independente dos poderes humanos; nas circunstâncias sombrias em que a história do mundo era simplesmente a de destruição e a maldade, a gargalhada satânica superando a Justiça, e a ruína da Igreja parecia iminente, não era certamente o poder humano que a levantava mais firme e majestosa que nunca, mas a força imortal do Bem perante a qual os nossos esforços são simplesmente irrisórios.

A vida do Coração de Jesus é a vida da sua Igreja. Tem ela também os caracteres distintivos, a unidade e a fecundidade. É a vida sempre idêntica a si própria. Uma fé, um batismo, um altar. É a mesma, professada ao mesmo tempo pelo rico e o pobre, o filósofo e o operário, proferindo todos a mesma palavra, em todos os tempos e em todos os lugares, produzindo a unidade das inteligências pela adesão à mesma verdade, e a união dos corações num só e mesmo amor de Deus e dos nossos semelhantes; ao mesmo tempo é a unidade de obediência, e a unidade das almas na mesma adoração.

É Cristo que dá à Igreja a glória duma fecundidade sem exemplo. As suas palavras são decisivas e proféticas. Ele o disse: Eu vos tenho escolhido, para que vós deis frutos e que estes frutos permaneçam; Ide, ensinar todas as nações, batize-as, ensine-as a guardar os meus mandamentos. E vai-se realizando à risca o dito pelo Profeta. Cada uma das suas palavras tem um intuito, nada é supérfluo e vão. Por todas as partes e todos os lugares, sempre robusta e frondosa, carregada de flores, folhas e frutos imarcescível se levanta a Igreja, no meio dos povos que passam, as nações extintas e as gerações imensas. É mesma a terra soprada do orgulho, e devastada das de paixões frenéticas, o livre-pensamento e os assaltos cada vez mais violentos das seitas destruidoras, as ideias da Anarquia, Karl Marx e os incendiários, mas também é mesmo ela, mantida pelo Coração do Justo, engendrando ainda legiões de espíritos puros, e retomando energias desconhecidas e voos amplos que assombra.

O Coração de Jesus é a representação visível do mais alto atributo divino que consola a nossa natureza pequena e instável. A Compaixão.

É ela que faz descer do trono das nuvens o Filho de Deus para se encarnar na Terra, para sofrer e morrer como simples Homem, e é ela que detém ainda no mundo, tal como era na Palestina, ensinando os pobres e afagando as criancinhas, é ela que fá-lo consubstanciar ainda, nas espécies sagradas do altar. É a Compaixão de um Deus que contrabalança a maldade humana. É ela com certeza que faz do Cristo a razão soberana de que participam todos os crentes, os ímpios e os ateus. Todos os que vivem segundo aquela razão, na ignorância invencível da lei evangélica, tem a possibilidade da salvação e os batizados, que vivem fora da razão, e dos ensinos do Verbo são os mais ímpios. Jesus se imolou desde a origem do mundo, e por todos os homens sem exceção, na universalidade dos tempos e dos lugares; os benefícios da sua Paixão e Morte se estenderam para todos os extintos antes da sua vinda, como se estende para os que há de vir seja qual for sua raça, sua cor e sua nacionalidade. A sua Religião é simplesmente a Religião. É universa e é a primitiva. Nasceu do primeiro homem, existiu por toda a História, não se extinguiu nos que viveram no espírito da verdadeira Razão e Justiça, e tomou simplesmente o nome de Religião Católica desde que o Filho de Deus sancionou-a para ser conhecida de todos, ampliou-a sobrenaturalmente, deu-nos como lema supremo sem o qual a condenação eterna é infalível.

TRAÇOS AZUIS III - SANTA ANA[142]

Naquele tempo vivia em Nazaré um homem honrado, conhecido pelo nome de Joaquim. A sua esposa chamava-se Ana.

No vale de Esdrelon, e nas ladeiras do Hérmon, cultivadas do trigo e das oliveiras, não tinha aquele homem uma nesga da terra querida dos maiores e partilhada pelas tribos guerreiras, depois das lutas com os Amalecitas de lança alta e os povos de Canaã de crueldade vingativa.

E vivia do trabalho Joaquim com a sua esposa Ana.

142 Paulino Dias, *Revista Moderna Mensal Ilustrada: Religiosa, Científica e Literária*, nº 5, julho de 1909, p. 77-80. Republicado em *Revista da Índia*, volume I, Julho de 1913 a Junho de 1914. Typografia Bragança & C.ª p. 118-120.

Nunca levantou o olhar de despeito e de censura aos fariseus de túnicas gloriosas, e às liteiras dos grandes conduzidas por escravos trigueiros, o seu coração era simples; resignava-se e orava.

Nas tardes solitárias dos estios, quando o Cison se seca, e as palmeiras e abetos do Carmelo e da planície de Saron se cortam no azul, amarelas e melancólicas, e o crepúsculo parece uma onda d'ouro pesada e tangível, e aves cantam pouco e é o desalento nas eiras, represava o patriarca antigo com os frutos dos plátanos e os sicómoros, ao seu lar onde o esperava uma saudação respeitosa e um sorriso de afeto.

Ana amassava com suas mãos a farinha de trigo, como as princesas de Israel, punha a mesa de pinho simples, a toalha alvíssima, e comiam os dois ao solposto melancólico, dando graças ao Deus de Abraão, de Isaque e de Jacó.

Ora naqueles tempos regia as tribos a lei de Moisés. Na antiguidade lançara-se a vergonha na mulher estéril. Vinte anos tinham de casados, e Ana não tinha filhos.

Quanta vez não levantará ela as mãos doloridas aos céus, evocando Jeová que aparecerá no Sinai, e guiará a lança de Josué, para libertá-la do opróbrio e da infâmia... Depois o seu olhar baixava com entusiasmo e com esperança às galileias de tranças compridas que levavam os filhos ao colo, felizes, ai felizes pelos caminhos abençoados...

Quantas vezes não foram os dois, com oferendas puras, ao templo de Zorobael cercado de pórticos e alpendres, para ajoelhar defronte do altar de Sion e orar horas longas de êxtase e de recolhimento...

Altos legionários romanos e capitães de Herodes passavam com marchas guerreiras pelas ruas da cidade de David e efeminados e decadentes eram os filhos d'aqueles heróis das eras, Gedeão que venceu os Madianitas, Aod, Heli e Samuel. Um príncipe estrangeiro ocupava o trono de Salomão. Iam expirando as setenta semanas do profeta Daniel; no horizonte denegrido ia apontar a estrela da libertação de toda a humanidade.

Joaquim e Ana voltavam a pé para sua casinha branca, à sombra do Hermon, para a cidade pequenina, a santa, a gloriosa entre muitas outras, que seria a terra de trinta anos de peregrinação do Filho de Deus.

Era um dia do mês de Tisri[143] no calendário dos rabinos. Colhiam a uva madura, e lavradores trigueiros estavam alvoroçados. Ia o sol no poente, e gralhas

143 Tishrei ou Tishri é o sétimo mês do calendário religioso hebraico.

vinham das margens do Tiberíades em grandes bandos negros, partindo para os altos topos do Líbano, os montes de Zackle e os mal afamados picos do Hebal.

Ana estava assentada no limiar da porta, tecendo aqueles tecidos simples e ligeiros de que faziam as túnicas os Israelitas; Ana levantava o olhar para os caminhos cinzentos aguardando o seu esposo, depois voltava ao trabalho e à meditação.

Quando o sol se pôs, ela ergueu os olhos úmidos de lágrimas para o céu puríssimo e pediu no íntimo da sua alma ao Deus dos seus maiores, e a sua prece chegou para Aquele que tem o trono acima das nuvens. Cerraram-se lentamente os seus olhos, e como que um perfume das planícies de Zabulon chegou até a sua alma. Pareceu-lhe ouvir a música das virgens de Israel nas festas de Páscoa, no meio do incenso da Sinagoga, os altos levitas de túnicas admiráveis, e o Sumo Pontífice com os bordados místicos no peito.

E o letargo descia para ela mais e mais pesado...

Pareceu-lhe ver um bosque de sicómoros e oliveiras. Torrentes como o Cedron d'águas santas corriam na verdura, e rosas brancas floriam. Anjos do Senhor eram naquela floresta com harpas d'ouro, como aquele Davi antigo, e cânticos abençoados saiam da mística solitude.

E os anjos do Senhor vieram como as rosas colhidas no vale de Zabulon, vieram com as liras de sete cordas, e com as rosas brancas fizeram-lhe uma coroa imortal.

– Por que é, meu Senhor, soluçou Ana, no fundo do seu êxtase, por quê é que vossos anjos vêm cingir-me de rosas?

E se calou como para esquecer aquela visão suave...

E pareceu-lhe ver de novo a seu lado uma criancinha de cabelo loiro como as espigas do Egito, simples e branca no sorriso dulcíssimo.

Pareceu-lhe ser um pedaço do seu coração aquela criancinha angélica. Mas era pobre, coitada, e vestida das túnicas de linho das aldeãs fatigadas. Mas que esplendor em volta da sua pureza! Era descendente de Rute e Davi e Natan celebrados nas Escrituras, e a bênção de Jeová não se afastava d'Ela. E aquela criancinha veio também com rosas brancas pôr uma cora imortal à pobre Ana sonhando...

Ela abriu os olhos lentamente e fitando o céu pardo murmurou mais uma vez:

– Por que é meu Senhor, que me vem com rosas brancas, crianças pequeninas?

E adormeceu de novo.

Viu então um Homem cheio do espírito divino e de majestade inviolável. Vinha para ela com tanta unção e respeito! Altos perfis de reflexão e de sabedoria eram a seu lado, com as mãos humildes; reis de espectros poderosos vinham atrás d'ele com o nardo e o incenso, com aqueles Magos preditos por Isaías, e gentes inominadas, vastas nações dos Orientes nebulosos, e povos de ritos desconhecidos que procuravam fitá-lo.

Aquele Homem era também um pedaço do seu coração; e ao vê-lo sentia por Ele um afeto maternal... E contudo tinha um desejo inolvidável de adorá-lo com as mãos juntas e beijar na orla a sua túnica branca. Ele vinha também para a Ana pobre e esquecidas, com rosas brancas tecidas em uma coroa imortal.

Então ela despertou e ajoelhando no poente enternecido levantou as mãos ao céu exclamando:

– Por que é meu Senhor, que me vem o vosso Filho cingir de rosas brancas?

Disse Ana ao seu esposo do sonho admirável que tivera pelo sol posto do mês do Tisri, quando colhiam na planície a uva madura, e eram na eira os lavradores alvoroçados.

E alegrou-se o justo de Nazaré, o descendente pobre dos antigos reis de Israel.

Ouvira-lhe o Senhor, que fizera fecundo o seio de Sara, e poupara dos Faraós o seu povo, ouvira ele a sua prece, e era aquele Homem, que sua esposa vira em sonhos, o Profeta imortal e último anunciado por Judá à sua tribo, ansiado pelos ascetas de Israel, Isaías de cabelos desgrenhados e o Daniel tristíssimo na corte dos reis assírios.

Aquela criancinha branca seria sua filha! Aí... que a promessa de um Deus magnânimo a Adão e Eva expulsos do paraíso se cumpria na pessoa de um lavrador humilde de Nazaré...

E os dias se foram cheios de perfumes e tranquilidade. As rosas do vale de Zabulon floriram e vieram das palmeiras do Hérmon perfumes dulcíssimos. Na casinha branca de Joaquim era a esperança que não emurchece.

Passou uma lua e outra lua. Os céus se tornavam mais límpidos, e nas madrugadas d'ouro era o rocio que consola. O país de Canaã se alvoroçava pressentindo o nascimento d'Aquela que seria mãe do Justo. Parecia ser mais linda a claridade solar, aves pipilavam com amor e toda a terra reverdecia. Ana dava todos os dias graças ao Criador pela mercê que lhe fizera.

Num dia do primeiro mês dos Hebreus, nasceu em Nazaré, Miriam, Maria...

TRAÇOS AZUIS IV - A MULHER FORTE[144]

Há um senso místico no homem, superestético ou subconsciente se lhe chame, mas impalpável e inabordável para os processos da análise e o método definido da Ciência. Quase que é o substrato da natureza espiritual, dir-se-ia o fundo desconhecido da verdadeira condição humana. Não lhe toca a intuição ajuda dos Laurence, Bichat[145] e Claude Bernard,[146] e a rijeza d'análise de Espinosa ou Stuart Mill apenas lhe levanta a ponta do véu misterioso e distante.

E contudo o senso subconsciente não se confunde e não se ilude. Tire-se ao animal humano a nostalgia atormentadora do movimento, defina-se lhe a ambição, a norma e o intuito, abra-se, fortifique-se e se redima, será Francisco de Assis e Tereza de Jesus de um lado super-homens do senso religioso, Miguel Ângelo, Verlaine, Phidias ou Sócrates, abstrações largas e dominadoras para a beleza, para o bem, para a prece.

O senso superestético é o trama estrutural da natureza humana, a sua face mais pura e sagrada. É essencialmente subjetivo, essencialmente depende de uma iluminação íntima.

Nas horas amplas de êxtase e de recolhimento é ele que se dilata em uma afirmação de força e de verdade. O tumulto dispersa e abafa; a concentração íntima é a verdadeira receptividade para a luz. Na escala baixa das civilizações a animalidade se avantaja; os espíritos raros e privilegiados são os libertados pelo afinamento do eu para a Beleza, a Justiça ou a Verdade, os protótipos do Bem, os tipos supremos dos seres criados.

O senso místico é, como a essência das coisas, a insuscetível d'análise rigorosa e precisa. Há sempre do inconcebível para a compreensão humana. A natureza íntima do espírito ou da matéria, o átomo, o éter, a força, a vibração, fenómenos últimos e basilares do que existe, são o que não se atinge jamais. É d'eles o terreno fronteiro à Ciência. Depois é o Dogma, a Fé. A Crença há de encher um lugar sempre vazio no coração humano.

---

144 Paulino Dias, *Revista Moderna Mensal Ilustrada: Religiosa, Científica e Literária*, nº 6, agosto de 1909, p. 97-101.

145 Fisiologista francês (séc. XVIII).

146 Criador do método científico (séc. XIX).

Têm-se aludido à nossa capacidade para a Ideia, a Forma, ao Movimento. Têm-se colhido as manifestações da consciência, e as impulsões nítidas dum espírito livre. Têm-se analisado a célula, a fibra, o músculo; observado a evolução da matéria pelas formas múltiplas e inominadas. Têm-se entrevisto a substância sideral geradora dos mundos e o núcleo ativo do animálculo amorfo. De Kant e de Spencer é a formação triunfante da ideia humana. Têm-se aberto, iluminado, dissecado e destilado, e embora para as condições materiais haja a insciência que assoberba, para as condições transcendentais, a evolução e o destino último do homem, o conhecimento dogmático é adulto, perfeito. Contudo não se aludiu jamais à natureza subconsciente do homem; mitos, sistemas, doutrinas e teogonias, abstrusas concepções de magos silentes e gimnossofistas de faces cavadas não resvalaram pelo homem na sua essência humana e longínqua.

É o segredo obscuro do Criado, a verdade velada de um véu sagrado. Foi unicamente a concepção cristã que representou em formas visíveis e cognoscíveis os aspectos múltiplos da natureza subconsciente, foi só ela que fundiu em monumentos humanos, sólidos e perpétuos, as concepções transcendentes e subjetivas. Alude-se aqui à representação nas eras da Mulher Forte.

A universalidade de uma crença duma ideia tem quase o cunho irrefutável da verdade. Há ideias que assoberbam pela grandeza, a insistência, a solidez. Não as atinge a variação passageira e contingente. Quase que se assiste à sua formação em uma idade longínqua e inacessível em que a trama natural fosse moldável e maleável, o fundo cósmico do mundo e dos seres, em que a verdade presente se tivesse gravado profunda e imortal. Reconhece-se, não se explica. É dos fatos que tem dentro de si a origem e a prova.

A ideia da Mulher Forte, duma alma feminina coexistente com o princípio material, força, emanação divina que se lhe chame, é das concepções insistentes em teogonias e sistemas cosmogônicos de todas as eras. Que se intitule Sekhet, Ceres, Bhagavat ou Astarteia,[147] que tome a forma mítica e desordenada ou que arruma a representação definida da energia, é sempre o assentimento duma entidade real, intimamente unida a matéria por um Poder extraordinário e invisível.

A matéria não tem o movimento essencial. Há o que de estranho e real que a molda e a completa. Atração, vibração, coesão, força abstrata e intangível?

147 Divindades da Antiguidade egípcia, grega, indiana e fenícia, respetivamente.

Defini-la é atingir ao fundo nebuloso e inacessível dos elementos essenciais; reconhecê-la, sim, personalizá-la por um protótipo cabal e perfeito.

Não a definiu a antiguidade pagã, apenas pressentiu-a. Estava reservada à verdade cristã a realização, quase a personalização típica da vaga ideia secular. Nos tempos bíblicos se vai formando a verdadeira ideia da Mulher. Raquel, Ester, Judite, as iluminadas sublimes, quase inconscientes duma missão sobrenatural e pura. São diferentes da personalidade feminina pagã; não são os elementos desconexos ou errôneos isolados num tipo real.

E contudo a mulher bíblica está longe da perfeição ideal, da união soberana de todos os elementos abstratos que se pode conceber a mulher forte.

A Semiramis dos monumentos imortais, Hipátia, Damayanti, as virgens dos ritos Kymricos e tantas outras são a representação parcial e distante... Os profetas de Israel haviam pressentido o advento de uma mulher admirável. Dissera-o Deus ao expulsar o homem do paraíso antigo. Davi e o Rei Sábio, Isaías de espírito iluminado, e o profeta da decadência haviam nitidamente definido a personificação ideal. Virgem seria ela na pureza e na santidade desconhecida. Seria que dá frutos ótimos, forte e branca para um conúbio sobrenatural com a Essência Suprema, Imaculada e venerada pelos séculos e as eras; a manifestação admirável do Poder Criador.

É como sempre a ideia cristã a solução dos problemas íntimos da natureza das coisas e da mentalidade humana. Explica, define, prova. A demonstração e o dogma se apoiam e se completam. Como sempre a verdade dogmática se estriba em uma ideia universal, indelével na consciência, quase sempre suscetível de prova e de demonstração. É a verdade essencial. Para a Mulher Forte se uniram contudo a ideia primitiva, o dogma e a prova palpável, viva. É o conjunto único, não mais há de se repetir na História. Da expectativa da Mulher, símbolo de Força, Pureza e Claridade, à sua realização no século inicial do cristianismo, e a sua definição dogmática do século XIX, não existe solução de continuidade plausível da ideia. Nos sínodos e os concílios, em Lourdes, Pompeia, Loretto e as aparições gloriosas é a mesma ideia que se consolida e se afirma. Não a contradiz a Ciência; a Ciência, adulta, nobre é a irmã da Religião. Ambas querem a luz, ambas procuram o bem. A Ciência que se curva perante o incognoscível é a mesma que reconhece o sobrenatural. Há no que existe uma dualidade visível. Há o que se sente pronto, ativo, imortal e que se procura entrever em vão. Deixá-la a *demi-science* com o orgulho inane e a frase de sarcasmo; deixá-la com os ímpios e os revolucionários sem a luz e o bem como o seu fim último; Arius, Nestorius,

Joviniano, os Manicheus, albigenses,[148] os da guerra ímpia às ideias sãs que são as da Religião e a verdadeira Ciência. A ideia primitiva se afirma ainda hoje cada vez mais nítida e invulnerável, a cada assalto da impiedade é um novo élan de glória e de conquista. É o que a verdade não se estiola e não se desfaz. É que a verdade tem em si a energia que a sustenta e consolida.

Humilde, nascida de Ana e Joaquina, esposa d'operário, e fiandeira das túnicas raras usadas pelos príncipes de Israel, afirma-lhe o Anjo do Senhor com a autoridade infalível d'aquela voz que disse "Fiat Lux!" afirma-lhe que será «Bendita entre todas as mulheres» e a fiandeira do país antigo se sublima na união mística com o Princípio Universal e se confirma profética "eis que todas as nações hão de chamar-me bem-aventurada". É simples e é raro. À fiandeira das eras se abriram num momento os séculos iconoclastas do Belo, o Justo e o Verdadeiro, os tumultos heréticos contra o seu nome, e a gargalhada do sarcasmo contra a sua virgindade impoluta, e o reverso, sua divinização por "todas as nações"? É profundo e é consolador. Da união com o Princípio Supremo deriva a força que os séculos não dominam. Não se abriram à Maria, como num Cosmorama, Lucas, o artista da pedra, Clemente Papa, Bernardo da língua dulcíssima, Francisco de Sales, S. Domingos do Rosário e o Pontífice glorioso que afirmou com a autoridade divina ser ela Imaculada? Não viu Loreto, Monte Carmelo, os santuários de piedade fecunda, Lourdes e as catacumbas dos crentes perseguidos, as vastas concepções dos Fra Angélicos, Durers, Murillo, Tintoretto, Haydn, Gounod e os modernos Perosi[149] e Louvain?

Davi o disse: "Milhares de virgem farão defronte d'ela o cortejo ao Rei, elas hão de seguir gloriosas os seus passos, depois dos pais e as mães hão de ser os filhos". Não se engana o que fala pelo Senhor. Sob o estandarte de Maria marcham para a Luz as fileiras dos crentes que não se conta. Defronte de sua imagem se ajoelha com a veneração filial e a confiança perpetua. O seio que trouxe o Filho de Deus é forçoso que seja um templo. A sua pureza e santidade é intuitiva. Ou que venha a infâmia e a desordem, que se levantem as seitas destruidoras, seja a sociedade sem a lei e o mundo sem a crença; que se mantém e que se arruínem para um espetáculo de barbárie e ferocidade ao universo estelar; calque-se aos

---

148 Cátaros, movimento cristão heterodoxo (sécs. XII-XIV).

149 Compositor de óperas italiano (sécs. XIX-XX).

pés o livre arbítrio; esqueça-se a emanação suprema, e se vá com os grandes decadentes se unir à infâmia e a vergonha.

Voltando ao caráter típico da Mulher Forte, a universalidade da Ideia e da Representação, se vá da Maria, fiandeira de Nazaré à Virgem Maria diante da qual os Monarcas e os Pontífices ajoelham. Há a proporção máxima, nas coisas contingentes, do efeito para a causa e vice-versa, é o milagre que gera o milagre, o impossível que produz impossíveis.

Tire-se à Virgem a ideia de Mulher Forte, a concepção primitiva da Força e da Beleza, tire-se-lhe os atributos da Essência Imaculada, resta um edifício secular levantado sobre areia, o absurdo sobrenaturalmente divino. Renan, o ímpio, é a afirmação inconsciente do milagre. Maria é a alma do mundo, a força aberta e poderosa que levanta o espírito do homem, purifica o espírito da mulher, alumia os pequenos, forma indivíduos, famílias, sociedades modelares e progressivas.

LILI[150]

Era uma vez uma criancinha pálida e de finos cabelos macios chamada Lili. E era a sua casinha branca á beira do caminho, de janelas pintadas de verde. Balcão de assentos muito estimados e o pequenino jardim de alegretes de barro à porta.

Por oito anos de abundância abençoada e feliz havia o seu pai trazido ao celeiro o bate[151] seco, o bate das debulhas entusiásticas de setembro, com as chuvas violentas da tarde, e as alagações descendo, tumultuosas, fecundantes das ladeiras verdes... oito anos sim, desde o dia em que nascera a Lili pálida. Lembravam ainda a tarde melancólica, sem irradiações agressivas de luz, com nuvens de sangue no poente, tumultos e revérberos pelo ar. O sino da igreja tocava a noivado na tarde em que ela nascera, no quarto escuro e sem janelas, iluminado da luz flébil de candeeiros de azeite, braseiro ao canto, amuletos negros ao lado e pendurado à porta o benéfico raminho de nirvôl. Nascida de promessas longínquas a Lili pequenina! Não a deitaram na esteira por oito dias, mas fizeram-na adormecer ao seio com cantigas de amor e queixumes doloridos as mulheres da aldeia.

150 Paulino Dias, *Revista Moderna, Revista Moderna: Mensal Ilustrada: Religiosa, Científica e Literária*, nº 7. Nova Goa: setembro de 1909, p. 134-136.

151 Arroz com casca.

E oito anos tinham decorrido serenos e bons. Lili tinha mãos de cera e um pequenino anel de oiro no dedo. Lili tinha os olhos húmidos, sempre húmidos... De sua voz fina, como um tinir de manilhas ficavam todos encantados... E ela tinha o carinho instintivo e natural de uma alma de flor, de açucena. Todas as manhãs, quando o sol aponta curioso por entre os crivos das mangueiras, e as vacas vão às pastagens, e mulheres, sem o xaile de chita, de pano arregaçado levam à cabeça canja para as várzeas; todas as manhãs a sua mãe, sentada no umbral do balcão, penteava o seu cabelo muito macio e punha-lhe o path e punha-lhe flores, muitas flores frescas e amorosas de sua inocência.

Lili dava com sua mão o arroz branco aos pobres de chereta estendida, trêmulos de fome e fadiga.

E vinham ver o seu cabelo, e vinham ver o seu path, as criancinhas de casas próximas, todas descalças e despenteadas, faixas de pano roto à cintura e os grandes olhos pensativos sobre o perfil de Lili encostada, tão amorosa! Ao balcão de pedra, a camisa de chita vermelha presa ao pescoço e chinelinhas aos pés.

Divina criatura! A vê-la vinham parentes de aldeias longínquas, das terras muito para além dos oiteiros, com solodos de bolos doces de jagra[152], a pinaca e os fuguéus[153] pequenos, toranjas e flores, bonitas flores. Vinham eles ao cair da tarde, e partiam saudosos à madrugada, depois de fitar por longo tempo a imagem de Lili adormecida.

Pessoas ricas enviavam-lhe, pelas festas dos Oragos, vestidos de chitas frescas, botinas de morim branco e véus franjados e orlados de lantejoulas; enviavam-lhe em bandejas cobertas de rendas finas. E um dia uma bemfeita noiva de cabelo negro, ao voltar da sagrada comunhão, vendo a Lili pequena, silenciosa com a camisita tão limpa e os pés calçados em chinelinhas, havia descido da machila, havia posto ao seu pescoço uma corrente de ouro, de onde pendia uma cruz de esmaltes azuis...

Ora foi uma vez de tarde.

---

152 Açucar de coco ou de cana.

153 Bolos tradicionais de Goa, feitos de farinha de trigo.

Era a festa da espiga nova na aldeia, e do ável,[154] a dos cocos partidos, e dos brincos de espadas. Contudo que melancolia e apreensão no sol posto monótono... Gralhas voltavam do mar. Passarinhos trilavam tão manso!

E Lili estava sozinha, com o ável húmido da jagra na chereta raspada, alisada.

De repente um tiro de espingarda cruel a seu lado...

Deu um grito Lili. Caiu-lhe das mãos a chereta do ável bom.

Um homem de chapéu largo e negra barba agressiva olhava para o ar branco de fumo como que procurando alguém. A seus pés estrebuchava um soberbo pombo de tufo à cabeça e reflexo de ouro na asa de um negro magnífico. E Lili ouviu queixumes agudos de ave cheia de tristeza, e viu descer ao regaço, trêmula nas asas estendidas, outra pomba de penas brancas como os véus de noivas ricas, e os pés lindos... ai, lindos da cor marítima dos corais.

Matara o pombo negro o caçador de barba selvagem, e procurava com os olhos a pomba branca. Que pena na alma de criança, de Lili! Estreitava a pomba ao peito e sentia o seu coração palpitar. Uma lágrima veio aflita à flor da sua pálpebra. E a tristeza, a tarde, soledade! Que sentimento... ela viu aproximar-se aquele homem de largo chapéu agressivo, blusa de pelo escuro, e olhos cavados; viu-o de pé, diante de si, a arma na mão a dizer-lhe:

– Solta a pomba, rapariga...

E ela chorou. Mas as suas mãozinhas fecharam-se quentes e protetoras sobre as penas brancas da pobre pomba refugiada no seu seio inocente.

O caçador se foi partindo silencioso pelo sol posto do inverno, de longas nuvens ensanguentadas. Ave Maria na torre, e o vento suspirando. Foi com o olhar no chão. Não se voltava para ver a Lili medrosa; não se voltava que tinha uma tristeza rara! Um último raio de sol vinha benévolo por uma fresta de nuvens de agosto. Caritativo aquele raio do sol! Batia alegre sobre a imagem da criança de cabelos alisados e flores cheirosas, com uma pomba branca, branca sobre a camisinha vermelha. Parecia o olhar de Deus aquele raio do sol...

Lili criou a pomba viúva. A inocência de ambas, tristeza de ambas... Coitadas! nos longos silêncios de horas pesadas, as chuvas do mar alto, o cri-cri insistente e teimoso dos insetos escondidos; e nas noites de ventania brava a sacudir os topos de palmeiras poderosas, grossos sopros como das cavernas insondáveis. Gritos se ouviam à distância, de viandantes, de vigias nas casanas. Lili adormecia com

154 Segundo Dalgado, arroz com casca mal cozido.

a pomba sobre o coração. Alta noite eram sonhos espirituais e puríssimos, o céu e muitas estrelas, uma pomba no meio, mas toda de ouro. Parecia-lhe o Espírito Santo dos púlpitos de Igreja, e sorria feliz.

E Lili acordava, de manhã, alvoroçada e satisfeita. Amava mais e mais a pomba de olhar agradecido, meigo como o algodão intangível dos horizontes amados.

Ó longas horas de desprendimentos das coisas naturais, à beira de uma várzea, à sombra de um tamarindo, com a ideia imaterial de uma fugida, de uma partida além, como num voo de ave! E a pomba no colo adormecida... E adens regressando, mais as pastorinhas trigueiras... E muitas vezes então a nostalgia dos sonhos raros... com os Espíritos Santos de ouro e a Virgem Maria, a chamar baixinho... Horas belíssimas de paz!

Ora foi uma tarde fria de dezembro, de consoada. Havia sido o vaivém, por todo o dia, de criadas com toropos festivos e toalhas de sucim e corpetes coloridos, levando os solodos opulentos, os bolos, os fuguéus, o dodol[155]... Lili, muito de manhã, tinha posto ao pescoço da pomba um colar de alfinetes vermelhos, tinha-lhe feito aos pés guizos das vagens sonoras do alphulli, tinha-lhe dado o chunn saboroso tantas vezes... Por todo o dia haviam sido os brinquedos com as conchas e os caracóis e os grãos de gungi vermelho, haviam sido os cavalinhos de farinha branca e os cajados e os morcegos assados no tacho largo de azeite. Naquela tarde de dezembro fria e dolente estava Lili com as mãos juntas para trás a olhar os fuguéus brancos assando quando ouviu de reprente um tiro de espingarda alto, cruel, vingativo.

Correu num ímpeto de desespero a criancinha pálida, e viu no meio do jardim de alegretes de barro a pomba de asas brancas, ensanguentada, imóvel.

Ao longe o caçador de chapéu sinistro e grande barba selvagem fitava a ave morta com um sorriso de ironia malévola.

Lili caiu desmaiada.

Três dias, no leito de lençóis brancos, pálida como a cera das tochas e os olhos cerrados velaram-na sem uma hora de sono os seus pais aflitos. Três dias, sim, de oração e de velas à Senhora do Rosário. Trouxeram-lhe os doutores de cabelos brancos e larga experiência, trouxeram-lhos em machilas de toldo escuro.

Não acordava e não sorria a Lili pálida.

155 Doce goês preparado com farinha de trigo e suco de coco.

Vieram-lhe os indivíduos de mãos prodigiosas, com amuletos no pescoço e estranhas peças de madrepérola e ossos brancos, rosários e imagens abençoadas e grandes crucifixos... e rezavam-lhe as rezas místicas do extermínio de espíritos malfazejos.

Mas Lili não sorria.

Uma tarde de melancolia, disse ela abrindo os olhos largos:

– Mamã... Flaia... Onde está ela?

E os pais trouxeram-lhe a pomba embalsamada.

– Está morta, coitada, está inteiramente morta.

E não disse uma palavra de aflição e sentimento. De cera, sim meu Deus, de um esbatimento de cor e de frescura como os jasmins das jarras sem água, e os lótus no abril; transformava-se em névoa e em algodão, era da leveza das casas e das transparências etéreas. Afilavam-se-lhe os dedos pequeninos, o pescoço, os tornozelos, e a sua face se punha tão minúscula...

Um dia tristíssimo de calma e nevoeiro, com o trovão rosnando ao longe nas nuvens más subindo sobrepostas levantou-se ela do leito, e pela mão dos pai alegres e consolados foi à sala dos móveis de outrora, aos baús de canfora, e as altas cômodas que tantas vezes abrira e fechara por capricho; foi ao balcão dos alegretes e as trepadeiras em arco à porta, e ao jardinzito dos crisântemos florindo.

Quando voltou fatigara-se tanto...

Contudo pediu que lhe vestissem o vestido branco de cambrais, que lhe penteassem o cabelo que pusessem luvas pequeninas e os sapatinhos de seda.

E vestida, e frágil, Lili deitou-se e adormeceu.

Nunca mais despertou...

Vi no dia seguinte a Lili da casinha branca à beira do caminho, vi-a adormecida num caixãozinho branco, bem-feita, sorrindo, e levada por quatro anjos vestidos de renda, asas estendidas e capelas na fronte. Doze sombreiros de damasco vermelho fechavam o seu enterro. Levava a Lili morta, dentro das mãozinhas juntas sobre o peito, a branca pomba embalsamada.

TRAÇOS AZUIS V - CÉU...[156]

Tarde de julho monótono. Há horas de monção tropical típicas e inolvidáveis. São da embriaguez do desconsolo, da aspiração suprema de imobilidade. É-se de pedra, do crepúsculo, do luar de chumbo, das grandes baixas em que se perde alguma coisa de espiritual e límpido. Ausculta-se. Olha-se a ponta do nariz. Sente-se a palpitação intíma, a vida celular, a última vibração da matéria. É obscuro o ser como as catedrais profundas. Há Campos Santos, vastas áleas aí com mármores gravados. Que perspectiva! Ascende-se mais alto, por frinchas d'ouro. Cheira-se a incenso, a almíscar, a âmbar dos Magos da História. Diviniza-se, espiritualiza-se a visão solitária. A Ideia se recorta ampla, suprema, com os talhos das basílicas de pedra e as profundas concepções imobilizadas na Glória.

É este o alívio e o triunfo do julho monótono. Naquele dia de viagem beatifica pelo país das florestas a solitude se condensa e se avoluma sugestiva. Lá fora é a chuva que rola, carrega, espadana pelos campos verdes e as espaldas de vegetação admirável. Aí são os topos dos montes cingidos de nuvens pardas. Aí são as cascatas rugindo nos brejos, o cri-cri, ventanias no jangal, o ulular do mangal abalado.

É no topo dum monte o asilo secular da Crença e da Piedade. Encontro o eremita d'olhar aberto, e vasta fronte pensativa. Vive no recolhimento íntimo e na união mística com a essência inominada o sereno solitário. Sente-se a gente de vime, de água, perante a sua grandeza contemplativa. Sorri com benevolência e se abre com doçura apostólica.

– Tão perto vivíeis do céu... O que é o Céu? Pergunto.

E ele:

– O infinito é a verdade essencial. O positivismo da concepção transcendental de Comte ou da evolução prática de Spencer é o dique forçado à força intelectual sedenta da última verdade. Parar num limite arbitrário é abdicar o direito da razão. O infinito é o corolário natural da causa prima a que arribam as causas contingentes e secundárias. Não se fantasie. Ou que se dê largas à concepção artística e literária do universo, no diletantismo da verdadeira Ciência. O infinito é o ponto culminante a que visa a Ciência adulta e a Religião perfeita. É aí a concentração de todas as verdades, de todas as ciências, beleza suprema, per-

156 Paulino Dias, *Revista Moderna Mensal Ilustrada: Religiosa, Científica e Literária*, nº 7. Nova Goa: Setembro de 1909, p.117-121.

feição, justiça, realização ideal do amor. No pedaço do infinito em que se agita o ser é a concepção necessariamente parcial da realidade. A ascensão psicológica é sustida e impedida pela união profunda com a matéria. A evolução do ser nas eras históricas embalde o aproxima do fundo nebuloso e sem limite. A matéria deprime, deturpa, enlouquece. É a grilheta de chumbo nos dias agitados da vida. É aí, na amplidão azul a compreensão nítida da realidade que é o alimento da alma. Não há a negação e o erro, não há o pungir acerbo da verdade compreendida, que é sempre a possibilidade desconhecida da dúvida. É a absorção serena e consciente da Verdade eterna. Eu creio na capacidade uniforme do espírito para a compreensão da realidade. São as peias contingentes e transitórias a causa da divergência do homem, nos tempos e os lugares. O espírito puro, livre perante a Essência Suprema é o ser capaz da felicidade perpetua pela assimilação perpetua da Verdade. É a Verdade, no mundo, a mais alta aspiração humana. A luz é a vida. A verdade é a civilização. É a verdade que afirma Platão e guia Edison. São os séculos rolando na pena e no sofrimento a afirmação da nostalgia eterna. É um impulso profundo que agita a massa humana. Parar? Triunfar o silêncio, a negação? Será o fim último do Poder inominado e indefinido que, bastas vezes *malgré soi,* o homem reconhece e confirma? É a negação o ponto culminante do movimento? Expor a concepção doida a um século de audácia e intransigente seria irrisório. E contudo... O materialismo se contradiz na concepção do efeito. A negação é o impossível. O movimento cortado num ponto arbitrário não se anula. Ou que se invente leis absurda e contraditórias, que se admita movimentos intempestivos, que se derive consequências de princípios físicos e fisiológicos arbitrários. A ciência dos Newton, Laplace e Cauchy não é a ciência da fantasia. A grande fanfarra de Flammarion, Francoeur e os da ciência-romance colhe simplesmente o aplauso duma era de literatura ávida do imprevisto e do aventuroso. É a Verdade infinita que tem em si as verdades alcançadas. É a parte dum todo, e o todo não tem limite. Ascende-se pela eternidade na mais alta aspiração e o contentamento espiritual. Não será necessário esta eternidade para um ser relativo se embeber da verdade que não tem fim? Não será o acme da sua aspiração?

Parou numa nostalgia gloriosa da Verdade o apostolo da solitude. É um instante de magia crepuscular. A chuva abate parda nos topos sertanejos. Um desmaiar da viração oscila os topos da verdura. Gotas d'água caem em grossos pintos, sacudidas da folhagem. O verde se amplia, se alarga como cortina aberta. E além pelos Gates indecisos, é a cor de chumbo onde se presente um choque soberbo das forças naturais. Uma lasca do sol emerge das nuvens. Vertigem! É um trecho de beleza soberba e imprevista. Não se define e não se traça. É como nas transfigurações clássica. Pressentira Rafael, numa intuição visionária, a opulência das coisas tropicais? Um leque de claridade aflora a paisagem verde. Lindo no meio da chuva parda! Sobem espirais do fumo das choupanas d'olas, poucas, duma encosta cheia de bambus e cajueiros. Vozes de lavradores, sentidas e longínquas. Algumas pombas brancas se levantam no crepúsculo. É o verde que triunfa sob a vitória da luz...

Dilata-se de orgulho o solitário dos montes. É como o seu ser absorvesse e assimilasse toda aquela opulência natural. Então flébil[157] como nas meditações:

– Sinto-me dissolvido, espiritualizado na beleza pastoril. E isto é puro, sagrado, inviolável. Parece fora da realidade e da consciência. A beleza suprema é o que não se exprime. Senti-la, sim, deixar-se levar pela doçura infinita d'água... Cerrar os olhos lentamente e se perder na abstração mística cujo fundo não se atinge, que ele é a essência do próprio Deus. E é isto que se vê, que se palpa, suaviza e acaricia o coração. É a radiação entusiástica dum traço de Beleza universal. A sua existência é necessária, que verdadeira é sua existência parcial. Supô-la circunscrita a um exílio sem predominância cientifica na criação é ter-se da terra a simples concepção da vaidade. Quantas vezes me recolhi e me isolei no silêncio beatífico... Sacode-se a preocupação e o sentimento. Tem-se a concepção genérica da vida, as eras, as civilizações. Abstrai-se mais e mais numa síntese profunda. Perde-se os contornos das coisas. Parece um luar que desmaia as perspectivas. Não se cortam os talhos da paisagem, e os indivíduos se fundem num corpo indeciso. Afasta-se mais e mais d'aquela concepção genérica. Não se ouve os sons, os ecos, as vibrações monótonas. Levanta-se a ponta de um véu misterioso, Pasmo... êxtase... Não se colhe da realidade a forma, a cor e a melodia. E contudo, que perfeição! É o que nunca se atingiu nas coisas transitórias. Já não é o esferoide pálido a rolar pelo éter indefinido, o sol, o luar e a via láctea de abril. É alguma coisa de sublime que apenas começa. O que será a verdade ulterior? Onde acaba?

E quando se desperta da visão beatifica a saudade colhida enche como um perfume o nosso ser. Será aquilo a Beleza essencial que apenas entrevimos? Será o amago da beleza representada, a forma e o modelo, Murillo e Durer, Lucreio

157 Lacrimoso, enfraquecido.

e Mozart, o idealismo e o sensualismo, o pré-rafaelismo, Rosett,[158] a escola, o género, a nuance, o esforço que sobe alteia, torce e cai impotente por colher a essência inatingível? Há o que de pequeno na beleza terrestre. E a nostalgia que aperta o ser para a perfeição impossível! Há de ser a causa perpétua da serenidade e o alívio que a Beleza tem dentro de si. Há de guiar o espírito transparente pelas *étapes* angélicas onde a Beleza não se circunscreve a formas geométricas e o colorido exíguo da dissociação solar.

Escuto. Tem laços e liames as palavras do crente. Partem-lhe do coração, têm o cunho e o tinir das convicções profundas. Cuido ouvir os carrilhões das festas e os agudos campanários. Do seu perfil se exala a força que domina e convence. É a radiação do espírito, a energia sem termo. Penso em Cristo, em Francisco d'Assis, em Tereza de Jesus; compreendido o poder superior que rasga a água dos marés e abate montanhas. Compreendo as vastas degolações e os martírios nos coliseus antigo e as carnificinas histórias. É isto, o esquecimento da carne, da matéria, do ser... A espiritualização n'uma ideia superior.

E a noite cai ao largo... A noite! A cinza, a promessa da paz sublime... Caiu o sol no mar. Cava-se a sombra nos recessos verdes. Pulveriza-se a terra nos tratos indefinidos. É como nos quadros dissolventes dos polioramas. Crê-se numa agitação peculiar que abate, absorve, torce, esfuma e nivela as formas, perfis, contornos, campanários, topos de montes guedelhudos. Tocam a Ave-Maria na torre da igreja. Rezamos. É consolador crer em Alguém que é Pai e que é Bom. Sente-se o alívio e o apoio que em vão se busca na agitação da vida.

Diz-me o iluminado...

– Deus é o Amor, disse o próprio Deus. Deus é o amor essencial, íntimo e inabalável; é a origem do Bem, a causa próxima da criação. É a força que cria S. Paulo e Francisco de Xavier. Não é a ambiguidade frágil e o apoio duvidoso das afeições mundanas. É o que dá os êxtases amplos e a absorção mística aos iluminados, é o que faz esquecer a dor e a corrupção. É no Amor que "somos em Deus, vivemos em Deus, movemos em Deus, somos do género de Deus, do ser com Deus e por Deus".

O amor é o Sentimento essencial. É o que aflora a lágrima e toca o coração. É o grande laço vencedor dos átomos, sistemas, seres, famílias, nações, humanida-

---

158 Possível referência a Dante Gabriel, pintor britânico pré-rafaelita (séc. XIX).

des para uma vitória excepcional. Absorver-se no Amor é civilizar-se pelo Bem. O Amor supremo é o Bem sem limites e a máxima espiritualização. É necessária a eternidade para o conúbio sublime com o Amor Infinito.

E ele se parou esmagado da realidade intensa. A realidade... sim. Diziam-na a noite rancorosa as formas dos seres, o éter, o mar, os elementos a estremecer sob a impressão extraordinária. Realidade... Trazia dela a criação o pálido resquício? Como conceber, como assimilar sem ela o existente e o palpável... A realidade? A opressão eterna...

E eu voltei do asilo secular da Crença e da Piedade pela noite do Julho monótono. Bravia a monção pelo território abalado! Não havia estrelas e a gente adormecera. Mas acordada e sempre viva a natureza, o mar, as nuvens, e o vento no jangal, numa afirmação desconhecida e inviolada. Cerros se alongavam pelo caminho entre cordilheiras. Tigres uivavam no mato, e partia de longe um gemer monótono de mochos doloridos. Cascatas se despenhavam com estrondo, e o cri-cri dos insetos irritava. Mas feliz de mim que se me escoara a nostalgia nirvânica da imobilidade e de aniquilação, e que sentia no fundo solitário e tenebroso levantar-se, abrir-se e palpitar num clarão intenso como as auroras da redenção salutar e as vastas forças demolidoras das civilizações gastas.

CROQUIS[159]

Fui ao arecal de Malpem, em dia de abril, glorioso. Era-se por um d'aqueles fins de colheitas raras, de medas altas, com o tim-tinar dos bois satisfeitos pisando a espiga, e os bambus dos lavradores fatigados de bater na várzea a palha amarela.

Não se faz ideia precisa da vegetação tropical, a quinhentos passos de um trecho bucólico. A terra é bastas vezes a página de um simbolismo obscuro. Há tintas e há nuances de força e de vitalidade, profundas e ignoradas. Quase é preciso grandeza d'alma para compreendê-la. Deus se reflete nela eternamente bom.

Cinge-nos a placidez do silêncio... Ó místicos evocadores do silêncio... Poe no Coliseu de Roma, Graindorge, Volney e Wordsworth, e o filho do guerreiro Fingal, que nos acodem com as memórias olvidadas! É-se aí como o herói pan-

---

159 Paulino Dias, *Revista Moderna Mensal Ilustrada: Religiosa, Científica e Literária*, nº 5, p. 90-92.

teísta de Flaubert, a carne e o sangue e a cor da natureza, o coração que pulsa, que vibra e que ama, o espírito imortal e a vida límpida e cantante. Fluidifica-se o ser n'aquela paz admirável. Tem tentáculos de seda e liames azuis os recessos úmidos da verdura. Crê-se a gente ser um veio d'água que vai murmurando e vai partindo, e o vento que frola lentamente o topo dos palmeirais estáticos.

Fazia nesse dia um calor menos mau. Fastio. Um quê de enervamento oriental e clássico, a nostalgia atávica da imobilidade. Compreende se assim as atitudes pacíficas dos budas indiferentes, e as ideias de desânimo representadas em Karli e Elephanta. Tocavam ao longe um tam-tam monótono. Gentios a certa d'algum pagode antigo. Abriam-se as madressilvas. Punha-se a gente a olhar para o alto, o indeciso, a ver onde é o fim de uma trepadeira grossa como um mastro. E perfumes que pesam como em noite de torna-bodas[160] na aldeia!

Abri com precaução a porta de bambu tecida pelos curumbins cuidados. O arecal é murado do niôl vingativo. É como as praças de guerra, com sentinelas altas, seteiras e muralhas. Crê-se até avistas por de trás de um tamarindo o perfil dos cavaleiros de Godofredo, de viseira baixa e lança admirável, e sobre um bloco de granito levantar-se lentamente a boca de um Krupp ou Maxim moderno. E lá dentro há de ser os bois fatigados das lavoiras; vacas leiteiras ruminando nos currais baixos; um trecho da vida ingénua e primitiva.

Entro. Ninguém por entre a vasta colunata! A natureza é como um santuário! Adora-se aí o Deus incognoscível do Spender. Quase que há torres e campanários, turíbulos largos e ecos de ritos. Vou mais adiante. Cheira-se a angélica, a mel, a carne humana. As vezes crê se estar a beira mar, com galeras a vista, e os remeiros de Virgílio partindo os remos no azul profundo. Outras vezes parece um *boudoir* de elegante, com bucetas de fitas de Bruges a arder, o incensador de aromas raros, velulos, jarras da China, e um quê de subtil e compassivo que nos toca como uma carícia.

É de se ver que a colunata branca! É das cavernas de Fingal, nas praias de Erin e à beira dos mares sem descanso onde Ullin e Ossian iam se ferir as cítaras pelos mortos na serra dos gamos e nas pelejas contra Swaran. Há trepadeiras que nos veem, que não se sabe donde; trazem sorrisos e corimbos de flores. Parecem braços cheios do manilhas e dedos com anéis. Há uma réstia aí d'aquele misticismo pagão de Eleusis, da Hecatompila e os mistérios adoráveis de Isis e Osíris? Como

160 Em Goa, recepção em casa dos pais da noiva, realizada após o casamento.

nos volta a fantasia à antiguidade clássica. Temos de certo envelhecido na maldade e na rudeza. A natureza se compensa como sempre, ganhamos em precisão, perdemos em naturalidade. Booth de ideal altruísta não é o grande patriarca de Ur de espírito estranhamente transcendente.

Vou pisando cautelosamente a relva partilhada de orvalho. Há cobras de mau renome do arecal de Malpem. Morderam um dia criancinhas trigueiras ao colher ananases. Mas é o mel, o mel, meu Deus, na soledade invulnerável!

Ressuma a terra como os muros d'aqueductos. O verde é insistente, balsâmico. Dá vontade de se entrar aí com feridas na alma. Havia-se de se rejuvenescer pela doçura e santidade, reviver para a vitória, o tam-tam e as alvoradas, esquecer a maldade antiga e os nadas comprometedores de que é feita a vulgaridade mundana.

Era numa clareira azul um poço d'água parda. Haviam aí trabalhado, sob um sob virulento, curumbins de tanga estreira; haviam enterrado na água o bico de cegonha e irrigado as plantações ressequidas. Há elas de arequeiras que amarelecem além. Soalheira. É o estiolar fatigado da opulência e da verdura. Tanta riqueza pesa de fastio. Dois patos de bico chato levantam-me o pescoço agressivo. São os únicos habitantes do arecal sagrado. Bulbuis e amarelos se foram na madrugada, aos altos cultivados do pacol grosseiro e as largas plantações de gergelim. Os pardais volitam inquietos e álacres sobre as searas loiras; Mauquitots e Gavroches aqueles pardais de Malpem! Dão a lembrança de Hugo e o fantasista de Sue condescendentes ao pé de criancinhas. Hão de voltar os passarinhos, hão... quando o sol for descaindo no azul iluminado; hão de encher de som e melodia a grande catedral verde...

Bateu o sino d'aldeia as badaladas regulares do meio dia. Rezo as Ave-Marias com as mãos no peito. Sinto-me dinamizado sob a impressão sagrada daquele tanger de sino longínquo. Pareceu-me que toda a natureza orava num recolhimento suave. Era um perpassar do vento que levantou ecos na profundez sombria? Quem sabe! Quem dirá a realidade de uma folha de planta, de uma pétala de flor... Que é o nosso saber? É ainda uma réstia da ciência infinita? O que é um átomo da matéria que passa, tomba, levanta-se, descai e revive, o que é ele que palpita em um coração de crente, em uma massa de pedra? Quando havemos de atingir o inatingível?

E de novo aquele perfume animal e quente! Fico a olhar em volta. Cachos de bananas pendem, de uma opulência sadia. Crê-se a gente transportada para um país ingénuo dos Uncle Toms, e aquela ilha da melancolia de Bernardim, onde se contava anos com o florir das amendoeiras. É assim que se tem ódio salutar a um apetite grosseiro e canibal. Porque se renega os frutos d'ouro, e o pão que Deus nos dá abençoados nos campos para se animalizar o sangue e a carnagem?

Vou mais longe, por uma álea d'ananases. Já frutos loiros com topos régios, como coroas. As folhas são compridas como lanças. Mais longe é um tufo de pandano. Tem espigas de perfumes juntas num topete amarelo. Endoidece o pandano de Malpem! É assim que se cheira nas grandes festas dos Oragos, e as feiras junto dos adros, com gentes de aldeias distantes, vestidas de fatos vistosos, joias nos braços, pescoço e orelhas, e aquele pandano a pesas nas tranças penteadas...

Há mais flores e mais corimbos na arecal silente. Mogareiros com botões claros e altos champacas de flores abertas como estrelas. Colho um botão da frangipani. É virtuoso para moléstias intratáveis aquele botão simples. Que beleza e que compaixão numa flor... Quem dera a intuição aguda do Vaghata e os Celsos antigos de fino alcance natural! É tanta virtude escondida contra a doença e o perigo... Fico a ver ainda os vegetais desconhecidos; grandes árvores de folhas espalmadas, tentáculos, minaretes, um ressumar de frescura e vitalidade incompreendida...

Voltei tarde do arecal de Malpem. Caía o sol brunido, pelas quatro da tarde. A luz se dilatava, se ampliava sôfrega. Dir-se-ia a se exalar de todo o poente iluminado, dos topos de montes, nuvens, veios d'água e de cada ponto minúsculo das coisas naturais. Vira o assim, o pôr-do-sol nas Ardennes e a Côte-d'Or o paisagista de dedos sensíveis Paul Fort, mais o Turner das costas de Bretanha? Embebe-se o espírito naquela claridade vibra, transforma-se em Gessner e Murillo; compreende-se o Thabor, as visões dos iluminados d'outrora.

Lavradores voltavam fatigados. Altas medas de palha amarela se cortavam no verde longínquo das paisagens. Exalava-se um cheiro acre, a um tempo de cansaço e de entusiasmo. Gralhas vinham com voos negros. Pastores desciam os montes com manadas compridas. Bênção, compaixão aquele trecho pastoril do trabalho simples, ao ar livre, sem a poeira mortífera das altas oficinas de aço e da hulha, e os hálitos de fornalhas, que abatem, arruínam, envelhecem... E ao voltar eu pensava na civilização dos tempos, louca concentração de energias enormes, torcidas e moldadas em cadinhos orgulhosos de força e concepção, a se apertarem para um desastre inolvidável... O pensamento sombrio e vingativo, incompreendido do poviléu, levado ao mal a inconsciência e a ignorância, e tudo junto, nas cidades altas muradas pela tática guerreira e canibal contra o ataque possível do Ódio ou da Força doida... E eu ficava parado a contemplar aquele pôr do sol dulcíssimo sobre um arecal tranquilo e as grandes várzeas ceifadas.

A PROPÓSITO DE S. CATARINA[161]

Fala-se dos grandes movimentos produtivos de energia, claridade, progresso, da convergência das massas para um fim superior, perfeição ou o repouso da carne dolorida do trabalho ou o espírito atormentado da Verdade; fala-se das vastas emancipações sociais, as Renascenças clássicas e as invasões de princípios superiores na engrenagem gasta da civilização; dos Cromwells, Washingtons, Rousseaus... e contudo, quantas vezes a Ideia é a manifestação representativa do Homem, ou antes, *dum homem...*

A minoria superior, eletiva e eleita por um processo natural ou providencial é a vanguarda condutora da maioria cega, desgarrada e tempestuosa. A Ideia é a força potencial; a força a potência prática. Não se pede a Edison o vigor material e positivo que colhe os elementos dispersos, e os torce, esmaga, subjuga como nas magias alegóricas; pede-se-lhe simplesmente a centelha do génio, a ideia inicial do movimento que dá à maioria a energia superior para a conquista e a vitória.

A ideia superior é a dos poucos eleitos, dos representativos. A seleção quase que é universal; o cristal que provoca formas geométricas similares, a formiga mestre, o elefante condutor de manadas cinzentas, e Aníbal e Napoleão ameaçadores perante nacionalidades trêmulas. Há o que de diferenciação psicológica do vulgo amorfo e o pioneiro consciente.

Não será a *graça*, da doutrina Apostólica, a forma pura e espiritualíssima de um processo eletivo e natural? Não será o meio simples, sujeito às leis naturais e cognoscíveis, de que a Providência lança mão para a formação de minorias luminosas e exemplares? O exemplo, a ação decisiva, dominadora, que molda o espírito de uma época, dá a cor, a *nuance* aos movimentos evolutivos das sociedades, e imprime nos grupos humanos feições peculiares, o exemplo, a força diretriz emanada dos espíritos de eleição foi e será sempre o seu tentáculo das forças vivas da família humana.

161 Paulino Dias, *Revista Moderna: Mensal Ilustrada: Religiosa, Científica e Literária*, nº 9. Nova Goa: novembro de 1909, p. 157-160.

Diz-se que o apóstolo das Índias era o "vaso de eleição divina" e exemplo vivo e convincente de um Ideal superior para o Oriente nebuloso; como se diz que S. Catarina foi o exemplo singelo e límpido de pureza e inocência para o século de perseguição e martírios, em que ela viveu e morreu em Santidade heroica. Aceita-se a assunção consoladora. O exemplo se estriba na lei natural. Calcula-se que numa era de rebelião e dureza, com a Crença sacudida dos pedantismos pseudofilosóficos, a gargalhada infernal, o nível moral baixo, e urgente a reivindicação do Bem, calcula-se que a própria Natureza iluminada e guiada por uma Força consciente tinha procurado moldar uma representação humana, nítida e perdurável da Verdade.

A Natureza tem em si um conjunto de energias potenciais e aplicadas que há séculos atormentam e entendimento humano. A engrenagem é vasta, profunda, equilibrada. As ciências físicas que marcham a passos gigantes, abrindo, cavando, derrubando e construindo dão a ideia pálida dos mistérios escondidos como os minérios mágicos dos tratos inviolados. Depois deles são as forças psicofisiológicas, as palpitações da natureza viva, as uniões moleculares, os movimentos profundos e as convulsões orgânicas, o metabolismo das partículas imponderáveis que são o substrato de outras forças ainda mais profundas e distantes, as forças transcendentais, as grandes leis atómicas e dos movimentos estelares, representação real de uma potência extraordinária que para a análise será talvez eternamente inviolável. Quem nos dirá que série infinita, abrindo pelo tempo e pelo espaço os braços da parábola, não se desenrola até tocar o Absoluto?

Não se fantasie porém no desconhecido, e o nebuloso. Os factos são o cunho tangível de uma energia real. O fato é a interrogação perpétua; fica como que aberto um parêntesis para uma explicação plausível. O exemplo nobre e altruísta dos heróis da fé, o exemplo vigoroso que sustentou os embates do paganismo primitivo, o ódio e o obscurantismo medieval e ainda hoje sustenta a ironia e a malevolência, garbosamente couraçado do manto prestigioso das Ciências, este exemplo requer da mesma Ciência a solução última, real. Que importa que o problema esteja fora do alcance dos cadinhos e os laboratórios, longe ainda dos sistemas e os filosofismos pequenos, e longe talvez da última concebibilidade[162]. Que é que se sabe da natureza íntima da matéria, a trama estrutural e as combinações últimas? Que é que se sabe da força, da vida como entidades abstratas?

162 Concetibilidade.

É possível a análise dos atributos divinos tão complexos e à vista contraditórios, e, contudo, inalienáveis de uma Essência Universal? E, contudo, são entidades, formas, fatos. Tocam-nos pelo real, pela afirmação concludente de uma existência inegável. São as contradições da conceção a que nos prende o *sine qua non* irrevogável da nossa contingência. O exemplo de pureza e santidade angélica de S. Catarina no século de sua vida tem o caráter definitivo e o estigma de uma força poderosa equilibrando a maldade acumulada e triunfante. É soberbo. É na pessoa de uma mulher frágil e simples, a ténue alma confiada de Deus da eterna Misericórdia, que se levanta uma muralha de resistência secular para um choque homérico. O exemplo determina o inconsciente e analogias surpreendentes, a consciência humana se abala, o que de beleza e compaixão que se esconde no íntimo do coração vibra pelo Bem e a Justiça. É a força da gota de água que produz as grandes roturas. E o fato é o fato; o rejuvenescimento da Fé límpida e a continuidade da ação dum movimento inicial, iniciado pelo Justo morto pelo Ideal.

A minoria superior é o lume e a lanterna. Na Ciência ou na Arte, na Religião ou na Fantasia, é a que deita os gomos e os rebentos de vitalidade que reverdece. Os séculos caíram escalavrados sob os choques da maioria inconsciente e trágica. As revoluções seriam a hecatombe animal e a irreparável carnagem dos açougues repugnantes. O martírio de Luís XVI seria simplesmente a página lúgubre duma história de sangue; e os morticínios humanos sob os Imperadores de Roma pagã, seriam a inútil lembrança da barbárie e da ferocidade. A energia secular que desce dos fatos intrinsecamente luminosos e excecionais da História é a salvaguarda suprema dos princípios benéficos eternamente assaltados pelo espírito da destruição. A Igreja trás dos seus heróis a vitalidade acumulada e consolidada. Havia-o profetizado o sublime Fundador "Em meu nome heis-de fazer mais do que eu." Dissera aos discípulos ao voltar à casa do seu Pai. E em seu nome eles foram ao Oriente e ao Ocidente, à profundez dos mistérios ignorados, e à altura das mais soberbas conceções transcendentais. Chamaram-se Tomás de Aquino, Francisco de Xavier, Joana d'Arc e Catarina de Alexandria; afirmaram repetida e gloriosamente a Verdade única, a mesma por todas as épocas e todas as nacionalidades. O exemplo, ou antes a energia latente, poderosa, embora imensurável aos ômetros[163] da ciência, a força híper psíquica desenvolvida pelos

163 Barômetros, ou talvez um jogo com as palavras com esse sufixo do campo das ciências naturais.

gigantes do Bem, abre gloriosamente os braços seculares para cimentar, empedernir o colosso das eras destinado a preservar o Ideal do Deus Incognoscível e Verdadeiro por todos os séculos.

A 25 de Novembro Afonso de Albuquerque tomou Goa. Coubera a Portugal altruísta e fidalgo de outrora a missão civilizadora e iluminadora do Oriente, e à S. Catarina a missão do exemplo límpido da sua vida à alma portuguesa colonial. Como que se dividiu o campo da ação entre a espada representada pelo soldado português e a cruz representada pelo soldado português e a cruz representada por uma alma angélica. A dualidade era profética. Queria-se a união profunda, inviolável do transcendental e do positivo para se concluir a grande obra da redenção das nações pagãs. Enquanto a dualidade persistiu inabalada, enquanto Francisco de Xavier e os heróis da renúncia e da caridade apostólica conservaram incólume o lume da Verdade entre os colonizadores a vitória foi larga, gloriosa, positiva. A rotura trouxe a decadência precoce, a invasão do cálculo e o espírito mercantil e material do colonizador inglês. O espírito profundamente organizador de alto tato político de Afonso de Albuquerque será para sempre uma afirmação soberba do génio diplomático-militar das eras. E o seu espírito profundamente compassivo e cristão? Quem diria, que por uma intuição visionária do futuro, não escolhera ele o dia 25 de novembro, o dia memorável que é um triunfo para a Igreja da Verdade? Talvez que um pressentimento de desânimo, ou então a inspiração superior da Cruz estampada sobre o pano das velas e gravada no punho das espadas levara-o à primeira voz do assalto na manhã de terra fria e nevoenta contra as torres, baluarte e os paióis da capital marítima dos Xás de Bijapur[164].

O dia 25 foi para o Oriente Católico a data memorável e exemplar, a recordação viva da virgem de Alexandria, a mulher fraca e simples escolhida pela Providência para perfil representativo de uma das faces da Verdade, e guia para a grande maioria humana, incaracterística e amorfa.

164 Vijayapur.

UM HERÓI DA IDEIA: ESTUDO SIMPLES SOBRE S. FRANCISCO XAVIER[165]

"Deus é o verbo" disse o iluminado supremo. Soberba representação gráfica da divindade numa palavra simples, –A Palavra! a fórmula humana compreensível e palpável. Mas a palavra é simplesmente o involucro da Ideia, e é como se o visionário dissesse "Deus é a Ideia".

Que Deus seja a Ideia, se assume no princípio e na representação. A Ideia urge, aperta, é inviolável, inadiável na eternidade precursora do advento da matéria. A Ideia se representa nas primeiras palavras proferidas pelo Arquiteto máximo no princípio da vida universal; a Ideia se representou prática nos séculos do pensamento humano, é o primeiro princípio de Justiça e de Verdade esculpido no espírito do primeiro homem e perpetuada por um atavismo admirável, quase sobrenatural pelos séculos tumultuosos e as eras abaladas da evolução universal; e é depois o mesmo princípio ampliado e consolidado pelos apóstolos e os mártires da mesma Ideia.

S. Francisco de Xavier tem jus à glória suprema dos heróis da Ideia. Diga-se do grande morto, que jaz no ataúde do mármore e prata, incorruptível e quase imaterializado, diga-se que a Caridade lhe deu o impulso inicial para a cristianização do Oriente, que mais funda se levanta a Ideia primitiva do Bem, o próprio Verbo que é *apud Deum* soberano e dominador, prosseguindo na obra da verdadeira civilização. A vasta amplitude intelectual do Santo venerado do Oriente e a compreensão superior da ideia-força foram-lhe com certeza o motivo dominante para estender entre os povos orientais a Ideia nítida do verdadeiro Deus. Nem se compreende como a Caridade simples e comovida tenha sido a força capaz de levantar do túmulo os mortos, desvendar o futuro, esmagar, anular as leis naturais. Há alguma coisa de íntimo e singular. O extranatural que as ciências físicas, e até as ciências adversas à crença católica vão reconhecendo nos âmbitos nebulosos do universo cognoscível, o extranatural que fez a matéria e fez a luz, é a única força capaz de anular as leis por ele estabelecidas. A ciência verdadeira está na marcha triunfante para a Verdade. A demonstração matemática do extranatural será breve um fato. As verdades cognoscíveis têm o termo e o limite. Que se abstraia a ideia da quarta dimensão, o tempo… No momento último do esgoto da concebilidade,

165 Paulino Dias, *Revista Moderna: Mensal Ilustrada: Religiosa, Científica e Literária*, nº 10. Nova Goa: dezembro de 1909, p. 177-181.

uma interrogação cruel, dominadora, levantar-se-á com a face torturada das esfinges marmóreas. A nesciência será o limite das ciências satisfeitas, que nela ficará a essência da Ideia suprema inatingível para a compreensão.

Enquanto seja a fase da verdadeira humildade intelectual, a representação humana da Ideia é o verdadeiro apóstolo do Bem.

S. Francisco de Xavier é o espírito profético, iluminado, a arder como os fachos dos naufrágios e os setestrelos dos viandantes, é o coração profundamente humano, ampliado e avolumado numa piedade insuperável. Incorruptível é ele na glória secular como é incorruptível aquele que anunciava no Oriente.

Os séculos vieram, os séculos partiram com as sandálias rotas, sob os aplausos e apupos das gerações; foram os choques revolucionários, as teorias e as hipóteses falíveis e instáveis, e ele está, soberano no túmulo cinzelado por artistas florentinos, no claustro de grandeza e majestade, onde o rumor do mundo se extingue, e se ouve na meia obscuridade como que a voz de um outro mundo: ele permanece ainda porque representou na terra a Ideia que não se apaga e não passa.

Ele é vencedor da própria personalidade. Todos os desejos, triunfantes e dominadores, a Ambição, a Glória, o Poder, forças terríveis que torcem como as florestas as multidões, se convergem nele dominados e espiritualizados num desejo único, o desejo do Bem, o desejo da Perfeição social, sonho altruísta e generoso que só o espírito dum santo pode sonhar e o coração dum justo compreender. É aquele desejo que o levanta no êxtase pelas horas longas de prece e absorção espiritual, que inflama o seu olhar nas pregações ao poviléu denegrido e pasmado, determinando as conversões largas e admiráveis, é ele que faz soltar a sua língua para línguas desconhecidas, multiplica-o e o desdobra em forças intensas que vencem exércitos poderosos e animam cadáveres.

Ele é a representação da vitória completa do espírito sobre a matéria. O espírito é o dominador e o soberano da matéria. É o espírito do crente, do iluminado que libra fora das contingências mundanas, que transpõe trincheiras, transpões abismos, visiona e profetisa, arde, absorve-se na Essência suprema, na Beleza infinita. É ele o *self-sufficient* da fórmula schopenhaueriana, a concentração máxima da energia pessoal com a anulação possível do desejo. O espírito assim é da constituição do super-homem, não da fantasia desabrida e improdutiva de Nietzsche, mas da verdadeira compreensão humana, seguida e ininterruptamente representada pelos legisladores e profetas de Israel, personificada pelo Filho de

Deus morto num monte e depois ainda representada por Agostinho, Tomás de Aquino, Francisco de Xavier...

A ação do Apóstolo do Oriente foi poderosa sem dúvida, que séculos não a abalam, antes a cimentam com fé mais gloriosa, mais vitoriosa. Calcula-se a acumulação de energia física que soube ele concentrar no seu espírito para o resultado soberano. Eu creio ainda na transformação das forças psíquicas. Creio na extensão da natureza pelas regiões extra materiais e ainda obscuras para a ingenuidade humana. A natureza não se força e não se defrauda. É o próprio Criador que instituiu como base de todos os fenómenos a compensação e o equilíbrio. O Cristianismo no Oriente, o enorme movimento para a Luz e a Civilização tem o ponto convergente inicial no espírito de um homem. Abstraia-se ainda os esforços ulteriores, poderosos e decisivos sem dúvida, para se refletir sobre a concentração da força do cérebro de um homem. Com certeza que por um esforço, para o vulgo incompreensível, se elevará, se robustecerá de uma maneira formidável, para o combate. Intangíveis foram sem dúvida os elementos de que lançou mão para a autossuficiência; quem sabe se era o desdobramento íntimo e profundo das energias espirituais, cada uma posta em contato com a Essência Impoluta nas horas imensas de concentração e de recolhimento em que o seu corpo se revestia dum manto luminoso, elevava-se da terra, e descia sobre ele o feixe de luz a misericórdia divina. Estes eram sem dúvida os períodos de auto cultura em que se rejuvenescia e se espiritualizava para novas vitórias. Pouco lhe parecia o mundo. As Índias, Malaca, Molucas, e Japão, e o grande Império Celeste para onde queria partir triunfante, confiado unicamente n'Aquele que é a confiança única. Era demais para um homem. Impediu-o a Providência com a nitidez e a severidade de que usa ainda com os eleitos. Fê-lo compreender que a humilhação perante a sua vontade incompreendida e incompreensível era o ato supremo da adoração. Levou-o à ilha solitária e árida, entre choupanas de pescadores pobres, com a linha azul do país chinês pela frente, esfumando-se larguíssima pelo horizonte, da frente daquele país sonhado para a conquista, Deus chamou-o a si.

A glória secular do corpo inanimado do Apóstolo das Índias, é a consequência lógica, irremediável da super espiritualização da matéria. Talvez esteja dentro dos limites das leis naturais o fenómeno assombroso? Compreende-se e não se contradiz com a misericórdia divina. É com os agentes triviais que se fizeram as soberbas contradições às leis da natureza. É com um pouco de saliva e areia que o Filho de Deus abriu os olhos ao cego; e o leproso se lavou nas águas de um rio.

O nosso Santo amado, se aperfeiçoou no espírito tão fora do vulgar e comum, se flagelara tantas vezes por um altruísmo elevado e se afinara e se aperfeiçoara nas mínimas partículas da sua carne; e a elevação da sua personalidade até a Essência Suprema era tão sublime que a destruição era logicamente impossível.

Era-lhe reservado este galardão pela grande obra da cristianização do Oriente; reservado também pela pureza do seu corpo e a inviolação absoluta do seu espírito nos perigos do mundo, e reservada pelo esforço da contemplação insistente, poderosa e definitiva da grande Alma criadora do Universo.

Puseram-lhe na cova, entre as urzes do mato e os rochedos negros, a cal que consome os cadáveres, e saiu dali ileso e invulnerado. Tornaram-no a enterrar, ignorantes sem dúvida do grande destino que lhe era reservado, e a misericórdia divina foi sempre superior aos vãos esforços humanos. Levaram-lhe, pelo apelo à humildade e obediência, o braço direito que levantara a Cruz entre nações desconhecidas, e deitara a água da salvação sobre a cabeça dos pagãos, e ainda a misericórdia divina se mostra palpável, oferecendo daquele corpo o sangue puro e virgem, não inquinado das misérias e a pequenez mundana.

Está ainda deitado no leito, que é o seu trono. É o oriente todo que ajoelha defronte do seu perfil representativo de uma das maiores vitórias da Verdade. É ainda o mesmo exemplo vivo e tangível da virtude da Fé e do Amor. Não se apaga e não se consome; está guardado para a glória perpétua na terra. A sua influência é ainda poderosa ou talvez mais poderosa que em vida para a manutenção da Fé nas terras do Oriente. Nos momentos angustiosos em que treme o edifício social, injustiças, epidemias, abalos revolucionários, heresias e assolação, é para ele que convergem os olhos, e da terra partem preces por seu intermédio ao Árbitro Supremo. É ele ainda uma força poderosa para equilibrar as grandes baixas sociais. Não é utopia e não é engano. O rejuvenescimento cada vez mais sensível da Fé no Oriente, fenómeno tão diverso de outros países, talvez não tenha outra origem. O Oriente é ainda o lume e a lanterna: no Oriente foi o primeiro rebate da Verdade nas palavras imperecíveis do grande Mártir. O Oriente é sensível e crente; partiram dali dos grandes movimentos conservadores da Virtude e da Paz. Quem sabe se nos está guardada ainda a glória de voltar centuplicada a força inicial trazida pelo Apóstolo das Índias... Os movimentos mundanos são um fluxo e refluxo eterno. Enquanto as civilizações ocidentais descambam na barbárie da Ciência monstruosa e louca; e o coração estiola na aridez do nietzscheanismo e o malthusianismo improvido; e sobe a ânsia de velocidade com o fragor precursor dum cataclismo, e o furor da destruição é a preocupação principal do Desejo satisfeito, no Oriente se renova a serenidade pacífica e soberana das antigas raças acabadas. É o reconhecimento da necessidade suprema do sentimento. É a nossa diferença predominante da vasta matéria animada. O sentimento, o que não nos deixa animalizar no olvido e na indiferença. É sobre este fundo que está assente a Religião universal para ser implantada, no caule sobre o espírito, na raiz sobre o coração.

O Sentimento é o diamante da Rodésia escondido sob a aluvião dos pensamentos de revolta e da chacina, do orgulho pseudocientífico, e a tendência emancipadora do ideal-pedra. O nivelamento da sociedade não se fará com a energia exclusiva da ciência. O equilíbrio final e último, meta de todas as assolações e todas as tentativas não pode ser a monstruosidade barbárica, o regresso à época plesiosauria e mastodôntica, embora se diga guiada por um espírito superior. É provável que a paz não esteja muito distante. O avanço material urge, aperta... o ricochete não tardará, que a natureza não se violenta e não se torce impunemente. O período de vibração animal há-de ceder o lugar para um período profundamente sentimental e espiritualista, quando o nivelamento social não exigir do homem a energia titânica que o esgota, e o meio esforço contra os agentes exteriores será a característica duma era de repouso e tranquilidade, com o predomínio de Sentimento, de adoração à Alma Universal.

CROQUIS – ENTRE GIESTAS[166]

Era forçoso partir pelas três da tarde de setembro, brava do sol sertanejo e o céu de azul queimado. Que não fosse a noite rápida na serrania alta!

Lavara-se a terra das grandes bátegas de julho, e afogava, subia até os queixos, opulenta, resfolgando, a plenitude rustica da paisagem. Várzeas eram ao largo, semeaduras de arroz talado, joio de flores miúdas, búfalos, begarins, cheiro a serrano, pastoril.

Eramos três para a excursão premeditada aos vegetais raros e virtuosos das montanhas; iríamos pelas encostas ricas, os folhos da tapada amorfa, as rochas mordidas da urze e do capim, pandanos, trepadeiras, massas vegetais sem nexo e

166 Paulino Dias, *Revista Moderna: Mensal Ilustrada: Religiosa, Científica e Literária*, nº 10. Nova Goa: dezembro de 1909, p. 193-195.

sem nome; iríamos cavando o pé das raízes, talando[167] os ramos cheios de visco, calado, reverentes.

Um dos companheiros, de tez queimada e gesto abrupto, minúsculo e rijo, que vira países de lendas bravas e o sangue e a carnagem de raças bestiais; ele levantava o punho de ameaça aos talhos de pedra ao longe e a face inexplorada da serrania. E nós dois, de sentimento e de fantasia, com portfólios a tiracolo, as coitas e os cutelos agrícolas, seguíamos o seu entusiasmo condutor.

Pelas quatro. Raios do sol oblíquo ardiam nas arestas do verde brunido. Ricochetes de luz que deslumbra e que estonteia. Subimos os socalcos de laterite e os muros de pedra orlados do niôl e as sebes cheias de espinhos. Para a banda os retalhos da aldeia, últimos cortes de paisagens pontilhadas de gente, trilhos de cabras, choupanas colmadas de capim, medas de palha amarela. Subimos sempre. É de sentir a emoção memorável do verde fundo. Humaniza-se, espiritualiza-se a fronte polimorfa. Curvas de verdura se dilatam, se derreiam numa coquetterie aristocrática. Ramos tenros se encostam à nossa carne, frolam o nosso ser; soluçam coisas ardentes, deitam agudas vibrações sensuais. Ervas desatam aromas tépidos, moitas levantam cálices de flor...

É como um banho fresco o bafo natural! Dá gana selvagem de derrubar muros, uivar, quebrar galhos, trincar gomos carnudos, roer flores, espojar, cair unindo as mãos na imobilidade suprema. Ao longe o céu se arroxeava no poente curvo. Orlas de nuvens se tingem de sangue. A terra se levanta ao largo na altitude sadia! Dias atrás fora decerto a chuva dos Gates, negra, com o trovão das tardes escuras, últimos rugidos do inverno, a chuva que abate, desaba, espuma nas casanas[168] baixas e as lagoas das gentes campesinas. Nós batemos pelo arvoredo, pelo meio da fronda e as trepadeiras beijadas, fraternizando num imenso impulso social.

Grandes árvores de folhas ensanguentadas estavam imóveis. Era um cabeço de laterite denegrida de sol. O companheiro alacre descarregou um golpe rude, esfolou o vegetal rubro, quente até ao caule.

– É soberano para obstruções perigosas, disse no silêncio.

Nós guardamos a lasca vermelha e levantamos os olhos confiados e agradecidos à arvore sofredora de folhas do sangue.

Acolá a tapada se voluma e se emaranha num labirinto doido.

---

167 Sulcando.

168 Campo alagadiço, arrozal que é alimentado por águas fluviais.

Guedelhas, jubas leoninas, longos tentáculos fibrilares, espinhos, madeixas da vegetação, tudo dum verde moço, sadio, perpetuamente untado dum frescor soberbo. Frutos venenosos como peras, pendem de árvores frágeis. Tentam com polpas olorosas!

– Que virtude talvez, exclama, surpreendente e redentora não esconde aqui a natureza ardida de zelos...

E vai-me a fantasia para as doenças trágicas, os morbos que roem e que dilaceram, contágios, epidemias entre gentes consternadas. Lembro-me do cólera escavado, a fulgurante doença álgida que deita a devastação nos países altivos, que varre as cidades de granito e de fantasia, e põe lendas e duendes nas casas que despovoa. Depois acodem-me aos olhos compadecidos as visões de sangue e asco, chagas cobertas de crostas negras, úmeros amputados, pernas, crânios raspados, cosidos, triturados com ferros impassíveis. E depois, e ainda, o flagelo dominador, exterminador, a peste, a febre que levanta a virilha as inflamações fatídicas. E gentes cabisbaixas lívidas, partindo a horas mortas, pelo escuro do luar, deixando atrás, sem alívio, sem uma gota de água, os enfermos desenganados.

Subimos ainda pela penedia ignorada. Barravam-nos a escalada os vegetais ramalhudos da invernia; o nachenim de cápsulas acres, feijoal bravo na areia vermelha. Que de florescência exótica, perfis de opulência atormentadora, moitas de suavidade tátil, magníficas formas de bondade! E o vento soluça. O vento de altitude, quase visível, quase azul... Contempla-se a montanha feliz. Concentra-se, diviniza-se. Formas de vegetais se confluem no esbatido crepuscular. Rescendem a quente, a tropical, a ária dos Iajur-védas[169], os tratados inextricáveis do Vagbhata[170] e o Sharnadára.

É o Bombas de flores brancas, a Mesua odorífera, a Calotropis, o caule espinhoso de Kitapi, o anacárdio de visco escaldante e os grandes braços folhudos do Pimpol e o Strychnus[171]. Esguios perfis de lebres pulam pelos carreiros. Há codornizes e galinhas de mato a cacarejar no escuro. Ao longe abate, ensurdecedor, um bando de papagaios. A vitalidade rebenta, esguicha, alarga, das raízes, dos galhos, os veios inchados de água, topos de florescência até o grande ar calado e

169 Ayurvedas, conhecimento médico indiano.

170 Escritor sânscrito.

171 Referências botânicas.

o céu de azul pardo por onde partem as formas vivas, garridas, brancas, orladas de roxo, de escarlate e oiro.

Faz-se amar a Natureza nas ladeiras bravas! Dá-nos o gás hilariante, a vitalidade que reflui e ressurge das seivas intatas e as formas virginais da Beleza. Estende-nos folhas como palmas, cachos de flores carnudas rescendendo a mel e a carne humana. Chama-nos com gestos altos a Natureza bela! É ouvi-la, sacudir o chumbo e o pesadume da civilização bárbara, complicada e excessiva, a hipérbole da comodidade e a necessidade vital e social; é amá-la nos longos servos de beleza e os silêncios contemplativos em que se aprende a ser bom, humano e natural.

Era na floresta um recesso singular. Sagrado! Contornos que se segue com veneração e terror nas grandes naves seculares, cúpulas, colunata triunfante de ritos desconhecidos. Palpa-se a paz, o recolhimento na profundez natural. Não se respira. Assoberba a opulência poderosa. Crê-se topar com Ahura Mazda, Prithvi, Urano[172] e os deuses das antigas raças ingénuas. É aí que se escuta a melodia da planta. É real e nítida na gama intata. É como um frémito íntimo. É a seiva que grita, vibra, entre interstícios celulares, os canalículos de vida, e os estomas do protoplasma sedento. É a palpitação intensa da vida vegetal. Temos receio de tocar o pedículo duma folha, um galho novo; temos receio de violar, de suster os conúbios íntimos, as osmoses e as endosmoses escondidas, os beijos das conceições frementes, pólen levados de asas vacilantes, e átomos celulares, últimos pedículos da matéria ativa.

Sagrado! E quando nós saímos daquela clareira gloriosa, quase se nos aguaram os olhos numa consciência de pequenez e da fragilidade; pesou-nos sobre o nosso passado, sobre toda a nossa História aquele exemplo da vida, para os olhos de Deus e sagrada aos olhos do homem.

É muito tarde agora nas solitudes bravas. O sol se põe no mar alto. Subimos ainda pelos carreiros, e os trilhos dos begarins da aldeia, recolhemos ainda raízes profundas, galhos, espécimes raros. Contornos de coisas se dissolvem e se esbatem na pulverização fatigada da luz. E ao longe, as cordilheiras cinzentas, o horizonte dum desmaiado de folha morta, e mais longe, no Gates, farrapos de nuvens amorfas, pedaço de azul, de violeta últimos recortes de pedra, tudo num trecho único de névoa e cinza.

172 Referencias a várias divindades primordiais de várias religiões.

E, contudo, a vegetação rica, berrante prende-nos com liames poderosos. O médico novel, de face imberbe e fantasia na alma, nos detém perante um perfil memorável de Gloriosa Soberba. Levanta topetes de flores que ardem o vegetal perigoso. São longas, funestas no escuro; lembram garras de tigre, com unhas agudas e as nervuras dum sobro de sangue coalhado; as pétalas são dum amarelo de morte. E arde e se aveluda galharda a flor malévola. Tem um poder de sugestão estranha o perigo. Aquelas flores são como as pupilas de Grossi, Coats e os *magnétiseurs* da escola de Nancy.[173]

– Encerra um alcaloide trágico na raiz tuberosa, informa-nos ele, levanta na morte as comissuras, numa gargalhada eterna.

E os olhos se nos cravam no veludo da flor, e as longas garras que se antolham agora longas, longas, num afilamento assustador, tão longas que parecem chegar até ao coração e se cravarem nele lugubremente, silenciosamente.

O sol se pôs num poente de amarelo líquido. A terra reverbera o colorido exótico. Manchas dum roxo macerado se pintam no alto, entre nuvens, ralas, poucas. Toca na aldeia o campanário da Igreja. Rezamos, e voltamos da escalada rústica, das três horas de aspiração e de assimilação da montanha boa e generosa.

Agora é um trilho vermelho e rápido pelos cajueiros e o mangal de copa negra, Estrelas apontam no alto.

Um clarão flébil, do luar que aponta, frola a cumeada do Gates. Damos com um perfil de mulher que desce com largo feixe de lenha à cabeça. É velha, engelhada no costado nu, as omoplatas de arestas salientes, trêmula nas pernas vermelhas de poeira, o pano rústico, coçado na orla, com nódoas de visco acres. Leva nos folhos castanhas apanhadas nos montes, frutas vulgares, túberas e flores.

– Onde é que vais tu, velha? Grita, imperioso e mau, o companheiro de olhos de fogo.

– Vou meu filho; vou meu filho... a velha num acento de fome e fadiga.

Ele para, põe-se a vê-la um momento, e de repente, como que acometido duma raiva de tigre, lança mão do feixe de lenha, levanta-o e carrega-o ao seu ombro.

– Roda para diante! Ordena.

---

173 Provável referência a um grupo de artistas e decoradores franceses do movimento Arte Nova.

Ela está imóvel, treme sobre as pernas vermelhas, fita pasmada o médico que desce silencioso com o feixe ao ombro, abençoa-o no íntimo da alma.

Pelo caminho, passamos nós dois o feixe pesado para nossos ombros. Sentimos o alívio supremo de uma ação boa... Descemos por meia hora silenciosa e uniforme. Faces de penedia se ampliavam numa convicção de poder. Pesava o aroma do cajual serrano! Estrelas se amiudavam no firmamento de setembro, e lá ao longe, no horizonte noturno, se traçava uma auréola de oiro, esbatida visão de esperança.

Chegamos pelas sete à aldeia. Casinholas rústicas de begarins eram debaixo de jaqueiras altas, com alpendres colmados de olas, telheiro para o lado, com lenha, capim, folhagem de consumos e casca seca de coco. Para a frente, renques de roseiras com rosas escarlates, de aroma pesado. Vacas ruminavam no silêncio e crianças nuas aqueciam panelas de barro para o banho de tarde.

– Aqui, murmurou medrosa, a velha trôpega, de farripas brancas, de fronte de uma choupana miserável.

O médico deitou então por terra o feixe de lenha e, rancoroso e mau, enfiou-nos o braço, guiando-nos por veredas tortuosas e selvagens. Cães ladravam nas quintas do lugarejo, e begarins voltando das eiras davam-nos a "boa noite" respeitosos e sérios.

E então, aos poucos, foi subindo pelo oriente completamente lavado, o largo disco da lua cheia, lactescente e tépido sobre a linha das serranias distante. Aquele disco da lua parecia a palma da mão de Alguém que nos abençoasse de longe.

HINO À LUZ (PELO ANIVERSÁRIO DO NASCIMENTO DE CRISTO)[174]

Ó Luz inconcebível, abalo molecular, força, aproximação ou dissociação, vitalidade dos elementos últimos e último deslumbramento; tu és a energia que suporta o subsolo natural das grandes massas estelares, os mundos desconhecidos, vórtices e turbilhões da matéria, cosmos de átomos e partículas mínimas acumuladas pelo Espaço incomensurável.

174 Paulino Dias, *Revista Moderna: Mensal Ilustrada: Religiosa, Científica e Literária*, nº 11. Nova Goa: janeiro de 1910, p. 199-201.

Que choque o teu imemorial no escuro! O *amas*[175] dos elementos primitivos, formas indecisas, gelatinosas no caos da criação fundamental, largos tratos sem nome e sem cor, retalhos e confluências sem um murmúrio pelas dimensões desconhecidas. Ó luz clara! É a tua energia soberana desatada por uma palavra só do Poder Criador, que foi conglobando elementos dispersos, forjando, ó grande forjadora, mundos, sistemas, teias de astros e nebulosas multiformes, formando, deformando e cinzelando pelas idades sem número as grandes faces do Universo existente.

Eu vejo a tua energia caindo como a avalanche! O sol, a lua e o pontilhado de oiro das grandes noites admiráveis, nuvens orladas de brasa a arder no azul, grandes formas de vitalidade, vegetações supremas soluços na bruma e ricochetes das vibrações múltiplas levantando um hino largo por todos os âmbitos da criação.

E mais tarde, quando seres perfeitos, representativos da Essência Impoluta, se levantam nas paisagens virgens, eu te vejo, ó luz compassiva, esbatendo o teu esplendor pelas formas cosmorâmicas, as distâncias polvilhadas de beleza e de suavidade, grandes tratos idílicos cheios de sons, ecos e fulgurações que o espírito pasma de sentir nos êxtases inolvidáveis, e de novo se restaurando para combates mais vibrantes, mais profundos.

E depois, e ainda, a eclosão de novos movimentos para a Verdade; a humanidade se levantando e se ampliando soberana sob a tua impulsão, criações de cunho imortal batidas sob a tua santa inspiração, aparições gloriosas do Sinai no meio do teu esplendor, e as tábuas da lei divina gravadas pela mão Daquele que não se engana.

Lembro-me da marcha do povo perseguido, adiante da tua intimativa condutora, a tua forma fundida e concentrada em nuvens de fogo e mares feridos na onda, os exércitos de reis bandidos aniquilados debaixo de tua negação admirável, ó vingadora de todas as defeções, todas as torpezas, as manchas incendiárias, o atraso, a rotina e o retrocesso...

Lembro-me da estrela nítida, o clarão de Esperança, uma e única vez colocado no céu curvo, tua alegria vitoriosa pelo Advento humano Daquele que te fez brotar do âmago do possível. O teu clarão humilde e reverente guiando os príncipes da terra ao pé de um berço pobre. Ó sublime resignada! abatida da tua essência expansiva e indomável para te humilhares aos pés do Ser.

175 Em francês, o amontoado.

Luz, redenção e afirmação... No Tabor entre os profetas mortos, no topo do Gólgota eclipsada e torturada, no túmulo do Justo, vingadora e escarnecedora da maldade humana e o valor pequeno das contingências mundanas. Ó grande bandeira astral levantada por mão extraordinária no meio das Existências... Luz, Astarte, Ceres simbólica das civilizações apagadas, forma de Vida e de Ação nunca decifrada e nunca compreendida.

Lema dos povos admiráveis... Luz! pendão claro erguido pelos Godofredos, D. João de Áustria, Henriques... vencedora de Lepanto, Muret, Ourique e as lutas memoráveis da insistência infernal, atormentadora, contra a força gloriosa do Bem real e nítido.

Eu te vejo cair do alto das eras geológicas e a longa evolução das formas e dos seres, os estratos disseminados entre formações estranhas, silêncios polares e a eclosão tropical; rica do topo das pirâmides e dos obeliscos de Babilónia, a Tebas de cem portas e a cidade do Rei sábio, formosa e inqualificável no oiro e pedraria, majestosa e santa nos dezanove séculos de Verdade.

Ó libertadora do futuro! Arauto avant-coureur[176] dos Edisons, Marconi, Wilbur Wright, a essência radioativa a galopar pelos negrumes do possível, a força dos cérebros admiráveis, o esteio verdadeiro, no meio do debacle de ideias e de movimentos, o fluxo e o refluxo das massas abaladas pelas convulsões da vida contemporânea.

Eu creio em ti, ó Luz, palavra de Deus, palavra de Cristo!

SIDDHARTHA RAU[177]

Eu vou contar aos leitores, eu vou contar o motivo porque o sublime Siddhartha Rau, de Bhila e de Hanacunda, das sete cidades de muralhas fortes, se foi um dia às florestas admiráveis, e não voltou pelo Margaxirá.

Poderoso era aquele Siddhartha Rau... Poderoso era ele nos palácios de mármore e oiro... Pagodes a Durga e Shamba e Bhagavati[178] eram no seu reino, com minaretes altos, muito altos, e como que embutidos no azul do céu levíssimo...

176 Percursor.

177 Pritidassa, *Luz do Oriente*, vol. IV, nº 1, outubro de 1910, p. 18-19.

178 Divindades do panteão hindu.

Pelas noites do Sharavana tochas de cânfora ardiam nos santuários de adoração, com as tranças, búzios e as insígnias singulares, e as formas dos Deuses e dos Maiores paradas nos gestos antigos…

Brâmanes aos centos e eremitas de cabelo selvagem proferiam mantras nos pátios daquele rei das outras eras, aromas ardiam deliciosamente, e músicas voluptuosas se enroscavam no silêncio…

E que danças memoráveis nos solpostos de cantilena!... as belezas macias de Malpem e Dargalim, com seus *saris* vermelhos, cheias de pérolas, torcendo as mãos com anéis e batendo os guisos com volúpia e melancolia.

Poderoso era aquele Siddhartha Rau… jardins e pomares se estendiam no seu reino com delícia e com frescura. Tigres e leões de juba rancorosa mordiam o bronze das jaulas altivas, e nos crepúsculos de mansidão pungitiva passarinhos trilavam, trazidos das tirthas e de Pandari, e se beijavam e sorriam e adormeciam.

Nos seus currais eram duzentos elefantes de tromba poderosa, cavalos sem conta, e bois junto dos carros de guerra armados de foices curvas. Os seus inimigos fugiam abalados, quando nas longas procissões se ia ao rajá de Bhila, e Hanacunda, no coche de marfim chapeado d'oiro, músicos e magnates à frente, as insígnias dos príncipes vencidos, brâmanes de fronte vasta recitando os versos dos Dharmashastras,[179] e os generais empunhando a clava, a roda, o búzio, arcos invencíveis.

Contudo aquele Siddhartha Rau era insatisfeito… ai que lindas trezentas ranis do noth e do riso consolador, que o abanavam com as penas de pavão nos claustros recortados de brancura... e ungiam-no do gulab[180] antigo e contavam em trovas admiráveis suas façanhas junto às cidades destruídas e nações passadas ao fio d'espada!

Contudo aquele Siddhartha Rau era insatisfeito…

Que lhe apontava na alma, de intangível e indeciso, que tinha braços de seda e a esperança do oblívio, a renúncia e a doçura?

– Ó Maiá, ó Maiá! soluçava; dá-me a tua Vida…

Ora uma vez foi o rei à caça às florestas desconhecidas.. Trompas e búzios de fauce larga deitaram sons de guerra pelos campos admirados, caçadores

179 Tratados sobre o Dharma.

180 Rosas.

de pulso inflexível, montados nos dorsos de cavalos e elefantes, se foram no séquito inesquecido.

O arco ao ombro e a aljava a tiracolo, era Siddhartha Rau como aquele guerreiro filho de Pandú,[181] o vencedor de Sahasrarjuna e Daxaratha de ouvido agudo... galopava um cavalo negro, impaciente por ver os longos tigres mosqueados e os leões de juba d'oiro e a cauda lentamente meneada no topo de uma rocha funesta...

O combate foi de sangue e ruínas nas florestas desconhecidas. Três mil farazes e gauras[182] de tambores largos bateram as tapadas[183] negras; e os gritos de "Hôa!...Ra, ra, ra!" caíram com estrondo no círculo altivo.

Dois búfalos grandes como montanhas caíram aos pés do rei de Bhila e de Hanacunda, e leões foram mortos varados no coração.

Descia a tarde na carruagem distante.

Solitário no cavalo negro, embebido de mansidão e de ternura daquela vegetação doce, o espírito do rei caía num langor lento e inesperado. Sentia um quê de fluído que não sentira na vida; uma compaixão eterna pela relva e a flor e o inseto, e a corça espavorida e o tigre calado se infiltrava no seu coração como um perfume. Era a sua alma aquela, a gota d'água a tremer numa folha, um pistilo de rosa e um veio de luz do solposto loiro!... Ó desprendimento!, que ele era como um desejo antigo nunca satisfeito... fosse aí o seu ser dissolvido no éter das florescências e a vitalidade escondida dos galhos e raízes... parecia-lhe que se partia para uma profundez de esquecimento e de segredo em que sonhara outrora, nos claustros do seu palácio ungidos de sândalo e o almíscar.

E ele se foi pelas altas trepadeiras de folhas de veludo, os atalhos em meia lua e os recessos de granito por onde passam os veios d'água clara... Foi pelo arvoredo das músicas indecifráveis e as searas das espigas loiras; e foi pelos corimbos e os frutos de polpa lisa, pendurados do alto, em cachos suculentos e adoráveis.

Era noite quando chegou à beira dum lago desconhecido. Onde era aquilo, em que país inconquistado! E a verdura que era aí, a pureza e a santidade... espiritualizara-se o mundo, meu Deus, numa verdade de paz e doçura? Lótus

181 Rei da Hastinapura.

182 Povos tribais da Índia, numa terminologia cunhada pelo colonialismo português: farazes e gaurás, gaudás ou gaudés.

183 Matas.

d'oiro floriam naquele lago d'águas azuis, e cisnes brancos voavam como nuvens mensageiras de amor.

E que música dum símbolo profundo! Deusas ou apsaras? Virgens talvez dos Puranas, que tivessem descido da mansão dos Maiores, do seio de Indra?

E o rei se sentiu dissolvido naquela suavidade! Era aquele o seu sonho sonhado no meio das trezentas ranis de *noth* de pérolas e o guiso consolador. Sentia a sua alma a se alargar pelas flores e os galhos e os rebentos...

De repente pareceu-lhe que o fundo místico da soledade se agitava e se tremia... pareceu-lhe que se uniam num laço abençoado os tentáculos de verdura, mais os corimbos santos de florinhas e os topos fluidos da massa verde escura... e se dissolvendo e se enlaçando, todas as partes daquela natureza se formaram num perfil de mulher moreno e idílico.

Ó beleza mística e ideal sonhada nos êxtasis d'oiro! Quem a dera... ao contato flébil das mãos doloridas do mundo?

Louco, o rajá gritou de desespero:

–Ó Sitá, ó Savitri, ó Damayanti, eu sou Siddhartha Rau...

E ela melancólica:

– Siddhartha Rau, das sete cidades, santifica-te na renúncia e o esquecimento...

– Será tua a minha vida de vitórias! Hei de degolar três raças de homens fortes, para tu me sorrires.

– Que peso e que maldade trazes tu do mundo, Siddhartha Rau...

Dou-te o meu reino de palácios de mármore e jardins sonoros, torres de jade que cantam à madrugada os minaretes de Samba[184] e Durga e Bhagavati...

– Ai, se tu os esquecesses...

– Que queres que eu faça? Os meus guerreiros d'alta armadura serão vencidos dos reis de Berar e Allahabada, hão de pôr no meu nome o labéu que não se esquece.

– Esquece por mim as vitórias de sangue e morticínio. Tu serás na florescência a luz que benze e fortifica! Iremos juntos de névoa e bondade, as viagens estreladas onde não há o tédio, e os caminhos de vitória são inesperados.

184 Shamba ou Samba, filho de Krishna.

– Quem és tu que me dás a suavidade nunca sentida? Ao pé de ti é o abandono da família, o lar e as afeições antigas. Quem és tu sem o sari e o choly[185] pudibundo, e contudo pura como a água do Naraiana...?

E ela disse baixinho:

– Eu sou a Vida.

E ele se esqueceu do reino afamado e as vitórias d'outrora, a sua alma se perdeu naquela exuberância pura e tangível. Seria sua aquela mulher de pés suaves e o seio bem feito como os frutos não tocados. Ela dava-lhe a convicção inextinguível da imortalidade...

Nunca mais se ficaria nostálgico e abalado nos claustros de renda e de arabescos, procurando com o espírito insaciado uma região de beleza sideral. Ela seria a sua esposa amada e única para uma vida infinita.

Pelo luar d'oiro que veio coando dos montes foi um conúbio imprevisto e tranquilo. E quando a aurora se foi, era somente um grande perfume que se evolava das raízes virtuosas e as florescências de saúde...

Foi por isso que Siddhartha Rau, de Bhila, e Hanacunda, das sete cidades de muralhas fortes, se foi um dia às florestas admiráveis, e não voltou pelo Margaxirá.

UM DOS ÚLTIMOS – FIALHO D'ALMEIDA[186]

Pela morte do planfetário.

Vencido e vencedor, vencido da vida com os guerrilhas do último elenco de mistério e apreensão nas letras portuguesas, Eça, Junqueiro, O. Martins, Antero..., e vencedor da hostilidade sentimental e burguesa do que de picaresco e agressivo que Gervásio causticava nas *Mangas de Camisa*[187], Fialho é um dos últimos que vão do sarcasmo e da gargalhada irônica na *Cidade do Vício*.

Auscultou-se sem dúvida o ilustre extinto para se proferir *vencido* no grupo mais imponente nas letras portuguesas, nos últimos trinta anos. Visionário

185 Cholli, tchol, chole, chol ou chól, corpete.

186 Paulino Dias, *O Debate*, 1º ano, número 1. Nova Goa: Tip. Bragança e Cia., 8 de abril de 1911, p. 2.

187 Referência a *Lisboa em Camisa* (1882), de Gervásio Lobato.

como Gogol? Dipsómano como Poe? Epiléptico como Dostoievsky? Como Ibsen, Maupassant, Garchine[188] e o último, querido e soberano, Tolstoi? Fosse na ciência de Portugal contemporâneo à análise psicopática dos Grassets[189] e Sanglés,[190] para se definir, frisar e catalogar os nossos sublimes e tarados da inteligência e da vontade...

A obra de Fialho d'Almeida representa *ad unguem*[191] a fisionomia cerebral morbidamente inclinada para a crítica dos costumes. É característica a sua galeria de tipos de sensualidade e decadência, as silhuetas gesticulantes de cocheiros bêbados e sopeiras d'anca larga, frascários, devotos, círios, modelos e *voyous*,[192] o diálogo de fineza e brutalidade ao calão das esquinas. A pasquinada esfola e sangra. É a *débâcle*, a ironia e o exotismo malévolo dos Gips[193] e Bret Hartes,[194] que fermenta como as sinfonias acres, passa, mas deixa traços de cinza e inquietudes.

É de tomar nota a sua *manière saccadée*, o riso espasmódico e malsão, indicador dum desequilíbrio sem nome, íntimo e inqualificável. A obra vasta e segmentada, a ausência do sistema dominador e definitivo que fez os últimos romancistas franceses, o Ibsen e Tolstoi, a falha, a grande falha, o ímpeto talássico pelas ditaduras despóticas e o finca pé por um ideal roto e maltrapilho ao apupo das praças, completam a fisionomia complexa, a tempo ereta e chã do escritor *manqué*. Falta alguma coisa aí de sólido e de inabalável, como nos subsolos minados e vacilantes; talvez o espírito de ordem, o método e a mestria da obra cem vezes martelada de Zola por exemplo? Talvez, aquela consciência da força de vontade, o fôlego que prepara os Rougon-Macquart,[195] que traça o *Assomoir* e cria as últimas trilogias tão vibrantes e tão combatidas? Os seus tipos a Almaviva e os fantoches de bigode espontado são estatuetas de *biscuit*, boas

188 Romancista russo (séc. XIX).

189 Psiquiatra francês (sécs. XIX-XX).

190 Psiquiatra francês que estudou Jesus como caso médico (sécs. XIX-XX).

191 À Unha, em latim, de forma polida.

192 Arruaceiros.

193 Referência ao escritor goês GIP, Francisco João da Costa (séc. XIX).

194 Contista norte-americano (séc. XIX).

195 Romances de Zola.

para os museus clássicos d'arqueologia, frágeis para o pulso da crítica moderna, descaroada e iconoclasta. *Les dieux s'en vont* – dizia algures Marinetti, de guitarra carnal e a boca da pistola contra chechés de reclamo; e na verdade se vão; com as teocracias se partem os sentimentalismos piegas que metiam em soclos parasitas e turibulavam mediocridades baratas.

Límpido o Fialho das revistas descritivas das santas romarias do Minho e dos trechos campesinos do seu Alentejo! É o vencedor que emerge e braceja ao vento largo. É o sopro profético e espontâneo que levanta para um culto humano e natural; os tipos híbridos se dissolvem na distância, as figuras clássicas de gibão colorido e xaile de rosas se recortam na linha e no relevo, vivos e palpáveis, e que se jurava ter-se visto horas atrás, pela volta dum atalho, nas fogueiras e nos bailados. São as *vacances* do génio.

E então, quando o homem de ciência, o cérebro que refletiu nas horas de paz e de silêncio sobre a fibra dum coração e uma circunvolução cinzenta, se estampa poderoso e implacável na dissecção das criações d'arte! Fialho d'Almeida é quase o único que em Portugal tentou o ensaio crítico-científico, a análise psicológica das criações de Eça e o aprofundamento das máximas morais e sociológicas de Cristo.

E contudo a documentação científica não deixa um rastro d'oiro na obra de Fialho; é de novo a nota d'arrelia pelo que de rudimentar, de incompleto e ingénuo; é a assimilação apressada, pontos de vista por demais objetivos, com a preocupação da utilidade prática do que se lê e do que se estuda. Os seus tipos são híbridos, nebulosos, sem pé fixo e de gesto ambíguo, martelados embora com o escopro agudo do génio. Nem o tipo geral, tão querido de Flaubert, representativo dum trecho humano largo e palpável; nem o tipo excepcional dos Goncourt e Stendhal, monstros, aberrações no meio do vulgo, o chué, o tipo das galerias raras e das coleções arcaicas.

A nota dominante é o sarcasmo. É curioso como o sarcarmo foi o préferé do estilo no periódico do último movimento poético-romântico em Portugal. Escola? Impulsão! Exibicionismo? Os trechos macabros de abutres e diabos de Eça, repercutidos pelo humorismo verrinoso de Camillo, depois a sátira enorme de Junqueiro, Gomes Leal, Moniz Barreto e tantos outros acharnés contra os costumes gafados e as instituições rotas, os pot-pourris de ópera burlesca no S. Bento, e as palmadas estrangeiras nos ultimatuns célebres; o panfleto, a sátira e a caricatura representam essa época inolvidável. Talvez que a vida nacional carnavalesca e gá-gá, os pulos do cancan político, e a façada[196] social indignava e sangrava os nobres, os rudes, os ainda não atingidos do caruncho, e que ressurgiam com a força dos Cíceros e os Demóstenes para azorragar e vivificar a grande marmota moribunda.

Da obra fragmentária e incoerente de Fialho a análise far-se-á tarde, mais ampla, definitiva, mas será sempre estreita. É longe aí o delírio dominador dos semiloucos e semi-responsáveis. O vasto galope pelas estepas dum mundo desconhecido. O af[inco] à ironia, à pasquinada é cir[cuns]crito, enrodilhado como [re]canto obscuro de café barato destilando azedume a horas mortas e nas madrugadas primaveris pondo uma nota repentina de sentimento e frescura. É [como][197] que uma orientação funestamente anã tivesse esmagado na sua amplitude o grande panfletário. Páginas ficam dele, ricas com faltas raras, arestas e invectivas, enriquece-se a língua, fica a memória e o nome, e contudo falta o que de definitivo e rescendente é a força de Camões, Herculano e Garrett.

SHAKUNTALÁ *(versão de Júlio da Costa)*[198]

Traduttori traditori,[199] se diz num italiano irónico como pecha a um certo diletantismo literário que vive de choutear[200] em um terreno barato e chão. E a traição tradutora é enorme, é um flagelo. Um mercantilismo judeu, com os óculos cavalgados sobre o nariz clássico d'águia, tateia, apalpa a moda e a tendência do vulgo pançudo, burguês; e a tradução peja, empilha-se, inunda rápida, sem escrúpulos, numa *débacle* que ameaça empolgar com tentáculos de polvo a energia do talento criador, consciente, afirmativo. Isto é então visível nas nações parasitas de literatura e arte, plagiárias da grande originalidade onipotente, apanágio das raças fortes.

196 Fachada.

197 O jornal está deteriorado neste ponto, mas foi possível inferir as palavras deterioradas pelo desgaste.

198 P.D., *O Commercio*, 4 maio de 1911, p. 2.

199 No original: "Traduttori, tradittori".

200 Andar vagarosamente, a trote.

A versão de *Shakuntalá* de Júlio da Costa tem o valor de um trabalho à luz atormentadora das vigílias e tem a pecha de uma forma moldada em cadinhos alheios. Hipólito Fauche[201], acusado de "verve inoportuna" na tradução do *Ramayana*; Wilkins[202], também fantasista e parafrástico e Kalé[203] do esnobismo dengoso dos professores de Cambridge! É a estes que recorre o Sr. Costa sem poder beber da fonte ubérrima, o original sânscrito em prosa e verso de Kalidass...

Ou fosse talvez inoportuno abordar-se a uma obra de arte consumada? Diga-se do drama clássico nas letras mundiais, que a contextura intrínseca, o equilíbrio do contato e da dissociação do Número, a Forma e o Ritmo estético talvez não tenha rival nos mais brilhantes tipos das criações de arte. É da nuance peculiar, a glória do período augustiano da literatura indiana na corte de Vicramaditia, é do requinte gramatical e clássico, da ingenuidade dum lirismo objetivo, vida, emulação e afinco pelo nebuloso, o puro e cantante na língua e no pensamento. A velha literatura védica, de trechos bárbaros e aspirações pastoris, ascende num arranco sem paralelo na história, pelas formas de força e de agitação, às vastas lucubrações metafísicas, e os jungles inextricáveis dos Tantras, força caminhos impossíveis, depura-se e se espiritualiza, ou antes desprende-se e se objetiva para chegar ao seu zénite de luxo na era de Kalidass. É daí a aluvião dos símbolos indecifráveis, as formas rítmicas árduas e os toques enigmáticos na sílaba e no *ghana* que só um estudo da língua pode compreender.

Foi oportuno o Sr. Costa abordar à tradução de Shakuntalá? Não o creio. Para mais, a sua tradução se ressente de um exotismo extrapurânico, da falta daquela fuga de barbárie e beleza selvagem que o episódio do *Mahabharata* tem no original do poeta indiano. Basta um simples confronto com aquela versão originalíssima de Rodolfo Dalgado das fábulas do *Panchatantra*, tersa, com toques de singularidade oriental sentida e assimilada numa longa elaboração meditativa, ou então a de Foucaux[204] no *Kiratarjunya*,[205] rude e devastadora como os próprios heróis que derrubam montes e na refrega levantam colunas de fumo acre.

201 Orientalista e tradutor francês.

202 Orientalista e tradutor inglês.

203 M. R. Kale, tradutor inglês de literatura sânscrita.

204 Orientalista francês (séc. XIX).

205 Poema épico indiano (séc. VI).

Contudo deve de ter sido um exercício atlético para o Sr. Costa, e energia adquirida para se lançar a cometimentos mais sonoros. A própria incompreensibilidade de certos trechos abstrusos e agressivos que confessa no seu prólogo erudito deve de ser-lhe a via impulsiva para a conquista e a vitória. Digo-o eu, a Júlio da Costa, meu companheiro robusto das lides escolares de outrora, que assimile com o talento e a força de vontade que possui a velha língua morta dos nossos maiores, lute e afirme-se para dar à luz o que é digno, louvável e memorável. O campo é vasto e ainda inviolado. Toda uma seara, ardente, de velos de ouro está aí ubérrima e tangível. O vasto movimento unificador das literaturas chama à ação os que valem, os que não fraquejam, os que um trabalho malsão, apupado embora dos filistinos e *fais néants*, não acobarda e não afugenta. O que os Dutt, Roy, Telang, Tathwabhusan, Kale, Dhoee,[206] e tantos outros do nosso sangue tem feito na língua de Carlyle, não o podemos fazer no idioma português?

O SORRISO DA BAILADEIRA[207]

Dizia algures Karr[208] que para se pintar um sorriso de mulher era preciso molhar o pincel nas tintas do arco-íris.

Parbleu,[209] o fantasista idólatra da forma feminina! Para se pintar um sorriso de bailadeira basta a cinza do crepúsculo. Sim, é o crepúsculo o fundo de Rembrandt onde toma o relevo clássico e malsão, a *chair au canon* orlada de gemas e de cucume dos tablados de vergonha na Índia, a tentadora de gestos doridos das noites de natocas, e dos contactos febris ao fim das danças hieráticas, com a murdanga alta no delírio e as multidões ungidas de sândalo.

Há a mulher e há a fêmea. A última palavra é dura, animal, mas é verdadeira. É a palavra de escárnio e de ironia fundida para escarmento[210] do homem criador

206 Orientalistas e estudiosos indianos e europeus da cultura indiana.

207 Paulino Dias, *O Africano: Almanach Humoristico e ilustrado*, coord. Antonio da Costa Junior, Adelino A. d'Abrunhosa Antonio da Costa Júnior, Adelino A. de Abrunhosa. Lourenço Marques, 1912, p. 75.

208 Jean-Baptiste Alphonse Karr, crítico e jornalista francês (séc. XIX).

209 Interjeição francesa de espanto.

210 Desengano.

de divindade e idealizador de espíritos. Não se esconda e não se apague. A mancha é larga, palpável e palpada no horror pegajoso das horas mortas em que o homem também já não é o herói clássico da Távola Redonda e dos doze de Inglaterra, mas o macho armado para a guerra, de dentes ou de esporão, a pantera ou o nerval sedento de desejo e nostálgico de lama. Porque é que o vencedor das eras não se vence a si próprio no grande combate noturno travado há séculos?

Que pena não ser a bailadeira a estátua ideal de mármore sobre o soclo amado dum templo branco! É de cinza a deusa vestida de pitambor de seda, os braços com manilhas, e o noth na venta esquerda. É de cinza a visão cintilante e torturada que bate o guizo nos cortejos clássicos, sob o sol estival das penedias e o olhar acre dos dessais de Boma e Cundaim[211] a arder como carvões. Sim, de cinza e de crepúsculo, pese-o embora a Alphonse Karr e os *enragés* de fantasia doida e as tintas fluidas dos arcos-íris intangíveis. A filha do prazer é ainda, e como sempre, a filha da soledade e do esquecimento, a carne de que se enfastia ao fim das horas de eretismo e loucura, quando o candil se morre e os últimos perfumes das flores pisadas se evaporam ao longe.

Então os seus braços untados de almíscar são como serpentes pardas, o seu sorriso incendeia e aterra, e na meia luz dos templos bárbaros os seus olhos lembram poços escuros, sem água, em cujo fundo passam vermes com a cauda levantada.

Quando será da História, das páginas de arqueologia e das lembranças exóticas o perfil triunfante e tentador da bailadeira da Índia? Quando se há-de pintar o sorriso da mulher com as tintas do arco-íris?

Nova Goa.

PSICOLOGIA DO GANÊS[212]

Fui na esteira do esnobismo chué a se largar por aí fora, pelas horas vespertinas, numa *étalage* dos jóqueis à banda e saias travadinhas, das *ricanéries* em corpetes de chita e a risada álacre de ranchos de crianças. Fui ver o Ganês.

Ver o Ganês é ser-se de pose escarninha e malévola perante o deva gordo do Shiva Purana e o panteísmo incompreendido dos tenebrosos pensadores do Ariavarta. No meio de frutas e penduricalhos, com gestos *pompadour* de andaluzas

---

211 Regiões do Norte de Goa (Novas Conquistas).

212 Paulino Dias, *O Heraldo*, 22 de setembro de 1912, p. 2.

na dança e guisos e bibelôs, é o ídolo de barro pardo pintado a berrante, a entusiástico, com a tromba vasta arrancada a elefante de florestas pelo malévolo Sani.[213]

É famoso o deus de ventre alto e os quatro braços gordos, entre emblemas antigos, os cocos e o arroz, incensado de lamparinas e untado d'óleos; é famoso no meio de um cenário iluminado *a giorno*,[214] de coruchéus romanos, cúpulas do Taj pintadas em lata, brincalhotices, emblemas de Renascença inconscientes e estropiados, obeliscos de um templo mourisco, de envolta com bustos extravagantes, vacas Devaquis[215] de úbere forte, trechos de paisagens absurdas, um levantar de feira macabra, a *pêle-mêle* de artes funambulescas e desconhecidas.

E eu sinto acicate de uma vaidade parda, sinto levantar-me em asas de Ícaro, flébeis, perante a pequenez do deva. Aflora-me os lábios o sorriso moderno, a malevolência do super-homem inchado com os balões das féeries prosaicas. Só eu sou o grande, o imortal, no meio do *bric-à-brac* das concepções pueris que levantam deuses de ventre largo e põem ornamentações de cassinos de terceira ordem. Eu sigo na esteira de esnobismo chué, que ri de riso inconsciente e alvar, que se desembrulha em apartes chochos; ataca-me o contágio das psicoses coletivas, e o sarcasmo dos *caps* à banda e as saias travadinhas que me roçam ao perpassar num burburinho leve.

O deva lá está, de músculos de infante, pezinho gordo e larga face trombuda perante a qual crentes se prosternam enternecidos e se deitam Pradacshina com garbo.

Que há aí, de rico, de secular, na representação que roça pelo absurdo e que, fora das Salpêtrières[216] e os asilos fúnebres da psicopatia, pareceria impossível? O que as leva, as grandes multidões de trunfas solenes, e túnicas domingueiras, as mignones de gesto lírico, e as camponesas que batem dan[ças nos pandeiros, que as vol]ta de descomunal e convidativo?

Se eu voltasse à reflexão sincera e à ponta de um rudimentar senso comum! Tivesse talvez levantado a orla do véu que cerra a sentimentalidade humana. A sentimentalidade! A grande criadora dos motos e os símbolos das eras, a força

213 Ou Shani, divindade correspondente a Saturno.

214 Iluminado de forma abundante.

215 Devaki identifica-se com Aditi ou o poder criativo da natureza, sob a forma de uma vaca.

216 Famoso hospital psiquiátrico em Paris.

impulsiva que não se concentra na reverberação platônica e inativa, mas que ruge, fervilha, alaga, deita as levas dos cruzados nas Palestinas, assassina os pagãos do Báltico, que levanta estandartes de Islã, e por séculos a rivalidade religiosa no país de Asoca[217]...

A sentimentalidade humana poderosa e insatisfeita! É ela de certo a que se multiplica numa *étalage* de deuses e monstros, de símbolos e representações; sempre atacada do talão de insaciedade. Talvez que me fosse compreensível o gesto humilde das aratis e incensos representativos da insuficiência humana, e não me julgasse o super-homem, no meio dos bibelôs e fantasias, entre as inconsequências do homem eternamente criança.

É noite no país dos devas. Tocam os tantãs e a foguetearia é acre. Partiram as linhas dos mirones, e nas ruas desertas cai com o peso de 60 séculos a pergunta antiga, sempre nova e sempre irrespondida – O que é a essência do que existe? – E na noite de setembro parece ser a resposta genuína e triunfante aquela representação de panteísmo hindu, a única concepção suprema do universo, a madre dos sistemas de Espinosa, Hegel, Fichte e Schelling, a par dos pessimismos e incoerentismos de Schopenhauer e Hartmann, e as melodias lúgubres de Foscolo, Wagner e Rembrandt.

Eu sinto-me pequeno perante a grandeza de meus avós. Sim, a raça é agora parda, decadente, batida de Timurs, Dufferins, Dupleix e Albuquerques;[218] a raça é servil na arte, na ciência e na representação nacional, e a representação do seu espírito atual é aquilo, um deus bibelô, símbolo irrisório de um presente triste. Mas foi a mesma raça que deu os monstros de energia, as Ramas e os Sivajís, das civilizações extintas, que levantou os Upanishadas e nas paisagens lendárias cantou os hinos dos Vedas e as estrofes supremas do Mahabarata.

217 Ashoka, imperador e unificador da Índia (sécs. IV-III a.C.).

218 Nomes de conquistadores, governadores e vice-reis da Índia, de vários períodos históricos, representando o domínio mogol, inglês, francês e português.

BEGARINS[219]

Agora que começam da ceifa nos talhos de arroz fulvo, e cai o setembro escaldante pelas ondulações campesinas, vamos vê-los, Ana Graça, os begarins de músculo rijo e coifa à cinta, tangendo bois à debulha, ou de gigas à cabeça, mais os bambus e as forquilhas das restolhadas e os altos topetes de cestas amarelas encimadas do guarda-chuva d'ola[220]. Vamos vê-los na debulha das eiras poderosas...

Hás de rasgar o pé, eu sei, na urze das casanas, Ana Graça! O teu braço é mole, e a curva do teu pescoço não acinzentou ainda o sol dos silvedos. E contudo, de ver teu toropo[221] de orla escarlate, num recorte bravo sobre o fulvo das ceifas, dá-me a tentação, morena... Vamos. Tu tens as contas e vidrilhos no pescoço, os bentinhos da Sra. do Carmo, o teu corpete tem toques vespertinos, e nos teus quadris é o balanço das mulheres do Guzerate.[222]

Olha. Aí se perfilam quarenta trigueiras de Curijá. Foices nas mãos álacres e com manilhas, pé qui, pé lá, guarda-chuva d'ola num nadinha atrás, ao pé dos molhos, em quarenta picos denegridos. Olha... na ceifa ao arroz maduro!

A várzea é de trinta de dois cumbos[223] de arroz cheinho no celeiro, joeirado ao vento. A várzea é a do morgado antigo, de doze gerações figas, altos topos no solar e sacadas medievais coloridas de mosaicos e azulejos. Na varanda pinturada a canário se baloiça em *chaise* de cana, se fia a meia clássica de malha, se olha de soslaio para o meio da várzea mordida de fluorescências acres, ensolarada, com longes de bruno monocromo e um fugir de tintas incorpóreas aos fundos carregados de bruma. É sério e é fidalgo na varanda fleuronada.[224]

E nós somos humildes, Ana Graça, no lar de telhado trôpego, as umbreiras com pinturices baratas, balcão de conchas à guisa de mosaico, os alpendres, os reparos, cruz à porta de remendos à peanha, com laivos de anjo desbancado

---

219 Paulino Dias, *O Heraldo*, 8 de outubro de 1912, p. 2.

220 Folha de palmeira.

221 Peça de vestuário indo-português consistindo em pano de usar ao ombro.

222 Estado indiano do Gujarat.

223 Medida antiga da Índia para secos, como arroz. Um cumbo corresponde a 20 culos, mais do que uma saca grande de arroz.

224 Tipo de decoração arquitetônica.

a chufa e a pedrada. Nós somos do nachinim trigueiro torrado nos braseiros fumarentos e engolidos nas assaltantes bátegas da invernia. Que nos faz mal no capim e no cascalho, pelos meios-dias de setembro com trigueiras na ceifa e begarim ao largo... Nós vamos haurir a frondosa energia natural!

Há de nos compensar da pieguice *manquée* e dos desvanecimentos mórbidos d'alma nos folhos de renda de Bruges, há de nos compensar a bruta assimilação dos osones[225] feridos das raivas de luz, os estremecimentos de magnetismo desconhecido, subconsciências e duplicismos; será nossa vitória a materialização de um sentimentalismo importuno – a pecha dos D. Juans e as Margaridas mártires – será a representação matutina da verdade, e a colheita de beleza nas horas noturnas de relento e fúria, quando a lua aponta sobre o azulado dos Gates, e é na terra a paz soberana. Essa será a nossa glória, Ana Graça, a nós, os descalços nas casanas pardas, a ver begarins rolando molhos de arroz nas ceifas e pisando com pé duro as espigas maduras.

Vai pelo meio dia o labor aéreo, e tu estás fatigada, morena. A soalheira aperta. Há frêmitos e sobressaltos nas penedias em volta. Búfalos se deitam na orla de valados, de ventre pardo, focinhos estendidos, no ruminar automático, olhos cerrados ao meio. Pastorinhas dormitam. Há cochichos ralos da passarada. Atonia, desalento, o desmaiar das energias sob a pressão maligna do vigor solar. Contudo agitam-se ainda no oiro das messes os toropos escarlate. Hallali![226] Riqueza e exotismo fortemente tropical... O pontilhado ao longe é das ilusões, a Prakriti dos Kapilas[227] cheios de negrume, e os Purushas individuais, sensitivos, imutáveis, batendo formas, levantando fenómenos, criando e batalhando nos tratos do esplendor universal. Mas ainda mais longe as arestas se fundem, a grosseria dos perfis se atenua e se desmaia numa monocromia de tintas e expressões, qual delas mais solitária e sentimental.

225 Talvez o ozônio ou ozono, o que faria sentido no contexto científico do restante da frase.

226 Grito de caça (francês).

227 Sábios do período védico.

Ressurge no colorido de teu corpete flutuando, mignone entre mogareiros[228]!

É nossa a terra ceifada e abrasada. Somos as pedras e as laterites, os átomos e as fosforescências do contorno lírico: é a nossa carne o que rosna e que rebenta, as conceições álacres, longos serpeios de águas azuis, afirmações e vitalidades, e a nossa alma se vai transmitida e transmigrada do topo da fronte ao colorido da borboleta, e se volta e nos conta coisas macias; somos nós, crê, representados e multiplicados nos talhos da paisagem. Não somos nós os exilados às Stahlstadts[229] com tríplices muralhas de aço, nem ao luar das Stambuls[230] com sultanas asserralhadas,[231] nós nunca nos levantamos com as aves migradoras sobre as lufadas friorentas dos outonos, nós somos aqui, a pele tisnada que ressuma suor nas eiras, e os begarins bovinos que levantam gigas, que têm nos olhos tremores e fosforescências, que se lembram de mandós[232] e procissões sonoras, e batalham, sacodem-se como tigres feridos, atiram-se contra as grandes messes de espigas de ouro.

O sol alteia no zênite feroz. Dobram pontas dos palmares e o vento tem bafos e revérberos de fornalha. Pardais pipilam numa suavidade sonâmbula.

Adens, à borda de charcos dormitam com a pata ao ar. E na aldeia, olha! Princesinhas de bajú[233] dourado se acautelam do sol por trás de teias e venezianas orladas de trepadeiras; as suas mãos se ficam esquecidas sobre o peito, as agulhas do crochê desalentadas.

Que pena! Ser-se da fragilidade do biscuit e do puerilismo de Veledas e Vivianas quebradas como fios de lacre num resfolgar mais quente da *malangueña*, ou no fru-fru mais ativo da colheita dos agáricos[234]... E sermos nós somente, Ana Graça, os que rasgam os pés campesinos, os que mergulham o pensamento na força e o esplendor tropical, os batidos de setembro das ceifas nos campos dourados de

228 Trepadeira que dá *mogarins*.

229 Referência a uma cidade fabril e distópica criada pelo romance *Les cinq cents millions de la Bégum* (1879), de Júlio Verne. No original está "Staltahds".

230 Istambul, no plural.

231 Relativo ao serralho, o bordel-harém otomano.

232 Canção tradicional da comunidade católica goesa, na língua concani.

233 Roupa tradicional da comunidade católica goesa.

234 Cogumelos comestíveis.

arroz! Não nos vamos, não, da solitude orlada de incêndios. Hão de apontar agora, pelo fim das encruzilhadas, e os trilhos ladeirentos da aldeia as mulheres pardas, de grossas arrecadas, sem o chôl[235] no peito de leão, ferozes, manilhadas de cobre e de vidro, queimadas no pescoço bruno e as pálpebras de feras satisfeitas; hão de vir com os cestos de arroz cozido e o caril vibrante como um clarim; a manga nas caldas ácidas, e os largos pratos de folha de bananeira onde se come com amor e com respeito. Hemos de ver os begarins das eiras, sentados à beira de valados, debaixo da opulência e o frescor das grandes copas pintalgadas de verde, sagitadas sobre um azul de céu bronze, e o cheiro do arroz picante nos há de lembrar o homem das cavernas, do sílex e das renas, o semiprimata antigo, moldado e vestido da civilização, couraçado de pelicas, coifado da claque nos boulevards; hemos de lembrá-lo e sermos da verdadeira humildade natural.

Dobra o sino da igreja as onze badaladas místicas do meio dia. Silêncio e santidade! Passa um sopro de apreensão pela terra parda. É famoso o movimento coletivo das massas, levantado num apelo acre dos Gustave le Bons[236] e os Ferris[237] das grandes marchas sociais nas praças. Tem contágio o terror, tem, e na mímica é o primata humano do insubmisso atavismo secular. Lindo o meio dia da igreja sobre as várzeas e os montados! Cabeças se desembrulham das coifas de lenços, dos cordéis e laços do trabalho, e se fazem na testa cruzes de fé abençoada. Frufruam panos e chitas por toda a várzea aberta. Grita-se no aviso, na solicitude, na chamada aos ranchos dos valados. Quarenta trigueiras de corpetes escarlate põem as mãos nas ancas, levantam, desmoem bustos anquilosados, riem ao acaso, cerram olhos pressentindo aromas de caril nas tigelas de barro negro. É famoso de se ver a onda humana desabando sobre o último marco miliário da atividade social, o pão. É aí o apetite que não embota o pescar de iguarias paradas nos banquetes de Jacintos, e que não recua dos pratos primitivos por não molhados da sauce dos Lúculos modernos. Que burburinho à sombra! Os bengarins se sacodem nas pontas dos pés, os bengarins se limpam de suor com arcos de folíolos d'olas; trigueirinhas se vão à beira de charcos lavar as mãos, en-

235 *Tcholl* ou *tchóle*, corpete feminino.

236 Psicólogo francês das multidões, coevo de Paulino.

237 Socialista italiano.

charcadas, e voltam, devá!, com o grito febril das Zaiús nas danças e sarangues, toropos em grandes folhos ao vento e as tranças em larga massa negra.

O repouso é bem ganho, de quatro horas ao sol de Setembro batendo, debulhando, e batalhando; o repouso, sim, o armistício à sombra e o esquecimento, numa distração de beleza e colorido, ideando revoadas distantes e apelos de amor a Eldorados, o repouso que retempera e reconstitui o músculo, o cérebro e o coração, e que parece até um oásis sagrado, que plantou alguém universal e profundo, para o movimento eterno e a eterna insaciabilidade humana.

RELÂMPAGOS[238]

Deixou-me na curva da praia o companheiro agitado e fantasista. Que sugestão de selvagem, de primitivo a de sua palavra convicta! Disse-me dos tratos de terra e dos alcantis cobertos de musgo, que se escala com a espingarda ao ombro, dos Balús, ursos malévolos que descem com patas de veludo, e vastas serpentes que escalam vales com estrondo de trova e levantam no escuro a cabeça larga. Isso é dos trechos sem a claridade e sem a agitação dos movimentos salutares. É aí, nos longínquos azuis, que não se delimitam bem sobre os últimos recortes de verdura.

É tarde. Pesa o calor do maio tropical. Pela direita se tem a cidade melancólica da Índia Portuguesa, cemitérios de muros pardos, campanários com os sinos de festas, tetos cinzentos, castelos ao alto, mangais, colinas, perfis esfumando-se à distância. Pela esquerda a fortaleza deserta de Gaspar Dias. Levantam-se espirais de fumo por detrás dos baluartes antigos. Incineram cadáveres na praia. Dias atrás foi o cataclismo da Calábria, e o mar está agitado. Altas ondas se quebram na Aguada com espumas brancas. Cresce o Índico na monção de chuva e de perigo. Nuvens transversais, pardas, com orlas de sangue, escondem o sol-posto. No alto são pedaços de azul, de fogo, de cor de rosa, a *pêle-mêle*, numa oscilação de febre. Visões caleidoscópicas, prismas e losangos que se quebram, se fundem, se diluem num esbatido glorioso. E lá, ao fundo, sobe como um presságio uma severa fachada cinzenta. São nuvens de chuva, são, coléricas, caladas. Vêm dos planaltos onde se feriram batalhas famosas, se destruíram Bijapurs e Vijnagars[239]

238 Paulino Dias, *O Heraldo*, 17 de novembro de 1912, p. 2.

239 Império Vijayanagara, no planalto do Decão.

da História. Trazem das eras a face memorável. Isso... É o que se casa com o meu pensar. E o mar também, o vasto, o cavado eternamente.

De repente corta um relâmpago largo as nuvens do oriente. Não há trovão, a claridade é azulada e rápida. Outro relâmpago. Soberbo! É no meio de topos que se sobrepõem como cimeiras de montes. Crê-se, defronte do Kinchinginga[240] e as cumeadas de neves perpétuas, que se vê de 30 milhas com os olhos ao alto. É àquela distância que vibra a faísca da destruição, o relâmpago... a força intensa, dominadora que rompe duma nuvem parda, de um cérebro admirável. Lembra-me as vastas energias concentradas: Adam Smith, por três anos silente, Erskine, Dante no exílio, as máquinas de força acumulada, Edison, as pilhas das fulgurações destruidoras, cascatas, terras virgens, céus calados...

Relâmpagos se cruzam mais e mais por todo o oriente, e cai no mar alto o sol. Saltam feixes de luz, cortam-se pedaços de nuvens, emergem, perdem-se no alto. É uma cauda de cisne, estendida ao largo. O horizonte se funde d'oiro. Há um pedaço de mar ferido de vento que oscila como os metais fundidos. Queima os olhos aquele esplendor. É de novo o relâmpago, a cintilação, a instabilidade da energia reprimida. É o mesmo, a força que domina e esmaga. Irisa-se o pensamento em formas, surpresas, vitalidades desconhecidas. Adivinha-se a vibração da matéria nas conceições profundas, na fusão molecular. Pressente-se a força concentrada, desconhecida, no fundo de um simples átomo, uma simples afirmação do existente, desde o ponderável ao hipotético ao complexo, ao que se ensombra em um fundo de contingência e de oportunidade, adivinha-se a força hiper-material, mais vigorosa que as faíscas elétricas e o movimento trágico dos mares.

Aperta mais e mais a ventania acre, escaldante, cai de labaredas, sim, de um incêndio entre bárbaros, com Tamerlões galopando e povos degolados. Cai sim, mas com haustos inesperados de frescura e moleza! Burburinha-se de poeira a vasta ondulação marítima, dunas brancas, e montículos esbatidos, e logo sobe, em agressão maligna, o fundo chumbo-mate, com veios metálicos a lac[241] japonesa, a tapada de nuvens com cabelugens, maníacas. Crê-se detalhar, perto, a quatro passos, toda a fuga mitológica dos velhos árias, Kalis de braços venenosos

240 A segunda montanha mais alta dos Himalaias.

241 Laca.

e Moriás[242] de ventres como odres. Os topos são ainda orlados de escarlate, como uma aspiração morrente de tatuagem e de colorido, com talhos feitos por lapidários, fímbrias e *lambeaux* de alguma feeria descabelada, com rictus orgíacos onde os convivas se despedaçassem entre fracassos de ornamentações bárbaras.

Mas o sol mergulha no mar. O poente se recurva numa expressão abençoada. Cristas e pontas lanceoladas se esfumam num monocromo consolador, onde se releva agora uma morna decomposição de branco e negro, toques a Rembrandt de apreensão e mistério. E para o lado, de fronte, sobre a cabeça, os devas, os racshassas, toda a digladiação de formas e misticismos, apertando e moldando o pensamento humilhado. Dá-me vontade de pôr o joelho em terra, levantar a arati untada de sangue de galo ou do dedo mínimo, acender os sete pavios místicos e pôr o sal e o cucume; sinto a nostalgia de sacrifícios pardos, dos Moriás nos montes altos, entre carvalheiras, e as torturas lúbricas, insensatas para propiciar os deuses enfurecidos. Que pena que sou eu que antropomorfizo aquela natureza severa e determinada... As forças e os movimentos, as causalidades matemáticas duma rijeza de pedra, sou eu que as levanto no espírito e na vitalidade, faço-as conscientes e espontâneas, que o ricochete cai sobre mim com peso de sete montes, estende-me com os oito membros por terra, me volta em pradacshina nos santuários de Ravalnata[243] e Bagavali.

Nem meia hora de relâmpagos estonteantes, e o sul se cerra, as nuvens roçam o mar, e os últimos topos de montes, o alto de Aguada com sua igrejinha branca e o farol de bico amarelo se confundem num cinzento maligno. O mar se cava d'águas negras. Espuma, longe, sobre os bancos fatídicos onde se quebravam galeotas de batalhadores portugueses. Tonas[244] se forçam pela barra dentro nas velas torcidas da ventania. Soberbo na paisagem marítima! E a trovoada é dura, é poderosa, com uma forte ressonância de buzina e os lendários clarins dos arcanjos de Macabeus, assassinos dos inimigos de Jeová.

A tempestade rola com chuvas e estrondos. É a meu lado um crac de mastros e antenas. Fico a ver assombrado. São palmeiras que vergam. Rangem nas fibras

---

242 Possivel referência ao monte Moriá, onde, em *Gênesis*, ocorreria o sacrifício de Isaac.

243 Ravalnath ou Roulu é uma divindade hindu popular em Goa.

244 Termo usado em Goa para embarcação de um mastro e a remo.

íntimas, no coração. Copas se batem com fúria, negras e inimigas. Sugerem-me lutas de monstros; refugio-me sob a cabana d'olas de um pescador aturdido. Ele é pardo, tisnado na pele de urso. Contraem-se-lhe os músculos num eretismo animal sob as descargas elétricas e o estrondo ao largo. É o leão que ruge às nuvens do oriente. Eu sinto o contágio daquela vitalidade e brutalidade.

Ponho-me ao pé dum moringueiro, sem o *cap* de pala, os pés nus, olhos ao largo. A ferocidade do céu assombra. Caem ao longe raios em zig-zag, rasgam palmeiras à certa, matam búfalos grisalhos e põem no alarido camponeses. Rochedos tombam dos montes, pressinto-o. É o estrondo nas ladeiras, sob as cataratas vermelhas, turvas de laterite pulverizada. Alagaram-se as várzeas, deva!, e as casanas se levantam em inundação irremediável. Há archotes que vão pelo escuro, grita-se, chama-se por socorro. Mangueiras caem desarraigadas e tetos de choupanas se rompem. Onde é a piedade estelar que acoita o verme e o sol, o nababo e o pária? Relâmpagos... a concentração de energia, o que se levanta e se desdobra, o que segue pela determinação rija da forma e da pressão, a altura e a distância, por todas as condições e todas as circunstâncias do fenómeno, pesadas e equilibradas, e não se desvia, *egarée*, pelas contingências doidas, não se descontinua sob um movimento não comunicado...

Não sei o que me acode na noite tropical de relâmpagos e de morte. Heresia e irreverência? Que se dirá nos recolhimentos sensitivos em que se entoa hinos de Tucarama e se ataca órgãos com a música de Palestrina!...

Há de certo alguma coisa que acena à alma de crente com lenços azuis. Uma experiência ou necessidade, forte, de veios ardentes que põem impulsos e nervosismos, que estala enfaticamente à força de exclamações e apóstrofes, rompe desertos, assalta com cimitarras de Abaderrames, e as cruzes de Franciscos de Xavier, e enche suave, gloriosamente uma parte irradiante da vida. E quem sabe se será mais simples o se dulcificar no aroma e na soledade, sentindo o tanger de sinos monótonos, e o esplendor de lamparinas mosaicas, do que lutar com a lâmpada de Aladino no glu-glu de contingências e ambiguidades, na dúvida atormentadora, sem a mão sólida e a relha da escadaria levantando o pensamento à vitória...

Agora a tempestade rola no seu grande ciclo para o ocidente. Vai entre choques surdos, o ultimo rosnar dos elementos abalados. Os topos da penedia, morros, tamarindos e as copas das palmeiras emergem agora numa pulverização de hulha. Largo horizonte abatido e em sofrimento, onde parece perpassar uma plangência profética, voz dos Isaías das destruições patrióticas, formidável no escuro.

E quando o sino tange às Almas nas igrejas ao pé de cemitérios, as torrezinhas pálidas no escuro e os campanários devotos de aldeolas ao longe, um silêncio cavado se estende como grande mancha negra.

UMA NOITE D'ARTE[245]

Pelas 21, e um calor menos mau. Lá fora um rosnar surdo, ventania do Gate ou rastro de trovoada, seca, no desconhecido. E o salão do Club Vasco da Gama, *a giorno*, sacadas para o largo, para uma feeria a Mab japonesa, a lanternas e *bric-à-brac*, em arcos, em molhos, à dependura, à guisa de fantasias de Merlins, mas de golinha e luneta moderna. Entra-se. E um cosmorama gaudaiante de rendas e decotes, leques e frioleiras, detalhando-se sobre a massa negra de casacas e o oiro d'uniformes. E o aroma amorfo dos Sonia e os Trèfle Incarnat[246] do supremo chic parisiense! Cinco minutos decorrem, e já se acotovela num amorfismo lindamente democrático, e se entrecruza por entre espaldares de cadeiras, e as altas massas folhudas, troços de vegetações opacos e severos na atmosfera de estufa, como numa nostalgia dos grandes haustos á claridade e o frescor dos margios,[247] perfilados aí em linhas paralelas pelas escadas e os patamares.

A noite d'arte pôs na monotonia malsã um vezo de nostalgia clássica. Houve o que acenasse com braços estonteantes de miragens e surpresas? Não sei que diga. Se foi a promessa de mundos sonoros e horizontes irradiantes, acima, muito acima da prosa correntia, afazeres e plebeísmos, ou se foi o diletantismo trivial que pôs uma nota d'alacridade e humour nos perfis que se agitam e que se acomodam por todo o salão rumoroso.

Para num toc de batuta um prelúdio de orquestra, e entra para o tablado um *pot-pourri* de Mascagni, trecho da Cavaleria Rusticana, misto de donaire e *briganderie* toscana que põe brios e desconhecidos, assalta, alucina, dobra a alma de mulher. É tépido e tine como os guizos de crotalos tropicais. Contudo é aí o

245 Paulino Dias, *O Heraldo*, 17 de novembro de 1912, s.p.

246 *Trifolium incarnatum* ou erva-do-amor.

247 Flor amarela, provavelmente a margarida ou a calêndula.

mesmo génio de Guglielmo, Panielo e Cimarosa, a necessidade não sentida de se mergulhar na profundes psicológica d'alma, no fundo inebriante onde se colhe a intima flor da melodia. Há frieza e há monotonia no primeiro movimento introdutivo, hesita-se, detalha-se menos pela nebulosidade e a monocronia de tons incorpóreos, mas há apartes violentos, ataques com sangue, que dir-se-ia a punhal de Caseiros e Breccis, a terrível alma do latino moderno, alucinado da miragem socialista. Tarde, Marx e Ferri.

Minutos passam em miudezas e rocambolerias. Cochicha-se. Frivolidades se desfolham em cravos. Notas de momento oportuno e de crítica, mordazes, políticas, um fungagá d'entre bastidores de envolta com molejos e jogralidades, rompem às vezes, ariscas e importunas. E no estrado são Legendas e Romanzas, hipérboles dum sentimento rafiné, pisicatos[248] num halo de floresta cortada em seda, frágeis, de carne anêmica, de aparato lírico de cadáveres elegantes. A nossa alma amodorra-se num hieratismo negativo. Atitudes búdicas voltam com insistência, pondo as pernas em cruz e o pescoço no Joga monótono. Que nos pode surpreender, o de excêntrico e desbotado naquela retórica de tons roçados de formalismo vazio! É a nostalgia íntima, celular, pela música do tam-tam e as grandes vivacidades do landum nas ramadas primitivas, com morenas debruadas d'oiro e coifadas de crisântemos?

Mas rompe na noite musical uma voz de mulher, límpida como gota de água. Agita-se nos espaldares pelo salão *a giorno*. Apartes tombam. Sinto tentação de repetir a frase de Orestes: "O silêncio entra na minha alma". É no Otelo, a legenda doirada duma Viviana pálida, cortada sobre um lavis[249] de fineza e sensibilidade. É a canção eterna do choro feminino no meio dos grandes movimentos do coração. O canto é fluido, perpassa a suplica e a censura num trêmulo de melodias apenas sussurradas. Cuida-se ver Desdémona, mas Desdémona moderna de saia travadinha e colete pompadour, pondo as mãos em atitudes elísias diante dum Otelo de claque e charuto, armado de Browning, assestando ao olho o monóculo dos Artagnans e café. E a Desdémona soluça, soluça miseravelmente. Crê-se ressaltar a fibra última de seu coração naquela voz que é magnética, doirada, que perturba de misticismo e dolência, e se duvida que seja de mulher, aí, a quatro

248 *Pizzicatos*.

249 Ou *sumi-ê*, uma técnica para ilustrações de aguarela ou de tinta da china.

passos de nós, vestida de gaze e coifada duma fita singela. Mas a música é a mesma, um frolar d'andorinha sobre o topo d'onda abalado de tempestade. A agitação subterrânea escapa àquele Verdi de *malangueñas* operáticas e bibelôs arranjados à guisa de quentes duetos passionais. Não há aí a visão direta do mar abalado, na audição de mugidos e tumultos; não é na função de harmonia nitidamente humana, Gluck ou Haydn, Mozart ou Beethoven. A Itália não atingiu nunca na arte o topo do Chimborazo[250] cheio de ecos, mas espalmou-se num voo chato, na tinta morena dum rictus de notas moles, mas talvez, nos detalhes de contornos duros, numa meia luz que agrada mais que domina.

Há ainda trechos e seleções. Um solo a piano de beleza selvagem. É o *Étude Arabesque* de Tchaikovsky. Escuta-se com atenção. Crê-se numa *jonglerie* com silvos no mato-bronze, na cabelugem das florestas. Choques e revérberos? Que alma de leão e de deus a um tempo se torce, enovela no meio dum tinir de crotalos e o agitar de folias bárbaras! E a nossa alma que volta insistente e nostálgica aos massacres dos Átilas e a carnagem vermelha dos Tamerlões[251] e Aurangzebs,[252] arroxeando-se nos horizontes... O piano revolta-se, fere, deita faísca. Tem alma, tem, como aquele grande Sátiro de Hugo, que se levanta com o corpo dos Pãs, e que é universal, sem fundo, ou como o Trivikrama[253] das legendas árias, de larga assimilação filosófica em cada glóbulo de sangue e em cada átomo de célula. Calcula-se assim o supremo evocar da melodia nos dedos de Paganini, Rubenstein e Kubelic, e as grandes massas ululantes nas plateias inflamadas, levantando braços, arremessando flores, rubis e apóstrofes.

E pela noite parda é o escoar das últimas notas, um coro de fantasia rendilhada e enfeitada e guizos, e um Adoremus de religiosismo medieval, cujas notas são profundas nos grandes haustos do órgão vibrante, e se entrelaçam com incensos e misticismos a uma receptividade atávica de nossa alma, lentamente moldada nos arati aos Datatria e as genefluxões nos santuários, quando há litanias d'oiro e chora o Stabat das catedrais.

250 Vulcão no Equador.

251 Tamerlão, conquistador mogol da Ásia central (sécs. XIV-XV).

252 Aurangzeb, sexto imperador mogol da Índia.

253 Forma gigante de Vamana, avatar de Vishnu.

O regresso é pelas ruas dum sombrio irónico. Rastros da noite d'arte deslizam atrás de nós, estendem dedos e tentáculos, é como a chuva miúda soprada dos Gates, fria, macilenta. Tem a gente vontade de sacudir-se, enxotar as gotas malévolas, que se crê viscosas, embora talhadas em onixes, com risos múltiplos, contando e recordando. Ainda troveja ao longe. E a ventania é aguda: obriga a pelicas e boas[254] as mignones de decotes chic, que voltam sonâmbulas, batendo na laterite a pontinha de pés calçados de cetim, ou nas almofadas das de coupés e motor-cars.

E na distância a recordação é mais feliz. Apaga as arestas, atenua, nivela, perdoa. Ficam só os momentos contemplativos de absorção lírica. E quando, na cidade, é o silêncio absoluto, aquela recordação se concentra e se transforma num lindo cristal cantante, sobre um fundo de veludo mole, onde todas as trivialidades se esmorecem e fica somente um reconhecimento íntimo e imortal.

A MORTE DO JARAÇANDA[255]

Disse Crishna aos Bima-Arjuna:

– Oh Bima-Arjuna, é duro Jaraçanda, é duro no meio de dezessete torres cheias de maharajas vencidos. Uniu-o de duas peças ensanguentadas Jará Racshassí.[256] Foi na floresta de monos. Oh Bima-Arjuna, ele é sogro de Maha-Caunsa! Dezessete vezes cercou-me em Maturá com acshauhinis invencíveis e aos meus milhões de Yadavas.[257] Por fugir-lhe bati de ouro Davaracá no mar...

E de vestidos amarelos treme de cólera e despeito Vassudeva.[258] São Crishna, Bima e Arjuna nos terraços de jaspe de Hastinapura;[259] Cai com doze mil sataras gemendo o poente no Curucshetra; acendem lamparina no alto de florescências. E Govinda como que monologa no meio dos dois filhos de Pandú:

254 Peça de vestuário feminino.

255 Paulino Dias, *Luz do Oriente*, vol. 6, nº 6, março de 1913, p. 241-244.

256 Versão feminina de Racshassa.

257 Povo indiano descendente de Yadu.

258 Semi-deus Vāsudeva or Vasudeva.

259 Cidade no atual Uttar Pradesh, antiga capital do reino de Kuru.

– Foi Bramadata[260] o rei dos altos Racshassas. Era poderoso como o mar. Deu-lhe um bramane um dia o pomo abençoado dos mantras, disse-lhe: Eh Bramadata, dá de comer este fruto à tua esposa linda, terás um filho fremente como Suria e como Agni! E ele deu, o rajá, o fruto a duas esposas morenas, e compassivas, deu-lhes como Pandú, oh Bima-Arjuna, às esposas Cunti[261] e Madri, e Gananata a Riddi-Siddi! Nove meses depois deram as rainhas à luz, cada uma a metade de um menino, que resplandecia como trinta sois no abril. Mas na corte de Bramadata foi o ha! ha! de pena dos dois pedaços sem vida. E ele levou o maharaja, para a floresta dos monos, chorando os pedaços de seu filho. Foi alí que os encontrou um dia Jará Racshassi, uniu-os, viu nascer cheio de vida o filho de Bramadata, chamou-o Zaracanda, trouxe-o de água. E doze dias de pé Crishna-Arjuna com grandes olhos abertos, seguindo o duelo de morte de Bima-Jaraçanda.

Na madrugada do décimo terceiro o grande rei caiu! Trinta mil exércitos levantaram os arcos e as flexas com gritos sombrios, elefantes ulularam com torres no dorso, e ranis nos terraços de madrepérola desataram as tranças com lugubre alarido. Mas ao contato da terra revivia e estremecia Jaraçanda. Dentro em breve levantar-se-ia como um monte coberto de robles, roliço e invencível. A terra, o contato eternamente puro! E Bima era com o joelho sobre o peito do vencido, tentando afogá-lo em vão, em vão descarregando murros sobre ele duros e inúteis.

Então gritou-lhe Crishna vigilante:

– Escuta, ó admirável Bima! é imortal Jaraçanda para armas afiadas e as clavas cobertas de grossas chapas de aço. É imortal Jaraçanda. Mas tu mata-o por onde deu-lhe à vida Jará Racshassi!

E ele tomou, o filho de Devaqui, tomou nas suas mãos uma palhinha, fendeu-a, e arremessando os pedaços para lados opostos exclamou:

– Olha-me bem, ó admirável Bima!

E foi então que Pandava segurou os pés de Jaraçanda e fendeu-o de alto a baixo, na própria linha que o soldara na floresta dos monos Jará Racshassi.

Foi assim que morreu Jaraçanda. Dezessete tanques se encheram de seu sangue, tépidos e cheios de espuma vermelha. Heróis caíram de terror, só ficaram de pé Bima-Arjuna e Crishna…

260 Brahmadatta, rei de Benares.

261 Um dos protagonistas femininos do *Mahabharata*.

HISTÓRIA DE UPAMANIÚ[262]

Ó Ashvins. Os que procuram a verdade, os que não querem os bens mundanos, procuram só o vosso auxílio ó devas!

Vinde com os vasos de ouro que têm extratos de virtudes exelentes, vinde com vossa mão voltar a vista a meus olhos que já não podem ver.

Vieram os Ashvins como dois sois resplandecentes, e desceram até o fundo da cisterna onde estava Upamaniú.

– Ouvimos a tua voz, eles disseram, tu és grande, ó filho, tu és digno de compaixão. Tu comeste as folhas de Rui, e a tua vista se perdeu, como este bolo que nós trazemos e a vista te há de voltar.

– Ó Ashvins! Disse Upamaniú, perdoai-me ó melhores dos devas, eu não posso comer coisa alguma sem dá-la ao meu mestre, Arúnia-Dóumia...

Contudo os deuses retorquiram:

– O teu mestre tem comido deste bolo muitas vezes e contudo nunca o ofereceu ao seu perceptor.

Mas não quis comê-lo Upamaniú, que somente humilde e com as mãos em concha ele ficou em pé defronte dos devas poderosos. Então eles lhe disseram:

– Escuta Upamaniú! Tu és o verdadeiro bramacharia, teu nome será invocado por todos os justos do futuro. Os dentes do teu mestre são de ferro, os teus são de ouro, Upamaniú. Tu serás profundo nos Shastras e Puranas.

Foi esta a história de Upamaniú, discípulo de Arúnia-Dóumia.

JAMON KHANDA. Mahabharata[263]

Disse Saunjaia[264]

Escuta, ó Dritarastra, eu te descrevo a ilha Sudarsana.

Tem ela a forma dum círculo, a forma duma roda. Tem multidão de rios e outras águas no meio de cordilheiras que assemelham massas de nuvens e de cidades espalhadas por províncias agradáveis. É cheia de árvores, de flores, de

262 Priti Dass, *Luz do Oriente*, vol. 6, nº 8, maio de 1913, p. 287-290.

263 Priti Dass, *Luz do Oriente*, vol. 6, nº 8, agosto de 1913, p. 310-314. Rishi rigvédico.

264 Personagem do Mahabharata.

frutos das searas diferentes, e de mais coisas assombrosas. Por todos os lados cinge-a o mar salgado. Assim como se reflete o rosto num espelho, a ilha Sudarsana se vê refletida sobre o disco lunar. Duas partes delas emergem como uma grande árvore do *Pimpal* e duas outras parecem uma lebre estendida.

Desenrolando-se do leste e para o oeste, vem-se seis montanhas de altura igual, e tocando os dois mares. Chamam-nas Himavata, Hemacuta, Nishada, a mais gloriosas das cordilheiras, Nila, sempre cheia de pedras e gemas, *Vaidurja*, Sveta, a branca como a lua, e Shringavat, feita de todo género de metais. Estas seis cordilheiras, ó Dritarastra, são povoadas dos *Sidas* e dos *Charanas*; mil *iajanas* é a distância duma para outra, e contém muitos reinos deliciosos. Chamam Varsas a estes reinos, vivem neles povos diferentes. O Varsa em que nós vivemos denomina-se Barata, perto deste está o Varsa Himavata, depois é o Harivansa, ao pé da cordilheira Hemacuta. Ao sul do Nila e ao norte do Nishada existe uma montanha, a Maliavata, e que corre também do oriente para o ocidente. Para além do Maliavata é o monte Gandamadana, e entre estes dois é o monte redondo Merú, todo de oiro, todo resplandecente como o sol das madrugadas, e como fogo sem fumo.

Escuta, ó Dritarastra! É alto o Merú, é alto de oitenta e quatro iajanas,[265] e pela terra a dentro vai dezesseis mil iajanas. Ele importa os mundos acima, abaixo e para os lados; quatro ilhas são a seu lado, Badrassa, Quetumala, Zambudvipa, também denominada Barata, e Utara Curú, que é a mansão dos justos. Viu um dia Sumuca, o pássaro glorioso, filho de Suparna, viu os bandos alados do Merú, todos com oiro na plumagem e disse para si: “Hei de afastar-me para sempre deste monte, pois nele todas as aves são iguais, não há diferença entre as boas, as más e as indiferentes.” Passa em volta daquela montanha, o príncipe dos astros, o sol; e a lua passa também e seu séquito constelado. Passa também Vaiú, ó Dritarastra.

Vem aquele monte, para brinquedos divinos, os habitantes de Swarga, os Gandarvas, Assuras, Racshassas e Apsaras. É aí que Brama, Rudra, e o monarca das gentes celestes Shacra, vêm juntos levantar sacrifícios, e largos Daexinas. Foi aí que noutros tempos que ficaram de pé Tamvurú e Narada, Visvassu, Hahas e Huhus, e ergueram preces ao senhor do Swarga. Vão àquele monte os sete eremitas, todos os dias do Parva, com o senhor das criaturas Cashiapa. É no seu topo que formam jogos admiráveis as Ushanas com so Dáitias. São do Merú as gemas

265 Ou yojana, medida védica. Um yojana é igual a 12–15 km.

e as pedras preciosas, a quarta parte delas cede-as o monte ao deva Cubera, e duma décima sexta parte somente os homens gozam na terra.

Pelo norte do Merú se estende a floresta deliciosa de Carnicara, perpetuamente coberta de flores, e ondeando sobre uma multidão de montes. É nessa floresta que repousa Pashupati, o criador do que existe, cercado de sua corte, e tendo ao lado Umá. Traz ele ao pescoço uma grinalda de flores de Carnicara, tão comprida que lhe chega aos pés, e que resplandece em volta de seus três olhos enormes como três sóis. Vem-no aí os Sidas, aqueles que são os verdadeiros, que proferiram votos excelentes, e são de ascetismo duro. Não podem ver jamais homens de má conduta o grande Maheshvara.

Ó Dritarastra, do topo daquele monte jorra como uma corrente de leite o sagrado e incomensurável Ganges, a água que adoram os bons. Ele cai com estrondo e espuma para o lago suave de Chandrama, o lado que semelha um oceano azul e que é formado pelas águas do próprio Ganges. Este rio não podia ser suportado na sua queda por nenhum monte no universo, e foi mantido apenas por aquele que brande o arco Pinaca, e fê-lo por mil anos, deixando-o correr por sua cabeça.

Ó Dritarastra, pelo lado ocidental do Merú fica o Quetumala, onde é também Jambukanda, largamente habitada. Todos vivem aí dez mil anos. Homens tem a cor de oiro, mulheres parecem Apsaras. Não há a tristeza, a doença, e são sempre satisfeitos todos. Sobre o Gandamadana, gozam de horas aprazíveis o príncipe dos Guhiacas, Cubera, com multidões de Racshassas e Apsaras. Nos flancos do Gandamadana há montes pequemos e colinas. Vive-se aí onze mil anos. É-se aí, ó Dritarastra, de alegria perpétua, e força e vigor enorme. As mulheres tem a cor do lótus, intensamente lindas.

Para além do Nila é Sweta, depois de Sweta, Hairaniaca, mais para trás a Airavata pontilhada de terras diferentes. Escuta ó maharaja, o último Varsa pelo norte e o Barata Varsa pelo sul tem ambos a forma dum arco. A montanha que se levanta ao meio, a Hemacuta, chama-se também Cailassa, onde Vaisravana deliciosamente brinca no meio das Guhiacas. Mais para o norte de Cailassa avista-se a serra de Mainaca, grande e bela sem dúvida, com Manimaia o exelente, cheio de picos de oiro. É aí que fica Vindusara, o lago divino coberto no fundo de areia de oiro. Foi ao pé desse lago que o rajá Baguirata, contemplando Gangá, o Ganges, viveu satisfeito anos inteiros. Em volta dop lago pululam pedras de sacrifícios que são grandes gemas e árvores chaitia todas de oiro. Foi aí também que o afamado Indra obteve glória executando sacrifícios duros; adora-se aí o senhor do que existe, o criador dos mundos, o eterno, o dotado de energia insondável, cercado de perfis indefiníveis, adora-se-lhe aí ao Nara, ao Naraiana, ao Brama, Manú, e Itanú sempre presentes. Também o Ganges, com três correntes rompe da região de Brama; apareceu aí, Gangá, única poderosa, e fez-se em sete largos rios, Vasvacasara, Nalini, Sarasvati, que limpa do pecado, Jambunadi, Sitá, Ganges e Sindu. Dividiu-a a Gangá celeste o próprio senhor e soberano, formou aí sítios onde se levantam sacrifícios em milhares de ocasiões pelo curso dos Iugas.

Vivem os Racshassas no Himavata, os Guhiacas no Hemacuta, os Nagas no Nishada e os ascetas no Gocarna. Dizem que a cordilheira Sweta habitam-na os devas, os Assuras, que vivem os Gandarvas no topo do Nishada e os Bramarishis no topo do Nila.

Ó Dritarastra, quem poderá contar as criaturas móveis e as imóveis naqueles sete grandes Varsas! E a prosperidade que eles gozam! Flanqueando os dois últimos Varsas, o do norte e o do sul, há duas ilhas grandes, Nágadvipa e Cashiapadvipa, como as orelhas de toda aquela extensão com a verdadeira forma duma lebre. Ó maharaja, o país onde se apanha os blocos de cobre e chama-se Malaia, e é a última parte do Jambudvipa.

Ó Dritarastra, pelo sul do Nila e o norte do Merú, está o país dos Curus setentrionais onde habitam os Sidas. Tem as árvores aí frutos saborosos, e pesadas de flores. Tudo é cheio de aroma e escorre leite do arvoredo, que denominam "Árvores de leite" aqueles vegetais admiráveis. Produzem mais seis alimentos suculentos, que tem o sabor da ambrosia, produzem vestuários e seus frutos são joias. Toda a terra é coberta de gemas e areia de oiro. Há um trecho surpreendente, que cintila como o rubi, como o diamante, como a pedra Vaidúria, e tem o colorido fresco do lótus. São límpidas aí todas as estações e a terra não tem lama. Os que aí vivem desceram do país do deuses, são todos de linhagem pura, e tem a forma gloriosa. Marido e mulher nascem aí sem exceção, e as donzelas semelham Apsaras. Bebem do leite das árvores, e crescem aos pares, naquela terra única. Ó maharaja, são ambos igualmente graciosos, são cheios de virtudes, vestem-se de vestidos semelhantes, crescem juntos como um par de chacravacas.[266] A doença não tem aí ingresso, felizes eles que vivem dos mil e cem mil anos, sempre unidos. E quando morrem de velhice, o rei das aves, Baranda, de bico agúdo e forças vastas leva-os e os acumula nas cavernas dos montes.

---

266 Patos.

Escuta, ó Dritarastra! O país pelo oriente do Merú se chama Badrasva. Cresce naquele país a grande árvore Calamra, de um iajana de altura, enfeitada pelos Sidas e Charanas. São aí os homens todos brancos, vigorosos e entusiásticos. As mulheres parecem lírios; têm a irradiação da madrugada; tem a face como a lua cheia. O seu corpo é fresco como os raios lunares. Elas cantam e dançam tão divinamente... Vivem todos aí dez mil anos bebendo o suco da Calamra.

Pelo norte do Nishada é a grande árvore Jambu, que é imortal. Quando enfeitada dos Sidas e Charanas, aquela árvore sagrada satisfaz todo desejo. A todo aquele país, chamam-no Jambudvipa, do nome da árvore imortal. Tem altura de mil e cem iajanas aquela árvore; toca os céus, e a circunferência de seu fruto, quando rebenta maduro, é de onze mil e quinhentas mãos.

Quando ele cai por terra, produz um estrondo enorme, deita suco como prata líquida, e o suco forma uma torrente. O que bebe daquele suco fica saciado, não mais sente sede, não envelhece nunca, ó maharaja.

É assim a terra percorrida de seis cordilheiras e separada em países todos admiráveis, todos diferentes, é assim a terra, ó Dritarastra!

PELOS "LÓTUS DE SANGUE E DE IDEAL"[267]

Vai tendo jus a um *coup d'oeil* sintético a obra poética de Nascimento Mendonça. Nos *Orientais*, no *Auto da Vida*, nas peças lançadas à publicidade correntia, os *Lótus* e *Vatsalá*, fantasia purânica, idealista e lendária ainda inédita, é a gama, ascendente não direi, mas colorida e de *étapes* recortadas a esquadro e tira-linhas, representando *manières* próprias e definidas. No conjunto o poeta indiano segue a marcha geral e evolutiva de espíritos fortemente calibrados, no pensamento sempre aberto aos choques exteriores e a influência educativa do meio, enquanto a fantasia álacre ao primeiro pam pam das ideias do século, flutua sob movimentos encontrados, protestos e vibrações.

A assimilação se faz nos longos silêncios meditativos, de doutrinas que se ama, com repulsão de elementos pesados e inconsequentes para a idiossincrasia individual. Foi assim em Vitor Hugo, Dante, Camões... é-o em Junqueiro, em Verhaeren. É a marca nítida do talento. A autoescravidão na forma, no estilo, é a

267 P. Dias, *O Debate*, Nova Goa, 30 de junho de 1913, p. 2-3.

pequenez confessada ou implícita. O pastiche, seja ele de si próprio, é a marca de aço compressiva e asfixiante. A sede tantálica do imprevisto e do desconhecido é o sinal seguro do forte.

A forma antiga de Nascimento Mendonça, a primordial, é a exuberância sensitiva, de leveza e de despreocupação, onde o ritmo é de espuma, o sentimento ondeante é poeirento, mas com um *débordement* que é já natural e lírico, e domina o fundo como nas composições de Boucher e Watteau. Há aí riscos de asa maligna, sim, mas crepusculares, e numa melancolia que aponta sobre canteiros florescendo como um pequeno lírio murcho.

O *Auto da Vida* inaugura uma espécie de exibicionismo de movimentos íntimos e indecisos, com o retoque de uma nota monocroma e insistente, e que vai ser a nota primacial do poeta. Inaugura-se aí também a maneira pessoal na forma e no métier, truncada, arisca, que as comovências entortam e esfarrapam; tudo num meio dum deboche da palavra e da frase, ambages, abruptos, olvidos de forma poética inadmissíveis. Os últimos, os Lótus são uma hipertrofia frondosa do sentimento egotista e absoluto do *Auto da Vida*: aqui se define e se esmiúça. O ritmo e o estilo das longas horas de despreocupação e um borboletear volúvel se cristaliza num tipo assimétrico e gauche. Aqui se nota só a autolatria impulsiva, com exacerbações voluntárias, quiçá propositadas, nos pequeninos nadas que se conjugam para uma monocromia que irrita, ou que são então um sintoma trágico de paixão mórbida pela dor, tanto mais aguda e deprimente quanto mais martelada sob uma insistência exclusiva.

Não sei como dá a impressão de um movimento que começa na poesia da Índia Portuguesa. É a exuberância quente e profética, é o *énivrement* tão característico das civilizações incipientes e dos povos moços: o quê de bárbaro e de absurdo na forma, no colorido, na irradiação, de envolta com um *cauchemar* de negro e de bruno, à maneira de Martynn.[268] É sempre assim nas literaturas que emergem e procuram vitalizar-se na própria seiva e energia. O instinto de pedra ainda turbilhona e resiste às dissolvências dum medo onde fermenta a apatia e o maneirismo que devem um dia afogar a originalidade e a frescura.

É isto que se estende e desenrola no nosso país, de tradição literária exígua, e há anos apenas, no meio dum silêncio agressivo. Mas o movimento começa,

268 Talvez o pintor romântico inglês John Martin.

ruidoso e afirmativo, talhado de suspensões e de hesitações, como todas as literaturas virgens, longe do *raffinement* e do psiquismo agudo que marca o zênite ou crepúsculo das civilizações enervadas.

Nascimento Mendonça tem neste movimento um lugar que se não confunde. Té na hipertrofia do eu cego e agressivo. Ele não pensa, sente. Não escreve, risca. A poesia é a expressão de carne sangrenta. É dos Díaz de la Peña[269] compondo quadros com grandes traços frenéticos e alucinantes. É revelação? Talvez. É decadência? Mil vezes não! Que não é ali o lirismo *effaré* dos últimos misantropos e os amantes do verso escultórico, os artistas de dissolvência no último quartel do século XIX que se chamaram Laforgue e Corbière na França, Rossetti e Browning na Inglaterra e tem em Portugal um representante, *à outrance*, no Eugénio de Castro dos *Oaristos*. É o contrário no poeta indiano, é a rijeza bizantina e a audácia dos traços musculosos de Da Vinci, tem o cunho e a evocação do país clássico da pedra, e a vegetação brunida onde o vento deita grandes gritos frementes. A forma desvaira, porque é cega e tem asas insofridas. Bem sei que não atinge as cumeadas loucas dos Chimborazos onde se assentam neves eternas, porque a viagem é abrupta, sem lume e sem farol e o poeta da Índia por demais impulsivo. Que lhe falta? Não sei. Talvez um pouco menos de *furore* e um pouco mais de chumbo. Aliás, e no caminho que leva vai a Manfredo da zombeteria byroniana, e a herói verlainesco para se suspender na rocha dos Prometeus helénicos, trágicos defronte do mar, sentindo perpetuamente a águia de Jove tragar-lhes o coração.

Os *Lótus de Sangue e de Ideal* são mais um rito agudo e solitário do poeta do *Auto da Vida*. É o mesmo, um eu feroz e irredutível. Que rompam searas nas conceições de julho e que se despedacem cataratas pelas penedias, que se ondulem horizontes macios e azuis e o sol matinal lhes ponha fios de pedrarias... ele é aí, como os eremitas de tortura sádica, o olho no umbigo e as pernas encruzadas, auscultando-se, afagando-se e apagando-se numa vasta exibição, múltipla e fragmentada, onde cada fibra da carne se levanta como um grande ser sofrente.

Não me recordo de analogia no ritmo e não inspiração com Nascimento Mendonça. No prosaísmo, rápido felizmente, de certas passagens *troublées*, na vertigem e no descuido irritante, na falha, na miserável falha daquela *artistry* que

269 Pintor orientalista francês (1807-1876).

é na poesia como uma linda estrela polar, no tudo nada de apressado, alucinado e fundamentalmente amorfo, não há, repito, analogia que valha. Só nas velhas rapsódias helénicas é talvez aquela perturbação e esfrangalhamento, ou então nos velhos árias de cabelo rapado, magros e penitentes no meio dos xistos e laterites do Hindu Cosh, rebeldes ao jugo dos Apolos de rédea de seda, longe dos ritmos merencórios das civilizações completas. É o único, o irredutível, na maneira, no assomo, na coragem. Compara-se consigo próprio.

Detalhando. Sugere-se um trecho dos *Lótus de Sangue e de Ideal*, seja "A Carne", *esquisse* de ordem psíquica, subtil e monocroma. É como sempre um largo hausto, algo exibicionista. É o *tremblement* nervoso de uma alma que inspira um amor inviolável, que sente-o ao alcance da mão, que toca-o quase, e contudo que vê fugir com a crueza dos frutos de Tântalo, e as miragens feéricas dos cavaleiros andantes. O estilo é tentador, brumoso. Sente-se colear uma lenta polpa de veludo sobre um sentimento escondido. Consola-se; o poeta aí, admoesta-se; orienta-se num temporal com espuma:

Alma! Aonde vais, despedaçada,
pobre, sem nome?
Também contigo, eis-me exilada,
nas lutas de ódio lacerada;
graça de noiva, infância alada,
desfeita em pó, morta de fome.

O ritmo é memorável, macio. Mas que desmembramento da ideia e da palavra! Assim cabriolante num solposto de coloridos o poeta indiano faz pena... que a cinza noturna cai e envenena todo o quadro de nuances tão finas... Todos os trechos são assim, íntimos; autoscópicos, tudo volve em fumo em Nascimento Mendonça...

Não sei que o salve do rumo espumante e dolorido. Talvez nada. Há uma idiossincrasia febril e fatídica nos talentos originais. É a tristeza em Júlio Dantas, o vazio em Verlaine, a saudade em Lopes Vieira. Em Mendonça é à certa um neronismo indelével. Há de dar o que deu Byron, reproduzindo-se e redefinindo-se em Lara, em Manfredo, Corsair e Sardanapalo. Será para ele a objetivação do sentimento um impossível, a forma shakespeariana, múltipla, cosmopolita, tranchante. É pena que um senso artístico, severo e impassível, não estreite e delimite um voo por demais desabrido e estonteante. Tenho fé, contudo, nas longas horas noturnas, das bátegas de julho e o cricri dos caules torcidos na ventania, ao pé da lâmpada ardendo, saberá o poeta da Índia refletir e adormecer. Então ser-lhe-á o pensamento como grande asa dourada roçando serenamente as águas azuis.

MANIFESTO[270]

Depois que o século XVIII proferiu as palavras vermelhas e alucinadas, de emancipação política dos povos e a libertação da consciência universal, e o século XIX levantou a luva pesada que haviam arremessado à energia intelectual da humanidade treze séculos de absolutismo pedante e malevolência dogmática; depois que se ouviram os axiomas severos de Comte, as definições de Spencer e a fanfarra negativa de Nietzsche, nada mais restava ao século XX senão cair, com a pá implacável dos demolidores conscientes, sobre os escombros ainda a arder, as velhas fórmulas cheias de raivas sagradas, os ídolos de pedra e os últimos redutos do preconceito e da rotina.

O século XX rompeu numa alvorada espiritual e serena. A fraternidade humana, outrora proclamada por Jesus de Nazaré, e levantada no topo da onda revolucionária por Bakunin e Tolstoi, abalava intimamente a sua consciência nascente. Nivelamento universal, forma sagrada embora utópica, aspiração suprema embora de consequências terríveis, era o *motto*[271], e ainda o é, do seu esforço poderoso e definido. Mas da concepção superior só podiam brotar frutos consagrados. O intuito de luz e de pacificação só podia determinar movimentos salutares. Um destes foi sem dúvida a renascença literária das nacionalidades.

Anos atrás, um *littérateur* audaz, Marinetti, lançava com uma energia de boxer o manifesto berrante e contraditório do Futurismo. Era a fórmula do arrebatamento dannunziano e o exibicionismo característico dos Neros e dos Calígulas do país antigo dos circos e dos Brescis e Crispis[272] do país moderno das gôndolas. Contudo perfeitamente natural e expressivo o manifesto do poeta italiano!

270 Paulino Dias, *Revista da Índia*, vol. 1, julho de 1913 a julho de 1914, p. 3-6.

271 Lema.

272 Referência a um anarquista e a um primeiro-ministro autoritário italianos, coevos do autor.

Dir-se-ia que o século todo formulava em frase incendiária o seu programa de literatura criadora e demolidora.

Porque as nações modernas são francamente futuristas.

Que se tome num conjunto sintético o panorama mundial. Cada nacionalidade aparta-se num círculo de orgulho étnico ou histórico. A determinação por uma vida própria, individual, alteia como um grande sol fecundo.

A Rússia aponta no norte das nações definidoras. É vasta, cheia de brumas, tem o subsolo profundamente agitado. É *frapée* da solitude polar, ouvindo na estepa[273] o clarim do absolutismo e a marcha dos batalhões do czar, a Rússia debate-se, rosna, sobrepõe-se na literatura atormentadora dos Turgeniev, Dostoievski, Gorki, Gogol, dentro dum muro de bronze que nações estrangeiras não conseguem transpor.

A Alemanha cria. No orgulho bismarquiano e o pangermanismo, delira nos seus Nixes, Wilis, Elfos e Ondinas,[274] e põe, na nota medieval dos Minnesänger[275] e os bardos da guitarilha de Innsbruck, a nota severa de Hauptmann e a gargalhada feroz de Hartmann e Schopenhauer.

A Itália, fremente e colorida no seu corpete vitorioso, sonhando em utopias e impérios ultramarinos, no *ennivrément* industrial, colonial e de emigração, levanta bustos de D'Annunzios, Lucinis, Dozzis,[276] na energia admirável duma literatura absolutamente própria.

A Espanha renasce em Martínez Sierra[277] e Altamira. Não já a Espanha de outra hora de veemências berrantes e hipérboles a Campeador, mas um país de horizonte literário azulado e sevilhano, num sintoma de verdadeira ressureição para vida forte e produtiva, para o estudo e a norma florescente do Bem.

A França é ainda hoje o cérebro e o coração, embora hoje um pouco mais coração que cérebro. A França que trovejou no classicismo greco-romano, que caiu com fúria iconoclasta sobre os mesmos ídolos que havia adorado, que se debateu na atrofia intelectual dos *precisos* e de novo rejuvenesceu com Hugo e

---

273 Estepe.

274 Figuras do maravilhoso popular germânico.

275 No original *minnesingers*.

276 Escritores futuristas italianos.

277 Poeta modernista e dramaturgo espanhol, coevo de Paulino.

os parnasianos para se estender *flat* no simbolismo incongruente de Regnier, Moréas e Verlaine,[278] a França somente passa como sempre *changeante* e instável por um mosaico de rendes e frolices.

A Inglaterra, em parte absolvida no mercantilismo chué que produz os Corelli, Hall Caine e Meredith,[279] contudo conservadora e egotista na tara étnica e atávica, ainda se afirma e se consolida no velho jingoismo, que é tanto político como literário, tanto expansivo como familial, e se reflete nas obras sólidas de Browning, Swinburne e Rossetti.

E outras nações se detalham num grande tablado de azulejos. É como nos cosmoramas e os *dissolving-views*. É único e imprevisto na História; a fusão duma consciência segmentada e parcial num horizonte único e universal. O movimento é elétrico, cinge os dois mundos. A América Latina, com o forte orgasmo vital e nacional, braceja por entre os seus pampas e savanas, desbrava-se, sacode-se como leoa ferida, produz colossos como Bolivar organizador, Aranha[280] romancista, Assunción[281] poeta. Pelo norte a América saxônia, ou antes cosmopolita, no seu espirito duro, prático, incivilizado produz aquela literatura dos Black Cat, Lipincott, Harper,[282] misto grotesco e triunfante de beleza e de dolarismo, absolutamente original.

E no Oriente a China de Sun Yat-Sen, levantando-se coroada de estrelas, e o Japão dos Na Mi Ko e os rendilhados de charão e sândalo, com a evocação *mignone* da sua terra dos crisântemos, os montes pontilhados de gelo, e os tratos com pagodes e quiosques onde a lua rola como grande *gueisha* de olhos oblíquos, amarela sobre um fundo de solitude e paz.

Não podia Portugal escapar à Renascença universal. Tradicionalista, na memória consagrada dos seus Herculanos, Garretts e Camilos, mas aberto ao primeiro desfraldar das agitações dos tempos, Portugal recebeu o choque das ideias revolucionárias com o entusiasmo característico dos povos ibéricos. O Português é um grande coração. A reflexão das impressões é nele raivosa e aluci-

278 Poetas simbolistas ou decadentistas franceses do fim de século.

279 Romancistas vitorianos populares: Marie Corelli, Hall Caine e George Meredith.

280 Graça Aranha (1868-1931), escritor e diplomata brasileiro.

281 José Asunción Silva, poeta colombiano percursor do modernismo (séc. XIX).

282 Talvez Frances Harper, escritora afro-americana contemporânea de Paulino.

nada. Portugal compreendeu a necessidade duma nova vida nacional na Política e na Literatura. Lembrou-se dos heróis de 40 e lembrou-se dos fundadores do parnasianismo na península. Fez a Revolução de 5 de outubro e proclamou a Renascença, no *saudosismo*, a íntima expressão do caráter português. E, na verdade, é de saudade a alma nacional, a saudade de trovas melancólicas ao São João, das coplas de Almaviva e dos fados à lua de Hilário. Força é contudo dizer que o saudosismo contemporâneo é apenas uma linda carcaça vestida a *incroyable*,[283] com cintos *pompadour* e espumas de avestruz, absolutamente diferente da figura viril de paisana, que é a alma portuguesa, bailando ao luar das esfolhadas, moendo o pão na azenha e criando os filhos...

O sopro da Renascença, levado pela imprensa mundial, abalou o velho Oriente. A Índia também se levanta. Um curioso movimento de consciência nacional despertando, de coragem cívica, de estremecimentos autonómicos, se manifesta. Já o trovão rosna e o relâmpago osoniza as brutas massas de inércia secular. Com o movimento redentor a Renascença literária também aponta, tal como na Europa no século XII e na alvorada do XVI. A Índia conservadora e fanática de hoje é a Europa conventual e pedante doutrora. O mesmo espírito de mesquinhez escolástica e a mesma norma de educação universitária. Dogma ou Vedanta, grau de doutor na *Montanha Latina* ou de *Magister Artium* numa fileira senatorial, tem um fundo comum, o automatismo na manipulação do espírito, a autoridade na manipulação da consciência. Contudo a geração moderna, num rejuvenescimento impulsivo e dominador, reage contra forças atávicas, sacode o misticismo absurdo, expande-se, alteia... e o movimento passa do topo do Himalaia à ponta do cabo Comorim.

É pena só que na Índia Inglesa seja a literatura eivada dum materialismo maligno, genuinamente bretão, sem aquela galhardia de arte e o desinteresse supremo que são a lama duma literatura digna de respeito.

É só a Índia Portuguesa o único trato dos Ariavarta nitidamente sensitivo e criador. É o espírito latino que se casou com a alma do Oriente? É a lembrança nostálgica da História não deslumbrada das civilizações sonoras? Não sei. A verdade é que a Índia Portuguesa é a grande fibra orgulhosa e ressonante pela qual

283 Movimento juvenil rebelde que surgiu durante a Revolução Francesa de 1790 (1789-99).

o grande país dos Drávidas e dos Árias parece que vai exprimir a sua palavra de rejuvenescimento literário nacional.

A *Revista da Índia* é a expressão do peito moço da Índia, não eivada dum interesse mesquinho e enodoado dum intuito trivial. A *Revista da Índia* é a centelha minúscula que aspira a provocar uma conflagração gigante. Ela há de bater à porta à alma nacional, chamá-la à conquista irradiante; ela há de ir aos dois Mundos, dizer que é a mesma hoje a Índia dos bardos de Aiódia, Videha e Astinapura. Fora do partidarismo político sufocante e as igreijinhas de momento procurará pela hombridade e o levantamento ser o protótipo da literatura de países cultos. Nela terão os espíritos criadores do Oriente e do Ocidente o apoio e a consagração. Nela se fará a crítica do movimento literário das nacionalidades, na língua delas, possivelmente.

Minúscula hoje, há fé contudo que será um dia vasta e dominadora, digna do país onde nasce, digna de sua História e digna de seu Futuro.

A BÍBLIA DO AMOR[284]

O último livro de Mariano Gracias chama-se a *A Bíblia do Amor*. É claro, é transparente, e tão miúdo que se engole com um pequeno hausto homeopático. O lirismo *rafiné* do poeta indiano, ainda cheirando a pandano e a flor de caju de sua pátria, requebra-se em voltas, em vilancetes, em esgares de rainha cailada, em sentimentalismo pagão defronte da Senhora das Sete Dores, talhada em *plâtre* de Paris, e aspergida do "Cármia" e do "Trèfle Incarnat!"[285]

É admirável a insistência de Mariano Gracias em tamar bibelôs para *étagères* elegantes, envolvê-los de atmosfera de pós de arroz, modelar sorrisos e carícias, e como todos os poetas de endeixas à lua chorar uma dor "moderna" encostado a uma balaústre de mármore, lenço de ceda aos olhos, e frasco do *Smelling Salts* aberto.

Dá lugar observação que tem o seu quê de contraste.

Dois poetas na Índia conheço, de fibra iniludível, Mariano Gracias e Nascimento Mendonça; mas enquanto o primeiro borbulha, paganiza-se, e...

---

284 Paulino Dias, *Revista da Índia*, volume I, Julho de 1913 a Junho de 1914. Typografia Bragança & C.ª, p. 113.

285 Perfumes famosos à época de Paulino.

engorda, o segundo, esfarrapa o próprio coração, faz grandes olhos, tem a loucura *sacrée*, e nas horas de lirismo deita gargalhadas que zunem como silvos de locomotiva.

Vai noutra página a primeira composição da *Bíblia do Amor.* São versos "sobre joelhos" dedicando o livro a uma irmã morta.

Noto com prazer um trecho fotografado da vida e o colorido tropical; chama-se Sundorém, e é a amostra dum trabalho em preparação. É o único trecho do livro de ideal positivo e naturista. O "Regresso ao Lar" foi publicado na Índia, anos atrás, e é precedido duma carta de Fialho de Almeida, onde o poderoso *óperateur* dos *Gatos* reconhece no poeta da Índia o "o artista modelar".

A *Bíblia do Amor* é um verdadeiro bijú de arte gráfica.

À REDE DAS PESCAS[286]

Berram os pescadores marítimos, denegridos, de couros oleosos, no meio dos bambus, cordas, cestos, canoas, anzóis... É noite.

Rede de malhas por onde não entra o dedo mindinho, haii!

Rede que andas pelo mar, embora ondas sejam grossas, como barcas, e tenham capelas brancas no costado; rede que esfarrapas a água verde com três mil achas de madeira que flutuam, e apalpas o escuro marítimo com sondas de chumbo, haii!

Foste deitada no luar ascendente, quando ondas falam umas às outras, no fundo, como gentes que vão à missa de galo, e depois entram pela porta da barra, haiii! Em magotes, ó rede indistinta nas noites luarentas das grandes pescas do outubro!

Rede concertada de fresco e tanada a suco de cajueiro vermelho, haii!

Baloiça, baloiça como se feita de medula da coraleira! Encosta as malhas por onde não entra o dedo mendinho, aos peixes grossos, de olhos como ostras, aos caranguejos que são cheios de ovas, e que se vendem a peso nas balauças, ó rede rica, haii!

E as crianças hão de vir à madrugada, pinçar as cordas que nós hemos de puxar, dois a dois, bambus presos e fincados às ancas, haii! Como nas danças, haii!

286 Paulino Dias, *Revista da Índia*, volume I, Julho de 1913 a Junho de 1914. Typografia Bragança & C.ª, p.144.

E crianças hão de levantar as tuas papeiras pingando água, escorrendo algas verdes, soltando alforrecas e embrulhando peixinhos que estrebucham aos milhares, haii!

A lua pegou-se ao alto! Ó pescadores! Se alguém come ainda o arroz cozido com o caril seco, frio, condensado com temperos acres, larga-o aí na folha da bananeira; a rede pesa com doze tonas de peixe, a rede estremece no fundo turbulento, rosna, torce, tem braços, tem ancas, é como mulher moça, como trinta mulheres não paridas, haii!

Vai entrar a vazante, e as vagas se curvam, torcem para o poente as gargantas compridas. É a hora do grande trabalho compensador! Os bambus são leves e as ancas dos pescadores estão sôfregas. A lua despega-se do alto!

Haii! Rede, vem balançando com peixes e caranguejos!

Haii! Rede, vem estendendo na praia teus cabelos compridos de mulher moça, de mulher trigueira que anda sempre ao mar...

Ó pescadores das águas que recuam no poente, e se incham como vastas carne pisadas e trigueiras! Haii!.... Antes que o galo de crista vermelha espirre sangue no nascente, puxai às ancas a vasta rede que grita e ulula, chamando-nos e nos insultando com palavras que de ver parecem ondas...

É madrugada. Peixeiras com cestas. Crianças pilham peixe miúdo... Palavrões cruzam-se de pescadores estonteados sobre a rede que verga e torce com rolos de peixes, e que à luz morena parecem montes de prata...

DO ROULÓ-BANDO[287]

Isto foi na minha aldeia de muitas várzeas. Cala-Pura chamavam-na outrora magotes de gauncares[288] trigueiros e gentios, Cala-Pura, de Cala-Deva, o exterminador, o terrivelmente invocado em ritos obscuros.

E naquele tempo também a minha aldeia tinha muitas várzeas.

287 Paulino Dias, *Revista da Índia*, volume I, Julho de 1913 a Junho de 1914. Typografia Bragança & C.ª, p. 147-148. Rouló Bando é talvez a designação de uma festividade para o deus Ravalnath.

288 Em Goa, membros de comunidades aldeãs que administravam os cultivos de arroz em regime de cooperativa. *As Gaunkari* ou gãocarias são as suas associações.

Rouló-Bando, a estimada e a muito fecunda do serodio[289] e da vangana, está ao pé do meu tamarindo de infância, com charcos de lótus brancos, pimenteiras no abril e búfalos melancólicos mugindo...

Em tardes de março são os corpetes no Rouló-Bando, são os calões apressados de lavradores, mailos sacos de bamba puxando agitadamente a água das regas, e adens em choros monótonos, gralhas de voo negro, arados, cambolins, pastores... Mas nas noites altas de setembro, quando troveja pelos Gates e é o fim das ceifas produtivas, por que são os gritos de queixa e de censura no Rouló-Bando, como de vítimas de pecados inexpiados e ritos quebrados ao meio?

– Mami! Perguntei eu à velha de faces denegridas, sozinha na choupana de olas; quem é no Rondó-Bando, chorando nas noites de setembro?

E ela:

– Foi dos Sousas ricos o Rouló-Bando em tempos muito antigos. Mas predileta era a várzea dos gurus do Cala-Deva, dos brâmanes do Cala-Deva, propicia e de forma ajustada para o corte de galos, os mantras de coco, e as ofertas de cabritos degolados no meio de lamparinas, agitando as flores e o arroz.

E os gurus mataram com malefícios os Sousas cristãos; deixaram à sua porta as arecas varadas a agulha poderosa, as lamparinas pretas cheias de sangue e pavios terríveis, as folhas de bel de ritos desconhecidos. Da casa de quintais falados, sacadas e tetos de topos agudos, fugiu para longe, para muito longe de botos e malefícios, uma única viúva da casa antiga, com um filhinho recém-nascido nos braços.

E anos foram de mistério e de apreensão no Rouló-Bando.

Do Sousa refugiado foi frágil memória perdida.

Ao fim das ceifas era, cada ano, em noite de setembro, a procissão incrível em Cala-Pura. Tocavam a xinga de cobre no fundo do Bhandaval, e tambores de farazes batiam alto.

Debaixo do sombreiro vermelho encimado dum pulso de prata, com bétel sagrado entre os dedos, traziam lentamente a cabeça dum homem decepada e negra. Cães uivavam no palmar e gurus em magotes sopravam desvairados. Os cantos de ruína e aflição cantados por bailadeiras pálidas na procissão

289 Ou sorôdio. Primeira fase do cultivo anual das várzeas ou arrozais, durante a monção, sendo a segunda feita durante o período de inverno ou vangana.

do Cala-Deva! Dançavam como sob uma sugestão profunda, e se estorciam delirantemente.

Parava a procissão no Rouló-Bando, e era um silêncio ai como depois duma tempestade nos Gates altos. Invocavam estranhamente o deus da aniquilação, os espíritos desconhecidos, os de formas que fazem eriçar o cabelo e dão o delírio. Quem sabe que as palavras fortes como o terremoto... "Aum, namô Schancarô!" que faziam abalar a terra! E formas obscuras se agitavam com braços veementes no céu, e fogos fátuos erravam descabelados. Aí se degolavam cabritos negros e galos de cristas singulares, procediam-se a ritos maraus na alta noite de setembro, e o povo aterrado tremia por toda a Cala-Pura, ouvindo os malefícios do Rouló-Bando.

Para uma expiação antiga e inexplicada, cinquenta gurus untados de sândalo e de sindura se prendiam pelo pescoço e cinquenta postes cravados no Rouló-Bando, e quem sabe que fúria de Butas, ou do braço de Shiva, vago nas trevas torturadas, punha o tremor lúgubre nos penitentes curvados para o chão. Sete horas de silêncio passavam pela várzea ceifada, dormiam tambores ao longe, os fachos de azeite e as brancas tochas de cânfora se apagavam, tudo adormecia a distância, não via ninguém com seus olhos de pecado o braço de Cala-Deva torturando os gurus presos ao postes dos malefícios.

– Era um dia de ceifas bonitas, de entusiasmo – disse-me ela, a Mami respeitada do bairro junto de valados –, produzira tão bem o arroz amarelo a várzea do Rouló-Bando! Oito dias a ceifavam quatorze ceifeiras fieis, e os begarins na debulha eram alvoroçados.

A chuva era pouca e trovejava longe, muito longe.

Naquele dia desceu um cavaleiro desconhecido pela rampa de Cala-Pura, sozinho na sela de seu cavalo branco, fatigado e trigueiro das longas horas de marcha, quem sabe por quantos valados e casanas, e as passagem de canoas estreitas... E ele parou ao pé da antiga casa arruinada.

Ai, meu filho... que ele era o pequenino Sousa refugiado para longe, nos dias de desolação e maldade, quando haviam morrido de morte inexplicada dois de seus maiores, de força provada e espírito poderoso, e tinham caído dois sob mordedura de cabelos brancos, com o V de peçonha negra sobre a cabeça, tinham morrido no porto três recém-casadas de faces vermelhas e cabelos muito bonitos, e tinha sido o pavor na casa antiga, e a ruína se dera sem remédio.

E ele chorava aí, o Sousa desconhecido, encostado a um tamarindo, deitando o olhar desolado para a casa de seus avós. Dizem na aldeia que por três horas ele ajoelhará num santuário escuro e cerrado de urzes e capim, que o tinham visto de longe com a fronte para o chão, que tinham-no visto sair como um relicário escondido no peito.

Naquela noite foi a procissão lúgubre do Cala-Deva. Tocavam a xinga no Bandaval e os gauncares desvairados de espíritos malignos, e os gurus de peito descoberto, untados de óleos, com o sombreiro vermelho, a rabanada e bailadeiras, desceram com fúria ao Rouló-Bando.

Já o espírito negro se agitava ao longe nas searas cortadas e as formas ávidas de sacrifícios ímpios se levantavam indistintas na noite de setembro. Para as sete horas de jugo expiador se prenderam então os cinquenta gurus do deva... às cinquenta cordas se apertaram no nó inflexível, o tam-tam parou à distância e a gente se calou transida de susto.

Foi então que saiu do escuro, galopando terrível no cavalo branco, o Sousa desconhecido, numa mão uma espada comprida e noutra o relicário de seus maiores.

E ele degolou os botos marásu.

Caía o sangue, como chuva de julho, por todo o Rouló-Bando; as formas indecisas dos Butas e Ganas, do Cala-Deva e os espíritos exterminadores agitavam-se com furor na treva sem remédio.

Se um só deles vivesse! Pobre do Sousa cavaleiro... As formas danadas despedaçá-lo-iam. E no tumulto e na carnagem um dos gurus soltou o nó perigoso e fugiu pelas várzeas consternadas, nu e cheio de sangue, sem olhar para trás, impelido pelo deus de mistérios desconhecidos.

– Vai-te deitar ao mar! – disse alguém com voz alta como o trovão.

E ele correu para o mar.

Mas o Sousa cristão se voltou galopando para Taleigão à distância, e na várzea ceifada, ao pé dum tamarindo, cortou a cabeça ao fugitivo.

Sinçara se chama desde então a várzea abençoada onde morreu o último dos gurus e acabou o malefício das eras. Nunca mais foi a procissão do Cala-Deva em noite de setembro, nunca mais se fizeram os sacrifícios de rezes escolhidas no Rouló-Bando, e a maldade ímpia não arruinou as casas altas das eras antigas.

Mas o espírito do mal chora cada ano depois das ceifas, pelos sacrifícios prediletos, grita toda a noite pelos gurus que morreram, e é a sua voz de queixa e de censura que se ouve nas horas monótonas e desoladas.

PANGIM[290]

Acontece que muitas vezes se mira com curiosidade a frioleira banal de todos os dias. Fui-me assim, numa tarde escaldante, poeiras ao largo, e cinza.

Pangim, no verão, do alto de um topo denegrido que se apruma atrás de um cemitério *mignon*, tem ares de arcabouço descadeirado, amarfanhado num leito verde, roído de ferrugem. Olha-se bem lá pro fundo, vê-se detalharem-se coisas ao princípio incorpóreas; marcos tontenários sem pinga de água, ruelas e avenidas do roxo irritante da laterite, bordadas de arvoredo pelintra carvoado dum cinzento ambíguo, mailos blocos de edifícios ao longo e ao largo, riscados num padrão quiçá único, e tudo varrido dum vento doido e turbilhonante de poeira, uma poeira que dir-se-há fumegar por toda a parte, morder tetos, ninhos de aves pendurados, cabeças de palmeiras, e que se alonga oblíqua e fatigada sobre o azul oxidado do Mandovi.

Mas ao longe, que milagre! É pela esquerda o mar raivoso nas espumas que contorna fortalezas antigas, lambe praias com pandanos e ananazes, ri, protesta, trepa rochedos e se vem estender chato aos pés da cidade seca. Mais para além ladeiras de bambu verde, onde sem dúvida cobras estão a dormir escaldadas do verão, e javalis focinham nas raízes. E a ladeira se contorna bamba, tem requebros de moça com leite à madrugada, mergulha no Mandevi e aponta mais longe, rindo nas fachadas brancas peitoris de renda, e talhos de jardins escorrendo rosas.

De repente um voo de gralhas que vem do mar e segue por cima da cidade. São negras, são, e vão pousar sobre as torres da igreja melancólica no solposto. O sol dá nela que a veste de dalmáticas de oiro. É linda, com gralhas, sentadas. Ao meio a cruz negra, aguda sobre o azul, ao lado quadrados de torres erriçadas de minaretes minúsculos, tudo tremulando num peneiramento ocre-púrpura de poeira e de sol. É alí que há de tanger em breve o sino religioso, ao Angelus, e gentes se hão de descobrir em volta, três milhas em volta, e fazer o sinal da cruz sobre a testa.

A tarde escoa mais e mais. Detalham-se no alto nuvens como conchas, apertadas e cerradas pras bandas do poente, em flocos roxo-escarlate, mirabolantes, reverberando, tons sólidos de Rodin ou Salvador Rosa sobre a cidade. A cada momento é uma visão caleidoscópica onde se fundem e se irizam turíbulos pagãos, caçoletas de âmbar e pérola, vasos de argila de envolta com tranças longas,

290 Priti Das, *Luz do Oriente*, vol. 9, n.º 8, [sem indicação de mês], 1916, p. 224-227.

ondeantes do vento e do mar. Depois é o sol que parece chorar oiro antes de morrer ao longe. Azeites amarelos irisados de púrpura, tocados de dedos malígnos, escorrem em fios, da curva celeste; os longes ardem como nos incêndios. Mas para o leste sobre as guaritas e torrões brutos das serras de Satari e dos Gates, o arroxeamento esfumado mete dó. Aquilo é o resto de incêndios maus ateados pelos Timurs e os Mogóis da História nos reinos dos Shiva Rais e os Ramarajas do Cancana. Parece-me sentir gritos de princesas arrastadas pelos cabelos e o estrépito de cavalos sobre esquadrões mortos. E tudo aquilo, poeira, terra inerte ao ar, voo de gralhas, que parece vir de longe, de muito alto, de envolta com o esfumaçamento noturno e as vagas lamentações naturais, vem abater sobre Pangim, solitária e passiva, debaixo dos seus tetos de caserna e a cruz de pedra denegrindo a sua colina mais alta.

Um apito agudo de vapor que talba águas, em qualquer parte lá pr'ali, me desperta da *rêverie*. E a imaginação, num ponto, descamba para longe, muito longe, para terras de vitalidade e malignidade, onde a esta mesma hora se tala[291] e se derruba e cidades caem em poeira e navio vão dormir no fundo do mar. Belo país o meu de revoltas minúsculas e combates de tablado. Deve ser duro, deve, no silêncio cheirando pólvora, e noturno, ver pernas rotas e ensanguentadas nas calças, crânios partidos pingando miolos, e olhos vazados que abutres noturnos vêm debicar, grasnando baixo. E então se ao largo se escuta sempre, perpetuamente o canhão que mata e mata! Belo país o meu, com barra que não ousam dobrar couraçados altos, e em cuja cidade os patamarins levantam os mastros pacíficos e burgueses! E pensar que, numa manhã riscada de ruivo e o terral dolorido, entraram pela barra de Aguada, aí por detrás de bancos de areia branca, caravelas de Portugal de velas pandas, com Albuquerque e seus guerreiros... Deviam ter estremecido no íntimo as duas margens do Mandovi com tavernas e canaviais. E moças de cabelo liso deviam ter acudido trêmulas aos peitoris de pedra e cal, seguido com os olhos os altos bordos carvoados de arabescos lúgubres, pejados de barris de pólvora, lanças e arcabuzes.

Albuquerque morreu. A sua estátua está lá embaixo, sobre soclo pesado, com barbas apostólicas, testa cortada a esquadro, e olhos estriados de coisas sonâmbulas. Volto os olhos num recolhimento religioso. A cúpula debaixo da qual ele está, de branco mate veiado de bruno parece lantejoula feérica no meio do ver-

291 Devasta.

de-gris do palmeiral em volta. À roda são casas de sete janelas, que parecem, lá de longe, recortadas em cartão de chinesice, e rindo à luz como as *musumés*[292] frágeis, de porcelana. E o fundo é sempre, perpetuamente, aquela laterite maligna que arrelia a mim, e que está a arreliar há séculos o grande português!

Agora o sino toca, e o Angelus se espalha no calor do ar. Levanto-me automaticamente. Bem dizia Schopenhauer que a educação faz de nós lindos manequins religiosos. Seja. Se dá isso o sentimento *exquis* do infinito, mailo o engulho, à laia de isca, dum pedaço de herança, muito azul, muito dourado, que nos é guardado lá muito alto? Não nego que não passa esta vida duma Macedónia pingando misérias, mas não será pior a sua consciência? Vejo passar lá baixo, por carreiro sinuosando entre arvoredo maltrapilho, um grupo híbrido – duas velhotas de cara de cera e um rapaz de bigode à ianque – Ouvem o som do bronze e fazem meia volta, põem mãos, e murmuram não sei, que lhes dá ares de pedinchando. Estão pedinchando o céu, sem dúvida...

E depois é tudo monocromo e turbado. Já não há as audácias titânicas e as quedas a chato das luzes e os coloridos. O céu se encinzeira mais e mais, e no poente só resta uma mortalha roxa do sol morto e enterrado no túmulo das águas. Pangim é agora baça e cheia de fuligem. Faz lembrar andrajos viscoentos postos à beira das águas para uma barrela imensa. Mete-me dó. Candeeiros-pirilampos picam-na de alfinetes infames. Deve sofrer a infeliz, deve, no peso da caligem glauca, um húmus mau que cai do verão, e os alfinetes picando, de cabeça a arder. Não desejo ir para lá, para me perder no esfumaçamento inerte e prosaico... Antes voltar para a esquerda, para o grande mar que aí ulula e rompe, por detrás do verde bronze do palmeiral, e que eu sinto chamar-me com grandes braços proféticos. O mar! Formoso organismo cavado de tristeza, gritando sem parar por tudo quanto existe... Vou para ele, com o pé descalço e a ganforina[293] ao vento, cismar ao seu bafo merencório em Cidalisas e Zaiús robustas nas coxas e penteadas com óleos acres. Não vou para a cidade dos Albuquerques de pedra, a não ser quando o vento do sul levante babéis de nuvens rolando, feridas do trovão, e a chuva lava e redime aquela laterite malvada, cuja poeira parece um lençol de pregas ensanguentadas.

292 Cortesã japonesa.

293 Ou gaforina, cabelo em desalinho.

POLÉMICAS, ENSAIOS E OUTROS TEXTOS

SOBRE A ORTODOXIA DA REVISTA MODERNA[294]

Em editorial, e com frases que a exma. redação da *Voz do Povo* ou benévola ou raivosamente sublinha, e noutro artigo em número imediato, disseca com *aplomb* catedrático o exmo. sr. ... (X) o meu artigo "Um Herói da Ideia" na *Revista Moderna* que edito.

É curiosa a psicologia da investida, e é curioso também o *élancement* sôfrego com que a exma. redação suporta, embrulha, esconde e iça o escrito e a personalidade do seu colaborador. Mas não nos precipitemos. Elucidemos antes de mais o leitor benévolo sobre o assunto da crítica.

O artigo "Um herói da Ideia" diz do grande apóstolo do Oriente, com um introito simples sobre o Verbo Divino, o Filho de Deus, que Xavier anunciara no Oriente. O sr. X (chamemo-lo na falta de nome próprio) achou que havia aí heresias capazes de determinar um cataclismo, daí o *casus belli.*

Ora vamos. Separemos a *word's blow* o campo da discussão. Ser-se-há mais claro e mais decisivo. Hajamo-nos com o escritor e o homem, quero dizer, com as ideias e o caráter, a convicção e o intuito.

A crítica se resume em três acusações que a s. exa. me atira duras como pedras, com o apodo sugestivo de "escândalos", "dislates", "doutrinas perigosíssimas" e outros nomes do vocabulário de certos sítios à volta da esquina. Não me calha, contudo responder com frases de igual quilate.

A primeira acusação emerge do seguinte trecho que peço ao escritor de Calangute vênia para transcrever do seu artigo.

"Em vez de traduzir 'Deus erat Verbum' (do Evangelista) em o 'Verbo era Deus' tomando o predicado por sujeito, verte em 'Deus é o Verbo' e assim onde o Evangelista explica o que seja o Verbo". Imagina ver uma definição de Deus "representação da Divindade" quando o *hagiographos* diz – o *Verbo*, isto é, o *Filho de Deus* é *Deus,* o articulista entende "Deus é o Verbo", isto é, "Deus é a Palavra".

Eis o primeiro escândalo.

Para se compreender o crítico é bom que se saiba em que se estriba a crítica. No artigo em questão eu escrevera: "Deus é o Verbo, disse o iluminado supremo, soberba representação gráfica da divindade numa palavra simples – a Palavra! a fórmula humana compreensível e palpável".

294 Paulino Dias, O Commercio, 19 de maio de 1910, p. 1 e ss. números.

Terá o direito, o senhor de Calangute, de apodar de "escândalo" este trecho? Vejamos. Do artigo "Um herói da Ideia" se depreende e é claro que eu falo de Cristo, Deus e o seu Apóstolo. Ora: também verdade que o Evangelista cognomina *Verbo* o Cristo, isto é, chama-lhe a Palavra. (Note-se as letras maiúsculas). A concepção de S. João é acatada e quase literalmente apropriada por espíritos de envergadura máxima. Abramos o Pe. Antonio Vieira "O Filho de Deus, enquanto Deus (note-se bem) é palavra de Deus, não obra de Deus; o Filho de Deus, enquanto Deus e Homem é palavra de Deus e obra de Deus, juntamente" ("Sermão de Sexagesima"). E depois "Verbo Divino é Palavra Divina" (Ibid.).

Abramos a Bíblia de Pe. Antonio de Figueiredo: "O Verbo, isto é, a palavra exterior de Deus, a sua sabedoria e a imagem perfeita, compreensivo conhecedor das suas infinitas perfeições". E mais além "O Verbo estava com Deus, não como palavra exterior ou adventícia, mas como palavra consubstancial daquele com quem estava".

Serão também perigosos e escandalosos estes dois vastos pensadores? Não estará a minha frase dentro das citadas? Cristo, enquanto Deus é a palavra de Deus, segundo eles; e Cristo, Deus, proclamado pelo Apóstolo das Índias, é a Palavra! Segundo tive a ousadia de escrever; ou antes é "a palavra Divina" que é a verdadeira significação, porque a letra maiúscula dá um valor profundo, fora do comum a um termo; quase que o personifica. Ou este sr. X é de uma deslealdade aguda, ou então não chegou a perceber a razão da letra maiúscula empregada muito de caso pensado na "Palavra". Não refletiu que a "palavra" não se escreve com letra maiúscula no meio de uma frase, senão com motivo plausível. Sua exa. não abriu um livro sequer da literatura contemporânea, não tomou portanto nota do valor das letras maiúsculas nos substantivos comuns.

Mas a propósito. Quem deu a esse cavalheiro o direito de afirmar que a frase "Deus é a Palavra" sobre a qual se equilibra a sua argumentação é traduzida, vertida como ele o diz do "Deus erat Verbum" de S. João? Costumam lá na terra traduzir o "erat" por "é"? S. Exa. é aprovado no latim? Ou é o exemplo raro e rimadio que deu margem àquele nosso provérbio popularíssimo: "Estudantes de Betalbatim sabem filosofia, mas..?

E não paramos cá. As ilações caem em catadupas. Há desvario, isso há. Transcrevamos mais uma vez um trecho curioso do escritor aflito:

"E assim, onde o Evangelista explica o que seja o Verbo, imagina ver uma definição de Deus, representação da divindade."

Que embrulho de palavras e ideias, sr. X! Pois o Evangelista *explica* o que seja o Verbo, não é verdade? E V. Exa. se zanga por ver na *explicação* uma *definição*? Qual foi o dicionarista célebre que pôs em contradição as duas palavras? Ou o Verbo não é Deus? Qual das duas será a cruel verdade... E depois, V. Exa. dizendo "imagina ver uma definição de Deus "representação da divindade" defrauda-me deslealmente o pensamento. Então quando um pobre diabo quer dizer que representa a divindade entende-se que ele define Deus? As duas palavras não tem nada em comum, sr. X. V Exa. não abriu nunca um Léxico? Devia tê-lo feito, antes de estudar a Filosofia, palavra". Mas ainda assim temos tempo. Abramos o velho Moraes: *Definição* é a oração clara e breve em que se declara a essência ou natureza de qualquer coisa. Representação é o ato de representar, parecer, semelhar símbolo descrever, imitando algum objeto com tinta, com palavra, lavrado no metal ou madeira.

Acabe de ler, ilustre clássico... e aprenda, ao menos para diante, a respeitar a língua em que escreve!

Agora batamos o mato à busca do escândalo nº2. Diz a sabença: "E a *Revista Moderna* vem dizer-nos solenemente que o próprio Verbo, que é *apud Deum* é a Ideia primitiva do Bem, e que S. Francisco Xavier é um dos heróis desta Ideia".

Com o que, temos um *terrível escândalo* por termos chamado a Jesus Cristo a "Ideia primitiva do Bem." E não se para nesta esquina. O sr. X. encurrala-me a seu modo no *cul-de-sac* da heresia de Arius dizendo que eu quero com a Ideia primitiva do Bem negar que Cristo seja "pessoa, verdadeiramente, Divina."

Ai que confusão, para certas criaturas que andam com orelhas tesas!

Ideia primitiva do Bem? Isso nunca se disse em Calangute e arredores, ergo, escândalo!

Mas vamos de novo ao Lexicógrafo. Ideia é a imagem do objeto que se representa a alma etc., a imagem, exemplar, molde, modelo... "não me proponho mostrar uma ideia de santidade para todo o género de virtudes".

Com o que, a frase tem a significação nítida de ser Deus, a imagem ou o tipo representativo do Bem, isto é, o tipo primitivo donde nos dimana toda a noção do Bem. Foi bastante um simples *tour* do estilo para meter em confusão que mete dó estes pobrezinhos. Então em que português querem estes senhores que escreva?

E "sem comentos" comenta o cavalheiro, perante o meu trecho.

"Que Deus seja a Ideia se assume no princípio e na representação."

Mas porque não apontou o trecho mais além "A nesciência será o limite das Ciências satisfeitas, que nela ficará a essência da Ideia suprema, inatingível para a compreensão humana."? Não o viu, talvez, ilustre sábio? Não terei dito que na *nesciência* ficará a representação suprema das Ciências, o espírito Divino inatingível para a compreensão humana? Não terei dito o sentido em que tomei a palavra "Ideia"! Porque traz os olhos vendados, sr. Crítico...

O escândalo nº3 é de escangalhar torres e pôr o universo em desordem. Desata o sr. X. com humorismo que mete num chinelo o de Mark Twain:

"Deparamos com curiosas afirmações da *Revista Moderna* sobre o 'extranatural'. Transcreve em seguida um trecho em que eu escrevo 'A Ciência Verdadeira está na marcha triunfante para a verdade. A demonstração matemática do extranatural será breve um fato'. Ergo, inventiva o sr. X.:

"Nós não temos ainda a demonstração matemática de Deus, isto é, a demonstração rigorosa, inabalável, demonstração que escuse toda a dúvida? É isto o que quer dizer a *Revista Moderna*? Horrível!!!"

Horribilíssimo, sr. X.! E é exatamente por isso que eu mereço a "excomunhão como herege" porque o cânon que V. Exa. invoca reza:

"Se alguém disser que Deus um e Verdadeiro, Criador e Senhor Nosso não pode ser conhecido *com certeza* pela luz natural da razão humana por meio das criaturas seja anatematizado".

Mas estarei eu de fato entre as aspas deste cânon? É a "demonstração matemática" a "demonstração rigorosa, inabalável, que escuse toda a dúvida?" É assim ilustre X.? Neste caso, é que a linguística tem feito progresso supremo em Calangute. Abramos mais uma vez o velho Moraes, vasculhemos o termo "matemática", adjetivo. Diz: Que respeita à matemática, usado nela. É infelizmente no Moraes a única significação de "rigorosa, inabalável" que não sei onde apanhou quer pregar-me excomunhão? Onde estamos, sr. X.!

Quem deu a V. Exa. o direito de *figurar* o sentido da palavra "matemática" quando na significação própria eu digo que a prova da existência de Deus, pela matemática, pela análise transcendental começada desde Aristóteles, e retomada por quase todos os períodos da História da Filosofia, e pelos sábios modernos, católicos exemplares, Agostinho, Cauchy, [F.] de Bruno e outros, será brevemente um fato?

O que quer dizer o cânone que triunfantemente cita? "Que se alguém disser que Deus não pode ser conhecido com certeza pela luz natural da razão humana será anatematizado, não é verdade?" Mas Ciências estão fora da luz natural da razão humana? Merece o anátema a Filosofia por querer demonstrar a existência de Deus? É V. Exa. daqueles certos da Idade Média que afirmavam ser a Ciência a obra irrefutável do diabo? Então as Ciências não constituem a *luz* a maior da razão humana?

E V. Exa. o diz, sr. X. que no cânone se visa só os Fideístas e os Tradicionalistas, isto é, os que fora da razão dizem ser indispensável a Fé ou a Tradição. Em que grupo me enfileira senhor da sabença extravagante? E que famoso é isto de se assuntar que as Ciências estão fora da luz natural da razão! Então em que se fundam as Ciências, em que leis artificiais e tolas? E agora que se vai aclarando triunfantemente o campo das Ciências Físicas, e se vai dando a demonstração nítida dum mundo espiritual, quando a Ciência vai destruindo e arrasando aos poucos os redutos do Materialismo a pulular sob tantos nomes e formas, vem s. exa. o sr. X. quase a dizer-me que as Ciências são artificiais.

Isto não somente é horrível, mas terrível... Porque com o peso enorme de sábios deste quilate vai iminente um achatamento fatal de todas as Ciências.

Tenho conversado com o escritor. Vá agora um *home-chat* com o homem. É mais grave, porque a falta de compreensão tem desculpa, mas a falta de lealdade não a tem.

"Dúvidas sobre a ortodoxia da *Revista Moderna*" diz o articulista, encimando o escrito. Sim dúvidas, e está dito a valer. O espírito do crítico está suspenso, não se assentou num terreno claro, há hesitação sobre se será ou não. E, contudo, logo depois, afirma que quer evitar o escândalo aos fracos, não envolvendo no que diz a *Revista* a autoridade diocesana. Afirma que são "erros, dislates, doutrinas perigosíssimas, afirmações curiosas" ridículas, e mais nomes que escuso de trazer à balha.

Mas, enfim... Em que consiste esta consciência? Duvida ou afirma. Talvez diga que empregou a palavra dúvida como "objeção" às doutrinas da *Revista*? Nunca... "É isto que quer dizer a *Revista*? interroga algures o sr. X. É que ele não está assente, duvida e faz a pergunta com ansiedade. É a consciência que o acusa, e o remorso incipiente, de ter feito mal a um periódico dedicado ao bem e apoiado por pessoas de alto critério e entendimento.

Mas qual será o intuito do homem? É claro. Morder antes de mais no calcanhar do nosso ilustre censor; o X diz logo no princípio, sem se poder dominar: "Como esta *Revista* se publica com a aprovação eclesiástica", "devendo os censores ser os padres mais eruditos", "Quando um censor aprova os dislates" e outras frases duma malignidade manifesta. Mas o que queria o sr. X.? Aspirava talvez a censor da *Revista*? Ah, ah! Que sábio...

Depois desata s. exa. em insinuações com os assinantes da Revista, quer atarantá-los com o seu introito, e depois diz "Não podemos deixar de observar que a *Revista Moderna*, além de dar aos assinantes em troca de dinheiro bom essa mercadoria avariada, concorre muito para desprestigiar o clero de Goa".

Fizeram-lhe cócegas, sr. X., os nossos 600 assinantes? Quis prestar um serviço relevante privando-os duma leitura sã e digna? Quis levá-los talvez à *Voz do Povo*, que o recebeu de braços abertos e fê-lo estampar no lugar de honra? Mas, a propósito. Por que teria a exma. Redação sublinhado as frases do sr. X? Cuidou talvez que ele era um medíocre e quis supri-lo? Teria sido encarregada pelo próprio sr. X. para torná-la assim conivente consigo? Que embrulho de fatos, intuitos e circunstâncias, meu Senhor, em volta da *Revista Moderna*... Não teria por aí ninguém refletido que um jornal não é lugar próprio para intrigar com os assinantes doutro? seja embora o primeiro simplesmente *Voz do Povo* de Calangute? E a exma. Redação diz algures que o sr. X. visou o Bem. Depois de tê-lo honrado, apoiado e sublinhado... ela escarnece!

Mas voltando ao sr. X. Escudou-se atrás duma letra do alfabeto para ferir centenas de indivíduos. Disse com intuito de fera: "Devendo os censores eclesiásticos ser os padres mais eruditos da diocese, que triste ideia não farão no estrangeiro da ciência eclesiástica do clero de Goa"? Com o que ele, supondo-se ser o censor de primeira plana entre os padres da diocese, e em ele criticando *topsy-turvy*[295] o censor, ficou ele acima de todos. Isto é que é célebre! Ó Gip, ponta de ironia antiga e genuína, quem me dera ter-te aqui hoje, para azorragar estes *parvenus* do jornalismo e intrusos no campo das letras...

E todo ancho e concho, naturalmente antelibando a imortalidade, exclama: "Que a *Revista Moderna* diga nas suas páginas, para fazer ao menos alguma reparação, que houve protesto na católica Goa contra a sua doutrina".

Está enganado, sr. X. Na *Revista Moderna* não aparecem menções de protestos que não passam de sandices. Isso irá para as colunas do mesmo jornal que se prestou a uma conivência inglória.

Mas *escândalo*? E depois de terem decorrido três meses depois de publicação do artigo; depois de aprovação verbal e por escrita de inúmeros leitores da

295 De forma confusa.

Revista se lembram dum *escândalo*? O que imaginam estes cavalheiros? Bem se trai o sr. X. no seu artigo quando diz: "A nossa questão não é com as pessoas, mas com as coisas", naquele português *troc, troc, troc* com que eles querem que a gente se oriente. S. exa. diz que tem vontade de combater coisas. Mas que coisas? as de arco-da-velha que andam por aí fora, de que se lembram pessoas de fina pilhéria, de que se lembra um articulista na *Convicção* e ao qual *A Voz do Povo* procura convencer de *não coisas*? Não sres., pois são realmente *coisas*, que o seu sr. X. é neste particular duma cana, ou de duas, encruzadas.

E a propósito de *coisas*, que coisa é esta sr. X de chamar com insistência malévola a atenção dos poderes superiores? Não se tergiverse. Procura-se levantar tempestade contra o autor do artigo e o censor. Segundo a sabença um e outro merecem excomunhão irrevogável. Ira! tanto ódio em Calangute? e em pessoas que a exma. Redação da *Voz do Povo* afirma serem amantes e tementes a Deus? E então firmando-se numa *dúvida* e por cima tendo a *certeza* de que tanto o articulista como o censor estão em *boa fé*? Em que, pois estamos sr. X.? Não é V. Exa. que merece um corretivo severo por ter representado neste assunto o Espírito do Mal?

Para concluir. Diz o sr. X. que "não tem tempo". Isto é modéstia excessiva, ou quer enganar o mundo mais uma vez. Quem escreve artigos que lhe "parecem um tanto longos" e que a exma. Redação do seu jornal diz que "virá à estacada se preciso for" é porque tem tempo de sobra. Mas não se canse sr. X, não se aventure por estes caminhos por onde não é chamado. Antes se recolha ao seu gabinete ou cela e medite em... Coisas.

RELATÓRIO[296]

Tem-me sido concedida a honra de apresentar e introduzir cinco Memórias enfileiradas pelo seu escopo convergente, na classe genérica de Indústrias Extrativas. As Memórias são:

Artefatos de coco, pelo sr. Pedro Paulo A. X. do Rego.

Indústria de Açúcar e Jagra de Cana, pelo sr. Xambagi V. S. Sunctancar.

296 Paulino Dias, "Relatório". In: António Maria da Cunha. Congresso Provincial da Índia Portuguesa. Subsídios para a sua História. Volume 1. Nova Goa: Casa Luso-Francesa Editora, 1924, p. 76-78.

Fábrica de Vidros, Indústria e fábrica de Caixas de Fósforos e Cultura de cana de açúcar na Índia Portuguesa, pelo sr. Ramachondra P. Váidya.

Todas as Memórias visam a esse fim único que, eu diria, genericamente, "Industrialização das forças vivas no Estado da Índia". O assunto é importante e merece toda a atenção. A Indústria representa o trabalho; o trabalho é a consequência da força; o trabalho organizado e sistematizado produz força dupla ou quádrupla. Urge, portanto, organizar o trabalho, para se levantar o nível industrial do país.

Meus senhores: vou apresentar o assunto nas suas linhas gerais. Um país industrial ou fabril impõe um certo número de condições de sucesso, que eu considero primaciais:

1.º – As condições geográficas. A área do país quanto mais for extensa mais vantajosa é para as indústrias; técnicos opinam que a área aumentando na razão aritmética, e o esforço industrial aumenta na razão geométrica. É, portanto, sempre desvantajosa uma área pequena, como a da Índia Portuguesa. É só nos países vastos que, em geral, se pode tentar a grande indústria. a grande indústria é sempre mais vantajosa que a pequena, mas nem todos os países estão em condições de a receber. Além disto, num país fabril as indústrias são interdependentes. Os resíduos de uma são aproveitados por outra; os trabalhos são escalonados; indústrias isoladas bastas vezes morrem. Haja em vista o encerramento de algumas fábricas de sabão em Bengala, cujos produtos não puderem concorrer na própria terra com os produtos similares importados. Trago estas considerações a lume para pôr em relevo as condições do nosso país e delas partir para o levantamento do nível industrial que, é supérfluo frisar, é aqui muito baixo.

2.º – As condições do solo. Há solo rico e há solo pobre. O rico tem matérias primas que as indústrias precisam, substâncias animais, vegetais e minerais que países pobres ficam na necessidade de importar. As circunstâncias de guerras, epidemias e outras são um verdadeiro perigo para os países pobres, onde as indústrias ficam a todo momento sujeitas a um *débâcle*.

3.º – As relações exteriores. Só no caso de os produtos serem suficientes para as necessidades do país, as relações exteriores são secundárias. Mas caso haja excesso de produção, surge logo a pergunta: onde colocar este excesso? É forçoso, portanto, um mercado, ou mercados vantajosos onde os produtos possam concorrem com outros; para isso são precisas relações e transações comerciais, por vezes longas e complicadas. Chamo somente a atenção da ilustre assembleia, que poucos anos atrás tentou-se a exportação do sal desta província, e não foi possível encontrar para ele um mercado no Ultramar. Há mais. Nas próprias colónias portuguesas, os produtos da Índia, também portugueses, são taxados nas pautas aduaneiras como "estrangeiros". É simplesmente assombroso!

4.º – A educação técnica. Sem ela o levantamento do nível industrial é uma impossibilidade. Desde os dirigentes das fábricas e os superintendentes até os operários, a todos, o conhecimento técnico da indústria a que se dedicam é essencial. Referia Pierre Loti a mão prática terrível dos operários das fábricas de porcelana no Japão, que não podem ser batidos por nenhum operário do mundo, mão prática que ele atribui à hereditariedade. Os produtos que não sejam de mãos assaz técnicas não são apreciados.

5.º – População idónea. A população de um país fabril tem sempre tendência, gosto e estima pelo trabalho manual. Aqui friso o caráter peculiar da organização do índio, é uma tendência decidida para a atividade intelectual, de preferência ao trabalho manual. É uma desvantagem para a indústria. O trabalho manual sofre depreciação, porquanto ele devia ser colocado a par da mais elevada atividade intelectual. Seja modelo o presidente que foi da República Francesa, Felix Faure, hábil operário. Há mais. É forçoso que haja no país o espírito associativo, na indústria e no comércio, a ideia funda do mútuo auxílio, tão em preconizado por Kropotkine, contra a ideia da concorrência desleal e mútua desconfiança que tem sido mesmo no nosso país a causa da ruína de muitas sociedades.

Posto isto, vou fazer o resumo rápido das cinco Memórias.

Nos artefatos de coco, o autor trata da fibra do coco, da sua utilização sob várias formas, da manteiga, óleo, sabão e glicerina e outros produtos, e opina que se deve instalar uma fábrica na Índia Portuguesa.

Na indústria de açúcar e jagra de cana, os autores abordam o problema mais profundamente, com dados estatísticos e cálculos. São lembradas as culturas de Embarbacém e de Pondá; advoga-se a superintendência do Governo nas instalações e pede-se capital ao Estado.

Na indústria do vidro, o autor se refere aos silicatos de sódio, cálcio, potássio e chumbo, existentes no país, e outros produtos que devem ser importados, e as condições de uma fábrica de 40 a 50 operários, com o cálculo de despesa e o lucro provável.

Na indústria de fósforos o autor estuda as condições de madeira a empregar, sugere aos competentes o estudo da fábrica Karad, na Índia Inglesa, e tem numerosos dados e particularidades para a instalação.

A IDEIA DE DEUS NO BUDISMO[297]

Disse-se já que é o Budismo a única religião deliberadamente e convictamente ateia, mas não se disse talvez ainda com assaz energia que, não obstante, é ela a única, com base quase científica, capaz de levar o homem à salvação absoluta. É que o Budismo não é o ateísmo de fato, mas antes um ateísmo de teoria, a ideia positiva desviada da matéria e do fenómeno, e aplicada as coisas transcendentais, ferindo, cerceando e reduzindo o quanto é supérfluo ou inconcebível. Mutila a sequência científica? um pouco; mas ao menos não levanta edifícios de areia. O Budismo não nega a existência da Causa Prima, mas contorna ideia e passa além. Enquanto os outros sistemas religiosos têm por alvo e por fim necessário um fundo de verdade e de justiça, de perfeição e de alegria, o Budismo dispensa este fundo, desnecessário e indemonstrável, não juntando nada portanto, nem tirando o problema da existência e do fim do universo.

Não negou jamais o pensador da Índia a existência da Ideia-Deus. A negação desta ideia é tão insuscetível de ser fundamentada como a sua afirmação. A causalidade universal sem interrupção impõe um universo sem princípio e sem fim. À causalidade total opõe-se a Ideia-Força, o movimento se criando. De aí a inutilidade de se bater contra uma muralha de bronze, a Ideia-Deus, colocada como fundo imprescindível por todas as religiões.

Contudo era da massa dos árias antigos o Sáquia Muni. As teogonias complicadas, e as liturgias dos Vedas e dos Upanishadas espumavam no seu sangue quente de cshatria. Libertado do quanto é mundano e vulgar, espiritualizado a ponto de pairar como uma sombra sobre o mundo dos fenómenos, compreendia contudo em o vulgo exigir formas palpáveis, representações a quem levantar os braços, tocar guizos e proferir mantras. E os Sudras, Djans, Aditis e Brahmas[298] tiveram ingresso como tipos mitológicos, de transição para o apenas iniciado, ficando ao topo do altar a sua própria imagem, a representação da renúncia to-

297 Priti Das, *Luz do Oriente*, vol. 8, nº 11, outubro de 1915, p. 338-340.

298 Figuras de várias castas.

tal – O Buda, o deus-ateu. É o contraste numa realização única. A especulação filosófica negativa aliada à liturgia rigorosa, a iniciação completa para poucos defronte da representação infantil para o vulgo.

O verdadeiro crente budista não pede nada ao Infinito com a convicção de que o Infinito nada pode lhe dar, ele agradece só o Exaltado pelos meios que lhe deu para a libertação da dor, e para a libertação dos renascimentos.

É fora de dúvida que o Budismo é o sistema filosófico de mais elevada força transcendental, inimigo de toda conciliação sentimentalista, orgulhoso na apreensão da sua verdade inatacável. Contudo é força confessar que o sentimento é uma energia enorme, a que mais levanta conflagrações e incêndios, a que molda, torce e faceta a evolução histórica, a sobrepuja as maiores oscilações da razão feia e monocroma. Ainda o Budismo satisfaz a aspiração profunda do coração humano. É o reconhecimento a forma sentimental proeminente no sistema budista, a gratidão infinita pela esperança infinita do repouso total. Nas outras religiões, trabalha-se, luta-se, leva-se cruzes com letreiros e se queimam pilhas de lenha, tudo pelo terror do infinito; cai-se finalmente sobre o leito da morte com a convicção de que é tudo *vanitas*. Só o budista considera *vanitas*, realmente, a existência, muito antes de cair no leito de morte, não luta, não sacrifica, não tem medo, antes liberta-se dia a dia, hora a hora de cada um dos desejos, de cada um dos terrores da existência e da não existência e simplesmente se apaga no fim, para não mais regressar à vida em nenhuma das suas formas.

Disse um dia Buda aos seus discípulos: "Tendes ouvido um dia que seja, que a fé na imortalidade tenha produzido em alguém a aniquilação da tristeza, aflição, dor ou desespero?"

Tinha razão de afirmar que a fé na imortalidade é um simples produto da fantasia humana, como a afirmação ultrasensível do egoísmo celular procurando manter o eu até a eternidade. Para Buda a crença na imortalidade apenas deslocava o teatro da dor e do sofrimento, não o suprimia. Para ele o céu e o inferno não passam de formas de concepção, ideias-fundos constituídas pela esperança e o terror. Foi ele, o Leão dos Sáquias, o primeiro que renunciou à esperança e despiu-se do medo do infinito. Não foi renúncia teórica, fácil, de todos os dias, mas o afastamento duro do quanto há de mais terno para o coração e a vaidade humana, um reino poderoso, príncipes com nardos aos pés, pompa, esposa e filhos; renunciou-se numa luta selvagem consigo próprio, no meio dos assaltos de todas as dúvidas, de todas as tentações, durante seis anos de penitência e de meditação, forjando, produzindo, raciocinando e refutando a si próprio até sair vitorioso da sua própria natureza.

CRISHNA[299]

É quase axiomático que a história da humanidade é simplesmente a história dos grandes homens. Os períodos clássicos da evolução universal, épocas brilhantes e tenebrosas, não passam de turbilhões do movimento humano, determinado por energias fortes, comunicado por engrenagens, reforçado, propagado por extensões às vezes largas, a ponto de constituir em grande número de casos uma verdadeira etapa da história humana. Estas energias centrais são os heróis. No amorfismo e a vulgaridade do meio e do momento, levantam-se eles, produto duma atividade interior e inconsciente, e refletem-se em volta, moldam o contorno, imprimem nele a sua individualidade soberana, e arrastam atrás de si momentos históricos isolados, crenças e vitalidades sem união, e com eles formam um mosaico, com a sua figura no meio, marmórea e indelével.

Seis classes de heróis determinava Carlyle, entre os *modellers* da massa humana, cada classe correspondendo a uma nuança peculiar do estado evolutivo, adaptação do espírito da raça ou da época; são o deus, o profeta, o poeta, o sacerdote, o literato, o rei.

Entre os mais antigos e mais curiosos é de certo a deus. Vejamos prefuntoriamente como se levanta, se robustece e se vitaliza a personalidade dum deus.

Um deus é simplesmente o resultado da tendência representativa do espírito humano. O poder obscuro e inescrutável que demonstrou Spencer estar colocado atrás dos fatos do universo, que ele se chame simplesmente a própria Matéria numa de suas maneiras de ser possíveis, ou que se considere Essência distinta e abstrata governando os mesmos fatos, fica sempre uma concepção de transcendência inviolável, procurando representar um símbolo, por seu turno representação duma entidade cuja natureza é absolutamente incompreensível.

A explicação dos fatos impõe-se, na sua simplicidade ao espírito bárbaro, na sua complexidade ao espírito esclarecido; depois a explicação da explicação, e de-

299 Priti Das, *Luz do Oriente*, vol. 9, nº 4, [abril] de 1916, p. 111-114; vol. 9, nº 5, [junho] de 1916, p. 145-148 e vol. 9, nº 6, [junho] de 1916, p. 173-176.

pois ainda a causa geral, o fundo distante donde os fatos emergem. A explicação dos fatos é possível, a explicação da explicação é difícil, o conhecimento do fundo é impossível, pois que o termo da relação não existe. Daí resulta para o espírito humano a necessidade de representar em forma visível e palpável o fundo inexoravelmente escondido. O infinito representado é inútil em face do espírito, mas é útil em face do coração, e é do coração que é formada a quase totalidade da massa humana.

Os deuses são símbolos de carne e dor fabricados pela impotência humana, perpetuamente parada defronte do infinito. O abismo é terrível. Seres levantam-se, rolam, precipitam-se; formas, turbilhões, consciências, sem se saber donde e para onde. É forçoso procurar o seu guia e pastor, deuses tornam-se indispensáveis. Há os com atributos transcendentes, contraditórios, de fórmulas materias e humanas, mas atributos que também em última análise resultam entre si também contraditórios; há outros brutais e feitos de baixa animalidade, Apis e Lingas,[300] e há os, também, representações de virtudes queridas ou qualidades em apreço numa época ou numa raça. Mas as eras rolam, o tempo voa, o espírito da época se apaga no meio de novos fatos que avançam, os deuses tornam-se obsoletos, murcham e caem. Estão extintos assim Odim, Thor, Varuna... Tiveram milhões de crentes, mas são hoje apenas espécimens da paleontologia espiritual da humanidade.

Entre os heróis-deuses Crishna ocupa um lugar preeminente na história humana. Produto de uma época relativamente bárbara, sem história nítida e sem civilização contrabalanceada como a moderna, o seu perfil, hoje lendário, de força e de astúcia, de audácia sobre-humana e conhecimentos enciclopédicos do tempo, pode estampar no seu meio social a sua figura inconfundível e inviolável, aos poucos despida da pequenez inerente a quanto é de ser vivo, e avolumado pelo exagero do tempo. A transformação do herói humano num deus foi uma simples questão de psicologia de raças crédulas. A evolução histórica para Crishna foi absolutamente igual e paralela à dos Apolos, Budas, Bacos e tantos outros, outrora apedrejados e crucificados e hoje transportados aos ombros, sobre andores. A filosofia hindu, absolutamente elástica e adaptável, de há muito inclui o herói Crishna na classe extravagante e inconcebível dos Avataras, ou Encarnações.

Mas existiu realmente Crishna? Ou será um tipo lendário, de raça ou de classe, representativo do heroísmo antigo e do espírito épico das primeiras invasões aria-

300 Referência ao deus-boi Ápis egípico e ao Linga, representação fálica de Shiva.

nas, e que espíritos, ou exploradores ou dominados de sugestão religiosa, souberam divinizar para os colocar defronte da insaciedade humana? Se se aplicasse ao problema o critério profundo de Spencer, de que há sempre uma alma de verdade nas afirmações mais absurdas, é natural que exista um fundo, magro e exíguo embora, donde se tenha extraído a personalidade dominadora do herói-deus da Índia.

Em face de testemunhos irrecusáveis pode-se até asseverar a historicidade da existência de Crishna. Tradições antigas registradas sem *arrière-pensée* dão testemunho que seu nome era dos grandes, séculos antes da era cristã. A sua história é claramente detalhada em onze Puranas, e mencionada noutros; é contada por Viassa no *Mahabarata*, poema onde é Crishna quase diretamente a energia que empurra os exércitos, que filosofa, organiza, aconselha e cura. Outras figuras são aí, em volta dele, obedientes e prostradas, Arjuna escutando o Bagavat Guitá, Indistira refugiando-se aos seus pés, Bhima, colossal a seu lado, e até os heróis adversos, Bhixma, árbitro supremo da guerra, pedindo a morte, de suas mãos, Drona, Carna e Durindana trêmulos defronte do seu busto consagrado.

Há mais. Nas placas de cobre dos reis de Gurjar do 4º século da era atual está dito: "Produzindo com auxílio de Lacshimi e colocado sobre o peito de Crishna". Noutra placa do 2º século: "Ó Crishna, ó mansão de repouso!" Numa inscrição em Nassie do 1º século lê-se a linha: "Poderoso como Rama, Crishna, Arjuna e Bimasceza". No 4º século a.C. Megástenes descreveu um deus da Índia com particularidades que se aplicam a Crishna nitidamente. Nos Upanishadas, particularmente nos que são computados anteriores a Buda, 600 anos A. C. está o nome de Crishna às claras mencionado. O Chandogya Upanishada diz: "Disse este Gora, da raça de Anguirasha, e falou depois ao filho de Devaqui, Crishna". Enfim, na formidável gramática de Panini, que o professor Goldstucker demonstrou ser do século 12º a 13º A. C., está mencionado o nome de Crishna, em exemplo às regras gramaticais, dos quais se deduz a adoração de que o seu nome era objeto naquela época.

Para sair do amorfismo primitivo, de todas as raças humanas quase pré-históricas, para atravessar triunfantemente eras e civilizações dia a dia complicadas, moldar-se as suas modalidades evolutivas, ser o deus tanto do espírito bárbaro quanto do espírito culto, é ser realmente uma individualidade surpreendente cuja vida deve ter sido um avanço decidido sobre o tempo, é ser de tal modo o tipo representativo duma raça que merece ser considerado um ser idêntico à personalidade indefinida que constitui a base de toda a fenomenalidade.

Na linha do pensamento sistemático de Carlyle o herói se define de baixo dum prisma nítido, único. Eu diria, corroborando, que há heróis que se definem sob prismas múltiplos, cobrindo uma gama inteira de herocidade. *Tour à tour* sábios, literatos, homens de guerra, homens do mundo, a sua manifestação ativa é quase universal. Quase que se pode dizer que é isto a característica do verdadeiro génio. Não há aí aberração anatómica mórbida ou acidental do cérebro, mas existe o desenvolvimento supremo e paralelo de todas as circunvoluções cerebrais. No primeiro caso o génio é manco, roçando pela loucura, sem o equilíbrio admirável que a organização nervosa não permite, e que produz por exemplo o Camilo da literatura portuguesa, tão superior nela mas obtuso perante a vibração estética da música. No segundo caso produz os espíritos de amplitude universal e genérica, Leonardo da Vinci, por exemplo, físico, arquiteto, músico, escultor e pintor consumado.

Crishna, embora expurgado e recortado do *fatras*[301] mitológico e da poeira lendária inerente à antiguidade secular, foi de certo um dos espíritos universais e completos como Vinci, Dante e Goethe. Pode ele ser considerado sob o prisma triplo do guerreiro, de político e filósofo.

Como guerreiro, pode-se deduzir dos Puranas que foi Crishna um verdadeiro prodígio. Basta lembrar que no país dos Gopas,[302] onde foi escondido, ainda remanescido, para escapar à cólera do seu tio, o tirano Caunsa, as legendas se acumulam soberbas, admirativas, com exagero, e extravagância típica da imaginação indiana, mas traduzindo no fundo alguma coisa de real que deve ter fortemente impressionado as gerações da época. Era Crishna dotado, como Hércules grego, de força e energia tal que dizem os Puranas, derrubou ainda criança uma carroça cheia de bilhas de leite, utensílios e frutas, dos mercadores de Gocula. Chupou os peitos de uma mulher Racshassa, que viera estrangulá-lo, com tal força que foi ele que a matou. Mais tarde, de idade de nove anos, foi sozinho ao país dos Nagas, tribo selvagem e primitiva, e matou o seu chefe em combate singular, no meio dos guerreiros pardos tomados de assombro. Nos Puranas é o naga representado sob forma de cobra-capelo, cabeça vazando vírus negro e malícia aguda; toda a tribo é para os árias uma raça de serpentes, como para o

301 Confusão, em francês.

302 Rei.

tempo de Pralada,[303] de Vamana[304] e Rama, eram os aborígenes espectros humanos, sem palavra, sem nariz e sem deus. Para destrinçar os Nagas, os monos e tribos congêneres do embrulho mitológico, basta notar os caracteres distintivos, claros assaz para se ver aí raças humanas, bastas vezes com civilização brilhante e organização política elevada.

A façanha primacial de Crishna, para a qual ele, de Naraiana, se fez homem no ventre de Devaqui, foi a morte de seu tio, o tirano Caunsa. Para elucidar esse ponto fundamental da teologia hindu é forçoso estabelecer o fato, que é nela um elemento assente todas as vezes que a terra verga sob o peso do vício e da maldade, ou que tiranos ou potentados torturam os povos, insultam deuses, levam à guerra as nações vizinhas e escarnecem dos bramanes, a segunda pessoa da trindade hindu – Vishnu – toma forma humana. O próprio Buda, tão transcendental e positivo, não escapou a este pensamento antigo quando disse que "houve Budas aos milhares nas existências, e quando a verdade e a justiça baixam nasce um Buda".

Era já célebre Crishna por toda a Ariavarta, quando foi um dia convidado por Caunsa para um torneio em Maturá. Referem os Puranas que um elefante raivoso foi deitado no seu caminho, para o despedaçar, mas que ele e seu irmão Balarama derrubaram o elefante. Quando os dois entraram na arena saíram-lhe ao encontro dois atletas rijos e destemidos, tomados como os mais robustos de todo o Maturá. O povo que enchia as galerias rompeu em altos clamores contra a luta desigual entre os dois gigantes Chanura e Mustica e os dois adolescentes Balarama e Crishna. Mas frios e destemidos meteram-se os dois heróis na arena e depois de um combate violento que durou um dia inteiro os gigantes foram derrubados. Então Caunsa, cheio de ódio e cólera, começa aos gritos: "Agarrem-nos todos, matem-nos, os dois pastores de Gocula". Ninguém se atreve a levantar sequer do seu assento e nenhum rumor se ouve, quando dum salto Crishna atira-se ao trono de Caunsa, segura o tirano pelos cabelos e depois de uma luta violenta o mata.

O génio militar de Crishna toma um relevo excepcional na guerra longa e de exterminação com Jaraçanda. Tão poderoso era o rei de Magada que punha em campo vinte Acshauhinis,[305] que representam milhões de homens de armas,

303 Rei mítico.

304 Avatar de Vishnu.

305 Ou Akshauhini, vasta formação de guerra.

com elefantes, carros de guerra e cavalos em proporção. Era ele sogro de Caunsa e à notícia de sua morte saiu com todo o seu poder contra Crishna. Mas a distância a transpor era grande, grandes os embaraços nos movimentos das tropas. A demora no movimento de Jaraçanda redundou numa atividade imprevista da parte de Crishna, que organizou um sistema de defesas que lembra a estratégia moderna de trincheiras e palissadas, pontes fortificadas, trechos de terras transformados em fortaleza, em depósitos de munições e víveres, com linhas de comunicações ardilosas, permitindo tudo a um exército pequeno resistência contra o outro, considerável.

Crishna, político consumado, seguiu naquela guerra memorável a tática temível de Aníbal no meio da Itália, às portas de Roma, a de levantar populações contra os inimigos, criando-lhes dificuldades, cortando-lhes a retirada nas derrotas, cerceando-lhes os víveres e as munições. Foi pela primeira vez na antiguidade que a guerra de luta pessoal, de força, de coragem, e puro valor individual, deu lugar à guerra intelectual, de estratégia aguda, de ciência militar, antes de Crishna desconhecida.

E tal foi o efeito das medidas tomadas pelo grande chefe dos Gopas, Iadavas e Vrishnis[306] que Jaraçanda foi derrotado dezoito vezes em outros tantos ataques sangrentos contra Maturá.

Para terminar com o exemplo típico do génio militar de Crishna tomo o combate rude de Crishna com Shishupala. Generalíssimo de Jaraçanda e primo do próprio Crishna, levantou-se ele uma vez com inveja e cólera numa grande assembleia de reis, quando Crishna ia ser adorado com honras divinas. O debate verbal entre Bishma e Shishupala naquela assembleia é memorável. Dum lado a honestidade soberana, a consciência do valor indiscutível do chefe Iadava, doutro uma eloquência envenenada, de cólera e ódio. Mas no meio da assembleia é Shishupala visado com tal violência por Bishma que ele fica na necessidade de aceitar um duelo com Crishna. Então este, com voz solene, enumerou todos os agravos que recebera de Shishupala e que ele esquecera e perdoara em atenção à mãe dele, a irmã do seu pai, mas que não podia mais conter-se e que não lhe restava senão exterminá-lo.

O combate foi a arco e flecha, armas favoritas de então, embora fosse Crishna exímio no manejo do disco, espécie de roda com fio agudo que se arremessava

306 Clã védico dos descendentes de Vrishni.

para o inimigo com um efeito único. O combate foi feroz no meio da arena toda cercada de reis. Ali morreu Shishupala, e Crishna colheu uma glória que muito contribuiu para a sua imortalização.

A política de Crishna era soberanamente conciliadora e pacificadora. Da massa total do *Vishnú Purana*, do *Bagavata* e do *Mahabarata* não consta que uma única guerra tenha sido por ele provocada, sendo a sua opinião constante, na assembleia dos reis, "que se devia possivelmente evitar o sangue de milhares de pobres e inocentes, e não deixar massacrar por meros caprichos os braços vivos dos Estados." Ideia altruísta e monumental, que ainda hoje, que sempre, será um protesto sagrado contra o militarismo *à outrance* e a dominação absorvente pela força.

Deu ele próprio o exemplo de quanto era sincera a sua ideia. Na formidável batalha de Curucshetra, entre os Cauravas[307] e Pandavas,[308] onde milhões de homens caíram, e da qual ainda hoje a arqueologia ainda colhe resíduos trágicos. Crishna, ao lado dos Pandavas, não como guerreiro, mas como simples conselheiro, envidou todos os esforços para uma conciliação pacífica. O Mahabarata, fundamentalmente a história daquela luta feroz, conta como, estando os exércitos prontos e frente a frente, foi Criashna? ao palácio do rei inimigo, Dritarastra, para deitar a sua última cartada de política de paz e conciliação. Não foi atendido e, ao contrário, procuraram traiçoeiramente detê-lo e prendê-lo. Quando voltou ao acampamento dos seus soprou o terrível búzio dos combates, e os exércitos pegaram nas armas.

Uma outra ocasião em que pôs em evidência o seu espírito generoso e anti sanguinário foi na morte de Jaraçanda. Como já se disse, em dezoito batalhas foi o rei de Magada vencido e repelido para o seu reino. Contudo era tão grande o temor daquele tirano que o próprio Crishna, não se julgando seguro em Matura, construiu uma cidade distante, Dvarcá, onde transportou-se com toda a sua corte, riqueza e a flor dos guerreiros Vrishnis e Yadavas. Jaraçanda era o pesadelo permanente de Crishna; a sua aniquilação seria a libertação da Índia toda dum jugo despótico e demagógico. Mas o seu critério lúcido mostrava de antemão o perigo duma luta em campo com o rei de Magada. Então numa grande assembleia que se reuniu em Indraprasta, ele advogou eloquentemente a ideia de uma provocação a um duelo singular com Jaraçanda. "Os nossos exércitos reunidos",

307 Descendentes do lendário rei Kuru.

308 Descendentes do rei Pandu, no *Mahabharata*.

dizia ele, "pelo que tenho experimentado, não hão de conseguir derrotar por completo o rei de Magada, nem num período de cem anos, é forçoso batê-lo só". E foi Crishna que, apesar de oposição e opinião em contrário de quase todos os chefes da época, conseguiu a deliberação final de uma luta singular do tirano, com ele próprio, ou com Arjuna, ou com Bima, dois irmãos Pandavas, célebres, um pela ciência inigualável das armas, e outro pela força extraordinária. E, de fato, foram os três, sozinhos, à corte de Jaraçanda, e tendo provocado o duelo, aceitou-o ele com Bima, que depois de uma luta braço a braço por 14 dias sem interrupção, matou-o.

A morte de Jaraçanda marca o início duma era de liberdade e de espírito democrático, desconhecido na época. Oitenta e quatro eram os reis que tinha Jaraçanda em ferros, querendo completar o número de cem, para os imolar a Shiva. Foram todos libertados por Crishna, e seguiram para os seus estados, implicitamente obedientes ao ideal do soberano Iadava, de paz e de prosperidade sem litígios. Esta qualidade proeminente de Crishna, lembra-a a cada passo o Mahabarata, pondo em relevo o seu tato político nos afazeres complicados, os interesses da Ariavarta, naquele tempo dividida em milhares de Estados.

O tato político de Crishna se revela nitidamente pela aliança que procurou e conseguiu com os 5 irmãos Pandavas, os mais célebres guerreiros da época. Eram seus primos, filhos da irmã do seu pai, contudo quis reforçar os laços concedendo a Arjuna a mão de sua irmã Subadrá. O intuito de aliança é manifesto. É o próprio Crishna que aconselha a Arjuna o rapto da irmã, segundo o rito dos Racshassas, considerado um dos meios legais de casamento entre Cshatrias. Depois do rapto, quando os grandes do reino e Balarama verberaram acremente o procedimento de Arjuna e resolveram a sua perseguição e extermínio, levantou-se Crishna e proferiu estas palavras que o Mahabarata frisa com entusiasmo. "O que fez Arjuna não é um insulto à nossa família e a nossa raça. Não nos tomou por mercenários que oferecessem a mão duma donzela, num Svaianvara,[309] como se fosse um mero animal. O que fez o filho de Cunti foi pesar o método antiquário de dar a mão das nossas filhas no Svaianvara, e decidir-se pelo casamento à força, o que representa o livre exercício do direito do Cshatria. Esta

309 Swayamvara era a prática de escolha de um marido pela juvem núbil.

aliança é para nós própria. Subadrá é de família ilustre e não é menos Arjuna. Quem há aí que não queira Arjuna por seu amigo?"

E foi na realidade por meio desta aliança maduramente pensada que conseguiu Crishna a pacificação da Índia toda, matando Jaraçanda, libertou os reis prisioneiros, e dando a Iudistira, o mais velho dos Pandavas, o título de imperador, no meio duma assembleia memorável de todos os reis da Índia, de China, dos Mlenchas e os Lavanas (os jônios), estabelecendo assim de baixo da suserania daquele rei piedoso e justo uma era de bem estar e de paz, que o próprio Mahabarata o diz, "desconhecida na Índia".

Um dos traços principais de Crishna, como político, era a sua maneira de proceder com os povos vencidos. Seja exemplo o que ele fez depois da morte de Caunsa, a que já se referiu. Quando o tirano caiu, levantou-se um tumulto imenso de dor e compaixão por toda a Maturá. Então Crishna ordenou um funeral soberbo, digno daquele rei poderoso, e envidou todos os seus esforços para mitigar a dor de sua família. Ao contrário do costume da época, de o rei vencedor subir ao trono do rei vencido, Crishna recusou-se a ocupar o trono de oiro de Caunsa. "Não tenho precisão de reinos", disse ele, "nem desejo tronos. Se matei Caunsa, não foi por ser um rei, mas simplesmente para o bem dos povos".

Crishna partiu para Cashi, depois da vitória de Caunsa, e aí se dedicou ao estudo e à meditação. Em companhia do seu irmão Balarama, colocou-se sob um sábio de renome naquele tempo, chamado Sandepani, e dentro de pouco tempo tornou-se mestre nos Vedas e nos Shastras. O *Mahabarata* considera Crishna como o mais erudito de todos os homens e evidência na época o orador consumado e diplomata astuto. No *Sabá Parva* diz Bishma: "Ele é vastamente lido nos Vedas e os Vedangas." No *Chandoguia Upanishada*, antiquíssimo livro dos àrias, se diz: "Ó Rishi Gora, da família Anguirasha, disse tudo isto ao filho de Devaqui", referindo-se às transcendências dos Upanishadas.

Para concluir, ponho em relevo o papel brilhante e extraordinário que desempenhou Crishna, como político, durante a grande batalha de Curucshetra. Havia ele tomado um voto rigoroso de não pegar pelas armas durante a batalha, e para o fim da aniquilação dos Couravas. O seu papel foi de conselheiro útil e dum guia soberano, aí guiando, acolá instruindo, prevendo os perigos, ordenando reforços, olhando tudo, dispondo tudo. Foi naquela batalha que ele deu a Arjuna aquela repreensão filosófica, que muito ampliada sem dúvida posteriormente, teve o nome *Bagavadguitá*, ou *O canto do Senhor*.

VERSÕES

HINOS DO RIGVEDA[310]

I[311]

[1] Glória a Agni, o Padre, o Chefe irradiante!

Ele é o *purohita*,
de pedras e anéis é ele triunfante,
[2] levantam-lhe elogio os profetas antigos
e glória infinita
tributa-lhe submissa a geração moderna.
É ele o que conduz os deuses para aqui,
[3] por ele é que se tem a alegria eterna,
o renome, o heroísmo,
[4] por ele chega a oblata ao Poder Imortal.
[5] Senhor da Inteligência,
verdadeiro, veloz,
cheio de brilhantismo,
ei-lo, chega trazendo as divindades...
[6] Ó Agni, ó Angiraça,[312]
por todas as idades
o que tu fizeres por quem o sacrifício
se faça,
isso se há de fazer na realidade.
[7] Sem parar, na manhã e à tarde na claridade
dos crepúsculos nós te erguemos as mãos.
[8] Tu nos guardas a lei, tu és o supremo
em todos sacrifícios fumegantes,
tu nos trazes prazeres hilariantes

310 P. D., *O Heraldo*, de 24 de novembro de 1912 a 18 janeiro 1913, sempre na p. 2.

311 O original apresenta a numeração II, certamente por lapso, pois este é o início do hino.

312 Angiras, sábio védico.

ao lar.
[9] Agni, vem para nós com dádivas bem-feitas,
tal como vem o pai para seu filho,
e tu fica entre nós cheio de brilho
sem nunca nos deixar.

II

Vem aqui, ó Vaiu,
temos o Soma[313] vazado para ti.
Toma-o, vem para nós aos sacrifícios, toma
com os cantos sem fim dos que te louvam.
Vaiu! Acode, vem para aqui
com a palavra que enche o universo imenso,
vem para o que te adora,
a libação te espera intensamente loura.
Vós sois, Vaiu e Indra, os grandes triunfantes,
vós sois que conheceis os segredos brilhantes
dos sucos derramados.
Vinde com passo ardente
vós dois, heróis afamados.
Também a Mitra invoco e também a Varuna,
o exterminador dos malvados, coluna
dos bons... a ambos invoco,
com a larga mão as chuvas derramando.
Eles são os que a lei reforçam, quando
esmorece, e o Poder combinam com a Justiça.
É grande o seu saber. Pelos bons e honestos
eles vivem em mansões brilhantes conservando
por toda a humanidade
a força e a atividade.

313 Sumo fermentado de uma trepadeira, a bebida ritual dos deuses.

III

Ashvins, deuses da paz e da felicidade!
Para vós são os nossos sacrifícios,
para vós com as mãos repletas de bondade,
para vós que fazeis estranhas maravilhas.
Vós sois os verdadeiros,
vós os que minorais os sofrimentos,
para vós as libações, os condimentos
e os ricos acepipes.
Vinde aqui, vós bondosos e terríveis!

Vem, ó Indra, de esplendor e os braços invencíveis!
as libações por ti são premidas pelos dedos,
e são as orações por sábios recitadas.
Vem com os cavalos largos, abalados,
ouvir os nossos hinos.
Ó poderes divinos,
Sois vós que suportais a humanidade,
vós os sois os protetores
dos que vivem na terra e a soledade.
Vinde, deuses de força surpreendente,
vós não odiais ninguém e ninguém vos odeia,
vindo a oferta cheia
de nosso amor e das libações queridas.

Possa Sarasvati, a deusa poderosa
vir para o sacrifício, e caridosa
sobre nós derramar sua suavidade,
ela que anima a língua e o pensamento,
ela que aclara a nossa inteligência
e dá-nos a profunda saciedade.

IV

1 A ti que pões ao largo as formas surpreendentes
nós fazemos as límpidas ofertas;
como damos as palhas florescentes
às vacas que dão leite,
para que elas nos deem bastante leite.
2 Vem tu, que amas o Soma,
Vem Indra, às nossas libações, vem, toma,
Bebe profundamente.
A tua alegria clemente
nos concede muitas vacas.
3 Que venha para nós teu oculto pensamento,
não nos afastes de ti,
de teu peito opulento.
4 Vamos ao Indra, o sábio, o invencível,
de génio casto,
melhor do que o melhor de todos os amigos.
5 Eles gritam, os nossos inimigos
– No meio dos perigos,
se eles adoram só o imenso Indra
ninguém lhes há de dar a proteção suave –.
6 Mas tu que fazes grandes maravilhas,
os fiéis que em ti creem se creem felizes,
nós seguimos as sendas que tu trilhas,
a sombra de tua sombra.
7 Ao deus que enche e cobre o universo
é a bebida do quente sacrifício,
em que o nosso corpo fica imerso,
que nos dá força e alacridade,
e infunde atividade
no coração de Indra.

8 Bebe dele, ó brilhante e surpreendente,
vai esmagar teu inimigo ardente,
protege os que também são valorosos.
9 Nós louvamos a ti, de feitos primorosos,
ó Indra admirável,
dá-nos também a glória memorável.
10 Nós cantamos a Indra, que há guardado
riquezas e tesouros,
que vem do alto dos céus imorredouros,
por quem levanta o sacrifício,
e é seu amigo eterno e dedicado.

Astaca I Adiaia I Mandala I

V

1 Vinde,
cantores de hinos límpidos e amigos,
vinde,
[2]vinde vos assentar nos assentos antigos,
vamos cantar o Indra e lhe vazar o Soma.
3 Ele é o grande dos grandes, o Senhor
do que mais se deseja, o protetor
que se aproxima com a opulência imensa;
que nos traz a riqueza e os ganhos admiráveis,
– em nossos pensamentos inefáveis
que ele permaneça.
4 Sejam hinos ao deus cujos cavalos
fogem os inimigos do fitá-los
no meio do combate.
5 Este Soma e o coalho é ao deus que dele liba.
6 Dele é a supremacia. É ele que arriba
numa forma palpável sobre a terra
e, vibrante na guerra,
7 também escuta as orações devotas.

Seja a alegria nele, o sábio, das remotas
verdades que são grandes.
8 Temo-lo levantado em hinos poderosos,
cantado as suas glórias.
9 Possa ele nos dar todas ricas vitórias,
a proteção que não se abate e não desmaia,
e o valor que fica de atalaia
para todos os feitos valorosos.
10 Indra, Indra, que ninguém nos magoe pelo mundo.
Só tu és o Senhor supremo e forte,
tira de nós o terror profundo
de repentina morte.

Astaca I Adiaia I Mandala I

VI

1 Cintilam pelo céu os corpos luminosos,
vêm em grupos por ele,
o de braços luminosos,
a grande Luz central e acelerada.
2 Numa ânsia alvoroçada
prendem a seu carro os nítidos cavalos,
para levar ao longe o famoso guerreiro.
3 E ele vem com Usha,[314] a consagrada,
vem com forças, abalos,
vem dar forma ao informe, ao inanimado
dar a vida.
4 E as coisas tomam forma definida,
tomam nomes, erguidos para as nuvens
nos grandes sacrifícios.
Indra, Indra, com o teu raio intenso
tu penetraste o denso

314 Deusa védica da aurora.

coração da rocha de granito,
foste buscar as vacas luminosas,
ocultas em cavernas silenciosas.
6 Por isso te levanta a multidão devota
palavras primorosas
e hinos com todas coisas luminosas.
Glorificam-te a ti, o único grande,
o único afamado.
7 Maruts! Vós ides com o intrépido Indra,
vós marchais para o fogo das batalhas,
alegre como ele,
e fortes entre as torres e as muralhas.
8 Por isso é o sacrifício fumegante
por Indra e seus famosos companheiros
que são também guerreiros
de forma triunfante.
9 Vem tu, omnipotente,
vem do céu muito alto e resplendente
ou vem do firmamento azul e claro,
vem ver do que te adora
o sacrifício raro.
10 Nós pedimos a ti o favor e a graça
de teu olhar, ó Indra,
de teu trono a se erguer no teu reino bendito,
da terra
ou do céu infinito.

Astaca I Adiaia I Mandala I

VII

Trata dos cantores do Gata, a Indra, como o guerreiro que maneja o Vajra

1 Vejo a cantar o Indra os cantores do Gata.
Cantam a Indra só,
e por ele somente se desata
2 a adoração do Arca[315] e o seu canto de glória.
Eles soltam a Indra os gritos de vitória,
ao que possui um par de cavalos brilhantes,
o que possui tesouros cintilantes
e brande o raio.
3 Foi ele que instalou o sol no firmamento
e abala com o vento
e o trovão as montanhas.
4 Ó Indra poderoso, ó Indra formidável,
protege-nos com teu valor, feitos, coragem
No meio da carnagem
vê-se somente a erguer-se o teu braço admirável.
5 Nas batalhas cruéis e os nítidos assaltos
de nossos inimigos,
e no meio de todos os perigos,
e no meio de todos os sobressaltos,
vem Indra para nós, protetor valioso.
6 Tu deitas para a terra as nuvens abençoadas
e moves as nuvens carregadas,
abrindo-as, clemente.
7 Por isso é este canto ao que levanta o Iajra[316],
ao que é galhardo, ao que é complacente,
embora não se possa erguer um hino
por ele dignamente.
8 Senhor de todos, vasto e superior nos mundos,
É ele que sustenta a criação movente,
que dá aos seus riqueza surpreendente
e a glória dos três mundos.

315 O Sol ou Súria.

316 Ou vajra, diamante ou relâmpago da sabedoria.

Astaca I Adiaia I Mandala I

VIII

Hino levantado a Indra, com ofertas de Soma, pedindo riquezas e tesouros

1 Dá-nos a proteção e a opulência excelente,
leva-nos à vitória e à felicidade;
2 nós guardados de ti e o teu cavalo ardente
seremos como o raio aos inimigos,
hemos de esmagá-los na verdade
só com o punho fechado.
3 Indra, a tua proteção é como a clava d'aço,
tu, manejando o vajra com o teu braço,
nós seremos também como tu combatendo,
e como tu vencendo
os nossos inimigos na batalha.
4 Amparados de ti, havemos de cansá-los,
5 porque a tua força é extensa como o céu,
porque do Vajra lanças os abalos,
és por cima e por trás de toda a glória.
6 Tudo quanto os guerreiros colhem, louros,
prazeres, filhos, dons imorredouros,
tudo quanto procuram eremitas
em meditações infinitas;
7 o estômago que alteia como o oceano
dilatado do Soma
e o peito que se expande soberano
debaixo de sua força e energia.
8 Tudo isto vem do Indra, a alegria
que é a sua benção, vacas e riquezas,
ele é a árvore cheia de riquezas
que dá frutos maduros.
9 Na verdade, és tu, Indra, o único consolo

dos que te adoram, humildes.
Possa este hino chegar-te consagrado,
dando-te a libar do puro Soma
no céu imaculado.

Astaca I Adiaia I Mandala I

IX

Trata de Indra onipresente, o senhor de todos os bens e tesouros sem fim

1 Vem, Indra, vem ao Soma, ó protetor supremo,
que te alegrem os nossos sacrifícios.
2 Levantamos ao Indra, ao que dá bons auspícios,
ao criador das coisas,
a bebida que é forte e inebriante,
3 ao que usa a coroa triunfante.
Onipresente, ó tu, aceita a nossa prece,
e nos leva as ofertas afetuosas.
4 Indra, Indra, por ti foram os sacrifícios,
mas antes da oferta eles por ti partiram,
sentiram
o teu poder, ó grande, ó senhor soberano.
5 Manda-nos a riqueza extraordinária,
tu que a tens assim como a uma montanha,
imperecível e vária,
6 esplendoroso, manda-a, faz-nos ricos,
leva-nos a adquirir todos tesouros,
ter os sucessos, os louros
em todas as empresas.
7 Dá-nos também a fama imperecível,
o poder invencível,
vacas e longa vida.
8 Confere-nos, ó Indra, o renome supremo,

a riqueza que têm os carros e ginetes,
enfeites
que não se pode contar.
9 Em ti cantando os hinos afetuosos,
nós te invocamos, nós, a ti que és ligeiro,
a ti que és o guerreiro,
o senhor das riquezas,
a quem devem elevar-se os hinos poderosos.
10 Por isso nós te ofertamos o Soma,
e levantamos a oblação ardente,
devotamente.

Astaca I Adiaia I Mandala I

X

Hino a Indra, pelos cantores do Gaiatri[317] *e do Arca, implorando favores*

1 Ó Soberano, a ti
adoram recitando o Arca memorável,
cantando o Gaiatri.
E eles te louvam como a um pendão admirável.
2 E Indra, ao ver seus atos de respeito,
como a saltar de um topo a outro topo do monte,
Indra que vaza a chuva no horizonte,
veio com os guerreiros,
os cavalos ligeiros.
3 Atrela teus cavalos de poderosas crinas,
os que escavam a terra e lançam os abalos,
vem, chamamos por ti, tu que gostas do Soma.
4 Aplaude nossas preces, tu que és o senhor de límpidas riquezas,
e aos que chamam por ti piedoso as ofereces.

317 Mantra védico.

5 Seja um hino ideal a Indra levantado,
ao que nos satisfaz os ocultos desejos,
e que aos nossos filhos e os amigos
se inclina com olhos benfazejos.
6 Nós pedimos a ele os tesouros sem conta,
o poder, o triunfo,
7 Indra, Indra, o que tu trouxeres será vasto,
só aquilo se conta
como o que se adquire facilmente.
Dá-nos vacas, ó tu que tens o vajra ardente.
8 Quando tu vens a arder de energia e de fúria
ninguém pode deter-te, o céu inteiro e a terra,
– quando tu vens à guerra. –
Manda-nos vacas tu, as últimas pastando
no teu reino benfeito.
9 Indra, de ouvidos atentos,
escuta os que te chamam com altos hinos,
e se me chamas tu o teu amigo,
que vá minha oração até os teus pés divinos.
10 És o forte dos fortes, és o imenso,
o que prestas o ouvido aos do valor intenso,
e pedimos por isso a proteção suprema.
11 Ó Indra, ó Caushiça,
toma a bebida, o Soma, a deliciosa,
dá-nos a folha fresca e venturosa
dá
a folha de ventura, a propriedade
de se profetizar o futuro, e a verdade
a declarar ao mundo.
Indra, de hinos vibrantes e infinitos,
que vá nossa oração até o teu trono,
e que dias de glória e de esplendor
nos traga o teu amor.

XI

A Indra como vencedor de Sushna, e soberano de força e valor

1 Todos têm levantado hinos por ti, ó Indra,
tu enches o oceano
és o senhor do mundo, o único soberano,
o que lutas com raiva entre os carros de guerra
2 Nós não tememos nada, o pesar, os combates,
com tua amizade, ó Indra.
Prosternamos por ti, ó vencedor invicto.
3 Esperamos, ó Indra, o sorriso infinito,
os admiráveis dons, as dádivas supremas,
que o senhor de riquezas e de vacas
oferece aos que ama, os tesouros e gemas.
4 É sábio, é muito moço, o grande deva,
nas fortificações o seu braço se eleva,
eleva-se com o vajra e os feitos admiráveis.
5 É por isso, e inda é mais por sua benevolência,
nós viemos por ti, o herói dos elogios,
com hinos a partir de nossa consciência;
– os que são grandes sabem o que tu vales –
6 Indra, tu humilhaste Shushna,[318]
o senhor d'artifícios,
o senhor de manobras capciosas.
É por isso que as turbas vitoriosas
7 oferecem por ti hinos e sacrifícios;
adoram-te no meio de grandezas
na tua munificiência infinita
e no meio de todas as empresas.

318 Um asura.

XII

Hino a Agni, como o deus que leva as oblatas a outros deuses.

1 Glória seja a Agni, o Mediador supremo,
onisciente, leva as oblatas sagradas,
acaba os sacrifícios.
2 São somente a Agni súplicas elevadas,
a ele que verte intensos benefícios,
Agni, senhor dos homens,
3 conduz por mim os deuses cintilantes,
olha o Soma vazado em ondas delirantes.
Tu levas oblações,
tu és o deus de nossas orações.
4 Acorda, Agni, os deuses que te esperam,
tu és o Mediador, vem com eles descendo,
vem, ó deus reverendo,
assentar sobre a palha consagrada.
5 Ó Agni faiscante,
tu levas a manteiga das ofertas,
tu queimas todos nossos inimigos,
os que nos veem com males e perigos.
6 Com o fogo se ergue Agni, de ciência triunfante,
o senhor de famílias e de lares,
o que leva as oblatas seculares
na boca irradiante.
7 No sacrifício é ele o invocado,
Agni, deus sagrado,
o que expele as tristezas e doenças,
e cujas leis são só as verdades imensas.
8 Tu sê o protetor do que te adora,
tu sê seu Mediador,
9 ó purificador,

dá alegria ao que reclina-se a teu lado,
pra gratificação dos deuses superiores.
10 Tu, ó purificador alevantado
traz os deuses para o sacrifício e as oblatas,
11 e assim glorificado
pelos cantos e os hinos surpreendentes
traz-nos riquezas, pompa, e os descendentes
famosos para a guerra.
12 Agni, de lustre claro e admirável,
aceita a homenagem infatigável
que mandamos aos deuses.

Astaca I Adiaia I Mandala I

XIII

Hino a Agni, com as portas das casas de Sacrificios, a Usha e a Nacta, os dois Hotris como divindades que protegem as ofertas às três divindades Ilá, Sarasvati e Mali, bem como aos três *Tvastri, Vanaspati e Indra*

1 Agni, intenso lume,
vem, convida até nós os deuses imortais,
tu que levas pelo ar oblatas e o perfume,
leva nossas ofertas triunfais.
2 Tu és o sábio, Agni, de ti próprio nasceste,
tu leva nossa oferta ao cortejo celeste,
para o seu gozo, Agni.
3 Eis que eu te invoco a ti, deus elevado,
que tens a língua doce, e vens afervorado
a todas oblações.
4 No teu carro famoso e agradável
traz os deuses aqui, trá-los em batalhões,
tu és a todos bom e inestimável,
tu és o benfeitor de toda a humanidade.

5 Padres, sábios e estudiosos,
deixam assentos nítidos, sedosos,
de superfície linda,
É aí que havemos de ir, nós todos pressurosos
à imortalidade.
6 Abre portanto a nossos sacrifício
as portas consagradas,
dá-nos o almejado benefício,
onde a entrada é larga e nítida e aberta
e onde a lei, a certa,
com fervor religioso é observada.
7 Eu invoco também as deusas peregrinas
deusas alevantinas.
Usha e Nacta de faces cristalinas,
eis que temos o Cusha, o divã estendido,
e por elas florido.
8 Eu as invoco, as puras divindades,
de língua doce; lumes, claridades,
dos olhos desatando.
Elas hão de levar as oblatas benditas
quando
as erguermos da terra às terras infinitas.
9 Possa Sarasvati, Ilá, Mali,
Possam as deusas puras,
possam elas descer-nos das alturas,
para tomar o seu assento sobre o Cusha.
10 Eu invoco também o triunfante Tvastri,
entre nós o primeiro,
que ele seja por nós o nosso pioneiro.
11 Santo Vanaspati,
levanta as oblações aos deuses poderosos,
que venham sobre o padre os feixes luminosos
da celeste mansão.
12 Indra, Indra, também do altar florido,
Indra, Indra, também é a ti oblação,

com os deuses te invoco, ó deus alto e aguerrido,
tu vem também ao nosso coração.

Astaca I Adiaia I Mandala I

XIV

Canto do eremita Medatiti, em nome dos Canvas

1 Vem levar para ti as rezas e as oblatas,
ó Agni, ó Agni!
Tu que no sacrifício a tua góría desatas,
olha este sacrifício erguido para ti,
e o Soma, o espumante Soma.
2 Os Canvas tem por ti erguido, ó sábio, ó santo,
a lenta adoração, o precioso canto,
escuta-o tu, Agni, vem com os deuses altos.
3 Indra, Brihaspati, Vaiú, Mitra, Pushan,
Bhaga, Aditia, Maruts de força soberana;
4 Por eles se há vazado o suco delicioso,
e nas taças espuma precioso,
transborda... ó deuses d'oiro,
é o exilariante tesoiro.
5 Porque os Canvas pedindo a proteção querida
glorificam a ti, com a taça enternecida
te imploram, Agni, põem lindos condimentos,
e esperam de ti a proteção pedida.
6 Os ginetes de dorso cintilante,
os ginetes que voam sem o guia,
trá-los para o teu carro, o grande deus possante,
com tua mão para nós os teus cavalos guia.
7 Ó tu que tens a língua tão suave,
dá-lhes também o Soma,
trá-los também que são os nossos guardadores.
8 Agni,

onde o Vaishat sublime é proferido,
deixa aquele que dele é indicado e querido,
deixa-o vir, Agni.
colher o Soma, os hinos e as oblatas.
9 Tu és o santo que os guias
das regiões do Súria e as lentas harmonias,
quando acordam o vir da madrugada.
10 Portanto bebe em cheio a irradiação de Mitra,
bebe o néctar do Soma em companhia de Indra e de Vaiú.
11 Tua amizade como o néctar irradia,
Agni, vem assentar pelo meio dos homens,
vem completar com teus olhos propícios
os nossos sacríficos.
12 Atrela
teus ligeiros corcéis brilhantes como a estrela,
e trá-los em teus carros para aqui,
todos deuses, Agni!

Astaca I Adiaia I Mandala I

XV

Hino do Rishi, filho do Canva, às divindades em geral, e em especial A Indra, Maruts, Tvastri, Agni, Mitra, Varuma, Dravinodassa e Ashvins

1 Bebe, ó Indra, com Ritu,
o suco desatado, o Soma fecundante,
a alegria hás de senti-la, tu,
é própria para entrar na tua forma brilhante.
2 Esgota dum só gole a taça espumante,
com Ritu e os Maruts, nosso altar santifica,
tão liberal tu és nas dádivas suaves...
3 Vem tu também Nestri em companhia rica,
traz tua esposa aqui ao nosso altar,

vem, bebe com Ritu,
de riqueza e de pompa és tu o preamar,
e há de abençoar-nos tu.

4 Mostra ó Agni aos deuses os assentos
em três fileiras lindas estendê-los,
mostra a ornamentação, os banquetes floridos,
e bebe em companhia de Ritu.

5 Da taça que empunha o sacerdote
tu bebes com Ritu o Soma delirante,
decerto és tu o protetor brilhante
da humanidade.

6 Mitra e Varuna vêm, os heróis da verdade,
vêm para o nosso altar com arranjos e os assentos
eles vêm com Ritu aos nossos ornamentos.

7 Eis também Dravinodassa
Sacerdotes por ele erguem a formosa taça,
e manejam as pedras com que exprimem
os sucos deliciosos.

8 Possa dar-nos riqueza, ele, o Dravinodassa,
a riqueza por que nós trabalhamos tanto...

9 Ei-lo Dravinodassa inclinado e alegre,
Ide ó vós que ofertais, ide dum a outro assento
de Nestri a Ritu com o espirito atento.

10 Eis que erguemos por ti o sacrifício puro,
ei-lo Dravinodassa,
és o quarto na ordem, e no lado de Ritu
sejam também glorificado tu.

11 Vinde ó Ashvins de chama refulgente,
as tuas ordens são duma luz reverente,
sóis vós os que levais os nossos sacrifícios
aos melhores auspícios.

12 Vinde ó deuses supremos, invocados,
senhores desta casa e dos altares,
vinde vós com Ritu aos hinos levantados,

e que sejam de vós as dádivas vasadas
ao vosso adorador.

Astaca I Adiaia I Mandala I

XVI

Hino do eremita Madhudas, implorando favores de Indra

1 Porque bebes do Soma, ó Indra poderoso,
possam os teus corcéis,
vendo o sol vigoroso,
trazer-te pelos campos os vergéis.
2 Eis que tens o arroz que é feito com manteiga...
Pelo frescor do campo e da perfumada veiga
veem os corcéis de Indra,
trazem o deus montado em um carro agradável.
3 Invocamos a ti na madrugada,
ó divindade límpida e admirável,
quando começam quentes sacrifícios
e pelos benefícios
invocamos a ti para provar do Soma.
4 Indra, vem para nós, formoso e conduzido,
pelos ginetes de furiosas crinas,
vem por sobre as colinas...
– Eis que por ti é o Soma adorado e espremido! –
5 Perto tu hás de vir das nossas orações,
perto tu hás de estar de nossas libações.
Hás de beber como um veado que é sedento.
6 Por isso o Soma é em púcaros guardado,
no solo consagrado.
Para o vigor raivoso como o vento
bebe tu dele, ó Indra!
7 Possa este hino puro e excelente
ser-te agradável,

possa tocar no fundo
teu coração piedoso e admirável.
Bebe do Soma só com um trago profundo.
8 Indra, Indra, o vencedor de Vritra de outras eras
Porque gosta do Soma e as bebidas ardentes
vem com alegria e as faces reluzentes
onde o Soma se extrai.
9 Tu que possui poderes eminentes,
tu que és bondoso, vem, com teus cavalos, sai
para nos dar rebanhos e cavalos.
Hemos de celebrar teu nome, ó Indra,
e por ti santos hinos desatá-los!

Astaca I Adiaia I Mandala I

XVII

Do eremita Medatiti às divindades Indra e Varuna

1 Nós imos procurar a proteção sublime
de Indra e de Varuna.
São eles para nós assim como a coluna
dum real poder
Eles hão de nos dar toda felicidade.
2 Eles hão de me vir, correndo, na verdade,
hão de me vir, consolar, proteger,
eles que me suportam com seus braços,
a criação movente e os imensos espaços...
3 Vinde, ó Indra e Varuna,
vinde cobrir de amor o nosso coração,
vinde perto de nossa adoração.
4 Hemos de receber estes favores,
e serem os fortes, os altivos,
frutificando em glória e esplendores.
5 Indra é todo à frente

dos que veem com a mão aberta e clemente
e cuja compaixão tem mil saídas.
E Varuna é o deus proeminente
que merece
a mais sublime prece
todas as oblações enternecidas.
6 Por eles nós teremos
tudo que se constrói, tudo o que se levanta,
e por eles veremos
a abundaância querida e eternamente santa.
7 Dai-nos prazeres lindos e admiráveis,
ó Indra e Varuna!
fazei-nos no valor inabaláveis!
fazei-nos triunfantes.
8 Como vão para vós os corações amantes,
os nosso corações
vós dai-nos o prazer,
escutai, escutai nossas invocações...
9 Possa este hino bom, ó Indra e Varuna,
ir juntamente a vós,
recomendar nossos desejos,
depor a vossos pés a nossa humilde voz.

Astaca I Adiaia I Mandala I

XVIII

Canto do poeta Medatiti, o filho do brâmane Canva, às divindades Brahas-Pati, Indra e Soma, mais a Bramanspati e e Dacshina, bem como a Saravti ou a Narashamsa

1 Eh, Bramanspati, tu faz de Cashivana,
descendente de Ushija,
fá-lo ilustre e de força soberana,
que ele te oferta o Soma, a libação humana,

que dignifica e enrija.
2 Possa aquele que é o senhor da riqueza,
e o exterminador da doença a pobreza,
o que vaza tesoiros,
que é ligeiro no pé e dons imorredoiros
nos oferta;
3 o que mata o inimigo em uma batalha aberta,
que não nos arruíne.
Protege-nos, tu vem para aqui,
eh, Bramanspati!
4 Pois todo que se vê com deuses a seu lado,
Soma, Bramanspati, mailo Indra doirado,
esse, humilde embora, é forte e imperecível.
5 Possa Bramanspati, e Soma e Indra,
possa também Dacshina,
tirar-nos do pecado a mancha que arruina.
6 Chamo também por ti,
amado de Indra, ó alto Sadaspati!
Digno de devoção, e de génio supremo,
és tu mais liberal e consagrado.
7 É ele que com amor e com sabedoria,
conduz a fim sagrado o nosso sacrifício,
que nos dá o talento,
e o pensamento
dentro de nós intensamente cria;
8 é ele que abençoa as oblatas bem feitas,
que faz no sacrifício adorações perfeitas,
e a oferta do altar sobe aos deuses mais altos.
9 Vejo também a ti, ó Narashamsa,
de valor eminente, inestimável;
tu hás de desatar sobre os teus devotos,
a pureza do lótus,
mailo ilustre admirável.

XIX

Canto de Medatiti, o filho de Canva, às divindades Agni e Marut

1 Eis, chamamos a ti
para o Soma vazado e o altar amoroso,
vem para nós, Agni,
com os Maruts tu vem, por sobre os ares.
2 Nem deus e nem mortal te sobreleva
a ti cujo poder sobre todos se eleva;
vem, Agni, com os Maruts, para os nossos altares,
3 Vem com os Maruts, os deuses excelentes,
que conhecem os *rajas* florescentes,
e que não tem o ódio.
4 Vem, Agni, com os Maruts,
Os que são no valor vastos e surpreendentes,
Invencíveis na força, certamente,
e que velam sobre a Arca.
5 Vem, ó Agni, com os Maruts, que são bonitos,
e que tem suas formas admiráveis,
e que são heróis de feitos infinitos,
que exterminam os maus.
6 Vem, Agni, com os Maruts, os deuses belos,
que moram pelos céus resplandecentes,
muito acima dos céus transparentes
vem, nós queremos vê-los.
7 Vem, Agni, com os Maruts, os que agitam
os topos das montanhas
com convulsões estranhas
e lançam pelo mar tumultuoso e sombrio.
8 Vem, Agni, com os Maruts.
Eles se estendem como um poderoso rio,
por seus feitos, valor, e suas empresas,

eles se lançam sobre as vagas do oceano,
com ímpeto soberano,
e com seus raios como as fornalhas acesas.
9 Venhas tu o primeiro,
sejas o primeiro,
a libar deste Soma consagrado,
Vem, ó Agni, com Maruts, ao altar dedicado
em cima do oiteiro.

ANEXO A HINOS DO RIG VEDA[319]

Astaca 1 Adiaia 1 Mandala 1
14

1 Vem aqui, vem Agni, em companhia
dos deuses poderosos,
vem por nós, mailos hinos deliciosos,
eis que temos vazado o Soma nos altares.
2 Tu és o sábio, ó Canva, e tu, pelos manjares
mailos cantos dos puros sacrifícios,
tu hás de vir, Agni, com deuses poderosos.
3 Indra, Vaiú, Brihaspati.
Ó tu Mitra, ó Pushan, Bhaga, Aditia, Agni,
vinde com batalhões dos Maruts rutilantes.
4 Temos deixado as taças esfuziantes,
nelas o licor salta,
a força, a hilaridade é quente e alta.
5 Ó Canva, porque és o protetor benfeito,
havemos feito
o sacrifício alto, o Soma desatando.

319 Estes dois poemas foram publicados nesta série, a 22 de dezembro de 1912, mas repetindo a numeração de hinos anteriores. Por essa razão, são aqui colocados como anexo.

6 Atrela
teus ginetes de dorso a arder como a estrela,
os ginetes que te hão de trazer para o Soma.
7 Ó consagrados deuses admiráveis, vós que fazeis as leis inolvidáveis,
vós que tendes as línguas inefáveis,
vinde beber o Soma.
8 Ó Agni, olha como o Vashat se profere,
deixa-os vir, os que merecem,
os que descem
do alto dos céus tomar o poderoso Soma.
9 Deixa-os vir os que estão a pé na madrugada, em legião doirada
do Súria, trá-los ao nosso altar e a fogueira purpúrea.
10 Que seja o esplendor de Mitra desatado,
bebe ó Agni o Soma que é vazado
a ti, lndra e Vaiú.
11 Agni, tu és o amigo de toda raça humana,
tu és o deus antigo
assentado ao pé de todos sacrifícios.
Leva-os tu, que és tão alto, aos mais puros auspícios.
12 Atrela os teus cavalos apressados, os teus cavalos pardos,
e tu vem para nós com os deuses adorados.

Astaca I Adiaia I Mandala I

15

1 Vem, Indra, com Ritu, bebe do suco lindo.
Que ele vá espumando e florindo
no teu seio propício.
2 Vinde santificar o nosso sacrifício,
da taça transbordando
beber desse licor que nós imos vazando;
bem liberais sois sós, com dádivas bem feitas.
3 Com tua esposa, Nastri,
Vem também com Ritu, tu vem Agni,

tens os bens, os tesouros,
e tu nos hás de dar os abençoados ouros.
4 Trá-los aqui, Agni,
trá-los aqui para os assentos delicados,
mostra os ornamentos suspirados,
vem-nos aqui e traz também Ritu.
5 Há de te dar o padre o pote todo cheio,
todo cheio de Soma.
Ao lado de Ritu, vem tu, ó doce amigo,
o teu arrimo é poderoso e antigo,
tua amizade
p'ra toda eternidade.
6 Mitra e Varuna, vós que sois deuses supremos
de ordem mais severa e de moralidade,
vós vinde com Ritu também para os altares.
Vós heis de ver aqui arranjos aos milhares
sem obstáculo e sem perigo.
7 Ei-lo aqui Dravinodassa.
Os padres ansiosos de riqueza
espremem com a pedra o suco numa taça,
para obterem o poder e a riqueza,
este suco é o Soma.
8 Possa Dravinodassa
dar-nos todos tesoiros,
dar-nos poderes imorredoiros
possam dar-nos também todos os deuses.
9 Eis que Dravinodassa
desce, e ele se inclina à espumante taça,
vamos avante, vamos longe do assento dominante,
do assento de Nestri ao assento de Rutu.
10 És tu Dravinodassa o deus sublime,
por fazermos por li o vasto sacrifício,
o quarto sacrifício
tu

desce com Ritu
para o nosso altar, complacente e propício.
11 Ashvinas consagrados,
de chamas cintilantes coroados,
também bebei do líquido sublime.
12 E tu, Dravinodassa,
o senhor desta casa e o chefe do que existe,
acode ao que por ti é ansioso e triste,
acode às oblações e às nossas orações.

CRIAÇÃO - SHASTRAS E PURANAS[320]

Glória a Nara, a Naraiana, glória a Sarasvati e glória a Bagavana, filho de Vassudeva!

No princípio não era a Entidade nem a Não-Entidade, nem a atmosfera permeável, nem o céu como tenda azul, nem o mar franzido de muitas ondas. O que é que envolvia o possível? Em que taça inconcebível era ele contido? Era a água talvez ou era o abismo?

Não era então a morte, nem era a imortalidade, não eram nem o dia e a noite, a luz, a treva ou o crepúsculo. Era, contudo, o primeiro, o único, o que se chama o Ishan[321] no meio de penitências, e a quem se vaza manteiga na boca de Agni. Era ele, o que respira em silêncio, que se suporta a si próprio e fora do qual não existe coisa alguma nem acima nem abaixo. Adoram-no Purohitas untados de sândalos e consagrados de abluções. Ele é o único imutável, é o Universo e o distinto dele, Vishnú, Hari[322] e Brahm.

Quando, no princípio, era a sombra envolvida da sombra, e era indecisa a substância, nem uma dobra franzia a extensão do abismo. Coisas que nós vemos, com agitações, não existiam, e era a imparcialidade e o equilíbrio nas formas

320 Paulino Dias, *Revista da Índia*, volume I, Julho de 1913 a Junho de 1914. Typografia Bragança & C.ª, pgs. 25-28.

321 Ou Ishana, deidade guardiã do Nordeste.

322 Krishna.

indistintas. Foi então que aquele Paramatma,[323] ele próprio no vazio e mergulhado na Não-Entidade se manifestou pelo Poder da Concentração absoluta. Calor Primitivo, Vibração, chamam-na os sábios cheios de piedade, mas quem sabe a sua essência, quem sabe se é simplesmente o desejo? Quem sabe se é o conhecimento? Ó germe primitivo das inteligências, aquele poder que se subtraiu dos laços nem nó e sem dobra, e se fez ele próprio o laço entre a Entidade e a Não-Entidade! Ó Ishan, que se fez a teia de oiro entre os elementos acima e abaixo, as formações assombradas de si próprias, grumos, condensações e movimentos na vasta massa primitiva?

Formou-se da concentração o grande Ovo-de-Oiro, o primeiro Mahadivia. E começou a primeira era das gentes, a Sátia Iuga.[324] O movimento era absoluto, agitava com íntimas ondas a existência. Como o leite batido em tachos poderosos se separa em soro e creme, a existência se dividiu em Purusha e Pracriti. Fenómeno incalculável que não compreendem Devas, Nagas e Gandarvas, nem os sábios consagrados nos ritos, abluções e comidas regulares, e profundos nos Shastras e Araniacas.[325] Purusha e Pracriti são as duas forças do primitivo, são as duas maneiras do primitivo; nem distintas nem separadas dele. Purusha é o infinito, a abstração nítida das qualidades, a contemplação imortal. Pracriti é a natureza, a madre, a origem plástica das formas, cores, vibrações e modalidades; é a matéria que não teve início, a semente primordial que levantou do abismo o ovo de oiro.

Então movimentos admiráveis se produziram no fundo, no meio e no limite das coisas definidas. Formas rolavam, com chapas, com arestas ricas de qualidade, com impulsos vibratórios, e vastas extensões franzidas de ondas. Como o barro sob o dedo do oleiro era Pracriti sob o dedo de Purusha, cantante, enfeitada de campainhas, com levantamentos na carne, inundando o ser com seus sorrisos, alegrando-o como bailadeira moça. Foi então que mostraram os atributos inerentes ao ser, a verdade, o entusiasmo e a escuridão, os rios supremos que entrelaçam na teia do Universo.

323 Ou Parabrahman designa o Princípio Uno do Cosmos.

324 O Satya Yuga é a primeira e áurea era dos quatro Yugas ou quatro eras.

325 Aranyakas são uma parte dos Vedas, respeitante à filosofia que fundamenta os rituais sacrificiais.

Puro o Mahata, a grande inteligência que se manifestou nas primeiras evoluções de Purusha e Pracriti! Dele se derivou como um fruto de sabor finíssimo, Ahancara,[326] a consciência própria. É desta que são os rudimentos da criação palpável, as nébulas atómicas e indivisíveis nas massas, nos agrupamentos e nos turbilhões, os cinco elementos fundamentais, Terra, Água, Fogo, Ar e Éter. Tudo isso é a representação de Pracriti mailas essências, os nódulos das essências e os fios das essências, os Sutras que segura nas mãos o Purusha, o primitivo Paramatma. São dela as eras que principiaram os dez milhões de Sois e Estrelas, deuses de luz e de vida. Em volta dos dois, planetas se constituíram, terras ruidosas e agitadas nas evoluções, envolvidas de chamas e gazes inflamados. Mas quando os orbes se resfriaram no espaço a atmosfera se separou da água condensada em cavernas desconhecidas. Mais tarde a lama se produziu, a lama! A primeira massa dos montes, penedos e os recifes no meio do mar.

Todos os seres são partículas palpitantes de Pracriti; as plantas e os mamíferos, os seres elevados e os seres conhecidos e os seres desconhecidos.

O primeiro dos seres resplandecentes foi Pitamaha, o único Brama, o único Prajapati, e como ele foram Soraguru, Stanú, Manú, Cá, Parameshta, Prosheta, Dacsha e os sete filhos de Dacsha. Foram mais vinte e um Prajapattis, os Vishvadevas, Aditias, Vassús, Ashvinas,[327] Lacshus, Sádias, Pishassas, Guhiacas e Pitáras. Depois foram os Bramarishis, os que vivem de ar, emagrecem nas penitências, e murmuram *mantras* nos desertos. Mais foram, sempre derivados de Prajapati, os Cshatrias de coração feroz e olhos incendiados, e a grande massa dos Dassius. Tudo isso foi naquele Iuga primitivo, o Sátia Iuga, a era da Verdade.

Ouvi-me, ó vós que ouvindo palavras divinas ficais santificados!

As eras, os anos, as estações, os meses e as quinzenas, mais a águas, o céu e os pontos cardinas, hão de se ir em cadeia ruidosa, chocando-se e dilacerando-se pelas existências, e outras existências hão de emergir, duras, com formas incalculáveis até chegarem ao seu termo, o regresso ao caos primitivo. Há de ser de novo repouso do Paramatma no seio de Ananta.

Glória a Nara, a Naraiana, ao espírito que flutua nas águas, e produz criações sucessivas! Glória a Sarasvati e glória a Shri Crisna, filho de Vassudeva!

326 Ahaṃkāra, termo da filosofia védica que exprime o conceito de ego.

327 Ou Ashvins, forma mais comum em Paulino, deuses gémeos da medicina.

BAGAVAT GUITÁ[328]

I

Disse Dritarashira

1 Saunjaia! Sobre a terra sagrada, Crurucshetra, quando foram, de pé, armados para a guerra, os meus filhos e os filhos de Pandu, o que é que eles fizeram?

2 Os Pandavas com as linhas na forma apareceram. Viu-as teu filho Duriadana e disse a Dronachária.

3 – Ei-los, Achária! Os batalhões imensos dos Pandavas, po-los na forma com soberbo tacto estratégico o teu discípulo, o filho de Drupada.

4 Há aí arqueiros consumados, heróis a par de Bima e de Arjuna. São aí Iuiudana, Virata e o que monta carros de batalha, Drupada.

5 Mailos Drishtaquetu. Chequitana, o robusto monarca de Cashi, Purajit, Cuntiboja, e o melhor dos homens, Sháubia.

6 Vem o heroico Iudamaniú, Utamanja de energia vasta; vem o filho do Subadra e os filhos de Draupadi, todos combatentes de carros armados!

7 E olha entre nós agora, ó Bramane consagrado, eu te digo quais os nossos guerreiros superiores, e os capitães do meu exército.

8 És tu, Dronachária; É Bishma, Carna e o sempre triunfante Cripa; Ashvatamá, Vicarna e o filho do Saumadata.

9 Temos ainda mais, muitos, heróis e destemidos, versados na arte da guerra, e armados de armas variadas.

10 Eis como se estende o nosso exército, inconsumerável e suportado por Bhishma e o deles, fácil de ser envolvido, trá-lo à batalha Bima.

11 É tempo. Que se coloque cada um à frente das falanges e que todos juntos suportem com seu esforço Bhishma.

328 Paulino Dias, *Revista da Índia*, volume I, Julho de 1913 a Junho de 1914. Typografia Bragança & C.ª pgs. 55-59; 77-80; 92-96; 110-117 e 125-128.

12 Lançou naquele momento um rugido como de leão, o maioral dos Curus,
Bhishmachária e soprou o seu búzio; e de ouvi-lo grande prazer sentiu Duriodana.

13 Búzios então, tambores, trombetas e címbalos retumbaram por todos os lados, e tumulto se levantou imenso.

14 Ouviram-no, e aqueles que estavam assentados no carro de cavalos brancos, Madava e o filho de Pandú, Arjuna, também sopraram nos seus búzios celestes.

15 Tocou Hrishiquesha o búzio Panchajánia, Dananjaia o Devata, e aquele herói de feitos medonhos, Bima, tocou o grande búzio Paundra.

16 O filho de Cunti, o rajá Iudistira tocou o Anantavijaia, Nacula o búzio Sugosha, e Sahadeva o búzio Manipushpaca.

17 O afamado archeiro, monarca de Cashi, o que combate em carros invencíveis, Shicandi, Drishtadiumna, Virata, e o sempre vitorioso Satiaqui.

18 Drupada, os filhos de Draupadi, e o de braços fortes, filho de Subadrá, ó soberano da terra, sopraram nos seus búzios separadamente.

19 Foi o estrondo repercutido com fúria, estendeu-se pelo céu e pela terra, e abalou o peito à gente de Dritarastra.

20 Então aquele filho de Pandu, que tem no pendão um macaco, vendo à frente, de pé com as armas levantadas os batalhões de Dritarastra, também levantou o seu arco e disse Hrishiquexa:

Disse Arjuna

21 Ó intangível, leva o meu carro e coloca o entre os dois exércitos.

22 Deixa-mos ver, os que aí estão sôfregos de peleja, deixa-mos ver, os que tenho a bater no tumulto da guerra.

23 Desejo fitar bem, os que vieram armados, para dar prazer ao malvado filho de Dritarastra.

Disse Saunjaiu

24 Ó Barata! A estas palavras de Gudaquexa, Hrishiquexa colocou o admirável carro de guerra entre os dois exércitos.

25 Colocou defronte de Bishma, Drona e todos os príncipes da terra e disse "Ei-los, Parta,[329] fita-os bem, os esquadrões dos Cauravas!"

26 Viu Parta em ambos os exércitos, pais, avós, mestres, tios, irmãos, filhos, netos, amigos e benfeitores.

27 Viu-os todos prontos para as carnagens, e dobrou-se de pena o filho do Cunti. Aflito então ele disse:

Disse Arjuna

28 Eu os vejo, ó Crishna, os meus amigos e parentes. Todos estão ansiosos de combate.

29 Fraquejam-me os pés e as mãos, treme o corpo, a boca tenho-a seca, e o pelo se me eriça.

30 Cai-me das mãos o meu arco Gandiva, sinto a pele a queimar, parece que vou desmaiar, a cabeça me vira.

31 Ó Queshava! Maus agoiros me atacam: não vejo proveito algum de matar na guerra os meus parentes.

32 Escuta-me ó Crishna: eu não quero a vitória, nem o império, nem os prazeres. Que me vale o poder, o gozo da vida?

33 Os que deviam ter a ânsia do gozo e do mando, a estes vejo-os eu, renunciando a sua vida e riquezas de pé, prontos para a guerra.

34 Achárias, pais, avós, filhos, bem como os tios maternos, netos cunhados e parentes:

35 Eu não quero os matar, ó Madusudana, embora eles me queiram matar, nem mesmo pelo Império dos três mundos, muito menos pelo mando desta terra!

329 Partha, epíteto de Arjuna.

36 Que glória será a minha, ó Janardana, em aniquilando os filhos de Dritarastra! Perversos são eles na verdade, mas são meus parentes, e matando-os terei em mim a perpétua mancha do pecado.

37 Escuta! Eu não quero investi-los ó Madava; eu não devo matá-los, os filhos de Dritarastra: que prazer terei eu de sua morte?

38 Eu sei bem, são arrastados pela avareza, na escuridão do pensamento não compreendem o seu pecado, tratam os seus amigos como inimigos e levam ao extermínio a raça de Curu.

39 E com a consciência do mesmo pecado, do extermínio de minha raça e de minha gente, não devo eu retroceder, Janardana?

40 Extingue-se uma família, ritos seculares com ela morrem, e a forma da irreligião se levanta.

41 Ó Crishna! Quando o pecado se avoluma, cai corrupta a alma da mulher, e cruzamentos indignos são o resultado, ó descendente de Vrishni.

42 Baixam ao inferno os que se cobrem com cruzamentos impuros, a própria raça tomba, os Maiores perdem a glória por falta de sacrifícios e oferendas.

43 Velhos são os ritos das casas e das famílias, todos eles se extinguem com misturas indignas.

44 O que nós temos ouvido, ó Janardana, é que se afundam no inferno, infalivelmente, aqueles cujos ritos familiares se destruíram.

45 Que pena! Nós irmos cometer um pecado enorme, nós irmos matar os nossos irmãos, e pela simples cobiça dum império!

46 Antes largar estas armas, não mais levantar braços assassinos! Que armados os filhos de Dritarastra me matem no campo de batalha!

Disse Saunjaia

47 Faltou desta maneira Arjuna, o coração repassado de tristeza, e largando o arco e as flechas ele assentou-se na dianteira do seu carro.

II

Disse Saunjaia

1 Aflito é ele e cheio de piedade, tem os olhos turvados de lágrimas, e soluça e geme. Diz lhe então aquele que matou a Madu.

Disse o Supremo

2 Donde este abalo em ti, nesta crise iminente, Arjuna?

3 Não te convém, não sejas efeminado, ó Parta: ó terror dos inimigos, sacode este abatimento vil da alma, levanta-te, põe-te de pé!

Disse Arjuna

4 Tu que mataste Madu, tu destruidor dos inimigos, diz-me, como no furor da batalha atacarei com flechas Hishma e Drona, os que são para mim tão sagrados?

5 Antes esmolar pelo mundo que dar a morte a mestres de alma tão vasta; sôfregos sejam eles embora por interesses mundanos, para mim serão prazeres molhados de sangue!

6 Nem percebo qual de nós deva ser o vencedor. Os próprios filhos de Dritarastra, aos quais não desejamos sobreviver, estão defronte de nós.

7 Confuso é o meu pensamento, não sei qual seja o meu dever; mas eu sou teu discípulo, ensina-me, ordena-me, eu sou humilde a teus pés.

8 Nem com o trono do mais sublime do reino da terra, nem com o império dos devas, creio que se dissiparia a amargura intensa que me punge.

Disse Saunjaia

9 Disse desta maneira Gudaquesha a Govinda, e logo rápido: "O terror dos inimigos, eu não hei de combater!" E permaneceu calado.

10 Ó Barata, vendo-o abatido e gemendo no meio dos dois exércitos, disse sorrindo Hrishiquesha.

Disse o Supremo

11 Tu te entristeces por aqueles que o desmerecem, e proferes palavras sábias, mas os sábios não choram nem os que vivem nem os que morrem.

12 Nunca eu deixei de existir nem tu, nem todos estes reis aí, nem ninguém, jamais, há de deixar de existir.

13 O corpo é criança, é adulto e é velho, mas outro corpo existe depois; sábios nisto não se iludem.

14 Unicamente a atividade dos sentidos, o que produz a dor e o prazer, o calor e o frio, não é permanente, suporta-a tu, ó filho do Cunti.

15 O homem superior, profundo ao saber, a quem essa atividade não toca, que é indiferente à dor e o prazer, este atinge a emancipação final.

16 Não há coisa alguma que não existe e que seja real, nem coisa alguma que exista e que seja irreal. Os genuinamente sábios têm ideia nítida de ambas.

17 Crê que é indestrutível tudo o que se tem derivado do princípio supremo. Não há ninguém que seja capaz de aniquilar.

18 Perecível é somente a forma material do que é perpétuo, infinito e indelével. Levanta-te, pois, para o combate, ó Barata.

19 Ilude-se o que pensa que é capaz de matar O que em alguém existe ou o que seja nele morto. Ninguém O aniquila nem é ele por alguém aniquilado.

20 Ele não nasce, ele não morre. Tendo existido um dia não deixa de existir jamais. Eterno, perpétuo, imutável e supremo. Ele não morre, morra embora a sua forma corpórea.

21 Escuta, ó Parta! Quem pode matá-lo ou fazer que ele morra, se tem a consciência de ser ele perpétuo, intangível e infinito?

22 Tal como despe fatos velhos para se usar novos, o próprio larga corpos antigos para entrar noutros.

23 Não cortam-no armas afiadas, não queimam-no labaredas, não o molha o contato de água, nem o seca o sopro do vento.

24 Não se O retalha, não se queima, nem se ensopa, nem se seca. Ele é onipresente, firme, estável e imutável.

25 Imperceptível é ele e inconcebível. Não te entristeça tu porque é de natureza superior.

26 Não te entristeças, ó tu que tens braços imensos. O próprio nasce em corpos repetidos vezes e morre em corpos outras tantas vezes.

27 Não te entristeças... há de morrer à certa quem uma vez nasceu e certa é também a vida a quem uma vez morreu.

28 Não sabe ninguém o que é o ser antes de vir à luz, nem sabe o que ele é depois de extinto. Só se o conhece no momento do medo; por que chorar por ele?

29 Fitam o ser como maravilha, falam dele como de maravilha, assombram-se de ouvirem dele falar e, contudo, ninguém o compreende.

30 A essência indestrutível, o Barata, é-o sempre em qualquer corpo que ela esteja; não te entristeças tu por nenhum ser que morre.

31 Lembra-te que és um Cshatria: é teu dever sacudir o medo; não há para tua casta que seja superior à guerra.

32 Afortunado é, ó Parta, o Cshatria que tem chance de tão grande batalha, que até parece vir abrir-lhe as porta do céu!

33 Não combatas tu nesta batalha digna, e como mancha do pecado hás de deitar no pó o teu dever e a tua fama.

34 Há de se proclamar no mundo a tua infâmia. Ao que tem o sentimento de honra a infâmia é pior que a própria morte.

35 Os grandes combatentes de carros armados dirão que de medo fugiste da guerra; o soberbo renome de que gozaste se há de apagar.

36 Hão de inimigos proferir de ti e do teu provado valor coisas infames. Que será mais do que isto penoso?

37 Levanta-te, filho de Cunti! Se morreres há de possuir o céu, e se venceres, a terra será tua.

38 Crê os equivalentes, o prazer e a dor, o ganho e a perda, a vitória e a derrota, e prepara-te à peleja. Não incorrerás no pecado.

39 Eis que eu te dei a ideia do Sânquia; escruta agora a que te dou do Iôga;[330] se te prenderes a esta ideia, o Parta, hás de te libertar para sempre da ação.

40 Nela, embora apenas assimilando-a, o teu esforço não será inútil, não a empanam as omissões da regra, e com mínimo exercício ela livra dum peso forte.

41 Nela, ó filho de Curu, é a fixidez do espírito na senda de devoção única; enquanto espíritos sem devoção firme desviam-se por sendas múltiplas e múltiplas ramificações.

42 Ó Parta! Os que são néscios, os que bravateiam ocamente nos Vedas e proclamam não haver nada superior.

43 Os que são arrebatados nos prazeres, que almejam o céu como alvo único, que se ataviam com frases ricas, sobre transmigrações nobres por atos nobres, e gozos que resultam de ritos difíceis.

44 Eles desviam, sim, os amantes do prazer e da riqueza, aos que se absorvem na devoção reta, obstam a fixidez severa do seu intuito.

45 Três qualidades dimanam dos Vedas, mas de todas três afasta-te Arjuna! Guarda-te do prazer e da dor, se destemido, vigilante, desvia de ti a ânsia de ganhos.

46 Com a água dum tanque se faz o mesmo que com a água dum grande lago, também o perito no Bramana executa quando executa o perito nos Vedas.

47 Procura os atos somente e não os seus frutos; que nunca os frutos dos atos te dominem! E, contudo, que a inação também te não domine!

48 Despe-te de orgulho ó Danajaia e, desinteressado, manifesta em atos, considera igual o sucesso e o insucesso. A esta equanimidade chamam Iôga.

49 Crê todavia, ó Dananjaia, que é inferior o rito à devoção. Sê firme nesta. São mesquinhos os que aspiram só pelos frutos de seus atos.

50 Os refletidos se colocam neste mundo fora do mérito e do pecado. O ato de devoção é o único Iôga, tu te esforça por o assimilar.

51 Os doutos, estes renunciam os frutos dos atos, e livres das transmigrações atingem o lugar onde não existe a dor.

52 Quando o teu espírito ultrapassar a floresta da fascinação, hás de atingir um estado de indiferença pelo que ouviste ou que hás de ouvir.

---

330 Disciplina física e espiritual com vista à libertação.

53 Quando o teu espírito for embebido no espírito dos Vedas, e nele se imobilizar, hás de colher a sabedoria, o Iôga.

Disse Arjuna

54 De que maneira é aquele cujo espírito se imobilizou, Queshava!, e se embebeu na devoção? Como é que ele se exprime, como se assenta, como anda?

Disse o Supremo

55 Quando um homem, o Parta, subjuga os seus apetites, e em si próprio é satisfeito, chamam-no o Forte.

56 Aquele a quem a dor não atinge, o que não se se esgota pelo prazer, que se libertou do desejo, do medo e da cólera, chamam-no o Sábio e o Forte.

57 Aquele cujo espírito já a nada se prende; que não se exalta nem se deprime pela felicidade ou infelicidade, ele é o espírito forte.

58 Aquele que recolheu os seus sentidos e os isolou das coisas exteriores tal como a tartaruga recolhe os seus membros, este é o espírito forte.

59 Aquele que se afastou dos objetos, vê de certo os objetos dele se afastarem, mas as paixões ficam. Somente aquele que vê o Supremo vê as suas paixões extintas.

60 Escuta, ó filho de Cunti. Sábio o homem embora, e profundamente absorvido na meditação, os sentidos turbulentos, contudo o abalam.

61 Que se escore em Mim, o que se absorve na meditação e subjuga os seus sentidos. Pois Forte é somente aquele que os subjuga.

62 O que se prende às coisas mundanas, ele se liga a elas internamente; da ligação brota o desejo, e do desejo resulta a ira.

63 A ira produz a indiscriminação, esta a confusão da memória, daí a falha do raciocínio, e desta a aniquilação total.

64 Aquele que se domina, e que passa inabalado pelo meio dos seus sentidos, se liberta da ira e do ódio, este obtém a Paz.

65 Aquela Paz dissipa todas as suas misérias; e o seu espírito satisfeito fica alto e inabalável.

66 O irreverente tem o espírito no erro, ele não se absorve na contemplação e, portanto, não tem a paz. Onde há a felicidade sem a Paz?

67 Como o navio no alto mar é sacudido dos ventos, é o entendimento do homem embrulhado no meio dos sentidos.

68 Portanto, ó tu que tens braços robustos, convence-te que é o forte somente aquele recolheu debaixo do seu jugo os seus próprios sentidos.

69 Enquanto é noite para todos os seres, o espírito forte está acordado; se os seres estão despertos, cuida o sábio que é o silêncio noturno.

70 Somente é ele como o oceano onde entram todas as águas e, contudo, não ultrapassa as praias, aquele em cujos sentidos os desejos penetram, mas não o abalam sequer; e ele atinge a Paz.

71 O homem que repele os seus apetites, e é livre de ligações, que não é levado da vaidade e do egoísmo, este atinge a Paz.

72 Ó Parta, chama-se a isto, viver no Brahma. É então que a ilusão não existe, e se neste estado a morte chega atinge-se o Brama-Nirvana.

III

Disse o Supremo

1 Escuta, ó Janardana, ó Queshava! Se o conhecimento é para ti superior à ação, porque é que tu me levantas para esta Ação medonha?

2 Tu me confundes com palavras equívocas e contraditórias. Diz me antes o que é ultimo e definido para o meu bem.

Disse Arjuna

3 O tu que não tens a manha do pecado! Há duas veredas neste mundo, eu já te disse: a do Sánquia, pelo Jniana-Iôga, e a do Iôguia, pelo Carma-Iôga.

4 Não se liberta o homem da ação senão pela força da própria ação; nunca pela força exclusiva do ascetismo.

5 Pois é impossível permanecer-se, um instante que seja, sem um ato qualquer. Se as qualidades da Natureza forçam para o ato a todos...

6 Iludido e hipócrita é o que estrangula em si os órgãos de ação, e os reflete unicamente sobre os objetos dos sentidos.

7 Mas o que pelo espírito estreita os sentidos e pelos órgãos da ação executa o Carma-Iôga, e contudo neste não se absorve, é este o Superior.

8 Realiza, pois, o teu ato que é sempre melhor a ação que a inação, e sem ela o corpo não é capaz de se suportar.

9 O mundo inteiro é preso pelo mundo da ação, exceto o ato do sacrifício; portanto, liberta-te de desejos e executa atos, ó filho de Cunti!

10 No princípio dos tempos, quando o criador deu vida aos homens e instituiu o sacrifício ele disse-lhes: – Consolidai-vos por este, ele será o que satisfaz todos os desejos.

11 Bendizei os deuses por meio dele, para que os deuses vos ajudem. Este mútuocontentamento vós há de levar ao mais elevado bem.

12 Satisfeitos do sacrifício hão de te conceder os seus prazeres que almejares. Rouba portanto o que goza sem dar nada aos que dão tudo.

13 Os bons, os que comem os restos e as migalhas do sacrifício, estes se libertam do pecado; mas os maus, os que cozinham só para si, estes incorrem no pecado.

14 Criaturas se produzem pelo alimento. O alimento engendra-o a chuva; a chuva trá-la o sacrifício. Este é o produto da ação.

15 A ação é derivada de Brahma, Brahma é uma forma do imperecível; portanto o todo Universal Brahma existe sempre penetrado no sacrifício.

16 É claro, portanto, que é pecador o que não ajuda a grande roda que gira, a sua vida, ó Parta, mergulhada aos seus sentidos é vã.

17 Mas aquele que se fixa no seu Eu, que se satisfaz no seu Eu, e que se absorve no Eu, este nada mais tem a executar.

18 Ele que não aproveita de atos feitos nem dos não feitos; o seu ser não se estriba em outro algum.

19 Limpa-te, portanto, da mancha do interesse e executa atos, aquele que assim procede atinge a glória suprema.

20 Foi executando atos, exclusivamente, que atingiram a libertação Janaca[331] e outros. Deves fazê-lo tu, até, para conservar o povo no caminho reto.

21 O que os homens eminentes fazem, a massa faz também; e que eles tomam como justo, o povo o toma da mesma maneira.

22 Eis, Parta, portanto, como eu não tenho coisa alguma a executar nos três mundos, nada tenho que adquirir que não tenha adquirido, e contudo eu executo atos.

23 Se tomado de preguiça eu não me ativo, desta maneira todos hão de seguir o meu exemplo.

24 Se eu não levo ao cabo atos, as gentes serão flageladas da destruição; eu seria a causa de cruzamentos indignos, e eu seria a ruína deste povo.

25 Ó Barata! Os ignorantes executam atos sem a eles se prenderem, mas os refletidos os fazem unicamente por eles, desejosos de fixar o povo nos seus deveres.

26 Não deve o entendido confundir o povo na sua ignorância e no meio dos seus atos. Deve antes levá-lo à sua execução, dando ele próprio um exemplo puro.

27 Derivam só das qualidades da natureza todas as coisas e todos os atos possíveis. Somente o que for pervertido pelo egoísmo considera-se a si próprio a origem dos atos.

28 Ó tu que tens os braços imensos, convence-te de que quem souber a diferença da sua personalidade e as qualidades da natureza e como qualidades se revertem em qualidades, este não sente jamais o orgulho.

29 Somente os que não penetraram a natureza, e tem simplesmente o orgulho dos atos e qualidades, é que são os inúteis. Os que tudo conheceram, porém, não devem nunca abalar sua fé.

30 Levanta-te e Me consagra todos os teus atos. Lembra-te que é elevado o conhecimento de si próprio. Sê desinteressado, e sem orgulho, e sem pesar e sem desejos marcha para o combate.

31 Os que seguirem com sinceridade e fé estes meus preceitos, estes embora na execução de atos, dos mesmos atos se hão de libertar.

32 Mas os mal intencionados, que só deitarem a irrisão nas minhas palavras, sem as seguirem, crê que serão os que não tem nem consciência, nem saber.

---

331 Rei do séc. VIII ou VII a.C.

33 Todo o homem de saber se porta segundo a sua natureza. Todos os seres o fazem também. Portanto, para que comprimir o seu próprio espírito?

34 Cada órgão dos sentidos tem para objetos especial predileção ou repugnância. Mas não se deve jamais deixar-se arrastar por estes órgãos, que eles são os inimigos.

35 A religião de cada qual bem executada é superior à alheia mal executada. A morte até na sua religião é preferível, quando na de outrem é perigosa.

Disse Arjuna

36 Por que razão, ó descendente de Vrishni, e por quem é o homem impedido para o pecado. Qual é a força que o constrange?

Disse o Supremo

37 É o desejo, é a Ira, os derivados da paixão. É esta a grande faminta, a grande sedutora, a verdadeira inimiga neste mundo.

38 Tal como é a labareda envolvida do fumo: o espelho coberto de poeira, e o feto pela madre, desta maneira o mundo é envolvido pelo desejo.

39 Oh filho de Cunti, é este o inimigo perpétuo incarnado na paixão, ele é o fogo insaciável, é ele cobre insistentemente a compreensão humana.

40 Diz-se que está ele fixo nos sentidos, no espírito e no entendimento. É por meio deles que ele ilude o homem e o perverte.

41 Portanto, ó Barata ilustre, domina antes de mais os teus sentidos, e repele de ti esta qualidade que destrói a Ciência e a Experiência.

42 Dito esta, que separados são os sentidos, que o espírito é diferente dos sentidos, que o entendimento é distinto do espírito, e sobre todos é distinta a Própria Personalidade.

43 Ó tu de braços fortes, compreende que o Eu é superior ao espírito, que aquele és tu! Sustem o Eu pelo próprio Eu! E hás de ser capaz de exterminar o poderoso inimigo, o desejo.

IV

Disse o Supremo

1 Fui eu que expus este imperecível Iôga a Vivasvata, disse-o Vivasvata a Manú, e este comunicou-o a Icshvacu.

2 E foi este Iôga descendo pelas gerações, sabido de todos os monarcas eremitas. Contudo, ó terror dos inimigos, por longo tempo ficou ele perdido no mundo.

3 É este mesmo o Iôga primitivo, eu te digo por seres tu o meu crente e o meu amigo, e porque ele é o mistério profundo.

Disse Arjuna

4 Tu nasceste há pouco e Vivasvata veio ao mundo antigamente. Como é possível que tu o tenhas revelado!

Disse o Supremo

5 Ó Arjuna, ó terror dos inimigos, muitas existências têm sido minhas e tuas; e as conheço todas, mas tu não as conheces.

6 Eterno embora e imperecível, e senhor eu embora de todos os elementos, eu me manifesto, contudo na Natureza, pelo meu poder de Ilusão.

7 Ó Barata, todas as vezes que a virtude desmaia, e o sentimento religioso tomba, eu venho à luz no mundo.

8 Eu venho à luz para a proteção dos bens e o extermínio dos perversos, e para o levantamento da crença eu venho pelas idades.

9 Ó Arjuna, o que compreender no fundo o meu nascimento e os meus feitos, ele, em abandonando o corpo não mais e tema. Ele vem para Mim.

10 Os que, na absorção e a penitência, encheram-se de mim, libertando-se de afetos, ira ou medo, estes se confundiram na minha essência.

11 Eu concedo dádivas pela maneira como me adoram. Ó Parta, seja qual for o caminho da crença, todos os homens chegam ao meu caminho.

12 Ansiosos pelo fruto dos atos, adora a gente divindades, pois neste mundo é imediato o resultado dos atos.

13 Quatro castas tenho eu criado, segundo as qualidades e os frutos das ações; e contudo, seja eu embora o seu Criador, nada é por mim criado; nada em mim é modificável.

14 Não me atingem ações; aquele que assim me compreende não é por elas retido.

15 Foi no conhecimento desta verdade que executaram atos os renunciados antigos; faz também tu, como os doutrora o fizeram.

16 Até os genuinamente sábios se confundem com o sentido da ação e da inação. Por isso eu vou expor-te o que seja a ação, para que te emancipes do mal.

17 É força que saiba o que seja no fundo a ação, o que seja a ação pela lei proibida, e ainda como se afasta da ação pela inação. A essência da ação é muito obscura.

18 Toda aquele que se convence de que a ação legal é ainda a inação e, contudo, na inação existe ainda a ação, será entre os homens o iluminado, e ainda executando atos será o Iôgui.

19 Os que ponderam, chamam Pandita àquele cujos atos se libertaram do desejo e se abrasaram pelo fogo do saber.

20 Aquele que emancipando-se do fruto das ações é sempre satisfeito e livre de tudo, embora nelas embebido, é como se não as executasse.

21 Livre do desejo e com os sentidos firmes, afastado de todos os estorvos, aquele que executa atos com o intuito único de preservar o corpo, este não incorre no pecado.

22 Satisfeito com o que colher sem violência, superior até a coisas contraditórias, apartado de discórdias, indiferente ao sucesso ou insucesso, à dor ou ao prazer, ele executa atos que não o prendem.

23 Aquele que tornou-se independente de todos os vínculos, livre de cólera e de ódio, imóvel no conhecimento que executa atos como um sacrifício, ele vê todos estes atos destruídos.

24 É Brama a taça das libações, Brama é a própria libação, Brama é o fogo, Brama é o sacerdote, Brama é o que conduz os sacrifícios; aquele que medita no Brama, ele se absorve no Brama.

25 Há Iôguis que sacrificam pelos deuses, há outros, porém que sacrificam no fogo do sacrifício representativo do próprio Brama.

26 Ainda há mais, os que oferecem em holocausto os seus próprios sentidos, como órgão do ouvido e outros. Mais os que oferecem ainda os objetos dos sentidos, como os sons.

27 E outros, seus tendo em si a sua energia contemplativa, sacrificam o próprio sacrifício dos sentidos, e o próprio sopro vital.

28 Quantos há que fazem oferendas por riquezas, por penitência, pela concentração meditativa, e ainda pela percepção dos Vedas ou qualquer outra ciência!

29 Há os que consagram a inspiração a expiração do ar e vice-versa, os que se devotam a suspenção de respiração, e é esta que consagram.

30 Há os que reduzem o seu alimento, e assim sacrificam os seres aos próprios seres. Todos estes iluminados do Sacrifício, por ele se libertam de todos os seus pecados.

31 Ó ilustre Curu! Os restos destes sacrifícios são a verdadeira ambrósia, os que comem se levantam até o Brama. Se não tem este mundo o que não sacrifica, como é que ele terá o outro?

32 São desta maneira descritos numerosos sacrifícios nos Vedas. São todos eles os efeitos de atos; convence-te, e te libertarás das cadeias da vida.

33 Ó Parta, ó terror dos inimigos! O sacrifício pelo conhecimento é superior ao sacrifício pelos bens materiais. Pois que é o conhecimento o verdadeiro âmago de todas as ações.

34 Lembra-te que te humilhando perante os sábios, interrogando-os, servindo--os, terás deles os princípios da verdade, para a vida.

35 E com este saber, ó filho de Pandu, não hás de tornar a cair em pensamentos malignos; todos os elementos tu hás de contemplar em ti primeiro, e depois em Mim.

36 Que importa que tu sejas o mais indigno dos pecadores! Tu serás capaz de ultrapassar o oceano do pecado pela barca do saber.

37 Assim como a chama, atiçada, reduz a lenha em cinza, ó Arjuna, o fogo do conhecimento põe-nos em cinza todos os atos.

38 Não há no mundo que seja superior ao conhecimento. O perfeito no Iôga assimila-o em si espontaneamente.

39 O crente, o contemplativo, o renunciado, estes terão colhido o conhecimento; e em obtendo o conhecimento eles sobem à suprema tranquilidade.

40 Mas o ignorante, o descrente[332], e o sempre irresoluto, estes estão perdidos. O que tem o espírito abalado de dúvida, não tem este mundo, não tem o outro, não tem felicidade alguma.

41 Ó Danajaia, aquele que se libertou dos seus atos, segundo o Iôga; e se despiu de todas as suas dúvidas, este homem cônscio de si, não é preso pelas cadeias dos mesmos atos.

42 Por isso, ó Barata, rasga com o ferro do conhecimento a dúvida que em ti levanta a ignorância. Salva-te no Iôga. Levanta-te!

V

Disse Arjuna

1 Ó Crisna! Tu pregas a renúncia da ação, e pregas também o esforço pela ação. Qual dos dois alvos será positivamente superior?

Disse o Supremo

2 Conduzem ambos à libertação suprema, o Carma Iôga e o Sniassa. Superior é, contudo, o entusiasmo agitado pela ação.

3 É Saniassi[333] o que se libertou do ódio e do desejo. Compreende, ó tu que tens braços compridos, que quem deles se liberta se emancipa das cadeias do mundo.

4 Almas pequenas somente dirão que são distintos o Sânquia e o Iôga, não os Panditas. O que se absorve num colhe o fruto de ambos.

332 O "diante", no original, que entendemos ser uma gralha.

333 Aquele que renuncia ou se liberta da vida mundanda, atingindo o estado de Saniassa.

5 A glória que obtém o convicto do Sânquia, obtém-na o convicto do Iôga. Colhe o fruto supremo da verdade o que toma como um o Sânquia e o Iôga.

6 Ó guerreiro de braços grandes! É difícil ser eremita sem a ação do Iôga. Com o Iôga é Saniassa, e se atinge ao esplendor de Brama.

7 Tem o espírito claro o que se embebe no Iôga, domina-se, vence os sentidos, ama como a si próprio os elementos, e mesmo executando atos não colhe as manchas destes atos.

8 O eremita do Iôga é o que toma o contato da verdade: ele olha, escuta, toca, cheira, come, adormece, respira.

9 Ele fala, expele as excreções, apreende, abre e cerra as pálpebras, imagina que não é ele, mas os seus sentidos que reagem nos elementos...

10 Ele renuncia ao fruto dos atos, e levanta-os em oferta a Brama; ele não é atingido do pecado, como não é a folha do lótus nunca ensopada de água.

11 Os que são os Iôguis, estes se purificam no espírito; seu corpo, pensamento, entendimento e até os sentidos se desligam de todos os laços.

12 É o Iôgui, que renunciando os frutos da ação, chega à tranquilidade inviolável; o não Iôgui, preso aos seus próprios atos, por eles se reencarna.

13 O que se domina a si próprio, ele renuncia os seus atos e se concentra no seu corpo, e se concentra no seu corpo, a cidade de nove portas, sem nada executar nem fazer executar.

14 Não é o Senhor que levanta no homem o entusiasmo da ação, não é ele causa, nem o que liga a ação e seus frutos. É a natureza que faz tudo.

15 Onipotente é o Senhor, na verdade, mas não governa nem o pecado nem a virtude de ninguém. É o saber apagado que transforma as criaturas.

16 É como o Súria o saber, ele é o esplendor do poderoso, é ele destruidor da ignorância, pelo conhecimento íntimo da própria natureza.

17 Aqueles que tem nEle o espírito, que por eles anseiam, que nEle se fixam, eles se lavam dos seus pecados e partindo não mais regressam.

18 Os que são na verdade os sábios olham por igual o Brâmane enfeitado de saber e humildade, o boi, o elefante, o cão e o mais desprezível dos homens.

19 Eles conquistaram o mundo, os que apanharam o senso da equanimidade, pois que é certo e igual em tudo o Brahm, e eles se concentram no Brahm.

20 Aquele que tem o espírito em repouso no Brahm, firme e nunca iludido, este não se exulta com vitórias, e não se deprime nos infortúnios.

21 Não se prende a coisas exteriores, ele se satisfaz em si; unido profundamente ao Brahm, ele colhe a felicidade imperecível.

22 Prazeres derivados dos sentidos são fontes de miséria, têm eles princípio e têm fim, ó filho de Cunti, não se regozija neles o verdadeiramente iluminado.

23 Aquele que, ainda nessa vida, for capaz de apagar os abalos da raiva e do desejo, antes que o seu corpo se dissolva, ele será o feliz.

24 Ele tem em si o repouso, tem em si a alegria e tem em si a glória, é ele a forma genuína do Brahm, ele obtém o Brahm Nirvana.

25 Atingem este Brahm Nirvana os que lavaram suas culpas, destruíram dúvidas, se dominaram, e procuraram somente o bem de todas as criaturas.

26 Atingem este Brahm Nirvana os que se libertaram da ira e do desejo, mantiveram no caminho reto o seu espírito e auscultaram na profundez do seu espírito.

27 Repelindo do seu espírito as formas exteriores, concentrando os olhos no meio das sobrancelhas, inspirando e expirando regularmente por ambas as ventas.

28 Estes eremitas sustêm os sentidos, espírito e entendimento, desprendem-se do medo, da ira e da vontade, e obtêm a emancipação final.

29 Aqueles que acreditam que sou eu o que goza do sacrifício e da penitência, o senhor dos mundos e amigo das criaturas, estes obtêm a paz.

VI

Disse o Supremo

1 É o verdadeiro Saniassi e o verdadeiro Iôgui aquele que executa atos, não olhando por seus frutos, mas não o é o que abandonou o fogo do sacrifício, e se absteve de todos os atos.

2 Compreende, ó filho de Pandu; aquilo a que chamam Saniassa é na verdade Iôga, pois o que renunciou tudo é simplesmente o Iôgui.

3 Ao sábio que se levanta no Iôga, a ação não passa dum meio, e aquele que no Iôga está equilibrado a cessação da ação é que é o meio.

4 No momento em que ele se desligou dos objetos e das ações, e foi à renúncia de todas as suas resoluções, ele se levantou por completo no Iôga.

5 Deve cada qual levantar-se a si, nunca se degradar; deve ser o homem o amigo de si próprio, enquanto pode ser o próprio inimigo.

6 Grande é aquele que consegue dominar o seu ser, o ser próprio é o verdadeiro amigo; mal avisado é o que de si próprio é o inimigo!

7 É o espírito do que se subjugou fixo na paz que tem atingido, seguro no meio do calor e do frio, prazer e dor, honra e desonra.

8 Chamam-no Iôgui, o equilibrado no Iôga, o que tem o espírito amplo de saber, o inabalável, o que venceu os sentidos, e que olha por igual a areia, a pedra e o oiro.

9 É superior entre as gentes o que tem a consciência tranquila, o que trata por igual amigos e inimigos, indiferentes e ambíguos, os santos e os pecadores.

10 O que aspira à contemplação deve apartar-se em sítio isolado, devotar o seu corpo e o seu espírito ao seu alvo supremo, despir-se de todo o desejo, de toda a esperança.

11 Deve firmar-se num assento limpo, assento nem muito alto nem muito baixo, espalhar sobre ele palha fina, pele de corça e pano mole.

12 E aí assentado, fixa a atenção num ponto, recolhidos os sentidos, deve proceder à purificação do seu ser pelo próprio absorvimento.

13 Erguidos o busto, a nuca e a cabeça, inabalado, sem olhar para os lados, mas somente a ponta do seu nariz.

14 E profundamente tranquilizado na consciência, destemido, absorto no dever do Bramachária, deve ele restringir o seu espírito, fixa-lo em Mim, levantar-se até a Mim como última aspiração.

15 Desta maneira devotando-se à abstração, contemplação contínua, subjugando-se, o Iôgui absorve-se em Mim e colhe a suprema paz do Nirvana.

16 Não realiza o Iôga, ó Arjuna, aquele que come por demais ou que não come nada, o que dorme muito ou tem sempre os olhos abertos na insónia.

17 O Iôga que apaga todas as misérias e o Iôga que realiza o homem temperado no alimento e nos atos, no sono e na vigília.

18 Quando o seu entendimento, disciplinado no dever era em si próprio equilibrado e se liberta de todos os apelos do desejo, é então chamado o Iôgui.

19 Como o lume em sítio tranquilo não oscila, o Iôgui não se abala no seu espírito consolidado; ele satisfaz a própria consciência.

20 Aquela condição do espírito, em que ele recua das coisas e contemplando-se a si próprio, serenamente fica em si satisfeito.

21 Em que experimenta a felicidade infinita, a que não penetra pelos sentidos mas é apreendida pela intuição; e nessa condição o espírito imobilizado não se desvia da própria realidade.

22 A condição que fica tão distante do contato da mágoa, que atingindo-a julga-se ter colhido a suprema ventura.

23 Na qual a dor mais intensa é como se não existisse, a essa condição chamam Iôga. É este Iôga que deve ser executado com firmeza e constância.

24 Abandonando todos os desejos, produto de resoluções intimas, abstraindo o espírito da multidão dos sentidos;

25 Deve-se passo a passo retroceder das coisas, dominar-se pela paciência, fixar-se em si próprio pelo próprio entendimento.

26 Enquanto o espírito vacilante tropeça por todos os lados, o espírito severo deve-se preservar na constância e na firmeza.

27 Aquele que apagou as suas paixões e se imobilizou na paz, tornando-se desta maneira o protótipo do Brahma, aquele que se libertou dos seus pecados sobre a suprema felicidade, espontaneamente.

28 É assim que o Iôgui, devotando-se à abstração, limpando-se das suas manchas, redimido, colhe a glória do contanto com o próprio Brahm.

29 O que fica de pé no Iôga, olhando por igual o que existe, sentindo a sua personalidade em todos os elementos, e estes concentrados no seu ser.

30 O que em tudo vê a Minha face, e em Mim olha tudo, este não me perde jamais, nem de Mim ele jamais se afasta.

31 O que me adora, em vendo todas as criaturas de mim permeadas, e crendo ser tudo a mesma coisa, este vive em mim, qualquer que seja o seu modo de viver.

32 Ó Arjuna, todo o Iôgui que funde na sua alegria e dor as dos outros, e fita o que existe com espírito igual e imparcial, este colhe a vitória suprema.

Disse Arjuna

33 Ó supremo vencedor de Madu! Tu me disseste do Iôga apreendido pela fixação do espírito no que existe, mas o espírito é volúvel, como é possível que ele se fixe indelevelmente?

34 Ó Crishna, o espírito é instável, presumido, perverso e obstinado, sustê-lo é mais difícil que suster o vento.

Disse o Supremo

35 É o espírito volúvel, ó tu que tens os braços grandes, incoercível, não há dúvida. Contudo, ó filho de Cunti, possível é sustê-lo pela prática de renúncia e pelo estudo constante.

36 Eu o digo, é o Iôga difícil àquele que não é capaz de se dominar, mas quem o seja, em seguindo o meu ensino há de consegui-lo seguramente.

Disse Arjuna

37 E qual será o fim, ó Crishna, do que é cheio de fé e, contudo, não foi capaz do Iôga, não foi capaz de se fixar na devoção devida?

38 Ó tu de braços poderosos, será ele como nuvem rota, sem asilo algum, tombado de ambos os lados, frustrado na sua aspiração ao Brahm?

39 Ó Crishna, apaga-me esta dúvida profunda, ninguém, só tu ma podes apagar.

Disse o Supremo

40 Ó Parta, desse homem não será a ruína o termo final, nem neste mundo nem no outro. Nunca se arruína quem pratica o bem.

41 O que não foi capaz da perfeição do Iôga irá ao mundo onde são os que praticaram o bem, e anos depois tornará a nascer, no seio de família superior.

42 Ou há de nascer do sangue dos iluminados de inteligência, nascença esta que é por extremo difícil de se obter neste mundo.

43 Ser-lhe-á então concedido o seu espírito devoto doutrora e daí ele há de esforçar pela perfeição suprema.

44 Será como que impelido pelo seu esforço antigo para a glória última. Embora com fito no Iôga, há de colher o fruto da palavra de Brahm.

45 E pelo Iôga redimido dos seus pecados, nele purificando em nascenças sucessivas, é que ele há de atingir a glória perpétua.

46 É superior o Iôgui ao asceta das penitências, ao robusto intelectual, ao homem de ação. Portanto sê tu o Iôga, ó Arjuna!

47 E na multidão dos Iôguis, eu tomo por superior o que me devota o íntimo do seu ser e o que Me adora com fé absoluta.

VII

Disse o Supremo

1 Escuta, ó Parta, de que maneira tu serás capaz de te fixares em Mim, de te acolheres em Mim, e absorto no Iôga, de te pores em íntimo contato com o Meu ser.

2 Vou expor-te agora, por completo, o saber da ciência e o saber experimental, depois dos quase nada mais tens de saber neste mundo.

3 Milhares de espíritos almejam a perfeição, poucos atingem e só uma talvez dos mais assíduos e devotados chega a conhecer-Me verdadeiramente.

4 Terra, Água, Fogo, Ar, Espaço, Espírito, Entendimento e Consciência são as oito divisões profundas da minha natureza.

5 Ó guerreiro de braços rijos! A natureza que agora em mim vês é vulgar, mas outra tenho eu, suprema, ativa e que suporta o universo.

6 Compreende que o quanto existe tem nos oito profundos elementos a sua origem. Eu sou a causa produtora e destruidora do universo.

7 Nada existe, ó Dananjaia, que seja superior a mim. Tudo o que é existente é enfiado em mim como pérolas num cordel.

8 Ó filho de Cunti! Eu sou sabor em todas as águas, a claridade do sol e da lua, "Aum" em todos os Vedas, o som no espaço, o esforço do homem.

9 Eu sou o aroma que se exala da terra, o esplendor do fogo, a vida dos seres, a penitência dos eremitas.

10 Conhece-me bem, ó Parta! Eu sou o germe imperecível dos seres, o voo das inteligências elevadas, a glória dos objetos admiráveis.

11 Sou a energia dos fortes, o desejo último e sagrado dos seres que se libertaram da sede e dos apetites vulgares, ó bem-aventurado da raça de Barata!

12 As qualidades essenciais da Virtude, Energia e Escuridão é de mim que dimanaram; contudo não sou eu que estou nelas, são elas que estão em mim.

13 Todo o universo é toldado por estas três qualidades, ele não me conhece, que eu sou muito além, indefinível.

14 Difícil de ser atingida é a minha Ilusão admirável, tecida das três qualidades fundamentais. Somente os que se fundem em mim e ultrapassam.

15 Os malvados, os fátuos, os feridos no entendimento por esta por esta Ilusão, os que baixaram ao nível dos Assuras, estes nunca Me adoram.

16 Ó ornamento da linhagem do Barata, ó Arjuna! Quatro espécies de homens virtuosos Me adoram, os aflitos, os que se concentram no conhecimento do seu ser, os que buscam riquezas e os sábios.

17 É entre eles superior o sábio, o que tem fé em Mim somente, e que Me adora; Eu sou para ele o supremo, e ele para Mim o querido.

18 Nobres são todos eles na verdade, mas somente o sábio é como o ser do Meu ser. Absorvido em mim, Eu sou para ele o alvo derradeiro.

19 É só no fim de muitas transmigrações que um homem chega a compreender que tudo isso é Vassudeva. Mas espírito tão elevado é raro.

20 Os que andam turbados do desejo, eles adoram deuses múltiplos e alheios a si próprios observam ritos diferentes e leis várias.

21 Porém a forma última em que um crente Me adora e Me quer, esta forma Eu lhe faço sólida e imutável.[334]

22 E convicto na sua fé ele adora essa forma, e dela obtém o que deseja, pois sou Eu próprio que por meio dela lhe concedo tudo.

23 Lembra-te, contudo, que frutos obtidos por fátuos são falíveis. Os que ado-

334 No original "imentável".

ram divindades vão para as divindades os que Me adoram chegam para Mim.

24 Só ignorantes Me consideram palpável, a Mim que sou o imanifestado, não percebem eles a minha natureza transcendente e inexprimível.

25 Pois que Eu não Me aclaro a todos, circundado da ilusão do Meu poder supremo. Pobre é o mundo, não compreende que eu sou incriado e imperecível.

26 Eu sei o passado. Eu sei o presente e o quanto se há de realizar no futuro. Mas não há quem conheça a Mim.

27 Ó Barata, ó terror dos inimigos! Todos os seres são feridos do desejo e do ódio, todos os elementos são deles toldados, embrulhados de ambas estas oposições.

28 Mas os que se libertaram do pecado, por seus atos meritórios, eles se libertam de ambas as oposições, a dor e o prazer, e me adoram.

29 Os que esforçam por sacudir o desastre e a morte, acolhendo se a mim, eles atingem a penetração do Brahm, de Adhiatma e todas as ações.

30 E os que em Mim se firmam, como do Adhibuta, do Adhidaiva e do Adhiajna, estes chegam a conhecer-me até no momento de partirem do mundo.

CORRESPONDÊNCIA

CARTA MANUSCRITA[335]

Meu brilhante amigo,

Pede-me, lá de Portugal, um escrito onde conte entre terminada a *Revista da Índia*. Cá está.

Contudo diria, em abono da verdade, que não se deve pois realmente dar por terminada a publicação, mas que não se publica, para um tempo retomar-se a tarefa com maior fôlego. Não sei se este tempo virá ou não. *This is the question.*

Tinha muita vontade de continuar ou antes concluir a tradução do *Bhagavat Gitá* que aí começara. Estará aí algum editor disposto a imprimir-me isto, um livrito de umas 100 páginas.

Creia-me como sempre um admirador e muito dedicado
Navelim, 24.01.916

Paulino Dias

335 Apensa ao volume da *Revista da Índia* que pertenceu a Mariano Gracias, provavelmente endereçada a este. Do acervo da Biblioteca Nacional de Portugal.

CARTA DE PAULINO DIAS, DA *REVISTA DA ÍNDIA*, A TEÓFILO BRAGA, 1913.[336]

Il^{mo} e Exmo Sr.

Com suprema honra remeto a Vossa Exc^{a} a *Revista da Índia*, publicação que com um camarada nas letras Adolfo Costa tenho iniciado neste pedaço português do Oriente com o fim de levantar e explorar a intelectualidade desta praia sob o ponto de vista especialmente local.

Ao grande pensador da Ibéria rogo uns instantes da sua valiosa e complacente atenção para este esforço, embora minúsculo e longínquo.

Subscrevo-me com o mais profundo respeito.

Nova Goa, 9. X. 913

De vossa exm^{a}. etc

Paulino Dias

336 Arquivo Regional dos Açores, Angra do Heroísmo. Código de referência PT/BPARPD/PSS/TB/164/033.

Alameda nas redes sociais:
Site: www.alamedaeditorial.com.br
Facebook.com/alamedaeditorial/
Twitter.com/editoraalameda
Instagram.com/editora_alameda/

Esta obra foi impressa em São Paulo na outono de 2020. No texto foi utilizada a fonte Minion Pro em corpo 10 e entrelinha de 15 pontos.